Por mí fluyen sin cesar todas las cosas del universo.
Todo se ha escrito para mí,
y yo tengo que descifrar el significado oculto de las es-
      crituras.

WALT WHITMAN,
*Canto a mí mismo*


Y hallámosles gran número de libros de estas sus letras,
y porque no tenían cosa en que no hubiese superstición
y falsedades del demonio, se los quemamos todos, lo cual
sintieron a maravilla y les dio mucha pena.

OBISPO DIEGO DE LANDA, 1566

## Prólogo

*L*os jeroglíficos le bailaban delante de los ojos. A la luz trémula de la vela apoyó la mano en la piedra tibia y pasó los dedos por sus muescas y acanaladuras, por los cortes y surcos de los símbolos grabados a cincel en la roca. Ocho siglos había pasado el monolito enterrado bajo la selva asfixiante y nada había desdibujado sus figuras.

Javier Benítez sacó una libretita y un cabo de lápiz. La noche vibraba con un millón de sonidos mientras garabateaba deprisa, traduciendo del maya al español. Dio un paso atrás, con la libreta y el lápiz en una mano y la vela en la otra, sin darse cuenta de que la cera caliente le goteaba en los dedos. La pieza perdida del rompecabezas, precisamente delante de sus ojos. Bañada por la luz cálida de la vela y por el frío resplandor de la luna. Lo que todos buscaban. Años, décadas, en pos de aquella única pista.

—Carreteras blancas —murmuró.

Un hombre gigantesco como un bloque de piedra salió de pronto de entre la maleza y se detuvo justo antes de penetrar en el círculo de luz. Javier se volvió bruscamente. Sostenía la vela chisporroteante delante de sí como si fuera un arma o una cruz capaz de ahuyentar a los vampiros.

El hombre no dijo nada; se quedó entre las sombras, con la cara escondida en la oscuridad. Una mariposa nocturna se precipitó sobre la vela de Javier y crepitó al chocar con la llama. El hombre oculto entre las sombras se rio y otras voces le hicieron eco. Javier se dio la vuelta. No veía a nadie. Pero las oía claramente. Risas que rezumaban de la espesura. De la oscuridad.

—El papel —dijo el desconocido, tendiendo la mano con la palma hacia arriba.

Javier apretó la libreta contra su pecho.

—¿Quién es usted? —preguntó, intentando controlar el temblor de su voz. Una mano pesada y húmeda cayó sobre su hombro. No era una palmada amistosa, un gesto reconfortante de aliento, sino más bien una advertencia. Una amenaza.

Javier no vaciló. Se desasió, tiró la vela y echó a correr, arrojándose en los agobiantes brazos del bosque. La oscuridad le envolvió. Las hojas le abofetearon, arañaron su piel; las enredaderas le agarraron los tobillos. Usando los antebrazos como machetes, abrió entre la densa maleza un sendero improvisado, una vereda que volvía a cerrarse tras él. Vista y no vista. La selva era succión. Una fétida y húmeda aspiradora.

Las voces le seguían. Órdenes de un hombre a otro que se perdían en la noche estrellada. Los pájaros chillaban, se oía el batir de sus alas al pasar junto a su cabeza. Le ardía el pecho y sintió que le flaqueaban las piernas. El aire húmedo y espeso de la jungla le aplastaba como un puño. La humedad era tan densa que al correr parecía que llovía. El sudor brillaba en sus brazos. Avanzó por los márgenes de la selva como quien abre una cortina, sin detenerse hasta que llegó al borde del mar. Con los pies hundidos en la arena y las manos apoyadas en las rodillas empezó a jadear laboriosamente para llenar sus pulmones ávidos de aire. Las olas batían. El viento silbaba entre las palmas. Ruido blanco. Arena blanca. Fragor de blanco oleaje. Carreteras blancas.

Llevaba en la mano la libreta con su traducción apresurada. Arrancó las hojas del cuadernillo de espiral, desatando una nevada de confeti. Se adentró en el oleaje. El agua le lamió los tobillos, las corvas, las rodillas. Echó el brazo hacia atrás como un jugador de béisbol que se dispusiera a lanzar desde el campo derecho a la base meta y arrojó la bola de papel. El agua espumosa se la tragó. Volvió tambaleándose a la orilla y se derrumbó en la playa, satisfecho. Su pecho subía y bajaba al aspirar el aire cálido y húmedo.

No oyó pasos tras él. Unas manos de dedos hediondos le taparon la boca, sofocaron su grito. Otras le sujetaron los brazos a la espalda. Una aguja hipodérmica hendió el aire y se clavó en su muslo, traspasando la tela vaquera. A los pocos segundos sintió las piernas gomosas y un hormigueo en los pies. Poco después no sentía nada de cintura para abajo. Se desasió de los brazos de sus asaltantes e intentó alejarse a rastras, arañando la tierra, agarrándose a las raíces, a la arena, al polvo, impulsándose con las manos y los brazos.

Una sombra en forma de bloque se adelantó. Cuando el dueño de aquella sombra se inclinó hacia él, Javier comprendió que nunca había visto una cara igual. Era deforme y escamosa, y le faltaba medio labio. Javier pensó en un reptil prehistórico recién salido a tierra firme. El hombre sonrió, dejando al descubierto sus dientes amarillos y podridos. Sacó de detrás de la espalda un reluciente cuchillo de treinta centímetros en cuya hoja plateada se reflejaba la luna.

—¿Qué ha escrito en la libreta? —preguntó con voz tan escabrosa como su piel.

Javier guardó silencio. Uno de los hombres le registró y dio con la libreta negra. Los restos rasgados del papel marcaban el lugar que habían ocupado las páginas. El hombre con cara de reptil frunció el ceño.

—Entonces quizá nos diga dónde está —dijo.

Javier volvió la cabeza, fijó los ojos en las estrellas titilantes. No vio el cuchillo que tajó el aire. No lo vio penetrar abriendo un agujero en su pecho. El hombre metió la mano en la herida y hurgó entre sus vísceras resbaladizas hasta que encontró lo que andaba buscando: el corazón todavía palpitante. Asiéndolo como un pez, sacó de un tirón el órgano caliente y pegajoso y lo sostuvo en alto como si se lo ofreciera a los dioses. La sangre chorreaba por sus manos, por sus muñecas, por sus brazos. Bajó despacio el corazón y lo colocó con esmero sobre el pecho de Javier, como si fuera un manjar sobre una bandeja, un plato soberbiamente presentado.

El hombre de cara escamosa sonrió, dejando escapar un hilo de saliva pútrida. Sacó de su bolsillo un trozo de cordel y ató con él dos palos hasta formar una cruz pequeña y tosca. La clavó luego en la tierra, junto al cuerpo de Javier Benítez: el cuerpo con su boquete abierto en el pecho y el corazón colocado con reverencia sobre él.

La Cruz Parlante había hablado.

# Capítulo 1

$S$cott Daggart se había sentado a una mesa de la terraza, con una sudorosa botella de Corona como única compañía. La brisa húmeda que soplaba desde el océano le revolvía el pelo y tironeaba de su camisa. El sol se había puesto hacía mucho tiempo, pero una fina pátina de sudor brillaba en los antebrazos musculosos de Daggart. Había pasado doce horas escarbando entre las ruinas, quitando capas y capas de tierra y lianas para dejar al descubierto los edificios de caliza desmoronada y sus secretos largo tiempo enterrados, y todavía no se había refrescado.

El restaurante era el Captain Bob, un chiringuito de dos plantas con grandes ventiladores en el techo, muebles de ratán y el consabido tejado de hojas de palma. Sus mesas cabeceaban sobre el suelo de madera sin fregar, pegajoso todavía por las piñas coladas vertidas la noche anterior. Un plácido tufo a cigarrillos rancios y cerveza amarga pendía en el aire como ozono. Olvidada en un rincón se veía la talla de madera cubierta de polvo de un típico capitán de navío, provisto de impermeable amarillo, barba entrecana y una traílla de peces. El capitán no parecía muy contento, seguramente porque aquel pescador de Nueva Inglaterra tenía muy poco que ver con México.

El Captain Bob era uno de los restaurantes más conocidos de Playa del Carmen. No le venía mal estar enclavado en la avenida Cinco, la arteria peatonal siempre abarrotada de turistas. Situado cerca de la calle Constitución, donde los autobuses de los hoteles vomitaban su cargamento de turistas dispuestos a pasar la noche bebiendo a lo grande, comprando y volviendo a beber, el Captain Bob disfrutaba de un flujo constante de clientes, atraídos por el sonido estruendoso y vibrante de sus popu-

rrís musicales, por el aroma irresistible a gambas asadas al aji-
llo y (sobre todo, quizá) por la visión de sus camareras
mexicanas vestidas con camisetas minúsculas. En otras palabras, la versión idealizada de lo que debía ser un restaurante
mexicano para un turista estadounidense.

En opinión de Scott Daggart, era un garito de ligue demasiado obvio para su gusto. Claro que él no había sugerido que
se vieran allí. Había sido idea de Lyman Tingley.

Idea, no exactamente: el profesor Tingley había insistido en
que fuera en el Captain Bob.

—Seguramente te sorprende oír mi voz —le había dicho
Tingley por teléfono una hora antes.

—Más o menos.

—Necesito ayuda.

—Ya —contestó Daggart con sarcasmo. Acababa de volver
a su *cabaña*\* y estaba preparándose la cena. Enchiladas y salsa
de mole recién hecha. Chiles rojos picantes asados y gambas
salteadas. Lo último que esperaba era la llamada de un mentor
con el que se había enemistado hacía tiempo.

—Lo digo en serio, Scott. Tenemos que vernos.

—¿No puede esperar? Porque estoy haciendo algo importante. —Dio un trago a su Corona y cortó un chile verde en
juliana.

—No, Scott, no puede esperar.

Había algo en la voz de Tingley que le impulsó a dejar el
cuchillo y a apartar los chiles a un lado. No estaba acostumbrado a oír una nota de desesperación en la voz del «más grande
arqueólogo del siglo XXI», como decía de sí mismo el propio
Tingley.

—¿Qué pasa, Lyman?

—Tenemos que vernos.

—Eso ya lo has dicho.

—¿Qué tal en el Captain Bob? —Una afirmación, más que
una pregunta—. A las nueve. ¿Podrás llegar?

—No pensaba ir a la playa esta noche…

Tingley le interrumpió.

---

\* En español en el original. *(N. de la T.)*

—En el Captain Bob, a las nueve en punto.

—¿De qué va todo esto, Lyman?

Tingley colgó sin contestar.

Daggart recorrió con la mirada el restaurante lleno de jóvenes turistas. Veintitantos hombres de bíceps abultados, rojos como langostas. Veintitantas mujeres de blusa holgada y tez bronceada. A sus cuarenta y tantos años, aquello le superaba. Sus amigos le animaban a que empezara a salir otra vez, pero no se sentía preparado.

Aún no. Era demasiado pronto.

Lo cual era irónico, desde luego. Daggart sabía que Susan habría sido la primera en desear su felicidad. El problema era que, casi un año y medio después de su muerte, seguía aferrado a ella. A duras penas salía adelante. Y así sería, al menos, hasta que los recuerdos se difuminaran.

El charco de sangre. El cabello rubio. El suelo de madera.

Dio un largo trago a su Corona y procuró pensar en otra cosa.

Miró su reloj. Eran las nueve y cuarto. Le extrañaba que Lyman Tingley llegara tarde. Habían trabajado juntos durante años (ahora, a Daggart le parecía que de eso hacía siglos), y siempre era Tingley quien le reprochaba su poca puntualidad.

Pero eso era cuando todavía se hablaban, claro está.

Cuando aún eran amigos.

Al ver a Daggart, Lyman Tingley subió las escaleras resoplando, luchando por recuperar el aliento.

—Perdona —dijo con un ruido sibilante, y echó un rápido vistazo alrededor mientras reposaba sus ciento treinta kilos en una silla, enfrente de Daggart. Scott Daggart sabía que Lyman Tingley se las daba de Indiana Jones, aunque pareciera más bien Sydney Greenstreet.*

—No te preocupes. He estado ocupado. —Daggart señaló la cerveza que tenía delante.

Lyman Tingley hizo caso omiso de su comentario y Daggart le observó un momento. Era un hombre grande, de faccio-

---

* Actor británico conocido principalmente por su interpretación del Signor Ferrari, «el gordo» de Casablanca. (N. de la T.)

nes blandas y anodinas. Hosco y lleno de aplomo en apariencia, como el notario de una novela de Dickens, en el fondo era una maraña de inseguridades. Iba peinado con cortinilla, al estilo de Donald Trump, y unas gotitas de sudor brillaban en el fino plumón de su flequillo. El sol había pintado sus brazos de franjas carmesíes que acababan en el borde de la manga corta de su camisa. El suyo era un moreno de campesino (y de arqueólogo), y cuando Tingley lanzó una mirada nerviosa a los demás clientes del restaurante, Daggart vio que tenía también una franja rosada en la nuca. Tingley se volvió y comenzó a manosear sus cubiertos, pasando los dedos rechonchos por las suaves puntas de acero del tenedor. Desde la perspectiva de Scott Daggart, había algo en Tingley que rayaba lo patético.

—Bueno, ¿qué pasa? —preguntó Daggart.

Tingley sopesó la pregunta. Justo cuando se disponía a hablar, se acercó una camarera medio desnuda.

—*Buenas tardes* —dijo con voz un poco demasiado alegre y canalillo vertiginoso—. ¿Algo para beber?

Tingley señaló la Corona de Daggart sin decir palabra. La camarera de la coleta tomó nota y se alejó al trote.

La actitud de Tingley extrañó a Daggart. El Lyman Tingley que él conocía habría aprovechado la ocasión para engatusar a la joven camarera, y aquello podría muy bien haberse convertido en un coqueteo de diez minutos, en cuyo transcurso Tingley habría intentado en vano persuadir a la muchacha mexicana para que se fuera con él a su hotel. Daggart tuvo la sensación de estar contemplando una sombra de Lyman Tingley. Un Lyman Tingley zombificado. Un autómata.

—Vamos a cambiar de sitio —balbució Tingley sin que viniera a cuento.

—¿Por qué?

—Esta mesa. No me gusta.

—¿Qué le pasa?

—Toda esa gente. —Tingley sacó la mano más allá de la barandilla de la terraza y señaló el gentío que desfilaba allá abajo, por la calle. Se levantó de un salto, se acercó a la mesa del rincón del fondo del restaurante y se sentó de espaldas a la pared. Daggart le siguió con la cerveza en la mano. Apenas se había sentado cuando Tingley preguntó—: ¿Puedo confiar en ti? —Se pasó rápidamente la lengua por los labios gruesos y agrietados.

Daggart miró sus ojos incansables y vio en ellos nerviosismo. Incertidumbre. Miedo auténtico. Daggart había visto aquella misma mirada en hombres a punto de entrar en combate. Pero de eso hacía años. Y entonces había guerra.

—¿Qué es lo que pasa, Lyman?

—¿Qué sabes de la Cruz Parlante? —preguntó Tingley.

Su tono brusco y exigente le recordó a Daggart su relación de años antes, cuando, siendo él todavía muy joven, Lyman Tingley le acogió bajo su ala y le enseñó todos los entresijos de una excavación arqueológica.

—No mucho más que tú, seguramente —dijo Daggart.

—¿Y qué es?

—Era una secta. Surgió en torno a mediados del siglo XIX, cuando los mayas se rebelaron contra el gobierno mexicano. La guerra de Castas y todo eso. Ya no existe, si es eso lo que quieres saber.

—¿Por qué se rebelaron?

Daggart se quedó pensando un momento.

—Les estaban arrebatando sus tierras. Se sentían maltratados por el gobierno. Un gobierno criollo, claro está.

Tingley abrió la boca para decir algo, pero la camarera los interrumpió. Dejó una Corona sobre la mesa, delante de Tingley, que seguía callado.

—¿No les gusta la otra mesa? —preguntó. El fastidio empañaba su voz.

—*Lo siento* —masculló Daggart.

La camarera esperó a que Tingley se disculpara. Al ver que no decía nada, sacudió su coleta y se alejó deprisa.

—¿Cuál era su objetivo? —preguntó Tingley con un susurro.

—Éstas no son horas para una clase de historia, ¿no te parece? —respondió Daggart, pero estaba claro que, fuera lo que fuese lo que preocupaba a Tingley, no iba a disiparse. Daggart dio un trago rápido a su bebida—. Intimidar a la gente.

—¿Qué quieres decir?

—La cruz era una tarjeta de visita. La dejaban encima del cuerpo de sus víctimas para amedrentar a sus enemigos. Además, cuando los mayas oían «hablar» a la cruz…

—¿Una cruz que hablaba?

—Es lo que creían los mayas. Cuando oían hablar a la cruz, eso les bastaba como prueba de que los dioses les habían hecho invencibles. Había mucho poder de por medio.

—¿Y ellos lo creían? —preguntó Tingley.

—¿Tú no? Algunos decían incluso que la cruz desprendía un resplandor verde y espectral cuando hablaba. Lo cual resultaba muy persuasivo en el siglo XIX.

Tingley rodeó con sus manazas la botella sudorosa y pareció pensárselo.

—¿Por qué me has llamado, Lyman? —dijo Daggart por fin—. Todo eso podría habértelo contado otro, ¿sabes? Y seamos sinceros, tú y yo no somos precisamente uña y carne.

Tingley levantó la vista y le miró a la cara. Hasta ese momento sus ojos se habían movido tanto como sus manos, fijándose en todo y en nada a la vez. Por primera vez desde su llegada miró a Daggart fijamente.

—¿Y si te dijera que creo que la organización está vivita y coleando?

Daggart sacudió la cabeza enérgicamente.

—No es posible —dijo.

—¿Y si te dijera que tengo pruebas?

—¿Pruebas de qué tipo?

Lyman Tingley titubeó sólo un segundo antes de responder.

—Quieren matarme —dijo—. Y es sólo cuestión de tiempo.

# Capítulo 2

$\mathcal{T}$ingley se inclinó hacia delante, apoyando los carnosos antebrazos sobre la mesa.

—Van a matarme, Scott —susurró con vehemencia—. Me sorprende que no lo hayan hecho ya.

Daggart no sabía si enfadarse o echarse a reír. Tingley le estaba tomando el pelo, o se hacía el tonto a propósito.

—¿Quién intenta matarte?

Tingley se recostó bruscamente en la silla y la madera crujió bajo su peso. Despachó la pregunta de Daggart sacudiendo la mano rolliza.

—Lo siento. Ya he dicho demasiado.

—Espera un momento. Me haces venir hasta aquí y me dices que alguien va a matarte, ¿y luego no me dices de qué va todo esto? —Seguía pensando que tal vez Tingley estaba de broma. Una inocentada en abril, con cinco meses de retraso.

Pero una mirada a la cara pálida y sudorosa de Tingley bastó para convencerle de que hablaba muy en serio.

Tingley llamó a la camarera y le indicó que les llevara la cuenta. Ella se alejó brincando.

—¿Qué te hace pensar que la Cruz Parlante sigue en activo? —preguntó Daggart, intentando sonsacar a su antiguo mentor. Siempre habían formado una extraña pareja. Daggart alto, moreno, atlético; Tingley, bajo, pálido y obeso. Polos opuestos.

Tingley miró en varias direcciones al mismo tiempo.

—Lo siento. No puedo. Aquí no.

—¿Qué quieres decir con que no puedes? ¿No puedes hablar?

Tingley asintió con una inclinación de cabeza. La música cambió. Una canción de Jimmy Buffet reemplazó a otra. Hablaba del edén y de las hamburguesas con queso, aunque no necesariamente en ese orden. Una camarera pasó junto a la mesa con un plato de fajitas crepitantes. Una vaharada con olor a cebolla caramelizada quedó flotando tras ella.

Daggart insistió.

—¿Quieres que vayamos a otro sitio? ¿A un restaurante con menos gente?

Tingley sacudió la cabeza, dividiendo aún su atención entre Daggart y el resto del local.

—Escúchame. Tú has investigado el Quinto Códice.

—Un poco. Menos que tú, evidentemente.

Lyman Tingley era el descubridor del antiguo manuscrito maya, su billete hacia el estrellato. Aquel descubrimiento le había valido reportajes no sólo en publicaciones académicas, sino también en todos los grandes diarios de Estados Unidos. Los entendidos lo consideraban ya uno de los más grandes hallazgos de la cultura maya.

—¿Qué pasa con el códice? —insistió Daggart.

Tingley agitó las manos antes de contestar. Luego susurró:

—Eso es lo que quieren.

—¿Quiénes? ¿Quiénes lo quieren?

La camarera se acercó deslizándose y dejó la cuenta sobre la mesa de un manotazo.

—Páguenme cuando puedan. —Lanzó una sonrisa a Daggart y se inclinó para descubrir un poco más su canalillo entre los volantes de la blusa. Una última oportunidad de conseguir más propina. Los dos hombres la ignoraron y ella se marchó refunfuñando en voz baja.

—Ellos —dijo Tingley.

Daggart se volvió y miró hacia donde señalaba Tingley. Sus ojos se posaron sobre una mesa ocupada por tres hombres. Desde el punto de vista de Daggart parecían inofensivos. Eran sólo tres estadounidenses de unos veinticinco años que en ese momento compartían unas risas y una botella de tequila. Llevaban sandalias, pantalones cortos anchos, camisetas, gorras de béisbol: el uniforme del joven turista estadounidense. Señalaron a una camarera e hicieron comentarios lascivos para su mutuo regocijo.

Daggart volvió al tema del Quinto Códice.

—Pero ¿cómo van a conseguirlo? Está en Ciudad de México, encerrado bajo siete llaves. Lo están autentificando, ¿no?

Tingley no respondió a su pregunta.

—¿Los ves? —dijo.

—Claro que los veo, Lyman, pero la verdad es que no me parecen tan peligrosos.

—Sé que hemos tenido nuestras diferencias en el pasado…

—Eso es decirlo con mucha delicadeza.

—… pero si me ocurriera algo —continuó Tingley—, nuestra única esperanza es que tú lo consigas primero.

Daggart empezaba a perder la paciencia.

—¿Que consiga qué?

Tingley se levantó de repente y hurgó en sus bolsillos en busca de un fajo de billetes arrugados y un puñado de monedas. Dejó el dinero sobre la mesa. Daggart le agarró de la muñeca. Para su sorpresa, Tingley tenía la piel fresca al tacto. Casi fría.

—¿Qué está pasando, Lyman? No puedo ayudarte si no sé de qué me estás hablando. Y tampoco puedo conseguir lo que sea, si no sé qué es.

Tingley se desasió de un tirón.

—El códice —murmuró—. Consigue el códice.

Scott Daggart no le entendió.

—Pero tú ya lo tienes. Fuiste tú quien lo encontró, ¿recuerdas? ¿O me estoy perdiendo algo?

Tingley contó el dinero distraídamente: billetes por un lado, monedas por otra.

—Ojalá pudiera contarte algo más —dijo por fin. Miró un instante a los ojos de Daggart con expresión suplicante.

Luego bajó apresuradamente la escalera que llevaba a la calle.

Scott Daggart se encontró solo de pronto. Miró a los tres hombres del rincón más alejado del restaurante. Si repararon en la súbita marcha de Lyman Tingley, no dieron muestra de ello. Otra broma les hizo prorrumpir en estruendosas risotadas de borracho.

Daggart apuró su cerveza. Estaba a punto de añadir su contribución a la cuenta cuando algo en el desordenado montoncillo de monedas que Lyman Tingley había dejado sobre la mesa atrajo su atención. Estaban casi todas ellas apiladas al azar, sin orden ni concierto, a excepción de cinco pesos separados del resto. Podían ser imaginaciones de Daggart, pero al verlos se le ocurrió de pronto que estaban colocados siguiendo algún orden. Se hallaban separados por espacios casi iguales y parecían formar un pequeño diagrama: dos monedas arriba y tres abajo. Como una cordillera montañosa con dos picos y tres valles. O (pensó Daggart cuanto más las miraba) como la letra «M».

¿Las había ordenado así Lyman Tingley con un propósito concreto? Y si así era, ¿lo había hecho para que lo viera Daggart?

Le parecía que, si tal era el caso, sabía muy poco más que antes de su encuentro con Tingley. Si aquella «M» (o aquella cordillera montañosa, o aquel diagrama, o lo que fuera) era, en efecto, una pista, a Scott Daggart no le decía nada.

Absolutamente nada.

# Capítulo 3

Sus amigos le llamaban «el Cocodrilo». Él aseguraba que se había ganado el apodo por el sigilo y la paciencia con que seguía a sus presas. Podía pasarse horas y horas camuflado e inmóvil antes de atacar a sus confiadas víctimas. Como el cocodrilo que le daba nombre, era listo, silencioso, tenaz. Y cruel. Si te cogía, no te soltaba.

Quienes le conocían y le temían afirmaban que el sobrenombre le venía del cutis picado de viruela y repleto de cicatrices de acné. De ahí, y del hecho de que, por faltarle parte del labio superior, cada vez que sonreía, masticaba o movía la boca enseñaba una hilera de dientes retorcidos y amarillentos. Le llamaban «el Cocodrilo» porque lo parecía. Y punto.

Era, en cualquier caso, un hombre grande y fuerte cuyas facciones escamosas, sobre aquella cara prominente y cuadrada, resultaban aún más conspicuas por su forma de peinarse, con el pelo negro azabache engrasado y echado hacia atrás. Y sin embargo, a pesar de sus llamativos rasgos faciales, lograba de algún modo confundirse con su entorno mientras aguardaba entre las sombras del portal. Era un mexicano más contemplando desfilar a los turistas. Mientras fumaba un cigarrillo tras otro y las volutas de humo blanco se enroscaban en torno a los cráteres de su cara, sólo sus ojos se movían. El resto de su cuerpo estaba inmóvil.

Como un cocodrilo al acecho.

Cuando Lyman Tingley salió precipitadamente por la puerta del Captain Bob, el Cocodrilo dejó caer su cigarrillo al umbral de cemento y lo aplastó con el tacón de la bota. Vio que Tingley enfilaba la avenida Cinco hacia el sur, mirando hacia atrás con nerviosismo. Pero el Cocodrilo no le siguió. Aún. Dividiendo su atención entre Tingley y la puerta del restaurante, tocó la Sig Sauer de nueve milímetros que llevaba en la cinturilla del pantalón, bajo la camisa sin remeter. No creía que fuera a necesitarla (esa noche, al menos), pero siempre era un alivio saber que estaba ahí.

Su paciencia se vio recompensada cuando otro sujeto salió del Captain Bob: un hombre con buena planta, de poco más de cuarenta años, cabello rojizo y complexión atlética.

El hombre se volvió y echó a andar en dirección contraria a la de Tingley.

El Cocodrilo se metió la mano en el bolsillo y sacó una hoja de papel arrugada. Era un fax que había recibido esa mañana. Impresa en ella se veía la fotografía en blanco y negro de un hombre: el mismo que acababa de salir del restaurante. Según el pie de foto, se llamaba Scott Daggart. El Cocodrilo miró un momento más la fotografía; luego, la arrugó hasta formar con ella una bolita. Se sacó un mechero del bolsillo y lo encendió. Acercó entonces la llama azulada al papel arrugado, convirtiéndolo en una esfera ardiente.

Había visto al hombre con sus propios ojos; ya no necesitaba la fotografía. La fisonomía de Scott Daggart se había grabado en su mente, y el Cocodrilo jamás olvidaba una cara.


Empezó siendo un frente de bajas presiones frente a las costas de Senegal. Un simple accidente meteorológico. Algo que seguir con escaso interés.

Cuando se convirtió en una tormenta tropical, la gente del NHC, el Centro Nacional de Huracanes, le puso nombre: el *Kevin*, la undécima tormenta de la temporada de ciclones del Atlántico. Aunque el NHC comenzó a seguir cada uno de sus movimientos, había pocos motivos de alarma. A fin de cuentas, estaba aún al otro lado del océano. Había un número considerable de tormentas tropicales de las que el público jamás oía hablar. Nacían, descendían sobre el mar, daban tumbos por el Atlántico y acababan por extinguirse. Nada indicaba que el *Kevin* fuera distinto.

Pero mientras el NHC lo desdeñaba como una tormenta de verano más, el *Kevin* comenzó a avanzar hacia el oeste recorriendo lentamente el ancho Atlántico a caballo del paralelo quince y absorbiendo sus aguas sofocantes e incansables.

# Capítulo 4

*E*n sus sueños, ella todavía estaba viva.

Hacían la cena (ensalada, pasta, una *baguette* calentándose en el horno) y mientras Susan servía el Pinot Noir y ponía la mesa, Daggart picaba la verdura: calabacines, tomates, champiñones, pimientos, cebollas. Ella iba de un lado a otro mientras él seguía plantado ante la tabla, cortando las verduras con la facilidad que daba la práctica. Las echaba luego en una ensaladera o una sartén, donde se sofreían en aceite de oliva. De fondo sonaba alguno de sus discos favoritos: Dylan, Clapton, lo último de Norah Jones. Era una rutina que habían refinado en el curso de su matrimonio.

Al llegar a casa se cambiaban de ropa y se ponían unos vaqueros y una camisa de manga larga, sin remeter. Susan se recogía el pelo rubio en una coleta. Andaban por la cocina en calcetines, hablando de cómo les había ido el trabajo, atropellándose el uno al otro para contárselo todo en un alegre torrente de palabras. Se reían. Se compadecían mutuamente. Imitaban a sus compañeros de trabajo más pesados. Susan se movía suavemente de la encimera a la mesa y de ésta a aquélla, y deslizaba la mano por la camisa de Daggart al pasar a su lado. El calor de sus dedos sobre los riñones de Daggart hacía que un agradable escalofrío le corriera por la espalda. No había día en que Daggart no se considerara afortunado. Después de diez años de matrimonio seguían estando locos el uno por el otro.

Y entre tanto él, de pie frente a la encimera, cortaba y picaba, troceaba y golpeaba y golpeaba y golpeaba…

Y seguía golpeando.

Daggart se despertó sobresaltado y miró el reloj. Eran las

25

dos y veinte. Los números rojos del despertador brillaban en la oscuridad. Los golpes seguían sonando, y Daggart comprendió con fastidio que había alguien llamando a la puerta. Apartó la fina colcha y al levantarse con un ligero tambaleo miró la cama. Estaba vacía.

Susan no estaba. Había sido otro sueño.

Maldita sea.

Los golpes seguían, más insistentes que antes.

—Un momento —gruñó. Los porrazos continuaron—. *¡Un momento!*

Se preguntaba quién iría a verle a aquella hora. Su pequeña *cabaña* no estaba precisamente en una calle concurrida. Al tomar la decisión de volver a Yucatán para pasar el verano, había alquilado la casita por su ubicación: a apenas cincuenta metros de la playa, sin ninguna casa ni hotel alguno a la vista. En términos de turismo tradicional, no tenía nada de particular: era pequeña, con el suelo de baldosas marrones desgastadas y carecía de las comodidades de los hoteles con todo incluido que salpicaban la Riviera Maya. Tenía, en cambio, una cosa que Daggart no habría cambiado por nada del mundo: aislamiento. Estaba a cuarenta minutos largos al sur de Cancún y a un cuarto de hora al norte del pueblo más cercano, y en vista de lo sucedido el año anterior, estar solo era lo que ansiaba Daggart. Lo que necesitaba.

Acordándose de su conversación de esa noche con Lyman Tingley, se acercó a la puerta con cautela. Hacía tiempo que había renunciado a las armas de fuego, pero respiró hondo y se preparó para el ataque. Le sorprendió lo rápidamente que sus músculos recuperaban la memoria. Su cuerpo se relajó y al mismo tiempo se puso tenso. La paradoja del guerrero.

Al atisbar por la mirilla vio a dos hombres cuya recia figura silueteaba la luna. Llevaban chaquetas informales y se removían, inquietos. Daggart encendió la luz de fuera. Una bombilla amarilla cobró vida, proyectando densas sombras sobre las caras de los dos desconocidos.

—¿Scott Daggart? —preguntó el de delante, dirigiéndose a la puerta. Era el más robusto de los dos y llevaba pantalones marrones, chaqueta marrón y camisa blanca con el cuello abierto.

—Sí.

El hombre se llevó la mano a la chaqueta y sacó una insignia que sostuvo delante de la mirilla. La insignia le identificaba como agente del cuerpo de policía de Quintana Roo.

—*¿Habla usted español?*

—*Sí.*

Si oyó la respuesta de Daggart, prefirió ignorarla.

—Soy el teniente Rosales —dijo en inglés—. Éste es mi compañero, el inspector Careche. ¿Podemos pasar?

Daggart quitó la cadena y abrió la puerta, indicándoles con un gesto que entraran. Ninguno de ellos se movió.

—Si me hace el favor —dijo el teniente Rosales.

Daggart lo entendió por fin. Querían que se apartara. De ese modo, no podría salir corriendo. Daggart encendió la luz obedientemente y retrocedió hasta el centro de la habitación. Los dos inspectores le siguieron, cerrando la puerta tras ellos.

Estaba claro que Rosales era el que llevaba la voz cantante. Rondaba los cincuenta y cinco años, calculó Daggart; tenía poco pelo y cara de no andarse con tonterías. El bigote espeso y negro le tapaba el labio superior. Su compañero era mucho más alto, y su cara enjuta y sus ojos azules e inexpresivos le recordaron a Daggart los de un tiburón: insondables y amenazadores. Las comisuras de su boca se inclinaban hacia abajo en algo parecido a una mueca de perpetua desaprobación.

Todavía en calzoncillos, Daggart recogió unos vaqueros. Al hacerlo, Careche, el que tenía cara de tiburón, se metió la mano en la chaqueta y con una velocidad que sorprendió a Daggart sacó una semiautomática y le apuntó al pecho. No era la primera vez que le apuntaban con un arma, pero no por ello dejaba de ser una experiencia desagradable.

—¿Puedo? —preguntó con sarcasmo, sosteniendo los pantalones con el brazo estirado.

Rosales inclinó dos veces la cabeza, primero para indicarle que podía ponerse los pantalones y luego para que su compañero apartara el arma. El inspector Careche volvió a enfundársela.

—¿Qué pasa? —preguntó Daggart mientras se ponía los vaqueros. Estaban los tres equidistantes, formando un perfecto triángulo isósceles—. Imagino que es importante y que no puede esperar. Puede que les sorprenda, pero a estas horas suelo estar durmiendo.

—¿Conoce a un tal Lyman Tingley? —preguntó Rosales. Su inglés era bueno. Su acento, denso.

Daggart entornó los ojos.

—Claro. Es arqueólogo. Un arqueólogo muy respetado. Enseña en la Universidad Americana de El Cairo. En Egipto.

—Sé dónde está El Cairo. —El tono de Rosales era cortante. Daggart tuvo la impresión de que no le gustaba especialmente tratar con estadounidenses. O tal vez fuera que no le gustaba trabajar a aquellas horas de la noche. O ambas cosas.

—¿Qué pasa con él? —preguntó Daggart.

Rosales se acarició el bigote como si se pensara qué decir a continuación.

—Esta noche lo han encontrado muerto.

Sus palabras quedaron suspendidas como humo en el aire.

Daggart sintió que se le aceleraba el corazón. Había servido en la guerra y entrado en combate, pero dio igual: el hecho de que los temores de Lyman Tingley no fueran simple paranoia casi le dejó sin aliento.

—¿Cómo?

Rosales no pareció oír la pregunta.

—¿Cuándo fue la última vez que le vio?

—¿Cómo ha muerto? —dijo Daggart otra vez.

Rosales le miró fijamente y repitió su pregunta.

—¿Cuándo fue la última vez que le vio?

Estaban jugando al gato y al ratón. Daggart respiró hondo y decidió dejar ganar a Rosales. Esta vez, al menos. El valor incluía cautela en buena parte, y todo eso.

—Esta noche. Estuvimos tomando algo.

Rosales lanzó una mirada a Careche.

—¿Dónde?

—En el Captain Bob. En Playa del Carmen.

Con la elegancia de un mago de segunda fila, Rosales se metió la mano en la chaqueta y sacó una libretita y un bolígrafo. Pulsó teatralmente el botón que daba vida al utensilio de escritura y comenzó a tomar nota.

—¿De qué conocía al *señor* Tingley?

—Trabajamos en el mismo campo. Yo conozco su trabajo. Y él el mío.

—¿Se ven con frecuencia?

—Un par de veces al año.

—¿Son amigos? —preguntó Rosales, levantando los ojos de la libreta para calibrar su respuesta.

—Yo no diría tanto.

—¿Y qué diría?

—Que somos colegas. Conocidos. Algo así. —Decidió no entrar en detalles acerca de cómo Lyman Tingley le había apuñalado por la espalda—. Bueno, aún no me lo ha dicho: ¿cómo…?

Rosales continuó como si Daggart no hubiera hablado.

—¿De qué hablaron anoche el *señor* Tingley y usted?

Daggart empezaba a cansarse de dar respuestas sin obtener nada a cambio. Apretó los dientes, dio un pasito adelante y repitió la pregunta.

—¿Cómo ha muerto?

Rosales suspiró. Miró a su compañero. Y luego a Daggart.

—Puede que no me haya expresado con claridad, *señor* Daggart. No se ha muerto. Ha sido asesinado.

Daggart comenzó a revisar su encuentro con Tingley en el Captain Bob como si adelantara un DVD. Las imágenes se entrecortaban, borrosas. ¿Tenía razón Tingley al sospechar de aquellos tres hombres? ¿Y de veras intentaba decirle algo con la colocación de aquellas monedas?

—¿Cómo? —De pronto sentía una necesidad imperiosa de datos, como si su irrefutabilidad fuera, en cierto modo, un bálsamo sedante.

—Alguien le abrió un agujero en el pecho y le sacó el corazón. A su lado había colocada una crucecita.

Daggart no reaccionó.

Rosales cambió con Careche una mirada que supuestamente Daggart no debía advertir.

—¿No le sorprende?

—Reconozco el método.

Rosales esperó a que continuara.

Daggart habló sin darse cuenta, las palabras escapaban de su boca maquinalmente.

—Es el sacrificio tradicional de los mayas —dijo—. Se extrae el corazón palpitante mientras la víctima vive aún. La forma más pura de sacrificio. —Titubeó, pensando de nuevo en los tres hombres del restaurante—. ¿Quién ha sido?

—Si lo supiéramos, no habríamos venido.

—¿Dónde encontraron el cuerpo?

—Pues, a decir verdad, no muy lejos de aquí —contestó Rosales mientras volvía a guardarse la libreta en el bolsillo de la chaqueta y se acercaba al ventanal que daba a la playa—. Una pareja que iba paseando por la playa se tropezó con él.

—¿Por qué playa?

El inspector Rosales abrió las cortinas de un tirón, y una explosión de luces rojas y azules inundó la noche. Por todas partes había policías provistos con linternas cuyos haces amarillos barrían el suelo.

—La playa de su patio trasero, de hecho.

Scott Daggart comprendió de pronto que no era un simple testigo que podía ayudar a resolver el asesinato de Lyman Tingley. Era el principal sospechoso.

## Capítulo 5

*E*n cuanto Daggart y los dos inspectores salieron de la *cabaña* (Daggart con las manos sujetas a la espalda con esposas de plástico), media docena de policías entraron en ella armados con cámaras y diversos utensilios. Daggart sabía que posiblemente era la última persona que había visto a Lyman Tingley con vida. Y el cuerpo de la víctima había sido descubierto detrás de su casa.

Hasta él habría de reconocer que aquello no tenía buena pinta.

Mientras avanzaban a toda velocidad por la carretera federal 307 y miraba por la ventanilla trasera del coche sin distintivos, a Daggart le sorprendió que hubiera tanto tráfico. Eran casi las tres de la madrugada y la autopista estaba atestada de autobuses que volvían a los hoteles cargados de turistas tras una noche de fiesta y excesos alcohólicos.

En los quince años que llevaba yendo a la península de Yucatán (aquel llamado pulgar verde que se adentraba en el mar), Daggart había sido testigo de un enorme cambio en la región. Playa del Carmen, un soñoliento pueblo de pescadores con poco más que un par de edificios de bloques de hormigón y un muelle de madera carcomida, cambió para siempre en 1974, con la construcción de dos hoteles en Cancún, un pequeño trecho de playa a sesenta y cinco kilómetros de allí. Una vez los adoradores del sol comenzaron a llegar en tropel al nordeste de México, era lógico que algunos de ellos siguieran camino hacia el sur, huyendo de sus congéneres.

Playa del Carmen era ideal para tal propósito, y aunque al principio logró mantener su encanto de pueblecito, todo eso cambió irremediablemente cuando la Junta de Turismo de México decidió poner nombre a los ciento sesenta kilómetros de playas de arena blanca que se extendían entre Cancún y Tulum. El apelativo que eligieron fue «la Riviera Maya». De la noche a la mañana, Yucatán se convirtió en el lugar de moda de México. Hasta Daggart tenía que admitir que, desde el punto de vista publicitario, fue un golpe brillante. La selva costera, las playas como polvo de talco, las ruinas mayas: todo aquello seguía siendo como desde hacía siglos, pero con un título tan atrayente el turismo vivió una explosión.

Ahora, toda la línea del litoral estaba salpicada de complejos turísticos, y lo que antaño habían sido costas yermas y playas vírgenes era de pronto una hilera de hoteles caros provistos de piscina con bar, *casitas* de techo de paja, bufé libre y todo lo necesario para engatusar al turista. Playa del Carmen creció hasta alcanzar los doscientos mil habitantes y se convirtió en la ciudad con mayor índice de crecimiento de todo México. Según las previsiones ministeriales, su población llegaría pronto al medio millón.

Daggart temía que se convirtiera en breve en lo que no era: un parque temático, remedo hortera de lo que se suponía debía ser una típica ciudad mexicana. Para él, que había llegado a amar México como si fuera su país natal, era triste ver tanto exceso urbanístico, aquel paisaje abarrotado de bloques de pisos y parques acuáticos. En algunos folletos recientes se hablaba incluso de las ruinas mayas como de «tierras de aventura». ¿Qué sería lo siguiente?, se preguntaba. ¿Transformar Playa del Carmen en el Orlando de México?

El coche silbaba por la autopista y los insectos zumbaban. El paisaje pasaba velozmente y, mientras miraba por la ventanilla, Daggart comprendió que aquella posibilidad no quedaba tan lejana como algunos podían pensar. Lo bueno de ello (lo único bueno) era que hacía aún más apremiante su trabajo. Cuanto más rápidamente se desarrollaba la Riviera Maya, más aprisa tenían que trabajar él y otros como él para mantenerse un paso por delante de los *bulldozers*. De lo contrario, las ruinas de los antiguos mayas corrían el riesgo de quedar sepultadas para siempre.

El coche viró bruscamente hacia el interior y cuando, un momento después, volvió a cambiar de dirección, sus faros barrieron un edificio verde de una sola planta, fabricado con bloques de cemento y embutido entre la selva desparramada. A excepción de un pequeño letrero con la leyenda «Policía», nada indicaba que aquello fuera una comisaría. La fachada estaba desconchada. El aparcamiento, invadido por las malas hierbas. La pared, manchada de barro y de motas marrones allí donde la lluvia había salpicado el zócalo de poco menos de un metro de alto. Daggart dedujo de su destartalada apariencia que el local había sido algo muy distinto antes de que lo comprara la policía del estado. Un mercado de pequeñas dimensiones, quizás. O un almacén. O un matadero.

La grava crujió bajo las ruedas hasta que el coche se detuvo. En el reducido aparcamiento había un único vehículo. Daggart se preguntó si todos los agentes de guardia estarían en su casa, hurgando entre sus efectos personales.

Los dos inspectores le condujeron al interior de la comisaría; papeleras a rebosar y persianas venecianas medio abiertas se tambaleaban bajo una gruesa capa de polvo. En un rincón, un único agente trabajaba sentado a una mesa iluminada por el pálido brillo de su ordenador. Levantó la vista un momento y volvió luego a enfrascarse en los papeles sobre los que estaba encorvado. Aunque la lógica le decía a Daggart que la comisaría disponía de aire acondicionado, en el interior reinaba un ambiente húmedo, denso y pastoso, muy alejado de la gélida temperatura y el aire helado que uno podía encontrar en las tiendas de regalos.

El inspector Rosales condujo a Daggart a la sala de interrogatorios. A Daggart se le aceleró el pulso al ver las paredes desnudas, el parsimonioso ventilador de techo y la mesita de madera, con dos sillas metálicas a cada lado. No se parecía a las sala que veía en las películas; era más pequeña, más sucia y deslucida, con cuatro paredes de bloques de cemento y un sencillo reloj industrial como único ornamento. Olía a comida recalentada en un microondas.

Rosales le soltó las manos y con un ademán le indicó que tomara asiento. Daggart se sentó a un lado de la mesa y Rosales, frente a él. El inspector Careche cerró la puerta, se apoyó contra la pared del fondo, se sacó una navajita suiza del bolsillo y empezó a mondarse los dientes. Todavía no había dicho ni una palabra.

«Mantén la calma —se dijo Daggart—. Relájate.»

—Bueno, ¿de qué hablaron en el Captain Bob? —preguntó Rosales sin preámbulos. Deslizó hacia delante una grabadora y pulsó el botón de encendido, cuyo chasquido metálico resonó en el cuartucho. Acto seguido, sacó una libreta y un bolígrafo de un bolsillo invisible de la chaqueta.

Daggart se irguió en la silla.

—¿Se me considera sospechoso? Si es así, me gustaría que hubiera un abogado presente.

—En primer lugar, amigo mío —dijo Rosales con mucha solemnidad—, en este momento todo el mundo es sospechoso y nadie lo es. ¿*Sí*? Y, en segundo lugar, esto es México. Ya no está en Kansas. ¿Ha oído usted hablar de derechos constitucionales?

—Por supuesto.

—Pues nosotros no.

Careche apartó la navaja el tiempo justo para lanzarle una sonrisa amarillenta. Daggart tuvo la impresión de que no era la primera vez que Rosales hacía aquel comentario.

—No pretendo hacerme el gracioso —añadió Rosales—, pero usted ya me entiende. —Se encogió de hombros y levantó las palmas como si dijera, «No pasa nada». Su idea de una disculpa—. Aquí hacemos las cosas a nuestra manera. Usted nos dice la verdad. Y nosotros la verificamos. *Ningún problema.*

La parte de atrás de la camisa de Daggart se había pegado a la silla. De pronto el cuarto parecía muy estrecho. El ventilador del techo giraba tan lentamente que Daggart se preguntaba para qué estaba encendido. ¿Sólo para mover un poco el aire caliente y pegajoso de un lado a otro?

Se inclinó hacia delante y relató su breve conversación con Lyman Tingley. La contó palabra por palabra, lo mejor que alcanzó a recordarla, sin mencionar que Tingley le había pedido que se apoderara del Quinto Códice; eso era sólo cosa suya, de nadie más. Y lo mismo podía decirse de las cinco monedas. Daggart no veía motivo para contarles aquel detalle en particular.

—Esos tres hombres, ¿qué aspecto tenían?

Daggart hizo lo que pudo por describirlos, aunque para él eran los típicos estadounidenses de veintitantos años. Uno era más gordo que los demás, de eso sí se acordaba, pero con las gorras de rigor echadas sobre los ojos costaba recordar sus facciones concretas.

—¿Sus gorras tenían alguna palabra o algún símbolo?

—NYY.

Rosales le miró desconcertado.

—New York Yankees —explicó Daggart.

Aunque de poco servía. Para bien o para mal, en todas partes había fans de los Yankees.

Rosales pasó unas hojas de su libreta como si buscara algo. Al final, sus ojos se posaron sobre una nota garabateada.

—El *señor* Tingley hizo un gran descubrimiento la primavera pasada, ¿sí? El Quinto Códice. ¿Sabe usted qué es?

—Por supuesto. Y supongo que usted también.

—Pongamos que no. Hábleme de él.

Daggart respiró hondo.

—Es un manuscrito maya muy antiguo. Extremadamente valioso.

—¿Era él el único que lo buscaba?

—Claro que no. Todo el mundo quería encontrarlo.

—¿Usted también? —gruñó Careche desde la pared del fondo. Sus primeras palabras. Su voz era un ladrido estrangulado: rasposa y desagradable. Incluso Rosales se volvió y pareció sorprendido por la súbita cólera de su compañero.

Daggart sintió que la sangre le afluía a la cara.

—Sí, yo también, pero no como él. Lyman estaba obsesionado. No se concentraba en otra cosa. Los demás sólo queremos dar sentido al mundo maya. Nada más.

—Pero usted lo buscaba —repitió Careche con un nuevo gruñido.

Daggart contestó con forzada paciencia.

—Activamente no, pero sí, claro.

—¿Y Tingley lo encontró? —preguntó Rosales. Su tono, a

diferencia del de su compañero, era tranquilo, razonable, tranquilizador. Daggart no tuvo más remedio que admirar lo bien que representaban sus papeles.

—Sí, la primavera pasada —dijo—. Seguro que lo vieron en las noticias. No sólo en México, en todo el mundo. Salió en todas partes, desde el *USA Today* al *Journal of International Anthropolgy*. Piensen en cualquier medio que se les ocurra, que seguro que había un artículo sobre el tema.

—¿Por qué?

—Porque es medio Biblia de Gutenberg, medio piedra Rosetta.

Rosales tomó nota.

—¿Usted lo ha visto?

Daggart negó con la cabeza.

—¿Tingley le hizo anoche algún comentario al respecto?

Daggart no se inmutó. Miró a Rosales a los ojos.

—No, que yo recuerde.

—¿Está seguro?

—Creo que me acordaría.

Rosales miró a su compañero y levantó las gruesas cejas. La boca de Careche se curvó más aún hacia abajo.

Daggart se preguntó qué sabían en realidad los dos inspectores. Y si no estaría cometiendo un error fatal al no decirles la verdad.

# Capítulo 6

*E*l aire caliente y rancio se arrastraba de un extremo a otro de la habitación. El inspector Rosales se alisó metódicamente el bigote con el índice y el pulgar.

—¿Y dónde está ahora ese Quinto Códice?

—En Ciudad de México, supongo —respondió Daggart.

—¿Supone?

—Hay que autentificarlo. Datarlo mediante pruebas de radiocarbono, hacerle análisis de tinta y de imagen multiespectral... El proceso completo. Una vez hecho eso, si se demuestra que es auténtico, podrá exhibirse. Antes, no.

—¿Y cree usted que ese códice está en Ciudad de México?

—Allí es donde está el INAH. —Careche frunció el ceño. Daggart añadió—: El Instituto Nacional de Antropología e Historia. Ellos son los que mandan en estos casos. Se encargan de hacer las pruebas de todos los restos mexicanos: aztecas, mayas, toltecas, lo que sea.

El inspector Rosales asintió con un gesto, volvió a garabatear y a continuación se recostó en la silla con los dedos entrelazados detrás de la cabeza, posiblemente intentando parecer más tranquilo de lo que estaba.

—Díganos otra vez por qué buscaba usted ese códice.

—Ya se lo he dicho, yo no...

—*Sí, sí*, entiendo. ¿Por qué lo buscaba el *señor* Tingley?

Daggart se frotó la cara, preguntándose por dónde empezar. Aquello era algo parecido a pedirle a alguien que te explicara qué era la física. O la Vía Láctea. O el DVR. Algo que no podía resumirse en un par de frases.

Daggart fingió estar dando una clase de primero en la facultad.

—Los mayas eran matemáticos expertos. Descubrieron el concepto del número cero. Sus calendarios eran muy ingeniosos, debido, principalmente, a que eran excelentes astrónomos.

—¿Y? —preguntó Careche, siempre en su papel de poli malo, en tono desafiante.

—Que eran muy listos. Violentos, a menudo, es cierto, pero también muy listos.

—¿Qué quiere decir con «violentos»? —preguntó Rosales.

—Eran extremadamente territoriales. Luchaban continuamente entre sí. Las guerras eran constantes. También eran grandes defensores de los sacrificios humanos. Así era como aplacaban a los dioses, matando a sujetos elegidos y ofreciéndoselos a sus deidades.

—¿Cómo se sabe todo eso? —preguntó Rosales.

—Por los códices.

Rosales le miró sin comprender.

—Un códice es un manuscrito —explicó Daggart.

—Códices. —Rosales pronunció aquella palabra como si mascara algo amargo—. ¿Hay muchos de esos códices?

—Hasta hace poco, sólo cuatro.

—¿Y explican lo de los sacrificios?

Daggart asintió con la cabeza.

—Y cómo era de verdad la cultura maya. Sus matemáticas, su astronomía, sus calendarios. Las inscripciones de las ruinas sirven de ayuda, pero para un antropólogo los códices son de un valor incalculable. Sobre todo porque hay muy pocos.

—¿Por qué?

—Porque los que no fueron destruidos, se estropearon.

—¿Cuándo se escribieron? —preguntó Rosales.

—En algún momento entre el siglo XIII y el siglo XVI.

—¿Y por qué se deterioraron?

—Porque se escribieron entre el siglo XIII y el siglo XVI.

Rosales bajó los brazos y los cruzó sobre el pecho. Una expresión de fastidio cubrió su cara.

Daggart continuó.

—Mire, los códices se escribían en papel fabricado con corteza de árbol, o en vitela, a veces. Materiales muy frágiles. Puede usted imaginar lo quebradizo que se vuelve el papel después de ochocientos años.

—¿Y Tingley encontró uno de esos códices? ¿Aquí, en Yucatán?

—Pues sí, en efecto.

Rosales le lanzó una mirada inquisitiva.

—Parece usted sorprendido.

—Y lo estoy.

—¿Por qué?

—Porque los otros cuatro códices no se encontraron en México.

Rosales esperó a que continuara. El cuartucho suspiró. Una exhalación cálida y fangosa.

—El problema es —explicó Daggart—, que son muy antiguos. Y el clima no perdona. El calor, la humedad, la saturación de sal en el aire. La pesadilla de un librero. Sabemos, además, que en el siglo XVI se destruyeron gran cantidad de códices.

—¿Los *conquistadores*?

Daggart asintió con una inclinación de cabeza y se echó hacia delante.

—Uno en particular: el obispo Diego de Landa. Como no sabía leer los jeroglíficos, dio por supuesto que eran libros de magia. Obras satánicas. Y optó por destruirlos todos.

—Pero algunos sobrevivieron.

—Cuatro sí, no hay duda.

—Y ahora hay un quinto.

—Sí, ahora hay un quinto —repitió Daggart.

—Pero, si no se encontraron aquí, ¿dónde se encontraron?

—En Europa.

Rosales anotó algo en su libreta. La grabadora plateada chirriaba suavemente.

—Los conquistadores llevaron a España algunos manuscritos. Ya sabe, regalos para la nobleza y todo eso. Pero los reyes no los entendían y los cambiaron por reliquias. Luego siguieron pasando de mano en mano, y hasta el siglo pasado no se descubrieron los cuatro códices. Uno se encontró en un cubo de basura, en el sótano de una biblioteca. Por lo visto llevaba décadas allí.

—¿Y dónde están ahora?

—En las ciudades donde fueron descubiertos. El Códice de Madrid en Madrid, el de París en París, etcétera.

Por un momento, el roce del bolígrafo de Rosales sobre el papel se mezcló con el chirrido de la grabadora y con el susurro del ventilador. Una sinfonía de efectos sonoros.

—¿Dónde encontró el *señor* Tingley ese Quinto Códice? —preguntó Rosales.

—En su yacimiento, supongo.

—¿Que está en…?

—No tengo ni idea —contestó Daggart sin vacilar.

Rosales le miró con sorpresa.

—¿No sabe dónde trabajaba su amigo?

—Ya les he dicho que Tingley y yo no éramos amigos.

Rosales se sacudió su comentario como si fuera una mosca.

—Amigos o no, ¿no le dijo dónde trabajaba?

—No se lo decía a nadie. Los arqueólogos son muy reservados respecto a sus yacimientos.

—Pero podríamos encontrarlo —dijo Rosales como si le lanzara un desafío.

—En teoría, sí.

Rosales levantó las cejas.

—No entiendo. Imagino que para trabajar aquí tendrán que registrar los yacimientos en el… ¿cómo ha dicho que se llama? ¿El INAH?

—Tiene usted toda la razón.

—¿Y bien? ¿No podrían llevarnos ellos al yacimiento?

—Mire, nosotros notificamos al INAH cuáles son nuestros objetivos en cuanto ponemos el pie en este país. Registramos los yacimientos. Rellenamos el papeleo. Pero el INAH no tiene medios para hacer un seguimiento de cada excavación. No tienen tiempo, ni personal, desde luego. Casi todas esas excavaciones están en plena selva. En carreteras sin marcar. Algunas ni siquiera eso. El INAH puede proporcionarles las coordenadas de GPS de un yacimiento, pero aun así les costará encontrarlo. Lo digo en serio: la selva es la selva.

Careche emitió una especie de gruñido desde la pared del fondo.

Daggart no le hizo caso.

—Los descubrimientos que pueden hacerse son de importancia monumental. Cuanta menos gente conozca los pormenores, tanto mejor.

—¿Ni siquiera se lo dicen a sus colegas?

—A ellos menos que a nadie.

Rosales hojeó sus notas. El ventilador del techo removía el aire denso con un bisbiseo.

—Entonces, ¿de qué trata ese códice en particular?

—No lo sé exactamente. Tingley no me lo dijo.

—Pero tendrá alguna teoría.

—Desde luego.

—¿Y cuál es?

Daggart bajó los ojos y los fijó en la mesa, delante de él. Pasó las manos por el tablero de pino. Los bordes eran suaves y redondeados, y Daggart se preguntó si se debía a los cientos de detenidos que, como él, evitaban la mirada inquisitiva de los inspectores concentrándose en el tacto reconfortante de la madera.

—El fin del mundo —dijo por fin.

Careche soltó una breve carcajada.

—¿Ha dicho «el fin del mundo»?

—Eso es.

—Entiendo —dijo Rosales como un padre siguiéndole la corriente a su hijo pequeño—. Y supongo que el Quinto Códice dice exactamente cuándo ocurrirá.

—Pues sí —respondió Daggart. Levantó los ojos y le devolvió la mirada a Rosales—. El 21 de diciembre de 2012. Ése es el día en que acabará el mundo tal y como lo conocemos. Y el Quinto Códice explica como pasará.

# Capítulo 7

Le traía sin cuidado que la gente le considerara un esnob: él prefería con mucho el Museo Marmottan al Museo d'Orsay y a L'Orangerie. Incluso lo prefería al Louvre. Su colección no sólo era más manejable para verla en un solo día, sino que sus visitantes eran infinitamente menos numerosos y muchísimo más educados. En lugar de las obtusas muchedumbres que se agolpaban en el Louvre, trepándose unas a otras, para ver fugazmente la Mona Lisa y la Venus de Milo, o de los seudointelectuales que se fingían impresionados ante un puñado de Van Goghs en el Museo d'Orsay (tachando los museos de su lista de cosas que hacer como si estuvieran en un concurso), el Marmottan ofrecía arte excelso y serena reflexión: la oportunidad de detenerse en la espaciosa sala circular de la planta baja de la villa restaurada y verse rodeado por las más grandes pinturas de Monet. Así era como había que experimentar el arte.

Llevaba yendo a París desde sus tiempos de estudiante y rara vez perdía la ocasión de visitar el Museo Marmottan. Ver aquella institución suponía un viaje más largo en metro, pero para él siempre merecía la pena. Sobre todo, cuando necesitaba despejarse.

Y ahora lo necesitaba, no había duda.

Miró su reloj. Era por la mañana en París, de modo que en Yucatán aún sería de madrugada. Demasiado pronto para tener noticias de su hombre en México.

Tomó asiento en el largo banco y fijó los ojos en el mundo azul y verde de los nenúfares de Monet. Adoraba que, a medida que el pintor perdía la vista, sus colores se volvieran más radiantes y sus pinceladas más vigorosas. El maestro no había introducido aquellos cambios en su arte pensando en el público, sino en sí mismo. Era el único modo de ver lo que estaba pintando.

Adaptación. Uno hacía lo que tenía que hacer.

Se recostó en el banco y estiró las piernas, nutriéndose de la reconfortante frescura de los colores de Monet. Eran esplendorosos aquellos *Nenúfares*: el agua densa y opaca; el puente arqueado que parecía suspendido en el aire; los sauces remojándose en el pequeño estanque de Giverny.

Se imaginó dirigiendo la reunión que daría comienzo seis horas después. La visualizó sin reparar apenas en los susurros de los visitantes que había a su alrededor. Repasó cada detalle con la imaginación. Vio exactamente cómo la encauzaría. Dónde se sentaría cada cual. Cuándo se les permitiría hablar y cuándo no. Al principio se mostrarían sorprendidos, incluso atónitos. Pero el plan funcionaría. Conseguirían lo que querían (todos ellos) y el mundo jamás volvería a ser el mismo.

# Capítulo 8

*E*l inspector Rosales miraba fijamente a Scott Daggart, escudriñando su semblante para ver si le estaba tomando el pelo. Pero no: hablaba en serio.

—¿Ha oído hablar alguna vez del día del Juicio Final de los mayas? —preguntó Daggart.

Rosales negó con la cabeza.

—No es de extrañar —dijo Daggart—. Al gobierno mexicano no le interesa darle publicidad. Y hasta entre los estudiosos del período maya hay mucha controversia al respecto.

Daggart vio que los policías aguardaban una explicación. Comenzó despacio, ordenando los datos del mismo modo que un fiscal presenta un caso ante el jurado.

—Los mayas estaban obsesionados con el tiempo. No tenían ordenadores, ni calculadoras, pero descubrieron que el año solar dura en torno a 365,24 días, un cómputo mucho más preciso que el de nuestro calendario actual, lo crean o no.

Rosales se inclinó un poco hacia delante, visiblemente interesado. Hasta el chirrido de la grabadora pareció acelerarse.

—A medida que aumentaban sus conocimientos, fueron dándose cuenta de que los grandes hechos coincidían con ciertas alineaciones de los astros. Como resultado de ello, su astronomía adoptó elementos de lo que nosotros llamaríamos astrología. Podían predecir hechos futuros. Por eso hoy día a mucha gente le resulta fácil desdeñarlos. Pero conviene no olvidar una cosa: los mayas acertaron en todas sus predicciones.

—Está de broma, ¿no?

—No, no estoy de broma.

El inspector Careche no parecía muy convencido.

—Póngame un ejemplo.

—Le pondré uno famoso. En torno al año 1000, los mayas profetizaron que un día de la primavera de 1517 un importante ancestro suyo, Quetzalcoatl, volvería a casa. Y no sólo eso, sino que volvería «como una mariposa». Pues bien, ¿no les dice nada esa fecha?

—¿Cortés? —preguntó Rosales como un niño en clase.

—Exacto. Ese día, once galeones españoles aparecieron de repente en el horizonte, por el este. Y los indios, claro está, se habían agolpado en la costa desde el amanecer para esperar el regreso de Quetzalcoatl.

—¿Y qué pasa con la mariposa? —preguntó Careche, todavía combativo.

Daggart se volvió hacia él. De pronto parecía un profesor en un seminario, más que un sospechoso en una sala de interrogatorios.

—Piensen en esos barcos apareciendo ante su vista. Minúsculos navíos oscilando sobre la superficie del océano. ¿Qué sería lo primero que verían cuando los barcos surgieran en el horizonte?

—La torre del vigía —respondió Careche.

—¿Y? —insistió Daggart.

—Los mástiles.

—¿Y?

—Las velas.

Daggart asintió con la cabeza.

—Las velas hinchadas, moviéndose al viento, ondeando como las alas de enormes mariposas ante los ojos de los indios.

—Quizá.

—Quizá, no —dijo Daggart—. Exactamente tal como lo describo. Así que allí estaban, agolpados en las playas mientras los barcos aparecían como mariposas sobre el tranquilo mar Caribe, preparándose apaciblemente para dar la bienvenida a su antepasado, Quetzalcoatl, el gran dios.

—Sólo que no era Quetzalcoatl.

—No, era Hernán Cortés, el conquistador español. Cortés llegó a las playas vírgenes de México, intercambió galanterías con los indios y luego ¿qué?

—Conquistó el imperio azteca en menos de dos años —dijo Rosales obedientemente.

—Y todo la península de Yucatán en menos de veinte. No era eso lo que esperaban los mayas, desde luego, pero en una cosa acertaron: aquél fue un día de tremenda importancia.

—Eso es sólo un ejemplo —dijo Careche, todavía escéptico.

—Cierto. Pero hay más. Predijeron con absoluta precisión una serie de terremotos en el siglo XIII, tres huracanes y una hambruna en el XV, una rara nevada en la centuria siguiente, y batallas y victorias a lo largo de toda su historia, incluyendo el día exacto.

Se quedaron los tres callados un momento, rodeados por la queda sinfonía de los ruidos: el *clic, clic, clic*, el chirrido de la grabadora, el soplo del ventilador. Luego habló el inspector Rosales.

—¿Qué importancia tiene el 21 de diciembre de 2012?

—Ese día, por primera vez en veintiséis mil años, el Sol cruzará el ecuador galáctico, de modo que la Tierra quedará alineada con el centro de la Vía Láctea. Puede que eso no les diga nada, ni a mí tampoco, pero esa alineación en concreto es el equivalente a que alguien ganara el Mundial y el premio Nobel el mismo año, y además le tocara la lotería. Es uno de los sucesos más improbables de todos los tiempos. Supone la transición de lo que los mayas llamaban el Mundo del Cuarto Sol, del que actualmente estamos saliendo, al Mundo del Quinto Sol. Algunos llegan al extremo de afirmar que provocará la inversión del campo magnético de la Tierra.

El semblante de Careche parecía envuelto en dudas.

—No me diga que usted se cree eso.

—Bueno… Por un lado, es ridículo pensar que pueda predecirse con tanta antelación un cataclismo natural, que es como lo llamaban los mayas. Pero por otro…

—¿Sí? —insistió Rosales.

—No sabemos suficiente para descartarlo.

Rosales se abanicó con la libretita.

—¿Y el Quinto Códice explica ese «fin del mundo»?

—Eso es lo que creen los científicos.

Rosales se levantó de la silla y se quitó la chaqueta. Llevaba una pistolera de cuero alrededor del hombro y el arma sujeta al costado.

—Así que es posible que Lyman Tingley corriera peligro si tenía el códice en su poder.

—Es posible, sí.

—Pero ¿por qué iban a matarlo, si no lo tenía?

—No lo sé, francamente.

—No estará usted tan obsesionado, ¿verdad?

Daggart sintió que la cara se le encendía, y reprimió el impulso de levantarse de la mesa y volcar la silla.

—No, no estoy tan obsesionado.

—Entiendo. —Rosales dio una vuelta por la habitación, golpeando distraídamente la pared con el puño. Sus golpes producían un ruido sordo y hueco que resonaba en el techo antes de disiparse, impulsado por el lento movimiento del ventilador.

Llamaron a la puerta. Rosales la abrió, sustituyendo el aire caliente y fétido de la sala de interrogatorios por el aire igualmente fétido pero algo más fresco de la comisaría. Al otro lado esperaba el corpulento policía al que Daggart había visto poco antes iluminado por la pantalla del ordenador. Se inclinó hacia delante, entregó a Rosales una carpeta marrón y rápidamente le susurró al oído algo en español. Daggart pudo captar algunas frases clave.

«No hay sangre. Ni restos de la víctima. Nada.»

Daggart vio pasar lo que parecía una expresión de fastidio por la cara del inspector jefe. El policía cerró la puerta y Rosales abrió la carpeta y echó un vistazo a los documentos.

—Es usted militar —dijo.

—Retirado.

—¿Irak?

—Somalia.

Los ojos de Rosales se movían adelante y atrás por la página. Silbó por lo bajo y emitió una serie de chasquidos con la lengua.

—Menudo currículum. Y vaya temperamento.

Daggart no dijo nada. No tenía sentido intentar defender sus actos. Su naturaleza impetuosa había hecho de él un buen soldado. No estaba orgulloso de su pasado, pero eso era: pasado.

—¿Siempre resolvía sus problemas recurriendo a la violencia? —preguntó Rosales.

—Sólo cuando me veía obligado.

—¿Y ahora?

—La universidad pone mala cara si le doy un cabezazo a un alumno. Así que imagínese.

Rosales apretó los dientes.

—¿Cuánto tiempo piensa quedarse? —preguntó bruscamente.

—Las clases empiezan la semana que viene. Me marcho pasado mañana.

—Ya no. Cambie su vuelo. Le haremos firmar una declaración.

—¿Y si no quiero quedarme? Tengo que volver al trabajo.

Rosales se inclinó hacia él.

—Si intenta salir del país, no tendremos más remedio que detenerle. Estoy seguro de que un hombre culto como usted lo entenderá. —Dijo esto último con aire de desprecio y entregó a Daggart su tarjeta—. Llámenos si se le ocurre algo. Algo que haya olvidado decirnos, quizá.

Le lanzó una mirada cargada de intención y salió. Daggart le siguió, con Careche a la espalda. Rosales se acercó al policía corpulento y le pidió que llevara a Daggart a su *cabaña*. Estaban casi en la puerta cuando Rosales los detuvo.

—Casi se me olvidaba —dijo con actitud de no haberlo olvidado ni por un segundo. Se metió la mano en el bolsillo lateral de la chaqueta y sacó un librillo de cerillas—. Encontramos esto en un bolsillo de los pantalones de Tingley. —Abrió el librillo y le enseñó la pestaña de dentro. Anotados a lápiz estaban el nombre completo de Daggart y su número de teléfono.

—Es usted, ¿no? —preguntó Rosales.

Daggart asintió con una inclinación de cabeza.

—¿Puede explicarlo?

Daggart se encogió de hombros.

—Hablábamos poco. Es lógico que Lyman anotara mi número de teléfono en lo primero que tuviera a mano.

Rosales se guardó el librillo de cerillas y abrió la puerta de la comisaría.

Pero había una cosa que inquietaba a Scott Daggart cuando salió al aire húmedo de la noche. Lyman Tingley no fumaba. Así que ¿por qué demonios llevaba encima un librillo de cerillas?

# Capítulo 9

$D$e pie en el borde de la selva, con la cara envuelta en sombras, el Cocodrilo sacó su teléfono móvil y apretó la tecla de marcación rápida. El teléfono sonó cuatro veces antes de que al otro lado de la línea contestara un hombre, un hombre al que el Cocodrilo sólo conocía como «el Jefe». Eso era lo único que había querido decirle sobre su identidad.

—¿Sí? —Al fondo se oía el murmullo de una conversación.

—La policía se ha llevado a Scott Daggart —dijo el Cocodrilo.

—¿Tingley contactó con él?

—Anoche, como usted predijo.

—¿Y Tingley?

—Me he ocupado de él.

Un silencio cargado de interferencias cayó sobre la conversación. El Cocodrilo oía voces de fondo.

—Me pilla en la Sainte Chapelle —dijo el Jefe por fin—. ¿La conoce?

El Cocodrilo contestó que no con un gruñido. No tenía ni idea de qué estaba hablando el Jefe. Sabía que estaba en el extranjero, en alguna parte (¿en París?), pero no se acordaba de dónde. Ni le importaba gran cosa.

—Tiene unas vidrieras maravillosas. Cuentan la historia de la Biblia, pero en imágenes. Y tienen más de ocho siglos de antigüedad. Un lugar bellísimo. Bellísimo.

El Cocodrilo dejó pasar los segundos. «Déjeme hacer mi trabajo —se dijo—. Encárgueme lo que sea. Y no me haga perder el tiempo con lecciones de historia.»

—Entonces, ¿qué quiere que haga? —preguntó, intentando disimular su impaciencia.

—Vigile a Daggart. Y llámeme si hace algo, si dice algo, si encuentra algo.

—No hay problema. ¿Y luego?

El Jefe hizo una pausa antes de responder.

—Y luego tendrá que matarle, por supuesto.

La comunicación se cortó y el Cocodrilo guardó el teléfono. Miró la casita enlucida del claro, suspendida entre la jungla y el océano. La policía de la noche anterior se había marchado y, a unos cincuenta metros de la orilla, Scott Daggart nadaba en el mar Caribe en paralelo a la playa. Al Cocodrilo no le costaría seguirle. Y menos aún acabar con él. Scott Daggart ni se enteraría, como todas sus víctimas.

Ésa era la belleza del cocodrilo. Su camuflaje.


Encorvado sobre la mesa, el inspector Alejandro Rosales apoyaba la frente en su mano izquierda mientras hojeaba un montón de papeles: cogía un folio, lo examinaba y lo colocaba a continuación en uno de los dos montones que tenía a su lado. Aquellos documentos equivalían a los homicidios de un año entero. Buscaba otros asesinatos ocurridos en el estado de Yucatán que pudiera relacionar con el de Lyman Tingley: el corazón extraído, la presencia de una cruz minúscula. Lo que fuera.

Había, de hecho, un caso semejante, un homicidio de cuya investigación también se había encargado él. No necesitaba un expediente para refrescarse la memoria. Se trataba de Javier Benítez, un mexicano de veintinueve años. Hallado muerto por un turista que había salido a correr por la playa. Con el corazón arrancado y colocado sobre el pecho. De eso hacía ocho meses. El caso estaba en el dique seco desde entonces. No habían aparecido pistas. Ni testigos. Puestos el uno junto al otro, aquellos dos casos parecían casi idénticos, y al examinar los expedientes del año anterior el inspector Rosales descubrió otros dos asesinatos que guardaban ciertas similitudes con los de Tingley y Benítez.

Una sombra cayó sobre las hojas y Rosales levantó la vista. El inspector Careche estaba de pie bajo los fluorescentes del techo. La luz de fondo desdibujaba sus facciones.

—He hablado con una camarera del Captain Bob —dijo—. Ha confirmado la historia que nos contó el estadounidense. Tingley se marchó primero. El *señor* Daggart, unos minutos después. —Hablaba a regañadientes, como si le costara reconocerlo—. También he llamado a su jefe, en Estados Unidos. A la Universidad del Noroeste.

—¿Qué le ha dicho?

—Es una mujer. —Careche miró sus notas—. Samantha Klingsrud. Tiene que devolverme la llamada, se supone. —Cerró su libreta de golpe.

Rosales volvió a los expedientes policiales apilados sobre la mesa. Mientras cambiaba un papel de un montón a otro, se dio cuenta de que Careche no se había movido. Se recostó en la silla y miró a su compañero.

—¿Por qué dejó que se marchara? —preguntó Careche. No se molestó en ocultar su tono desafiante.

Rosales se encogió de hombros.

—No teníamos pruebas para retenerlo.

—Claro que sí. Tingley y él eran competidores. Se vieron esa misma noche para tomar una copa. Y Daggart está familiarizado con los sacrificios mayas.

Rosales sacudió la cabeza.

—Todo eso es circunstancial.

—Un cadáver no aparece circunstancialmente en el patio trasero de uno de sus conocidos. Ese tipo es un asesino. No acabo de entender por qué le ha soltado. El hecho de que en su casa no hubiera ninguna prueba evidente no demuestra nada.

—Permítame hacerle una pregunta, inspector. ¿Cuál cree que es nuestro objetivo prioritario en lo referente a Lyman Tingley?

Careche se encogió de hombros, desconcertado.

—Encontrar al asesino —dijo.

—Exacto. Encontrar al asesino. Impedir que vuelva a matar.

Una expresión vacua, más vacua aún que sus ojos de escualo, cubrió el semblante de Careche.

—¿Qué está diciendo?

Rosales se removió en la silla para verle mejor la cara.

—Si Scott Daggart trabaja con alguien más, como sospecho,

tendremos muchas más probabilidades de descubrirlo viéndole en acción que escuchando sus declaraciones ante la policía. Así que vamos a seguirlo hasta que nos conduzca a las personas y los lugares adecuados.

Careche le miró confuso, achicando los ojos.

—Pero no lo estamos siguiendo. Estamos aquí, en comisaría, de brazos cruzados, mientras Daggart anda por ahí haciendo Dios sabe qué.

Rosales asintió con calma; luego señaló la imagen de su ordenador. Era un mapa del estado de Yucatán con una serie de coordenadas de GPS en la parte de abajo de la pantalla.

—Le dije a Ubario que pusiera un chivato en su coche. Si Scott Daggart va a alguna parte, nos enteraremos. Y no andaremos muy lejos.

Careche se quedó mirando un rato la pantalla del ordenador; después asintió con la cabeza, refunfuñó algo y se alejó.

Rosales le vio marchar y volvió luego a fijar la vista en el montón que tenía delante, aquella gruesa pila de papeles amarillentos que le recordaba con horripilante detalle homicidios recientes cometidos a la manera de los antiguos.

# Capítulo 10

*E*ra lógico que Scott Daggart recurriera al océano.

Tras la muerte de Susan, había intentado superar la pena a base de músculo. Era su modo de enfrentarse a los problemas. Después de meses sin pegar ojo y siguiendo el consejo de sus amigos, visitó por fin a una terapeuta que le dijo que tenía que ꞌ hacer dos cosas: llorar y hacer ejercicio. Daggart se levantó, pagó la minuta y no volvió más. Llorar, ya había llorado bastante. Aceptó, en cambio, su consejo acerca de hacer ejercicio.

Nadaba siempre que tenía ocasión. En la piscina de la universidad avanzaba por el agua con brazadas firmes y medidas, olvidado completamente de sí mismo. Así no había pasado. Ni recuerdos. La imagen obsesionante del cuerpo sin vida de Susan dejaba de existir.

En verano nadaba en las cálidas aguas del Caribe. El sol sobre la espalda, el chapoteo de sus pies, el movimiento fluido de sus brazos cuando extendía las manos hacia el cielo azul brillante con cada nueva brazada, y nada más. Alargar los brazos, empujar el agua, patalear, así una y otra vez. No era Michael Phelps, pero conseguía mantener los recuerdos a raya. Eso era lo importante. Y era mejor que su modo anterior de resolver los problemas, que consistía en moler a palos a quien le tocaba las narices.

Esa mañana, el posible significado de aquella letra M resonaba en su cabeza como una enojosa melodía que no lograba sacudirse de encima.

«No le des más vueltas. Deja que las respuestas lleguen solas. Deja que pase.»

Era el mejor modo que conocía de encontrar la solución a

un problema. Tras haber pilotado helicópteros en Somalia, perdió el interés en reengancharse. No era antimilitarista; nada de eso. Pero estaba harto de pelear: con el enemigo, con sus superiores, con todo el mundo. Fue saltando de empleo en empleo, a la deriva como un palo en un río.

Luego llegó a México.

Unos amigos y él fueron a Cancún a pasar una semana de vacaciones. «Puro hedonismo», dijeron para describir el viaje. Pero después de tres días de piñas coladas y margaritas, de discotecas y mujeres, Daggart empezó a inquietarse. Tenía que haber algo más que aquello en la vida.

Dejó Cancún, a sus amigos borrachos, y a la mujer acostada en su cama (de cuyo nombre no se acordaba), alquiló un coche y empezó a conducir sin rumbo. Se perdió en Yucatán, yendo de camino en camino, hasta que se topó con una minúscula aldea maya en medio de la selva y en plena noche. La gente no hablaba inglés, ni español, casi; se comunicaba en yucateco, un dialecto maya autóctono. Dándose cuenta de que Daggart estaba cansado y hambriento, le preguntaron mediante gestos y símbolos si quería quedarse a pasar la noche.

Daggart aceptó de mala gana.

A la mañana siguiente se despertó con el olor embriagador de las tortillas de maíz y el chisporroteo de los chiles sobre el fuego: una invitación a desayunar tan tentadora que no pudo rechazarla. Devoró una comida que incluía melón recién cortado de la mata, zapallo y tomates fritos y una especie de moje llamado *xni pec*.

Mientras engullía hasta la última migaja de su tosco plato, sentado sobre la tierra dura y pelada, se hizo amigo de un niño de hirsuta cabellera negra que le miraba con los ojos abiertos de par en par. Se llamaba Andrés y nunca había visto un hombre blanco. Pellizcaba la piel de Daggart para regocijo de todos, como si esperara arrancar con sus deditos morenos una fina membrana blanca.

Después, Daggart acompañó a Andrés y a un grupito de niños a buscar el agua para la jornada. Avanzaron de puntillas por un estrecho sendero bordeado de cedros, caobas y plantas trepadoras llamadas chayoteras. El bosque húmedo y sofocante olía a invernadero. La tierra chapoteaba bajo sus pies. Daggart descubrió con asombro que tardaban casi media hora en llegar al manantial más cercano. Pero más aún le impactó que aquellos niños tuvieran que llevar el agua a la aldea en pesados cubos sostenidos en precario equilibrio mediante varas terciadas sobre la nuca, como si fueran bueyes.

Cuando Daggart expresó su perplejidad, los ancianos de la tribu se limitaron a señalar un pequeño hoyo practicado en el suelo. El rudimentario pozo, apenas esbozado, yacía intacto. Los hombres estaban demasiado atareados trabajando en el campo para terminarlo, y las mujeres se pasaban el día moliendo maíz cocido y convirtiéndolo en grandes montones de tortillas. A Andrés y sus amigos les tocaba hacer varios viajes cada día.

Cuando Daggart preguntó por qué no se mudaban, le dijeron (o eso entendió lo mejor que pudo) que acababan de mudarse. Sus antepasados habían vivido durante generaciones cerca del mar, pero la invasión creciente de los hoteles había ido empujándolos tierra adentro. Lo decían sin pesar ni amargura. Así eran las cosas, sencillamente.

Daggart decidió quedarse. Sólo unos días, se dijo. Lo justo para ayudarles un poco. A fin de cuentas, era muy mañoso. Tenía tiempo libre. Y sus amigos, en Cancún, no le echarían de menos.

Se entregó a los quehaceres cotidianos de la aldea. Se levantaba al alba, como los demás hombres, para desbrozar los campos con hachas y artilugios parecidos a machetes. De noche, cuando los últimos rayos de sol se filtraban gota a gota por la malla del bosque y las hilachas de humo de las hogueras se alzaban como fantasmas ondulantes, Daggart cavaba la tierra tachonada de caliza. Su pala golpeaba la roca con estrépito mucho después de que comenzaran a oírse los primeros ruidos nocturnos. Al cabo de un mes dedicado a cavar, traspasó una fina capa de arcilla y el agua fresca comenzó a brotar como petróleo. Lo había conseguido.

A cambio de sus esfuerzos, los mayas le dieron una hamaca para dormir y la mejor comida que había probado nunca, o casi. Ambas partes lo consideraron una ganga.

Cuando Daggart le dijo al jefe de la tribu que tenía que volver a casa, la aldea celebró una fiesta de despedida en su honor. Papayas jugosas y suculentas sandías. Judías verdes que se rompían, crujientes, en la boca. Tortillas bañadas en la miel dulce y azucarada de las colmenas del pueblo. Pavo ahumado. Y, para terminar, carne de cerdo fresca envuelta en hojas de banano y cocida durante todo el día en un foso humeante.

Después, los aldeanos se sentaron en torno a las temblorosas brasas del fuego y las familias fueron haciéndole obsequios en señal de gratitud. Los regalos iban desde lanzas en miniatura a hamacas tejidas a mano. El pequeño Andrés le regaló una tortuguita tallada en madera. Aunque tal vez no fuera un momento tan dramático como el que vivió Saulo en el camino de Damasco, fue en ese instante cuando Scott Daggart decidió consagrar su vida a los mayas.

Por primera vez tenía una meta.

Dejó la aldea, dejó México y regresó a la universidad a fin de obtener la formación necesaria para cumplir su sueño. Y entonces conoció a Susan.

Él estaba cursando el doctorado en antropología. A ella le faltaba un año para licenciarse en gestión cultural y museística. Unos amigos comunes les organizaron una cita a ciegas. Aunque más tarde ambos reconocieron que temían la cita (¿qué probabilidades había de que semejante encerrona diera buen resultado?), aquel café en un restaurante de Westwood fue el comienzo de un noviazgo de dos años que no flaqueó ni un instante.

Una semana después de su boda, Daggart fue contratado por la Universidad del Noroeste y en un plazo sorprendentemente corto pasó a ser uno de los antropólogos más destacados del mundo. Su laboriosidad insaciable y su instinto para desentrañar los jeroglíficos mayas hicieron de él una estrella en ascenso en el campo de la antropología.

Susan encontró trabajo en el Art Institute, y sus jefes descubrieron muy pronto que, pese a ser más joven que la mayoría de sus compañeros, su risa contagiosa encandilaba a todo el mundo, incluidos los multimillonarios de cuyas donaciones dependía el museo. Sólo en el primer año de su gestión, las donaciones aumentaron un quince por ciento.

Aunque ambos viajaban mucho por motivos de trabajo (ella, a Europa y Asia; él, a México para estancias de tres meses), intentaban ir juntos siempre que podían. Y cuando tenían que separarse se escribían largas y laberínticas cartas cargadas de nostalgia. Evitaban los mensajes de texto y el e-mail; preferían papel y pluma para verter sus sentimientos más íntimos con la misma facilidad con la que se derramaba la tinta con la que estaban escritos.

Cuando estaban juntos, veían películas, practicaban el esquí a campo abierto en invierno y el piragüismo en verano. Hacían fotografías, leían libros, tenían abonos de temporada para el festival de Ravinia, adonde siempre llevaban una botella de Riesling o de Chardonnay y dejaban que la música clásica fluyera sobre ellos mientras yacían bajo las estrellas.

Era una vida paradisíaca.

Y cuando acabó, cuando Susan desapareció de este mundo, la vida para Daggart se convirtió en todo lo contrario. En un infierno.

No había un solo día en que no pensara en ella, un solo día en que no deseara tenerla consigo, estrecharla entre sus brazos de noche, despertarse con ella por la mañana, compartir una risa, un abrazo, un beso, y todo de cuanto habían disfrutado en sus escasos años de matrimonio. No había un solo día en que, al despertarse, no mirara a su lado de la cama para ver si quizá, de algún modo, la huella de su cabeza seguía aún en la almohada. No había un solo día en que no releyera una de las muchas cartas que ella le había escrito y que Daggart guardaba pulcramente en un paquete junto a la cama.

A veces el peso de los recuerdos se volvía excesivo, y una tristeza que no había conocido nunca antes aplastaba a Daggart. Entonces, se zambullía en su trabajo. Traducir jeroglíficos era un bálsamo que aplicaba a la herida abierta de la ausencia de Susan; inmerso en los acertijos de los mayas, dejaba que su mente viajara a otra parte.

Y nadaba. La constancia del ejercicio físico le calmaba. Aquella grata repetición le permitía despejar su mente. Esa mañana, tras pasar la noche en comisaría y una hora en las serenas y tranquilizadoras aguas del mar Caribe mientras el sol, una bola naranja, se deslizaba despacio sobre el horizonte, Daggart regresó a tierra de mala gana y salió del agua con la facilidad de un anfibio.

Acababa de entrar en la *cabaña* cuando sonó el teléfono. De su bañador manaban riachuelos que corrían por sus piernas, formando un charco sobre las baldosas de terracota.

—*Buenos días*, mi amigo —dijo su interlocutor a modo de saludo.

—*Buenos días, amigo*. —El solo hecho de oír la voz de Alberto le hizo sonreír—. *¿Qué pasa?*

Comprendió que algo iba mal cuando Alberto no respondió. Sentía la preocupación de su amigo.

—Si llamas por lo de Lyman Tingley —dijo—, ya lo sé.

—¿Le ha pasado algo a Lyman Tingley?

Mientras se secaba el pelo con la toalla, Daggart le habló del asesinato de Tingley y de su breve visita a la comisaría. Pero Alberto no llamaba por eso.

—¿Qué ocurre, Alberto? ¿Qué querías contarme?

—Es sobre el yacimiento.

Daggart dejó que la toalla colgara alrededor de su cuello.

—¿Qué pasa con él?

—Creo que será mejor que lo veas tú mismo.

—¿Qué ha ocurrido?

—Creo que será mejor que lo veas tú mismo —repitió Alberto.

Daggart miró su reloj.

—Dame un cuarto de hora. Enseguida estoy allí.

Colgó, se puso algo de ropa y salió un instante después.

# Capítulo 11

Daggart dejó la autopista y se desvió rumbo al oeste, hacia el interior, lejos del océano, de los hoteles, de los autobuses de turistas y de los coches de alquiler. El estrecho camino por el que circulaba era una mezcla de barro y gravilla. Con el todoterreno forzado al límite, patinaba entre el ejército de raíces que montaba guardia a cada lado del camino. Un penacho de polvo blanco como la tiza le seguía.

Alberto no era muy dado a histrionismos, y Daggart sabía, por las pocas palabras que le había dicho, que algo iba mal. Al recordar el tono de su amigo, pisó con más fuerza el acelerador. El todoterreno arrancaba las hojas de las ramas que los árboles tendían sobre el camino.

Cuando llevaba recorridos cinco kilómetros, un camino aún más estrecho (apenas un sendero, en realidad) se abrió a la derecha. Daggart lo tomó, agachando la cabeza de vez en cuando para esquivar las ramas que entraban por la ventanilla y le arañaban la cara.

Avanzó a trompicones por la abrupta vereda hasta llegar a un pequeño claro. Un dosel de árboles de doce metros de alto daba sombra a la excavación. Alberto Dijero estaba a un lado del claro, sentado en la trasera de su destartalada camioneta blanca. Con la mirada fija en el suelo y un viejo sombrero de paja entre las manos arrugadas, no mostraba indicio alguno de su alegría habitual. Aunque era doce años mayor que Daggart, solía desplegar una jovialidad propia de alguien más joven. Ese día no, sin embargo. Tampoco había rastro de los otros veinte trabajadores. Ni coches, ni cuerpos, ni voces colándose entre la selva frondosa.

Sólo el canto distante de algún pájaro y las motas de sol.

Daggart entendió enseguida el porqué.

Paró el coche y salió con los ojos clavados en el suelo, delante de él. Algo, una máquina enorme y profana, había excavado una amplia trinchera en medio del yacimiento. Había rocas enteras de caliza (cimientos de casas de un pasado remoto) arrancadas de cuajo y volcadas a un lado. Todo el trabajo que habían hecho él y su equipo (la excavación minuciosa, la recogida de artefactos, la eliminación de la tierra mediante su limpieza y cepillado, la marcación exacta de mojones, el cuidadoso etiquetado de los restos) había desaparecido sin remedio. Había árboles volcados. Estacas arrancadas del suelo y esparcidas como viruta. Lonas de plástico azul, que antes colgaban entre los árboles a modo de entoldado, hechas jirones. En las losas de caliza resquebrajada, la máquina había dejado huellas como tatuajes.

En una sola noche, alguien había destruido deliberadamente tres años de investigación paciente, laboriosa y agotadora.

Alberto se acercó a Daggart y le puso torpemente una mano sobre el hombro.

—*Lo siento, mi amigo.*

—No lo entiendo —dijo Daggart en voz alta, aunque hablaba más para sí mismo que para Alberto—. ¿Por qué lo han hecho?

Alberto sacudió la cabeza, pero no se molestó en responder.

Como el propietario de una casa arrasada por un tornado, Daggart comenzó a rebuscar sin propósito definido entre el yacimiento profanado, con la mente embotada y la mirada incrédula. Arrojó distraídamente piedrecillas a un lado sin saber muy bien por qué lo hacía. Se arrodilló y apoyó la palma y los dedos en una de las grandes huellas de neumáticos que cruzaban el suelo arenoso. La marca se tragó su mano.

Se volvió y vio la expresión apenada de su amigo.

—No pasa nada, Alberto. Arreglaremos todo esto.

Alberto asintió con la cabeza. Los dos sabían que era prácticamente imposible hacerlo.

Daggart reparó de pronto en lo silencioso que estaba todo. Hasta los pájaros parecían haberse callado por respeto.

—¿Dónde están los demás? —preguntó.

—Los mandé a casa.

Daggart asintió con un gesto.

—Habrá que asegurarse de que sigan recibiendo su paga. No quiero que tengas que montar otro equipo en otoño, cuando yo me marche.

—¿Y eso? —preguntó Alberto, apuntando con un dedo tembloroso.

Daggart siguió la punta de su dedo hasta que sus ojos se posaron sobre un objeto tan inquietante como la destrucción arbitraria del yacimiento. En medio de aquel desbarajuste, colocada en equilibrio sobre un montículo, había una pequeña cruz atada con cordel y revestida con un sayo blanco.

Una Cruz Parlante.

Daggart se acercó a ella como impulsado por una fuerza física externa. Se arrodilló sobre la hierba recién removida y observó los brazos de la cruz, los toscos nudos del cordel, las costuras hechas a mano del minúsculo sayo. Un espantapájaros sin cabeza.

—¿Has oído hablar de ese grupo? —preguntó Daggart.

Alberto se pasó una mano por el pelo negro, entreverado de blanco.

—Cómo no.

—Hasta ayer, yo pensaba que estaba extinto. Que había desaparecido, como los dinosaurios.

Alberto le lanzó una sonrisa desganada.

—Esto es México, *mi amigo*. Somos tan pobres que no podemos dejar que nada se extinga.

Daggart arrancó la cruz del suelo y la lanzó a la maleza. Luego se incorporó y miró a su amigo.

—¿Quieres decir que la Cruz Parlante lleva existiendo un siglo y medio sin que nadie lo supiera?

—Alguien lo sabía —dijo Alberto—. Pero tú y yo, no.

—¿Y los trabajadores? ¿Han visto esto?

—Por desgracia, sí.

Daggart maldijo para sus adentros. Sabía que le costaría conseguir que volvieran al trabajo.

Alberto adivinó lo que estaba pensando.

—Contrataremos gente nueva. Eso podemos hacerlo.

—Muy bien. Empieza a formar otro equipo. Yo empezaré a hacer averiguaciones sobre la Cruz Parlante.

—En esto también puedo ayudarte.

Daggart se disponía a decir algo, pero Alberto no le dejó.

—Si no cuido yo de ti, ¿quién va a hacerlo?

Daggart sonrió a su pesar.

—Hay una diferencia, Alberto. Tú tienes familia. Olivia y los niños dependen de ti.

—Sí, y todos dependemos de ti. Así que, si necesitas ayuda, te la presto.

Daggart le puso una mano sobre el hombro.

—*Gracias, mi amigo.*

—*De nada, mi amigo.* —Pasado un momento, Alberto preguntó—. Bueno, ¿y ahora qué hacemos?

—Conseguir el Quinto Códice —dijo Daggart sin vacilar.

—Creía que ya lo tenía Lyman Tingley.

—Y así es.

—Entonces no lo entiendo. ¿Para qué vamos a buscar algo que ya encontró un muerto?

Daggart recorrió con la mirada el solar allanado de la antigua aldea.

—Porque ése fue su último deseo.

# Capítulo 12

*E*l estudio mandó una limusina a recogerle a su casa de Malibú. Cuando Frank Boddick salió al sol radiante de la mañana vestido con unos tejanos desgastados, cinturón de Gucci, camisa de manga larga sin remeter y americana de Armani, sus anchas espaldas llenaron la puerta. Llevaba en la mano un maletín de cuero envejecido e hizo una seña al chófer, indicando vagamente hacia el palacete que se elevaba tras él.

—Dos maletas —dijo—. Están junto a la puerta.

—Muy bien, señor —contestó el hombre.

Le habían asignado aquel chófer para todo el rodaje, pero Frank parecía incapaz de acordarse de su nombre. Empezaba por T, estaba casi seguro, pero no recordaba si era Thomas, Tony o Terry. Aunque poco importaba. No era más que un conductor. Era absurdo malgastar neuronas con información inútil.

Naturalmente, podría haberle preguntado el nombre del chófer a su ayudante personal, pero éste (que sin duda lo sabría, claro) se había ido a cuidar de su novia enferma. Y la Paramount había puesto gustosamente a su disposición, además del chófer, tres ayudantes temporales para ayudarle durante el rodaje.

¿Y por qué no? Frank Boddick se había convertido rápidamente en uno de los actores más rentables de Hollywood. Cada una de sus cuatro últimas películas había recaudado más de doscientos cincuenta millones de dólares sólo en Estados Unidos, y las ventas en DVD eran todavía más impresionantes. Frank era uno de los actores de cine de acción y aventuras más solicitados del mundo. Y también, repentinamente, uno de los más ricos. Por eso podía permitirse aquella inmensa casa con vistas al Pacífico, por no hablar de las que tenía en Montana, Aruba y Maui.

Frank Boddick era una estrella. Figuraba en el puesto número setenta y dos de la lista de las cien personas más poderosas de la industria cinematográfica aparecida en el último número de la revista *Forbes*. En el capítulo de actores, sólo tenía por delante a Cruise, Clooney, Damon y Pitt. El resto de los que le precedían eran productores y directores.

No estaba mal para un paleto de Indiana que había hecho un pequeño capital de su físico tosco pero atrayente, de sus facciones labradas a cincel, de su bonita sonrisa y de un encanto que emanaba sin esfuerzo. Le había costado, sí (tres años estudiando interpretación en la Universidad de Nueva York, un régimen diario de dieta y ejercicio, unos comienzos en el teatro de los que no obtuvo prácticamente ningún rédito), pero Frank sabía también que poseía ciertas cualidades innatas que le prestaban credibilidad. Principalmente, en la gran tradición de James Stewart o Henry Fonda, proyectaba una imagen de hombre corriente. De ahí que no hubiera un solo director en Los Ángeles que no quisiera al viril pero simpático Frank Boddick para protagonizar su film.

Sin embargo, ahora que había hecho realidad su sueño de convertirse en una estrella del celuloide, Frank tenía otras aspiraciones. Los actores a los que más admiraba eran Mel Gibson y Clint Eastwood, hombres que se habían labrado una reputación deslumbrante no sólo como intérpretes, sino también como cineastas. Ese algo más (esa influencia) era lo que ambicionaba Frank Boddick. Quería tener el poder de configurar el pensamiento ajeno, el poder de cambiar las políticas públicas, el poder de hacer que la gente viera la luz. En realidad, no le importaba que fuera a través del cine o por otros medios.

Se deslizó en el asiento trasero de la limusina. La tapicería de cuero era suave y flexible. El interior del coche olía a nuevo. A su lado esperaban los periódicos de la mañana que había pedido: el *Variety*, el *Hollywood Reporter*, *Los Angeles Times*, el *New York Times* y el *USA Today*. Abrió primero este último y lo hojeó rápidamente para ver si había alguna noticia del sur de la frontera. No encontró ninguna. Echó un rápido vistazo a los otros dos diarios de información general, pero allí tampoco había nada. Los tiró sobre el asiento y maldijo para sus adentros. Se estaba impacientando. Había invertido mucho en aquel Lyman Tingley y su Quinto Códice, y era ya demasiado tarde para cambiar de planes. Si sus socios no cumplían lo que le habían prometido, todos perderían una oportunidad que sólo se presentaba una vez en la vida. Una oportunidad que sólo se presentaba una vez cada muchas vidas.

—Al aeropuerto de Burbank, ¿es así, señor Boddick?

—Por favor, llámeme Frank —dijo, procurando parecer sincero, en un intento de conectar con el así llamado «hombre corriente».

—Gracias, Frank —contestó el chófer respetuosamente—. ¿Al aeropuerto de Burbank?

—Eso es.

—Muy bien.

El chófer, que se llamaba Thomas, o Tony, o Terry, tomó la autopista de la costa del Pacífico y se sumó al anárquico enjambre de automóviles BMW, Mercedes, Hummer y Range Rover que circulaba por la carretera. Un día más en Los Ángeles. Y a la mierda los precios de la gasolina si estaban por las nubes.

—¿Qué tal la familia? —preguntó Frank, imaginando que el chófer la tendría, aunque no recordaba un solo detalle sobre ella. Se puso a hojear el *Variety* antes de que el chófer abriera la boca.

—Bien —contestó el chófer sonriendo de oreja a oreja, con la esperanza de cruzarse con la mirada de Frank en el espejo retrovisor—. Gracias por preguntar.

—Estupendo. Me alegra saberlo. —Frank Boddick lanzó por instinto su célebre sonrisa: ligeramente ladeada y con una hilera de dientes blancos como perlas.

Cumplido el trámite de conversar (o de intentarlo), Frank pulsó un delgado botón negro que había en el reposabrazos. Un panel oscuro se elevó lentamente y, emitiendo un suave zumbido, separó los asientos delanteros de los traseros. Por fin algo de intimidad.

Frank dejó a un lado el *Variety*, metió la mano en el bolsillo de su chaqueta y sacó su iPhone. Seguía sin haber mensajes. Le irritaba no tener noticias de París. Se preguntaba qué demonios estaba pasando.

Frank Boddick no se contentaba con ser el septuagésimo segundo personaje más influyente de la industria del cine; ni siquiera se contentaría con ser el hombre más poderoso de Hollywood. Pretendía (y esperaba) convertirse en el hombre más poderoso de toda Norteamérica. Y después de eso, ¿quién sabía? Cruzaría ese puente cuando llegara a él. Entre tanto, tenía que acabar de rodar una película en Vancouver y se veía obligado a confiar en las dudosas capacidades de diversos socios y ayudantes para que se ocuparan de los muchos pormenores imprescindibles que aún quedaban por ultimar en Yucatán. Lo único que podía hacer era controlar sus movimientos desde lejos.

# Capítulo 13

*P*ara cuando Scott Daggart regresó a su *cabaña* y dejó un mensaje en el buzón de voz de Jonathan Yost, habían empezado a caer densas cortinas de lluvia. «Alegrías de la estación lluviosa en el este de México», se dijo Daggart. Tan pronto brillaba el sol como diluviaba. La tormenta arañaba hasta tal punto las ventanas que cuando sonó el teléfono Daggart apenas lo oyó.

—*Sayonara, baby* —dijo la voz del otro lado de la línea, pero la imitación no se parecía ni remotamente al original.

—Como intento no está mal —contestó Daggart—, pero, más que Arnold Schwarzenegger, pareces Hervé Villechaize.*

—Buena réplica. En fin, ¿qué pasa? Acabo de oír tu mensaje.

Jonathan Yost era el decano de Asuntos Académicos de la Universidad del Noroeste. Como tal, era el encargado de decidir en cuestiones de financiación, provisión de fondos y, claro está, contratación y despidos. Era quien tenía la sartén por el mango. Aunque nadie se atrevía a decirlo públicamente, todo el mundo sabía que el doctor Yost era quien mandaba en el campus; el rector era un simple figurón. Todo el mundo sabía también que sólo era cuestión de tiempo que le ofrecieran la presidencia de alguna universidad. Posiblemente, incluso, la de una perteneciente a la Ivy League.

Yost había sido profesor del Departamento de Filología Inglesa, y Daggart y él se habían hecho amigos inmediatamente al coincidir en un comité interdisciplinario durante el primer

---

\* Actor francés, aquejado de enanismo, que se hizo famoso por su aparición en la serie *La isla de la fantasía*. (N. de la T.)

año de aquél en la universidad. Desde hacía años jugaban al *squash* una vez por semana, y cuando Jonathan se pasó a la administración (convirtiéndose, de paso, en el decano Yost, título este del que Scott jamás le permitía apearse), siguieron asistiendo juntos a tantos partidos de fútbol y baloncesto como podían. En vida de Susan no había cuarteto más dinámico que Daggart, Susan, Jonathan y Alice, y tras su muerte no hubo mejor amigo que Jonathan. Fue él quien persuadió a Daggart de que siguiera adelante y retomara sus investigaciones, y él quien movió los hilos para conseguir la financiación que le permitió regresar a México. En lo que a Daggart concernía, Jonathan Yost era un salvavidas.

—Gracias por llamar —dijo Daggart—. ¿He interrumpido algo?

—No te lo creerías, si te lo contara —contestó Jonathan. Mientras hablaba, Daggart se lo imaginó pasándose la mano por la cabeza calva, con los pies encima de la mesa de caoba cubierta de papeles.

—Ponme a prueba.

—Alguien acaba de presentar una denuncia por acoso sexual contra la universidad.

—¿Y qué tiene eso de raro?

—Que el denunciante es un miembro del claustro y la denunciada una estudiante.

—¿Y eso puede hacerse? —preguntó Daggart.

—No preguntes. Conténtate con no haberte metido en Administración. Bueno, ¿qué tal te va? ¿Estás preparado para decirle *adiós* a México?

Daggart carraspeó.

—¿Tienes un minuto?

—Claro. —Jonathan notó la gravedad de su tono y se puso serio de repente—. ¿Qué pasa?

Daggart le habló de las circunstancias de la muerte de Tingley, del interrogatorio de los dos inspectores y de la destrucción de su yacimiento.

—Lo siento muchísimo, Scott —dijo Jonathan cuando acabó. Hablaba en voz baja, en tono sincero—. Tingley fue tu mentor, ¿verdad?

—Hace mucho tiempo.

—Y la excavación… ¿Puede salvarse algo?

—De momento, no. Está completamente destrozada.

Una súbita ráfaga de aire arrojó una cortina de lluvia contra la ventana, como si alguien estuviera lanzando cubos de agua a la casa.

—¿Qué piensas hacer, entonces? —preguntó Jonathan.

—Necesito quedarme un par de días más aquí. Una semana, como mucho. No sólo por la policía, también por mí. Creo que si investigo un poco podré aclarar este asunto.

—Scott, para eso está la policía. En eso consiste su trabajo, en aclarar estas cosas.

—No me fío de ellos. Puede que investiguen el asesinato, pero la excavación es mía. Alguien se ha cargado años de trabajo en una sola noche. ¿Cómo te sentirías si te pasara a ti? —Jonathan no respondió, y un silencio cargado de interferencias se apoderó de la línea—. Bueno, ¿qué me dices?

—Scott, por favor te lo pido, no me pongas en esta situación. La junta directiva está empeñada en tomar medidas enérgicas con los profesores ausentes. Podría hacer la vista gorda y fingir que no sé nada, pero me acusarían de nepotismo. La semana pasada le dije al consejo de decanos que es de todo punto necesario atar más corto al profesorado. Te necesitamos aquí. Para eso te pagan.

—Sé que…

—Fue un placer ayudarte para la campaña de verano, pero haces falta en las aulas.

—Entiendo que…

—Eres profesor —dijo Jonathan—. Y los profesores enseñan.

—Sólo te estoy pidiendo unos días. Y además no tengo elección, ¿no te parece? La policía dice que no dejará que me marche, si lo intento.

—Podríamos ponerlos a prueba. Puedo contactar con la gente del departamento jurídico. Estoy seguro de que, con un par de llamadas, no tendrás ningún problema en volver. Y si las autoridades mexicanas te necesitan para que declares, les diremos que volverás encantado.

—No lo entiendes, Jonathan. Quiero quedarme. Quiero

averiguar quién ha hecho esto y qué es lo que descubrió Lyman Tingley que era tan peligroso para esa gente.

—Scott…

—Lo digo en serio. Debía de estar muy cerca de algo. Y no era del Quinto Códice. Eso lo descubrió la primavera pasada. Así que, ¿qué era? ¿Qué puede ser tan peligroso como para que la Cruz Parlante esté dispuesta a matar a un hombre y a destruir una excavación arqueológica?

Daggart oyó que Jonathan exhalaba un largo suspiro y se imaginó a su amigo pasándose la mano adelante y atrás por la pálida calva y tocándose una ceja con el dedo.

—¿Has hablado con Samantha? —preguntó Jonathan. Samantha Klingsrud era la directora del departamento de Daggart. En el campus tenía fama de no sonreír desde principios de los años setenta. Jonathan no se fiaba de ella ni un pelo.

—Sí, la llamé antes que a ti —contestó Daggart, cambiándose de oreja el teléfono mientras andaba descalzo por las baldosas húmedas del suelo—. No le hizo mucha gracia, pero me dijo que, si a ti te parecía bien, podía arreglárselas.

—Pero no estoy seguro de que debas mezclarte en eso, Scott. Parece un asunto para la policía, no para un profesor universitario.

—Tú no lo entiendes. Ya estoy mezclado en esto. Soy el principal sospechoso, ¿recuerdas?

Se quedaron los dos callados. Otro chisporroteo llenó el silencio.

—Está bien —dijo Jonathan bruscamente—. Haz lo que tengas que hacer. Pero vuelve a fines de esta misma semana. El lunes por la mañana tienes que estar en clase. Y eso no es negociable. Si no, estarás incumpliendo tu contrato. ¿Entendido? Ahora que sé lo que está pasando, no puedes pedirme que haga la vista gorda. Sólo quiero que quede claro.

—Entendido. Gracias, Jonathan.

Jonathan masculló una despedida apresurada y colgó. Daggart miró la hora. Aún no habían dado las doce de la mañana. Quedaba mucho día por delante, pero si quería encontrar el Quinto Códice necesitaba más información.

Mucha más información.

## Capítulo 14

𝒟ar con el interlocutor adecuado en una organización tan grande como el INAH no era tarea fácil. Mientras transferían su llamada de un auxiliar administrativo a otro, Daggart se imaginó teléfonos sonando por toda Ciudad de México: cada persona con la que hablaba le pasaba con otra. Enseguida aprendió cómo se decía en español «Ése no es mi departamento; no se retire, por favor». Finalmente, le permitieron dejar un mensaje de voz para un tal Ernesto Pulido y pidió al *señor* Pulido que le llamara lo antes posible en caso de que tuviera alguna información relevante respecto al proceso de autentificación del Quinto Códice.

Pasó la tarde en la biblioteca de Playa del Carmen: un edificio achaparrado de una sola planta, con techos bajos, ventiladores eléctricos de metal colocados estratégicamente por toda la sala que chirriaban al oscilar, y mesas de roble repletas de grafitos grabados en la madera. Un olor a polvo y a moho, aderezado con una pizca de limpiador con perfume a pino, impregnaba el lugar. Detrás del mostrador se afanaba un único bibliotecario: un hombre mayor y encorvado, con guayabera y expresión de sospecha.

Daggart pasó casi tres horas hojeando diversos manuscritos relativos a la Cruz Parlante, cuyas páginas quebradizas lanzaban nubes de polvo mohoso a aquel aire sonámbulo y rancio. Descubrió que el culto a la Cruz Parlante surgió en 1847 a raíz de la guerra de Castas, una revuelta de los mayas contra el gobierno. Aunque desde el principio mismo del conflicto los mayas se hallaron en franca desventaja tanto en efectivos humanos como en armas (sus arcos y flechas no podían competir en ningún caso con el poderoso ejército mexicano), se las ingeniaron para prolongar la guerra.

Obligados a retroceder una y otra vez, se reagruparon en un lugar llamado Chan Santa Cruz. Fue allí, cuando se hallaban desesperados y a un paso de la derrota, donde ocurrió el milagro: una pequeña cruz cubierta con una especie de casulla y colocada sobre un altar les habló en su lengua materna, exhortándolos a la victoria. Nadie sabía si había sido magia o intervención divina, pero el caso fue (y había cientos de testigos que aseguraban haberlo oído) que la cruz habló. Y que los animó a seguir luchando.

Los mayas no necesitaron oír nada más.

La noticia se difundió en un abrir y cerrar de ojos y los mayas retomaron la revuelta en mayor número que antes. De pronto, los *cruzoob*, los seguidores de la cruz, se convirtieron en una fuerza que tener en cuenta. Aunque el enemigo seguía siendo muy superior en número, los rebeldes no sólo resistieron, sino que vencieron en algunas batallas de importancia clave. Y empezaron a convencerse de que podían ganar la guerra.

La superioridad en armas y efectivos podía muy poco contra la tenacidad pura y dura y las peculiaridades del terreno. Los cruzoob lograron mantener en jaque a las fuerzas del gobierno durante décadas, escabulléndose en los bosques oscuros e impenetrables cada vez que se aproximaban bandas de soldados.

No necesitaban matar a muchos mexicanos para ser efectivos. El elemento clave, como afirmaba un estudioso en una de las publicaciones que leyó Daggart, era su refinada habilidad para la intimidación. Cada vez que mataban a un enemigo en combate, marcaban el cadáver de tal forma que su visión infundiera temor en los camaradas del soldado muerto. A veces le extraían el corazón: una táctica tan eficaz que el enemigo empezó a tenerlos.

Pero tras cincuenta años en guerra, los cruzoob se rindieron de pronto, misteriosamente. Nadie sabía a ciencia cierta por qué abandonaron la lucha, y cundió el rumor de que la Cruz Parlante se había callado. Otros disentían y aseguraban que la cruz seguía hablando, pero que había ordenado a los mayas deponer las armas. Fuera como fuese, el gobierno se apropió de sus territorios ancestrales.

Después de la rendición de los mayas no volvía a haber referencias a la Cruz Parlante. Ni de científicos, ni de historiadores, ni de arqueólogos. Ni de nadie. Aparentemente, hacía más de un siglo que había dejado de existir.

Daggart apartó su silla de la mesa. El flexo proyectaba un cono de luz sobre las páginas de su cuaderno amarillo, cubiertas de notas. ¿A qué se debía el resurgimiento de la secta?, se preguntaba. ¿Y por qué en ese momento? ¿Y cuál era su vínculo (si es que había alguno) con el Quinto Códice?

Notó que el enjuto bibliotecario le observaba entre curioso y desconfiado. El hombre apartó la mirada cuando sus ojos se cruzaron. Daggart recogió sus notas y salió a la calle, sorteando gotas de lluvia bajo el toldo de la entrada. Abrió su teléfono móvil y marcó un número.

Avanzaban por un camino de tierra que simulaba ser una carretera. El sol declinaba y la lluvia había cesado. Las palmas chorreantes de los bananos golpeaban el todoterreno, que traqueteaba entre baches llenos de charcos embarrados, y los pájaros cantaban sus tonadas. A Daggart nunca dejaba de asombrarle que, en el espacio de unos pocos kilómetros, pudiera pasarse del mundo oceánico de los pelícanos y los cormoranes a una jungla repleta de loros y guacamayos, cuyos chillidos rebotaban en los árboles.

Daggart y Alberto, en cambio, apenas hablaban. No sabían qué esperar. Pero una cosa estaba clara: Daggart tenía que ver por sí mismo la excavación de Lyman Tingley.

El yacimiento de Tingley se hallaba en un lugar aún más recóndito que el suyo. Para llegar a él había que tomar una serie de bruscos desvíos por pistas que sólo existían para los ojos atentos de quien las buscaba. Costaba creer que, hasta dos días antes, Lyman y sus colaboradores hubieran recorrido diariamente aquel trayecto. Daggart tenía la impresión de que la selva ya se había apoderado del camino, lo mismo que se había apoderado de las ruinas mayas. Se estimaba que sólo un diez por ciento de los vestigios de la cultura maya había visto la luz. El otro noventa por ciento seguía escondido, enmarañado entre las garras avarientas de la vegetación del bosque.

Daggart y Alberto se zarandeaban, moviéndose de un lado a otro al compás del vehículo. Alberto sostenía el GPS en alto como si fuera la varita de un zahorí. Pero el GPS era una cosa, y la falta de carreteras otra. De cuando en cuando, Daggart tenía que aminorar la marcha y escudriñar el denso follaje en busca del camino. La visibilidad acababa a una distancia de diez metros. Más allá, todo era un manchón verde. A veces se pasaban un desvío y tenían que dar marcha atrás por senderos de un solo carril.

Daggart no había sido del todo sincero con los dos inspectores. En realidad, sabía dónde estaba la excavación de Tingley. Hacía años que no iba por allí, y los caminos le eran completamente desconocidos, pero contaba con que algún pálido jirón de su memoria le sirviera de guía. Con eso y con las coordenadas del GPS, que conservaba en su cuaderno de trabajo.

Sabía dónde estaba el yacimiento porque se suponía que era suyo.

Había cometido el error de decirle a Lyman Tingley que estaba considerando la posibilidad de excavar allí, y en cuanto se descuidó su mentor rellenó los papeles del INAH reclamando su titularidad. Daggart se quedó atónito. No entendía cómo alguien podía dar al traste con tantos años de tutela y amistad por un trozo de tierra. Uno de los cientos (de los miles) que había en Yucatán. No tenía sentido.

Ése era otro motivo de perplejidad para Scott Daggart. Aunque apenas había empezado a explorar el yacimiento, no vio en él nada por lo que mereciera la pena traicionar a un amigo. Pero si era allí donde Tingley había descubierto el Quinto Códice, él estaba en un error: el yacimiento era mucho más valioso de lo que había sospechado.

Pero ¿cómo era posible que Lyman Tingley hubiera intuido su valor desde el principio? Sin visitarlo siquiera, con sólo oír su descripción, Tingley rellenó la documentación necesaria en Ciudad de México. ¿Cómo sabía que el yacimiento era tan importante? ¿Era, simplemente, por su erudición? Aquellas preguntas habían importunado a Daggart durante años.

Como dos ratas en un laberinto, Daggart y Alberto tomaron una serie de desvíos equivocados, probando un sendero tras otro con la esperanza de que el siguiente los condujera a la recompensa que esperaba en el centro del laberinto. Casi siempre acababan en un camino cortado y Daggart tenía que meter la marcha atrás y retroceder por el angosto sendero. Los numeritos de la pantalla del GPS les decían cuándo se acercaban y cuándo se alejaban de su objetivo.

Daggart paró el vehículo de golpe cuando estuvieron a punto de chocar con un árbol caído que bloqueaba el camino. Alberto hizo una mueca. Enfadado, Daggart se apeó de un salto y dio una fuerte patada al tronco.

—¡Maldita sea! —gritó, y su voz interrumpió a los pájaros, que un momento después retomaron su canto.

Estaba a punto de volver al todoterreno cuando miró más allá del árbol. Al ver que algo más lejos se prolongaba un sendero (apenas una vereda, en realidad), su cara se contrajo en una sonrisa.

—Claro —dijo, más para sí mismo que para Alberto.

—¿Claro qué?

—Lo había olvidado.

—¿El qué? —Alberto se esforzaba por comprender.

—Tingley me confesó una vez que, cuando encontraba un yacimiento, siempre retrocedía unos cien metros y mandaba a sus hombres que derribaran unos cuantos árboles para cortar el paso. Así daba la impresión de que hacía décadas que nadie pasaba por allí y de que no había absolutamente nada que mereciera la pena ver.

—Un hombre muy astuto.

—Sí, lo era —dijo Daggart, y le pareció extraño hablar de él en pasado.

Volvió al vehículo y cogió una pequeña cámara.

—Vamos —le dijo a Alberto—. Es aquí.

Alberto se bajó del todoterreno para reunirse con su amigo. La humedad había aumentado con el aguacero vespertino y la reaparición del sol, y al pasar por encima del primer árbol caído el sudor brillaba ya en la piel de ambos. Tuvieron que tirarse de las camisas pegadas a la espalda.

A Daggart siempre le sorprendía lo blanda que podía ser la tierra. Aquella parte del país era de caliza en un setenta por ciento, pero la tierra podía ser sorprendentemente mullida al pisarla, como las praderas de un campo de golf. Daggart atribuyó su húmeda blandura a la densa maleza que crecía en aquella zona. Las hojas y la madera podrida acumuladas durante generaciones habían formado una alfombra esponjosa. Daggart sabía también, sin embargo, que la tierra se habría secado con la rapidez de una playa si el dosel de los árboles no hubiera actuado como quitasol.

Salvo los graznidos y trinos solitarios de algún que otro pájaro aislado, la selva parecía singularmente callada. Daggart se sentía extrañamente incómodo, tal vez porque era última hora de la tarde (la hora del día a la que los arqueólogos solían recoger sus cosas y regresar a la ciudad), o quizá porque se encaminaba a la excavación de otro.

Pasaron junto al cadáver putrefacto de un ciervo, y un avaricioso enjambre de moscas se levantó de los huesos sanguinolentos para posarse de nuevo un instante después, esparciéndose entre los restos en negros manchones. Sus cuerpos hinchados por el festín emitían un zumbido constante y siniestro. Daggart se preguntó si habría sido el propio Tingley quien había puesto allí el cadáver fétido del ciervo para ahuyentar a los intrusos. No le habría extrañado, tratándose de él.

Pensó de pronto en el chupacabras, un ser legendario de las selvas mexicanas. Cuando por las noches moría algún animal, los campesinos aseguraban que aquella criatura le había chupado la sangre mientras dormían. Daggart sabía muy bien que el chupacabras (al que, claro está, nadie había visto nunca) sólo habitaba en mitos y leyendas. Pero aun así, cuando pasaron junto al ciervo en descomposición tuvo la clara impresión de que estaban siendo observados. Ignoraba si por el espíritu de Lyman Tingley o por el propio chupacabras.

Era consciente de que mucho de su desasosiego se debía a la exhortación de Lyman Tingley: «Si algo me ocurriera, nuestra única esperanza es que tú lo consigas primero». Y mientras

Alberto y él espantaban enormes moscas que zumbaban y recorrían de puntillas los cincuenta metros que los separaban del yacimiento, aún no tenía claro cómo cumpliría ese objetivo, ni por qué motivo.

Se le aceleró el pulso al darse cuenta de que se acercaban al lugar en el que Tingley había descubierto el Quinto Códice. Hacía años que no iba por allí; sólo podía imaginar, por tanto, cómo serían las ruinas descubiertas por su mentor, unas ruinas que albergaban un documento de tal importancia. Por su cabeza desfilaron fugazmente visiones de palacios en ruinas y pirámides cubiertas de follaje, de caminos de losas y arcos de piedras angulares. Como John L. Stephens y Frederick Catherwood casi dos siglos antes que él, esperaba ver en cualquier momento los vestigios cubiertos de enredaderas de una antigua metrópoli.

Al llegar junto al último grupo de palmas, Alberto y él se miraron un momento. Alberto apartó las hojas redondeadas y húmedas de un banano y salió a la excavación de Lyman Tingley, seguido inmediatamente por Scott Daggart. Enseguida quedó claro que las expectativas de Daggart, fueran cuales fuesen, iban completamente desencaminadas. Aquello no era una gran urbe. Apenas era una aldea.

Tal y como recordaba Daggart, se veían los restos de dos edificios cuyas paredes derruidas formaban grandes montones de piedras. Figuras geométricas limpiamente trazadas señalaban los cimientos de otras seis edificaciones de cuya existencia no quedaba ningún otro indicio. Un pequeño círculo de piedras representaba un antiguo pozo. Había además tres tumbas de escasa profundidad, ya vacías, delimitadas mediante estacas y rodeadas con cordel, así como un cobertizo que Lyman había construido apresuradamente a un lado del yacimiento para guardar herramientas. Un trozo medio roto de chapa ondulada le servía de tejado.

—¿Esto es? —preguntó Alberto. Evidentemente, esperaba algo más, lo mismo que Daggart.

Éste asintió con la cabeza.

—¿Y llevaba un par de años trabajando aquí?

—Más, en realidad.

Alberto silbó suavemente. Comparada con aquélla, la excavación de Daggart estaba mucho más avanzada. Aunque eso se había encargado de arruinarlo cierta topadora.

Alberto formuló la pregunta que ambos tenían en mente.

—¿De verdad encontró aquí el Quinto Códice?

—Cuesta creerlo, ¿verdad?

—Tú lo has dicho, no yo.

Pero, al mirar alrededor, Daggart vio una diferencia notable respecto a su visita anterior. Tapado en parte por el follaje e incrustado en una especie de cráter excavado, como un misil enterrado a medias, asomaba de la tierra hasta una altura aproximada de un metro y medio un monumento de caliza en forma de prisma cuyos cuatro costados estaban cubiertos de jeroglíficos tallados en la roca. Aquello sí que era un hallazgo.

Daggart comprendió de pronto cuál había sido la prioridad de Lyman Tingley.

—¿Eso es lo que creo? —preguntó Alberto.

—Una estela, sí.

—No sabía que se parecieran tanto a las lápidas.

Daggart se acercó lentamente al monolito de caliza. A pesar de que se inclinaba hacia un lado como la torre de Pisa, estaba en perfecto estado. Incluso se veían restos de la pintura roja que los mayas habían empleado en su decoración.

Daggart pensaba aceleradamente mientras se aproximaba a la estela. Encontrarse con una era poco menos que un milagro, sobre todo en un lugar tan alejado de una ciudad importante. Las estelas solían colocarse al pie de las pirámides de los grandes centros ceremoniales, no en minúsculas aldeas compuestas por media docena de edificios. Eran muy difíciles de transportar, a fin de cuentas, y se creía que los mayas utilizaban un complicado sistema de cuerdas y troncos sólo para sacar los bloques de caliza de las canteras.

¿Había sido aquella estela lo que había empujado a Tingley a apoderarse del yacimiento? Si así era, ¿cómo sabía que estaba allí? Una cosa era evidente, en todo caso: Lyman Tingley había hecho un descubrimiento mayúsculo. En el mundo de la arqueología, el hallazgo de una estela maya sólo cedía en importancia a la aparición de una pirámide largo tiempo enterrada.

O al Quinto Códice.

Junto a la estela había una ceiba caída; Alberto pasó la mano por su corteza espinosa. Era un árbol descomunal para la península de Yucatán: desparramado sobre el suelo de la selva, medía casi quince metros de largo.

—¿El *Gregory*? —preguntó Alberto.

—Eso parece.

El otoño anterior, el huracán *Gregory* había golpeado Yucatán llevando consigo lluvias torrenciales y vientos atronadores. La tormenta, saltaba a la vista, había arrancado aquel árbol gigantesco como si fuera el corcho extraído de una botella de vino. Sin duda sus raíces habían circundado la estela durante generaciones: sólo la furia de un huracán de categoría tres había podido desenterrar lo que durante siglos había permanecido escondido.

Daggart podía imaginarse la primera visita de Tingley a la excavación después del huracán. Eso sí que era un golpe de suerte.

—No lo entiendo —dijo Alberto—. En ese artículo, el *señor* Tingley decía que una estela le había ayudado a encontrar el Quinto Códice, pero no que la estela estuviera aquí.

—Creo que lo hizo a propósito.

—¿Por qué?

—Porque el anuncio del descubrimiento de una estela habría sido como extender una invitación a saqueadores y buscadores de tesoros.

—Anuncia que ha descubierto el Quinto Códice, pero no menciona la existencia de una estela.

—Exacto.

—Para que nadie tenga la tentación de visitar el yacimiento.

—Eso es.

—Muy astuto —dijo Alberto con reticente admiración.

—No tanto, por lo visto. —¿De qué le había servido a Tingley todo aquel enredo de fábula? Al final, le habían dejado tirado en una playa para que se pudriera como un pescado.

Daggart recordó el breve artículo y las fotografías que Tingley había publicado en el *National Geographic*. De su lectura había deducido que la estela estaba en una de las grandes ciudades mayas y que sus jeroglíficos indicaban el camino hacia aquellas ruinas. En ningún momento tuvo la impresión de que la estela estuviera allí. Ahora comprendía que eso era justamente lo que se proponía Tingley.

—No me extraña que la excavación esté tan descuidada —comentó Alberto mirando a su alrededor—. Puso todas sus energías en esta estela.

—Es lo que habría hecho yo. —Estaba a punto de tocar la piedra cuando se detuvo de pronto. Había algo que le inquietaba, una idea vaga e insidiosa que le rondaba por la cabeza con la misma insistencia con que las moscas volaban alrededor del cadáver en descomposición.

Alberto notó su cambio de actitud.

—¿Qué pasa? —preguntó.

Daggart no supo qué responder. Ignoraba qué era lo que le inquietaba. Un momento después, lo entendió súbitamente: no era lo que veía, sino más bien lo que no veía.

Al recorrer el yacimiento con la mirada, se dio cuenta de que no había huellas de pisadas. Ni rastro de herramientas. El burdo cobertizo, con su tejado de chapa, estaba manifiestamente vacío. Allá donde mirara, pequeños retoños de vegetación asomaban de la tierra desbrozada, y hasta los hierbajos que salían del cráter amenazaban con asfixiar la estela como sierpes. La selva ansiaba recuperar lo que antes había sido suyo.

A Daggart se le aceleró el corazón. Comprendió que estaban en medio de un yacimiento abandonado. Nadie había puesto el pie allí desde hacía semanas, incluso meses, quizá.

Así pues, si Tingley no había estado allí ese verano, ¿dónde demonios se había metido? ¿Y qué había estado haciendo?

# Capítulo 15

—Si el *señor* Tingley no ha estado aquí este verano, ¿dónde ha estado? —preguntó Alberto, expresando de viva voz lo que Daggart también se preguntaba.

—Puede que tuviera otro yacimiento —contestó Daggart.

—¿Uno registrado?

Daggart lo dudaba. Una cosa más que preguntar al INAH.

—¿Y qué hay de su equipo? —preguntó Alberto—. ¿Dónde ha estado todo este tiempo?

Daggart sacudió la cabeza. Empezaba a pensar que Tingley no había encontrado el códice allí, y se maldecía por haber llegado a esa conclusión. Aunque el artículo del *National Geographic* lo daba a entender, en ningún momento decía expresamente que así fuera. Tal vez Daggart (y los demás) habían cambiado las tornas por completo: la estela estaba allí y el códice procedía de otra parte. Si así era, guardar semejante secreto no debía de haber sido nada fácil para alguien tan egocéntrico como Lyman Tingley; eso Daggart tenía que reconocerlo.

—Bueno, ¿qué hacemos? —preguntó Alberto. Estaba a un lado, con el sombrero de paja colgado flojamente de una mano.

—Vamos a echar un vistazo rápido. Para asegurarnos de que no pasamos nada por alto.

Rodearon la excavación como gatos recelosos, como los jaguares que, según se decía, merodeaban aún por aquellos bosques. Daggart se fijó en los cimientos de las edificaciones y se sirvió de su imaginación para rellenar los huecos en blanco. Vio cobrar vida a la aldea, se imaginó los pequeños edificios con sus techumbres de paja y sus paredes hechas de ramas arrancadas del suelo de la selva; casi pudo oír los gritos y los llantos de los niños, sentir el olor de la oscura salsa de chiles y de las tortillas de maíz cociéndose en el *comal* en forma de círculo.

Aunque ahora todo era jungla, en otro tiempo la *milpa* (los campos de labor) había rodeado la aldea por completo. La capa de tierra era fina: en la mayoría de los sitios, apenas tenía cinco centímetros de espesor. Debajo había el lecho de roca caliza. De ahí que la tierra no pudiera dar fruto más de dos años seguidos. Así pues, tras la ardua tarea de desbrozar la jungla, quemar lo que quedaba, escardar, plantar y recoger la cosecha, al año siguiente los campesinos mayas tenían que empezar de nuevo en otro lugar. Era una vida agotadora; un ciclo infinito.

Era todavía temprano y caminaban despacio, pero aun así sudaban a chorros. Grandes uves de sudor manchaban la pechera de sus camisas, y diminutas cuentas de agua se desprendían del cabello de Daggart. Los mosquitos, que habían vuelto tras el aguacero, zumbaban en enjambres alrededor de su cabeza. Daggart los espantaba con la mano y se daba palmadas en el cuello y los antebrazos. Por motivos que no entendía del todo, los mosquitos no parecían molestar a Alberto.

Recorrieron el yacimiento palmo a palmo, pero Daggart apenas quitaba ojo al imponente bloque de caliza. Era como un imán que tiraba de él. Aunque el yacimiento era valioso en sí mismo por ser una aldea maya con siglos de antigüedad, estaba claro que lo único extraordinario que había en él era la estela.

Cuando Lyman Tingley anunció su descubrimiento ante la prensa, publicó dos fotografías en el *National Geographic*. Una mostraba un fragmento de la primera página del Quinto Códice y en la otra se veía a Tingley arrodillado delante de aquella misma estela. Pero el encuadre era tan cerrado que resultaba imposible situarla, y Daggart no pensó ni por un instante que la instantánea hubiera sido tomada en la excavación.

—¿Ves algo? —preguntó Alberto mientras se enjugaba el cuello con un pañuelo rojo.

Daggart negó con la cabeza.

—¿Y tú?

—Lo que tu amigo ya había desenterrado, nada más.

—¿Por qué no ensanchas el perímetro? —Daggart señaló la estela—. Yo voy a echar un vistazo a eso.

Alberto asintió con un gesto y se adentró en la selva. Daggart rodeó el monolito de metro y medio de alto; se arrodilló luego sobre la tierra esponjosa y, acercando la cara a los jeroglíficos, se puso los guantes de látex que siempre llevaba encima. No convenía contribuir a la descomposición dejando allí la marca de sus aceites corporales.

Cayó entonces en la cuenta de que nunca había visto una estela tan de cerca. Una cosa era ver una foto en una revista y otra bien distinta pasar la mano por los altorrelieves, sentir el peso de los siglos bajo las yemas de los dedos, como si leyera en braille. Los símbolos eran reconocibles: estaba (cómo no) Chac, el dios de la lluvia. Y también Ixchel, la diosa de la gestación y de los partos, con un charco a sus pies. En la parte de abajo, casi al final, se veía al Monstruo Cósmico con su cuerpo de dragón y sus dos cabezas de cocodrilo, y una expresión de enfado y desconcierto, como si alguien lo hubiera despertado bruscamente de un sueño profundo y apacible.

Pero lo que llamó la atención de Daggart fueron los dos últimos jeroglíficos, ninguno de los cuales le resultaba familiar. Uno mostraba a un hombre con un cántaro rebosante de agua. El otro estaba compuesto por un hombre de perfil y una línea delgada. ¿Qué representaban aquellos símbolos?

Daggart sabía que tardaría algún tiempo en descifrar lo escrito en la estela. Ocurría siempre con los jeroglíficos mayas: no era cuestión de sustituir un símbolo de su lengua por una letra del nuestro. Era una operación mucho más compleja. Por eso ciertas personas tenían un talento innato para aquel trabajo. Poseían un instinto especial. Y Scott Daggart era una de esas personas.

Pero conocía a alguien que era aún mejor que él.

Fue arrodillándose a cada lado de la estela para fotografiar • los jeroglíficos con todo detalle. Antes de guardar la cámara examinó las imágenes con el propósito de asegurarse de que las había grabado. Tal y como estaban las cosas, no había garantías de que la excavación fuera a seguir allí.

Estaba a punto de apagar la cámara cuando se fijó en una de las fotografías. Era un plano corto del lado este de la estela.

No era lo bastante hábil como para comprender a simple

vista el significado de los jeroglíficos y de su disposición, pero aquella imagen tenía algo que le chocaba. Revisó las instantáneas anteriores y posteriores, pero sólo era aquélla, la del lado este de la estela, la que llamaba su atención como un niño que tirara insistentemente de su manga.

«¿Qué tiene de particular?», se preguntaba. No lo sabía.

Regresó junto a la estela, se arrodilló en el suelo blando y pasó por los relieves sus guantes manchados de tierra. Allí estaban los diversos dioses en todo su jeroglífico esplendor. Pero al acercarse a la base de la estela, una fuerza invisible pareció tirar de él. Su sensor interno se aceleró hasta emitir un zumbido constante. No entendía, sin embargo, por qué aquellos jeroglíficos atrapaban su interés y no lo soltaban.

Un momento después lo comprendió por fin, y se dio cuenta de que Lyman Tingley estaba hablándole desde la tumba.

# Capítulo 16

$A$lberto salió del bosque como un fantasma. Invisible ahora, visible un instante después. Como el chupacabras.

—¿Qué has encontrado, jefe? —preguntó.

—Echa un vistazo a esto. —Daggart se levantó. La tierra húmeda le había dejado cercos oscuros en las rodillas—. ¿Qué ves?

—Ya sabes que no sé leer estas cosas.

—Sólo quiero saber si ves algo extraño.

Alberto se acercó a la estela y se inclinó para examinarla. El sudor goteaba de su barbilla mientras iba recorriendo con la mirada el monumento de caliza. Un momento después se volvió hacia Daggart y le lanzó una mirada de disculpa.

—*Lo siento*.

Daggart quitó importancia al asunto con un ademán.

—¿Te acuerdas del artículo del *National Geographic* sobre el Quinto Códice?

—Claro.

—¿Y te acuerdas de la fotografía de Tingley? Pues la estela que aparecía al fondo era ésta. —Daggart hablaba rápidamente. Estaba casi eufórico—. Estoy seguro.

—Muy bien. ¿Y?

—¿No notas nada raro?

—¿Raro por estrafalario o por poco frecuente?

—Por poco frecuente.

Alberto miró de nuevo la estela y luego se encogió de hombros.

—La verdad es que era más una fotografía de Tingley que de la estela.

—Exacto. —Y, mientras lo decía, se le ocurrió una idea—. ¿Te acuerdas de cómo estaba arrodillado Tingley delante de la estela?

—Puede ser…

—¿Puedes ponerte en la misma postura?

—¿Qué? —La expresión de Alberto daba a entender que empezaba a preocuparse por su amigo. Quizás el calor y la emoción estuvieran afectando al gringo.

Daggart levantó la cámara.

—Ponte en la misma postura.

Como un actor tímido, Alberto se arrodilló delante de la estela imitando la pose de Lyman Tingley. Antes de disparar, Daggart buscó el enfoque y el encuadre adecuados moviendo la cámara y jugando con el *zoom*.

—Ya está —dijo con los ojos clavados en la imagen—. Ven a ver esto.

Alberto se acercó nerviosamente y miró la parte de atrás de la cámara.

—¿Qué ves? —preguntó Daggart.

Alberto se encogió de hombros sin apartar los ojos de la imagen digital.

—Parece la misma fotografía de la revista, sólo que quien está delante de la estela soy yo, no el *señor* Tingley. —Pasado un momento, preguntó—: ¿Por qué? ¿Qué ves tú?

—Creo que este jeroglífico, el del hombre y la línea, no estaba en la foto —respondió Daggart en voz baja y apresurada—. Me acordaría. Es demasiado raro para no fijarse en él.

—Puede que lo tapara el hombro de Tingley.

—Es posible, pero no lo creo. Creo que ahí había otra cosa. —Alberto observó la estela mientras Daggart seguía hablando—. Lo cual significa que o bien la estela de la fotografía era otra, o bien la fotografía estaba retocada, y es más probable que fuera esto último.

—¿Retocada? ¿Cómo?

—Es fácil. Pudo hacerlo el propio Tingley, si tenía conocimientos básicos de PhotoShop. Lo que importa, el gran interrogante, es por qué lo hizo.

Alberto miró la cámara, luego a la estela y a Daggart, y finalmente volvió a fijar los ojos en el monolito.

—Puede ser. Si tú lo dices, claro.

Daggart bajó la cámara.

—No pasa nada, Alberto —dijo—. No hace falta que me sigas la corriente. Seguramente estoy viendo visiones. La falta de sueño y todo eso.

—Es el calor. Mira que te lo tengo dicho: has de taparte la cabeza. —Se quitó el ajado sombrero de paja y se lo puso a su amigo juguetonamente.

Daggart logró soltar una risa amarga.

—Así que por eso estoy perdiendo neuronas.

—Tú lo has dicho.

De pronto, Daggart se sintió estúpido. Estaba tan ansioso por encontrar una pista que veía cosas donde no las había. En la fotografía de la revista, Lyman Tingley aparecía de rodillas frente a una estela desenfocada y oculta en parte por las sombras. En su momento, Daggart había estudiado con detalle la imperfecta fotografía pero hacía ya cuatro meses que ni siquiera le echaba una ojeada.

Optó por cambiar de tema.

—¿Había algo por ahí fuera? —preguntó.

Alberto dijo que no con la cabeza.

—Unas ruinas más pequeñas al nordeste, pero todavía no habían llegado allí. ¿Por qué crees que dejaron de venir?

Daggart paseó la mirada por la selva, que avanzaba lentamente hacia el yacimiento. Pasado un año, una maraña de retoños y enredaderas cubriría casi por completo las ruinas. Pasados dos, la aldea quedaría oculta a la mirada de los legos. Pasada una década, el exuberante follaje la habría sepultado por completo.

—No tengo ni la menor idea —contestó.

—Puede que los asustara el chupacabras.

—Puede. O la Cruz Parlante.

Daggart miró el cielo. Un último rayo de sol se colaba por entre la densa vegetación. Las motas de polvo suspendidas en el aire parecían estancadas. Daggart se dio cuenta de que tenían que marcharse si querían volver con luz solar. Mientras regresaban al coche, Alberto se detuvo y señaló una zona de tierra despejada. Daggart iba a preguntarle qué estaba señalando cuando de pronto se dio cuenta de qué era.

Nada. Alberto no estaba señalando nada.

Aquél era el mismo lugar donde una hora antes el cadáver

del ciervo se pudría sobre la tierra. Ahora no había nada, sólo una huella en la hierba. En el suelo no había ni un solo hueso, ni un trozo de carne. Las moscas también habían desaparecido.

—Quizá no estaba muerto, a fin de cuentas —sugirió Alberto.

—Quizá.

—O puede que haya sido un felino.

—Puede.

—O a lo mejor se lo han llevado los mosquitos. Estaban hartos de sangre de norteamericano y querían probar algo con más sabor.

Naturalmente, lo que Alberto no dijo (lo que ninguno de los dos necesitaba decir) era lo que ambos estaban pensando. Que tal vez hubiera sido el chupacabras.

Regresaron al todoterreno y dieron la vuelta despacio. Mientras desandaban el camino hacia la autopista abriendo un angosto túnel en la maleza con los faros del coche, Daggart se olvidó del chupacabras y volvió a pensar en la estela. ¿Por qué estaba allí? ¿Qué decía? ¿Y por qué era distinta a la que había visto en la fotografía?

## Capítulo 17

*I*gnacio Botemas se defendía del calor sofocante de su casa de cemento hundido en una tumbona. Era un hombre de más de cincuenta años, con el cabello antes negro y ya casi blanco y una cara como un mapa de arrugas. Siempre había sido menudo, pero en aquella postura, plegado sobre sí mismo, parecía aún más pequeño. Con la cabeza apoyada en la pared desconchada del fondo de la casa, dejaba vagar los ojos mientras hablaba, sin mirar a Scott Daggart ni a Alberto Dijero, a pesar de que a Alberto lo conocía desde siempre. Precisamente por esa amistad había accedido a hablar con ellos.

En aquel arrabal de Playa del Carmen, las casas sin suministro eléctrico se caían a pedazos y las calles estaban sin asfaltar. Los árboles brotaban entre montones de escombros y toscos cobertizos salpicaban los patios traseros. A pesar de que Playa del Carmen tenía fama de ser la ciudad de México que crecía con mayor rapidez, aquel barrio parecía tan abandonado como un Bagdad deshecho por la guerra.

—El *señor* Tingley estaba muy raro desde hacía un tiempo —dijo Ignacio en su español suave y parsimonioso.

—¿Cómo de raro? —preguntó Daggart.

Ignacio se encogió de hombros.

—Parecía muy ensimismado. No hablaba mucho con nosotros.

—¿Y eso era extraño?

—Mmmm, sí y no.

Daggart esperó a que Ignacio continuara.

—¿Cómo que sí y no? —insistió.

—Nunca nos hablaba mucho. Pero llegó un momento en

que él trabajaba en una parte del yacimiento y los demás en otra.

—Pero trabajaban todos en la excavación principal, ¿verdad? No en otra parte.

—El *señor* Tingley sólo tenía esa excavación.

Daggart miró a Alberto.

—¿Cuándo empezó a comportarse así, Ignacio? ¿Hace semanas? ¿Meses?

—Casi un año. Desde septiembre pasado.

Daggart intentó disimular su sorpresa, aunque no alcanzaba a entender cómo era posible que el jefe de una excavación se mantuviera tan apartado de sus trabajadores. Y más aún tratándose de una persona tan deseosa de atenciones como Lyman Tingley.

—¿Cuánto tiempo hace que conoce al señor Tingley? —preguntó.

—Casi nueve años.

—¿Y antes nunca se había comportado de manera extraña?

—No, así no. Fue aquel día. Desde entonces, empezó a comportarse como si no quisiera cuentas con nosotros.

—¿Qué día? —insistió Daggart—. ¿El día que descubrió el Quinto Códice? —A menudo había intentando imaginarse cómo se comportaría él de haber hecho un descubrimiento semejante. Y siempre se le venían a la cabeza esas celebraciones que uno veía al final del campeonato mundial de béisbol: compañeros de equipo saltando los unos sobre los otros, gritando hasta quedarse roncos, regándose con botellas de espumoso champán. Así habría reaccionado él. Con una festiva melé de arqueólogos sudorosos en medio de Yucatán.

—No, el Quinto Códice no. Fue antes de eso.

Ignacio se recostó en la tumbona; evitaba aún encontrarse con los ojos de Daggart y miraba de vez en cuando las otras casas, como si temiera que alguien le oyera. Sombras profundas separaban unos edificios de otros, formando negras simas en los patios minúsculos.

—¿Qué ocurrió? —preguntó Daggart.

—Nada de particular. Sólo que empezó a estar muy raro.

Ignacio pareció contentarse con dejarlo así y bajó la mirada hacia el suelo, hacia el césped que, más que hierba, era tierra y gravilla.

—¿Raro en qué sentido, Ignacio? —terció Alberto—. ¿Podrías concretar un poco más?

Ignacio pareció sopesar la pregunta un momento; después, espantó con la mano una mariposilla atraída por la luz amarillenta que asomaba por las ventanas.

—Bueno…

—Por favor —le rogó Alberto—. Hay vidas en juego.

—¿Crees que no lo sé? —dijo Ignacio, levantando de pronto la voz. Un perro comenzó a ladrar a lo lejos—. Tengo mujer y cinco hijos. Mi jefe ha sido asesinado. La gente que le hizo eso al *señor* Tingley podría venir también a por mí.

Alberto tocó con la mano la rodilla de Ignacio. Su voz sonó suave y serena.

—Lo siento, mi amigo. Está claro que lo sabes. Es sólo que intentamos descubrir quién mató a Tingley. Por el bien de todos. Dices que estaba raro. ¿Cómo de raro?

—Sólo raro. El verano anterior ya habíamos descubierto unas tumbas pequeñas, nada del otro mundo, y luego un día, en otoño, poco después del huracán…

—¿Del *Gregory*?

Ignacio asintió con un gesto.

—Poco después del huracán, el *señor* Tingley estaba en una de las tumbas y encontró algo. O eso pensamos, al menos. Se puso muy alterado. Ya saben ustedes que era muy grueso, y cuando se ponía nervioso se le notaba enseguida en la respiración. Así que nos acercamos corriendo para preguntarle qué era y nos dijo que había sido una falsa alarma. Que al final no era nada.

—¿Eso es todo? —preguntó Alberto.

—Eso es todo.

—¿Parecía desilusionado?

Ignacio se encogió de hombros.

—Entonces, ¿usted qué cree? —preguntó Daggart—. ¿Que de verdad encontró algo?

—No lo sé. Creo que sí, pero no lo sé. Nunca lo vi.

—¿Podría haber sido la estela?

—¿La qué?

—La estela. —Al ver la mirada de desconcierto de Ignacio, Daggart añadió—: El bloque de caliza.

—Sí, ya sé lo que es una estela, pero no vi ninguna.

—¿No había una junto a la ceiba caída?

—Yo no vi ninguna estela —repitió él.

—Pero si está justo allí —dijo Daggart—. Y es enorme.

Ignacio sacudió la cabeza con aire desafiante.

—Yo no la vi.

Daggart no podía creer lo que estaba oyendo.

—¿En serio no vio la estela del yacimiento de Lyman Tingley?

—No la vi porque no estaba allí.

Daggart ni siquiera se molestó en disimular su asombro. ¿Cómo podía uno mantener oculto un monolito de caliza de metro y medio de alto del resto de los miembros del equipo? ¿Y para qué? No tenía sentido.

—Entonces ¿no tiene ni idea de qué fue lo que descubrió el *señor* Tingley ese día en la tumba? —preguntó.

Ignacio negó con la cabeza.

—¿Y eso fue hace un año, mucho antes de que descubriera el Quinto Códice?

Ignacio entornó los ojos para mirar el cielo estrellado.

—Más o menos.

La humedad era densa. Aunque hacía ya una hora que se había puesto el sol, el aire estaba cargado de vapor de agua. El sudor brillaba en la frente de Daggart.

—¿Y Tingley nunca les dijo que tuviera miedo de alguien? —preguntó—. ¿Acreedores, terroristas, policías, narcotraficantes…?

Ignacio fue sacudiendo la cabeza al oír cada uno de aquellos nombres.

—No, nada de eso. Sólo parecía asustado. Como si siempre anduviera guardándose las espaldas.

—¿Y después de descubrir el códice? ¿Cambió algo?

—Fue aún peor.

Daggart dejó que sus ojos se posaran en el suelo desigual. Había algo en aquel cuadro que no encajaba. Era como un complejo rompecabezas, y las imágenes que describía Ignacio tenían muy poco en común con las que Daggart conocía mejor. De haber sido una pintura, sería en parte un Van Gogh, en parte un Monet y en parte un Degas. Tres artistas que habían pintado en torno a la misma época pero con resultados drásticamente distintos.

Aquello le hizo pensar en Susan.

Susan...

La tristeza se abatió sobre Scott Daggart, densa como una nube. Se esforzó por salir de ella.

—Un par de días después de descubrir el Quinto Códice —dijo Ignacio—, el señor Tingley llevó unas botellas de tequila a la excavación y al acabar la jornada nos sentamos en corro y estuvimos bebiendo y contando historias. Nunca lo había visto tan relajado. Nunca.

—¿Después de eso parecía también más relajado en el trabajo? —preguntó Daggart.

—No lo sé.

—¿No estaba usted cerca de él?

—Ni yo ni ninguno. Después de aquel día, ya no nos dejó acercarnos al yacimiento.

Daggart no estaba seguro de haber oído bien.

—¿Acababa de hacer el mayor descubrimiento de la época maya de todos los tiempos y los despidió?

—Dijo que prefería trabajar solo.

Daggart no podía creerlo. Se disponía a hacer otra pregunta cuando apareció en la puerta una mujer baja y recia, con un vestido de algodón deshilachado.

—Ignacio, ¿vienes o no?

Daggart se preguntó cuánto tiempo llevaba allí, fuera del alcance de su vista pero oyéndolo todo. ¿Qué opinión le merecía que Ignacio hablara de todo aquello? Daggart dedujo que estaba en contra.

Ignacio se levantó de la tumbona.

—Eso es todo lo que sé.

Daggart quería preguntarle algo más, pero le bastó ver su cara para comprender que no le daría más respuestas. Al menos aquella noche. Daggart le estrechó la mano.

—Gracias por hablar con nosotros.

Alberto y él habían dado media vuelta para rodear la casa y volver al coche cuando Daggart se detuvo de pronto.

—Una cosa más —dijo, parando a Ignacio en la puerta. El trapecio de luz que envolvía su silueta se derramaba sobre el patio de atrás—. El día que Tingley descubrió el Quinto Códice, ¿cómo fue?

Ignacio se encogió de hombros.

—No lo sé.

—¿Cómo que no lo sabe? ¿No se acuerda?

—No he dicho que no me acuerde. No lo sé. El *señor* Tingley encontró el Quinto Códice el día que nosotros librábamos. Nos lo contó al día siguiente, cuando llegamos.

Ignacio desapareció dentro de la casa.

Daggart y Alberto guardaron silencio mientras volvían al todoterreno, impresionados aún por la última revelación de Ignacio. Qué oportuno, y qué improbable, pensó Daggart, que Tingley hubiera hecho aquel hallazgo estando solo, sin un alma a su alrededor. Por lo que a él respectaba, aquello rayaba en lo increíble.

Iban tan absortos intentando asimilar la noticia que no repararon en el coche que había en medio de la calle, aparcado junto al bordillo. Dentro, arrellanados en los asientos delanteros, estaban los inspectores Careche y Rosales.

Pero no eran ellos los únicos que vigilaban a Alberto y a Daggart cuando su todoterreno se alejó pesadamente calle abajo.

# Capítulo 18

*D*aggart volvió a casa a toda prisa tras dejar a Alberto en la suya. Al salir del coche se acercó a la *cabaña* con cautela, escudriñando los bordes del jardín, donde acababa el claro y empezaba la selva. Se había levantado una cálida brisa marina que agitaba las hojas y proyectaba sombras movedizas sobre el suelo. El haz amarillo de la linterna de Daggart barría el camino como un dragaminas. Al llegar a la entrada levantó la luz; alojado aún entre la puerta y el marco había un pelo suyo. Era un truco viejo, pero efectivo. Si alguien había allanado la casa, no había sido por la puerta principal.

Un pequeño consuelo.

Al entrar, lo primero que hizo fue descargar las fotografías de la cámara al ordenador. Sentado en la habitación en penumbra, iluminada por el tenue resplandor de la pantalla, miró de nuevo con detenimiento las fotografías antes de enviárselas a Uzair por correo electrónico. Si de alguien necesitaba ayuda en ese momento, era de él.

Uzair Bilail no sólo era uno de sus mejores discípulos, sino que además estaba cuidando de su casa ese verano. Originario de Pakistán, había elegido la Universidad del Noroeste para hacer el doctorado únicamente por la posibilidad de estudiar con el profesor Scott Daggart. De los casi doscientos estudiantes que presentaron la solicitud, sólo cinco fueron aceptados, y Uzair se consideró afortunado por contarse entre ellos.

No pasó mucho tiempo antes de que fuera Daggart quien se creyera favorecido por la suerte. Uzair no sólo era un alumno amable y aplicado, sino que demostraba un talento sorprendente a la hora de descifrar jeroglíficos mayas; era, de hecho, más hábil que muchos estudiosos que le doblaban la edad, y empezaba a aclamársele como a una especie de niño prodigio.

Daggart y Susan solían invitarle a cenar y siempre que podían le persuadían para que cocinara sus platos paquistaníes favoritos. Aunque aquellas veladas empezaban siendo una cena entre amigos, al poco tiempo Daggart y Uzair se trasladaban al despacho de Scott, donde se ponían a estudiar fotografías de los últimos descubrimientos mayas. Susan solía decir que eran miembros de una sociedad de embeleso mutuo. Mientras escribía el correo electrónico («Descarga estas fotos e imprímelas. Ya te explicaré.»), Daggart comprendió que, si quería encontrar el Quinto Códice, necesitaba la ayuda de Uzair.

Justo cuando pulsaba la tecla de «enviar» sonó el teléfono, haciendo añicos el silencio de la *cabaña* en penumbra. Daggart lo cogió al segundo timbrazo. El hombre del otro lado de la línea se identificó como Ernesto Pulido, investigador titular asociado del Instituto Nacional de Antropología e Historia. Estaba devolviendo la llamada de Daggart.

Daggart hablaba mejor español que Ernesto Pulido inglés, de modo que hablaron en la lengua materna de Pulido.

—Siento llamarlo tan tarde —dijo Ernesto—, pero mañana me voy a una conferencia y estoy intentando devolver todas las llamadas que tenía pendientes antes de irme. Espero no haberlo despertado. —Tenía una voz agradable, no como muchos de los burócratas con los que Daggart tenía que vérselas.

—No, nada de eso. Gracias por llamarme tan rápidamente.

—Me telefoneó usted por el Quinto Códice, ¿no es eso? —preguntó Ernesto.

—Sí, así es.

—Ya les he dicho a los otros que no lo tenemos.

La brusquedad de la respuesta sorprendió a Daggart.

—¿Cómo que no lo tienen?

—No lo tenemos. El *señor* Tingley nunca nos lo trajo.

—¿Está seguro? —insistió Daggart, y empezó a pasearse por el cuarto. Sus pies descalzos susurraban sobre las baldosas—. ¿Lo ha comprobado? Puede que lo tenga otra persona. O puede que se haya perdido, con tanto alboroto.

Ernesto Pulido se rio suavemente.

—Créame, *señor* Daggart. No lo tenemos, ni lo habríamos perdido, si lo tuviéramos, a pesar del alboroto. Teníamos tantas ganas como cualquiera de saber más sobre su hallazgo y confiábamos en ser los primeros en verlo, pero el señor Tingley debió de llevarlo a otra parte para su autentificación. Posiblemente al extranjero, incluso.

—No lo entiendo.

—Si un arqueólogo prefiere que otros científicos se encarguen de la autentificación, le dejamos que saque la pieza del país, siempre y cuando la devuelva, claro.

—Entonces, ¿sabe adónde llevó Tingley el códice?

—No, lo siento.

Daggart dejó de pasearse y se apoyó en una silla.

—Pero tendría que rellenar algún impreso. —Sabía por experiencia que en el INAH no escatimaban en papeleo.

—Hay impresos, sí, pero el estudioso no está obligado a especificar dónde va a llevar la pieza. Sólo pedimos que sea devuelta dentro de un plazo concreto.

—Entonces, ¿no tiene ni idea de dónde puede estar el Quinto Códice?

—Lamento decir que no, ninguna.

Sin que Daggart fuera consciente de ello, se hizo un silencio.

—¿Puedo servirle de ayuda en alguna otra cosa? —preguntó Ernesto, rompiendo aquel silencio.

—Sí. Ha dicho que habían llamado otras personas.

—Sí. Un inspector de la policía de Quintana Roo. He olvidado su nombre.

Rosales, sin duda. Para comprobar la historia de Daggart.

—Y otro hombre —añadió Pulido—. Pero no se molestó en identificarse.

—¿No tiene idea de quién podía ser?

—No, lo siento.

Daggart notó su impaciencia. Aunque su voz fuera amable, Pulido no disimulaba su deseo de colgar y pasar a la siguiente llamada.

—Una cosa más —dijo Daggart—. Tingley inscribió la excavación en el INAH, ¿verdad?

—En caso contrario, sería ilegal excavar.

—¿Inscribió sólo una excavación o más de una?

—No lo sé. Deje que lo compruebe. —Daggart oyó el golpeteo de las teclas de un ordenador. Un rato después, Ernesto Pulido dijo—: Sólo una.

—¿Y dónde estaba?

—Me temo que eso es información privilegiada. Sólo podemos dársela a las autoridades competentes.

Daggart se acercó a la encimera, recogió su GPS y pulsó sus teclas hasta que la pantalla se iluminó.

—¿Qué le parece si le leo las coordenadas y usted me dice si son correctas o no? Así no me estará diciendo nada que no sepa ya.

El *señor* Pulido sopesó la sugerencia.

—Bueno…

—Estupendo —dijo Daggart, sin dejar que se lo pensara mucho tiempo. Apretó las teclas adecuadas del GPS hasta que encontró las coordenadas de la excavación de Tingley. Luego recitó rápidamente los dígitos.

—Sí, ésa es la excavación que inscribió en nuestro registro.

Desanimado, Daggart se sentó en la silla. Así pues, no había otra excavación. O al menos no había ninguna de la que Tingley se hubiera molestado en hablar con alguien.

—¿Algo más? —preguntó Ernesto Pulido.

—Una última cosa. Ha hablado usted de un plazo para el proceso de autentificación. ¿De cuánto tiempo disponen los expertos ajenos al INAH para autentificar una pieza?

—De seis meses.

—Seis meses… —Daggart intentó remontarse a la época en que Tingley hizo público su descubrimiento. Había sido en primavera, pero no recordaba la fecha exacta.

Ernesto se rio.

—Si está haciendo cuentas, puedo echarle una mano. El Quinto Códice tendría que estar de vuelta la semana que viene. El miércoles, concretamente.

Daggart le dio las gracias y colgó. Recostado en la silla, se pasó una mano por el pelo y se quedó mirando al vacío. Al cabo de un rato, sus ojos se posaron sobre el fajo de cartas que había junto a su cama. Las cartas de Susan. Las que releía casi cada noche. Aunque sintió la tentación de volver a ellas, se le ocurrió otra idea. Una que no podía esperar.

Unos segundos después salió de la cabaña, montó en el coche y enfiló velozmente el camino de un solo carril en dirección a la autopista.

## Capítulo 19

*E*ran casi las diez cuando Daggart llegó a Playa del Carmen y las diez y media cuando por fin encontró un sitio donde aparcar. A pesar de que era un día de diario y de que la temporada de huracanes estaba en su apogeo, los aparcamientos escaseaban en el centro y sus alrededores. Los bares y restaurantes estaban llenos a rebosar de americanos sedientos y ansiosos, en busca de alcohol barato y ligues fáciles.

El hotel Fiesta Mexicana, un edificio de color melocotón y pintura desconchada, se alzaba en las inmediaciones de la calle Tres. Aunque en algún momento había tenido cuatro estrellas (había pasado de lujoso a cutre en tiempo récord), ahora era más célebre por ofrecer tarifas mensuales. Y para un arqueólogo que pasaba allí varios meses seguidos excavando, eso era lo único que importaba. La financiación universitaria no daba para más.

El Fiesta Mexicana estaba en lo alto de la loma, subiendo desde el muelle en el que paraba el ferry de Cozumel. Aquella parte de Playa del Carmen estaba en decadencia, a pesar de que había un pequeño centro comercial con un Häagen-Dazs y un par de tiendas de ropa caras. Los hoteles nuevos estaban al norte de la ciudad, en las playas más vírgenes. El Fiesta Mexicana, en cambio, estaba justo enfrente de la estación de autobuses.

Daggart echó una ojeada al edificio desde una manzana de distancia. Era tarde, pero la calle seguía atestada de turistas y tenderos que gritaban como mercachifles en la avenida principal de una feria mayor.

—¡Eh! ¡Usted! Plata pura.

—Señor, ¿quiere llevarse a casa una pieza maya?

—¡*Barato!*

Daggart hizo caso omiso de sus anuncios y escudriñó la calle. No había ni rastro de los dos policías. La música vibraba de fondo en la noche húmeda y densa. Los mariachis competían con Bob Marley, y en el aire impregnado de humedad las melodías pendían como una bandera flácida.

Daggart se acercó con cautela al hotel, vaciló sólo un momento y entró luego con decisión. Una vez en el vestíbulo, se hurgó en los bolsillos como buscando una llave. El recepcionista, que había desplegado ante sí las grandes páginas de *La Prensa*, pareció no percatarse de su presencia. Daggart llegó a la escalera de mármol falso y subió despacio, simulando ser un turista que se había excedido en su ración de sol y licores. Su esfuerzo fue inútil. El recepcionista estaba tan absorto en las vidas de los ricos y famosos de México que ni siquiera reparaba en quién entraba o salía.

Al llegar a la segunda planta, Daggart avanzó tranquilamente por el pasillo, un corredor mal iluminado que, más que el camino a una habitación de ensueño vacacional, parecía la entrada al infierno. La luz parpadeante de un fluorescente mostraba una serie de manchas en el papel despegado de las paredes: manchas estilo Rorschachs dejadas por el vómito explosivo de turistas borrachos. La dirección debía de haber decidido en algún momento que cambiar el papel manchado de vómito era demasiado costoso. Salía más barato dejar que se fundieran las luces.

Daggart ignoraba cuál era la habitación de Tingley, pero sabía de años pasados que a éste le gustaba alojarse en la segunda planta. No estaba seguro de cómo iba a adivinar cuál era su habitación.

Pero no hizo falta que se preocupara por ello.

La puerta de la 218 estaba adornada con cinta policial amarilla en la que se leía «Precaución». Daggart imaginó cuánto habría agradado aquello a los gerentes del Fiesta Mexicana. Nada como un huésped asesinado para aumentar las reservas. Tal y como iba el hotel, quizás el sensacionalismo de un asesinato fuera justo lo que necesitaba para empezar a resurgir. Mal no podía venirle, desde luego.

Llevado por un impulso, Daggart metió la mano entre la maraña de cinta policial y giró el pomo de la puerta. Estaba cerrada con llave. Como cabía esperar.

Desanduvo el camino, recorriendo el pasillo entre la luz intermitente del averno, bajó las escaleras, cruzó el vestíbulo y salió por la puerta principal. En avenida Juárez torció a la izquierda, dejando atrás minúsculas tiendas para turistas que empezaban a cerrar.

Dobló de nuevo a la izquierda y se encontró en una calle desierta, poblada de tiendas y negocios que se anunciaban como consultas de dentistas, pequeñas compañías de seguros, ferreterías. Estaban todos cerrados a cal y canto, y los pasos de Daggart resonaron en el cemento mientras avanzaba en dirección al hotel. Un perro ladró a lo lejos con insistencia y otro respondió a sus ladridos; un momento después, un hombre les gritó a ambos que se callaran.

Daggart se detuvo y miró hacia atrás. Por un instante le había parecido que alguien le seguía, como si sonaran pisadas no muy lejos de él.

Siguió andando por la acera medio deshecha hasta que llegó a la zona que pretendía ser una piscina, en la parte de atrás del Fiesta Mexicana. Medio metro de agua verde, plagada de algas, se pudría al fondo del óvalo de cemento. En un extremo, donde antaño se alzaba un trampolín, un animal de pequeñas dimensiones, parecido a una nutria, chapoteaba separando el agua estancada como Moisés. Daggart se preguntó si estaría pescando la cena o simplemente intentando salir.

Fijó la mirada en la parte de atrás del hotel y fue contando terrazas hasta que descubrió la que tenía que haber sido la de Lyman Tingley. La observó un momento. Todas las habitaciones tenían puertas correderas de cristal; aproximadamente una cuarta parte estaban iluminadas, casi todas ellas con las cortinas bien cerradas. Las otras parecían envueltas en perfecta oscuridad.

Daggart se acercó a la 118. Como todas las habitaciones de la primera planta, tenía en el patio una hamaca colgada en diagonal. Un murete de bloques de cemento separaba los porches entre sí, y Daggart se alegró al ver apagadas las luces de la 116, la 118 y la 120. Por lo que a él respectaba, cuanta menos gente hubiera en aquellas habitaciones, tanto mejor.

Sobre una silla blanca de plástico colgaban un par de trajes de baño. Biquinis. Diminutos biquinis de tanga. Aunque en otro tiempo habría sentido algo más que una vaga curiosidad por conocer a sus dueñas, en aquel momento sólo esperaba que sus portadoras no estuvieran en la habitación.

No hubo suerte.

Se oían voces dentro: una de hombre y otra de mujer. Al mirar más de cerca, Daggart vio que aunque la mosquitera estaba bajada, la puerta corredera permanecía abierta de par en par. Por eso oía a un hombre exhortando a alguien a decirle «lo malo que era» y a una mujer preguntando repetidamente si le gustaba lo que le hacía. A juzgar por cómo gemía él, sí le estaba gustando.

Confiado en que los huéspedes de la 118 estaban, por tanto, ocupados, Daggart apoyó un pie en el murete del porche de la primera planta y se encaramó a él. De pie entre las habitaciones 116 y 118, se agarró con las manos a la barandilla de hierro forjado de la terraza de la planta de arriba y fue sincronizando su ascenso conforme las voces iban creciendo en volumen e intensidad.

Movió la mano hasta asir la barandilla lo más lejos posible del muro. Apoyando los pies en el edificio, formó con su cuerpo una diagonal y trepó por la pared. La barandilla metálica se le clavó en las manos mientras subía palmo a palmo. Cuando estuvo en paralelo al suelo, subió sucesivamente los pies a la barandilla de la segunda planta, deslizándolos entre los barrotes de modo que quedó colgado como una hamaca, con las manos en un extremo y los pies en otro.

Subió la mano izquierda para agarrarse a una parte de la barandilla que le permitiera tomar impulso. Al hacerlo, arrancó un trozo de metal herrumbroso del cemento desmigajado, y el chasquido del metal sonó como un trueno. Abajo, las voces se callaron súbitamente. Daggart oyó pasos y se balanceó una, dos, tres veces, hasta que logró pasar la pierna izquierda por encima de la barandilla. Montado a horcajadas sobre ella, pero aún fuera de la terraza, oyó que la puerta corredera se abría.

Inmóvil, miró hacia abajo y vio que una mujer salía impetuo-
samente de la habitación. Blandía un látigo y sólo llevaba puestos un par de zapatos de tacón de aguja. Escudriñó la oscuridad
dejando que el látigo languideciera a su lado.

—Seguro que no es nada —se quejó el hombre desde dentro—. Ven aquí.

—Espera un momento —dijo ella sin amabilidad.

Daggart contuvo el aliento, temiendo que cualquier ruido,
incluso una levísima exhalación, le delatara. Sentía estremecerse la barandilla bajo su peso, notaba cómo se balanceaba su
cuerpo y cómo se le clavaba en las manos el metal afilado de sus
bordes.

La mujer, cuyos pechos blancos reflejaban la luz de la luna,
miraba las sombras entornando los ojos para defenderse del
tenue fulgor de las estrellas.

Daggart oyó de pronto un traqueteo metálico que no procedía de la endeble barandilla, sino de la habitación 118.

—Quítame las esposas para que eche un vistazo —gritó el
hombre del interior del cuarto.

La mujer respondió haciendo restallar el látigo, dio media
vuelta y volvió a entrar en la habitación, cerrando la puerta
corredera a su espalda.

Antes de que el metal oxidado pudiera lanzarlo dos pisos
más abajo, Daggart saltó al suelo de la terraza, sobre el que
aterrizó con un golpe suave y seco. Aguzó el oído. Los dos
mismos perros ladrando a los lejos y el mismo zumbido constante de los insectos. Se puso en pie y se acercó de puntillas a
la puerta corredera. Metió dos dedos en la ranura y tiró. Nada.

Estaba cerrada con llave.

Se metió la mano en el bolsillo y sacó una navaja suiza.
Como buen arqueólogo, llevaba siempre consigo una «biblia»
de utensilios: guantes de látex, cerillas impermeables y una
herramienta multiusos. Deslizó el destornillador arriba y abajo por el quicio metálico hasta que sintió un *clic*. Destrabada la
cerradura, abrió la puerta.

Un obstáculo menos.

Apartó el visillo, entró en la habitación de Tingley y dejó
que sus ojos se acostumbraran a la oscuridad. Poco a poco, casi

imperceptiblemente, comenzaron a aparecer formas. Los contornos de los objetos fueron dibujándose despacio, como en el proceso de revelado de un laboratorio fotográfico. Pero a medida que la habitación y su contenido iban aclarándose, Daggart se dio cuenta de que aquélla no era una habitación corriente.

No había en pie ni una sola cosa que debiera estarlo. Las sillas, la cama, las lámparas, el escritorio de debajo de la ventana... todo se hallaba desperdigado por el suelo. Algunos muebles estaban rotos sin remedio. Los cuadros enmarcados de las paredes aparecían rajados por la mitad. El televisor estaba hecho añicos. Y dispersos por todas partes había cuadernos y papeles, ejemplares atrasados del *USA Today*, pañuelos de papel arrugados procedentes de las papeleras. Aquello no era una habitación, era una zona catastrófica. Daggart había visto casas azotadas por un tornado más ordenadas que el cuarto de Lyman Tingley. Se preguntó si aquel desorden era el resultado de los esfuerzos de Lyman por eludir a sus asesinos. ¿Habría luchado hasta tal punto para huir? ¿O había sucedido aquello después de su asesinato? Si así era, ¿de quién era obra lo que tenía ante sus ojos: de los asesinos de Lyman o de la policía? ¿De la Cruz Parlante o del inspector Rosales?

Se disponía a avanzar entre las cosas diseminadas por el suelo cuando oyó pisadas y un murmullo de voces en el pasillo. Se quedó inmóvil. Cuando las voces pasaron de largo, Daggart se dijo que debía darse prisa. Cambió la navaja por los guantes de látex y se los puso.

«Consigue el Quinto Códice —le había dicho Lyman Tingley—. Nuestra única esperanza es que tú lo encuentres primero.»

Y eso pensaba hacer Scott Daggart.

# Capítulo 20

*E*l Cocodrilo sonrió y se apresuró a limpiarse la saliva que le chorreaba por la barbilla con un pañuelo manchado.

Scott Daggart le caía bien. No todo el mundo era capaz de encaramarse a la terraza del segundo piso de un hotel. Por lo menos, con tan poco esfuerzo. Y esquivar a la mujer del látigo había sido un toque impresionante. Daggart estaba resultando ser un contrincante de altura. Y eso era algo que el Cocodrilo siempre agradecía.

El estadounidense no era un profesional, claro. Seguirle había sido pan comido. Pero mientras permanecía agazapado entre los arbustos que bordeaban la piscina, ajustando sus gafas de visión nocturna hasta que la forma verdosa y luminiscente de Scott Daggart apareció ante su mirada atenta, el Cocodrilo no tuvo más remedio que admirar al profesor estadounidense.

Era consciente, sin embargo, de que si el *señor* Daggart sabía cosas, como afirmaba el Jefe, sólo era cuestión de tiempo que él también las supiera. A fin de cuentas, sabía cómo hacer hablar a la gente.

Daggart se sacó del bolsillo una pequeña linterna y la encendió. Era demasiado arriesgado encender la luz del techo, a pesar de que las cortinas estaban echadas, y la lámpara de la mesilla de noche ni siquiera podía considerarse una alternativa: estaba hecha pedazos. Tendría que arreglárselas con la diminuta linterna. Proyectó su luz hacia el otro lado de la habitación y recorrió con su pequeño haz los objetos rotos y desperdigados por el suelo. El residuo arenoso y gris del polvo revelador de huellas dactilares cubría la estancia en su mayor parte, como la ceniza de un volcán.

Daggart se preguntó qué habría encontrado Rosales.

Se enfrentó a aquel desorden como a un yacimiento. Lo dividió en una cuadrícula formada por casillas de noventa por noventa y empezó por la zona más cercana a la puerta corredera, con intención de avanzar hacia la puerta principal y acabar en el cuarto de baño, situado a un lado. De ese modo no pasaría por alto ni un palmo de la habitación.

Pasó de puntillas entre los desechos, cogiendo un objeto tras otro con sus finos guantes de látex, echándoles una rápida ojeada y volviendo a depositarlos sigilosamente en la casilla que acababa de inspeccionar. Los documentos que parecían importantes, aunque fuera sólo vagamente, fue amontonándolos a un lado. Más tarde los examinaría en su *cabaña*.

El aire acondicionado estaba apagado, y si en la habitación hacía ya un calor sofocante cuando entró, la temperatura aumentó más aún mientras trabajaba. Su sudor caía en pequeñas gotas sobre los objetos que se inclinaba a examinar. Pero no se atrevía a acelerar el proceso. Si algo había aprendido en sus años de arqueólogo era que había que ser paciente.

Acabó de peinar la habitación principal casi dos horas después. Estaba perplejo, no por la falta de pistas, sino porque no había encontrado nada que sugiriera que Lyman Tingley hubiese descubierto algo que se pareciera siquiera al Quinto Códice. No había mapas, ni indicaciones, ni cartas exultantes dirigidas a amigos. Nada.

Tampoco había nada que le ofreciera un indicio de qué había querido decir Lyman con aquella «M».

Aunque tenía la camisa pegada al cuerpo, Daggart sabía que era pronto para desesperar. Sus años de investigación de campo le habían convencido de que la gente siempre dejaba pistas. Con intención o sin ella, las personas dejaban señales, indicadores para que las generaciones futuras reconstruyeran la realidad de sus vidas. Aunque a Lyman Tingley le hubieran secuestrado de pronto y aquel destrozo fuera el reflejo de sus últimos forcejeos, Daggart estaba seguro de que tenía que haber alguna evidencia relativa al Quinto Códice. El quid de la cuestión era, naturalmente, encontrarla. Y luego interpretarla correctamente.

Se encaminó al cuarto de baño avanzando por un angosto sendero. Los fragmentos del espejo roto, esparcidos por las baldosas del suelo, crujieron bajo sus pies. Por todas partes había artículos de aseo. La cortina de la ducha estaba arrancada de la barra y yacía, inerme, sobre el borde de la bañera. Hasta el bote de champú estaba rajado y destripado como un pez.

Daggart regresó al caos del dormitorio y miró alrededor, siguiendo la estela de su linternita. De pronto recordó un viejo truco que le había enseñado uno de sus profesores de arqueología de la UCLA.

«A veces, el mejor modo de ver algo es dejar de verlo a propósito.»

Era casi siempre un consejo demasiado zen para Daggart, pero pensó que merecía la pena ponerlo a prueba. ¿Qué podía perder? Apagó la linterna y se quedó inmóvil en la oscuridad. Cerró los ojos para asegurarse y se imaginó los muebles, el suelo, las paredes.

Las paredes.

Encendió la linterna y movió delante de sí su pequeño haz de luz. El papel pintado tenía una serie de rayas verticales de color salmón, y aquí y allá las junturas se separaban como si el papel intentara escapar del bochorno de la habitación. Daggart se interesó por una rendija que había encima del escritorio. Evidentemente, al verla, su imagen se había grabado en un recoveco de su cerebro, aunque ello no había bastado para que se acercara a investigar.

Se acercó a aquella parte del papel pintado y examinó la juntura sirviéndose del pequeño cono de luz de su linterna. El papel estaba descolorido, incluso manchado.

Pero había algo más.

Era casi como si el papel hubiera sido arrancando y reemplazado luego. Como si estuviera remendado. Tal vez fuera obra del personal del hotel. O tal vez de Lyman Tingley.

Daggart cogió con la mano libre un borde de la unión y tiró de ella suavemente, como si estuviera ayudando a un anciano a quitarse el abrigo. El papel sólo se resistió un momento. Tras un par de tirones, se despegó de la pared con facilidad. Quien había vuelto a pegarlo no había hecho un trabajo muy fino. Pero tal vez se tratara precisamente de eso.

Al introducir la linterna por debajo del papel, Daggart vio los bosquejos hechos a lápiz. Las marcas eran tan tenues que tuvo que pegar la nariz a la pared para ver qué decían. La escritura era débil y desvaída, y al comprender por fin lo que tenía delante, Daggart contuvo el aliento. No eran palabras lo que estaba mirando, sino imágenes.

Imágenes mayas. Reproducciones de jeroglíficos antiguos.

Con ayuda de la linterna, cuya luz iba apagándose poco a poco, Daggart identificó los signos. Chac Mool. Ixchel. Quetzal, el pájaro sagrado. Kinich Ahau, el dios sol. Allí de pie, envuelto en el aire estancado de la habitación, con los ojos fijos en aquellos símbolos del pasado, Daggart se sintió como un explorador que hubiera tropezado por primera vez con una cueva cubierta de pinturas rupestres. Lo único que le faltaba era una antorcha encendida y uno o dos murciélagos revoloteando por encima de su cabeza.

Sí, reconocía aquellos símbolos. ¿Y ahora qué? ¿Qué hacían allí y qué significaban? Suponía que los había dibujado Lyman Tingley, pero ¿con qué fin? ¿Intentaba dilucidar algo? ¿O eran pistas dejadas para Scott Daggart?

A falta de una cámara, Daggart intentó memorizar los jeroglíficos lo mejor que pudo. Casi lo había conseguido cuando reparó en que había algo raro en el último dibujo. Era el dios descendente. El dios del lucero del alba. A veces llamado Ah Muken Cab. Tenía las piernas separadas y las manos juntas por encima de la cabeza.

Pero eso era un error.

Tal y como lo había dibujado Lyman Tingley, Ah Muken Cab aparecía agachado y tieso, como si estuviera en cuclillas, implorando a los dioses de las alturas. Pero Ah Muken Cab era el dios que se zambullía. El dios descendente. Por eso tenía las manos juntas, como cuando uno se prepara para lanzarse al agua de cabeza. Nunca se le representaba erguido, sino más bien mirando hacia abajo, como si descendiera hacia la tierra desde los cielos. Solamente a alguien que desconociera el panteón maya se le habría ocurrido dibujar a Ah Muken Cab con la cabeza alta, y Daggart sabía que ése no era el caso de Lyman Tingley.

Así pues, aquélla era la pista de Lyman. Daggart ignoraba, sin embargo, qué significaba y adónde le conduciría.

# Capítulo 21

*S*e frotó los ojos e intentó despejarse.

—Bueno, ¿y si no lo encuentra? —preguntó Frank Boddick desde el otro lado de la línea.

Frank le había arrancado de un sueño profundo; todavía estaba intentando despertarse del todo. París era la Ciudad de la Luz, pero eso no significaba que la gente pudiera pasar sin dormir. Frank Boddick, sin embargo, se hallaba en la franja horaria del Pacífico: con nueve horas de diferencia. Y no es que a Frank le importara. Él siempre llamaba cuando le venía en gana. Ser una estrella de cine tenía sus ventajas.

—Lo encontrará —dijo el hombre de París—. Créame.

—¿Por qué iba a creerle? —preguntó Frank.

—Porque ese tipo es bueno.

—¿Tiene a alguien vigilándole?

—Cada minuto del día. —Al ver que Frank no respondía, el hombre de París añadió—: No se preocupe. Todo saldrá bien.

—Nos jugamos mucho.

—Lo sé.

—Si esto sale mal, se irá todo al traste.

—Lo sé. —Lo que de verdad sabía era que Frank Boddick era una estrella del celuloide, un niño mimado que se las ingeniaba para controlar hasta el último detalle de su vida.

—Bueno, ¿qué ha averiguado ese tipo?

Se sentó en la cama con desgana y apoyó los pies en el suelo. Desde la ventana del hotel veía la puerta de los Jardines de Luxemburgo. Todavía era de noche, pero sabía que más tarde el parque se llenaría de corredores, de amantes, de lectores, de gente que iba allí a fumar… Parisinos de todo pelaje iban a los jardines.

—Es difícil saberlo con certeza. Está buscando en los lugares adecuados, eso salta a la vista, y nos conducirá al Quinto Códice. Me apuesto lo que sea.

—Espero que se dé prisa.

—Yo también, pero hay que darle tiempo. Sólo lleva veinticuatro horas en esto.

A una distancia de nueve franjas horarias, oyó a Frank Boddick pasearse por la habitación.

—Estoy dispuesto a recurrir a nuestro plan alternativo —dijo Frank con cierto exceso de dramatismo. Como un personaje de sus películas.

—Si esto no funciona, no me opondré —dijo el hombre de París—. Pero esperemos primero a ver cómo acaba esto. ¿De acuerdo?

—Supongo que sí.

—Confíe en mí. Según mis noticias, es posible que todo se resuelva en un plazo de veinticuatro horas.

Aquello pareció aplacar al actor.

—Bueno, está bien, pero solamente un día más. En caso contrario, la habremos jodido.

—De acuerdo, de acuerdo. —Sabía ya que de vez en cuando convenía seguir la corriente a Frank Boddick, aunque uno no se creyera una palabra de lo que decía. Después, siempre podía convencerle de que era el mejor camino a seguir.

—Mire, no puedo seguir hablando —dijo Frank, como si no fuera él quien había llamado—. Mañana tengo que madrugar. Necesito dormir.

Típico de un actor, pensó el hombre de París. Preocupándose de sus preciosas horas de sueño aunque llamara a los demás a las tantas de la madrugada.

## Capítulo 22

*D*aggart se sentó a una mesa del fondo. El bar parrilla La Casita no podía presumir del éxito del Captain Bob, principalmente porque su carta no estaba traducida al inglés y su comida era demasiado auténtica, razón por la cual Daggart iba con frecuencia por allí. Había aún algunos turistas de cara colorada acodados en la barra pegajosa, trasegando bebidas frutales adornadas con sombrillitas a la entrada del restaurante, pero Daggart tenía la parte de atrás casi para él solo. Las rancheras enlatadas actuaban como una suerte de biombo entre él y los demás.

Sacó su móvil y marcó un número grabado; todavía sentía una leve emoción al ver el icono de su casa. Cuando Susan se quedaba en Chicago y él estaba allí, al final de un largo día se acomodaba en la hamaca y llamaba a casa con el suave acompañamiento de las olas del mar. Todavía recordaba su impaciencia por oír la voz de Susan, como si fuera de nuevo un adolescente. Sus cartas y aquellas llamadas habían sido para él un auténtico asidero.

Susan había sido su asidero. Ahora, claro, las cosas eran distintas.

Uzair contestó al tercer pitido.

—¿Recibiste mi correo electrónico? —preguntó Daggart.

—Hola, hombre.

—Perdona. Hola. ¿Lo recibiste?

—¿Qué te crees? —respondió Uzair en broma—. ¿Que me paso el día de brazos cruzados, esperando noticias de mi director de tesis? ¿Crees que no tengo nada mejor que hacer?

—¿Lo recibiste o no?

—Claro que sí. No tengo vida.

Daggart sonrió. Agradecía el sentido del humor de Uzair y nunca se cansaba de escuchar su inglés perfecto, pronunciado con aquel denso acento paquistaní.

—¿Y las fotos?

—Sí, claro, las fotos también. Ya están todas descargadas y catalogadas.

—¿Notaste algo raro? —preguntó Daggart. No quería poner palabras en boca de Uzair, pero se preguntaba si su doctorando se habría fijado en lo mismo que él.

—Si se tratase de la misma estela del *National Geographic*, ¿cómo es que el símbolo del hombre y la línea no aparecían en la foto?

Una oleada de alivio recorrió a Daggart. De no haber estado sentado en un restaurante, tal vez incluso habría soltado un grito de alegría. Así pues, era cierto. Con intención o sin ella, Lyman Tingley le estaba dando pistas.

—¿Estás seguro, Uzair?

—Si pones las fotos una al lado de la otra, en la tuya está ese símbolo del hombre y la raya, y en la del *National Geographic* aparece Cinteotl. Así que o es otra estela…

—O la foto fue manipulada —sugirió Daggart.

—Pero ¿por qué iba a hacer eso?

—Es lo que intento averiguar —dijo Daggart. Hacía unas cuantas horas que había hecho aquel hallazgo, pero seguía sin entenderlo.

—¿Por qué no se lo preguntas a Tingley? ¿No está ahí?

Daggart le habló de la muerte del arqueólogo, de su registro de la habitación del hotel y del descubrimiento del dios descendente erguido. No se dejó nada en el tintero, y desahogarse le sentó bien.

—¿La policía sospecha de ti? —preguntó Uzair—. Es de locos.

—Por eso necesito averiguar qué está pasando. Si no lo resuelvo pronto, temo que me encierren por falta de un candidato mejor. Además, Tingley andaba metido en algo. Tiene que haber una razón para que me pidiera que encontrara el Quinto Códice.

—Pero ¿qué tienen en común la letra «M» y ese extraño símbolo?

Daggart se pasó la mano por el pelo.

—No tengo ni la menor idea. Por eso te llamo. ¿Qué dice la estela?

—¿Crees que puedo traducir esos jeroglíficos en una tarde? No soy Rain Man.

—De acuerdo —reconoció Daggart—. ¿Qué crees que dicen, a simple vista?

—La verdad, Scott, son muy desconcertantes. La estela acaba con esos dos hombres de aspecto tan corriente. Uno con un cántaro de agua que rebosa, el otro con una rayita junto a la cara. Nunca había visto nada parecido. ¿Y tú?

Daggart exhaló un profundo suspiro.

—No. Supongo que por eso confiaba en que pudieras echarme una mano.

—Como un superhéroe al rescate, ¿no? —preguntó Uzair.

—Si tú lo dices.

—Haré lo que pueda.

—Gracias, Uzair. Sé que lo harás.

El silencio llenó el espacio que los separaba. Daggart exprimió la rodaja del limón en su Dos Equis y bebió un largo trago. La mezcla del cítrico y la cerveza comenzó a relajarle nada más deslizarse por su garganta.

—No me gusta ser el alumno que da lecciones a su maestro —dijo Uzair—, pero creo que deberías salir de ahí. Estás tratando con asesinos.

—Voy con cuidado, si es eso lo que te preocupa.

—No es por ti. Es por mí. A fin de cuentas, eres mi director de tesis. Si te ocurriera algo, seguramente me asignarían a la profesora Klingsrud, y preferiría comer cristales antes que soportarla.

Daggart agradeció que le diera la oportunidad de reír un poco.

—Ya veo a qué viene todo esto.

—Solamente estoy siendo sincero. Y antes de que se me olvide, ayer me encontré con la Dragona. Parecía un pelín enfadada. Más vale que la llames, no vaya a ser que me quite la beca.

—Mañana la llamo. ¿Había algo más en la estela que te llamara la atención?

—Imagino que viste los pies de Ah Muken Cab en la parte de abajo.

Daggart se quedó sin aliento.

—¿De qué estás hablando?

—De los pies de Ah Muken Cab. Abajo del todo, en ese mismo lado.

Daggart se sintió como un imbécil; no se había dado cuenta. Estaba tan concentrado en los dos símbolos finales que, obviamente, no se había fijado en todos los jeroglíficos. Muy propio de Uzair el haberse percatado.

—No se ven del todo por el polvo —dijo el joven—, pero parecen los pies de Ah Muken Cab. Además, ¿qué más dioses hay cabeza abajo?

La mente de Daggart funcionaba a marchas forzadas.

—Sí, claro —dijo, distraído.

—¿Crees que tendrá que ver con el Ah Muken Cab que Tingley dibujó en su habitación?

—No lo descartaría. Pero todavía no me explico por qué lo dibujó erguido.

—Si esperas que te dé una respuesta, no la tengo. El maestro eres tú. Yo todavía estoy aprendiendo.

Daggart se quedó pensando un momento mientras deslizaba la botella sudorosa por la mesa, dejando una húmeda estela. Allí faltaba algo: una pieza minúscula y crucial del rompecabezas que aclararía el cuadro completo. Seguramente la misma pieza con la que Lyman Tingley se había topado antes de su prematura muerte.

—¿Sigues ahí? —preguntó Uzair.

—Sí, perdona —dijo Daggart. En aquel breve momento de silencio tomó una decisión al vuelo. Era una posibilidad remota, pero no veía otra forma de hacerlo—. Tengo que pedirte un favor.

—Dispara.

—Necesito que me busques un vuelo para salir de aquí. Desde el aeropuerto de Cancún. Para pasado mañana.

—Así se habla —dijo Uzair alegremente—. ¿A Chicago?

—No —contestó Daggart—. A un sitio muy lejos de Chicago.

—¿Alguno en particular?

Cuando Daggart le dijo dónde, su doctorando se quedó sin habla.

# Capítulo 23

$S$cott Daggart pasó veinte minutos más al teléfono con Uzair.

—Una cosa más —dijo cuando la conversación tocaba a su fin—. Pregunta en las principales agencias de Estados Unidos, a ver si saben quién está autentificando el códice. Empieza por Peabody, de Harvard, y luego con Carnegie, en la Universidad de Chicago. Los sospechosos habituales.

—¿Y si descubro que todavía está en México?

—Me apuesto algo a que no.

Colgaron y dos sombras cruzaron la mesa de Daggart.

—*Buenas tardes* —dijo una de ellas—. ¿Le importa si nos sentamos?

Al levantar la vista, Daggart vio a los dos inspectores. Al parecer, el bar parrilla La Casita no era tan recoleto como había esperado.

—*Buenas tardes* —dijo, haciendo caso omiso de la pregunta.

Aun así, Rosales y Careche apartaron cada uno una silla. Como la vez anterior, Careche se mantuvo apartado de la mesa. Parecía gustarle vivir entre sombras.

—¿Un día muy ajetreado? —preguntó Rosales. Su voz estaba impregnada de… algo. ¿Sospecha? ¿Certidumbre? Daggart no habría sabido decirlo.

—Como de costumbre —dijo Daggart. Sentía los ojos de Careche clavados en él, y se preguntaba qué sabían los inspectores y desde cuándo.

—¿Qué ha hecho?

—Ir a mi excavación y trabajar. Lo de siempre.

—¿Y estaba todo normal?

Daggart asintió con la cabeza. De pronto le había asaltado

la duda de si serían ellos quienes habían destrozado el yacimiento. La indiferencia con la que había hablado Rosales parecía sugerir que sabían cómo estaban las cosas.

—¿Y ha estado allí todo el día? —prosiguió Rosales.

—Hasta el chaparrón de por la tarde. Entonces volví a casa.

—Entiendo. —Rosales sacó la consabida libreta de su chaqueta de deporte y de nuevo hizo aquel gesto teatral al pulsar el botón del bolígrafo. Luego comenzó a escribir.

—Ah, y en la biblioteca —añadió Daggart—. También estuve allí.

—¿Leyendo?

—Investigando.

—¿Algo en concreto?

—La Cruz Parlante. Quería ver si podía averiguar algo más que contarles.

—Qué amable —dijo Rosales sin molestarse en disimular su sarcasmo—. ¿Y lo encontró?

Daggart se encogió de hombros con naturalidad.

—Sólo que la secta lleva cien años inactiva.

—Sí, eso descubrimos nosotros también. —El inspector Rosales metió la mano en el bolsillo de su chaqueta y sacó un paquete de Delicados. Golpeó un extremo contra la palma de la mano antes de ofrecérselo a Daggart—. ¿Fuma?

—No, gracias.

Rosales sacó un cigarrillo y lo encendió. El humo giró en volutas alrededor de su cara como la niebla ascendiendo por un barranco.

—¿No fue a ningún otro sitio? ¿A ninguna otra excavación? ¿A la de Lyman Tingley?

Daggart sintió que la sangre le afluía de golpe a la cara. Rosales lo sabía desde el principio.

—Ya le dije que no sé dónde se halla —respondió.

—¿Nunca ha estado allí?

—Hace tanto tiempo que no recuerdo cómo se llega.

—Entonces admite que ha estado allí.

—Claro. Antes era mi excavación.

—Resulta interesante que no nos lo dijera anoche —comentó Rosales.

—Supongo que se me olvidó.

—¿Y no ha vuelto desde entonces? —Rosales escupía las preguntas sin vacilar.

—No, para qué. Era el yacimiento de Tingley, no el mío.

—Tal vez, si encontrara esa excavación, nos ayudaría a dar con su asesino.

—No recuerdo el camino. Si lo recordara, me presentaría allí en un abrir y cerrar de ojos.

—Yo pensaba que, dedicándose a lo que se dedica, se acordaría de esas cosas.

Daggart se encogió de hombros.

—Imagino que me estoy haciendo viejo.

—Eso nos pasa a todos —repuso Rosales con cara de palo. Se recostó en su silla, dio una larga chupada al Delicados y se alisó el negro bigote con el pulgar y el índice, como si acariciara a un gato. El humo le salía por las fosas nasales—. ¿Y esta tarde?

Daggart sacudió la cabeza.

—Estuve trabajando en casa. Y luego vine aquí a tomar una cerveza. —Cogiendo la botella casi vacía de Dos Equis como si fuera la prueba A, se la llevó a la boca y la apuró.

—Y para hacer unas llamadas. —Rosales señaló el teléfono móvil que había sobre la mesa.

—Sí, exacto.

—¿Locales?

—A Chicago.

—¿Personales o de trabajo?

—Ambas cosas.

—Entiendo. —Rosales aspiró como si chupara vida del cigarrillo—. ¿Y esos guantes?

Sus ojos se posaron en los guantes de látex que descansaban junto al teléfono, los mismos que Daggart había usado para registrar la habitación de Tingley.

—¿Ha estado operando?

Careche se rio por lo bajo.

Daggart respiró hondo. En una vida anterior, habría alargado el brazo y le habría partido los dedos a Rosales como si fueran ramitas.

—Cuando me encuentro con pinturas murales en las ruinas, procuro no mancharlas con mis aceites corporales. —Recogió los guantes y se los guardó en un bolsillo.

—Ya. —Fue como si sonara una campana y los boxeadores se retiraran a su rincón. Pero la campana pareció sonar de nuevo con la misma rapidez, llamándolos de nuevo al combate—. ¿Y qué va a hacer mañana? —preguntó Rosales.

—Ir a mi yacimiento. Intentar acabar todo lo que pueda antes de volver.

—¿Con sus guantes?

—Con mis guantes.

—Qué vida tan interesante lleva usted.

—Eso mismo opino yo.

Rosales inhaló profundamente, hizo una pausa, exhaló el humo.

—¿Hay algo más que quiera contarnos? ¿Sus planes? ¿Algún dato? ¿Algún hallazgo?

Era, más que una pregunta, un desafío. Daggart escudriñó los ojos de Rosales y miró luego a Careche. No vio mucha confianza. Ni ningún calor.

—No, no se me ocurre nada.

—Muy bien. Sentimos haberle molestado.

Rosales se levantó y con una mirada indicó a Careche que también se pusiera en pie. El más joven de los dos obedeció a regañadientes.

—Estoy seguro de que volveremos a hablar pronto —le dijo Rosales a Daggart—. Y puede que para entonces su memoria haya mejorado.

—Todo es posible.

Hicieron ademán de marcharse. Movido por un impulso, Daggart preguntó:

—¿Cuál es su nombre de pila?

Rosales se volvió hacia él.

—¿Mi nombre de pila?

—Sí. Anoche, cuando se presentó, solamente me dijo su apellido. ¿Cómo se llama?

—¿Por qué le interesa?

—Sólo quiero saber con quién estoy tratando, nada más.

Rosales sopesó la pregunta y dio una profunda calada a su cigarrillo, como si el alquitrán y la nicotina pudieran decirle si debía responder o no.

—Alejandro.

Daggart se volvió hacia el inspector Careche.

—¿Y usted?

—Miguel —masculló Careche.

—Gracias —dijo Daggart—. Es lo único que quería saber.

# Capítulo 24

A Scott Daggart se le ocurrió de pronto que los tres sabían más de lo que aparentaban. Era como una competición de miradas en la que había muchas cosas en juego. ¿Quién parpadearía primero?

A decir verdad, Daggart deseaba en parte informar a los inspectores de lo que sabía, pero temía que ello estorbara su búsqueda del Quinto Códice. Y en lo que a él concernía, ésa era su mayor responsabilidad. No sólo para con Lyman Tingley, sino para con el mundo. Además, ahora que Tingley había muerto, imaginaba que le tocaba a él encontrar el códice.

Decidió hacer una llamada más y cogió su teléfono. Pulsó el icono del despacho de Samantha Klingsrud. Como jefa del departamento, no le haría ninguna gracia enterarse de que Daggart tenía que quedarse unos días más en México. Y no ocultaría su desagrado. Por eso él se alegró de que saltara el contestador. Dejó un mensaje rápido y conciso y colgó, consciente de que tendría tiempo de sobra para vérselas con su célebre mal genio cuando volviera al Campus.

Se apartó de la mesa y se acercó tranquilamente a la barra. Felipe le llevó una botella sin que se la pidiera y, mientras quitaba la chapa, se inclinó hacia él.

—Bueno, ¿quiénes son sus amigos? —preguntó.

Habían llegado a conocerse bien con los años, y más aún ese verano. Últimamente, de hecho, Daggart era muchas noches el último cliente en marcharse: la idea de volver a una cama vacía no le atraía lo más mínimo.

Susan no estaba en la *cabaña*. Ni en Chicago, para llamarla. Solamente un manojo de cartas le recordaban a su compañera.

—Un par de policías —dijo—. Y créeme, no somos amigos. —Hizo amago de marcharse, pero Felipe le puso una mano en el brazo.

—No, los tres sentados en el rincón —dijo Felipe—. Esos de ahí.

Al mirar hacia la entrada del restaurante, Daggart vio a tres hombres musculosos de unos veinticincos años, apiñados en torno a una mesita. Llevaban vaqueros y gorras de béisbol bien caladas sobre la cara, y se esforzaban por mirar a cualquier parte menos a él. Un escalofrío recorrió la espalda de Daggart al ver la gorra de los Yanquis.

Eran los mismos tres hombres que le había señalado Lyman Tingley la noche anterior.

—¿Cuánto tiempo llevan ahí?

—Desde que llegó —contestó Felipe—. No han parado de mirarlo en toda la noche.

Daggart se hurgó en el bolsillo en busca de dinero.

—¿Los conoces?

Felipe se encogió de hombros ambiguamente.

—Creo que he visto a uno o dos por la calle, pero nada más.

Daggart puso un puñado de billetes sobre la barra.

—Esto, por la cerveza —dijo Daggart—. El resto, para ti.

—*Muchas gracias*.

—¿Hay salida por detrás?

—Junto al aseo. Sólo tiene que cruzar la cocina.

—*Gracias*, Felipe.

—*De nada*. Tenga cuidado, *señor*.

Daggart asintió y volvió a su mesa. Dio un largo trago a la cerveza y fingió luego mirar sus mensajes. Tener la oreja pegada al móvil le permitía observar a los tres hombres.

Eran los de la noche anterior, no había duda. Y al observarlos con más atención, Daggart cayó en la cuenta de que el de la gorra de los Yanquis era el líder. Tal vez fuera por cómo se movía o por la deferencia que parecían mostrarle los otros dos. Era, además, el más cachas de los tres. Los músculos se le marcaban bajo la camiseta. Era de los que pasaban horas levantando pesas.

Los otros dos no tenían nada de particular, y desde aquella

distancia su ropa parecía una mezcla genérica de Nike y Gap. Podrían haber sido alumnos de la clase de Introducción a la Antropología que Daggart daba a las nueve. Mientras los observaba, sin embargo, notó en ellos cierto aire siniestro, una especie de opacidad. Cierta astucia. Aquello le puso nervioso.

Pensó fugazmente en avisar a Rosales y Careche. Eran policías, a fin de cuentas, y si se daba prisa seguramente aún podría alcanzarlos. Pero ¿qué les diría? ¿Que había tres individuos de aspecto sospechoso que tal vez le estuvieran siguiendo o tal vez no? ¿Que tal vez habían seguido a Lyman Tingley o tal vez no? Y en cuanto tomara ese camino, ¿se vería obligado a contárselo todo?

Daggart se guardó el teléfono. Dejó a propósito la cerveza sin acabar, se levantó de la mesa tambaleante y se dirigió al aseo del fondo del bar con toda la naturalidad de que fue capaz.

# Capítulo 25

La puerta de atrás daba a un callejón de gravilla que zigzagueaba en dos direcciones. Hacia el sur estaban el muelle, la parada de autobús y el Fiesta Mexicana. Hacia el norte, la parte nueva de Playa del Carmen, con sus innumerables tiendas y garitos. Daggart eligió el norte.

Se movía rápidamente. Cada uno de sus pasos resonaba en los edificios de bloques de cemento como un crujiente manotazo. Podría haber caminado con más sigilo, pero habría tenido que prescindir de la velocidad. Y no sentía deseo alguno de hacerlo.

Al recorrer a toda prisa el callejón pasó por delante de puertas traseras abiertas de restaurantes en los que la música de mariachis manaba de altavoces de hoja de lata. Pequeños grupos de mexicanos con delantales manchados de grasa se apiñaban en los umbrales, fumando y bebiendo Tecate a grandes tragos. Miraban a Daggart con curiosidad al pasar.

Daggart oyó un ruido de pasos tras él. Se detuvo y se pegó a una cerca con la pintura descascarillada. Dos chicos pasaron corriendo. Blandían palos como si fueran armas medievales y no prestaron atención a Scott Daggart.

Daggart contuvo el aliento al mirar por el callejón. Vio los grupitos de hombres. Vio el humo que despedían sus cigarrillos. Y vio sombras.

Y las sombras le preocuparon.

Torció a la izquierda por una callejuela y se dirigió hacia el oeste, camino de la avenida Cinco. Su coche estaba al otro lado de la avenida. Era un riesgo cruzar la calle ancha y abierta, pero no tenía elección. Cuanto antes llegara al todoterreno, antes podría salir de allí.

Dudó al llegar a la esquina, mirando a un lado y a otro como un niño obediente. Había parejas paseando y turistas borrachos avanzando a trompicones, pero ni rastro de los tres hombres. Si tenía suerte, pensarían que seguía en el cuarto de baño. Si tenía suerte.

Pero no la tuvo.

Vio a dos en cuanto empezó a cruzar la calle. Estaban en la avenida Cinco, a una manzana de distancia, uno en el lado oeste de la calle y otro en el lado este. No parecían tener prisa: esperaban su aparición. Le vieron enseguida y echaron a andar hacia él. Como vaqueros acorralando a un toro descarriado.

Daggart sentía el golpeteo de su corazón contra el pecho. No había tiempo de cruzar la avenida. Le cogerían en un instante. Comprendiendo que tenía que hacer algo, dobló a la derecha y echó a andar por la calle mayor, sorteando a los viandantes cada vez más dispersos.

Al mirar atrás, vio que los dos hombres se acercaban. Su expresión grave y decidida le impresionó. No eran estudiantes empeñados en alguna estúpida novatada. Aquellos tipos iban en serio.

La avenida Cinco se extendía a lo largo de más de un kilómetro y medio, desde el embarcadero del ferry hasta la fuente de la Constitución. Entre mediodía y medianoche la calle estaba atestada de turistas que a veces caminaban hombro con hombro y a veces se apretaban hasta tal punto que costaba una eternidad recorrer una manzana. Ahora, sin embargo, sólo había unos pocos borrachos que regresaban tambaleándose a sus hoteles. No había ningún sitio donde esconderse. Ni multitudes entre las que desaparecer.

Daggart apretó el paso. «Vamos —se dijo para darse ánimos—. ¿Cómo vas a salir de ésta?»

Miró hacia atrás. Los dos hombres iban ganando terreno; ni siquiera se molestaban en disimular que avanzaban casi a la carrera. Estaban tan cerca, de hecho, que Daggart vio que sonreían. Parecían disfrutar jugando con él al gato y el ratón.

Apareció una bocacalle más ancha y principal que las otras. La calle Catorce. Daggart no sabía adónde llevaba, pero le importaba poco. Allí, aquellos hombres podían ver cada uno de sus movimientos. Y se estaban acercando. Torció a la derecha y en lugar de encaminarse hacia su coche puso rumbo al océano. El todoterreno podía esperar. Tendría que esperar.

Al doblar la esquina cayó en brazos del tercero. El de la gorra de los Yanquis. El cachas. De cerca era tan musculoso como desde la barra: parecía una boca de riego andante. Y tenía la misma personalidad.

—¿Vas a alguna parte, amigo? —preguntó con una voz sin tono ni inflexión. Su acento era puramente americano. El aliento le olía a rancio.

Daggart dio media vuelta para marcharse, pero Boca de Riego era más rápido de lo que imaginaba. Le agarró por detrás y, asiéndole por las muñecas, le sujetó los brazos a la espalda. Scott Daggart era fuerte, pero Boca de Riego lo era aún más. Daggart comprendió que, en cuanto sus compañeros doblaran la esquina, no tendría nada que hacer. Tres contra uno. No habría forma de escapar.

Oyó pasos que se acercaban. Oyó su propio corazón golpeándole las costillas. Sintió en la nuca el aliento caliente del forzudo.

Se preguntó si sería así como habían atrapado a Lyman Tingley.

«Relájate —se dijo, recordando lo que en su día le había enseñado Maceo—. Para todo hay una salida. Siempre hay una salida. Tú limítate a respirar.»

Había pasado una eternidad desde sus tiempos en el ejército, y aunque hacía mucho que había renunciado a esa faceta suya, Daggart sabía que nunca la olvidaría. Formaba parte de su cuerpo. De su memoria muscular. Esas cosas no se olvidaban, por más que uno se empeñara en ello.

Daggart respiró. Se relajó. Y entonces hizo lo único que su cuerpo le decía que podía hacer.

Dejó caer la cabeza hacia delante y la impulsó hacia atrás como un muelle que se soltara de golpe. Su coronilla chocó con la nariz del forzudo. Un borbotón de sangre brotó de la cara de Boca de Riego y cayó sobre sus hombros. Cuando Boca de Riego se llevó instintivamente las manos a la cara, Daggart desasió los brazos, se dio la vuelta y le lanzó un puñetazo a la nuez. El forzudo se desplomó en la acera con una mano en el cuello y otra en la nariz. La sangre le chorreaba por los dedos. Su pecho temblaba, intentando tomar aire.

Daggart no esperó a ver si se recuperaba. Echó a correr calle arriba. Sus zapatos buscaban agarre sobre la gravilla. Cruzó la avenida Cinco en el instante en que llegaban los otros dos. Miraron sorprendidos a su amigo, que seguía sangrando y jadeando. El cabecilla les hizo señas de que siguieran a Daggart.

Ellos se volvieron para dar comienzo a la persecución.

Daggart corría deprisa, con pasos largos y respiración pausada. Confiaba en despistar a sus perseguidores en las callejuelas de Playa del Carmen. Tal vez se dieran por vencidos. Tal vez no. Su única ventaja era que estaba en buena forma. Por nadar, eso sí, pero imaginaba que sus músculos responderían igualmente.

Confiaba, además, en que aquellos veinteañeros no practicaran maratón.

Torció a la izquierda para tomar la avenida Diez, giró a la derecha en el siguiente callejón y después otra vez a la izquierda y a la derecha. Ignoraba dónde estaba, sólo sabía que aquél era el lado oeste de la avenida Cinco y que estaba rodeado por una corta hilera de tiendas, todas ellas cerradas y con las rejillas metálicas echadas, como ojos de gigantes dormidos. No había ninguna tienda en la que meterse. Ningún sitio al que escapar.

Detrás de él aún se oían pasos y, al doblar el siguiente recodo, Daggart echó una mirada atrás. Sus dos perseguidores seguían allí, a apenas media manzana de distancia. Del tercero no había ni rastro. Daggart aceleró, dejando atrás una nubecilla de grava con cada paso. Al respirar sentía una opresión creciente en el pecho. El dolor se extendía por su torso como una mancha.

«Relájate. Respira.»

Viró a la derecha y luego a la izquierda dos veces. Estaba corriendo en círculos. Su intención: crear confusión. Él era la presa. Tenía que despistar a sus perseguidores. Sus ojos buscaban incansablemente una oportunidad de escapar.

Torció a la izquierda, a la derecha y a la izquierda otra vez. La distancia que le separaba de los otros dos iba poco a poco en aumento. Era ya de una manzana.

«Avanza.»

Al doblar una esquina vio un rectángulo de luz sobre la acera. Sólo tardó un segundo en darse cuenta de que posiblemente estaba viendo la única tienda de Playa del Carmen que seguía abierta a aquellas horas. Una joyería en cuyo escaparate se sucedían las bandejas de terciopelo negro llenas de collares de plata y jade. Una mujer atractiva, de poco más de treinta años, estaba echando el cierre. Daggart irrumpió en la tienda antes de que ella tuviera ocasión de cerrar la puerta.

—*Soy estadounidense. Necesito su ayuda. ¿Me puede esconder usted?* —preguntó en español torrencial.

El tiempo que ella tardó en calibrarle se le hizo eterno. Se quedó allí parado, respirando trabajosamente, con la cara y el cuello cubiertos por una pátina de sudor. Ella le miraba levantando los ojos: era al menos quince centímetros más baja que él, y la diadema blanca que sujetaba su cabello liso y negro enmarcaba una cara morena. Pareció por un momento incapaz de decir nada, como si no lograra asimilar la sorpresa de la aparición de Daggart y su ruego posterior.

Él echó una rápida mirada atrás.

—*Por favor* —susurró con urgencia.

La mujer siguió observándole un momento. Sus ojos marrones le recorrieron. El ruido de pasos resonaba en la callejuela, cada vez más cerca, y Daggart comprendió que su vida estaba en manos de aquella mujer. Todo dependía de ella. Una vez tomada la decisión de entrar allí, aquella desconocida podía elegir si él escapaba o no. Si vivía o no para ver otro día.

—Está bien —dijo al fin, y señaló detrás del mostrador.

Sin darle tiempo a cambiar de idea, Daggart se agachó tras una vitrina de anillos de plata. Agazapado en el rincón, oyó que los hombres se acercaban. El ruido de sus pasos fue haciéndose cada vez más fuerte y mermó luego con la misma rapidez (a semejanza de un tren en marcha), hasta que dejó de oírse. Como si la noche hueca se hubiera tragado a aquellos hombres con eco y todo.

Pasó un rato. El silencio se aposentó en la tienda como polvo. Fuera, la calle quedó de pronto inerme. Dentro, la mujer permanecía inmóvil, demasiado perpleja para moverse. Sólo cuando retomó la tarea de cerrar cuidadosamente las tapas de las vitrinas volvieron a oírse los pasos, más fuertes a medida que se acercaban.

Pero esta vez fue distinto. Esta vez los hombres no pasaron de largo. Esta vez entraron en la tienda.

# Capítulo 26

—¿*D*ónde está? —preguntó uno de ellos. Agachado detrás del mostrador, Daggart oía su respiración trabajosa cada vez que tomaban una ansiosa bocanada de aire.

—¿Quién? —dijo la mujer. Estaba a un lado del mostrador, a pocos centímetros de donde Daggart permanecía agazapado.

—El hombre que ha pasado corriendo por aquí.

—¿Un hombre? ¿Corriendo? —Hablaba con una especie de pasmo, como si nunca hubiera visto correr a un hombre.

—¡Sí! Acaba de pasar.

—¿Por la calle?

—Sí, corriendo. ¡Por la calle!

—No —dijo ella—. Yo no he visto a nadie.

Daggart oyó que uno de ellos daba un paso adelante.

—No habrá entrado aquí, ¿verdad? —preguntó, amenazador.

—Procuro no ahuyentar a los clientes —respondió la mujer—. Se lo aseguro.

A Daggart le impresionó lo tranquila que parecía. Hasta él estuvo a punto de creérselo.

—He oído algo —añadió ella—, pero no he visto qué era. Estaba de espaldas al escaparate.

—¿Por dónde se ha ido?

Ella señaló calle arriba.

—Por allí, me ha parecido, pero puede que me equivoque. Ya les digo que estaba de espaldas a…

Salieron sin esperar a que acabara. Un momento después, la mujer apagó los fluorescentes, cerró la puerta y echó el cerrojo. No se dirigió a Daggart en ningún momento. Ni él a ella. La mujer volvió tras el mostrador. Encendió una lamparita, sacó una calculadora de un cajón y empezó a hacer cuentas cuyo resultado iba anotando con un lápiz amarillo en las hojas verdes de un libro de cuentas. Le temblaban los dedos.

—No se levante todavía —dijo sin molestarse en mirarle—. Siguen ahí fuera.

Daggart asintió con un gesto y la miró trabajar. Llevaba una falda negra y una blusa blanca cuyo cuello desabrochado dejaba entrever un sencillo collar de plata que contrastaba con su piel de color café. Sus facciones eran suaves, como el mármol pulido de los hoteles de la ciudad. Iba poco maquillada, y con razón. Poseía una belleza natural que el maquillaje sólo habría podido deslustrar.

Un estrépito de pasos cruzó frente a la puerta de la tienda, seguido por una serie de gritos ahogados. Por primera vez, Daggart distinguió tres voces. Boca de Riego estaba de nuevo en pie. Las voces se alejaron velozmente en distintas direcciones.

—¿Qué ha hecho? ¿Por qué tienen tanto empeño en encontrarlo esos hombres? —preguntó la mujer sin apartar los ojos de los números que tenía delante—. ¿Les ha estafado algún dinero?

—No, qué va —contestó Daggart desde el rincón en el que seguía agazapado.

—¿Algún asunto de mujeres?

—No es tan simple como eso.

—Yo no diría que los líos de faldas sean tan simples.

—No es eso tampoco.

—Ah. Entonces es algo peor.

—Puede ser. No lo sé. No había visto a esos hombres hasta esta noche.

—Y sin embargo va huyendo de ellos. Tres hombres lo miran raro y usted echa a correr.

—No ha sido así. Verá…

Ella agitó una mano hacia él.

—No tiene por qué darme explicaciones. Si me dice que está en peligro, le creo.

—Estoy en peligro.

—Le creo.

—*Gracias.*

—*De nada.*

Daggart siguió agachado detrás del mostrador mientras la mujer hacía sumas. Dentro, lo único que se oía era el golpeteo amortiguado de las teclas de la calculadora y el roce del lápiz a medida que la mujer iba apuntando números en el libro de cuentas. Mientras estaba allí sentado, Daggart se preguntó por qué había decidido ella arriesgarse por un perfecto desconocido. ¿Qué la había impulsado a darle cobijo? La miraba fijamente, buscando una respuesta. Había algo en su actitud que le intrigaba.

—Bueno, ¿cómo se llama, fugitivo? —preguntó ella.

—Ya se lo he dicho, no soy un fugitivo.

—Claro. Disculpe mi error. Sólo está huyendo de tres hombres escondido en el suelo de la tienda de una desconocida. ¿De dónde habré sacado la idea de que es un fugitivo? Tonta de mí. —Sus labios se curvaron en un asomo de sonrisa—. En fin. ¿Cómo se llama, fugitivo?

—Scott Daggart.

—Encantada de conocerlo, Scott Daggart.

—¿Y usted, cómo se llama? A fin de cuentas, es la desconocida que me ha salvado.

Ella sacudió la cabeza ligeramente.

—No piense que lo he salvado, por favor. Eso no puede hacerlo nadie. Solamente he dejado que se refugiara aquí un rato. Es distinto. Luego se irá y sanseacabó.

Había algo en su voz que Daggart no lograba definir. No sabía si era tristeza o sabiduría. O ambas cosas.

—Ana —dijo—. Ana Gabriela.

—Gracias, Ana Gabriela.

—De nada —contestó. Seguía dividiendo su atención entre la calculadora y el libro de cuentas.

—¿Dónde estoy? —preguntó Daggart.

—En Eterno, la joyería de mi familia.

—¿Qué la hace tan eterna? —Daggart comprendió que hablar le ayudaba a relajarse. Sintió que su pulso volvía a bajar por debajo de los tres dígitos.

—Con un poco de suerte, las cosas que uno compra aquí siempre le recordarán a México. ¿No es para eso para lo que compran cosas los turistas? ¿Para crear recuerdos tridimensionales que duren para siempre?

Daggart asintió vagamente con la cabeza. Era lo que habían hecho Susan y él. Les gustaba recordar cada viaje comprando algo especial, algo que pudieran colgar en la pared o colocar sobre la repisa de la chimenea. Un objeto artístico, normalmente. Una escultura, a veces. Algo que les recordara un momento especial.

—Si no le importa —dijo—, el día de hoy preferiría olvidarlo. Cuanto menos *eterno*, mejor.

—¿Todo el día ha sido así?

—*Como usted no se imaginaría* —dijo Daggart.

Ana le miró como si lo viera bajo una nueva luz.

—Habla bien español. ¿Dónde lo aprendió?

—En el instituto. Pero he pasado mucho tiempo aquí.

—¿De vacaciones? —Pronunciaba como en español: sin distinguir entre bes y uves.

—Investigando.

—No lo había visto nunca antes.

—Supongo que no he comprado muchas joyas.

—Pues eso hay que arreglarlo.

—Sí —dijo él, distraído. De pronto pensó en Susan. Parecía improbable que fuera a comprar joyas en un futuro inmediato. Ni ningún recuerdo de aquel verano—. Usted también habla bien el inglés —dijo para cambiar de tema y ahuyentar el negro vacío que amenazaba con tragárselo.

Ella recorrió la tienda con la mirada.

—Tengo muchas oportunidades de practicarlo.

—Entiendo. —Daggart podía imaginarse a su clientela: turistas estadounidenses a los que les encantaba regatear. Su única oportunidad de demostrar lo listos que eran.

—¿Puedo preguntar qué investiga? —preguntó Ana.

—Soy antropólogo. Especializado en el mundo maya.

—Ah —dijo ella, y en aquel breve asentimiento Daggart creyó ver de nuevo que aquella extraña amalgama de tristeza y sabiduría cruzaba su semblante con la celeridad con que temblaba una vela—. ¿Y lo encuentra interesante?

—Si estar obsesionado con algo le parece una muestra de interés, entonces sí.

—Está muy bien que a uno lo apasione tanto su trabajo —comentó Ana.

—Tengo mucha suerte.

—Seguro que no es sólo cuestión de suerte. A fin de cuentas, cada uno se labra la suya. Debería atribuirse algún mérito.

—Sí, claro, alguno tengo —reconoció Daggart—. Pero tengo suerte por haber caído en un campo que todavía guarda tantas sorpresas. —«A veces demasiadas», quiso añadir—. ¿Y a usted? ¿La apasiona su trabajo?

Al ver que no respondía, Daggart estuvo a punto de repetir la pregunta. Luego reparó en un cambio súbito en su expresión. Sus labios se fruncieron y pequeñas arrugas surcaron su frente. Un momento después se oyeron golpes insistentes en la puerta, que el silencio que los rodeaba hizo aún más estruendosos. Una voz de hombre gritaba desde la calle. Algo parecido a «¡Déjenos entrar!».

Ana Gabriela rodeó el mostrador y abrió la puerta.

—¿Sí?

—No lo encontramos.

—¿Y la culpa la tengo yo? —preguntó ella.

—Ha dicho que le había visto.

—Dije que le había oído. Es distinto.

—¿Ha vuelto a oír algo?

—No.

—¿Por qué habríamos de creerla? —Daggart reconoció aquella voz. Apenas dijo cinco palabras, pero su tono vacuo y plano, ahora algo nasal, sólo podía pertenecer a un hombre: Boca de Riego.

—¿Por qué iba a mentirles? —replicó Ana.

—Puede que conozca a ese hombre.

—Mi madre me enseñó a no tratar con hombres que huyen por las calles.

Silencio. A Daggart le pareció que aquellos hombres sopesaban sus opciones.

—¿Y si registramos su tienda? —preguntó una de las otras dos voces.

Para sorpresa de Daggart, Ana respondió:

—Adelante.

Daggart oyó el chirrido de la puerta. Se oyeron pasos adentrándose en la tienda. Daggart cambió de postura.

«Relájate. Respira.»

Se puso en cuclillas para poder levantarse. Si rodeaban el mostrador, los atacaría antes de que acertaran a reaccionar. Sobrepasado en número y posiblemente en armamento, su única arma ofensiva era el factor sorpresa.

—Y si encuentran a un hombre —prosiguió Ana—, avísenme. Llevo tiempo buscando alguno. No sabía que sólo tenía que mirar en mi propia tienda.

Aquello pareció romper la tensión. Uno de ellos incluso se rio.

—¿De verdad no le ha visto?

—Lo siento muchísimo —dijo ella—. Le oí, nada más. Y sólo esa vez.

Boca de Riego masculló de mala gana un «gracias», seguido por un «vamos». Daggart supo por sus pasos que habían salido de la tienda.

Ana Gabriela echó el cierre y volvió a rodear el mostrador, donde se inclinó de nuevo sobre el libro de cuentas. Daggart advirtió un leve temblor en sus manos. Se disponía a hablar, pero Ana sacudió ligeramente la cabeza como si dijera: «Aún no. Todavía están ahí».

Pasó el tiempo. Ninguno dijo nada.

Ana cerró el libro de cuentas y colocó el lápiz en su soporte. Apagó la minúscula calculadora y la devolvió a su cajón. Luego metió la mano debajo del mostrador y sacó una pequeña papelera.

—Volveré —dijo—. No se mueva de aquí.

Una cortina de terciopelo negro separaba la parte delantera del establecimiento de la trastienda. Daggart la vio desaparecer tras ella. Como por arte de magia. Ahora estaba allí y al momento siguiente ya no estaba. Daggart la oyó abrir una puerta trasera. Oyó pasos alejarse por el callejón. El tenue ruido de unos tacones caminando sobre gravilla. Y luego nada. Pasaron unos minutos. Daggart se maldijo por haberla puesto en peligro. Había hecho mal pidiéndole que le ayudara.

La puerta se cerró de golpe. La tensión se adueñó de Daggart.

«Respira. Relájate.»

Ana volvió a entrar y dejó la papelera vacía en su sitio, bajo el mostrador.

—¿Creía que lo había dejado aquí? —preguntó.

—Empezaba a tener mis dudas.

—Lamento decir que todavía andan por aquí. Acabo de cruzarme con uno.

—¿Cuántos son?

—Tres, los mismos que antes —dijo ella—. Parece que están locos por encontrarlo.

—Sí, eso me parece a mí también.

—A uno de ellos le sangra mucho la nariz. ¿Se lo hizo usted?

—Es posible que mi cabeza chocara con su cara, pero le aseguro que fue un accidente.

De nuevo, un levísimo asomo de sonrisa tensó las comisuras de los labios de ella.

Daggart la miró, intrigado por aquella mezcla desarmante de belleza física y tristeza íntima. Aquella mujer tenía algo que no podía concretar, algo que yacía justo por debajo de la superficie. Una profunda melancolía, quizá. Daggart no lo sabía.

—Mire —dijo—, lamento haberla puesto en esta situación. No sabe cuánto se lo agradezco, pero será mejor que me vaya.

—No.

—No pasa nada. Me arriesgaré. Creo que puedo llegar a mi coche.

—No —repitió Ana tranquilamente. Sus manos habían dejado de temblar y su voz estaba cargada de firmeza y resolución. Apagó la lámpara, dejando la tienda en penumbra. Un fino y azulado rayo de luz de luna se remansaba en el suelo. Ana se acercó a la trastienda y levantó la cortina para que Daggart la siguiera—. Venga —dijo.

Daggart se levantó y la siguió. Ella dejó que la cortina se cerrara.

La trastienda no tenía ventanas y estaba completamente a oscuras. Ana pasó junto a Daggart para encender un flexo. Un óvalo de luz se esparció sobre una mesita metálica, iluminando la habitación. Daggart vio que, además de la mesita y de su silla, había también una serie de estantes de metal llenos de cajas de cartón. Un lavabo. Una encimera con una cafetera. Una tumbona. Y dos puertas: una de madera, con el picaporte flojo, que posiblemente conducía a un cuarto de baño, y una de metal gris, que Daggart supuso daba al callejón.

Ana señaló la tumbona.

—Siéntese, por favor. Puede que tarden un buen rato en marcharse.

—No quiero meterla en esto.

—¿Y cómo va a hacerlo? Ellos no saben que está aquí, ¿no?

—Cierto, pero el hecho de que esté usted aquí a estas horas…

Ella sonrió con tristeza.

—Lamento decir que siempre estoy aquí a estas horas.

Como para demostrárselo, se sentó a la mesita, sacó un puñado de carpetas del cajón y las extendió delante de ella. Al ver que Daggart seguía sin moverse, se volvió y dijo:

—Haga lo que quiera, pero estará más cómodo en la silla que de pie.

Daggart se sentó, y le sorprendió lo rápido que se relajaba al arrellanarse en la tumbona. El día había sido muy largo: había empezado a las 2.20 horas de la madrugada con la visita de los inspectores, a la que habían seguido el hallazgo de la estela en el yacimiento de Tingley, el registro de la habitación de hotel y, como colofón, la persecución por las calles desiertas de Playa del Carmen. No era de extrañar que estuviera cansado. Recostado en la tumbona, a salvo en la minúscula trastienda de una joyería igualmente minúscula, Daggart sintió disiparse la tensión. Le pareció estar hundiéndose en el mueble como si dejara su forma sobre la nieve, como si un molde permanente de su cuerpo quedara grabado para siempre en aquella silla.

Unos minutos después se había dormido.

Al otro lado de la calle, frente a la joyería Eterno, un hombre permanecía sentado en el asiento delantero de un Toyota alquilado. Estaba sin afeitar, tenía el pelo rubio y revuelto y lucía una camisa hawaiana de color azul. Consciente de que la noche podía ser muy larga, había apoyado la cabeza y el cuello en el respaldo. No importaba. Estaba dispuesto a esperar.

## Capítulo 27

*D*aggart se despertó con el intenso aroma del café. Al abrir los párpados, vio a Ana Gabriela de pie junto a la encimera, sirviendo el líquido negro y humeante en una taza de cerámica amarilla y azul.

—Buenos días —dijo ella.

—Buenos días —contestó Daggart, estirando los brazos y arqueando la espalda. La luz del sol orlaba la cortina de terciopelo que daba a la tienda.

—Siento haberlo despertado.

—¿Qué hora es? —preguntó él.

—Las ocho pasadas.

Daggart no podía creerlo.

—¿He estado dormido todo este tiempo?

Ella asintió con una inclinación de cabeza y le tendió la taza de cerámica.

—¿Y usted? —preguntó Daggart—. ¿Ha dormido?

—Un poco.

—No habrá sido en esa silla.

—Apoyé la cabeza sobre la mesa. No ha sido para tanto. —Se sirvió un poco de café, rodeando con los dedos la taza humeante.

—¿Por qué no me ha despertado? —preguntó él.

—Parecía que necesitaba dormir.

—Lo siento. No debería haberle causado tantas molestias. —Daggart empezó a levantarse, pero Ana le puso una mano sobre el hombro.

—No hace falta que se marche. Ni tampoco que se disculpe. —Se sentó en la silla de la mesita y comenzó a beber su café a pequeños tragos.

—Pero ha hecho todo esto sin siquiera conocerme.

Ella se encogió de hombros tranquilamente.

—Suelo acertar juzgando a la gente.

—Pero sabrá que tal vez ciertas personas no estén de acuerdo con su opinión.

—¿Quiénes, por ejemplo?

—Los tres hombres que me perseguían, para empezar.

—Pues se equivocan —respondió Ana con convicción.

—Sí, ¿no?

Ella asintió, y Daggart notó que le ardía la cara.

—Bueno, ¿qué va a hacer ahora? —preguntó Ana.

—Lo primero de todo, ir a mi coche. No está lejos de aquí. A unas pocas manzanas.

—¿Y luego qué?

—Resolver un rompecabezas. —Al ver su expresión inquisitiva, añadió—: Es una larga historia.

—No importa, si no quiere contármela —contestó Ana—. No quiero meterme donde no me llaman.

A Daggart, sin embargo, le sorprendió lo mucho que deseaba contárselo.

—No es eso —dijo—. Es sólo que ni siquiera estoy seguro de saber de qué va todo esto. Verá, la versión sinóptica es…

—¿Perdón?

—Disculpe. La versión resumida es que estoy intentando resolver una adivinanza. Pero primero tengo que documentarme sobre uno de los dioses mayas. Eso es todo.

—¿Sobre cuál?

—No es uno de los principales, eso seguro.

—¿Sobre cuál? —repitió ella.

—Ah Muken Cab. También conocido como…

—El dios descendente.

Daggart estuvo a punto de atragantarse con el café. La miró, incrédulo.

—¿Cómo lo sabe?

—¿Qué pasa? ¿Es que no puedo conocer a las deidades de mi propio país?

Daggart se sonrojó.

—No, no es eso. Es sólo que…

—Me lo enseñó mi hermano. Si no, no lo sabría. Pero ésa también es una larga historia. Tal vez en otra ocasión le cuente la versión sinóptica.

—¿Qué sabe de Ah Muken Cab?

—Nada, en realidad, excepto lo que él me dijo. Que en Tulum está por todas partes, de eso me acuerdo. Mi hermano me llevó allí un día y me lo enseñó todo.

Su cara se iluminó al recordar, con esa reacción involuntaria que produce un grato recuerdo. Pero Daggart notó entonces algo extraño. Nada más sonreír, aquella tristeza pareció cubrir de nuevo su rostro. Bajó la mirada hacia el café que tenía sobre el regazo y tocó con los dedos el borde de la taza como si bajo la cerámica se escondiera una respuesta.

—¿Conoce a Víctor Camprero? —preguntó, esquivando aún la mirada de Daggart—. Anoche me acordé de él, cuando me dijo que era antropólogo. Es arqueólogo, especializado en la cultura maya. Antes enseñaba en la Universidad de México, pero ya se ha jubilado. Vive en Cozumel. Trabajó durante años desenterrando las ruinas de Tulum. Él sí sabrá algo sobre Ah Muken Cab.

Daggart se inclinó hacia delante con avidez.

—¿Sabe cómo puedo ponerme en contacto con él?

Ana puso su taza sobre la mesa.

—Creo que tengo su número en la lista de correo de la tienda. Voy a llamarlo. —Miró su reloj—. A esta hora, hasta los jubilados estarán despiertos, ¿no? —Descorrió la cortina negra y entró en la tienda. Mientras se bebía el café, Daggart la oyó llamar. Ana volvió sonriendo.

—Puede verlo hoy mismo. Pero a partir de las cinco. En El Loro Azul, un restaurante. ¿Lo conoce?

—Sólo por *Casablanca*. —Ana lo miró desconcertada—. No, no lo conozco —dijo Daggart. Hacía años que no pasaba por Cozumel.

—No es muy conocido. Está en el lado este de la isla, en Playa Bonita. Tendrá que tomar el ferry y, cuando llegue a San Miguel, alquilar un coche o coger un taxi para llegar al otro lado. —Anotó el nombre de Víctor Camprero y las indicaciones para llegar al restaurante en una hojita de papel y se la ofreció.

Daggart dobló la nota por la mitad antes de guardársela en el bolsillo. Al hacerlo, cayó en la cuenta de que aún no había revisado los papeles que se había llevado de la habitación de Lyman Tingley. La noche no había dado para más.

—Gracias —dijo, poniéndose en pie por primera vez desde hacía horas—. Por todo.

La mujer desdeñó su gratitud con un delicado ademán de la mano.

—Me alegra ayudar a un espíritu afín. —Allí estaba de nuevo, pensó Daggart. Aquella tristeza—. Antes de que se vaya, deje que me asegure de que sus amigos se han marchado. —Descorrió el cerrojo y abrió la puerta trasera. Luego salió y miró a un lado y a otro antes de volver. Daggart notó cómo el aire húmedo del océano irrumpía en la habitación—. ¿Qué es lo que suele decirse? ¿No hay moros en la costa?

—Algo así, sí.

Ana cruzó los brazos y enseguida se llevó la mano a la garganta, azorada.

—Todos estos líos de policías y ladrones son nuevos para mí.

—Lo ha hecho de maravilla.

—Estoy segura de que usted habría hecho lo mismo por mí.

—Seguro que sí. —Le avergonzó su propia franqueza—. *Gracias*, Ana Gabriela.

—Ha sido un placer, Scott Daggart.

El antropólogo se volvió para irse, pero Ana le detuvo poniéndole una mano en el codo. Se inclinó, abrió el cajón de debajo de la mesa y sacó una caja de zapatos. Al levantar la tapa, dejó al descubierto un Colt del calibre 38 con cachas de nogal. Un revólver de indios y vaqueros. Lo cogió por el cañón y se lo dio a Daggart.

—Puede que necesite esto.

Daggart se quedó atónito un instante.

—¿Es suyo?

—De mi hermano.

—No puedo llevarme el revólver de su hermano.

—Considérelo un préstamo. Puede devolvérmelo más adelante.

—Gracias, pero no. De momento, he renegado de las armas.

—Por favor. Anoche hablé con esos hombres. Vi sus ojos. Están empeñados en encontrarlo. —Le tendió el revólver.

Daggart negó con la cabeza.

—Confío en evitar cualquier situación que requiera un arma. Ahora soy profesor, no militar.

Ana asintió con la cabeza, comprensiva. Devolvió el revólver a su sitio, puso con mucho cuidado la tapa a la caja de zapatos, volvió a guardar éste en el cajón y lo cerró suavemente.

—Si va a irse, más vale que se marche ya —dijo con voz débil y lejana.

Daggart le tendió la mano. Ana levantó la suya y la deslizó en la de él. Los meses de trabajo en la excavación habían encallecido las de Daggart. Las de ella, en cambio, eran suaves como cantos rodados pulidos por la corriente de un río. Por motivos que no alcanzó a explicarse, Daggart tuvo la impresión de que aquella mano era una llavecita que encajaba en la cerradura de la suya.

—Ahora, váyase —dijo ella por fin. Y él se fue.

Cuando había recorrido la mitad del callejón miró atrás, esperando verla apoyada en el portal, confiando en vislumbrarla una última vez. Pero no la vio por ningún lado.

Echó a correr calle abajo con un suave trotecillo.


No se apartó de los callejones. Aunque no vio indicio alguno de los tres hombres, evitó la avenida Cinco y procuró ir por la sombra cuando le era posible. El aire cargado olía a buganvillas podridas y lluvia inminente. Cuando encontró su coche (aparcado donde lo había dejado, debajo de un jacarandá cuyas flores violáceas cubrían el capó del todoterreno negro como confeti), se quedó un cuarto de hora en el rincón en sombras de una parada de autobús para asegurarse de que no había nadie vigilándolo.

Parecía que no. No se permitió relajarse hasta que llegó a la autopista y viró hacia el sur, camino de Tulum. Como había apuntado Ana Gabriela, aquel centro ceremonial encaramado al borde mismo del mar Caribe era, de todas las ruinas mayas de la península de Yucatán, la que ostentaba más representaciones de Ah Muken Cab. De modo que, si Lyman Tingley le estaba hablando desde la tumba acerca del paradero del Quinto Códice, a Scott Daggart no se le ocurría mejor sitio donde mirar.

## Capítulo 28

*D*aggart se detuvo en el aparcamiento asfaltado de Tulum. Al salir del coche, se fijó en los autobuses turísticos que llegaban saturando el aire con sus bocanadas de humo negro. Sabía que tenía que darse prisa. En cuanto los vehículos vomitaran su carga, Tulum se inundaría de turistas.

Pasó junto a los cientos de tenderetes en los que se vendía de todo, desde alfombras tejidas a mano a ajedreces de ónice, pasando por «tesoros mayas auténticos». Al llegar a la zona de visitas pagó la entrada, recogió un pequeño plano y cruzó el portal de piedra que daba paso a las ruinas.

A pesar de que a lo largo y ancho de México había docenas de yacimientos mayas mucho más importantes en tamaño y proyección, ninguno superaba a Tulum en cuanto a la belleza de sus vistas. Encaramado en lo alto de los acantilados, sobre la arena blanca y las aguas de color turquesa y verde azulado, Tulum poseía una de las panorámicas más impresionantes que podían contemplarse en el mundo entero. Su nombre original, Zama, significaba «amanecer», en honor al espléndido espectáculo que ofrecía al rayar la mañana.

Fueron los conquistadores quienes le pusieron el nombre de Tulum, que en maya quería decir «muro». Cuando los españoles lo vieron desde el mar, creyeron (erróneamente, como se demostró después) que se adentraba en la selva y que sus murallas eran impenetrables. Naturalmente, las murallas bordeaban sólo tres de sus cuatro lados. La restante era en muchos sentidos la más infranqueable de todas: un acantilado de doce metros de alto que daba sobre el mar Caribe.

En 1543, cuando por fin Montejo logró «invadir» Tulum,

lo encontró completamente desierto. Los mayas le habían tomado la delantera y habían huido a la selva años antes, abandonando su ciudad y llevándose con ellos secretos indecibles y tesoros que los arqueólogos llevaban casi quinientos años intentando encontrar.

Como el Quinto Códice.

Mientras caminaba sobre el suelo duro (sólo una finísima capa de hierba y arena cubría la roca caliza), Daggart pasó junto a grupos de turistas apiñados a la sombra de los cocoteros. El sol de media mañana achicharraba ya las ruinas de Tulum, que parecía blanquear a ojos vista. Aquél iba a ser otro día caluroso de finales de verano.

Como no conocía muy bien Tulum, Daggart empezó por lo más obvio, el templo de las Pinturas, atraído por los murales que decoraban la galería del primer piso. Aquel templo era una auténtica pizarra maya. ¿Qué mejor lugar para que Lyman Tingley dejara un mensaje?

Se acercó a la entrada principal del templo y esperó a que dos parejas de turistas concluyeran su somera inspección del edificio. Cuando se marcharon, avanzó despacio y metió la cabeza entre los barrotes de uno de los cinco portales. Como en muchos de los edificios de Tulum, el acceso al interior del templo estaba cortado por una serie de rejas de metal que cubrían las entradas. Los dos barrotes verticales y los tres horizontales hacían que las ruinas de Tulum casi parecieran prisiones antiguas. En este caso, los presos eran los murales y frescos del período maya posclásico.

A pesar de que el calor iba en aumento, el interior del templo conservaba su frescor y desprendía un olor húmedo y mohoso. El ruido de los pasos de Daggart al cruzar un trecho de grava suelta resonó en las paredes mojadas. El sol estaba en la peor posición para sus propósitos, pero había luz suficiente para que distinguiera algunas de las principales figuras de las pinturas. Chac. Ixchel. El mural, como era de esperar, representaba al dios de la lluvia y a la diosa de la fertilidad rodeados de maíz, frutos y flores.

Pero en lugar de ofrecer respuestas, las imágenes solamente planteaban nuevos interrogantes. ¿Se suponía que Daggart tenía que interpretar las pinturas y encontrar en ellas un significado oculto? ¿Y dónde estaba el símbolo del hombre y la línea recta? ¿Por qué no estaba allí?

Había confiado (ingenuamente, ahora se daba cuenta) en que, nada más asomarse al templo, sus ojos se posarían sobre una especie de mapa del tesoro. No esperaba que tañeran campanas y cantaran los querubines (aunque no se habría quejado, de haber sido así), pero confiaba al menos en poder entonar momentáneamente un «¡Eureka!». Incluso se habría conformado con un tibio «¡Ajá!». Pero no tuvo ni una cosa ni otra.

Hizo una serie de fotografías con su cámara digital, pensando que tal vez Uzair pudiera descubrir algún mensaje velado que él no veía.

Desanimado, dejó el templo de las Pinturas y se paseó entre las demás ruinas: sencillos edificios de dos plantas, decrépitas construcciones blanqueadas por el sol, escaleras torcidas y desmoronadas que conducían a la cúspide de pirámides en miniatura. A medida que el sol iba ascendiendo y aumentaba la temperatura, más y más autobuses descargaban más y más turistas, hasta que Tulum se convirtió en una bulliciosa y abarrotada colmena.

Daggart miró su reloj. Eran poco más de las diez. Una angustia creciente comenzaba a corroerle. «¿Por qué me has mandado aquí? —preguntaba para sus adentros, dirigiéndose al aire como si éste fuera Lyman Tingley—. Dejaste el Ah Muken Cab del revés en la habitación del hotel para que yo lo viera. Querías que viniera a Tulum. Pero ¿por qué?»

Llegó al contorno de un muro bajo: una divisoria interna dentro de la ciudad misma. Era allí, en el recinto interior, donde se celebraban los ritos religiosos más sagrados. El edificio más alto de todos, el castillo, formaba su centro. Una empinada escalera conducía a las dos salas abovedadas de su cúspide. El castillo era la zona más fotografiada de Tulum, por estar el océano justo al otro lado. Y aunque parecía un lugar demasiado transitado para que Lyman Tingley dejara una pista, Daggart decidió inspeccionar de todos modos su galería superior. Respiró hondo y emprendió el ascenso casi vertical por la escalera.

Al llegar arriba, con el sudor acumulado en el arranque de

la espalda, se descubrió frente al templo de una sola planta y tejado plano. Una cornisa de caliza desmoronada cruzaba las puertas de las dos estancias, y en un nicho, sobre la entrada central, se veía al dios descendente. Su forma era casi risible: parecía un personaje de dibujos animados arrojándose de cabeza a una piscina. Una figura más propia de las tiras cómicas de los domingos que de las ruinas mayas.

Daggart asomó la cabeza a la galería en penumbra. Un mural descolorido por el tiempo y el clima adornaba la pared del fondo. Daggart distinguió las mismas imágenes que en la otra edificación: frutas, flores, maíz. Ixchel y Chac estaban ausentes, pero el dios descendente ocupaba el centro del mural.

«Muy bien —se dijo—, pero ¿qué tiene esto que ver con el Quinto Códice?»

Una insidiosa sensación de angustia comenzaba a reconcomerle con la misma determinación con que el sol engullía el frescor de la mañana. Hizo una docena de fotografías y se acercó al borde de la plataforma cuando un grupo de turistas alemanes llegaba a la cumbre charlando animadamente. Desde lo alto del castillo, Daggart miró hacia el oeste con los ojos entornados, escudriñando las edificaciones de caliza. ¿Qué era lo que no veía? Allí había docenas de edificios. ¿Se suponía que debía inspeccionarlos todos? ¿Examinar todos y cada uno de los jeroglíficos de Tulum? Podía hacerlo, pero tardaría semanas. Tal vez incluso meses.

Bajó por los empinados escalones del castillo. Estaba enojado consigo mismo por haber pensado que sería fácil. Debería haber ido otro día, cuando no tuviera que irse corriendo a Cozumel. Su falta de planificación le irritaba. No podía permitirse esos errores mentales si quería encontrar el Quinto Códice.

Al llegar al pie de la pirámide se encaminó hacia el oeste. Casi enseguida se encontró cara a cara con una muchedumbre de turistas italianos. En otras circunstancias, habría dado un rodeo para dejar pasar el enjambre. Pero esa mañana, no. Esa mañana estaba molesto, frustrado, enfadado con Lyman Tingley y consigo mismo. ¿Cómo diablos iba a resolver el acertijo del Quinto Códice con aquellas pistas irrisorias? Una «M» hecha con pesos. Un oscuro dios maya puesto del revés. Aquello no eran pistas. Eran palos de ciego.

Se abrió paso a empujones entre el grupo de turistas y dejó atrás a un guía de cara roja y ovalada que alternaba el español y el italiano con voz insoportablemente nasal. Casi había cruzado el tropel de turistas cuando el guía dijo algo acerca del templo del Dios Descendente. Daggart se paró en seco.

—¿*Perdone?* —balbució.

Treinta cabezas se volvieron hacia él, exigiendo en silencio saber quién osaba interrumpir su visita. El guía, que parecía el vicario de una película de James Ivory, miró por entre la gente.

—¿Quién ha hablado? —preguntó en inglés indeciso.

Daggart se adelantó a empellones hasta encontrarse con los ojos del guía turístico.

—¿Qué templo acaba de mencionar?

—Lo siento —dijo el guía, poniéndose aún más colorado—, pero no forma usted parte de nuestro grupo.

Daggart dio un paso adelante.

—Dígamelo. ¿Qué ha dicho? Algo acerca del templo del Dios Descendente.

Los turistas italianos comenzaron a refunfuñar en voz baja. Daggart no necesitaba saber italiano para entender lo que decían.

—*Sí* —dijo el guía desdeñosamente—. *El templo del Dios Descendente.* —Se volvió hacia su grupo y pronunció atropelladamente unas palabras de disculpa. Como un pastor que condujera a su rebaño a lugar seguro, les indicó que se alejaran del americano loco.

—Espere —dijo Daggart, y hurgó en su bolsillo en busca del pequeño plano que le habían dado en la taquilla. Alisó sus arrugas y buscó el templo del Dios Descendente. No recordaba ninguno que se llamara así. Su dedo índice recorrió todos los edificios de Tulum. No había ninguno que se pareciera a lo que andaba buscando, ni siquiera remotamente.

El vicario convertido en guía turístico suspiró teatralmente y dio un paso adelante.

—Aquí —dijo, señalando con su dedo regordete una pequeña edificación justo al norte de donde estaban.

Daggart leyó el minúsculo letrero. «Templo del Cielo.»

—No lo entiendo —dijo.

—Es el mismo sitio. Algunos lo llaman «*el templo del Dios Descendente*». Y otros «*el templo del Cielo*». Eso es todo. Yo prefiero el primero, pero a mí nadie me pide mi opinión.

El templo del Dios Descendente y el templo del Cielo. Tenía cierto sentido. A fin de cuentas, ambos tenían que ver con las alturas.

—¿Ha terminado? —preguntó el guía con impaciencia.

—*Sí. Grazie*.

—*Prego* —respondió el guía con desgana, e hizo señas a los turistas para que salieran de allí mientras todavía podían.

Mientras pasaban, los ojos de Daggart se posaron en un edificio bajo y achaparrado, semejante a un búnker, situado a menos de quince metros de allí. De pronto comprendió por qué no había reparado en él en todos aquellos años. Mucho más pequeño que el castillo y el templo de las Pinturas, desprovisto de rasgos distintivos, su arquitectura era insulsa y los relieves de su fachada prácticamente inexistentes. Parecía más un retrete lujoso que un templo sagrado.

Daggart se acercó a aquel templo del Dios Descendente o templo del Cielo (o como se llamara) y, como un posible comprador que evaluara una casa, lo rodeó lentamente, calibrando con la mirada sus defectos y ventajas. Cuando por fin subió las melladas escaleras, respiraba afanosamente, pero más por nerviosismo que por cansancio. ¿Qué encontraría allá arriba?, se preguntaba. ¿Qué intentaba decirle Lyman Tingley?

Al llegar a la plataforma superior del templo se fijó en que encima de la puerta ruinosa que daba acceso a la estancia interior se hallaba el dios descendente en persona. Ah Muken Cab. De nuevo aparecía suspendido en plena zambullida, como si una cámara antigua hubiera tomado una instantánea momentos antes del chapuzón. En lugar de adoptar una pose majestuosa, como la mayoría de los demás dioses, el dios descendente siempre aparecía pillado in fraganti. O era un pariente chiflado tirándose del trampolín, o el primer monigote de Mesoamérica. A elegir.

Pero lo que intrigó a Daggart de aquel Ah Muken Cab fue lo neutra que parecía su expresión. No había forma de saber si al dios descendente le importaban aquellas incursiones terrenales, si le alegraba interceder a favor de la humanidad o le exasperaba tener que regresar al país de los mortales. Tenía un semblante sereno y, en opinión de Daggart, absolutamente inescrutable. Un día más en la vida de un superhéroe de cómic que salva el planeta de nuevo. Qué aburrimiento.

También allí gruesas rejas cubiertas de óxido impedían el acceso a la cámara interior. Daggart metió la cabeza entre los barrotes metálicos y vio dos bancos colocados junto a las paredes enfrentadas. Una de ellas contenía un mural restaurado que representaba el firmamento. La pintura estaba muy descolorida, pero aún se distinguía la colocación de las estrellas tal y como iluminaban las noches mexicanas desde hacía millones de años. Una representación exacta del cielo, sin duda, aunque Daggart supuso que los arqueólogos desdeñaban el templo del Cielo como poco más que un ejercicio de estilo. Un pintor exhibiendo la precisión con que era capaz de plasmar los astros. ¿Y qué?

En lo relativo a su búsqueda, Scott Daggart no pudo evitar sentir algo parecido. El templo del Dios Descendente no le dijo nada que no supiera ya.

Enojado consigo mismo por haberse hecho ilusiones, se sacó la cámara del bolsillo y, más por costumbre que por otra cosa, comenzó a hacer fotografías. Tomó una docena de instantáneas antes de retirarse a un lado. Revisó las imágenes para asegurarse de que no estaban borrosas. Con los ojos fijos en el visor fue pasando de cielo estrellado en cielo estrellado, y ya se disponía a apagar la cámara cuando al pensar en una imagen en concreto algo le llamó de pronto la atención. Retrocedió hasta encontrar la fotografía, apenas más grande que un sello postal.

Y entonces lo supo. Por primera vez comprendió lo que Tingley intentaba decirle al dibujar la letra «M» con cinco monedas encima de la mesa.

# Capítulo 29

$\mathcal{N}$o era una «M», naturalmente, sino una «W». Tingley la había hecho mirando hacia sí, y a Daggart no se le había ocurrido darle la vuelta. Si a cualquier astrónomo se le mencionaba la uve doble, su mente volaba de inmediato hacia una de las constelaciones más conocidas de toda la bóveda celeste: Casiopea. La disposición de las cinco estrellas más brillantes dibujaba a la reina mitológica en posición sedente. Daggart miró primero la imagen de la cámara y corrió luego a estudiar los muros pintados, y lo entendió al fin. Estaba seguro de ello. El espaciamiento de las monedas, tal y como Tingley las había dispuesto sobre la mesa apenas dos noches antes, era idéntico al de las estrellas. Y la única pista significativa que Daggart había encontrado en la habitación del hotel (el dios descendente) era el templo que albergaba aquella imagen.

Seis meses antes, al publicar la foto de la estela, Lyman Tingley había alterado algunos símbolos de la imagen porque, obviamente, había cosas que no quería que otros supieran. Dos noches atrás, hallándose en un estado anímico muy distinto, Tingley había querido que Daggart descubriera que era Casiopea lo que había dibujado sobre la mesa. Quería que Daggart relacionara la constelación con aquel templo de Tulum. Quería que Daggart encontrara el Quinto Códice.

Así pues, había dado con Casiopea. Pero ¿y ahora qué? ¿Cómo podía ayudarle el descubrimiento de una constelación famosa en todo el mundo? Si era una aguja que apuntaba al Quinto Códice, Daggart no sabía interpretar la brújula a la que pertenecía.

«Relájate. Respira.»

Al bajar los escalones del templo sintió la cólera del sol de México. Sobre él cayeron oleadas de calor semejantes a cortinas de lluvia. La ropa se le pegó al cuerpo como si se hubiera visto sorprendido por un aguacero de verano. No eran aún las diez y media de la mañana. El calor sólo podía empeorar.

Se encaminó hacia la linde meridional de las ruinas, siguiendo un sendero flanqueado de cactus que bordeaba el farallón con vistas al mar. Pocos turistas iban por allí, por razones obvias. Había escasos edificios que ver, y ninguno de importancia. Sí había, en cambio, numerosas iguanas, muchas de ellas de sesenta centímetros de largo. Volvieron sus cabezas de reptil al acercarse Daggart, pero al ver que no suponía ningún peligro se aplanaron de nuevo sobre las rocas tostadas por el sol como otros tantos pellejos puestos a secar.

Daggart estaba solo. Únicamente se oía el parloteo lejano de los turistas y el fragor de las olas estrellándose en la orilla, allá abajo. Al llegar al templo del Mar, el edificio situado más al sur de Tulum, se sentó a la sombra de la pequeña edificación de una sola estancia. Una brisa abanicó su cara, y sintió que el sudor de sus brazos y su espalda se evaporaba despacio. Con la espalda pegada a la pared húmeda y fresca, los pies en el suelo y las rodillas alzadas, intentó aclararse.

«Relájate. Respira.»

Sin sus libros, sin Uzair, sin su ordenador ni Internet, sólo podía conjeturar cuáles eran las intenciones de Tingley respecto a Casiopea. ¿Era un diagrama? ¿Un plano? Y en caso de que así fuera, ¿qué representaban las cinco estrellas y dónde estaban? ¿Era una alusión a la figura mitológica propiamente dicha? ¿O acaso había algún vínculo entre las estrellas y los códices? ¿Cinco estrellas, cinco libros?

Casi había alcanzado un estado de total relajación cuando una sombra dobló la esquina del muro y se esparció por el suelo, a su lado. Daggart levantó la vista y reconoció el semblante sombrío del inspector Careche, cuya boca se inclinaba hacia abajo por las comisuras con más severidad que nunca.

Daggart se levantó con torpeza, pero Careche, haciendo gala de la rapidez que Daggart había visto aquella primera noche, se sacó la pistola del bolsillo y le apuntó con ella. La misma semiautomática de entonces. Careche le hizo señas de que retrocediera hacia el extremo del templo, lejos de la vista de los turistas y sus guías. Una vez allí, le pegó la pistola al pecho. Daggart sintió en la piel el frío del cañón.

—He leído su expediente —dijo Careche—, y no tengo intención de dejarle exhibir sus habilidades militares.

—Si usted lo dice —contestó Daggart tranquilamente.

—¿Qué está tramando? —preguntó el inspector. Su voz era rasposa y no proyectaba más sonido que un susurro.

—¿Quién dice que esté tramando algo? —dijo Daggart haciéndose el inocente.

—¿Qué andaba buscando en el yacimiento de Lyman Tingley? ¿El Quinto Códice?

—No sé de qué me está hablando.

—Y supongo que tampoco sabe nada sobre Ignacio Botemas.

Daggart sintió que de pronto se le quedaba la garganta seca.

—¿A qué se refiere?

—Le sacó usted el corazón, como a los otros. Se está volviendo muy hábil en su oficio.

Scott Daggart palideció. Pobre Ignacio.

—Yo no sé nada de eso.

—Bravo, profesor —dijo Careche con una sonrisa mema—. Diría que ésta podría ser su mejor actuación hasta la fecha. Casi le creo.

Daggart no se molestó en responder.

—¿Niega que hablara con él anoche?

Daggart miró para otro lado y Careche continuó.

—¿Sabe, *señor*?, esperaba más de usted. Un profesor de universidad y todo eso. Si va a seguir matando en la misma ciudad, al menos podría elegir otro hotel. O una habitación distinta, si no quiere cambiar de establecimiento.

Daggart siguió sin responder. Se limitó a escuchar con atención lo que decía Careche.

El inspector se inclinó, clavando sus ojos de escualo en la cara de Daggart.

—Lo que de verdad quiero saber es por qué le interesa tanto todo esto. ¿Es por llamar la atención? ¿Por dinero? ¿Por hacerse famoso?

—¿Por qué cree que ando detrás de algo?

—Porque nos está mintiendo. Dice que no sabe dónde está tal sitio, y luego lo seguimos hasta allí. Dice que no le interesa lo que le pasó a Lyman Tingley, y se mete en su habitación. Así que voy a repetirle la pregunta: ¿mató usted a Lyman Tingley?

—Usted sabe que no.

—¿Mató a Ignacio Botemas?

Daggart negó con la cabeza.

—¿Sabe dónde está el Quinto Códice?

—Ya se lo dije —replicó Daggart—. No soy un asesino. Y no sé dónde está el Quinto Códice. Pero ¿sabe qué? Aunque lo supiera, no se lo diría.

—Escúcheme —susurró el inspector con fiereza—, sé que está ocultando algo. No sé por qué, ni qué es, pero lo descubriré.

—Deténgame, entonces —contestó Daggart con indiferencia—. Lléveme a comisaría. Porque empiezo a preguntarme por qué me está diciendo todo esto aquí. Sin nadie a la vista. Sin su compañero. Empiezo a preguntarme qué es lo que oculta usted.

Careche le golpeó con la pistola y, al incrustarse en su pómulo, la culata hizo brotar la sangre. Clavó luego el cañón en el cuello de Daggart.

—Ni se le ocurra volver a mentirme o le meteré la pistola por la garganta, tan al fondo que cuando apriete el gatillo le volaré el culo. ¿Entendido?

Daggart no dijo nada. Sabía por experiencia cuándo alguien estaba a un paso de perder los nervios. Una palabra mal dicha, una inflexión equivocada, y Careche se pasaría de la raya.

«Escoge bien tus batallas», decía Maceo.

—Bueno, ¿qué va a hacer, profesor? ¿Me dice la verdad o lo mato? Usted decide.

Careche le clavó la pistola aún más fuerte en la carne, grabando un círculo perfecto sobre su cuello. Daggart sintió que un lento goteo de sangre caía del rasgón de su pómulo.

—¿Qué quiere saber?

—Todo —siseó Careche—. Lo de Lyman Tingley. Lo del Quinto Códice. Lo de Ignacio Botemas. Todo.

Daggart abrió la boca para hablar, pero no fue su voz la que sonó.

—¿Podrían decirme dónde está el templo del Mar? —preguntó aquella voz, perteneciente a un hombre que llevaba una aparatosa cámara con teleobjetivo colgada del cuello. Su cara rosada, quemada por el sol, estaba tan inmersa en una guía turística que ni siquiera reparó en la pistola de Careche.

El inspector se escondió el revólver bajo la camisa. Daggart aprovechó la interrupción para apartarse de él.

—Piense en lo que le he dicho —dijo Careche, haciendo caso omiso del turista y sin molestarse en disimular la inquina que sentía por Daggart.

Daggart le vio alejarse con paso arrogante por las ruinas caldeadas por el sol. Al alejarse, su figura se mezcló con las ondas de la canícula hasta que no pareció ni un ser real ni un espejismo, sino una mezcla sobrenatural de ambas cosas.

—¿Y bien? —preguntó el turista.

—Es éste —murmuró Daggart, distraído—. Éste es el templo del Mar.

Se volvió y echó a andar hacia la salida.

—Eh, espere —dijo el turista, cuya voz tenía un leve acento sureño—. ¿Puedo hacerle otra pregunta?

—Lo siento —dijo Daggart por encima del hombro, alzando la voz—. Ya llego tarde.

Mientras se alejaba, no reparó en que el turista, que iba sin afeitar y tenía el cabello rubio y revuelto, llevaba una camisa hawaiana de color azul. Ni supo que su oportuna aparición tenía muy poco de coincidencia.

# Capítulo 30

$\mathcal{L}$legó a Playa del Carmen en tiempo récord. Al entrar en las afueras no se apartó de las calles laterales y aparcó muy lejos del centro atestado de la ciudad. Recorrió a pie el camino hasta el muelle, compró un billete para el ferry en el quiosco de fuera y esperó en el umbrío portal del taller de un tatuador. A excepción del Fiesta Mexicana, donde los policías entraban y salían como en un desfile (sin duda investigando el asesinato de Ignacio Botemas), Playa del Carmen no había cobrado vida aún. Daggart se alegró de encontrar un rincón en sombra desde el que ver sin ser visto.

Estaba ansioso por conocer la opinión de Víctor Camprero. Tenía esperanzas de que el arqueólogo jubilado pudiera arrojar alguna luz sobre el vínculo entre Casiopea y el Quinto Códice. Tal vez incluso encontrara pistas en Cozumel. A fin de cuentas, la isla había sido en tiempos uno de los principales centros religiosos mayas. De todas las mujeres mayas se esperaba que, en un momento u otro de su vida, cruzaran en canoa aquellas peligrosas doce millas de océano para rendir homenaje a la diosa de la fertilidad.

Daggart subió a bordo en el último momento y fue escudriñando caras mientras recorría con paso tranquilo los tres pisos del ferry *Ultramar*, pintado de azul y blanco. No vio ni rastro de los hombres de la víspera ni del inspector Careche. Se sentó en la cubierta superior y sintió alivio cuando se soltaron las amarras y el transbordador arrancó.

El chapoteo rítmico de las olas al chocar contra el barco, sumado a la brisa fresca que se desprendía del agua rutilante del mar Caribe, le permitió aclarar sus ideas. Retomar el rompecabezas de Lyman Tingley. Mientras el ferry se alejaba de la orilla, echó la cabeza hacia atrás y la apoyó en la barandilla, como si la mismísima Casiopea le mirara desde el cielo azul claro.

Tenía los ojos cerrados y no vio al hombre con la cara picada de viruela y medio labio amputado que, en un extremo del embarcadero, hablaba atropelladamente por un teléfono móvil.

El hombre, en cambio, sí vio a Scott Daggart.


La travesía hasta la isla duraba cuarenta y cinco minutos, y Daggart disfrutó contemplando las aguas brillantes (turquesa, azul celeste, verde esmeralda) deslizarse bajo el barco. Incluso el calor abrasador del día parecía haberse disipado, al menos de momento, por obra del viento que rizaba el agua en crestas blancas.

Le deprimió ver tan cambiado el panorama desde la última vez que estuvo allí. Cozumel no era ya una islita soñolienta, sino la escala más popular en los cruceros de todo el Caribe, según había proclamado recientemente una revista de viajes. Algunos días, hasta siete barcos de proporciones gigantescas atracaban a la vez y vertían a sus moradores como termitas atacando un madero podrido. En la playa había incluso un McDonald's que parecía llamar a los turistas como las sirenas que cantaban a Odiseo.

Aquello le entristeció, como le entristecía la proliferación de complejos hoteleros en la Riviera Maya. Se alegraba de que el turismo diera trabajo, claro está. Se alegraba al ver que los mayas tenían más oportunidades de conseguir un empleo, aunque fuera en el sector servicios y con escasas esperanzas de promoción. Pero le preocupaba comprobar que a cambio se sacrificaban el paisaje y la cultura. Apenas cuarenta años antes, Cancún era un villorrio de ciento cuarenta habitantes. Ahora rondaba el millón. A menos que se produjera un cataclismo (el Juicio Final de los mayas, quizás), era imposible retornar a tiempos más sencillos.

El ferry atracó y Daggart se adentró con paso decidido en el pueblo de San Miguel. Como la avenida Cinco en Playa del

Carmen, una panoplia de operadores turísticos reclamó a voces su atención.

—¿Quiere alquilar un ciclomotor?

—¿Necesita un taxi?

—¿Una visita guiada?

—*No, gracias* —repetía Daggart una y otra vez, y se alegró de llegar por fin a *la plaza* y escapar de aquel ambiente carnavalesco. Adormecida al sol de la tarde temprana, la plaza del pueblo estaba rodeada de tiendas, muchas de ellas regentadas por indígenas ataviadas con el huipil tradicional. A aquella hora, sin embargo, acogía sobre todo a gordos y jadeantes turistas a la caza de gangas y a flacos y jadeantes canes en busca de agua. Ninguno de ellos se daba mucha prisa.

Rugió un trueno y Daggart se sorprendió al ver que cárdenos nubarrones tapaban el sol de mediodía. El viento zarandeaba los escaparates y sacudía los banderines que colgaban sobre las aceras como cuerdas de tender. Al cruzar la plaza, sintió los primeros goterones. Minúsculos cráteres picaron el cemento cubierto de polvo.

Esperó a que la tormenta escampara en un pequeño cibercafé a dos calles de *la plaza*, bebiendo Coca-Cola de una botella que parecía tener varias décadas. El veneno del hombre blanco, como lo llamaban los mexicanos. Por matar el tiempo sentado a un ordenador, mandó a Uzair las últimas fotografías que había hecho. «No sé cuándo las verás —escribió—, pero ¿qué opinas? Daggart. P.S.: ¿Reconoces a Casiopea?»

Alquiló un coche justo cuando el sol rompía entre las nubes movedizas. En las calles encharcadas, el negro asfalto despedía ondas de vapor. La combinación sofocante del calor y la humedad convirtió su camisa en un guiñapo mojado que se le pegaba a la piel como papel maché. Se incorporó al tráfico bullicioso y se abrió paso por el pequeño y abarrotado cogollo del pueblo hasta que llegó a la avenida que llevaba al este. La avenida Benito Juárez. La única vía este-oeste de Cozumel, cuyos catorce kilómetros partían la isla por la mitad. Voló por la calzada de dos carriles, levantando con los neumáticos espirales de agua pulverizada. El aire cálido y húmedo atravesaba el coche como un cohete y secaba sus cabellos.

Llegó al extremo este de la isla con quince minutos de sobra. Las olas se estrellaban en las playas tapizadas de algas. Aquel lado de la isla permanecía en su mayor parte sin urbanizar, tan virgen como debió de parecerles a las mujeres mayas y a los conquistadores españoles. Había que agradecérselo al hucarán *Wilma*. Cosas que pasaban en sitios donde había un metro de agua de lluvia y vientos de fuerza cuatro.

La carretera acababa en una T al borde del océano. Mientras que los demás coches torcían a la derecha, por un camino pavimentado que se dirigía hacia el sur antes de volver, dando un rodeo, hacia el parque Chankanaab y, al final, hasta el propio San Miguel, Daggart viró a la izquierda, hacia Playa Bonita. En dirección norte. La carretera era apenas (por decir algo) un camino de gravilla, pero las indicaciones de Ana Gabriela estaban claras: torcer a la izquierda al llegar al final de la avenida Benito Juárez.

El coche avanzaba dando tumbos y Daggart buscaba con la mirada El Loro Azul. El camino se hizo más abrupto; sus socavones y charcos, más profundos. Las iguanas escapaban de los neumáticos, eludiendo por poco morir atropelladas. Daggart tuvo la impresión de que aquellos enormes lagartos no estaban acostumbrados a ver mucho tráfico.

Los edificios habían desaparecido por completo. La playa era una larga franja ininterrumpida, sin urbanización alguna. Daggart esperaba no haber dejado atrás El Loro Azul. O no haber girado a la izquierda cuando en realidad debía torcer a la derecha. Si así era, no llegaría a tiempo a la cita y Víctor Camprero se marcharía, quizás, antes de que apareciera. Naturalmente, si intentaba acelerar se arriesgaba a perder un eje.

Sobre un trozo de contrachapado carcomido por la intemperie, una señal pintada a mano con descoloridas letras mayúsculas anunciaba: «El Loro Azul. 500 metros». Una flecha apuntaba a la derecha.

Daggart soltó un sonoro suspiro de alivio. Empezó a repasar las preguntas que quería hacerle a Camprero. No quería hacerse ilusiones, pero al mismo tiempo no podía evitar sentir que Camprero iba a proporcionarle algunas piezas perdidas del rompecabezas.

Al llegar al desvío del restaurante se le puso de punta el vello de los brazos.

El Loro Azul no era más que un cascarón ruinoso y desvencijado. Enormes agujeros atravesaban lo poco que quedaba del techado de cañizo. Las paredes encaladas parecían a punto de desintegrarse. El aparcamiento, agobiado de hierbajos, estaba cubierto de escombros. Las letras del cartel estaban tan descoloridas como los frescos que Daggart había visto en Tulum, y el cartel mismo colgaba al viento, sujeto por un solo tornillo.

Saltaba a la vista que El Loro Azul no tenía clientes desde hacía años.

Daggart entró en el aparcamiento y dejó que el coche de alquiler se detuviera entre estertores. Salió. Tal vez Ana se había equivocado de restaurante. Tal vez había otro Loro Azul y era allí adonde se suponía que debía ir. En todo caso, de pronto lamentó no haber aceptado el revólver de Ana.

Cruzó con precaución el frondoso aparcamiento y se asomó al restaurante. Estaba vacío. No había mesas, ni sillas, ni muebles de ninguna clase. Un grueso manto de arena cubría el suelo de cemento. El sol entraba a raudales por el techo y en los conos de luz bailaban motas de polvo. Era uno de esos sitios que, según con quién se estuviera y por qué motivo, podían resultar románticos o dar miedo. Para Scott Daggart, era más bien lo segundo.

—¿Víctor Camprero? —gritó.

El sonido de su voz se evaporó en el aire.

Se acercó a la abertura rectangular practicada en la pared y se asomó a la cocina como un camarero impaciente. El viento hacía crujir las hojas secas de las palmeras. Volvió a sacar la cabeza y se acercó a una puerta batiente cuyas bisagras oxidadas chirriaron cuando la abrió y entró en la cocina. Un movimiento fugaz llamó su atención. Se volvió rápidamente hacia la izquierda. Un ratón se detuvo en medio de la habitación. Miró a Daggart indignado antes de escabullirse hacia el rincón del fondo.

Daggart volvió sobre sus pasos, dejó la cocina llamando de nuevo a Víctor y salió del restaurante. Rodeó el edificio antes de dirigirse hacia la playa, hundiendo los zapatos en la arena húmeda y lechosa. El viento masajeaba su cara y tiraba de su ropa, y el violento fragor del oleaje, un ruido blanco, constante y tumultuoso, ahogaba los demás sonidos.

Incluido el de un coche que entraba en el aparcamiento de El Loro Azul.

## Capítulo 31

*C*asi había llegado al mar cuando se detuvo; a menos de tres metros de él, las olas lamían la orilla. Algo le inquietaba, algo insidioso, tan presente como el sol que besaba su nuca. Buscó en el bolsillo la hojita de papel que le había escrito Ana. El viento intentó quitársela de las manos. Sí, estaba donde debía. Y a la hora acordada. Pero ¿dónde estaba Víctor Camprero?

Echó mano del teléfono para llamar a Ana y en ese momento reparó en que había otro coche en el aparcamiento. Así pues, Camprero había llegado al fin. Daggart se guardó el móvil.

Volvió caminando por la arena mullida y casi había llegado al vehículo cuando se abrió la puerta del conductor. Pero en lugar de la figura encorvada de Víctor Camprero, profesor jubilado, Daggart vio a un hombre bajo y musculoso con una gorra de los Yanquis. Boca de Riego. Una equis de cinta adhesiva blanca le cubría la nariz. Otras dos puertas se abrieron y por ellas salieron sus dos compañeros. Los tres se dirigieron lentamente hacia él.

—¿Va a alguna parte, profesor? —gritó Boca de Riego.

Daggart se detuvo y comenzó a retroceder despacio por la playa. No se molestó en responder. Boca de Riego y sus amigos apretaron el paso.

Scott Daggart pudo ver claramente a los otros dos por primera vez. Tenían entre veinte y veinticinco años. Cabello corto. Uno llevaba gafas de sol envolventes, con cristales anaranjados que ocultaban sus ojos. El otro vestía una camiseta sin mangas que dejaba ver sus bíceps carnosos, adornados con tatuajes de alambre de espino. Caminaban con la arrogancia propia de quienes se saben en mayoría.

—Queremos presentarle a un amigo nuestro.

—Muy bien —dijo Daggart—. Adelante.

—Me temo que no está con nosotros en este momento.

Daggart retrocedía, hundiendo los pies en el denso polvo de talco de la arena. Sus perseguidores avanzaban. Un tango ejecutado con torpeza. Un dúo de baile para cuatro.

Pero hostil.

Y sin delicadeza.

Menos de cinco metros los separaban, y Daggart estaba de espaldas al mar. Quiso echar a correr, pero el de las gafas envolventes y el de la camiseta sin mangas se habían apartado de Boca de Riego, acorralándole contra el océano.

—¿Quién os dio mi nombre? ¿Lyman Tingley?

—Primer *strike* —dijo Boca de Riego, tocándose la cinta blanca de la nariz.

—¿La policía?

—Segundo *strike*.

—¿Quién, entonces?

—Yo no me preocuparía por eso, si fuera usted. El caso es que lo sabemos. ¿Vale? —Se sacó de la cinturilla una pistola semiautomática y le apuntó al pecho—. Ahora, ¿por qué no viene con nosotros y se deja de preguntas?

Daggart levantó las manos con desgana. El de las gafas envolventes le cacheó y asintió luego con la cabeza, mirando a sus compañeros. Los cuatro volvieron la espalda al mar y avanzaron trabajosamente por la arena, camino del aparcamiento cubierto de malas hierbas.

Conducía Boca de Riego. El de las gafas envolventes iba en el asiento del acompañante y el de la camiseta sin mangas atrás, con el prisionero, al que apuntaba con una pistola que parecía una Glock. Pusieron rumbo al sur por el camino de grava plagado de baches. Nadie habló durante un rato.

—Si vuestro amigo piensa que tengo información —dijo Daggart por fin—, me temo que se va a llevar un buen chasco.

—Sabe más de lo que cree —dijo el de la camiseta con una sonrisa bobalicona—. Y hablará, en cuanto el Cocodrilo acabe con usted.

—Hablará, se lo aseguro —repitió el de las gafas. Se echaron los dos a reír.

Era la primera vez que Daggart les oía hablar, y se dio cuenta de que eran unos críos. Unos gamberros. Un par de hienas. Dos acólitos sedientos de sangre y nada más. No muy listos, pero capaces de hacer cualquier cosa que les mandara el macho dominante.

—Lamento decíroslo —dijo Daggart—, pero se suponía que tenía que encontrarme con alguien. Cuando vea que no estoy, imagino que avisará a la policía.

Las dos hienas contuvieron la risa. Hasta Boca de Riego sonrió.

—¿Se refiere a Víctor Camprero?

—Sí —dijo Daggart, notando un vuelco en la boca del estómago.

—No creo que su amigo vaya a llamar a la policía. A no ser que la policía pueda hablar con los muertos.

Las hienas volvieron a reír.

Boca de Riego miró por el retrovisor para ofrecerle la pieza del rompecabezas que faltaba.

—Víctor Camprero murió hace dos años. Así que no creo que vaya a hablar con nadie.

Aunque trató de disimular, una nube de confusión cruzó la cara de Daggart. Había oído a Ana hacer la llamada. Había escuchado lo que decía. Ella había hablado con Víctor Camprero esa misma mañana.

—A no ser que sea una conversación a una sola banda —dijo el de la camiseta sin mangas, y antes casi de acabar la frase rompió a reír entre bufidos.

—Una conversación a una sola banda —repitió el de las gafas. Los tres estallaron en carcajadas.

—Si Camprero está muerto —dijo Daggart, desafiante—, ¿por qué me dijo mi amiga que me encontrara con él aquí?

—Vaya, no cree que Ana Gabriela le haya mentido, ¿eh? —dijo Boca de Riego.

Sonrisas sagaces por parte de las hienas.

Daggart sintió que se sonrojaba y comprendió que eso era lo que le reconcomía en la playa. La letra de la nota de Ana se parecía sospechosamente a la del librillo de cerillas de Lyman Tingley.

—Créame —dijo Boca de Riego—, Víctor Camprero está muerto.

—Sí —terció el de la camiseta sin mangas—. Si lo sabremos nosotros.

—Si lo sabremos… —repitió el de las gafas. Todavía no había tenido una sola idea propia.

Puede que fuera el sonido de sus risas. Quizá la conciencia repentina del apuro en el que se hallaba. Posiblemente, el hecho de que Ana Gabriela le hubiera mentido. Fuera lo que fuese, hizo aflorar instintos que tenía olvidados hacía mucho tiempo. Impulsos enterrados desde sus tiempos en el ejército. Lecciones que había aprendido en el campamento de reclutas. De manos de los chicos de la Fuerza Delta. De manos de Maceo Abbott.

Sin pensarlo dos veces, se abalanzó contra el de la camiseta y echó mano de la Glock; la agarraron ambos, haciendo oscilar el cañón frenéticamente. El matón apretó el gatillo y un estruendo ensordecedor retumbó en el pequeño coche. Los de delante agacharon la cabeza. El coche se sacudió con violencia. Un redondelito de luz se abrió en el techo, allí por donde había pasado la bala.

Daggart, más corpulento que el de la camiseta, se echó sobre él hasta que estuvieron ambos casi en posición horizontal. Ninguno soltaba la semiautomática. Les separaban unos pocos centímetros y el cañón del arma estaba metido entre ellos, en alguna parte. Daggart tiraba como un loco de los dedos del otro, intentando arrancarle la Glock.

Casi se había apoderado de la pistola cuando sintió que un brazo largo y musculoso le rodeaba el cuello. Era el de las gafas envolventes, que, sentado en el asiento del acompañante, le estrangulaba y le cortaba la respiración. Daggart asió la pistola con una mano y con la otra se agarró a su brazo y tiró de él, intentando que le soltara. Pero el de las gafas no le soltó. El coche corría cada vez más por el camino lleno de baches.

Daggart sintió que le daba vueltas la cabeza. Blancas estrellas comenzaron a bailotear ante sus ojos. Intentaba respirar, pero tenía aquel brazo encajado contra la tráquea. Su respiración se hizo somera. Estaba atrapado. Si soltaba el arma, el matón le pegaría un tiro. Si soltaba el brazo, sólo tardaría unos segundos en desmayarse. No había solución buena.

«Relájate. Respira.»

Sí que había una solución.

Soltó al de las gafas. Al hacerlo, sintió que aquel brazo ceñía su cuello como una enredadera. El poco aire que pasaba aún se interrumpió por completo. Tenía que darse prisa. Agarró con la mano libre la Glock y, sorprendiendo al de la camiseta, volvió el arma hacia sí mismo, hasta que apuntó directamente al hueco entre sus ojos. Vio el pasmo del matón y un momento después su sonrisa triunfal al aprestarse para apretar el gatillo. Disparó y en ese mismo instante Daggart agachó la cabeza y sintió que la bala pasaba zumbando por su lado y se incrustaba en otra cosa.

Esa otra cosa soltó un chorro de sangre y Daggart comprendió que el del asiento de atrás acababa de disparar a su amigo de delante. Se giró el tiempo justo para ver que buena parte de la cara del hombre de las gafas había desaparecido, y que la ventanilla y el techo del coche estaban salpicados de sangre y rosados pegotes de cerebro. Un Jackson Pollock improvisado.

Daggart se volvió hacia el de la camiseta. Con una mano aún en la pistola, abrió con la otra la puerta del coche y una ráfaga de viento atravesó el asiento trasero. La carretera de grava pasaba velozmente. El conductor aceleró, desafiándole a saltar.

Daggart, los músculos tensos y en alerta, levantó del asiento al de la camiseta y se lanzó con él por la puerta. Cayeron con un golpe seco sobre la caliza vertiginosa, y rodaron y giraron como peonzas por el paisaje pedregoso, agarrados a la pistola que los unía como si estuvieran cosidos quirúrgicamente. Aunque el de la camiseta sin mangas había amortiguado la caída llevándose la peor parte, Daggart sintió que la grava mordía inclemente su carne. Un dolor abrasador le atravesaba el hombro izquierdo.

Cuando se detuvieron, el otro aflojó por fin la mano. Daggart vio por qué. Un aserrado trozo de caliza sobresalía de la parte de atrás de su cabeza y un manchón de sangre se esparcía por el suelo, como si alguien hubiera volcado una lata de pintura. Mientras le arrebataba la pistola al muerto, oyó que el coche se paraba entre crujidos. Habían caído dos. Quedaba uno.

Acababa de arrancar la pistola de los dedos tiesos al de la camiseta sin mangas cuando de pronto se quedó sin aire. Boca de Riego había salido corriendo del coche y le había agarrado por detrás. La pistola cayó a un lado con un ruido metálico. Se desplomaron ambos sobre las piedras del suelo. Los dedos carnosos de Boca de Riego buscaban los ojos de Daggart, mientras éste luchaba por agarrar las muñecas de su asaltante.

Le incrustó un codo en la cara. Un borbotón de sangre brotó de los labios de Boca de Riego, pintando de rojo rosáceo los dientes que enseñaban su mueca. Se revolcaron por el suelo erizado de pinchos. Luchaban desenfrenadamente, golpeándose con los puños, dándose manotazos, estrangulándose, arañándose, sin perder de vista la pistola que yacía tranquilamente fuera de su alcance.

Daggart empujó la barbilla de Boca de Riego, obligándole a desviar la cara manchada de sangre. El otro se echó hacia atrás y acto seguido sorprendió a Daggart inclinándose en sentido inverso con el mismo ímpetu. Giraron ambos, rodando por completo. Cuando se detuvieron, Boca de Riego estaba arriba y, con las rodillas apoyadas sobre los bíceps de Daggart, le apretaba los brazos contra el suelo.

Se inclinó y cogió la pistola.

Daggart la agarró por un extremo. Intentó apartar el cañón, pero no tenía dónde apoyarse para hacer fuerza. A base de fuerza bruta, aquel hombre compacto como un hidrante viró la punta del arma hacia la cara de Daggart. Como una güija que buscara su norte, el cañón fue acercándose poco a poco a su mejilla.

Daggart tenía los brazos pegados al suelo. Agitaba los antebrazos, intentando desviar la pistola. Olía el aliento caliente del hombre que se inclinaba y exhibía su satisfacción con una sonrisa dentuda y sanguinolenta. La cinta adhesiva blanca que le cruzaba la cara estaba salpicada de sangre.

La pistola apuntaba a la cara de Daggart, y él no podía estirar los brazos para apartarla, ni tomar impulso para tumbar a su oponente. Miró fijamente el túnel negro y profundo del cañón y comprendió que la muerte andaba cerca. No había nada más que hacer. Y en esa fracción de segundo, antes de oír la detonación, volvió a pensar en aquel día gris y espantoso en Chicago, y lo recordó como si fuera ayer.

# Capítulo 32

*F*ue un martes.

Esa tarde, cuando Daggart regresaba al despacho llevando consigo una pequeña pirámide de libros sacados de la biblioteca, comprendió enseguida que pasaba algo malo. La cara de la secretaria del departamento lo decía a las claras.

Margaret O'Hearn no era mujer que disimulara bien sus emociones. Irlandesa, alta, ancha de osamenta y provista de una mata de pelo rojo, se decía en broma de ella que llevaba más tiempo en el Departamento de Antropología que la antropología misma. Ella se hacía la ofendida. Era extrovertida, tenía una risa estentórea y retumbante, y en las fiestas de la facultad era capaz de beber más que nadie. Cuando Daggart entró en la oficina aquel aciago día de primavera y vio su semblante, se dio cuenta de que nunca había visto su cara tan pálida, sus ojos tan inexpresivos. Cosa extraña: incluso parecía incapaz de hablar.

—¿Qué ocurre? —preguntó Daggart.

Margaret abrió la boca, pero no dijo nada. Daggart dejó los libros sobre el mostrador y se acercó a ella. Le puso las manos sobre los hombros.

—¿Qué pasa, Margaret? —Lo primero que pensó fue que le había sucedido algo a alguno de sus gatos; tenía una docena y Daggart sabía que lo eran todo para ella.

Margaret pareció leerle el pensamiento y sacudió la cabeza, tapándose la boca con la mano. Tenía los ojos anegados de lágrimas.

Samantha Klingsrud salió de su despacho. Era el polo opuesto de Margaret: siempre formal, parecía a punto de hacer implosión en cualquier momento. Pero ese día hasta ella parecía extrañamente abatida. Casi humana, incluso.

—Hemos intentado localizarte —dijo.

—Estaba en la biblioteca —contestó Daggart, señalando vagamente el montón de libros—. ¿Qué pasa? —Sintió que un cosquilleo eléctrico le recorría el cuero cabelludo.

Samantha titubeó solamente un segundo.

—Es Susan —dijo sin inflexión, en un tono que Scott Daggart recordaría el resto de su vida.

Daggart sintió que el corazón se le paraba. El estómago se le alojó en la garganta. Media docena de compañeros salieron de pronto de sus despachos con el semblante demudado.

—¿Qué ha pasado? —preguntó él, pero al mirarlos de uno en uno, fueron bajando los ojos al suelo.

—Ha habido un accidente —dijo Samantha—. Acaban de llamar.

—¡¿Qué ha pasado?!

—Ha muerto, Scott.

La oficina se dio la vuelta. El suelo se convirtió en el techo y el techo en el suelo, y Daggart se mareó de pronto. Margaret se inclinó para abrazarle, pero él se desplomó sobre las baldosas; sólo en el último momento intentó agarrarse a algo. Su esposa, su alma gemela, la mujer que hacía que la vida mereciera la pena, estaba muerta.

A través de una gasa espesa, como si estuviera bajo el agua o soñando, oyó que Samantha decía:

—Van a llevarte con ella.

Daggart no preguntó a quién se refería. No necesitaba saberlo. Asintió flojamente con la cabeza y se sentó. Cuando se volvió, sintió una mano reconfortante en el hombro. Pero al darse la vuelta vio a un policía uniformado.

—¿Se encuentra bien? —preguntó el hombre suavemente.

Daggart asintió de nuevo y siguió al policía hasta el coche patrulla que esperaba.

Recordaba poco del largo trayecto a casa, salvo que ni el policía ni él dijeron nada. Daggart miraba vagamente por la ventanilla. Era marzo, un día típicamente melancólico, de cielo nublado y aire gélido. Si la primavera estaba llegando, lo disimulaba muy bien.

Había ya un contingente de coches celulares cuando pararon en el caminito de entrada a su casa en Evanston. Le escoltaron dentro, y aunque le presentaron a una serie de detectives, de lo que más se acordaba (lo que estaba destinado a recordar para siempre) era del cuerpo inerte de su esposa tendido en el suelo, despatarrado y boca abajo. Había sangre por todas partes: salpicaduras en la mesa y las paredes, grandes y quietos charcos en el suelo de madera. Su cabello rubio se hundía en uno de aquellos charcos, tiñéndose sus puntas de un rojo oscuro y purpúreo. A un lado había un abrecartas de bronce con el extremo bañado en sangre, como la varilla del aceite de un coche.

Después de su asesinato no hubo detenciones y, si la policía sospechaba de alguien, no lo decía. Lo único que sabía Daggart era la hipótesis de los detectives: que Susan había interrumpido un robo y que el ladrón (o ladrones) había reaccionado matándola. Se largaron con dinero y algunas joyas. En total, no pasaría mucho de los mil dólares. A cambio, habían segado una vida.

Un año y medio después, no había ni un solo día (ni una sola hora) en que Scott Daggart no pensara en ella, en que no recordara su último beso, su último «te quiero», en que no viera su cuerpo sin vida abrazado al suelo, su cara arrullada por un charco de sangre.

Daggart sintió la detonación de una pistola. Esperaba notar una inmediata efusión de dolor, o que la vida se le escapara, y se sorprendió al no sentir ni una cosa ni otra. Sabía por su experiencia en combate que quienes sufrían un disparo hablaban de una sensación de embotamiento antes de que se manifestara el dolor, pero aquello parecía excesivo. No sentía nada. Y debería sentir algo, si acababan de dispararle a bocajarro.

Se quedó mirando al hombre semejante a una boca de riego que se hallaba sentado a horcajadas sobre él. De pronto se había quedado quieto. Su cara, inexpresiva. Tenía una mirada de sorpresa, como si él tampoco, como Daggart, pudiera creer lo que había sucedido.

Daggart posó los ojos en su pecho, donde una mancha circular de sangre florecía en todas direcciones. Los bordes de la mancha se hicieron puntiagudos a medida que la tela de la camisa absorbía la sangre roja como el vino, y el hombre intentaba aún comprender a qué obedecía aquella mancha cuando se desplomó hacia un lado con un golpe seco. Se quedó inmóvil en el suelo. Una tira de la cinta blanca de su nariz se agitaba al viento. Entre tanto, curiosamente, su gorra de los Yanquis no se había movido.

Daggart le apartó de un empujón y se sentó. Vio el vehículo en el que le habían secuestrado. Dentro, tendido sobre el asiento delantero, estaba el hombre al que ahora le faltaba parte de la cara. La ventanilla del acompañante estaba manchada de sangre.

Al mirar hacia el otro lado de la carretera vio otro coche: un Toyota pequeño, de color oscuro. A su lado había un hombre que, vestido con camisa hawaiana, empuñaba un arma con el brazo extendido. El hombre, que lucía greñas rubias e iba sin afeitar, dejó caer el brazo y bajó la pistola.

—Bueno —dijo con urgencia—. ¿Viene o no? —Señaló su coche.

Daggart se levantó con recelo, intentando todavía asimilar el hecho de que estaba vivo.

—¡Vamos! —le suplicó el de la camisa hawaiana—. Tenemos que darnos prisa si queremos salir de aquí.

—¿Quién es usted? —preguntó Daggart.

—Luego se lo diré. Ahora tenemos que marcharnos. —El hombre volvió la cabeza y miró carretera abajo, como si esperara que por la loma apareciera un coche en cualquier momento.

—Dígamelo ahora —exigió Daggart.

El de la camisa hawaiana le miró con ojos salvajes y danzarines.

—No hay tiempo. Llegarán en cualquier momento.

—¿Quién? ¿La policía?

—No sólo la policía. Los otros. Así que, ¿viene o no?

—Dígame quién es o no me muevo.

El hombre consideró su propuesta. Echó un último vistazo a su espalda, como si la carretera maltratada por la intemperie pudiera darle alguna respuesta. Luego se volvió hacia Daggart.

—Lo siento —dijo, y subió al coche y arrancó a toda velocidad por la carretera polvorienta, escupiendo grava a su paso.

Daggart se quedó junto a la cuneta. Tenía una serie de marcas rojas en los brazos y las piernas, por haber rodado por el suelo pedregoso. La brecha de la mejilla, cortesía del inspector Careche, se le había abierto y un riachuelillo de sangre le corría hasta la barbilla. Ráfagas de aire húmedo y salado mordían los cortes más hondos, y finos trozos de grava se habían incrustado en la sangre.

Pero estaba vivo.

Al mirar a su alrededor, vio los dos cadáveres en el suelo y el tercero en el coche. Aunque podía esperar a la policía y explicárselo todo a Careche y Rosales, se daba cuenta de que aquella nueva anécdota les parecería difícil de creer. Y con toda razón. Incluso a él le costaba creérsela.

Mientras echaba a andar cojeando por la carretera desierta, hacia El Loro Azul, se preguntó quién era el hombre de la camisa hawaiana y por qué se había molestado en salvar la vida a Scott Daggart.

# Capítulo 33

Los ojos de Uzair Bilail se desplazaban de unas imágenes a otras, su cara iluminada por el resplandor azul del monitor. Eran los últimos símbolos los que le desconcertaban, los que Lyman Tingley había eliminado con tanto esmero antes de publicar la fotografía.

A raíz de su conversación de la víspera con Scott había pasado casi toda la noche en pie, revisando libros en el despacho de la casa de su profesor. Después de dormir dos horas a eso del amanecer volvió a ponerse manos a la obra, y desde hacía nueve horas dividía su tiempo entre el ordenador y los manuales, haciendo anotaciones en diversos cuadernos amarillos. Le dolían los riñones. Le ardían los ojos. La tensión abría un surco entre sus hombros.

Cogió por enésima vez el ejemplar de Scott del *Diccionario de dioses mayas*. Tenía la tapa descolorida y rota y las esquinas melladas. Algunas páginas sobresalían a ras del libro, despegadas desde hacía tiempo. Uzair lo abrió y lo colocó sobre el teclado. Comparó los dos grupos de imágenes, mirando del monitor a la página y de la página al monitor. Nada. Recostándose, frustrado, soltó un largo suspiro y paseó distraídamente la mirada por la habitación.

Un estante repleto de libros atrajo su atención. Sus ojos recorrieron los títulos hasta dar con *El misterio maya*, de Frederick Seibert, embutido horizontalmente sobre una hilera de volúmenes colocados en vertical. Lo sacó y las páginas crujieron entre sus dedos. Estaba aún más maltrecho y desencuadernado que el otro libro.

Uzair regresó a la mesa y sus ojos saltaron de nuevo del

texto al monitor y del monitor al texto. Seguía sin ver nada que le ayudara a interpretar la estela.

Miró desalentado la pantalla del ordenador. Su talento habitual para descifrar la escritura maya le estaba fallando.

Se reclinó en la silla y empezó a hojear el libro de Seibert. Aunque narraba principalmente la lucha por descifrar los jeroglíficos mayas, estaba ilustrado con numerosos símbolos. Le sonaron las tripas mientras iba pasando páginas. Cada vez que volvía una, tenía que combatir el sueño.

Su mirada se posó en una fila de imágenes, casi al final del libro. Allí, al pie de la página 358, estaba el símbolo del hombre con una raya a un lado.

Casi se le paró el corazón.

Incorporándose, comparó el libro con la pantalla. Las imágenes eran idénticas. Pasó el dedo por el pie de foto. Volvió a leerlo. Echó un último vistazo a la estela y luego a *El misterio maya*, comparando las dos imágenes. Una y otra vez. Como un ganador de la lotería que comprobara sus números por segunda y tercera vez comparándolos con los del periódico, recorrió renglón por renglón, nota por nota, hasta que estuvo absolutamente seguro.

Corrió entonces a la cocina y cogió su teléfono móvil, que había dejado sobre la encimera de granito. Pulsó el nombre de Scott y se llevó una desilusión cuando saltó el buzón de voz. Sonó un pitido y se puso a hablar atropelladamente, en un arrebato de emoción.

—Scott, soy Uzair. ¡Creo que he descifrado la estela de Lyman Tingley! Llámame.

Miró su reloj. Faltaba poco para las seis. Confiaba en que Scott le devolviera la llamada enseguida: tenía la sensación de que convenía que se enterara de aquello lo antes posible.


Daggart oyó la primera sirena al llegar a la avenida Benito Juárez. Siguió por ello rumbo al sur, por la carretera de la costa, sin molestarse en tomar la autopista de regreso a San Miguel. Poco después, el agudo lamento de la policía de Cozumel inundó el aire.

En Punta Morena encontró un restaurante con el aparcamiento atestado de coches y ciclomotores. Encontró un hueco donde aparcar y entró deprisa. La camarera, una muchacha mexicana muy bonita, de largas trenzas negras, salió a recibirle a la puerta.

—¿Podría pedirme un taxi? —preguntó Daggart—. Parece que tengo problemas con el coche.

La camarera miró su camisa rajada y manchada de sangre. Su cara ensangrentada. Su piel encostrada con gravilla.

—Qué torpe soy —dijo él, limpiándose la arenilla y la sangre seca de la cara—. Siempre estoy chocándome con algo.

«Con carreteras a ochenta kilómetros por hora, por ejemplo.»

La linda pero desconfiada camarera asintió amablemente con la cabeza y levantó el teléfono. Daggart le dio las gracias y salió.

El taxi llegó diez minutos después, justo cuando la bola de fuego del sol se hundía tras una maraña de árboles, en el horizonte. Daggart se deslizó en el asiento trasero y pidió al conductor que le llevara a San Miguel. El taxista asintió con un gesto y arrancó. Una fila de coches patrulla pasó a toda velocidad por el otro carril, con las sirenas puestas. Daggart agachó la cabeza instintivamente.

El taxista observó a su pasajero por el retrovisor con los ojos entornados.

—¿Ha hecho algo malo? —preguntó. Era un hombre de mediana edad, con barba de cuatro días y una barriga que se apretaba contra el volante. Su salpicadero parecía un santuario. De todas las religiones. Buda, Jesucristo, el Corán. Todos ellos tenían un sitio en su vehículo.

Daggart se puso tenso.

—¿Qué?

—¿Ha hecho algo malo? —repitió el taxista. Ni siquiera se molestaba en mirar la carretera. Tenía los ojos fijos en Daggart.

Él no contestó.

—No es que me importe —continuó el taxista—, pero tengo curiosidad.

Daggart le miró a los ojos por el retrovisor y sopesó sus opciones.

—Entonces, ¿ha hecho algo malo? —preguntó el hombre por tercera vez.

—No —contestó Daggart—. Me lo han hecho a mí.

—Entiendo —dijo el conductor y, aparentemente satisfecho, volvió a fijar los ojos en la carretera.

Avanzaron en silencio. Pasaron unos minutos mientras Daggart miraba por la ventanilla. La selva costera se convirtió en una acuarela borrosa. En un cuadro impresionista más impresionista aún.

—Sólo se lo pregunto —dijo por fin el taxista—, porque vienen siguiéndonos.

Daggart se giró en el asiento para mirar por la luna trasera y fijó los ojos en un Toyota de color oscuro. Costaba estar seguro a la última y anaranjada luz del día, pero quien conducía parecía ser la misma persona que se estaba convirtiendo en una figura omnipresente en la vida de Daggart.

El hombre de la camisa hawaiana.

Daggart se volvió, intentando pensar precipitadamente. Aunque aquel desconocido había acudido en su auxilio, le ponía nervioso no saber quién era, ni cuáles eran sus motivos.

—Entonces, ¿ha hecho algo malo? —repitió de nuevo el taxista.

—No —contestó Daggart. Un viento cálido y bochornoso atravesaba el coche y revolvía su cabello.

El taxista asintió con una inclinación de cabeza, pero no dijo nada. Pasó medio kilómetro sin que se dirigieran la palabra. Por fin, el conductor dijo:

—¿Quiere que le pierda?

Daggart no estaba seguro de haber oído bien.

—Veo las películas americanas —prosiguió el taxista—. Arnold Schwarzenegger. Vin Diesel. *A todo gas. Sesenta segundos. El ultimátum de Bourne.* Sé de estas cosas. —Sin apartar la vista de la carretera, pasó la mano derecha por encima del asiento—. Soy Bernardo. Encantado de conocerle.

—Lo mismo digo —contestó Daggart al estrecharle la mano.

Aunque hubiera querido identificarse, Bernardo no habría querido ni oír hablar del asunto.

—No me diga su nombre, *señor*. Cuanto menos sepa, mejor. Si sé demasiado, empezarán a seguirme de repente. *¿Sí?*

Daggart asintió con la cabeza, admirado.

—Bueno… ¿Quiere que le despiste?

Daggart sólo tardó un momento en decidirse.

—*Sí* —respondió—. Quiero que le despiste.

Bernardo esbozó una amplia sonrisa.

—Quedará usted muy contento.

Rebuscó en una caja de zapatos que había sobre el asiento del acompañante y metió luego una cinta en el radiocasete del coche. Daggart reconoció vagamente la música; era de los años ochenta. *Superdetective en Hollywood* o *Top Gun*. Una de esas bandas sonoras con sintetizadores y pulsaciones cardíacas. Resonaba ensordecedora con su ritmo machacón. El taxista apagó entonces los faros y pisó a fondo el acelerador.

—No se preocupe, *señor*. Puede que parezca viejo, pero tengo el espíritu de un puma.

Daggart se recostó en el asiento. ¿Qué podía decir?

Iban casi el doble de rápido y sin luces. Los coches que pasaban tocaban el claxon y encendían intermitentemente los faros mientras Bernardo zigzagueaba entre el tráfico como un adicto al *crack* en una carrera de automovilismo profesional.

Al volverse para mirar por la luna trasera, Daggart vio que el coche que les seguía se hacía cada vez más pequeño, hasta convertirse en una mota blanca; luego, por fin, se perdió de vista por completo.

Cuando llegaron a los barrios del oeste de San Miguel, Bernardo culebreó por las calles como una rata por un laberinto, sin ir nunca en la misma dirección más de dos manzanas seguidas.

—Sólo por si acaso —le dijo a Daggart.

Estaban a unas pocas manzanas al oeste de la plaza del pueblo cuando Daggart le pidió que le dejara allí. Pagó generosamente al conductor por las molestias que se había tomado y le agradeció su pericia al volante.

—*No problemo* —contestó Bernardo tranquilamente, como si hiciera aquello todos los días. Se frotó la barba de cuatro días con visible satisfacción. Y acto seguido añadió—: *Sayonara, baby*.

Un momento después salió como un cohete, perdiéndose en la noche.

## Capítulo 34

*P*arado en el callejón trasero de una tiendecita para turistas, Scott Daggart arrancó la etiqueta de la camiseta que acababa de comprar. Arrojó a un contenedor su camisa rota y ensangrentada y se puso su nueva adquisición. Era azul y llevaba el nombre de Cozumel blasonado en el pecho. De no ser por la sangre seca, las pocas heridas de la cara y el hecho de que parecía haber librado diez asaltos con un peso pesado, Daggart era ya como cualquier otro turista de la isla.

Recorrió a pie las manzanas que le separaban del centro de San Miguel, lleno de compradores, bebedores y músicos ambulantes. Era asombroso cómo la oscuridad (y quince grados menos de temperatura) había transformado *la plaza*. Había un ambiente colorido y pachanguero, y Daggart pudo perderse entre el gentío cada vez más numeroso. Compró un billete para el ferry y buscó refugio en un rincón apartado del Palmera´s, un bullicioso restaurante al borde del mar.

Alivió sus heridas con una Dos Equis sin quitar ojo a las luces parpadeantes del ferry que se acercaba. Mientras lo veía entrar en el puerto (la quilla partiendo el negro océano en blancas diagonales), se preguntó por los tres matones. Alguien les estaba pasando información. Alguien relacionado con Ana Gabriela. Dio un largo trago a su cerveza, rumiando la pregunta más desconcertante de todas: ¿qué tenían que ver tres jóvenes blancos con una desaparecida secta maya como la Cruz Parlante?

Pensó en los papeles que se había llevado de la habitación de Tingley la noche anterior. Llevaban veinticuatro horas doblados y guardados en su bolsillo trasero, como deberes de clase olvidados. Ya ni siquiera recordaba que estaban allí.

Los sacó y los alisó sobre la escuálida mesita. Había recibos y facturas de todo tipo: de restaurantes, de *farmacias*, de licorerías. Lo único que sacó en claro fue que Lyman Tingley tenía debilidad por el marisco, el José Cuervo y el ibuprofeno. Nada que no supiera ya. Estaba a punto de volver a guardarse el fajo en el bolsillo, decepcionado, cuando se fijó en un papelito. Era el recibo de una agencia de viajes de Cancún por un viaje de ida y vuelta de Cancún a El Cairo con escala en el aeropuerto JFK de Nueva York. Cosa nada sorprendente. Tingley vivía y enseñaba en Egipto. Así pues, seguía cada año aquella ruta para llegar a Yucatán. Menuda novedad.

Pero lo que le llamó la atención fue la fecha. Tingley había hecho aquel trayecto la semana anterior. A pesar de que tenía planeado marcharse de México la semana siguiente para empezar el curso en la Universidad Americana, había hecho el largo trayecto de ida y vuelta a El Cairo apenas siete días antes.

Daggart se preguntó el porqué de aquel viaje. ¿Era allí donde había llevado el Quinto Códice? ¿Estaría el códice enterrado en lo más profundo de algún museo de antigüedades egipcias? ¿O había ido Tingley a recogerlo tras su autenticación en El Cairo?

Al levantar la vista vio atracar el ferry. Dobló de nuevo los papeles, se los guardó en el bolsillo y apuró su Dos Equis. No sabía qué significaba aquel recibo, pero tenía la extraña sensación de que su vida dependía de la respuesta a ese interrogante.


El Cocodrilo no se había molestado en hacer el viaje a Cozumel: creía que los chicos del Jefe podrían arreglárselas solos. Y cuando le llevaran al profesor americano (atado, amordazado y asustado hasta el punto de orinarse encima), sólo sería cuestión de tiempo que él lograra quebrantar el ánimo de su prisionero y descubrir lo que necesitaba saber. Y luego, todos contentos.

Bueno, todos salvo el americano muerto.

El Cocodrilo apuró su bebida y estaba a punto de pedir otra cuando sonó su teléfono móvil. Miró el número. Era el estadounidense al que llamaban Nick. El Cocodrilo no sabía su apellido. No necesitaba saberlo. Sabía solamente que era el perro guardián del Jefe, un hombre de proporciones gigantescas que prefería trabajar solo. Y al Cocodrilo eso no le suponía ningún problema.

—¿Lo tenéis? —preguntó el Cocodrilo sin molestarse en formalidades.

—Se escapó —respondió agriamente el gigante llamado Nick.

El Cocodrilo dio una palmada sobre la oscura madera de la barra. Su vaso saltó.

—No he sido yo —continuó Nick—. Fueron los otros tres. Hicieron una chapuza.

—¿Cómo?

—Tendrás que preguntárselo a ellos. Lo único que sé es que Daggart está de vuelta en San Miguel.

—¿Se sabe algo de los otros?

—No, nada. Se suponía que teníamos que encontrarnos hace media hora. Pero no han aparecido.

El Cocodrilo lamentó de pronto haberle seguido la corriente al Jefe. Aunque ellos eran sus chicos, sabía que debería haber insistido en ocuparse él mismo. No conocía al Jefe, pero tenía la firme sospecha de que era un aficionado. Un aficionado con dinero: de los de la peor especie.

De pronto le dolía la cabeza.

—¿Dónde está Daggart? —preguntó, masajeándose la frente.

—En un restaurante. Imagino que va a coger el próximo ferry.

—Síguelo. Cógelo. Y tráemelo.

—Entendido.

El Cocodrilo colgó y acarició el teléfono. Le sorprendía la astucia de Scott Daggart. Para ser un profesor, estaba resultando extremadamente esquivo. El Jefe le había dicho que Daggart había sido militar, pero él no le había dado mucha importancia. Se las había visto con «militares» otras veces. Y no le habían dado problemas.

Daba igual. Era el Cocodrilo. Todo cambiaría en cuanto le pusiera las manos encima al profesor Daggart. O, más que encima, dentro. La sola idea le hizo sonreír.

# Capítulo 35

*H*abía muy pocos turistas en el ferry. Los demás pasajeros eran en su mayoría yucatecos que volvían a sus casas después del trabajo y que preferían sentarse en las cubiertas inferiores, provistas de aire acondicionado. Vivían en villorrios al norte de Playa del Carmen y cada día se trasladaban a Cozumel para trabajar como jardineros o doncellas en los diversos complejos hoteleros. De noche, después de ocho, diez o doce horas de trabajo agotador, hacían de nuevo la travesía de cuarenta y cinco minutos para regresar a sus casas, con la cabeza apoyada en las ventanillas, intentando arañar unos minutos de sueño.

Daggart tenía la cubierta superior para él solo, lo cual le venía de perlas. Necesitaba mantenerse alerta. Necesitaba el cielo y las estrellas y el viento. El olor penetrante del mar le espabilaba, como si fuera un olor a sales aromáticas. Veinte minutos de viaje y no había visto nada sospechoso. Ello, unido a la fragancia vivificadora del mar Caribe, bastaba para concederle un raro momento de relax. La ocasión de rehacerse antes de que volviera a sonar la campana.

Sacó su móvil. Parecía haber estado en el bolsillo trasero de alguien que se hubiera arrojado a un camino de piedras calizas desde un coche en marcha y a toda velocidad. Quiso la suerte que aún funcionara. Daggart se prometió que, si salía vivo de aquello, se sentaría a escribir una carta a la empresa dando testimonio de la resistencia de su producto.

Miró sus mensajes y oyó la voz de Uzair, cargada de urgencia, pidiéndole que le llamara. Daggart le llamó.

—¿Dónde te has metido? —preguntó Uzair a modo de saludo.

—Más vale que no lo sepas. Pero no son sólo una panda de científicos timoratos intentando salir en la portada del *National Geographic*. No sé qué quiere esa gente, ni por qué motivo, pero está dispuesta a matar por ello. —Daggart recordó de pronto su participación activa en la muerte de tres hombres, esa tarde. Cambió de tema—. Háblame de la estela.

—Creo que lo he descubierto —dijo Uzair con evidente entusiasmo—. Pero el caso es que creo saber qué significa, y sin embargo no lo sé.

—¿Cómo dices?

—Creo entender las imágenes. Pero no sé qué quieren decir.

—Bueno, cuéntamelo.

—La primera parte es bastante estereotipada. Una lista de gobernantes. La historia de la aldea. Cosas de la vida cotidiana. Pero luego está el final de la estela, que se reduce a tres símbolos. El hombre con el cántaro rebosante. El dios descendente. Y el hombre con la línea vertical al lado del cuerpo. Ésa era la frase en la que me atascaba.

—¿Y qué significa?

Uzair titubeó antes de responder:

—«Sigue el camino.»

Daggart se pegó el teléfono a la oreja.

—¿Estás seguro de que no es «sigue el camino de baldosas amarillas»?

—Hablo en serio. Los mayas no usaban la perspectiva al dibujar. Los dos lo sabemos. Todo está de perfil. Así que la línea que hay junto a la cara del hombre representa, supuestamente, un camino. Un camino que va haciéndose más y más pequeño a medida que se aleja.

—¿Y cómo encajan las demás en eso?

—Ahí es donde me pierdo. Es como si hablara de una época en la que viajaban todos juntos. El dios descendente, el hombre del cántaro rebosante y el del camino.

—¿Una excursión primaveral en coche?

—En este momento, yo no descartaría nada.

Daggart se quedó pensando un momento. El ferry se mecía, empujado por olas de metro y medio. Las estrellas titilaban en el cielo.

—¿Ah Muken Cab y los dos hombres en la misma carretera?

—Sea cual sea.

Daggart vislumbró las luces parpadeantes de Playa del Carmen no muy lejos de allí. El sonido amortiguado del *reggae* se deslizaba sobre el océano.

—¿Y si la estela no estaba labrada de la manera habitual? —sugirió—. ¿Y si no se refería a un viaje ancestral, sino a la historia de su huida de Tulum? ¿El viaje en el que los mayas estaban embarcados en ese momento?

A pesar de que les separaban miles de kilómetros, Daggart sintió que había captado la atención de Uzair.

—¿Por qué no escribirlo en un libro? Habría sido más sencillo.

—Porque los libros se pierden. Se deterioran. Ellos querían un testimonio permanente. A fin de cuentas, se proponían abandonar uno de los más grandes centros ceremoniales de toda Mesoamérica, llevándose todo su jade, sus armas, sus especias…

—Y todos sus códices —añadió Uzair.

—Exacto. Los códices, especialmente. —La línea quedó un momento en silencio mientras intentaba comprender lo que significaba aquello.

—Entonces, la estela es un mapa del tesoro —dijo Uzair.

—Eso es. Está diciendo: «Lo llevamos todo encima. Todos nuestros tesoros, todos nuestros códices. Nos damos a la fuga, vamos a dejar nuestro antiguo hogar y a esconderlo todo en un lugar seguro».

—Y para encontrarlo, lo único que hay que hacer es leer la estela para seguir las indicaciones.

—Y seguir el camino —dijo Daggart.

Uzair soltó un suave silbido.

—Es buenísimo. No me extraña que te paguen una pasta.

Daggart se echó a reír.

—Eres tú quien ha traducido la última frase. Además, sólo estoy especulando.

—Pero sigue quedando una duda. ¿Cuál es el camino?

Daggart escudriñó el cielo como si buscara respuestas.

—El que responda a esa pregunta, encontrará el Quinto Código.

—¿No lo encontró Lyman Tingley?

—Antes creía que sí. Ahora no estoy tan seguro.

Siguieron hablando unos minutos más. Uzair le dijo a qué hora salía su vuelo y el hotel en el que iba a alojarse.

—Sigo pensando que deberías volver a Chicago —añadió—. Deja que la policía se encargue de resolver esto.

—Lo haría, si creyera que pueden. Pero algo me dice que esto es más grande de lo que pienso. Y Tingley debía de pensar lo mismo.

—Pues mira dónde ha acabado.

—Estoy teniendo cuidado, si eso es lo que te preocupa.

No le contó sus aventuras en Cozumel.

—Lo que tú digas. Tú eres el que sabe. Yo estoy aquí, en Chicago, a salvo y vivito y coleando.

Daggart recordó como en un fogonazo la imagen de Susan despatarrada en el suelo del cuarto de estar. Para ella, Chicago no había sido tan seguro. Uzair pareció adivinar lo que estaba pensando.

—He recibido las fotografías que me mandaste esta tarde —dijo su alumno, cambiando de tema—. ¿Cómo crees que encaja Casiopea en todo esto?

—Ni idea. Puede que lo descubra en mi viaje.

—Eso espero, por tu bien.

Se dijeron adiós y Daggart se recostó en la barandilla, con la mirada fija en las estrellas. Allí, a medio camino entre la Osa Mayor y la Menor, estaba la constelación de Casiopea, cuyas cinco estrellas saltaban a la vista. Pero Uzair tenía razón: no tenía ni la menor idea de cómo encajaba la constelación en todo aquello ni qué significaba. Cerró los ojos. Intentaba concentrarse en el misterio del Quinto Códice, pero no dejaba de pensar en Susan. No lograba sacudirse de encima el recuerdo de su cuerpo extrañamente quieto, con la cara macerada en sangre.

Confiando en ahuyentar aquella imagen, abrió los ojos.

Allí, de pie en la proa del ferry, había un estadounidense alto y musculoso de veintitantos años. Llevaba una gorra de béisbol y tenía la cara carnosa e impasible. Pero lo más inquietante de todo era que no hacía ningún esfuerzo por disimular que miraba fijamente a Scott Daggart.

# Capítulo 36

$\mathcal{U}$na descarga de adrenalina recorrió a Scott Daggart.

El hombre que tenía enfrente era un gigante, medía más de dos metros. Sus pectorales y bíceps tensaban su camiseta ajustada, y su cuello era más grueso que los muslos de la mayoría de los hombres. Se apoyaba en la barandilla de la escalera como si estuviera disfrutando del vaivén del océano, como cualquier otro turista. Pero sus ojos no estaban fijos en la sucesión de las olas, sino en Scott Daggart.

Éste miró hacia la costa y vio que las luces de Playa del Carmen se hacían cada vez más nítidas. Vagas siluetas humanas se arremolinaban en el muelle, esperando la llegada del ferry. ¿Sería alguna de aquellas siluetas el hombre al que llamaban el Cocodrilo?, se preguntó. En ese caso, no podía permitirse quedar atrapado en la cubierta superior con aquel Goliat para que le entregara al Cocodrilo como un fardo.

—¿Qué quieres? —gritó para hacerse oír por encima del ruido de los motores.

El gigante no respondió. Se quedó allí, tan inexpresivo como un agente del Servicio Secreto.

—¿Información? —preguntó Daggart—. ¿Es eso? Porque, si es eso, no la tengo. Y tampoco tengo el códice, desde luego.

Una sonrisa ladeada se extendió por la cara de King Kong.

—No sé de qué habla, amigo. Yo estoy aquí de vacaciones.

Daggart observó la cara del gigante.

—¿No me está buscando?

—Qué va —contestó el otro, riendo—. No es mi tipo.

—Entonces, ¿puedo irme a la cubierta de abajo?

El gigante se encogió de hombros.

—¿Eso es un sí o un no?

Goliat volvió a encogerse de hombros.

Playa del Carmen se acercaba, el fulgor de sus luces era cada vez más brillante. Daggart se levantó y dio un paso adelante; en ese mismo instante, el gigante se metió la mano carnosa bajo la camisa. Sus dedos, gordos como salchichas, se posaron en el arma que asomaba por encima de su cinturón. Las cachas de la pistola brillaron a la luz de la luna. Daggart se detuvo. Miró a Goliat y Goliat le miró a él. Una bandera mexicana restallaba empujada por el aire cálido.

—Entonces ¿también trabaja para el Cocodrilo? —preguntó Daggart.

—¿Por qué no se sienta hasta que atraquemos? —dijo el gigante. Era una pregunta sólo en apariencia.

La orilla se acercaba, el fulgor de las luces se hacía más brillante, los ruidos de la ciudad más intensos, y Scott Daggart hizo lo único que se le ocurrió. Rodeándose la boca con las manos, se inclinó hacia la escalera y gritó con todas sus fuerzas:

—¡Delfines!

Goliat le miró extrañado, como si dijera: «¿Eso es lo único que se te ocurre?». Su cara de cacahuete se crispó hasta formar una sonrisa.

Scott Daggart se encogió de hombros con aire de disculpa.

Un momento después, un niño subió corriendo las escaleras. La sonrisa del gigante se evaporó. Apartó los gruesos dedos de la pistola, cruzó las manos delante de sí para ocultarla y se quedó allí parado, como un monaguillo obediente.

El niño empezó a correr de un lado a otro del barco.

—¿Dónde están los delfines? —gritaba—. ¿Dónde están los delfines? —Enseguida llegaron sus padres: dos estadounidenses de poco más de treinta años, pálidos y con pinta de ser amantes de los libros.

—Me ha parecido verlos por el lado de estribor —dijo Daggart, señalando a su derecha—. No sé si siguen ahí, pero seguro que vuelven. —Odiaba que el niño se hiciera ilusiones por su culpa, pero por una vez merecía la pena mentir.

Sus doctos padres tomaron asiento en el centro de la cubierta superior, justo entre Daggart y Goliat. El antropólogo era consciente de que se le había concedido un respiro. Pero sabía también que sólo era temporal. Tenía que encontrar un modo de bajar a la otra cubierta. Y enseguida.

Se apartó de la barandilla y avanzó hacia Goliat. El gigante se tensó. Separó las manos e hizo amago de coger la pistola. Daggart siguió adelante sin alterar su paso, cada vez más cerca del gigante y de la escalera. Vio que los voluminosos dedos del gigante agarraban las tersas cachas de la pistola. Vio que su mano se cerraba con fuerza.

Estaba a dos metros de Goliat cuando se detuvo. Miró un momento al gigante antes de meterse la mano en el bolsillo y sacar una cámara digital que tendió a la pareja.

—¿Les importaría hacernos una foto a mi amigo y a mí? —preguntó.

El marido y la mujer se miraron un momento como se miran los matrimonios cuando alguien les pide que le hagan una foto.

—Claro —dijo él al fin.

Daggart le puso la cámara en las manos y se acercó con cuidado al gigante. Notaba su expresión de pasmo.

—Yo que usted taparía eso —le susurró Daggart, señalando con los ojos el mango de la pistola. El gigante cruzó las manos delante del cuerpo.

El marido gritó:

—¡Sonrían! —Y Daggart pasó el brazo afectuosamente por la carnosa cintura del mastodonte. El gigante puso una sonrisa penosa. La cámara emitió un destello. Daggart y el gigante parpadearon. El que había hecho la foto les llevó la cámara.

—Quédesela —dijo Daggart, y desapareció escalera abajo antes de que el gigante tuviera ocasión de impedírselo.


Daggart bajó corriendo la escalera metálica, primero hasta el segundo nivel y luego hasta el de más abajo. Al abrir una puerta de cristal le golpeó el estallido del aire acondicionado y de la música de Britney Spears, de Jessica Simpson, de Mariah Carey, o de alguna otra cantante que sabía que debía conocer, pero no conocía. El videoclip que pasaban los monitores había atraído la atención de todo el mundo; la cantante en cuestión correteaba por la pantalla con escuetísima indumentaria. Nadie se fijó en un estadounidense solitario que cruzaba hacia la popa del barco.

Daggart sabía que su huida de la cubierta superior era, a lo sumo, una victoria pírrica. Seguía sin tener dónde ir, y quedaban diez minutos para que atracara el ferry. Pero aquella fuga pasajera le daba tiempo. Y eso era, de momento, lo único que podía pedir.

Llegó al fondo de la cabina y se dio la vuelta. Goliat salió de la escalera y avanzó despacio por el pasillo; su ancha osamenta llenaba el hueco. Encontró un asiento vacío a tres filas del fondo y se sentó mirando hacia popa, con los ojos fijos en Daggart.

Éste miró por la ventanilla y vio luces. No solamente las alegres y titilantes de Playa del Carmen, ciudad turística de la Riviera Maya, sino fogonazos intermitentes, rojos y azules. Las luces de la policía, aguardando en el muelle donde el ferry estaba a punto de atracar. Esperando sin duda a Scott Daggart, fugitivo en busca y captura.

Se oyó un murmullo de plásticos cuando los pasajeros comenzaron a recoger sus pertenencias y a encaminarse a la salida delantera. Sólo Daggart siguió al fondo de la cabina. Y tres filas delante de él, el gigante de la pistola.

Las luces de la policía brillaban con más fuerza, reflejándose en los costados del ferry. Uno de los coches encendió un foco blanco y lo dirigió hacia la proa del barco. Su rayo cónico traspasó inofensivamente las ventanillas del trasbordador, proyectando largas y descoloridas sombras por la cabina.

Goliat asintió satisfecho al ver el foco.

—Es usted un bicho en un tarro, amigo mío —dijo—. Puede volar contra el cristal todo lo que quiera, que no le servirá de nada.

—Así que un bicho en un tarro, ¿eh?

—Eso es.

Fue entonces cuando Daggart comprendió que tenía una salida. En medio de la inminente tormenta, una extraña calma se apoderó de él.

«Respira. Relájate.»

# Capítulo 37

*E*l Cocodrilo bajó por la calle en pendiente que llevaba al muelle. Era ya tarde, pero el centro seguía estando lleno de turistas que acarreaban bolsas de una tienda a la siguiente en bulliciosos enjambres. Eran como zombis, pensó el Cocodrilo. Sometidos a una especie de hechizo, sentían el impulso irresistible de comprar y comprar. Todo lo cual le venía muy bien. Le costaría poco camuflarse entre el prieto gentío.

Estaba acercándose al muelle, con su techo de cañizo y sus bancos de madera, cuando tres coches de policía aparecieron rugiendo colina abajo y se detuvieron entre chirridos, como si estuvieran en una película americana de acción pasada de rosca. Sus sirenas de brillantes colores giraban frenéticas. El Cocodrilo se escondió por pura inercia, pegándose a las sombras de una desconchada pared de estuco hasta que su escamosa epidermis se confundió con la del edificio.

Pero la policía no le buscaba a él. Buscaba a alguien que iba en el ferry. Sin duda la misma persona a la que esperaba el Cocodrilo: Scott Daggart.

«Qué interesante», pensó.

Mientras el barco se acercaba, se le ocurrió de pronto que, si la policía echaba el guante al *señor* Daggart, sabía Dios cuándo volvería a ver la calle. Y lo que era más preocupante: ¿y si los tres hombres del Jefe le habían dicho algo que pudiera implicarle a él, al Cocodrilo?

Oculto en la oscuridad, tan indiscernible del edificio en el que se apoyaba como un lagarto, el Cocodrilo decidió cambiar de planes. No le quedaba otro remedio. La policía se había metido de por medio y su propio futuro estaba en juego; sólo había una solución posible: matar a Scott Daggart en cuanto pusiera el pie en tierra firme.

El antropólogo miró al gigante a los ojos como diciendo: «Sígueme, si quieres». Goliat le lanzó una mirada de confusión. Daggart se dio la vuelta.

Abrió la puerta que daba a la plataforma de popa del ferry. No había nadie, claro: todo el mundo estaba en la proa, preparándose para salir. Daggart miró el mar negro y turbio. La espuma de las olas, dispersa entre el vaivén del agua, atrapaba el reflejo de la luna. Estaba lejos de la orilla: aquello no sería su chapuzón matutino, pero valdría. Tendría que valer. Oyó la puerta a su espalda y no se molestó en volverse. Sabía que era Goliat.

Era hora de ponerse en marcha.

Con un movimiento ágil y fluido saltó la barandilla y se zambulló en el bullente y opaco océano. Se hundió en el fúnebre silencio del mar, en el agua cálida y sedante. Llevaba la ropa puesta, pero al principio le pareció que aquello no era muy distinto de su ejercicio matutino.

Cuando intentó emerger, sin embargo, braceando y pataleando, descubrió que no avanzaba. Estaba clavado en el sitio, suspendido a cuatro metros de profundidad. Parecía que una mano gigante le retenía, tirándole de la pernera del pantalón. Fustigaba el agua con las piernas, cada vez más fuerte, pero seguía muy por debajo de la superficie. Muy por debajo del oxígeno. Escudriñó las tinieblas y vio por qué.

Las hélices del ferry. Su turbulento oleaje lo arrastraba. La resaca natural del barco le hundía más y más en el agua, no le dejaba alcanzar la superficie, le impedía avanzar. Pataleó, intentando contrarrestar la marea de las hélices, pero el tumultuoso batir del agua le retenía. Era como si estuviera en una cinta andadora: forzaba los músculos para avanzar, pero no se movía del sitio. Cuanto más pataleaba, menos parecía avanzar. Empezaron a dolerle los pulmones y oyó el fragor hondo y enervante de los motores que batían el agua a su paso; las hélices le arrastraban sin piedad hacia sus afiladas aspas de acero.

Empezó a marearse por falta de oxígeno. Ansiaba desesperadamente una bocanada de aire. Tenía la impresión de que un gordo se había sentado sobre su pecho y se negaba a levantarse. Deseaba más que cualquier otra cosa abrir la boca y tragar enormes sorbos de agua. Sabía que no debía, pero cualquier cosa era preferible a aquello.

Abrió la boca. Pensó en Susan.

Pensó en su risa. En su cuerpo ligero. En el dulce olor a lavanda de su perfume.

«Ella querría que lucharas —se dijo—. Esperaría que salieras a flote.»

«Respira —le había dicho Maceo Abbott en más de una ocasión—. Relájate.»

Haciendo caso omiso de los dolorosos espasmos de su pecho y de la presión de tornillo que notaba en la cabeza, se obligó a intentarlo de nuevo.

Respiró. Se relajó. Imaginó sus chapuzones matutinos. Estiró por completo los brazos, los echó hacia atrás bruscamente, hendiendo un agua densa como gelatina. Al mismo tiempo juntó los tobillos y se impulsó a la manera de un delfín. Le pareció en un principio que no estaba más lejos del barco que un momento antes, y el estruendo metálico de los motores, su hondo tamborileo, retumbó en sus oídos. Volvió a patalear, volvió a impulsarse. Otra vez. Y otra. Le costaba un esfuerzo monumental reunir fuerzas para mover las piernas al unísono. Para apartar de sí el agua. Se esforzó más de lo que se había esforzado nunca, más de lo que había tenido que esforzarse nunca.

Pero lo consiguió.

Sólo por el sonido notó que se distanciaba del trasbordador. Ignoró el dolor de su pecho, el latido de su cabeza. «Se irán —se decía—. Sólo tienes que llegar arriba.»

Al alcanzar la superficie boqueó en busca de aire, intentó ansiosamente llenarse los pulmones. Pero mientras luchaba por respirar, las olas fragorosas rompían por encima de él, hundiéndole como si fuera una camisa dentro de una lavadora. Las olas eran más altas de lo que esperaba. La corriente, más fuerte. El miedo se apoderó de él. Cada vez que abría la boca para respirar, no era aire lo que tragaba, sino agua salada. Tosía y escupía, intentando en vano desalojar de sus pulmones el agua tersa y caliente que parecía lastrarle como una piedra.

«Nadas todos los días en estas aguas —se dijo—. Puedes hacerlo.»

«Respira. Relájate.»

Emergió de nuevo y esperó a que rompiera una ola antes de inhalar. En lugar de luchar contra el oleaje, se dejó llevar por él. Levantó las rodillas y flotó sobre el agua como una pelota de goma. Dejó que la corriente hiciera el trabajo, arrastrándole hacia el sur de la ciudad, en diagonal a la orilla. Cuando por fin se sintió con fuerzas, comenzó a nadar a braza despacio, con la cabeza fuera del agua; avanzaba guiándose con los brazos y sus patadas se hicieron más fuertes a medida que se fue acercando a la orilla.

Estaba salvado. Respiraba con facilidad. Nadaba con el agua, no contra ella.

Volvió la cabeza. El ferry fue haciéndose más pequeño al acercarse al embarcadero. En el barco, de pie junto a la barandilla de popa, estaba Goliat. Daggart no supo si eran imaginaciones suyas, pero casi se convenció de que veía al gigante apuntando con su minúscula pistola al mar negro e inmenso, buscando algún rastro de Scott Daggart. Pero éste se hallaba demasiado lejos del ferry para que le viera.

Mientras nadaba y se dejaba llevar hacia el sur por la corriente, las sirenas de la policía parpadeaban en la larga y negra zanja de la noche y un millón de estrellas titilaban en lo alto.

El ferry llegó a puerto y una sola mirada a la agria mueca del gigante bastó para convencer al Cocodrilo de que el profesor había huido. Una lástima. Aquel tal Scott Daggart les estaba poniendo las cosas difíciles. Muy, muy difíciles.

Pero no había por qué preocuparse. El Cocodrilo sabía muy bien dónde volvería a aparecer. Y estaría esperándole.

# Capítulo 38

$S$cott Daggart llegó a la orilla tres kilómetros al sur de Playa del Carmen.

Avanzó a gatas por la playa de arena como un eslabón perdido entre pez y hombre, y durante cinco minutos vomitó agua caliente y espumosa, como la fuente de una plaza pública, devolviéndosela al océano de donde procedía. Le ardía la garganta, los hombros le dolían y los arañazos y magulladuras de la cara y los brazos, causados por la pelea, le escocían por culpa del salitre. Se preguntaba si todos los profesores de antropología llevaban una vida tan emocionante.

Se levantó a duras penas y echó un vistazo a sus bolsillos. Aún tenía la cartera y las tarjetas de crédito. Eso estaba bien. El agua había dejado inservible su teléfono móvil, y había tenido que sacrificar la cámara de fotos, claro, pero eran pérdidas de poca monta, dadas las circunstancias.

Echó a andar por la playa, la ropa empapada pegada al cuerpo como una capa de pintura. Cruzó los brazos intentando conservar el poco calor que le quedaba. Había hogueras dispersas por la playa. En torno a ellas se apiñaban pequeños grupos de turistas que gozaban de la conjunción de las llamas que lamían el aire y las olas que bañaban la arena. Hubo una época, de hecho, en la que Susan y él también habían hecho hogueras al borde del mar. Una botella de vino. Acurrucarse bajo una manta. Aquella deliciosa mezcla de aromas: el humo de la leña, el aire salobre, el sabor del Pinot Noir, el olor a pera y miel del champú de Susan. Cuánto lo echaba de menos.

Cuánto la echaba de menos.

Entró en una tiendecita de ropa y compró una cosa de cada,

desde zapatos a camisas. El dependiente que le vendió la ropa ni siquiera se inmutó, a pesar de que Daggart pagó con billetes mojados mientras en el suelo, a sus pies, iba formándose un charco. Al salir de la tienda tiró la ropa mojada a un contenedor que había en el callejón.

Una estrecha carretera a oscuras corría paralela a la playa. Daggart la siguió. Cuando llegó a la bulliciosa avenida Cinco y el centro de Playa del Carmen, evitó las calles principales. Sabía que Goliat y la policía le andaban buscando.

Pero eso poco importaba. Él también iba en busca de alguien.

Llegó a la joyería Eterno justo antes de que dieran las diez. Desde un callejón en penumbra, asomado a la esquina de un muro de ladrillo, estuvo mirando a Ana Gabriela cerrar la tienda. Ella dio la vuelta al letrero de la puerta para que se leyera «Cerrado» y apagó la luz del techo. A la luz remansada del flexo, se inclinó sobre el mostrador y fue trasladando las cifras de los recibos al libro de cuentas. El mismo procedimiento que la noche anterior, sólo que esta vez Scott Daggart no estaba agazapado detrás del mostrador.

Esta vez, el cazador era él.

Miró su reloj. Eran las 22.20 horas. Hora de moverse.

El Cocodrilo tomó prestada una tienda enfrente de la joyería para pasar la noche. No creía que al dueño le importara. Claro que el dueño no podía decir gran cosa al respecto. En ese momento yacía a los pies del Cocodrilo, con el cuello rebanado de oreja a oreja y los ojos desorbitados.

Mientras miraba por las rendijas de una persiana veneciana, en busca de algún indicio de Scott Daggart, mantenía la mano apoyada en la Sig Sauer. Tal y como le había explicado al gigante, al que había dejado apostado en la puerta trasera, no tenía intención de permitir que la conversación entre Daggart y Ana se alargara. No estarían mucho tiempo en la misma habitación. Aunque ella había hecho bien su primer (y único) encargo, su vida se había terminado.

Con un poco de suerte, claro, el *señor* Daggart se encargaría de ella en persona. Quizá le atravesara la cabeza de un balazo. O la estrangulara apretando aquel cuello moreno y delgado con sus propias manos. Y si le faltaba valor para tomar tales medidas, el Cocodrilo estaría encantado de intervenir para zanjar la cuestión. Le agradaba la idea de hundir la mano en el pecho de Ana Gabriela y extraer su corazón palpitante. Y sabía que también agradaría a los dioses.

Pero lo primero era lo primero. Tocó la pistola para quitar el seguro.

Al ver sombras al otro lado de la esquina de la calle, sacó la nueve milímetros con una mano mientras con la otra entornaba la puerta. Parecía que el Cocodrilo estaba a punto de efectuar otro ataque sorpresa. Y sonreía, expectante.

Scott Daggart dobló la esquina y avanzó unos pasos. No vio la figura que acechaba tras él, ni presintió el fuerte golpe contra la base del cuello, un trompazo que le lanzó a la acera tambaleándose. Cayó con un ruido seco sobre el duro cemento y quedó inmóvil. Inconsciente.

Un hombre de cabello rubio y camisa hawaiana azul tiró de él y lo metió en el asiento trasero de un Toyota, pero nada de eso quedó registrado en la memoria de Scott Daggart.

## Capítulo 39

$\mathcal{F}$rank Boddick no recordaba si se llamaba Heather, Amy o Michelle. Y no porque los nombres se parecieran gran cosa, sino porque sencillamente no había prestado atención cuando ella se lo dijo. Tampoco la había escuchado mientras ella parloteaba sin parar sobre lo mucho que le admiraba o sobre cómo había visto sus películas tres veces como mínimo. Era lo que decían siempre aquellas púberes al ofrecerse como vírgenes al sacrificio.

Tras pasar todo el día rodando había buscado un bar cerca del hotel para relajarse tomando unas copas. Mientras tanto, como era de esperar, había tenido que quitarse de encima a las embobadas admiradoras firmando más autógrafos de la cuenta en servilletas y brazos, e incluso (lo cual era memorable) en la parte alta del muslo de una mujer. Era el precio que había que pagar por ser una estrella. En realidad, no le importaba. Y cuando se presentaban casos como el de Heather/Amy/Michelle (apoyada en la barra con su escotada camisa de tirantes, a la distancia justa para que él vislumbrara el rosa de sus pezones desnudos), Frank era consciente de que valía la pena pagarlo.

Así que había fingido escuchar su cháchara sobre la admiración «bestial» que le tenía mientras la miraba de arriba abajo, fijándose en su pelo rubio rojizo, en sus brazos finos pero musculosos y en sus grandes pechos (auténticos o falsos, a él le traía sin cuidado). Por fin, justo cuando sabía que había llegado el momento apropiado, la obsequió con una sonrisa ganadora y sugirió que siguieran charlando en su habitación.

Heather/Amy/Michelle, como todas las Heather/Amy/Michelles que la habían precedido, sonrió con incredulidad. Casi no podía contener la euforia, y Frank pensó que iba a mearse en el taburete de pura emoción. Frank Boddick acababa de invitarla a su habitación. Frank Boddick, la estrella de cine. Frank Boddick, el vigésimo séptimo personaje más poderoso de Hollywood.

En momentos así, Frank sabía que estaba cumpliendo un servicio. Era Robin Hood ayudando a los infortunados. Era un mesías dando esperanzas. Era Santa Claus repartiendo regalos. Se consideraba un moderno Johnny Appleseed* cuyo deber (y responsabilidad) era esparcir su simiente allí donde podía.

Si había llevado a Heather/Amy/Michelle a su suite del hotel, si había ido al bar, había sido para olvidarse del Quinto Códice. Hacía veinticuatro horas que no tenía noticias de su contacto en París. Que él supiera, nadie había localizado el Quinto Códice. Y eso era inaceptable por diversos motivos.

Desgraciadamente, no había conseguido distraerse de los asuntos urgentes que tenía en México sirviéndose de aquella simplona deslumbrada por su estrellato. Ni remotamente. Cuando miraba los ojos embelesados de aquella fan, no veía las gozosas curvas de su asombrosa desnudez extendida sobre la enorme cama. Sólo pensaba en lo que había que hacer aún para encontrar el manuscrito.

Se levantó y se puso un grueso albornoz. Dejó a Amy/Michelle/Heather tras él, se fue descalzo a la otra habitación de la suite y cerró la puerta.

—¿Adónde vas? —la oyó preguntar al otro lado de la puerta. No se molestó en contestar. Volvería enseguida. Sólo iba a tardar un minuto. Y sabía que ella esperaría. Siempre esperaban.

Cogió su móvil y marcó. La voz del otro lado le contó los últimos acontecimientos, incluida la muerte de los tres hombres que debían atrapar a Scott Daggart.

—¿Los mató él mismo? Creía que era una especie de profesor de universidad o algo así —dijo Frank.

---

* Pionero y arboricultor norteamericano que ha pasado al folclore estadounidense por introducir el cultivo del manzano en grandes regiones del país, plantando y regalando semillas en el curso de sus viajes. (N. de la T.)

—Y lo es. Pero tuvo ayuda.

—Entonces cambien de planes —dijo Frank. Su voz sonaba firme y directa: hablaba como en *Mátame dulcemente*, en la que hacía el papel de un policía curtido en las calles de Manhattan, un bala perdida que andaba tras el rastro del peor asesino en serie que conocía la ciudad desde hacía años. Como todas sus películas, había recaudado más de doscientos millones sólo en Estados Unidos.

—Le escucho —respondió la voz.

—Maten a Daggart —dijo Frank.

—Ya he dado esa orden.

—Sí, pero quiero que lo haga usted.

La voz del otro lado expresó asombro.

—¿Yo?

—Exacto —dijo Frank en el mismo tono condescendiente con el que se dirigía a los ayudantes de dirección en el plató—. Y cuanto antes mejor.

—No creo que sea buena idea que nos mezclemos en esto personalmente.

—Muy bien, si quiere que ese tal Daggart eche por tierra todo nuestro trabajo, si quiere que haga descarrilar este tren antes de que salga de la estación, es asunto suyo. Yo, por mi parte, creía que tenía más agallas. —Aquella última frase era, en realidad, una cita directa de *Mátame suavemente*.

—De acuerdo —transigió su interlocutor—. Veré lo que puedo hacer.

Frank Boddick sonrió.

—Bien.

Colgó y se disponía a volver al dormitorio cuando decidió hacer una llamada más. Se encontró con el buzón de voz y dejó un mensaje pidiendo a la persona a la que llamaba que se pusiera en contacto con él lo antes posible.

—Frank —gimió Heather/Amy/Michelle en la otra habitación—, ven, corre.

Él sonrió de medio lado.

—Espera unos minutos —dijo—. Ya verás si me corro.

Cuando abrió la puerta del dormitorio, Amy/Michelle/Heather soltó una risilla encantada y Frank tuvo que reconocer que la réplica no había estado nada mal. Tal vez, además de producir y actuar, debería dedicarse a escribir. ¿Por qué no? Cuanto más pudiera controlar el mensaje, mejor. A fin de cuentas, de eso se trataba. Del mensaje. De su mensaje.

El mundo entero estaba a punto de descubrirlo.

El *Kevin*, la tormenta tropical, amainó a novecientos y pico kilómetros al oeste del archipiélago de Cabo Verde. Hasta ese momento se había movido tenazmente en dirección oeste-sudoeste a unos cuarenta kilómetros por hora, con vientos constantes cuya velocidad rondaba los sesenta y cinco kilómetros por hora. Nadie sabía por qué había aflojado, pero los expertos del Centro Nacional de Huracanes no estaban dispuestos a darla por terminada. Todavía no.

—Según nuestros pronósticos, es muy probable que se convierta en huracán en los próximos tres o cuatro días —declaró el meteorólogo James Bach a *Asocciated Press*—. La gran pregunta es hacia dónde irá. Confiamos en que vire en dirección oeste-noroeste y se disipe sobre el Atlántico, pero aún es demasiado pronto para hacer previsiones.

Mientras tanto, el *Kevin* permanecía suspendido mar adentro, absorbiendo el calor de las aguas del litoral africano mientras se aprestaba para ponerse de nuevo en marcha.

# Capítulo 40

$E$ra como atravesar los fangosos corredores de un túnel, camino de una rendija lejana en la que brillaba el sol. Un puntito de luz fue haciéndose más y más grande, hasta que, poco a poco, el mundo de Scott Daggart se inundó de claridad. Parpadeó y se tapó los ojos. Lo primero que notó fue el dolor. Un dolor que embotaba la mente. Su nuca palpitaba, emitiendo una corriente constante y dolorosa que se alzaba hasta su cabeza y la hacía reverberar con cada latido.

Se quitó un paño caliente de la frente y se atrevió a echar un vistazo a su alrededor. Estaba tumbado en una cama estrecha. En el techo, un ventilador giraba parsimoniosamente con un ruido repetitivo: *zrum, gush, zrum, gush, zrum, gush…* Aquel sonido armonizaba con el latido de su jaqueca. Se incorporó con esfuerzo y sofocó un gemido al ver una cara amenazadora mirándole fijamente. Era una cara casi desprovista de vida, falta de color, de animación. Una cara que daba miedo: la cara de un hombre que había recibido una paliza, un disparo, que había estado a punto de ahogarse y al que por último habían asestado un garrotazo en la nuca.

Era su propio reflejo. Estaba hecho un asco.

Paseó la mirada por la habitación. Era un hotel, saltaba a la vista, y no de los de cinco estrellas. Olía a cigarrillos rancios y a pedos aún más rancios. Bajo el espejo había un escritorio barato y esmirriado, con patas baratas y esmirriadas. Había también otra cama, cubierta con una colcha tan chillona como el óleo de un pintor aficionado. Sobre ella reposaba una maleta abierta.

Daggart apoyó los pies en el suelo. Ondas de choque inundaron su cerebro. En su cabeza se removieron placas tectónicas. Se propagaron minúsculos terremotos. Su estómago emitió un gorgoteo y una náusea recorrió su cuerpo. Volvió a tumbarse en la cama.

La puerta del cuarto de baño se abrió y por ella salió un hombre que parecía tener veintitantos años. El sol había desteñido su cabello rubio hasta volverlo casi blanco, como el de un surfista. Lucía una camisa hawaiana azul.

—Estupendo, ya está despierto —dijo al acercarse a Daggart con una toalla empapada. Antes de que el profesor tuviera ocasión de responder, cambió la otra toalla por la nueva. Daggart se la puso en la frente. Su frescor le alivió, mitigó aquel pálpito candente.

—Tenga. Mastíquelas. —El hombre le ofreció dos aspirinas en la palma de la mano. Daggart las cogió y se las echó a la boca—. Lamento haberle tenido que sacudir en la nuca, amigo —continuó el otro mientras desaparecía en el baño con la toalla. Daggart oyó el chirrido de un grifo al girar. Las salpicaduras del agua en el lavabo—. Imagino que tendrá un dolor de cabeza monumental durante un par de horas, pero se le pasará. Lo cual está muy bien, porque tenemos que darnos prisa. —El grifo volvió a chirriar. El agua se detuvo. El hombre salió del cuarto de baño secándose las manos con una toallita blanca.

—¿Quién es usted? —preguntó Daggart.

—Ah, sí, perdone. Del Weaver. —Le tendió la mano y Daggart se la estrechó cumplidamente.

—Encantado de conocerle —dijo, algo aturdido—. Yo me llamo…

—Scott Daggart. Lo sé.

Daggart tenía la impresión de estar caminando entre telarañas. Sacudió la cabeza. Seguía habiendo telarañas.

—¿Me conoce?

—Claro. Por eso iba siguiéndole. No quería hacerle daño, pero tuve que dejarle fuera de combate antes de que hiciera una estupidez.

—Espere un momento. ¿Fue usted quien me golpeó?

—Exacto —dijo Del Weaver tranquilamente. Empezó a recoger mapas y papeles y a arrojarlos a su maleta.

—¿Por qué?

—Iban a matarle. Repito que siento haberle golpeado, pero todo esto es nuevo para mí y no se me ocurría una alternativa. Si hubiéramos hablado a la vista de todo el mundo, nos habríamos convertido los dos en objetivos.

—¿En objetivos?

—Espero no haberle hecho daño al meterle en el coche. Sabía que no debería haber alquilado uno barato. Pero qué se le va a hacer… ¿Quién iba a imaginar que iba a dedicarme a esto? ¿Lo sabía usted? En fin, olvídelo. Si los síes y los peros fueran nueces y caramelos, todos nos lo pasaríamos pipa en Navidad.

A Daggart le daba vueltas la cabeza. Dejó que la toalla resbalara de su frente.

—¿Objetivos? —preguntó otra vez.

—Había un tipo esperando a que volviera a la joyería. Uno grandullón, con cara de lagarto. Le falta medio labio. —Se estremeció. Como si un fantasma pasara sobre su tumba.

—El Cocodrilo —dijo Daggart como respondiendo a una petición.

—Si usted lo dice. Estaba vigilando la joyería desde el otro lado de la calle. Y estoy seguro de que había otro en el callejón de atrás, un tío enorme, seguramente amigo de los tipos esos de esta tarde. ¿Sabe quién le digo?

Daggart asintió con la cabeza lentamente.

—Nos conocimos en el ferry.

—Me lo imaginaba. El caso es que no quiero darme aires ni nada por el estilo, pero si hubiera intentado cruzar la calle, ahora no estaría en esa cama: estaría tirado en alguna cuneta.

—No lo entiendo —dijo Daggart. Se sentó, apoyándose en los brazos temblorosos. El mundo giró a su alrededor, pero él consiguió mantenerse en posición vertical—. ¿Por qué quieren matarme esos hombres?

—No es por ponerme metafísico, pero seguramente no quieren matarle. Se limitan a hacer lo que les dicen.

—¿Y qué les dicen?

—Que sabe usted demasiado.

Los ojos de Scott Daggart se deslizaron furtivamente por la destartalada habitación.

—Pero yo no sé nada —dijo.

—No estoy muy seguro de eso.

—Quiero decir que sé cosas, pero nada que pueda ser de provecho a una banda de asesinos.

Del Weaver sacó un cajón de la cómoda y lo llevó a la cama. Le dio la vuelta, y calcetines y calzoncillos llovieron sobre la maleta abierta.

—Creen que tengo el Quinto Códice, ¿no es eso? —preguntó Daggart.

Del Weaver asintió con un gesto.

—O que, si no lo tiene, al menos sabe cómo encontrarlo.

—Y si no coopero y se lo digo…

—Le matarán —dijo Del, acabando la frase tan tranquilamente como si estuvieran hablando de la probabilidad de que los Giants ganaran otra Super Bowl.

Un pequeño seísmo retumbó en las sienes de Daggart.

—Y es usted quien disparó a ese hombre esta tarde.

—Sí.

Daggart le miró a los ojos.

—Gracias.

Del volvió a la cómoda, ansioso por cambiar de tema.

—Fue usted solito quien saltó del ferry. Joder, tío. Me dejó impresionado. Menuda exhibición. A mí las hélices me habrían acojonado tanto que no habría sido capaz de hacerlo.

—¿Sabe lo del ferry?

—Claro. Medio México estaba esperándole en el muelle de Playa del Carmen. Bonita forma de escapar. Ah, y felicidades al taxista de Cozumel. No tuve huevos para apagar las luces yendo por esa carretera. Ese tío era una especie de Rambo o algo así.

Daggart miraba fijamente a Del Weaver. Saltaba a la vista que se estaba perdiendo algo.

—No lo entiendo. No nos habíamos visto nunca, ¿verdad?

—Hasta hoy, no.

—¿Hemos intercambiado algún correo electrónico?

—Qué va.

—Entonces ¿por qué me ha salvado?

—Tengo mis razones. —Esquivó la mirada de Daggart,

arrebujó un montón de camisetas y las embutió todas juntas en la maleta.

—Pero no tengo el Quinto Códice —dijo Daggart.

—Sí, ya me lo figuraba.

—Ni siquiera sé dónde está.

—Sobre eso tenía mis dudas. Pero… —Se acercó a una torcida pila de libros de bolsillo y los llevó a la maleta—. Ellos no lo saben. En su opinión, es usted el único que puede llevarlos al códice. El único que todavía está vivo, al menos. —Empezó a meter los libros en los bolsillos de la maleta.

—¿Quiénes son ellos? —preguntó Daggart, echándose la toalla a un lado—. Habla de ellos sin parar, pero no sé quiénes son. Esa gente intenta matarme y no tengo ni la menor idea de por qué.

Del se detuvo con las manos metidas en la voluminosa maleta, como un jardinero plantando bulbos.

—Va en serio, no lo sabe, ¿verdad?

Daggart negó con la cabeza.

—Dígame una cosa —dijo Del—. ¿Qué sabe usted de Right América?

Aquella pregunta inopinada sorprendió a Daggart.

—¿Qué tiene eso que ver?

—Usted dígamelo. ¿Qué sabe de ellos?

—¿Quién no ha oído hablar de Right América? Es una organización política. Una versión conservadora y poco eficaz de Move On.* Bastante inofensiva, por lo que tengo entendido. Más espectacular que otra cosa.

—Sí. Así era antes.

—¿Está diciendo que han cambiado de pronto?

Del miró el reloj de la mesilla de noche. Uno de esos relojes baratos que había en todos los moteles, con los números en rojo. Marcaba las 3.07 de la madrugada. Del Weaver exhaló un pequeño suspiro y se sentó en la cama, enfrente de Daggart. Sus rodillas casi se tocaban.

—Está bien. Tendré que abreviar, si quiero que salgamos de

---

* Asociación estadounidense dedicada a promover y apoyar iniciativas políticas de carácter liberal progresista. (N. de la T.)

aquí. Pero usted tiene derecho a saberlo. A fin de cuentas, es a usted a quien intenta matar esa gente.

—¿Quién?

—Right América. Esa organización política inofensiva y poco eficaz. Quieren matarle. Y no se detendrán ante nada para conseguirlo.

## Capítulo 41

—*R*ight América fue fundada a fines de los años noventa por un grupo de gente muy cabreada por cómo iba el país —comenzó a contar Del. Estaba sentado al borde de la cama, con los brazos apoyados en los muslos y las manos en constante movimiento—. En parte fue como respuesta a los problemas de inmigración, el ascenso de la tasa de criminalidad, el Tratado de Libre Comercio, etcétera, etcétera. Right América nació de un deseo de, y cito, meter en cintura a este país, fin de la cita.

—¿Quién la fundó?

—Gente corriente, aunque no se lo crea. Gente que estaba harta. Los personajes de peso se metieron después. Pero enseguida llego a eso.

—¿Son republicanos o demócratas?

—Sí. No intento hacerme el gracioso: es así. Right América es una organización interpartidista. En ese sentido, no son en absoluto un grupo político. Lo suyo es el patriotismo. Después del 11-S, el número de afiliados prácticamente se cuadruplicó. Gente que quería verse retratada como grandes estadounidenses y defensores de la Libertad, con ele mayúscula, por los siglos de los siglos, amén.

—Pues debo de estar perdiéndome algo. ¿Cuál es el problema? —preguntó Daggart. Intentar seguir a Del Weaver estaba resultando mareante.

—El problema es que a Right América ya no le interesa seguir siendo la clase de organización que fue en el pasado.

—¿Qué quieren ser ahora?

—Una organización terrorista.

—¿Perdón? —Daggart se inclinó hacia delante, sin saber si

había oído bien—. ¿Cómo Al-Qaeda o los talibanes, quiere decir?

—Más bien como las FARC, pero sí.

Daggart conocía las FARC. Era la organización terrorista más poderosa de toda Sudamérica y su nombre era un acrónimo de Fuerzas Armadas Revolucionarias de Colombia. Recurrían al asesinato, la intimidación y otros métodos violentos para influir en las políticas sociales y la vida del país. Habían secuestrado a una famosa candidata a la presidencia y la habían tenido como rehén durante seis largos años, hasta su rescate en 2008.

—Pero hay dos diferencias descomunales entre las FARC y Right América —prosiguió Del—. En primer lugar, Right América es una organización reconocida tanto a nivel local como nacional. Hasta tiene su propio grupo de presión. Para el público en general, es pro americana, pro unidad nacional y pro libertad. Cosas estupendas que defender, ¿no? Por lo que sea bueno para Estados Unidos, eso es por lo que aboga Right América. Al menos, eso es lo que cree la gente.

A Daggart le daba vueltas la cabeza, pero no sabía si se debía al golpe de la cabeza o a lo que le estaba contando Del Weaver. En todo caso, la habitación no paraba de girar.

—Ha dicho que había dos grandes diferencias…

—Dos diferencias descomunales —puntualizó Del.

—Sí, dos diferencias descomunales entre las FARC y Right América. ¿Cuál es la otra?

—Que RA tiene dinero. Dinero en cantidad, quiero decir. Y si quieren que algo pase, no hay nada que los detenga.

Daggart se levantó y cruzó la habitación tambaleándose. Había algo ligeramente surrealista en el hecho de estar en aquel tugurio con un surfista que le explicaba los pormenores de una presunta organización terrorista.

—Sigo sin entenderlo —dijo—. Si lo que está diciendo es cierto, ¿por qué la prensa no se hace eco de ello?

—Porque nadie lo sabe. Y cuando empiecen los atentados, la gente no los asociará con Right América.

—¿Con quién los asociará, entonces?

—Con un grupo llamado Cruzoob.

—Los seguidores de la cruz —dijo Daggart a media voz.

Del Weaver enarcó las cejas, sorprendido.

—¿Ha oído hablar de ellos?

—Claro. Bueno, he oído hablar de lo que fueron. Los cruzoob del siglo XIX eran mayas que creían en la Cruz Parlante. Yo no los consideraría un grupo terrorista. Sólo defendían sus tierras. Ni siquiera creo que existan hoy día.

En cuanto dijo aquello, se acordó de la burda cruz de su yacimiento. Y de la que había encontrado la policía en el cuerpo de Tingley.

—De eso se trata —dijo Del—. Los dirigentes de Right América están invirtiendo dinero en los cruzoob para que pongan en práctica su ideario. De ese modo, la RA puede seguir considerándose una organización legal en Estados Unidos…

—Y sin embargo está financiando en secreto a un grupo terrorista.

Del asintió con la cabeza.

—Sin lazos aparentes con él. Una maniobra muy astuta, eso hay que reconocerlo.

Scott Daggart se acarició distraídamente la cara. Era muy astuta, sí. Y también cobarde, traicionera y asesina.

—¿Qué clase de actividades tiene previstas Right América para los cruzoob?

—No conozco los detalles, pero algo a lo grande. Secuestrar a relevantes figuras políticas, derribar aviones comerciales, destruir los puentes principales de las ciudades más importantes… Quizás incluso recurrir a la bomba nuclear. Van a hacer todo lo que se les ocurra.

—¿De veras creen que van a conseguirlo?

—Se lo estoy diciendo: el dinero les sale por las orejas.

—Pero ¿para qué? ¿Qué es lo que quieren?

—Poder. Control. Las motivaciones habituales.

—Pues que escriban a su congresista. Que se presenten a las elecciones. Que salgan elegidos.

—Ése es el problema. Right América cree que el modelo actual de democracia no funciona. Está anticuado. Y ellos quieren actualizarlo. Pasarle el antivirus. Democracia 2.0, usted ya me entiende. Y el único modo de conseguirlo es la matanza generalizada.

Daggart tenía un cerco de estrellas blancas alrededor de la cabeza.

—No puedo creerlo. Quiero decir que estamos en el siglo XXI.

—Exacto. Estamos en el siglo XXI. —Del se encogió de hombros como diciendo «¿Qué se le va a hacer?»—. Es la verdad, tío. No me lo estoy inventando.

—Pero ¿por qué los cruzoob? Si tienen tanto dinero, ¿por qué crear un grupo terrorista basado en una organización obsoleta y en pleno México?

—Ahí me ha pillado, hermano. Pero todo ese rollo de los seguidores de la cruz tiene su punto.

Scott Daggart recorrió con la mirada la sórdida habitación del motel, buscando algo (cualquier cosa) que tuviera visos de normalidad. Luego miró a Del Weaver.

—¿Cómo sabe todo eso? —le preguntó.

Del le miró a los ojos.

—Porque durante tres años he sido el principal ayudante de la persona más poderosa de la organización.

—¿Y quién es?

—Frank Boddick.

Daggart no sabía si había oído bien. Sacudió la cabeza como si quisiera despejar las estrellas, las telarañas, el pálpito doloroso de la jaqueca.

—¿Frank Boddick, el actor? ¿Frank Boddick, la estrella de cine?

Del Weaver asintió con la cabeza y añadió:

—Frank Boddick, dentro de poco el hombre más poderoso de Estados Unidos.


Del Weaver iba de acá para allá. Daggart se apoyó en la jamba de una puerta con los brazos cruzados.

—Las estrellas de cine tienen asistentes personales —comenzó a contar Weaver—. Es un trabajo muy ingrato. Haces el café, vas a recoger la ropa a la tintorería, limpias los vómitos después de que las estrellas se hayan pasado toda la noche bebiendo por ahí, llevas su agenda, filtras historias interesadamente a la revista *People*... El asistente hace de todo lo que se le ocurra. No es que sea un trabajo muy difícil, es sólo que es muy ingrato. Empiezas a trabajar a las cinco de la madrugada, cuando la estrella tiene que rodar, y no puedes irte a la cama hasta mucho después que tu jefe, o sea, a la una o las dos de la madrugada, normalmente.

—Si es tan penoso, ¿por qué lo hace? —preguntó Daggart.

—En primer lugar, porque para el propio ego es una pasada. Tener un contacto tan personal con una celebridad de primera fila… Es un subidón.

—¿Y en segundo lugar?

—Por el dinero. Odio parecer una puta, pero el sueldo es genial, sobre todo si… —Hizo una ligera pausa—. Bueno, ya llegaremos a eso.

—¿Y ha sido el ayudante principal de Frank Boddick?

—Durante los últimos tres años. Al principio estaba alucinado. La posibilidad de trabajar junto a una de las más grandes estrellas del cine estadounidense. En fin… ¿Quién no querría ese trabajo? Y Frank confiaba en mí. Así que yo era el primero que leía los guiones que le mandaban. Le aconsejaba sobre qué agentes eran de fiar y cuáles no. Al poco tiempo, me introdujo en su círculo de amistades. Y entonces fue cuando descubrí su relación con Right América.

—¿Y cuál es?

—Acababa de convertirse en su nuevo presidente.

Daggart no podía creer lo que estaba oyendo.

—¿Frank Boddick, el protagonista de *Tren asesino*?

—Como se lo estoy diciendo.

—Pero ¿por qué él? —preguntó Daggart—. Porque, en fin, no es más que un actor de películas de acción.

—Eso es lo que le hace perfecto: el líder que andaban buscando, de hecho. Tiene un club de fans alucinante. Es encantador a más no poder, y cuando se pone a perorar del ideario de RA, uno se lo traga todo. Le oyes perorar y dices: «Pues tiene razón. Si no fuera por el problema de la inmigración y el matrimonio gay, o por lo que esté contando, éste sería un país cojonudo». Te lava el cerebro. Comparas Right América con la Asociación Nacional del Rifle, y a su lado Charlton Heston parece un actor de barrio.

—¿Qué tienen contra la inmigración?

—Muy sencillo. Se trata de una pérdida de poder. Los últimos censos importantes demuestran que el porcentaje de blancos en Estados Unidos ha caído un siete por ciento respecto a la década anterior —explicó Del—. Los blancos suman aún dos tercios de la población, pero están perdiendo terreno. A mediados de siglo, ya no serán mayoría en este país.

—¿Y?

—Pues que hay muchos blancos a los que les acojona la idea de convertirse de pronto en una minoría más.

—Pero para eso faltan muchos años. De todos modos, ¿qué tiene de malo?

—En lo que respecta a RA, es antiamericano. No fue así como se fundó nuestro país, carajo. Pasando por alto oportunamente a los indios americanos, claro está.

Daggart tuvo la sensación de haber entrado en una clase de cálculo avanzado tras perderse las dos primeras semanas de curso. La cabeza volvía a retumbarle.

—Lo que pretende Right América es crear un clima de sospecha y de miedo —continuó Del—. Ya sabe, escenificar atentados terroristas. Derribar algunos edificios. Tal vez ciudades enteras. En plan Timothy McVeigh, pero a escala mucho mayor. Demostrar lo inseguro que es el país. Y luego intervenir para hacerse con el control. Introducir una serie de leyes destinadas a restringir los derechos de los inmigrantes. Ese tipo de cosas.

—¿En qué sentido?

—Recortar su derecho a la propiedad privada. A ser elegidos para cargos públicos. A votar. Cosas así. Si uno lo piensa, no es muy distinto de lo que hizo Hitler en los años treinta.

Daggart se pasó una mano por el pelo.

—¿Como las leyes raciales de Núremberg?

—Peor aún, aunque no se lo crea. La Ley Patriótica es un juego de niños comparada con lo que se proponen.

Daggart no lograba imaginárselo. Era más fácil imaginarse a un hombre en Marte que aquello.

—Pero la mayoría de los ciudadanos no les seguirá la corriente —dijo.

—Depende. Si se lo montan bien, la gente se lo creerá casi todo. Y, créame, nadie sabe montárselo mejor que RA. Cuando empiecen los atentados, los estadounidenses se asustarán, y cuando las masas se asustan, se vuelven irracionales.

Daggart bajó la cabeza, barriendo distraídamente con los ojos la moqueta de color marrón vómito.

—¿Quiénes son los mandamases, además de Frank Boddick? —preguntó.

—No lo sé. Eso es lo único que Frank guarda en secreto. Hace poco hubo una reunión importante en su casa para hacer planes, pero ese día me pidieron que no fuera a trabajar.

—Entonces, ¿cuándo van a dar el siguiente paso?

—En cuanto su comandante en jefe les haga una señal.

—¿Y a qué está esperando?

Del Weaver dejó de pasearse de repente. Se apoyó en una esquina del raquítico escritorio.

—A su biblia. Un documento de las alturas que les dé permiso total para hacer lo que se proponen. No por ellos mismos, sino para convencer al resto del mundo.

—El Quinto Códice —dijo Daggart sin pretenderlo.

—Exacto.

# Capítulo 42

—¿*C*ómo piensan convertir el Quinto Códice en su biblia? —preguntó Daggart.

—Ni idea —contestó Del—. Pero el Quinto Códice vaticina el fin del mundo, ¿no?

—Una crisis semejante a un cataclismo, según la predicción de los mayas.

—¿No dice cómo será?

Daggart sacudió la cabeza.

—Entonces puede que el códice prediga el alzamiento de algún grupo procedente del norte.

—Es posible, pero no hay pruebas de ello.

—Pero, verá, si así fuera, si de verdad dice que a partir de 2012 habrá un nuevo orden mundial, especialmente en el norte, Right América podría interpretarlo como un manifiesto para hacer lo que se les antoje.

—Eso es un disparate —afirmó Daggart.

—No era eso lo que pensaba Lyman Tingley.

Daggart posó la mirada en la cara de Del Weaver.

—¿Tingley estaba relacionado con esto?

Del asintió.

—Le contrataron para que les entregara el Quinto Códice. Pero, por las razones que fueran, no lo hizo.

—Y le mataron.

—Sí.

La mente de Daggart funcionaba a toda velocidad.

—¿No sabe qué motivo tenía Tingley para no darles el códice? —preguntó.

Del Weaver negó con la cabeza.

—Ya le digo: a mí no me informaban de esas cuestiones. Pero imagino que no pudo encontrarlo.

—Pero sí que lo descubrió. La primavera pasada.

—Entonces puede que se lo pensara mejor y lo escondiera. No sé. En todo caso, Tingley no era su única esperanza de encontrar el Quinto Códice. Hay otra persona.

—¿Quién?

Del Weaver levantó un dedo y señaló.

—Usted. Supongo que, en cuanto Lyman Tingley se vio con usted esa noche, los jefazos de Right América se dieron cuenta de que tenían una alternativa.

—Pero yo no tengo ni la más mínima idea de dónde está el Quinto Códice.

—Puede ser, pero confían en que lo encuentre. Eso es lo que pasa por tener buena fama. —Le lanzó una sonrisa y un guiño—. Hice averiguaciones sobre usted en Internet. Es una gran estrella en el mundo maya.

Daggart no respondió. Del siguió hablando.

—Además, a usted no tendrán que pagarle como a Tingley.

Daggart se frotó las sienes con el arranque de las muñecas.

—Si quieren que les lleve al códice, ¿por qué de pronto se empeñan en matarme?

—Puede que ahora crean que pueden conseguirlo sin usted. No lo sé, la verdad. —Del miró el reloj del motel y siguió haciendo la maleta.

Daggart sacó la endeble silla de debajo del escritorio y se dejó caer en ella. Los acontecimientos de los dos días anteriores le habían dejado confuso y aturdido, pero nada de ello le había preparado para lo que Del Weaver acababa de contarle.

—¿Qué hay de Ana Gabriela? —preguntó.

—¿Quién?

—La mujer de la joyería. ¿Forma parte de los cruzoob?

Del Weaver se encogió de hombros y extendió las manos con las palmas hacia arriba.

—Ni idea.

Daggart se recostó en la silla, inclinándola sobre las patas temblorosas.

—Si sabe tanto sobre Right América, ¿por qué no lo hace

público? ¿Por qué pierde el tiempo conmigo? ¿Por qué no va directamente al FBI?

Del sacudió la cabeza con pesar.

—Ojalá pudiera. Pero nadie me creería.

—Puede que al principio no, pero si les cuenta lo que me ha contado a mí...

—No es tan sencillo. Primero, no tengo pruebas materiales. Ni transcripciones ni conversaciones grabadas. Sólo lo que he deducido por mi cuenta. Y segundo, en fin, yo tengo un pasado.

Daggart escudriñó su cara.

Del apartó los ojos, se inclinó sobre la maleta y siguió arrebujando la ropa.

—Antes tenía problemas con las drogas —dijo, hablando por encima del hombro—. Problemas muy serios, de hecho. Y si lo que uno busca es un informador, necesita alguien un poco más de fiar que un ex presidiario.

Daggart asintió con la cabeza. Tenía sentido, en cierto modo.

—¿Cómo se conocieron?

—Frank me acogió bajo su ala cuando salí de la cárcel. Me metió en rehabilitación. Me rescató, en realidad. Básicamente, me salvó la vida.

—¿Se conocían de antes?

—No. No le había visto nunca. Fui un acto de caridad.

—¿Por qué usted, entonces?

—Para poder controlarme. Era la materia prima perfecta. Antes de meterme en las drogas, era bastante listo. Me licencié en Stanford en ciencias políticas. Tenía grandes planes. Luego me metí en el mundo de la droga y caí en picado. Lo cual daba a Frank Boddick la oportunidad de hacer el papel de su vida: el de salvador.

—¿Funcionó?

—Ya lo creo. Yo adoraba a ese tío. Trabajaba dieciséis, dieciocho, a veces veinte horas diarias. Y me encantaba, porque tenía la sensación de estar devolviéndole lo que le debía. De estar saldando mi deuda con la sociedad. Después...

Daggart vio que sus ojos enfocaban de pronto un objeto lejano. Una expresión triste y dolida cubrió su rostro.

—Continué.

Del se sentó en el borde de la cama, la cara escondida entre las manos.

—El año pasado, Frank reclutó a mi hermana pequeña. Debía de saber que yo empezaba a tener dudas, así que fue a buscarla. De pronto se convirtió en una *groupie* de Frank Boddick. Intenté convencerla para que dejara aquello, insistí en que Frank la estaba utilizando. Pero no me creyó. Al contrario, me soltó un sermón, dijo que Frank Boddick era el hombre más inteligente que había conocido y bla, bla, bla.

—Parece una secta de la que no se puede escapar —dijo Daggart.

—Jim Jones y Charles Manson no eran nada comparados con Frank Boddick. De hecho, para escaparme estos días, tuve que decirle que a mi novia iban a operarla y que tenía que estar con ella. Menos mal que se lo tragó.

—¿Y cuándo vuelve?

—No lo sé. Pronto, me temo. Si no, empezará a sospechar. No quiero ponerme agorero, pero si se entera de mis verdaderas intenciones… —Dejó colgada la frase sin acabar.

Daggart pensó en Lyman Tingley. Pensó en los cuatro hombres que le habían perseguido ese día, tres de los cuales estaban muertos.

Del rompió el silencio.

—Para serle sincero, cuando llegué aquí pensaba que estaba equivocado. Mi única intención era ver con mis propios ojos qué estaba tramando la RA. Seguí a Tingley. Luego le asesinaron y decidí que convenía empezar a vigilarle a usted.

—Me alegro de que lo hiciera.

—Sí —dijo Del, y Daggart vio que no le estaba siendo fácil asumir que había matado a un hombre. Meneó la cabeza como un perro sacudiéndose el sueño. Cogió un neceser de la cama y desapareció en el cuarto de baño. Daggart oyó el entrechocar de latas y frascos. Cuando volvió a salir, Del embutió el neceser en la maleta y cerró la cremallera. Al levantarla de la cama, Daggart vio la 45 milímetros que había debajo. Del la recogió.

—Si no lo creyera absolutamente necesario… —Otra frase inacabada. Pero Daggart sabía adónde iba a parar. Había sido militar. Sabía lo que era segar una vida.

Del deslizó la semiautomática entre el cinturón y el borde de su pantalón.

—¿Está listo? —preguntó.

Daggart no debería haberse sorprendido. Del no había dejado de hacer la maleta mientras hablaban. Aun así, no se le había ocurrido que fueran a marcharse ya, en plena noche.

—¿Adónde?

—Nos vamos del hotel. Frank atará cabos en algún momento y se dará cuenta de que soy yo quien ha estado ayudándole. Por eso no estoy en un hotel más de un par de noches seguidas. Evito las tarjetas de crédito, pago sólo en efectivo. No utilizo mi verdadero nombre. Me escabullo en la oscuridad. Esa clase de cosas.

—Está muy paranoico con todo esto, ¿no?

—Paranoico, no. Lo que soy es realista.

Daggart entendía el matiz.

—Entonces, ¿cuál es su plan?

—En realidad no es mi plan. Es el suyo. —Del Weaver sonrió—. Va a encontrar el Quinto Códice antes de que Right América dé con él —dijo con naturalidad—. Y yo voy a cubrirle las espaldas.

—Aunque no sepa dónde está.

—De verdad no lo sabe, ¿eh?

Daggart negó con la cabeza.

—Temía que dijera eso —dijo Del—. Porque hay otra cosa que no le he contado. La RA y los cruzoob van a celebrar una concentración a lo grande la semana que viene en Yucatán. No sé dónde ni cuándo, pero si para entonces no hemos encontrado el códice, vamos listos.


Salieron del hotel de dos pisos por una puerta trasera. Había caído una niebla baja. Sus pasos sonaban como petardos sobre el cemento. Se metieron en el coche alquilado de Del, y éste sacó el pequeño turismo del aparcamiento, a la calle envuelta en niebla. El resplandor amarillo de los faros rebotaba en la bruma.

—¿Adónde vamos? —le preguntó a Daggart.

—A casa —contestó éste—. Tengo que recoger mi pasaporte.

—Está bien. ¿Y luego adónde?

—Necesito mi coche. Así tendremos dos, en vez de uno. Podremos separarnos, si hace falta.

—Parece buena idea. ¿Y después?

—Quiero hablar con Ana Gabriela.

—¿Confía en ella?

—No. Por eso necesito hablar con ella. Está claro que sabe algo.

—Imagino que estarán vigilando la tienda.

Daggart no esperaba menos.

—Mientras sepa dónde se mete… —añadió Del.

Daggart lo sabía.

Salieron a la autopista y se dirigieron al norte, atravesando la neblinosa oscuridad.

—¿Algo más? —preguntó Del.

—Debería usted saber que esta tarde me voy a El Cairo, Egipto.

Del Weaver le miró extrañado. El coche se zarandeó.

—¿Qué hay en El Cairo?

—El despacho de Lyman Tingley.

—¿Qué espera encontrar allí?

—Nada. O todo. Ahora mismo no puedo andarme con remilgos.

Circulaban por la autopista envuelta en niebla, al norte de Playa del Carmen; en el coche se hizo un silencio tan turbio y espeso como el vapor calinoso de más allá de las ventanillas.

# Capítulo 43

$\mathcal{H}$eather/Amy/Michelle se había quedado por fin dormida y Frank Boddick se sentía magnánimo. Su joven admiradora se lo había pedido, y él se lo había dado. Cuatro veces, de hecho. Todas ellas sin necesitar Viagra ni ningún otro invento contra la disfunción eréctil, muchísimas gracias. Se puso unos calzoncillos y salió sigilosamente del dormitorio, cerrando la puerta a su espalda. Admiró el reflejo de sus abdominales al pasar ante el espejo del pasillo.

Cogió el iPhone y miró los mensajes. Había cinco: dos de su agente, uno de su relaciones públicas, uno de su administrador y el que estaba esperando. Los otros cuatro podían esperar. Era el último el que quería oír.

—Hola, señor Boddick, lamento molestarle —dijo la voz con cierta indecisión—, pero tengo esa información que me pidió. —Justine. Su nueva ayudante. Después de buscar a conciencia, Frank la había encontrado en un colegio mayor de Arizona y le había ofrecido un trabajo. Justine no podía estar más agradecida ni más asombrada. Aún le llamaba «señor Boddick». La verdad es que tenía su gracia. Y estaba dispuesta a hacer cualquier cosa, todo lo que Frank le pidiera. Justo como a él le gustaba.

—He llamado a todos los hospitales de San Diego, como me pidió —prosiguió Justine—, y en ninguno figura la novia de Del. Luego la llamé a su apartamento y hablé con ella en persona, y está bien. No está enferma ni nada parecido. Así que imagino que es absurdo mandarle flores, ¿no? Avíseme si quiere que haga algo más.

Frank borró el mensaje y dio unos golpes con el teléfono sobre la palma de su mano, violentamente. La novia de Del no estaba en el hospital. Ni siquiera estaba enferma. Del Weaver, al que había rescatado de la cárcel del condado de Los Ángeles como a un perro callejero y que prácticamente babeaba de gratitud por él, le había mentido. Y si había algo que Frank Boddick no podía tolerar era que le mintieran. Sobre todo, alguien en quien confiaba.

—Muy bien —dijo en voz alta, como si Del Weaver estuviera allí, con él en la habitación—. Si es a eso a lo que quieres jugar, se hará como tú quieres. Adiós, Del.


Scott Daggart y Del Weaver llegaron al desvío de la *cabaña* de Daggart cuando la niebla empezaba a desaparecer. Los primeros tonos sonrosados del amanecer pintaban las copas de los árboles. La homérica aurora de rosados dedos, recordó Daggart sin saber por qué. Él había tenido su propia odisea. Hacía casi treinta y seis horas que no aparecía por casa, desde que se marchó al hotel de Lyman Tingley.

—Entonces ¿quién era el de Tulum? —preguntó Del. Iban dando tumbos por el estrecho camino—. El de la pistola y los ojos de tiburón.

—El inspector Careche, de la policía de Quintana Roo.

—Yo diría que no le tiene mucho aprecio.

—Eso es quedarse corto. Cree que les estoy ocultando información.

—¿Y es verdad?

—¿Usted qué cree?

Del Weaver sonrió enseñando los dientes.

—Bienvenido al club. Claro que yo sólo tengo que preocuparme por Right América. Usted tiene también a los cruzoob y a la policía mexicana.

—Gracias por el voto de confianza —dijo Daggart.

Del Weaver detuvo el coche al borde de la *cabaña* y luego le dio la vuelta para que el morro mirara en la dirección por la que habían venido.

—¿Por qué ha hecho eso? —preguntó Daggart.

—Por si tenemos que salir a toda leche. —Al ver la mirada de Daggart, añadió—: Conozco a Right América.

Apagó el motor y sacó su pistola del calibre 45.

—Espere un segundo —dijo, y quitó el seguro. Salió del coche y miró a su alrededor empuñando el arma con los brazos tiesos. Un manto de bruma pasajera acechaba entre los árboles, apretándose contra las ramas de modo que las hojas goteaban con una cadencia de lluvia.

—De acuerdo —dijo al fin.

Daggart salió del coche y se acercó a la *cabaña*. Abrió la puerta mientras Del montaba guardia.

—Buenas noticias —dijo Daggart, enseñándole un pelito como si fuera un tesoro—. Nadie ha entrado por aquí.

Del cerró la puerta a su espalda y corrió el cerrojo. Acercándose a las puertas correderas de cristal, se asomó a la mañana neblinosa.

—¿Ve algo? —preguntó Daggart.

—Sigue habiendo mucha niebla.

Daggart abrió la puerta de la nevera. Un aire denso y frío cayó al suelo de baldosas.

—¿Qué hace? —preguntó Del.

—Coger mi pasaporte.

—¿Lo guarda en la nevera?

—Si fuera un ladrón, es el último sitio donde miraría.

Del asintió con la cabeza, admirado.

Mientras Daggart sacaba un recipiente de helado vacío, Del se fijó en la casa de una sola habitación. Suelo de baldosas. Paredes encaladas. Vigas de madera a la vista. Techado de hojas de palma.

Daggart restregó el humeante pasaporte azul contra la pernera de su pantalón hasta sacarle brillo.

—Dichoso hielo.

Del señaló el montón de cartas que había junto a su cama.

—¿Manuscritos antiguos? —preguntó.

—Podría decirse así. —Las cartas de Susan, aunque Del no lo sabía. Y sí, en lo que a él respectaba, eran tan valiosas como cualquier manuscrito, antiguo o no. Estaba a punto de añadir algo cuando una serie de sordas detonaciones acribilló el silencio. *Pfft, pfft, pfft.*

Daggart reconoció enseguida aquel sonido.

—¡Agáchese! —Se abalanzó sobre Del y le tiró al suelo. Las balas traspasaron las puertas de cristal y se incrustaron en la pared del fondo. Daggart volcó una mesa y ambos se agazaparon tras ella. Las puertas estallaron en una ráfaga de veloces y entrecortados estampidos.

Los disparos cesaron.

—¿Está bien? —preguntó Daggart.

Del Weaver asintió con un gesto.

—Creo que sí. —Estaba pálido, respiraba con esfuerzo—. ¿Cree que se habrán quedado sin munición?

—Lo dudo. Parece un Kalashnikov. Seiscientas descargas por minuto. En todo caso estarán volviendo a cargar.

—Estupendo.

A diferencia de Del, Scott Daggart estaba tranquilo, sereno. Sus años de entrenamiento militar estaban surtiendo efecto. Las palabras de Maceo Abbott: «Relájate. Respira».

Echó un vistazo al otro lado de la mesa, hacia el hueco abierto donde antes se alzaban las puertas de cristal.

—Los disparos venían de esos mangles de la orilla.

—¿Y qué hacemos? —preguntó Del.

—Si sólo hay un tirador, no pasa nada.

—¿Y si hay más de uno?

Daggart entornó los ojos.

—Las cosas se pondrán un poco más peliagudas.

Las balas acribillaron la cabaña, haciendo estallar un montón de platos y fuentes. Se cubrieron la cabeza mientras los trozos de cerámica blanca arreciaban sobre el suelo.

—¿Tiene más cargadores de la 45? —preguntó Daggart.

—En el coche. Así que sólo tenemos estos quince disparos. ¿Será suficiente?

Daggart dijo que sí con la cabeza.

—Si los usamos bien. —No era la primera vez que se encontraba en un atolladero. Algo sabía de probabilidades en contra y de cómo vencerlas. Aun así, de haber podido elegir, habría preferido estar en el lugar del otro.

Más balas, más lluvia de cerámica. Del le pasó la semiautomática. Al cogerla, a Daggart le sorprendió sentirla tan familiar. Memoria muscular.

—Algo me dice que tiene experiencia manejando estos chismes —dijo Del.

—La tenía.

Ahora venía lo más difícil. Controlar la adrenalina. Dominar la respiración. Aquietar el latido del corazón. Se recordó que no era la primera vez que se enfrentaba a aquel estado de estrés. En Somalia había aprendido a manejarse en combate mientras una docena de señores de la guerra intentaban derribar su Blackhawk. Al menos Del y él no tenían que vérselas con lanzagranadas.

—¿Se le ocurre algo? —preguntó Del.

—Voy a cubrirle. Usted vaya al coche. Pite cuando pueda reunirme con usted.

—¿Y si es una emboscada? ¿Y si están vigilando el camino de la autopista?

Daggart sonrió agriamente.

—Confío en que no sean tan listos.

Un ascua anaranjada que arrastraba un pequeño pañuelo de humo cayó flotando al suelo. En ese mismo momento Daggart y Del miraron hacia arriba. Media docena de minúsculas fogatas ardían en el techo de palmas, prendiendo las hojas secas. De pronto había agujeros.

«Son más listos de lo que pensaba», pensó Daggart.

Se volvió hacia Del.

—¿Preparado?

Del asintió con una inclinación de cabeza y se sacó del bolsillo las llaves del coche.

—A la de tres —dijo Daggart—. Uno. Dos.

Dijo «tres» gesticulando sin emitir sonido y se irguió por encima de la mesa volcada, usándola como barricada mientras hacía seis disparos en dirección a los manglares. Del gateó hasta la puerta y desapareció fuera. Daggart se agachó y pegó la espalda a la mesa mientras una ráfaga de balazos dejaba sus cicatrices en la pared.

Bolas de humo negro descendían girando, llenaban la cabaña de una bruma oscura y densa. Trozos de palma ardiendo caían al suelo hasta que el aire estuvo en llamas, naranja y rojo. Daggart se subió el bajo de la camisa y se tapó la boca.

Las balas seguían levantando esquirlas en la cabaña, pasaban silbando junto a las orejas de Daggart con chillidos airados. Hincó una rodilla y disparó a ciegas hacia el humo y la niebla.

Era lo mejor que podía hacer, dadas las circunstancias. Luego se tumbó en el suelo, aplastándose contra las baldosas calientes al tiempo que una sinuosa oleada de humo llenaba la habitación. Fuera sonó el claxon del coche.

Daggart se levantó tosiendo, a gatas. Estaba a punto de echar a correr cuando se acordó de las cartas de Susan, escritas para él a lo largo de todos aquellos años. Su salvavidas. Su último lazo tangible con el amor de su vida.

El claxon sonó de nuevo.

La *cabaña* ardía con rabia. El humo surgía del techo en oleadas y las llamas lamían la niebla de primera hora del día. La madera gruñía mientras el fuego pasaba danzando de una viga a la siguiente. Un calor abrasador abofeteaba su cara. Sobre él caían, como un chaparrón de ceniza y llama, chispas incandescentes. No había modo de alcanzar las cartas. Si no le mataban las balas, le mataría el fuego.

El claxon sonaba insistente. El fuego se embravecía.

«Lo siento, Susan.»

Tapándose la boca, se puso en pie y salió corriendo.

Del tenía el motor en marcha y la puerta del copiloto abierta. Daggart apenas había puesto un pie en el coche cuando Del pisó a fondo el acelerador y salieron pitando camino abajo. Con los antebrazos apoyados en el filo de la ventanilla, Daggart fijó la mirada en la selva rastrera y agobiante, buscando indicios de otros asesinos. No vio ninguno. Habían tenido suerte. Esta vez, sólo había un pistolero.

Mientras avanzaban a toda velocidad hacia la autopista, Daggart se dio la vuelta y vio desplomarse las vigas de madera y evaporarse su minúscula cabaña entre puntiagudas llamaradas de color naranja.

Pero lo que veía, claro está, era un pequeño y grueso fajo de cartas atado con un cordel, las llamas pelando los sobres y dando dentelladas a las palabras hasta que dejaron de existir. Era como si nunca se hubieran escrito. Como si la pluma nunca se hubiera acercado al papel.

Por irracional que pareciera, aquello fortaleció su empeño de encontrar el Quinto Códice.

Y de vengarse después.

## Capítulo 44

*D*aggart le pidió a Del que parara y le señaló su todoterreno desde una manzana de distancia. Pegaron la cara al parabrisas y estuvieron mirando la calle envuelta en niebla. El mortecino resplandor naranja de una única farola recortaba un pequeño cucurucho en la húmeda bruma. Se quedaron allí sentados, los ojos fijos en el coche, mientras los mirlos de cola larga chillaban y graznaban.

—Deme la llave —dijo de pronto Del, extendiendo la mano.

—¿Qué?

—Para eso hemos venido, ¿no? —dijo Del—. Para recuperar su coche. Y si los matones de Frank Boddick andan por aquí, le estarán buscando a usted. A mí no me conocen de nada. Para ellos no soy más que otro turista borracho que de tanto trasegar piñas coladas no se acuerda de dónde aparcó el coche.

Daggart hurgó en su bolsillo de mala gana y encontró el llavero. Había dos llaves. Una era de su coche; la otra, de la *cabaña*. Ésta era ahora superflua. Las puso en la mano de Del.

Del salió del coche y habló a través de la ventanilla abierta.

—Hay una gasolinera Pemex en la esquina entre Constitución y la autopista —dijo—. Nos vemos allí para cambiar de coche.

—De acuerdo. —Daggart le tendió la pistola del 45 con el cañón por delante.

—No, quédesela —dijo Del—. Prefiero que la tenga usted y me cubra las espaldas. Desde aquí va a verlo todo mejor.

—Si usted lo dice —dijo Daggart.

Del puso su llamativa sonrisa de surfista y se volvió; la niebla ondulante le envolvió como una sábana mientras caminaba calle abajo. Daggart se deslizó desde el asiento del acompañante hasta el del conductor y vio como la nebulosa silueta de Del iba haciéndose más y más tenue. Al llegar a su vehículo, Del le hizo una seña levantando el pulgar y se metió dentro.

Daggart arrancó el coche de alquiler y salió a la calle. Viró en la primera esquina. Un momento después, una bola de fuego naranja y blanca estalló en el espejo retrovisor, haciendo añicos la niebla turbia y arrojando su potente luz sobre las casas de cemento y cal.

Fue un ruido descarnado y violento, el bronco estallido de la chapa al salir despedida. Daggart paró el coche y se volvió. En medio de la calle soñolienta y llena de baches, con sus palmeras raquíticas y su acera decrépita y ondulante, las llamas rojas y anaranjadas brotaban del todoterreno lamiendo la niebla como una bestia furiosa y hambrienta.

Como el chupacabras.

Movido por su instinto, Daggart abrió la puerta de golpe y corrió por la calle hacia Del Weaver, el hombre que le había salvado la vida. Sus piernas batían el pavimento suelto, moviéndose más aprisa que dos noches antes, cuando intentaba huir de sus tres perseguidores. Las luces de las casas empezaron a encenderse y la gente salía a los portales en pijama y bata, en calzoncillos y camiseta, hablando con voz ansiosa y precipitada.

«Aguanta, Del —se decía Daggart en silencio—. Aguanta.»

Se paró en seco al llegar al cascarón achicharrado de un coche, ahora prácticamente imposible de identificar como tal. Una imagen salida directamente de las noticias de la noche sobre Irak. Lo que quedaba del todoterreno descansaba en un pequeño y renegrido cráter. Alrededor, por todos lados, había partes del cuerpo de un hombre al que apenas había conocido y en el que sin embargo había confiado de inmediato. Al otro lado de la calle, incrustada contra el neumático trasero de un viejo Volkswagen escarabajo, se veía la parte inferior de una pierna, el zapato aún sujeto al pie.

Daggart sabía que la bomba estaba destinada a él. Deberían haber sido sus miembros los que estuvieran desparramados como inmundicias por la calle, no los de Del Weaver. Era a él a quien perseguía Right América (o los cruzoob), no a Del

Weaver. Éste sólo intentaba ayudar, sólo pretendía echarle una mano para encontrar el Quinto Códice.

«Paranoico no —había dicho Del—. Realista.»

Scott Daggart miró a los vecinos ataviados con pijama que formaban un amplio círculo alrededor del automóvil en llamas. El calor y la cautela les impedían acercarse. Miró sus caras acongojadas y dio media vuelta, abriéndose paso entre el gentío que le rodeaba. Como en un trance, regresó con paso firme hacia el coche de alquiler, aún al ralentí.

Primero Lyman Tingley, luego Ignacio Botemas y ahora Del Weaver. Demasiados muertos. ¿Y para qué? ¿Por qué estaba Right América decidida a matar a cualquiera que se pusiera en su camino? ¿Por qué les importaba tanto el Quinto Códice?

Daggart se deslizó en el lado del conductor del Toyota y arrancó. Mientras avanzaba por la calle neblinosa, las llamas rojas y naranjas se convirtieron en un punto cada vez más lejano en el retrovisor.

Dejó la calle cuando llegaban los primeros coches de policía. El chillido de las sirenas rebotaba contra la niebla de la mañana.

# Capítulo 45

$S$cott Daggart despertó a su amigo. Aunque sabía que Jonathan Yost solía levantarse temprano, aún faltaba mucho para que amaneciera, en México y en Chicago.

—Siento molestarte —dijo Daggart.

—Por Dios, Scott, ¿sabes qué hora es?

—Temprano, ya lo sé. Por eso te llamo al móvil, para no despertar a Alice.

—Ni siquiera me he levantado aún, fíjate si será temprano. Y soy muy madrugador.

—Necesito ayuda.

Jonathan se quedó callado. Daggart, que un momento antes le había imaginado frotándose la cara para despejarse, lo visualizó ahora incorporándose en la cama, completamente alerta.

—Tú dirás.

Sentado en el coche de Del Weaver, en una callejuela desierta de Playa del Carmen cuyas mimosas acariciaban el techo del automóvil, Daggart le contó todo lo ocurrido desde la última vez que habían hablado. Cuando acabó, le pareció detectar una nota de escepticismo en la voz de Jonathan.

—¿Estás seguro de que no es una coincidencia? —preguntó su amigo.

—Segurísimo.

—¿Esa gente intenta de verdad matarte?

—Estoy seguro, Jonathan. Lo he visto.

—No es que no te crea, pero tú eres profesor. Profesor de antropología.

—Gracias por tu apoyo.

—Ya sabes lo que quiero decir. ¿Qué tienes tú que pueda querer esa gente?

—Nada.

—Entonces ¿qué creen que tienes?

—Creen que sé dónde está el Quinto Códice.

—Pero no lo sabes.

—No.

—Pues no lo entiendo. ¿Por qué van detrás de ti? Si no sabes dónde está, ¿por qué te siguen?

Jonathan era su amigo, pero desde que se había convertido en gestor había desarrollado una extrema cautela. Daggart suponía que eran gajes del oficio. La política y todo eso. Lo cual le recordaba que debía mantenerse alejado de papeleos.

Una mujer encorvada, vestida con huipil, pasó por allí acarreando a la espalda un hatillo de palos y ramas. Daggart la vio alejarse. El arrastrar de sus pasos se lo tragó la niebla.

—La verdad es que no sé por qué me siguen —contestó Daggart cuando estuvo seguro de que la mujer no le oía—. Supongo que creen que puedo ayudarles, pero no puedo. Tengo algunas hipótesis y las estoy siguiendo, pero no sé nada concreto.

Jonathan vaciló.

—Pues sigo sin entenderlo. ¿Cómo puedo ayudarte?

—Podrías darme algún consejo, para empezar. Todo esto es nuevo para mí.

Daggart le oyó suspirar. Se lo imaginó yendo hacia la cocina, encendiendo la cafetera, quizá.

—No sé qué decirte, Scott. Yo trato con decanos y rectores. No con asesinos. Aunque algunos tal vez dirían que no hay tanta diferencia. El caso es que yo no me muevo en ese terreno. Esa gente va en serio.

—Dímelo a mí. —Se pasó una mano por el pelo.

—En gran parte me gustaría que salieras de ahí echando leches. Ahora mismo. Como amigo, quiero que te montes en el primer avión y que vuelvas a casa, donde estés a salvo. Y como jefe, te necesito en clase. El decano y el jefe de tu departamento están poniendo el grito en el cielo por las faltas injustificadas y, para serte sincero, en eso no puedo llevarles la contraria.

Tienen razón. Firmaste un contrato y se supone que debes estar aquí.

—Pero entiendes que no puedo abandonar esto ahora así como así, de verdad?

—En un plano intelectual, sí.

—¿Pero? —preguntó Daggart, notando que Jonathan estaba tentado de decir algo más.

—No hay peros que valgan. Ahí corres peligro. Y tu sitio está aquí. Punto.

Daggart quería darle la razón, pero no podía. Su sitio estaba allí, en México. Hasta que se descubriera el Quinto Códice, era más útil allí. Alguien tenía que tomar el relevo de Lyman Tingley. Alguien había de encargarse de que los asesinos de Del Weaver fueran llevados ante la justicia.

—Mira —dijo Jonathan—, ¿no puedes al menos entregarte a la policía? Cuéntaselo todo. Puede que te proporcionen algún tipo de escolta. Que te protejan al menos de esos cruzoob.

—Soy el principal sospechoso, Jonathan. Si la policía vuelve a verme el pelo, me encerrarán de por vida.

—Entonces, francamente, no sé qué decirte, Scott.

Se quedaron los dos callados; un burro que tiraba de un carro avanzó por la calle. El eco de sus cascos flotaba en el aire como la niebla misma. El hombre de mediana edad que montaba al animal parecía haberse quedado medio dormido agarrado a las finas riendas de cuero. Daggart dejó que pasara el carro antes de volver a hablar.

—Jonathan, hace un momento has dicho que en parte crees que debería salir de aquí echando leches. Pero ¿qué hay de la otra parte?

—Vamos, Scott…

—Hablo en serio. Quiero que me lo digas.

—Era sólo un modo de hablar.

—Tratándose de ti, no. No eres tan sutil. —Oyó que Jonathan profería una pequeña y liviana carcajada—. Dímelo. ¿Qué dice esa otra parte de ti?

—No puedo contártelo.

—¿Por qué no? A fin de cuentas, ¿acaso crees que a estas alturas voy a empezar a hacerte caso?

—Tienes razón. —Jonathan Yost se detuvo un momento antes de continuar—. Otra parte de mí cree que deberías tomarles la delantera a los de Right América y encontrar el Quinto Códice por tus propios medios. Sólo para dar un escarmiento a esos cabrones. Sé que puedes, y prefiero que lo encuentres tú a que lo encuentren ellos.

—Gracias, Jonathan. Eso creo yo también. —Daggart se dispuso a colgar.

—Pero, Scott, aún no sabes dónde está el códice.

—No, aún no lo sé, pero confío en encontrarlo en El Cairo.

—¿En Egipto?

—Me voy esta misma tarde.

—¿Scott?

—¿Sí?

—Buena suerte.

# Capítulo 46

*E*l Cocodrilo observaba con interés a los inspectores que rebuscaban entre fragmentos y escombros, intentando armar una imagen borrosa de lo ocurrido. Aunque no era muy aficionado a las bombas, tenía que reconocer que sus resultados eran muy satisfactorios. Quedaba poco del todoterreno, y aún menos del estadounidense. Nick el gigante había hecho un buen trabajo. No era de extrañar que media ciudad se hubiera reunido en torno al lugar de la explosión, más allá de la cinta amarilla de la policía.

El Cocodrilo refrenó una sonrisa. Un hilillo de saliva manaba de su labio.

Lo único que le preocupaba era si la víctima era en realidad el estadounidense o no. Nick estaba convencido de que era Daggart. El Cocodrilo, no. El profesor había demostrado ser sorprendentemente escurridizo. El Cocodrilo necesitaba pruebas irrefutables.

Su teléfono móvil vibró. Supo sin mirar quién era. El Jefe. Se apartó de la gente para contestar la llamada mientras se pensaba si debía contarle lo sucedido.

—Tengo entendido que ha habido una pequeña explosión por allí —comenzó diciendo el Jefe. El Cocodrilo iba a preguntarle cómo lo sabía, pero el Jefe se le adelantó—. Lo sé, se lo aseguro. Así que, dígame, ¿es Daggart?

—No lo sé —reconoció el Cocodrilo—. Pero creo que no.

—Yo tampoco.

El Cocodrilo frunció el ceño. Era lo que se temía. Quería preguntarle por qué creía eso, pero sabía que no conseguiría que le respondiera.

—Está bien —continuó el Jefe—. Tengo otros planes para Scott Daggart.

El Cocodrilo escuchó atentamente, enseñando los dientes por si a algún transeúnte le daba por mirarle.

Hablaron unos minutos más y, cuando acabaron, el Cocodrilo colgó y se quedó pensando en la conversación. No estaba de acuerdo con las nuevas instrucciones del Jefe, pero el que mandaba era él. Era él quien pagaba las facturas. Lo único que podía hacer el Cocodrilo era cumplir las órdenes.

Miró su reloj. No eran aún las siete. Aunque la noche anterior se había equivocado, confiaba en que el *señor* Daggart se presentara en la joyería Eterno para encararse con la encantadora Ana Gabriela. Y él pensaba estar allí.

Si se daba prisa, quizá tendría un asiento en primera fila.


Eran casi las nueve cuando Ana Gabriela levantó la cortina de terciopelo de la tienda y entró en el cuarto de atrás. Encendió la luz del flexo y sofocó un grito de sorpresa.

Sentado en la tumbona estaba Scott Daggart.

—Estás vivo —dijo, sorprendida.

—A duras penas.

—Me alegro.

Daggart intentó interpretar su expresión. No sabía si era sincera o si, como la otra vez, le estaba tomando por tonto.

—¿Cómo has entrado? —preguntó ella.

—Quizá convenga que cambies esa cerradura —dijo él, levantando una palanca y señalando al mismo tiempo la puerta de atrás—. Mientras tanto, ¿por qué no cierras la puerta delantera? —Su tono era cortante. Brusco.

Tenía en el regazo la pistola del 45 de Del Weaver. No quería ponerse melodramático hasta el extremo de apuntarle con ella, y confiaba en no tener que usarla. Pero la tenía a mano, por si acaso. Por razones obvias, ya no se fiaba de nadie, y menos aún de la dueña de la joyería Eterno. Era curioso, pensó, lo que podían hacer tres pistoleros y un coche bomba.

Ana desapareció tras la cortina y entró en la tienda. Daggart la oyó cerrar la puerta de la calle. Cuando regresó, él le indicó con un gesto que se sentara. Ella obedeció. Durante un rato ninguno de los dos dijo nada. Daggart oía su respiración trabajosa y casi sintió lástima por ella.

—¿Por qué me mentiste? —preguntó por fin.

Los grandes ojos castaños de Ana Gabriela se inundaron y las lágrimas comenzaron a correr por sus mejillas.

—Yo no quería —dijo, y sus palabras se precipitaban más aprisa que sus lágrimas—. De verdad, no quería. Pero dijeron que si no me matarían.

—¿Quiénes?

—Ese hombre, el de cruzoob. No sé su verdadero nombre. Sus amigos le llaman «el Cocodrilo». —Ana Gabriela se limpió las lágrimas con dedos sonrosados.

—Continúa.

—Yo tenía que fijar una cita entre Víctor Camprero y tú en Cozumel, ése era el plan. No sé nada más.

—Y ese Víctor Camprero, ¿es un personaje real o inventado?

—Real.

—¿Vivo o muerto?

—Murió hace un par de años.

—¿Cómo?

Ella se encogió de hombros. Las lágrimas manchaban sus mejillas.

—¿Lo mataron esos mismos tres hombres? —preguntó Daggart.

—Es posible.

—¿Y tú sabías que esos hombres iban a matarme?

Ella se encorvó en la silla. Agachó la cabeza y bajó los ojos. El pelo que le caía desde detrás de las orejas ocultaba su rostro casi por completo.

—No estaba segura.

—Pero lo sospechabas.

Ella dudó antes de contestar.

—Por eso te ofrecí la pistola.

—Y sin embargo seguiste adelante y me tendiste una trampa.

—No tenía elección. —Levantó la cabeza. Sus ojos brillaban intensamente.

—¿Por qué?

—Porque el Cocodrilo amenazó con matarme.

Daggart suspiró y miró para otro lado.

—No me crees —dijo Ana.

—Me cuesta creerte. En primer lugar, ¿cómo pudiste dar con ese plan si yo entré por casualidad aquí aquella noche?

—No.

Daggart frunció el ceño, confuso.

—¿Cómo que no? Eso fue exactamente lo que pasó. Iba huyendo. Me perseguían tres matones. Vi la luz de la tienda por casualidad y me metí aquí.

—No.

—Sí —dijo Daggart. Estaba perdiendo la paciencia—. Fue así como pasó. Fue una coincidencia.

La voz de Ana era serena y franca. Su mirada también.

—¿Y si te dijera que no fue una coincidencia?

—Por favor, no me digas que fue cosa del destino, que estábamos destinados a encontrarnos. El sino y todo ese rollo. Creo que no podría soportarlo.

—No fue el destino.

—¿Qué estás diciendo?

—Querían que entraras aquí. Por eso te dirigieron en esta dirección.


Scott Daggart se sintió como si le hubieran dado un golpe bajo.

—No lo entiendo. Iba corriendo por la calle. Por calles desiertas, en plena noche. Fue un accidente que pasara por esta calle y no por otra. Fue una pura coincidencia que entrara en tu tienda y no en otra.

Ella sonrió con tristeza.

—Lo siento, Scott, pero no.

—¿Qué quieres decir?

—Te perseguían tres hombres, ¿no?

—Eso es.

—Empezaron a seguirte cuando saliste del restaurante.

—Sí.

—Te trajeron hacia aquí. Era parte del plan. Podrían haberte cogido desde el principio, ¿no? De hecho, hasta me dijiste que uno te echó el guante.

Daggart pensó en el momento en que Boca de Riego le agarró de los brazos.

—Le aplasté la nariz para que me soltara. No es que me dejara marchar.

—Puede que sí, o puede que no. El caso es que querían que entraras aquí.

—Pero hay montones de tiendas en esta ciudad. ¿Cómo iban a adivinar que me pararía en ésta? Es absurdo.

—No, no lo es, porque te hicieron correr hacia aquí.

Daggart sacudió la cabeza. Aquello tenía que ser una especie de sueño rocambolesco. A medio camino entre Salvador Dalí y M. C. Escher.

—¿Y qué hicieron? ¿Sobornarte?

—No, no me sobornaron —dijo Ana, y por primera vez Daggart vio un destello de rabia.

—Vale, no te sobornaron. Decidiste tenderme una trampa por simple diversión.

—Los cruzoob amenazaron con matarme.

—¿Cómo podían pensar que entraría en tu tienda?

—Era tarde, ¿no te acuerdas? Bien pasada la hora de cerrar. La mía era el único establecimiento que estaba abierto. Por ti. Esos hombres te hicieron correr en esta dirección y como yo tenía la luz encendida...

A Daggart le daba vueltas la cabeza. El coche bomba de esa mañana ya no le extrañaba. Pensó en aquella carrera frenética por las calles. Tal vez ella estuviera en lo cierto.

—Está bien, pongamos que me estás diciendo la verdad —dijo—. Pongamos que me dirigieron hacia aquí. ¿Por qué?

—Porque quieren información. Creían que yo podía sonsacártela.

—Si de verdad quieren información, ¿por qué intentan matarme?

Ella aspiró un poco antes de responder, como si estuviera probando una bebida a la que no estaba acostumbrada.

—Parece que han cambiado de estrategia.

—Eso salta a la vista —dijo él con más sarcasmo del que

pretendía—. Esa información que se suponía que habías de sacarme… ¿la conseguiste?

—No —contestó ella con calma.

—¿Puedo preguntarte qué querías, o qué querían, averiguar?

—El paradero del Quinto Códice. Pensaban que tal vez habías encontrado alguna pista en el yacimiento de Lyman Tingley.

Daggart no se molestó en ocultar su sorpresa.

—¿Sabes lo de Lyman Tingley?

—Sí. Y lamento mucho lo que le ocurrió. Yo no tuve nada que ver con eso.

Daggart se levantó de la silla y empezó a pasearse por el cuartito. Un animal atrapado en una jaula minúscula. Primero, lo que le había contado Del Weaver sobre Right América. Y ahora esto. Le habían pillado desprevenido dos veces en unas pocas horas.

—¿Qué descubriste hablando conmigo?

—Poca cosa.

—Pero ¿descubriste algo?

—Que no sabías dónde estaba el códice. Por lo menos en aquel momento.

Daggart recordó su conversación con Ana la mañana anterior, sentados en aquella misma habitación. Había mencionado de pasada el Quinto Códice, pero no había visto ninguna reacción en su semblante. Lo que sí recordaba era su asombro por que ella hubiera oído hablar de Ah Muken Cab.

—¿Sabes qué es el Quinto Códice?

Ella asintió con la cabeza.

—¿Y formabas parte de ese plan para ayudar a descubrir dónde está?

—Yo no formaba parte de ningún plan —puntualizó ella—. Cumplía órdenes.

—¿Eres miembro del Cruzoob?

—No.

—¿Estabas ayudando al Cocodrilo?

—Sí, contra mi voluntad.

—¿Por qué?

—No tenía elección.

—¿Qué quieres decir con eso? —Daggart dio un puñetazo en la pared. Cada vez le costaba más conservar la calma.

—Dijo que me mataría —contestó Ana.

Daggart soltó un largo suspiro: el aire salió entre sus labios fruncidos como una lenta fuga en un neumático. Ansiaba creerla, pero ya no sabía qué era verdad y qué mentira.

—Entonces, dime, ¿por qué crees que ese tal Cocodrilo podía matarte? ¿Por qué te tomaste en serio sus amenazas?

—Porque mató a mi hermano por ese mismo motivo —respondió ella.

# Capítulo 47

$\mathcal{A}$na Gabriel se quedó parada en la silla mientras hablaba, los ojos fijos en el suelo, delante de ella. Daggart se apoyó en la puerta trasera, demasiado perplejo para moverse.

—Mi hermano era arqueólogo. Acababa de terminar la carrera en Ciudad de México. Sus profesores querían que se quedara y se dedicara a estudiar a los aztecas, pero a Javier le atraían los mayas. Le fascinaban sus complejidades. Tan civilizados por un lado, con su clara jerarquía de gobierno y unos campos de estudio tan avanzados. Y tan asombrosamente primitivos por otro. Se peleaban constantemente. Descubrieron la rueda, pero no supieron qué hacer con ella. Y uno de sus principios fundamentales era el concepto del sacrificio humano, claro.

Sus ojos se humedecieron mientras hablaba. Sacó un pañuelo de papel del paquete que había sobre la mesa. Había una extraña naturalidad en su manera de enjugarse las lágrimas, como si hubiera pasado gran parte de su vida llorando. Sobre todo últimamente.

—Estaba estudiando el yucateco, uno de los dialectos mayas.

—Estoy familiarizado con él —dijo Daggart.

—Pensaba que eso le ayudaría a descifrar jeroglíficos por sus propios medios.

Daggart asintió con una inclinación de cabeza. «Un chico listo», quiso decir. El lenguaje maya había tardado en descifrarse mucho más de lo necesario precisamente porque muchos de sus estudiosos no se molestaban en aprender ningún dialecto maya.

Ana adivinó lo que estaba pensando y sonrió. La suya era una sonrisa llena de tristeza.

—Javier siempre fue más listo de lo que le convenía. Estaba convencido, como tú, de que había otros códices. No podía creer que los españoles los hubieran quemado todos, menos cuatro, o que se los hubiera tragado la selva. Sabía que había otros por ahí, que sólo era cuestión de saber dónde buscarlos.

—¿En qué excavaciones trabajaba?

—Al principio trabajó a las afueras de Mérida, con un arqueólogo muy brillante, un tal Muchado.

—¿Héctor Muchado?

—Sí. ¿Lo conoces?

—Claro. En sus tiempos fue toda una leyenda.

—Sí, eso decía Javier. Pero cuando el *señor* Muchado se jubiló, Javier anduvo dando tumbos, trabajando como ayudante, pasando de un investigador a otro. Yo abrí la tienda con un dinero que nos dejaron nuestros padres y así ayudaba a mantenernos.

—Fuiste muy generosa.

Ella desdeñó el cumplido con un ademán.

—No, tenía fe en él. Creía en lo que estaba haciendo. Era un placer ayudarle.

—¿Y qué pasó, si puedo preguntarlo?

—El año pasado, el huracán *Gregory* azotó Yucatán. No sé si te acuerdas.

Daggart recordaba alguna noticia suelta en el telediario nocturno de la CNN. Eran breves, en el mejor de los casos.

—No tuvo mucha repercusión en nuestra parte del mundo, pero vi sus estragos cuando llegué este verano.

—Sí. Sólo era de categoría tres, menos fuerte que otros, por suerte, pero aun así arrancó muchos árboles de raíz. Y de paso dejó al descubierto algunas ruinas de las que nadie sabía nada. Y, más concretamente, una… ¿cómo se dice? Una estela.

—Sí, ya.

—Como seguramente sabrás, la estela que se descubrió al caerse un árbol estaba en el yacimiento de Lyman Tingley. Era una estela con jeroglíficos poco frecuentes.

—La he visto —dijo Daggart—. Estuve allí hace dos días.

—Entonces ya sabrás que es muy rara. Bueno, pues el señor Tingley contrató a Javier como ayudante, para ayudarle a descubrir qué decía y qué hacía allí.

Daggart no podía creer lo que estaba oyendo.

—¿Tu hermano trabajaba para Lyman Tingley?

—Durante una temporada. No le tenía mucha simpatía, pero le respetaba como científico. En una cosa estaban de acuerdo: ambos estaban convencidos de que la estela señalaba el paradero de un quinto códice.

—¿A qué conclusiones llegaron?

Ella sacudió la cabeza.

—Eso es lo único que sé, me temo. Mi hermano sabía algo. No me dijo qué exactamente, pero sabía algo.

—¿Por qué no te lo dijo?

Ana se encogió de hombros apesadumbrada.

—Creo que intentaba protegerme. Cuanto más supiera, más expuesta estaría a… en fin, a lo que sea. —Hizo una pausa, sacó un pañuelo del paquete de plástico y se secó los ojos—. A mi hermano no le importaba arriesgarse, pero no quería meter en líos a su hermana mayor.

—¿Y cómo entraron los cruzoob en escena? —preguntó Daggart.

—El *señor* Tingley no hacía lo que predicaba. Le dijo al *National Geographic* que estaba a punto de conseguir un gran reportaje. Hasta publicó algunas fotos de la estela. ¿Las has visto?

—Sí, pero están trucadas. Hay unos símbolos en la base de la estela que no aparecen en la fotografía.

—Según mi hermano, fue a propósito. Javier decía que esos jeroglíficos eran una especie de pista y que Tingley no quería que la gente se enterara.

—Entonces, ¿sabías lo de los jeroglíficos de la base de la estela?

—Sí, claro. Mi hermano parecía muy emocionado con eso.

—¿Y no tienes ni idea de lo que decían?

—Mi hermano no quiso decírmelo.

—¿Y si te dijera que creemos que significan «Sigue el camino»?

Ana sacudió la cabeza.

—No sé lo suficiente para comprender qué significa eso.

—¿Tu hermano no mencionó nunca ningún camino en concreto?

—No, que yo recuerde.

—¿Ni un sendero, ni una carretera, ni nada por el estilo?

—No. Lo siento.

Daggart sintió una punzada de desilusión en las tripas. Estaba ansioso por saber en qué sentido señalaba aquella frase al Quinto Códice.

—Poco después de que apareciera el artículo —prosiguió Ana—, vino un hombre buscando a Javier. Tenía la cara escamosa, era muy musculoso, le faltaba medio labio. Parecía que siempre estaba gruñendo. Yo no le había visto nunca. Me habría acordado de su cara. El caso es que empezó a preguntar por mi hermano, a charlar de esto y aquello. Quería saber dónde estaba la excavación.

—¿No se lo dijiste?

—No lo sabía. Además, era consciente de que debía guardar el secreto. Un par de noches después, noté a Javier preocupado cuando volvió del trabajo. Le pregunté qué le pasaba, pero no quiso contármelo. Dijo que no quería implicarme. Pero yo insistí, claro. —Un esbozo de sonrisa asomó a sus labios—. Una hermana mandona es siempre una hermana mandona. Eso me decía él.

—¿Y?

—El hombre con el labio amputado había ido a verle. Con él se atrevió más que conmigo. Le preguntó dónde estaba el yacimiento y si estaban cerca de encontrar el códice. Todo eso.

—¿Tu hermano se lo dijo?

—Por supuesto que no. Ése es el problema. —Daggart oyó que su voz se quebraba y ella tuvo que pararse un momento. Él se acercó a la mininevera y sacó una botella de agua. Se la dio y Ana bebió un sorbito—. Ese hombre siguió presionando a Javier durante varios días, intentando sacarle información, pero Javier no se la daba. Y luego, una noche, Javier no volvió a casa. —Ana se esforzó por mantener la compostura—. Encontraron su cuerpo a la mañana siguiente. Quien lo mató le sacó el corazón y se lo dejó sobre el pecho. Como en un sacrificio maya.

Las lágrimas corrían por sus mejillas como ríos crecidos. Daggart se arrodilló a su lado y la tomó de las manos.

—No les dijo lo que querían saber —continuó ella—, y le mataron.

Daggart acabó de decir lo que había quedado en el aire.

—Y amenazaron con hacerte lo mismo si no les ayudabas.

Ella asintió con la cabeza. Las lágrimas corrían ahora libremente. Intentó limpiárselas con la mano, pero había demasiadas. Su cara era una riada de emoción.

—Lo siento —dijo él—. No tenía ni idea.

—No, soy yo quien lo siente. Deseaba más que cualquier otra cosa librarme de esto. No quería trabajar para esos hombres. Y luego, cuando te conocí, seguir adelante me repugnaba. Por eso te ofrecí la pistola. Quería que tuvieras algo con que defenderte. —Escondió la cara entre las manos—. Lo siento muchísimo.

Daggart la rodeó con el brazo y la dejó llorar. Sentía su cuerpo estremecerse con cada sollozo.

—No importa —repetía en voz baja—. No importa.

Ana se levantó por fin de la silla y entró en el cuarto de baño. Volvió un momento después, limpiándose la nariz con un pañuelo de papel mojado.

—¿Alguna vez viste a alguien con el Cocodrilo? —preguntó Daggart.

—Sólo a esos tres hombres.

—¿Y cómo sabes que ese tal Cocodrilo fue quien mató a tu hermano?

Ella se acercó a la mesa y abrió el cajón de arriba. Sacó un sobre y se lo dio a Daggart sin mirarle a los ojos.

—Esto me lo encontré un día debajo de la puerta.

Se volvió mientras él abría el sobre, y Daggart comprendió enseguida por qué. Era una foto de un hombre muerto; su hermano, sin duda. El cadáver tenía el corazón encima del pecho. Junto a la cabeza se veía clavada una pequeña cruz. Una Cruz Parlante.

Daggart guardó la fotografía en el sobre y la devolvió al cajón.

—Lo siento.

Ana estaba de espaldas, pero Daggart vio que inclinaba levemente la cabeza.

—Ese hombre se pasó por aquí ese mismo día y me preguntó si últimamente había visto alguna fotografía interesante —dijo—. Y luego sonrió con esa horrible sonrisa suya.

Daggart le puso las manos sobre los hombros y de pronto sintió vergüenza por no haberla creído. Ella se dio la vuelta y escondió la cara en su hombro. Se echó a llorar otra vez.

—¿Fuiste a la policía? —preguntó él por fin.

—Vinieron ellos a verme.

—¿Qué les contaste?

—No mucho. Tenía miedo.

—¿Les hablaste del Cocodrilo?

—No, ése era el que me daba más miedo. Les dije que no tenía ni idea de quién había sido. Ni por qué. —Hablaba contra el hombro de Daggart y su voz sonaba sofocada. Él sintió la humedad de sus lágrimas en la camisa.

Ana le miró y, como si de pronto cobrara conciencia de lo cerca que estaban, se desasió de su abrazo. Dio un paso hacia la mesa y cogió otro pañuelo.

—¿Cómo escapaste de Cozumel? —preguntó, aliviada por cambiar de tema.

Daggart le habló de su viaje en coche con los tres hombres, de su rescate, de su travesía a nado por el océano, esa noche. También le habló de Del Weaver.

—Entonces han matado a otro —dijo ella sin emoción. Se acercó a la papelera y tiró el pañuelo—. ¿Qué vamos a hacer? —preguntó.

Su pregunta sorprendió a Daggart.

—Esto es problema mío —dijo—. No tuyo.

—No —contestó ella sosteniéndole la mirada. Sus ojos eran remansos castaños, suplicantes como los de un gato—. Quiero ayudar. Compensarte por lo que te hice. Y en recuerdo de mi hermano.

Daggart comprendió por su expresión decidida que no habría modo de convencerla.

—¿Conoces bien a Héctor Muchado? —preguntó.

—No muy bien, aunque hablamos cuando murió Javier. Fue muy amable. Y Javier le tenía en un pedestal, claro.

—¿Qué te parecería concertar una cita con él? Si hay al-

guien que puede ayudarnos a entender lo que dicen los jeroglíficos, tengo la sensación de que es él.

—Puedo intentarlo. —Se apartó de Daggart y se acercó al
teléfono—. ¿Cuándo quieres verte con él?

—Dentro de tres días, digamos. Tengo que ir a Egipto, pero
para entonces estaré de vuelta.

Estaba a punto de decirle algo más, pero los interrumpió un
estruendo procedente de la tienda.

Alguien estaba aporreando la puerta.

# Capítulo 48

Al apartar la cortina negra, Ana Gabriel vio a un hombre bajo y robusto, con chaqueta parda y mostacho negro. Lo reconoció enseguida, a pesar de que hacía meses que no le veía. Cruzó la tienda hasta la puerta mientras componía una sonrisa. La hinchazón de sus ojos traicionaba su verdadero estado anímico.

—*Buenos días* —dijo al entornar la puerta el ancho de una rendija.

—*Buenos días* —respondió él—. Soy el inspector Rosales. Policía del estado de Quintana Roo, brigada de Homicidios. Hablamos hace un par de meses. —Le mostró la insignia por la estrecha ranura de la puerta.

—Sí, claro —dijo ella en voz baja. Abrió la puerta y le indicó que entrara. Él así lo hizo.

—Va con retraso —dijo Rosales.

—¿Cómo dice?

—Para abrir la tienda. —Miró con mucha intención su reloj.

—Sí, me han surgido unas cosas y acabo de llegar.

—¿Unas cosas?

—Sí, ya sabe: me quedé dormida, tuve problemas con el coche… —Ana dio la vuelta al letrero para que se leyera por el lado en el que ponía «Abierto». Caminó hacia el mostrador.

—¿Las dos? —El inspector la siguió al interior de la tienda.

—¿Qué dos?

—¿Tuvo problemas con el coche y se quedó dormida?

—Ya sé que cuesta creerlo, pero… —Abrió la cremallera de un pequeño monedero y empezó a contar pesos. Evitaba la mirada de Rosales mientras metía los billetes en la caja registradora. Había pequeños compartimentos para cada billete.

—Cuando me pasan esas cosas —comentó Rosales—, sólo me dan ganas de volverme a la cama.

—Yo estuve a punto de hacerlo.

—Es por el día que hace hoy. La niebla de por la mañana y todo eso.

Se quedaron los dos callados un momento. Ana miraba el tumulto del otro lado de la calle.

—¿Qué pasa?

—Esta mañana han encontrado muerto a un tendero —dijo Rosales, muy serio—. Alfredo Márquez. El de la tienda de comestibles. ¿Le conocía usted?

Ana levantó los ojos.

—Claro que le conocía. En esta calle nos conocemos todos. Muchos días me paso por allí para comprar algo de picar. —Miró por primera vez los ojos del inspector—. ¿Muerto o asesinado?

—Asesinado, en realidad —contestó Rosales.

Ana sintió que el vello de los brazos se le erizaba. Como soldados poniéndose firmes.

—¿Cómo ha sido?

—Le cortaron el pescuezo —dijo Rosales.

Ana casi sintió alivio al oírlo. Tal vez aquel asesinato no tenía nada que ver. Tal vez era algo completamente distinto.

—¿Le sorprende? ¿Que le hayan matado de esa manera?

Ella se encogió de hombros.

—Lo mismo da, ¿no? Un asesinato es un asesinato.

—En efecto. Y hay muchos últimamente. Hubo uno hace tres noches, justo al norte de la ciudad. Lyman Tingley. Le sacaron el corazón. La verdad es que quería hablar con usted por el parecido con la muerte de su hermano. ¿Conocía al *señor* Tingley?

—No.

—¿Y su hermano? ¿Le conocía?

—No, que yo sepa. —Ana cerró la caja registradora con un golpe retumbante.

—Su hermano era arqueólogo, ¿verdad?

—Ya sabe que sí.

—¿Y está segura de que no se conocían? ¿A pesar de que el *señor* Tingley también era arqueólogo?

—Aquí hay muchos arqueólogos —respondió Ana. Cogió un paño y una botella azul de limpiacristales y empezó a restregar los mostradores.

—Pero no se ha sorprendido cuando he mencionado la muerte de Tingley. —Rosales la seguía mientras se afanaba por la tienda, como un perro fiel.

—Ya me había enterado.

—¿Por quién?

—No me acuerdo. Hablo con mucha gente a lo largo del día.

El silencio quedó suspendido en el aire como un perfume. Rosales dejó que se aposentara. Parecía no tener prisa por hablar.

—¿A qué hora fue ese último asesinato? —preguntó Ana mientras limpiaba un cristal con sigiloso empeño.

—Es todavía pronto para saberlo con exactitud, pero fue justo antes de medianoche. ¿Estaba usted aquí?

—Me marché pasadas las once. Estuve haciendo cuentas y se me hizo tarde.

—Entonces puede que estuviera aquí cuando se cometió el asesinato. ¿No le asusta pensarlo?

—Después de lo que le pasó a mi hermano, no me asusto fácilmente.

—Me lo imagino. —Rosales se alisó el bigote—. ¿Siempre se queda hasta tan tarde?

La cara de Ana quedó oculta tras sus mechones de pelo negro, como un telón que cayera al final de un acto.

—Últimamente, sí.

—Entiendo. ¿Y estaban encendidas las luces del otro lado de la calle cuando se fue?

—No, que yo recuerde.

—¿Oyó jaleo? ¿Algún ruido? ¿Algo sospechoso?

—No. Ojalá hubiera notado algo. Pobre Alfredo.

—Sí. Pobre Alfredo.

Ana volvió a guardar el paño y el limpiacristales en la repisa de debajo del mostrador y se atareó colocando las bandejas de terciopelo negro en el escaparate.

Rosales siguió hablando.

—*Señorita* Gabriela, creo que estos asesinatos están relacionados. El de Tingley, el de Alfredo, el de su hermano... Y he pensado que podía estar usted en peligro, como poco. Incluso he pensado que tal vez pudiera ayudarme.

—Ojalá pudiera —contestó ella—. Pero, como le decía, mi hermano no conocía a Alfredo.

—¿Nunca se vieron?

Ella sacudió la cabeza enérgicamente.

—Parece usted muy segura.

—Sé lo que sé —repuso ella.

—Entonces quizá sea una coincidencia. Aunque parece un tanto extraño que dos hombres tan próximos a usted hayan acabado asesinados.

Ana no respondió.

—¿Le importa que eche un vistazo? —continuó Rosales, mirando hacia la trastienda.

—Pues sí, la verdad —replicó ella—. Ya voy tarde, como sabe. No sé nada del asesinato de anoche, y usted mismo ha dicho que no soy sospechosa. Debería contentarse con eso.

—Sería lo más lógico, ¿verdad? —Fijó la mirada en su cara—. Entonces, ¿me está diciendo que no?

—Le estoy diciendo que no —respondió ella devolviéndole la mirada.

Transcurrieron cinco largos segundos. Luego diez. Quince.

—Entiendo —dijo Rosales por fin. Se metió la mano en la americana marrón y sacó una gastada cartera de piel. Extrajo una tarjeta de visita y la puso sobre el mostrador con cuidado de no manchar el cristal con el dedo—. Ya le di una, pero sé lo fácil que es extraviarlas. Sobre todo, después de una tragedia. Llámeme, si hay algo que quiera contarme.

Ana no dijo nada. Ni siquiera se molestó en mirar la tarjeta. Mantenía los ojos fijos en el inspector Rosales.

—Por cierto —añadió él—, no me ha preguntado si estamos más cerca de descubrir al asesino de su hermano.

—¿Lo están?

—Estamos en ello. Cuanta más gente coopera y nos cuenta cosas, más nos acercamos. Gracias por su tiempo.

El inspector Rosales salió de la tienda; al cerrar la puerta, tintineó la campanilla. Ana se miró las manos. Le temblaban incontrolablemente.

# Capítulo 49

Ana Gabriela entró en la trastienda y se derrumbó en brazos de Scott Daggart.

—¿Lo has oído? —preguntó.

Él dijo que sí con la cabeza e intentó tranquilizarla. Aunque en un principio había ido a enfrentarse a ella, ahora se daba cuenta de que los dos eran víctimas. Ambos habían perdido a un ser querido a manos de un asesino. Eso los convertía en miembros del mismo club, aun a su pesar. Daggart no se lo habría deseado a nadie.

—Ana, no es a ti a quien buscan —dijo él—. Es a mí. Por eso estuvieron vigilando en la tienda de enfrente. Y por eso creo que conviene que haga esto solo. No debería haber vuelto aquí.

Ella se apartó y le miró.

—No, has hecho bien en volver. Si no, me habría quedado con la duda. —Se separó de él por completo—. Voy a llamar a Héctor Muchado para concertar una cita. Luego te llevaré al aeropuerto.

—Ana…

—Los dos hemos sufrido una gran pérdida, ¿no, Scott? Y si te ayudo a encontrar el Quinto Códice, estaré ayudando a honrar la memoria de mi hermano.

Daggart no podía llevarle la contraria, pero odiaba pensar que ella fuera a ponerse en peligro. Sobre todo, tratándose de un grupo tan poderoso como Right América y tan peligroso como el Cruzoob. Ana pareció leerle el pensamiento.

—¿Conoces el dicho «más puede maña que fuerza»? —preguntó.

—¿Quiere decir que la astucia puede más que la fuerza?

Ella asintió con la cabeza.

—Ellos son más, y tienen más dinero y más armas, pero creo que podremos arreglárnoslas.

Daggart vio que no podría disuadirla. Y además la idea de estar con ella era mucho más apetecible que la de estar solo.

—Está bien —dijo, ablandándose.

—¿Seguro?

—Absolutamente.

Ella sonrió, cogió el teléfono y llamó a Héctor Muchado.

Ana recorrió con paso parsimonioso el largo y estrecho callejón, hasta su Volkswagen Pointer y montó en él con la misma tranquilidad con la que lo hacía al final de cualquier otro día. Pero en lugar de tomar su ruta de costumbre para llegar a casa, dio marcha atrás por el callejón y se detuvo junto a la entrada trasera de la joyería Eterno. Daggart salió al oír el motor al ralentí. Se deslizó en el asiento delantero y Ana pisó el acelerador.

Fueron primero a su piso, en un edificio de dos plantas, pintado de blanco, en la zona oeste de la ciudad. Ella entró corriendo y cuando volvió, unos minutos después, llevaba una abultada mochila. La arrojó al asiento de atrás y puso rumbo a la autopista.

Una señal les avisó de que faltaban sesenta y cinco kilómetros para Cancún.

—Te he traído un cepillo de dientes y un poco de ropa.

—¿Tienes ropa de mi talla? —Adivinó la respuesta a su pregunta en cuanto formuló ésta—. ¿De tu hermano?

Ella asintió.

—Será un honor ponérmela —dijo Daggart.

A ella le tembló un momento la barbilla. Luchaba por contener las lágrimas.

—No puedes hacer un viaje transatlántico sin llevar equipaje —dijo. Era su modo de cambiar de tema—. Parecería un poco sospechoso. Quizá no te dejarían subir al avión.

—Tienes razón.

Ella aceleró y deslizó el Volkswagen entre dos autobuses de turistas.

—¿Y qué voy a hacer yo mientras tú estás en Egipto?

—¿Qué te parecería ir a Chichén Itzá?

—¿A las ruinas?

Daggart asintió con una inclinación de cabeza y anotó un nombre en un trocito de papel.

—Hay un arqueólogo, Peter Dorfman. Lleva años excavando allí, intentando descubrir por qué se fueron los mayas tan de repente en el siglo x. Quizá pueda sernos de ayuda.

—¿Es amigo tuyo?

—No, qué va. De hecho, te prevengo: es una especie de donjuán.

—Tomo nota, como suele decirse.

Daggart sonrió.

—Perfecto.

Le pasó el trozo de papel con el nombre de Dorfman y le dijo lo que quería que le preguntara. Mientras hablaban, la jungla, rastrera y sinuosa, pasaba por su lado como un borrón verde y agobiado de enredaderas. Para cuando Ana dejó a Daggart en el aeropuerto tenían un plan. Era imperfecto, y las probabilidades eran de uno contra cien (o de uno contra mil) en su contra. Pero era un plan.

Y además, se recordaron el uno al otro, más vale maña que fuerza.

# Capítulo 50

Scott Daggart aterrizó en el aeropuerto de El Cairo en plena tarde del día más caluroso del año. Según las guías de viajes, las temperaturas abrasadoras de julio y agosto solían bajar en septiembre. Pero ese septiembre, no. Ese septiembre, los vientos del sur, rabiosos, pastoreaban el aire sofocante del desierto del Sáhara hasta la capital de Egipto en una estampida de calor. Nada más salir del avión y pisar el asfalto burbujeante, Daggart comprendió que hacía calor.

Mucho calor.

Cuarenta y seis grados, fácilmente. Cuarenta y ocho, quizá. Daggart excavaba en la selva mexicana todos los años: estaba acostumbrado al calor. Pero aquello parecía excesivo hasta para él.

Tras pasar por la aduana arrastrando los pies entre sudorosos y atropellados enjambres de pasajeros, salió al exterior, cegado por el reverbero achicharrante del sol. Un olor fétido y sulfuroso asaltó su nariz y casi le hizo vomitar. Era como si alguien hubiera reunido aguas residuales pútridas en gran cantidad, las hubiera cocido al sol y hubiera dejado luego que el viento dispersara aquel hedor nauseabundo.

Paró un taxi, ansioso por escapar de aquel olor nocivo y adentrarse en la ciudad.

—*As-salamu alaykum* —dijo al meterse en el asiento de atrás agachando la cabeza. Su camisa se pegó a la tapicería de cuero barato en cuanto se sentó.

—*Wa alaykum as-salam* —contestó el conductor.

Daggart pidió que le llevara al hotel El-Nil. Uzair le había reservado una habitación allí, pensando que era un poco menos llamativo, y mucho más barato, que el Sheraton o el Hilton. A Daggart le gustaba cómo razonaba su amigo.

Mientras el taxi zigzagueaba entre el tráfico, camino del centro de El Cairo, el conductor habló poco; prefería, en cambio, poner música egipcia a un volumen ensordecedor. A Daggart no le importó. De hecho, el estruendo de las canciones le distraía gratamente del caos del tráfico. Las carreteras de El Cairo eran estrechas. Los conductores, rápidos. Los arcenes dejaban de existir. Las señales carecían de importancia. Allí donde las rayas del suelo separaban dos carriles, no había menos de cuatro coches alineados a lo ancho, circulando a velocidades que superaban con mucho los cien kilómetros por hora y cambiando de posición como si estuvieran corriendo las primeras vueltas de las 500 millas de Daytona.

Otra diferencia con el Chicago de Scott Daggart eran las mezquitas. Las cúpulas, los minaretes marrones y blancos (solitarias agujas estirándose hacia el cielo) formaban un horizonte muy distinto al que estaba acostumbrado. A pesar de que la radio sonaba estentóreamente en el asiento delantero, pudo oír la llamada a la oración procedente de los altavoces metálicos, como de hojalata, que había por toda la ciudad. Hacía años que no visitaba El Cairo, y ahora que había dejado atrás la putrefacción del aeropuerto, le alegraba comprobar que no había perdido nada de su encanto.

El taxi le dejó en su destino y Daggart se registró en el hotel, situado junto al Nilo. Aunque estaba agotado por el largo viaje, no se atrevió a echarse. Dejó la mochila sobre la cama, se guardó en el bolsillo un pequeño plano doblado de la ciudad y tomó el ascensor para bajar al vestíbulo. Al salir del hotel se encaminó hacia el norte, siguiendo el Nilo, en cuyas aguas marrones rebotaba el sol, lanzando trémulos reflejos sobre los costados de edificios cubiertos de carbonilla. Estaba exhausto, pero volver a mover las piernas le sentó bien. Incluso había algo de refrescante en aquel calor abrasador, tras pasar incontables horas encerrado en el frescor artificial del avión.

Pero también se daba cuenta de que, cuanto antes llegara a la Universidad Americana y al despacho de Lyman Tingley, antes podría regresar a México.

Y

En su paseo por las anchas avenidas que bordean el río más famoso del mundo, respirando el aire reseco de la tarde (un aire salpicado aquí y allá por el acre y sugestivo aroma de las especias), Scott Daggart no reparó en los dos hombres blancos que, vestidos con pantalones chinos y camisetas de manga corta, se apoyaban contra la barandilla de enfrente del hotel, de espaldas al Nilo. Simulaban leer sendos ejemplares del *International Herald Tribune*. Uno de ellos lucía bigote canoso. El otro, perilla y pendiente de diamante. Tan pronto salió Daggart del hotel El-Nil, arrojaron los periódicos al suelo y montaron en un par de motocicletas.

Ana Gabriela entró en el atestado aparcamiento de Chichén Itzá. Era aquélla la atracción turística más visitada de Yucatán; no era de extrañar, por tanto, que los autobuses ocuparan hasta el último palmo de asfalto, vomitando nubes negras de humo de gasóleo al sofocante aire de septiembre. Ana salió del coche y siguió la serpenteante fila de turistas, avanzando entre una panoplia de vendedores ambulantes que desplegaban sobre mantas sus abigarradas mercancías a lo largo de la cuneta.

Pero en lugar de encaminarse hacia las ruinas de quince kilómetros cuadrados de extensión, viró hacia un rincón apartado, donde encontró a un equipo de arqueólogos en un pequeño claro. Trabajaban a gatas, bajo toldos de plástico azul, en una cuadrícula geométrica hecha con estacas y cordel, removiendo la tierra endurecida con pequeñas herramientas de mano y minúsculos cepillos cuyo golpeteo producía una suerte de terroso y tosco ritmo de jazz. Había casi una veintena de trabajadores, cada uno a lo suyo. Un hombre de veintitantos años, vestido únicamente con pantalones cortos, la espalda despellejándose al sol, cribaba arena con una caja provista de una malla de alambre. Una mujer en pantalones cortos y sujetador de biquini juntaba trozos de cerámica encorvada sobre una mesa de picnic. A su lado se sentaba una chica que podía haber sido su hermana gemela y que iba mojando puntas de flecha en picudos vasos de laboratorio llenos de diversas soluciones químicas.

Un hombre flaco y desgarbado, con coleta y larga barba desaliñada, iba con prisas de un grupo a otro: del de los excavadores al de los cribadores, y de éste al de los ensambladores. Vestía unos chinos cortos, muy descoloridos, y una camisa de manga corta desabrochada, con el cuello renegrido por la mugre y el sudor. Acababa de inclinarse entre la mujer que estaba reconstruyendo la vasija y la de las puntas de flecha, con una mano apoyada en el hombro de cada una. Pareció advertir la presencia de Ana sin levantar la mirada.

—Las ruinas están por allí —dijo, señalando con el pulgar en dirección contraria—. Aquí no hay nada que ver.

—No he venido por las ruinas —contestó Ana.

—Pues entonces se ha dado una caminata para nada.

—Venía a hablar con Peter Dorfman.

—¿A hablar con él de qué? —Seguía concentrado en los esfuerzos de las dos guapas doctorandas.

—Scott Daggart me sugirió que hablara con él.

El de la barba levantó la cara y fijó la mirada en ella por primera vez.

—¿Scott Daggart? ¿Y para qué quiere a Dorfman?

—Quiere que le haga unas preguntas.

—¿Y usted quién es?

—Una amiga suya.

El barbudo gruñó, se apartó de la mesa de picnic y se acercó al grupo que trabajaba a gatas. Se sacó una brochita del bolsillo de atrás y se arrodilló en el suelo, junto a los demás, dándole la espalda a Ana Gabriela.

—Tendrá que venir otro día —dijo—. Ahora mismo no está aquí.

—¿Cuándo puedo venir? —preguntó Ana.

—Cuando se hiele el infierno —masculló alguien en voz baja, y el equipo al completo se rio por lo bajo.

—Bueno, pues cuando lo vea —dijo Ana—, dígale que Scott cree saber dónde está el Quinto Códice. Y que piensa que tal vez Peter Dorfman pueda ayudarle a encontrar una pista que falta.

—Daggart llega tarde —contestó el barbudo—. El Quinto

Códice ya lo encontró Lyman Tingley. Hace meses. Scott debería estar más atento a la actualidad. —Se rio abiertamente. El equipo le secundó.

—Lyman Tingley fue hallado muerto hace cuatro días. Y no hay ni rastro del Quinto Códice. Ha desaparecido. Así que yo diría que es usted quien no está al tanto de lo que ocurre.

Ana se volvió para marcharse. De los veinte trabajadores, no hubo ni uno solo que no levantara la cara de pronto al oír la noticia. Las gemelas giraron tan bruscamente la cabeza que casi les dio una tortícolis. Sobre la excavación se hizo el silencio.

El barbudo alto se levantó despacio y se sacudió la tierra de las rodillas. Se acercó a Ana con parsimonia y le tendió la mano.

—Soy Peter Dorfman.

—Lo sé —dijo ella sin molestarse en estrechársela—. Tenemos que hablar.

Dio media vuelta y se alejó del grupo. Peter Dorfman la siguió.


Eran casi las seis cuando Daggart se aproximaba al puente cairota de El-Tahrir, el más meridional de los que llevaban a la isla de Gezira. El sol era una nebulosa bola anaranjada que se hundía tras un horizonte de pardos edificios de apartamentos. Los transeúntes atascaban las aceras y en las calles colapsadas los coches minúsculos escupían un humo negro. Había vehículos por todas partes; ocupaban cada hueco libre, con los parachoques y los guardabarros pegados los unos a los otros, y era fácil comprender por qué una espesa capa de polución colgaba sobre la ciudad como una manta sin lavar.

Hasta el Nilo bullía rebosante, no de coches, sino de embarcaciones de toda forma y tamaño que cupiera imaginar. Las barcazas hendían anchos senderos en el agua azul pardusco; las lanchas de turistas volaban de un lado a otro como insectos acuáticos y saltarines, y los barcos-restaurante, siempre amarrados, bordeaban las orillas proyectando una imagen de serena estabilidad. Pero las más gratas a la vista eran, en opinión de Daggart, las falúas, con sus airosas velas triangulares y sus pequeños y recios remos, como otras tantas narices apuntando hacia arriba. Con un poco de imaginación, era fácil imaginarse aquellas antiquísimas embarcaciones llevando piedras a Giza para la edificación de las grandes pirámides.

Dobló a la derecha y al llegar a la plaza de El-Tihrar se detuvo un momento. La plaza rodeaba una gran rotonda, con el Museo Egipcio en el lado noroeste y la Universidad Americana en el lado este. Al acercarse a la desangelada entrada de la universidad, en la calle Sheikh Rehan, se fijó en que vigilaban la puerta enrejada varios guardias provistos de chalecos antibalas negros y armas semiautomáticas colgadas al hombro.

En la calle, alineadas junto a la acera, había un pelotón de elegantes limusinas negras. Treinta, al menos. El doble, quizá. Daggart se desanimó, pensando que algún acontecimiento al estilo de Hollywood estaba teniendo lugar en el campus; si así era, las medidas de seguridad habrían aumentado y a él le costaría más entrar en el despacho de Tingley.

Estaba pensando qué hacer cuando cayó en la cuenta de que las limusinas no estaban allí por ningún motivo en especial. Estaban esperando a alumnos, eso era todo. Uno a uno iban saliendo estudiantes egipcios del recinto de la universidad, buscaban el coche de sus padres y salían pitando hacia sus acaudalados hogares. Aunque no todos los alumnos tenían a su disposición un chófer para ir y venir de la universidad, saltaba a la vista que muchos sí.

Daggart se apostó en el rincón en sombras de una desconchada pared de cemento desde la que podía observar las idas y venidas. Al parecer, todos los alumnos y los empleados de la universidad llevaban una tarjeta de plástico colgada al cuello que los identificaba como miembros de la comunidad educativa. Daggart notó con desaliento que los guardias comprobaban atentamente las tarjetas. Entrar en la Universidad Americana iba a ser mucho más difícil de lo que esperaba.

Salió un grupito de alumnas hablando atropelladamente, en un guirigay salpicado de risitas y carcajadas. Cuando pasaron por su lado, Daggart pudo echar un buen vistazo a sus tarjetas plastificadas blancas y azules, antes de que se las quitaran y las guardaran en las mochilas. Daba la impresión de que, cuando abandonaban el recinto de la universidad, no querían que las identificaran como alumnas de una facultad, y menos aún de filiación americana.

Daggart tuvo una idea.

Echó mano de su cartera y hurgó en ella hasta que encontró lo que estaba buscando. Luego aguardó el momento justo.

Pasó casi media hora antes de que dicho momento se presentara y, cuando llegó (cuando un hombre con gafas, de treinta y tantos años, salió por la puerta de la universidad con un montón de libros en los brazos y echó a andar tranquilamente por la acera), Daggart tuvo que sortear las serpenteantes hileras de coches para cruzar la calle. Chocó contra el hombre con la cabeza gacha y los libros cayeron al suelo.

—Lo siento mucho —se disculpó, poniéndose de rodillas para ayudarle a recoger los manuales. Sus palabras tenían acento sureño.

—No pasa nada —contestó aquel hombre pálido. Era de complexión media, fino bigote y marcado acento británico, y tenía la expresión de pasmo propia de alguien a quien un camión acaba de embestir por detrás cuando circulaba por la carretera.

—Debería mirar por dónde voy.

—No es culpa suya —contestó el británico mientras se doblaba lentamente para recoger sus libros—. Aquí pasa constantemente. Es bastante frecuente, la verdad. La ciudad está abarrotada; hay demasiada gente.

—Ni que lo diga —dijo Daggart arrastrando las palabras—. En mi vida había visto tanta gente en un mismo sitio. Acabo de llegar de las pirámides y no daba crédito. Había más gente que en la feria de Oklahoma. Tenga. —Al alcanzar un libro que había junto a la rodilla del británico, le arrancó con la mano la identificación colgada del cuello—. Vaya, lo siento.

—Sí, bueno…

Daggart notó que estaba perdiendo la paciencia. Hasta un inglés impasible tiene sus límites.

—Espere, déjeme a mí. —Daggart recogió los libros y se los

devolvió. Se incorporaron ambos y Daggart se disponía a alejarse cuando el otro le detuvo.

—Mi tarjeta —dijo el británico. Se palmeó el pecho con la mano libre, como si aquél fuera el símbolo internacional para una insignia perdida.

—Sí, claro. Perdone. —Daggart le mostró la tarjeta azul y blanca y se la deslizó en el bolsillo de la camisa.

El inglés se tocó el bolsillo, contento de poder marcharse intacto.

—Que pase un buen día —dijo mientras echaba a andar con prisa por la acera, lejos de aquel torpe americano.

—Lo mismo digo.

Un momento después, Daggart viraba hacia el camino de ladrillos que conducía a la entrada de la universidad. Uno de los guardias levantó la mano.

—¿Es necesario? —preguntó Daggart, cuyo acento sureño se había transformado de pronto en un nítido dejo británico.

—Venga —replicó el guardia, impaciente—. A ver.

—Tengo un poco de prisa. Acabo de dejarme un libro en clase y tengo que ir a buscarlo. —Daggart hizo girar los ojos para denotar su impaciencia.

El guardia extendió la mano con la palma hacia arriba. Daggart rebuscó en el bolsillo de los pantalones y sacó una tarjeta plastificada, blanca y azul. El guardia se la quitó y la miró atentamente, comparando la fotografía con la cara que tenía delante. El otro guardia toqueteaba su AK-47.

—¿Y sus gafas? —preguntó el primer guardia.

—Hoy llevo lentillas. Lo cual ha sido un error, con tanta contaminación.

—Y se ha afeitado el bigote.

—Era un ciempiés muerto, más que un bigote —repuso Daggart.

El guardia se rio.

—Usted se lo dice todo. —Le devolvió la tarjeta—. Puede pasar, Peter, pero la próxima vez llévela alrededor del cuello, no metida en el bolsillo.

—De acuerdo —contestó Daggart, sin asomo de disculpa. Conocía lo suficiente al estamento académico como para saber que normalmente eran incapaces de reconocer un despiste, cuanto más un error en toda regla.

Al entrar en el recinto amurallado del campus con el corazón a mil por hora, se alegró de guardar al menos un parecido razonable con Peter Thornsdale-White. Echaría de menos el carné de Blockbuster por el que había cambiado la tarjeta del señor Thornsdale-White, pero suponía que siempre podría sacar otro. Y ahora Peter, su nuevo amigo, podría alquilar alguna película si alguna vez iba a Estados Unidos. Una situación ventajosa para ambas partes, a su modo de ver.

Miró el reloj al adentrarse en el campus de la Universidad Americana. Era hora de ponerse manos a la obra.

# Capítulo 51

*P*arado en el vestíbulo del edificio de administración, Daggart miró un plano plastificado de la universidad sujeto a la pared de ladrillo rojo. El despacho de Lyman Tingley era el 248 de Hill House. Daggart salió del edificio y cruzó la plazoleta abierta que formaba el centro del campus. El pequeño parque estaba salpicado de bancos marrones y verdes mesas de picnic. En un rincón se veía un campo de baloncesto, vacío y descuidado. Bordeaban las aceras palmeras y jacarandás, y el olor untuoso del jazmín endulzaba el aire.

Mientras cruzaba tranquilamente el cuadrángulo de la plaza, Daggart se dio cuenta de que había llegado en buen momento. La universidad estaba abierta y las clases nocturnas habían empezado, pero saltaba a la vista que la mayoría del profesorado y el personal se había ido ya a casa.

Llegó frente a Hill House y miró hacia arriba. Era un edificio blanco, de dos plantas, con tejado de tejas naranjas y finas columnas que soportaban la larga terraza del piso alto. El edificio miraba hacia el interior del campus y las puertas de todos los despachos, incluidos los de la planta de arriba, daban al patio. Daggart comprendió que cualquiera podría verle si intentaba entrar en un despacho del que no tenía llave. Sólo hacía falta tener ojos en la cara para fijarse en alguien que anduviera toqueteando la cerradura de la puerta del despacho de un profesor, y supuso que en menos que canta un gallo aparecería una docena de guardias de seguridad armados. Si era posible, prefería evitar tal situación.

Hombres y mujeres deambulaban por el patio, aquí y allá, enfrascados en sus conversaciones. Daggart se acercó a Hill

House con paso decidido. Al llegar, subió la escuálida escalera de madera que llevaba a la planta de arriba. Recorrió con aplomo la terraza, fijándose en los números de los despachos al pasar. El 248 estaba al fondo. Al llegar al final de la terraza, bajó por otro tramo de escalera tan escuálido como el primero.

Regresó a la plaza y se sentó en un banco del parque. Una docena de flacos gatos callejeros, meros esqueletos con pelo, merodeaban por sus lindes en busca de comida. Daggart fingió estar esperando a alguien, mirando ostensiblemente su reloj de cuando en cuando. Pero no quitaba ojo al despacho de Tingley.

El cielo se oscureció y un pedacito de luna se alzó sobre el tejado. Empezaba a refrescar. Las luces de las farolas colgantes parpadearon, atrayendo de inmediato pequeños ejércitos de polillas que entraban y salían velozmente de sus halos amarillentos. Cuando Daggart volvió a mirar su reloj, faltaban diez minutos para las nueve.

Se le estaba agotando el tiempo.

Durante la media hora anterior, había visto a dos parejas de guardias paseándose por los terrenos de la universidad. No le habían prestado mucha atención, aunque lo harían, no había duda, si se quedaba allí mucho más tiempo.

A las nueve pasadas, una mujer flaca y encorvada, de piel olivácea, apareció en la planta de arriba de Hill House. Abrió una puerta estrecha en un extremo del edificio y salió un momento después empujando un carrito de limpieza por la terraza. Inició el lento proceso de aparcar su carrito delante de cada despacho, buscar la llave adecuada en su gran llavero circular, insertarla en la puerta del despacho, empujar ésta, desaparecer en el interior en penumbra del despacho con un trapo y una bolsa de basura vacía y reaparecer a los pocos minutos con una bolsa de basura que depositaba en el carrito. Luego cerraba la puerta con llave y empezaba de nuevo con el siguiente despacho.

Daggart vio por fin su oportunidad.

Sentado en la terraza de un café, frente a la entrada principal de la Universidad Americana, en Sheikh Rehan, el hombre del bigote empezaba a impacientarse. Hacía horas que Scott

Daggart había entrado en el campus. El del bigote sacó su teléfono móvil y llamó a su joven compañero, que esperaba al otro lado del recinto de la universidad.

—Bueno, ¿qué hacemos? —preguntó el otro cuando el Bigotes acabó de exponerle sus preocupaciones.

—Voy a entrar. Tú quédate donde estás. Si sale, ya sabes lo que tienes que hacer.

El Bigotes cerró su teléfono. Llevó la mano a la pistola de calibre 35 que tenía escondida bajo la camisa sin remeter y quitó el seguro. Pagó la cuenta y cruzó la calle.


Ana Gabriela y Peter Dorfman se habían sentado con las piernas cruzadas a la exigua sombra de un álamo; a su alrededor, el sol de mediodía caía a plomo sobre la hierba quebradiza y amarronada. La temperatura superaba con mucho los cuarenta grados. Estaban muy apartados del equipo de arqueólogos de Dorfman.

—¿Y por qué cree Scott que puedo ayudarle? —preguntó Dorfman cuando Ana acabó de exponerle la situación.

—Sigue dándole vueltas a los símbolos que Lyman Tingley cambió en la estela.

—¿Y cree que quizá yo pueda ayudarle a entender lo que significan?

Ana asintió con la cabeza.

—¿Por qué iba a ayudarle a encontrar el códice? —preguntó Dorfman.

—¿Y por qué no? Es el documento maya más buscado.

—Sí, pero permítame hablar más claro. ¿Qué saco yo de todo esto?

—Entiendo. Scott me avisó de que posiblemente me haría usted esa pregunta.

—¿Y cuál es su respuesta?

—Conseguiría parte de la atribución del mayor descubrimiento arqueológico del siglo XXI.

—Sólo parte.

—Sí.

—Y Scott se llevará la mayor parte del pastel.

—Es él quien ha hecho casi todo el pastel.

Peter Dorfman observó el rostro de Ana.

—¿Se acuesta con él?

Ana Gabriela se sonrojó, pero le sostuvo la mirada.

—Mi relación con Scott no es asunto suyo.

—Entonces, sí.

—No, no me acuesto con él.

—Pero quiere.

Ana se puso aún más colorada.

—Hemos venido a hablar del Quinto Códice. ¿Está dispuesto a ayudarnos o no?

—Vaya, ahora habla en plural. Eso me gusta.

—¿Sabe qué? Olvídelo.

Se levantó y se sacudió la hierba seca de la ropa. Dorfman alargó la mano y le tocó el brazo.

—De acuerdo, está bien. Me comportaré. —Ana le miró fijamente—. Lo digo en serio. Palabra de *boy scout*. —Hizo una seña levantando dos dedos.

Ana volvió a sentarse.

—¿De qué clase de contrato estaríamos hablando? —preguntó Dorfman.

—No hay tiempo para contratos.

—Entonces, ¿con qué garantías cuento?

—Con la palabra de Scott.

Ahora fue Peter Dorfman quien reaccionó.

—Lo siento, *señorita*. De eso nada. Scott es un tipo de palabra y todo esto, pero estamos hablando de negocios. Yo esto no lo hago por diversión. Esos de ahí no trabajan gratis. —Señaló con el pulgar hacia la excavación.

—¿Ni siquiera por el bien de la comprensión de la cultura maya?

—No es que quiera ponerme cínico, pero los mayas me la traen floja. La arqueología es un trabajo. Así me gano la vida. Me da un poco el sol. Estoy al aire libre. Y trabajo con estudiantes en lugares exóticos. —Sin darse cuenta miró a las gemelas rubias—. Así que conmigo no vale ese rollo de la comprensión de los mayas. Es así de sencillo. —Era tal y como Scott le había dicho que sería.

—¿Ni siquiera aunque signifique encontrar el Quinto Códice?

La actitud bravucona de Peter Dorfman se esfumó al oír mencionar el manuscrito.

—¿Me está diciendo que Tingley no lo encontró?

—No hay constancia de ello. Scott está en Egipto, en la facultad de Tingley, pero ¿no le parece un poco raro que el documento maya más importante de nuestro tiempo sólo lo haya visto un hombre, y que ahora ese hombre esté muerto?

Dorfman asintió con la cabeza distraídamente. Se rascó la barba como si pensara dónde se estaba metiendo.

—Entonces no hay contrato, ni reconocimiento a lo grande, sólo el gozo del descubrimiento —dijo en tono burlón.

—Algo parecido, sí.

—¿Y qué tendría que hacer?

—Mirar un par de fotografías y ayudarnos a interpretarlas.

Dorfman pareció pensárselo.

—¿De veras piensa Scott Daggart que puedo ser de ayuda?

—Eso parece.

Él sacudió la cabeza y mostró una sonrisa sardónica.

—Está bien —dijo por fin—. Miraré esas fotos. Pero nada más. Y dígale a Scott que me debe una. Y de las gordas.

—Se lo diré.

—Bueno… —Se frotó las manos con impaciencia—. Enséñeme lo que tiene.

Ana Gabriela desplegó dos fotografías. Una era la que había aparecido en el *National Geographic*. La otra, la que Daggart había hecho de la estela.

Mientras Peter Dorfman estudiaba los jeroglíficos, Ana le estudiaba a él, poco convencida de que fuera conveniente que se mezclara en aquel asunto. Tal y como Scott había dado a entender, no parecía de fiar.

# Capítulo 52

$\mathcal{H}$acía rato que habían dado las nueve cuando la señora de la limpieza llegó por fin al despacho de Tingley. Daggart se levantó del banco y se acercó rápidamente al encalado edificio de dos plantas. El rocío del anochecer había mojado la hierba. Un grupo de gatos se dispersó cuando avanzó hacia ellos, como esos vecinos del pueblo que en las viejas películas del oeste huyen de un tiroteo. Llegó al extremo del edificio y subió por la escalera más cercana al despacho de Tingley. Al llegar, tocó a la puerta abierta y asomó la cabeza.

—*As-salamu alaykum* —le dijo a la mujer.

Ella se sobresaltó.

—Qué susto me ha dado —dijo—. *Wa alaykum as-salam.* —La mujer, que tenía fácilmente más de setenta años, estaba tan encorvada que casi se erguía en paralelo al suelo. Le costaba un inmenso esfuerzo levantar la cabeza. Cuando lo hizo, Daggart vio una cara oscura y enjuta y un cabello blanco y escaso.

—Disculpe. No era mi intención. Soy alumno del profesor Tingley y vengo a recoger el programa de la asignatura. —Ella le miró inexpresivamente—. Ya sabe, con lo que ha pasado, voy a sustituirle en sus clases. —Intentó ponerse lo más serio posible.

Ella arrugó el ceño antes de dejar caer la cara y volver a su faena. Daba la impresión de haberse pasado la vida entera mirando hacia abajo.

—Yo de eso no sé nada —dijo—. Tendrá que pedirle permiso para entrar en el despacho.

Daggart comprendió de pronto que la mujer no tenía ni idea

de que Tingley estaba muerto. ¿Era posible que la noticia no hubiera cruzado aún el Atlántico?

—Sí, pero se supone que tengo que dar sus clases de la semana que viene, y necesito esa información —dijo Daggart.

Ella siguió limpiando el polvo; pasaba el trapo por la mesa de Lyman Tingley con gesto nervioso e impaciente.

—Debería haberlo pensado antes. Ahora es muy tarde.

—Sí, pero…

—Nada de peros. No puedo dejarle entrar aquí.

Daggart estaba a punto de protestar cuando detectó un movimiento con el rabillo del ojo. Se volvió y de pronto se halló mirando a los ojos a un hombre (un hombre muy corpulento) situado justo detrás de él. No le había oído subir las escaleras.

—¿Hay algún problema? —preguntó el desconocido.

Alto y fuerte, se erguía muy por encima de Daggart. Era blanco, calvo y de facciones arriscadas, y en las tres palabras que había dicho, Daggart reconoció un acento americano. El antropólogo le tomó por un profesor, no por un guardia, a juzgar por su ropa (lo cual era buena noticia), pero su actitud hosca y su cara de granito no le tranquilizaban lo más mínimo. Su voz, parecía al traqueteo de la grava dentro de una hormigonera, tenía una nota suspicaz y levemente amenazadora.

—Sólo intentaba entrar en el despacho del profesor Tingley —dijo Daggart.

—¿Para qué? —ladró el otro.

—Acabo de empezar el doctorado con él. Voy a sustituirle en sus clases de la semana que viene.

—¿Hasta que vuelva de México, quiere decir?

Daggart se preguntó si era una trampa.

—Sí, eso es —contestó. Confiaba en que aquel hombre con cara de granito supiera tan poco como la señora de la limpieza.

Él pareció pensárselo. Su cuerpo grande, su torso fornido, llenaban el vano de la puerta. Daggart no pudo deducir si había respondido bien o no.

—¿Cómo se llama? —preguntó el de la voz de grava.

Daggart intentó imaginar la tarjeta azul y blanca metida en su bolsillo.

—Peter —dijo por fin, recordando el nombre por el que se había dirigido a él el guardia de la entrada.

El hombre con la cara del monte Rushmore profirió un gruñido.

—Yo soy el profesor Utley. Del departamento de filosofía. Es usted nuevo, ¿eh? —preguntó, calibrando todavía a Daggart. La mujer jorobada seguía sacudiendo haces de motas de polvo al aire cálido y estancado.

—Acabo de bajar del avión. —Eso al menos no era mentira.

—¿Es su primer trimestre?

—Exacto.

—Con razón no le conozco. Es un poco mayor para ser un alumno, ¿no?

—Dígamelo a mí. He tardado mucho en decidir qué quería ser de mayor. —Se rio. Solo. Estaba convencido de que tanto el profesor Utley como la señora de la limpieza oían el latido de su corazón al chocar contra su pecho.

—¿En qué asignatura va a sustituir a Tingley?

Daggart no tenía ni idea de qué enseñaba Tingley. Imaginaba que dividía la mayor parte de su tiempo entre la investigación y los seminarios de doctorado, como hacía él. Pero en cuanto a materias específicas, no tenía ni idea.

El profesor Utley le miraba esperando una respuesta. Hasta la señora de la limpieza levantó la cabeza y le lanzó una ojeada.

—La clase de introducción —dijo Daggart por fin con la mayor naturalidad que pudo, confiando (rezando, más bien) en que Tingley impartiera alguna asignatura parecida.

El altísimo Utley parpadeó dos veces y dio dos pasos hacia él. Levantó su carnosa manaza y, antes de que Daggart pudiera reaccionar, le dio una fuerte palmada en la espalda.

—Pobrecillo. No me extraña que esté asustado. Yo también sudaría, si tuviera que enfrentarme otra vez a una clase de Introducción con un centenar de alumnos de primer año.

Daggart le siguió la corriente.

—Ni que lo diga.

—Ésa es la única ventaja de envejecer en la universidad. Que ya no tienes que dar esas malditas clases introductorias. —Abrió la boca y soltó una pedregosa carcajada.

—Creo que lo estaré deseando.

—Suponiendo que sobreviva usted al empeño, claro. —Utley se rio de su propia broma. La hormigonera se puso en marcha otra vez.

—Gracias por el voto de confianza —dijo Daggart con una sonrisa. De pronto eran grandes amigos.

—No, no, le irá bien, Peter. Es Peter, ¿verdad?

—Sí.

—Pues permítame contarle un pequeño secreto, Peter. —Se inclinó hacia Daggart como si fuera a comunicarle algo de la mayor importancia. Algo que no debía oír nadie más—. No deje que le vean sonreír, ésa es la regla número uno. Y la regla número dos: que no le vean sudar. Ésas son las claves de la enseñanza.

—Lo recordaré.

—A mí me han servido durante casi treinta años. Que no te vean sonreír y que no te vean sudar. Recuerde esas dos cosas y le irá bien. —Le guiñó cordialmente un ojo y se dirigió a la mujer encorvada, que acababa de terminar de limpiar el polvo—. Deje que busque lo que necesita —ordenó—. Bastante tiene ya de que preocuparse.

—¿No se molestará el profesor Tingley? —preguntó la mujer.

—¿Bromea? Estará tan contento de que alguien vaya a dar su clase de Introducción que seguramente dejaría que Peter se mudara aquí, si quisiera. —Utley lanzó otra rocosa carcajada al techo. .

—Bueno —contestó ella, aunque saltaba a la vista que no le hacía ninguna gracia que alguien entrara en el despacho que acababa de limpiar.

—Buena suerte —dijo Utley—, y no lo olvide.

—Que no te vean sonreír. Ni sudar.

—Eso es.

Utley inclinó el mentón de granito y salió del despacho. La mujer cruzó la puerta un momento después.

—No voy a revolver nada —le aseguró Daggart.

—Procúrelo, por favor. El profesor lo dejó todo patas arriba cuando estuvo aquí hace dos días.

Empezó a empujar su carrito por el largo corredor de la terraza. Daggart la detuvo.

—¿Qué quiere decir con que estuvo aquí hace dos días? —preguntó—. Será la semana pasada, ¿no?

—No, hace dos días. —Hablaba con firmeza, la cara apuntando hacia abajo.

—¿Estuvo aquí? ¿En la universidad?

—Claro que en la universidad. ¿De dónde cree que estoy hablando, si no?

—¿Le vio usted? —preguntó él.

—No —reconoció ella—. Pero ¿quién iba a ser?

—Puede que otro alumno como yo. Pero un poco menos ordenado.

—No, fue el profesor. Estoy segura. Desde que encontró ese manuscrito, no es el mismo.

—¿Sabe lo del manuscrito?

—Claro. Ha estado muy raro desde entonces. Y va a consultarlo todos los días a la BLR. Yo no tendría por qué recoger todo esto, ¿sabe? Ése no es mi trabajo.

—Espere un momento. ¿La qué?

Ella le miró extrañada.

—¿Dónde va a consultarlo todos los días? —preguntó Daggart.

—A la BLR. La Biblioteca de Libros Raros. No pensará que iba a guardar algo tan valioso en su despacho, ¿no?

—No, claro que no —masculló Daggart—. ¿Dónde está la BLR? ¿En el campus?

La mujer encorvada suspiró, dirigiendo su larga exhalación a los pies.

—No, fuera. A tres manzanas de aquí. —Señaló hacia el este con un dedo largo y huesudo. Un dedo de bruja—. Pero cierra a las diez.

—¿A las diez en punto?

Ella asintió con la cabeza.

—Dé un tirón a la puerta cuando acabe. Se cierra automáticamente. —Se volvió y siguió empujando el chirriante carrito por la terraza.

Así pues, el Quinto Códice no estaba en el despacho. Estaba en la Biblioteca de Libros Raros. Daggart pensó en ir allí enseguida, pero se lo pensó mejor. A fin de cuentas, había hecho el esfuerzo de entrar en el despacho. Tal vez hubiera algo de valor. Algo que le ayudara de pasada.

Giró lentamente sobre sí mismo y paseó la mirada por el despacho de Tingley, preguntándose quién había estado allí dos días antes. ¿Qué andaba buscando? Y, lo que era quizá más importante, ¿lo había encontrado?

Parado en medio del caluroso y agobiante despacho con olor a libros viejos y moqueta mohosa mientras se preparaba para registrar las pertenencias de Tingley, Scott Daggart no oyó los disparos silenciados de una semiautomática en la puerta este del campus.

# Capítulo 53

$E$l despacho de Lyman Tingley era una habitación cuadrada y amplia. Tapaban sus cuatro paredes diplomas y certificados cubiertos de polvo, fotografías de Tingley en diversas ruinas mayas y, sobre todo, libros. Filas y filas de libros: un sinfín de estanterías de contrachapado de pino, libros embutidos en posición vertical y horizontal, precarios montones que, apilados sobre cajoneras metálicas, se inclinaban y retorcían hasta casi tocar el techo. La mesa de Tingley, paralela a la pared del fondo, con su silla de madera giratoria bajo un ventanillo, parecía, más que un lugar de trabajo, una balda de almacenaje: otra superficie plana en la que amontonar algo hasta cubrirla por entero. Hasta en la alfombra persa que ocultaba casi por completo el suelo de tarima oscura se veían aquí y allá montones de abultados sobres de papel de estraza, exámenes, hojas sueltas, artefactos mayas, cualquier cosa que ocupara espacio. Daggart pensaba que su despacho era un desastre, pero parecía el de Martha Stewart comparado con aquél. Aquello era un choque de trenes. Una caravana asolada por un tornado. Y lo más temible era que la señora de la limpieza decía que alguien lo había revuelto hacía dos días y que ella había puesto de nuevo las cosas en su sitio. Así pues ¿estaba ordenado?

Daggart cerró la puerta hasta dejarla un poco entornada. Encendió el flexo de la mesa de Tingley y desde la pantalla de la lámpara se derramó un fino halo de luz amarilla sobre la mesa. Se acomodó en la silla giratoria, tras la gran mesa maciza, y comenzó a hurgar en los cajones. Los de abajo, a ambos lados, eran archivadores atestados de viejos programas de asignaturas, informes de comités, solicitudes de becas, actas de calificación y directrices departamentales. Parecía haber pocas cosas que tuvieran que ver con los mayas, y menos aún con el Quinto Códice. Los cajones de arriba estaban repletos de bolígrafos usados, grapas, gomas de borrar, cajas de clips. Daggart tenía que luchar por cerrarlos después de abrirlos.

Se levantó de la mesa y se acercó a una cajonera metálica pintada de verde. El cajón chirrió al abrirse. Había carpetillas con encabezamientos que Daggart conocía bien: Tulum, Chichén Itzá, Cobá, Palenque... Fue sacando las carpetas una a una, las hojeaba y volvía a guardarlas. Su contenido era previsible. Daggart tenía documentos casi idénticos en su despacho de la Universidad del Noroeste, aunque le gustaba pensar que estaban mejor ordenados. Cerró el cajón y abrió otro.

Echó un vistazo al reloj y vio que eran las nueve y media. Se le estaba agotando el tiempo. Sólo tenía media hora para entrar en la Biblioteca de Libros Raros. Tras volar miles de kilómetros, no le apetecía esperar hasta el día siguiente para ver el códice con sus propios ojos.

Sintió pasos fuera, sobre el cemento. Siguieron voces. Daggart se quedó paralizado. Le preocupaba que los guardias hubieran visto luz en el despacho de Tingley. Se maldijo por no haber cerrado del todo la puerta.

Las voces se alejaron y Daggart sintió gotas de sudor en las sienes. Dentro del despacho el aire era rancio y mohoso. No circulaba lo más mínimo. El espeso polvo de la alfombra, el bochorno de una habitación cerrada largo tiempo y las altas temperaturas componían un cuadro desagradable. Daggart tenía la piel pegajosa de sudor. La camisa se adhería a su espalda. El sudor goteaba de sus sienes y corría luego hasta su mandíbula. Se lo limpió con las yemas de los dedos y siguió con lo suyo.

Acabó de revisar otra cajonera y miró a su alrededor. Tenía que haber algo, ¿no? Se puso de rodillas y examinó los montones de carpetas que había en el suelo; se movía ahora más aprisa, contra el reloj. Los archivos no tenían nada de extraño o sorprendente, y pasó rápidamente de un montón a otro.

Nada. El tiempo seguía pasando. Y abajo, en el patio, seguían oyéndose voces.

Se levantó y fue recorriendo las estanterías, buscando algo irregular en la colocación de los libros. Cualquier cosa que indicara... lo que fuera. Regresó a la mesa. Comprobó el reloj. Eran las 21.40 horas. Estaba a punto de revisar un montón de papeles cuando se acordó.

Una imagen.

Algo que acababa de ver. Algo que le había sorprendido. Pero ¿qué? ¿Y dónde? Dio un paso hacia la pared del fondo y lo perdió. La palabra desapareció entre el turbio éter del cerebro, como esa palabra en la punta de la lengua que uno se esfuerza por encontrar. No consiguió dar con ella.

Alguna cosa había llamado su atención, pero no lograba recordar qué era, ahora que lo intentaba. Una pluma flotando en el viento. No conseguía atraparla. Como en el caso de la persistencia de la visión, la característica por la cual el cerebro retiene la imagen de un objeto una fracción de segundo después de que dicho objeto desaparezca de la vista de una persona, Daggart conservaba cierta impresión visual a pesar de que la imagen misma (el objeto) no estaba ya delante de él desde hacía unos segundos. No recordaba, sin embargo, qué era aquel objeto. Se había desvanecido hacía rato.

Volvió sobre sus pasos, regresó a la estantería y miró las filas y filas de libros de texto consagrados a todo tipo de cuestiones relacionadas con la arqueología. Nada le chocó. Era únicamente una hipertrofiada colección de libros y no había nada que le hiciera...

Allí estaba.

Un libro con el lomo blanco y letras grises y rojas. Visualmente, nada llamativo. Era simplemente un libro entre otros miles, con el lomo descolorido por el sol y de apariencia más anodina que el resto, en todo caso. Completamente inofensivo. Pero Daggart se fijó en él no sólo porque lo reconoció, sino porque conocía su importancia para los estudiosos de la cultura maya en todo el mundo.

Era *El desciframiento de los glifos mayas* de Michael D. Coe, el libro que, más que cualquier otro, narraba la larga y tortuosa historia de los exploradores, arqueólogos y antropólogos que se habían esforzado por desentrañar los jeroglíficos mayas. Para muchos especialistas era la biblia, y Michael Coe su dios. En términos visuales no tenía nada de particular, pero Daggart conocía su valor. Vio también que estaba metido varios centímetros más adentro que los libros que lo rodeaban, como si alguien lo hubiera sacado hacía poco del estante y hubiera vuelto a colocarlo en su sitio apresuradamente y con fuerza.

Estaba bien encajado y Daggart tuvo que usar ambas manos para asegurarse de que los libros vecinos no se caían al sacarlo. Examinó el volumen. Su tapa rajada y descolorida. Su lomo arrugado. Sus páginas ajadas y carcomidas por las esquinas. Parecía muy usado. Daggart cogió el libro y lo dejó descansar sobre su palma derecha para ver si se abría solo.

Se abrió:

En la página 87, junto a la fotografía de Alfred Maudslay, el afamado británico que tanto hizo por dar a conocer los auténticos jeroglíficos mayas al resto del mundo, se había practicado un agujerito en medio de las hojas. Los bordes interiores del agujero estaban rasgados y rotos. Quien lo había hecho no había puesto en el empeño ni una pizca de esmero o pulcritud. Era como si nunca hubiera hecho nada parecido. Como si lo hubiera hecho en un momento de total desesperación. Como si el tiempo estuviera en juego, o quizá la vida.

Pero lo que interesó a Scott Daggart fue lo que había metido dentro del pequeño orificio: un pañuelo blanco, arrugado y prieto. En una esquina llevaba bordadas las iniciales «LT» en efusiva caligrafía. Parecía raro esconder aquello. Lo normal era guardar los pañuelos en los cajones de la cómoda, no embutirlos en compartimentos secretos practicados en los libros.

Daggart sacó el pañuelo y estaba a punto de desenvolverlo cuando oyó pasos junto a la puerta. Colocó el libro en su sitio y se guardó el pañuelo en el bolsillo del pantalón.

—¿Los ha encontrado? —preguntó una voz retumbante. Era el profesor Utley, el del pecho de barril y la voz de grava.

—Ahora mismo —dijo Daggart, y agarró al azar un montoncillo de papeles que había sobre la mesa y los levantó a modo de prueba. Los dobló para que Utley no viera lo que eran de verdad.

—¿Cree que tendrá suficiente para la clase?

—Si no, siempre puedo inventármelo.

Utley se rio. Entrechocó la grava.

—Olvidé decirle que ésa es la regla número tres. Si no sabes algo, invéntatelo.

—Seguro que me será muy útil.

—Vamos, le acompaño. —Sostuvo la puerta abierta. Daggart quería registrar el resto del despacho de Tingley y examinar el pañuelo en privado, pero no vio cómo iba a rehusar la invitación del profesor Utley.

Al salir a la galería y cerrar la puerta, sonaron disparos.

El estruendoso tableteo de la semiautomática resonó en el pequeño complejo, rebotando en las paredes y haciendo añicos el silencio amortiguado del campus. Daggart divisó el fogonazo anaranjado del cañón en la explanada de abajo. El olor acre de la cordita flotaba en el aire.

El profesor Utley se desplomó contra la pared. Tres círculos de sangre brotaron rápidamente en su pecho. Su cuerpo resbaló por la pared dejando un emborronado rastro de rojo sobre el estuco blanco. Un emborronado dibujo hecho con los dedos. Daggart se agachó mientras otra tanda de disparos silbaba sobre su cabeza y se incrustaba en la puerta, lanzando al aire una lluvia de astillas. Daggart se acercó a gatas al profesor y le zarandeó.

—Profesor Utley, ¿me oye? ¿Se encuentra bien?

El hombretón, tan lleno de vida un momento antes, no daba señales de oírle. Sus ojos, vidriosos de pronto, miraban hacia un punto invisible. Daggart le buscó el pulso. No tenía. Estaba muerto.

Otra andanada de disparos astilló la puerta de madera y Daggart se pegó al suelo. Su único consuelo era que, mientras el pistolero siguiera disparando desde el patio, no podría verle. Lo único que tenía que hacer era meterse en el despacho de Tingley y llamar a seguridad, suponiendo que no estuvieran ya de camino.

Levantó la mano y probó con el pomo. Estaba cerrado. La puerta se había cerrado automáticamente al tirar de ella, como le había dicho la señora de la limpieza. Daggart la empujó con el cuerpo. No cedió.

Un silencio retumbante cayó sobre el patio. El pistolero esperaba a que Daggart hiciera algún movimiento.

Pero Daggart no se movió. Se quedó en el suelo del balcón, pensando.

«Relájate. Respira.»

Se imaginó las escaleras a ambos lados de la galería. Si sólo había un pistolero, y si podía deducir por qué escalera subiría, podría huir por el otro lado. Pero ése era también el dilema del pistolero; si adivinaba por qué lado huiría Daggart, correría en esa misma dirección. Si elegía bien, Daggart tenía alguna posibilidad de escapar. Si no, era hombre muerto.

Así que esperaron.

Los pájaros se callaron, como conscientes de la situación. Al otro lado de los muros, el tráfico se convirtió en un susurro muy lejano. El ruido blanco de una noche de verano. Daggart se quedó inmóvil, aquietó su respiración, esperó a oír por cuál de las dos escaleras se decidía su atacante.

Pasaron unos minutos eternos. Los guardias no daban señales de vida. Daggart se dio cuenta de que posiblemente estaba solo.

Necesitaba un plan. Enseguida.

Se arrastró hasta el borde de la galería y levantó lentamente la cabeza. El pistolero, un hombre corpulento, en forma de cuña de queso con bigote, estaba unos tres metros más cerca que antes. Recorría con los ojos la galería de un extremo a otro como el espectador de un veloz partido de tenis.

Daggart levantó la cabeza, el hombre apretó el gatillo y voló otra ráfaga de disparos. Daggart se agachó y las balas cesaron. Una lluvia de serrín cayó sobre su espalda. Levantó la cabeza de nuevo y repitió el proceso, agachándose justo cuando las balas volvían a astillar la puerta de madera. Puso otra vez en práctica la misma rutina: se levantaba y se agachaba como en un juego de niños, esquivando cada vez por los pelos la ráfaga de balas dirigidas contra él.

Al pistolero aquello debía de parecerle absurdo, pero desde el punto de vista de Daggart estaba funcionando. La última andanada destrozó el pomo de la puerta. Daggart respiró hondo y golpeó la puerta con los pies lo más fuerte que pudo. La hoja se abrió de golpe y Daggart entró a gatas en el despacho de Tingley.

Cerró la puerta astillada. Tenía poco tiempo, pero al menos estaba en mejor posición que antes. Oyó pasos precipitados sobre la hierba. Daggart había movido ficha. Ahora le tocaba al pistolero. No había tiempo que perder.

Fue a empujar la mesa contra la puerta para usarla de barricada, pero pesaba tanto que no pudo ni moverla. Era un armatoste cargado durante años con papeles y carpetas, y no iba a ir a ninguna parte. Los pasos resonaron en las escaleras. El pistolero estaba subiendo.

Daggart miró a su alrededor. Estaba encerrado sin escapatoria en el despacho de Lyman Tingley. Miró el teléfono. Podía hacer una llamada, pero ¿de qué serviría? Nadie llegaría a tiempo.

Los pasos llegaron a la galería, resonaron sobre las planchas de madera, camino del despacho de Tingley. Daggart se dio cuenta de que sólo podía hacer una cosa. Era arriesgado. Y estúpido. Descabellado, incluso. Pero ¿qué alternativa tenía?

Se abalanzó hacia el fondo de la oficina, entre los montones de libros y archivadores y empujó el ventanuco, cuyas hojas idénticas se abrieron hacia fuera, en la oscuridad. El hueco no tenía más de sesenta centímetros cuadrados. Estaba bien para un gato. Pero no tanto para un ser humano.

Los pasos se oían más fuertes, aflojaron el ritmo al acercarse a la puerta.

Daggart no podía esperar ni un momento más. Se subió a la silla de Tingley. Estiró los brazos como Supermán, sacó los brazos, la cabeza y el torso por el ventanuco. Empujó la silla con los pies y comenzó a deslizarse a través del hueco. No era bonito, pero servía. Ignoraba qué había debajo, ni le importaba en ese momento. Salir del despacho de Tingley era lo único que le preocupaba, aunque significara caer desde una altura de dos pisos. Ya se preocuparía luego por la caída.

Tenía medio cuerpo fuera del ventanuco cuando su cintura se atascó en el marco. Moviendo brazos y piernas, empujó con todas sus fuerzas, apoyándose en la pared exterior del edificio. No hubo manera. Estaba atascado, más encajado que un anillo dos tallas más pequeño en un dedo dos tallas mayor. Sencillamente, el ventanuco era demasiado pequeño. Le dolían los músculos mientras se tensaba contra la pared, retorciéndose y coleando como una sirena. Pero su cuerpo no se movía.

«Qué forma tan vergonzosa de morir —pensó—. Atascado en una ventana con un tiro en el culo.»

Oyó que la puerta se abría de golpe tras él, y no necesitó otro aliciente. Haciendo acopio de fuerzas, empujó una última vez contra la pared hasta que logró desatascarse y pasar por el estrecho túnel de la ventana. Cayó hacia fuera mientras las balas rozaban las suelas de sus zapatos y se deslizó por el aire sin ofrecer resistencia, como un paracaidista saltando de una avioneta.

# Capítulo 54

Aterrizó en el tejado de la primera planta, que sobresalía detrás del edificio.

Había caído unos tres metros, sobre las tejas redondeadas que descendían bruscamente desde la pared. Un trozo de barro naranja se le clavó en la mejilla. Rodó por la empinada pendiente y sólo en el último momento se volvió boca abajo y metió los dedos en el filo de una teja. Sus pies quedaron colgando por el borde del tejado. Se volvió hacia el ventanuco por el que acababa de salir. Asomó una pistola, seguida un momento después por la cara rabiosa de un hombre.

Mientras el hombre escudriñaba el tejado, bajo él, Daggart se impulsó hacia arriba y se levantó de un salto. Corrió hacia la pared de debajo del ventanuco entre una lluvia de balas. Se movió rápidamente pegado al costado del edificio, haciendo equilibrios por el tejado inclinado, resbalando y cayéndose sobre las tejas. Trozos rotos rodaban por el tejado y se estrellaban contra la acera.

Al fornido pistolero no le costó seguirle, pero el ángulo le estorbaba. Se esforzaba por meter los hombros por el ventanuco de sesenta centímetros cuadrados y sus disparos, aunque próximos, erraban con mucho el blanco. Cráteres en miniatura estallaban en el tejado mientras Daggart corría hacia un extremo del edificio. Las tejas salían despedidas y chocaban contra el cemento.

Daggart llegó al final del tejado. Se agarró al lado del edificio para parar el impulso y no caerse. Se encontró frente a la calle que bordeaba el campus. Era de noche. No había tráfico. Una única farola brillaba en una esquina distante. Una vez en la calle, sería bastante fácil perderse en el laberinto de callejones de la ciudad.

Se extrajo la esquirla de terracota de la cara y sintió que un hilillo de sangre corría por su barbilla. Poca cosa. La menor de sus preocupaciones. Se estaba preparando para saltar los tres metros que había hasta la acera cuando vio algo. Un vago movimiento al otro lado de la calle desierta. Sólo poco a poco pudo distinguir lo que estaba viendo. Era un hombre con perilla. Apuntaba hacia él. El cañón de la pistola centelleó y una bala pasó silbando junto a su oreja.

—¡Mierda!

Dio media vuelta, volvió sobre sus pasos y se abrazó a la pared, luchando por mantener el equilibrio sobre el empinado tejado. Sentía en el pómulo y la barbilla una mezcla cálida y pegajosa de tierra y sangre. A su alrededor, los disparos acribillaban la pared.

Corrió cerca de cincuenta metros, hasta el otro extremo del tejado, y de pronto se le plantearon dos opciones, ninguna de ellas apetecible: podía saltar al patio del campus y vérselas con el hombre del bigote, o arrojarse a la calle y enfrentarse con el de la perilla. Los dos iban armados. Él, no.

Una bala procedente de la calle estuvo a punto de hacerle la raya en medio. Eligió el patio interior.

Saltó hacia un rincón de la explanada. Al tocar tierra, su pie derecho chocó con el filo del bordillo. Su tobillo se torció hacia un lado, su planta hacia el otro. Oyó un fuerte chasquido y una aguda punzada de dolor atravesó su pierna. Cayó al suelo.

Un momento después se oyó el eco de unos pasos cruzando el patio. Daggart se arrojó detrás de una ringlera de arbustos, metiéndose entre su fronda baja y espinosa y la pared. Se quedó allí, pegado a la tierra negra, intentando silenciar su respiración. Sentía la hinchazón creciente del tobillo presionándole el zapato.

«Relájate. Respira.»

Apareció el hombre de la pistola; se movía cauto e indeciso. Saltaba a la vista que no tenía ni idea de dónde estaba Daggart. Describió un pequeño círculo en el patio, y blandía la pistola delante de él como un ciego tentando una pared. Se detuvo de cara a los arbustos. Entornó los ojos, escudriñando los opacos matorrales.

Mirando fijamente a Daggart sin saber que le miraba, levantó la pistola del 35 y fue acercándose poco a poco a su cuerpo agazapado. Se defendió del resplandor amarillo de una farola tapándose a medias los ojos y se esforzó por ver la figura de Daggart entre el camuflaje de las hojas. Ladeó ligeramente la cabeza, aguzando el oído por si sentía a su presa.

Daggart pensaba a toda prisa. El del bigote estaba a seis metros de allí y se acercaba poco a poco, apuntándole directamente con la pistola. De no ser por el tobillo, habría podido arriesgarse a correr hasta el edificio más próximo y meterse por alguna puerta abierta mientras el pistolero disparaba como en la caseta de una feria. Pero en el estado en que se hallaba ni siquiera podía soñar con ganar corriendo al del bigote.

A cuatro metros y medio de él, el pistolero escudriñaba los arbustos. Aunque aún no estaba seguro del paradero de Daggart, no se molestaba en mirar hacia otro lado.

«Relájate. Respira.»

El hombre se detuvo a tres metros. Más allá de los muros del campus chillaron las sirenas. El del bigote frunció el ceño, miró apresuradamente hacia atrás y rápidamente disparó tres ráfagas hacia el centro de los arbustos.


Por la mandíbula de Peter Dorfman corría el sudor. El sol cambiante le daba a un lado de la cara. Estaba tan absorto en lo que tenía ante los ojos que no lo notaba.

—¿Y bien? —preguntó Ana por fin—. ¿Qué opina?

—Es curioso —dijo Dorfman con la vista fija en las dos fotografías—. Y aún más curioso que Tingley se tomara la molestia de trucarlas.

—¿Alguna idea de qué significa?

Dorfman sacudió la cabeza.

—Sólo conjeturas.

Ana esperó.

—¿Como cuáles?

—La figura que introdujo Tingley es Cinteotl, el dios del

maíz, un dios bastante corriente en el mundo maya. No tiene nada de polémico, nada de sorprendente. A fin de cuentas, el maíz era el cultivo fundamental de los mayas.

—Entonces, ¿por qué lo añadió?

—Es inofensivo. No llama la atención de nadie. No ofrece respuestas. Es lo que uno espera ver.

—Por eso nadie sospechó que Tingley había alterado la foto.

—Exacto.

—Pero esas figuras nuevas… —insistió ella.

Dorfman se acercó la fotografía de Daggart a la cara hasta que la tuvo a escasos centímetros de los ojos.

—La de abajo del todo es el dios descendente. Ah Muken Cab. Nada sorprendente tampoco, aunque no estoy del todo seguro de qué tiene que ver con el resto de los símbolos.

Ana señaló la última figura, la que Lyman Tingley había sustituido con tanto esmero: el símbolo del hombre y la raya. Le contó la explicación de Uzair, según la cual representaba un camino.

—¿Scott tiene alguna idea de a qué camino se refiere? —preguntó Dorfman.

Ana negó con la cabeza.

Dorfman pareció pensárselo.

—¿Y qué hay de este último? —preguntó Ana, señalando la figura que se le había resistido a Scott.

—Ése es el más problemático.

—¿Porque no lo había visto nunca?

—No, eso es lo curioso. Sí lo he visto. Lo que no veo es qué tiene que ver con Ah Muken Cab.

Ana sintió que su corazón comenzaba a acelerarse.

—¿Qué es?

Peter Dorfman se apartó de la fotografía y la miró a los ojos.

—¿Qué sabe usted del diluvio? —preguntó.

# Capítulo 55

Las balas no dieron a Daggart por cuestión de centímetros: tajaron los matorrales y rozaron las mangas de su camisa antes de ir a incrustarse en el zócalo de la pared. Las hojas cayeron al suelo en un estallido, como otras tantas plumas en una riña de almohadas. El pistolero debía de haberse imaginado a su presa acurrucada, más que tendida boca abajo, contra el suelo. Aquella pequeña diferencia salvó la vida de Daggart.

Esperó hasta que el último eco de sus pasos se disolvió en la noche estrellada. Luego se levantó y al apoyarse en el tobillo hizo una mueca: el dolor se le clavaba en puñaladas pierna arriba. Se sacudió la tierra negra de los pantalones y salió cojeando a la acera, sin apartarse de las sombras. Cruzó renqueando el edificio de administración. Al llegar al puesto de seguridad, vio por qué no habían acudido los guardias. Estaban tendidos de espaldas, uno encima del otro, con sendos orificios de bala en la frente. Sus cabezas reposaban sobre charcos de sangre que ya iban volviéndose de un púrpura negruzco.

Cogió un plano del campus y se alejó tambaleándose. Desde la esquina, las luces rojas de un coche policial rebotaban en una pared cubierta de carbonilla.

Anduvo dos manzanas hacia el este hasta que llegó a la esquina de Sheikh Rehan con Mansour, donde, según indicaba el plano, se hallaba la Biblioteca de Libros Raros y Colecciones Especiales. Tenía el aspecto de un elegante chalé de dos plantas de principios del siglo xx, provisto de un porche acogedor, ventanas altas y estrechas y cuatro pilares blancos que sustentaban una balconada sobre la puerta principal. La clase de sitio en la que antaño habría vivido rodeado de lujo algún militarote británico con obsequiosos criados egipcios para servirle el té y los sándwiches de pepino. Saltaba a la vista que la villa había pasado en algún momento de chalé privado a biblioteca universitaria.

Para Daggart, la cuestión era cómo iba a encontrar el códice y a conseguir la información que necesitaba. Sobre todo, en un chalé convertido en biblioteca de cuyo sistema de seguridad no sabía nada en absoluto.

Miró su reloj. Quedaban cinco minutos para las diez.

Cruzó la verja de hierro negro que rodeaba el jardín y enfiló el largo camino de entrada. Mientras avanzaba cojeando, sentía la presión del tobillo hinchado rozándole el zapato. En circunstancias normales, se habría tumbado y se habría puesto hielo en el tobillo.

Pero las circunstancias no eran normales.

Subió los escalones del porche y empujó la pesada puerta de roble. Se encontró cara a cara con un hombre de uniforme: un guardia egipcio sentado a una mesita de madera. El guardia, que llevaba una funda con una pistola dentro, miró su reloj con mucha intención.

—Sólo tiene cinco minutos.

—Con eso me vale —contestó Daggart, intentando parecer convencido.

El guardia le miró la mejilla.

—¿Qué le ha pasado?

Daggart se había olvidado de la sangre del trozo de teja. Se la limpió con el dorso de la mano.

—Lo mismo que en el tobillo. El baloncesto. Menuda idiotez de juego.

El guardia le obsequió con una sonrisa crispada.

—Ni que lo diga. Firme aquí.

Al inclinarse para escribir su nombre en el libro de registro, Daggart se dio cuenta de que no recordaba el apellido de Peter. Dudó un momento.

—¿Pasa algo? —preguntó el guardia.

Daggart se metió la mano en el bolsillo y sacó el carné de Peter.

—Tengo que serle sincero. Es la primera vez que vengo.

¿Tengo que enseñarle esto? —Agitó la tarjeta un momento delante del guardia. Vista y no vista.

—No. De todos modos no va a darle tiempo a meterse en ningún lío.

Aquello bastó para que Daggart viera el apellido de Peter. Firmó con rúbrica como el señor Thornsdale-White y se dirigió renqueando hacia una fila de ordenadores. Tenía menos de tres minutos.

Mientras atravesaba la sala a lo ancho, se fijó en el interior de la biblioteca. El rasgo más notorio de la sala principal eran dos largas filas de mesas de roble provistas de flexos verdes. Flanqueaban dos de las paredes cubiertas de estanterías acristaladas que llegaban casi hasta el techo. Otra estaba interrumpida por dos aseos, una fuente de beber y una fotocopiadora. Bordeaban la última cinco despachos, cada uno de ellos con una luna de cristal que daba a la sala principal. Delante de los despachos había un señor de mediana edad, flaco y de tez macilenta. Estaba sentado ante una mesa en la que se leía «Bibliotecario de sala». Miraba a Daggart con recelo. En tres de los cuatro rincones se alzaban escaleras circulares. El último rincón lo ocupaba un ascensor, y aunque Daggart no veía la planta de arriba, dedujo que era allí donde se guardaban la mayor parte del fondo de la biblioteca.

Se preguntó si el códice estaría allí.

Al llegar junto a los ordenadores utilizó el carné de Peter Thornsdale-White para acceder al catálogo. Apareció una pantalla de colores deslumbrantes. Daggart se disponía a introducir «códice maya» en la línea de búsqueda cuando las luces empezaron a parpadear. El bibliotecario de sala se había acercado al interruptor y estaba indicando a los usuarios que era hora de marcharse. Se oyó el suave rozar de las sillas al ser apartadas de las mesas y el trajín de los ordenadores guardados en sus mochilas. Los usuarios se dirigieron tranquilamente hacia la salida haciendo crujir el suelo de madera. Se colocaron en fila delante del guarda para que éste inspeccionara sus bolsas. Daggart comprendió que tenía menos de un minuto para hacer lo que fuera.

Y aprovechando que el guardia tenía la cara hundida en la

mochila de un estudiante, se coló a hurtadillas en el aseo de la planta baja.

Daggart estaba a punto de cerrar la puerta de uno de los servicios cuando entró el bibliotecario de tez descolorida.

—Vamos a cerrar —dijo—. Lo siento, pero tiene que salir.

A Daggart le pareció que lo decía con excesiva delectación.

—¿No me da tiempo a…?

—Lo lamento. Vaya a otra parte. Tenemos que cerrar.

La cruda determinación de su voz sugería que había pasado por aquello otras veces. Era absurdo discutir. El hombre sostuvo la puerta abierta y Daggart salió obedientemente a la sala principal. Fue cojeando hasta la entrada, donde el guardia esperaba con impaciencia, tamborileando con los dedos. De pronto se dio cuenta de que era el último en marcharse y de que tanto el guardia como el bibliotecario le miraban con suspicacia cuando salió renqueando.

Bajó la escalinata delantera. Cuando llegó a la verja, viró a la izquierda por la acera sin mirar atrás. Al llegar a la esquina dobló otra vez a la izquierda, bordeó la biblioteca y siguió avanzando hasta dejarla bien atrás.

Mientras caminaba escudriñaba las sombras de los edificios en busca de los dos pistoleros. Le sorprendió no verlos. Si sabían lo del códice, la Biblioteca de Libros Raros era el lugar más evidente en el que apostarse. Pero si ignoraban el paradero del códice, si solamente le estaban siguiendo a él, era más que posible que les hubiera dado esquinazo. Tal vez incluso le dieran por muerto. O quizá la policía había logrado cogerlos.

Pero todo eso eran castillos en el aire, y lo sabía.

Siguió un buen trecho por la calle Rehan y se encontró con un parquecillo. Se sentó cuidadosamente, apoyado en el áspero tronco de un platanero. El dolor, que le subía por la pierna en punzadas ardientes cada vez que daba un paso, había bañado su rostro en sudor. Palpó el suelo en derredor hasta que encontró un par de ramitas. Enrolló la pernera del pantalón, se quitó el cinto y se entablilló como pudo el tobillo, apretando el cinturón hasta que las ramas se le clavaron en la piel.

Se inclinó para mirar más allá del tronco. Cuando se apagaron las luces de la biblioteca, se levantó, se acercó cojeando y esperó escondido entre la sombra lunar de una mimosa en flor. El bibliotecario y el guardia salieron juntos del edificio, bajaron los escalones y al llegar a la acera doblaron a la izquierda, camino del campus. Daggart esperó hasta que se perdieron de vista.

La verja de hierro de cerca de un metro de alto que rodeaba el jardín servía más de adorno que de protección. A Daggart no le costó saltarla aunque llevara el tobillo herido. Se acercó a la parte de atrás del edificio. Había una puerta trasera, pero un puntito de luz roja intermitente indicaba la presencia de un sistema de alarma. Daggart se movió hacia su izquierda, derecho hacia una ventana con cristal esmerilado. La ventana del cuarto de baño. Daggart sabía con toda certeza que no estaba conectada al sistema de alarma.

Lo sabía porque la había abierto escasos segundos antes de que el bibliotecario le pusiera de patitas en la calle.

La ventana se alzaba a su buen metro y medio del suelo y a Daggart le costó encontrar por dónde agarrar el marco inferior. La habían pintado cerrada hacía tiempo, y el marco estaba pegado al alféizar por varias capas de pintura negra. No hubo forma de moverla, ni siquiera un poco. El pestillo estaba suelto. Daggart se había ocupado de eso. Pero no encontraba el modo de abrir la ventana.

Se acercó un coche y Daggart se tiró al suelo. Sus faros cruzaron el costado del edificio describiendo un arco como sendos reflectores. Daggart se pegó a las sombras de la pared. Los faros desaparecieron por el muro y se levantó sin perder un momento. Tenía que darse prisa.

Se palpó el bolsillo y sacó un puñado de monedas. A la luz pálida de la luna encontró la que estaba buscando. Una moneda estadounidense de diez centavos. Plateada y reluciente. La colocó en el borde de la ventana y la pasó por la pintura, intentando encontrar una grieta. O crear una. Pasados unos minutos quedó claro que hasta una moneda de diez centavos era demasiado gruesa.

Se agachó y empezó a frotar el filo de la moneda contra el

zócalo de piedra del edificio. Restregó su reborde por la piedra, adelante y atrás, hasta que apareció una punta brillante y afilada como un cuchillo. Un formón del tamaño de una uña.

Se levantó y, al pasar la improvisada herramienta por debajo de la ventana, encontró junto a un extremo una minúscula rendija del tamaño justo para introducir por ella el bisel de la moneda. La movió a un lado y a otro hasta que consiguió cortar la pintura que desde hacía mucho tiempo unía marco y alféizar. De pronto se vislumbraron estrechas ralladuras de otras pinturas: verde, gris, blanca. Manos anteriores recubiertas hacía tiempo. Una exhumación arqueológica del color.

Bajo la ventana se abrió una fina ranura. Daggart se metió la mano en el bolsillo y sacó otro puñado de monedas. Introdujo unas cuantas de veinticinco centavos en el negro surco del alféizar. Las colocó en el centro, bajo el marco, y presionó hacia abajo, intentando levantar la ventana. Palancas de veinticinco centavos.

Al final, funcionó. La ventana se movió. Daggart sacó las monedas y metió las yemas de los dedos por el estrecho pliegue. Poniéndose de puntillas, con los brazos apoyados en la repisa de la ventana y el tobillo derecho contraído por espasmos de dolor, presionó con los dedos hacia arriba e intentó levantar la hoja. Al tercer intento sintió que la ventana se movía y crujía, y que su sello de pintura se rompía y lanzaba copos de pintura descascarillada sobre sus antebrazos cubiertos de sudor, como confeti.

Repitió el proceso. Y volvió a repetirlo.

Cuando había logrado subir la ventana sus buenos setenta centímetros, se encaramó al alféizar y se introdujo en el cuarto de baño, aterrizando sobre el suelo de baldosas blanquinegras con más estruendo del que pretendía. Se quedó allí un momento, aguzando el oído, y notó el pulso de la sangre a través de su tobillo hinchado. Sólo oyó el zumbido del aire acondicionado. Se puso en pie y cerró la ventana.

Abrió la puerta del aseo y entró precavidamente en la sala central de la biblioteca, ansioso por echar un vistazo a un manuscrito que muy pocos de sus contemporáneos habían visto: el Quinto Códice.

ᚚ

Ana no estaba segura de haber oído correctamente.

—¿El diluvio?

Peter Dorfman trazó con el dedo el contorno de la figura.

—Es simbólico. El agua que rebosa del cántaro representa una gran inundación. Los mayas tenían un lenguaje muy económico.

—¿Cómo lo sabe? —preguntó Ana sin molestarse en disimular su escepticismo—. No es más que un hombre con un cántaro del que sale agua.

—En efecto, pero esta misma imagen aparece en otra parte. En la última página del Códice de Dresde.

—Continúe.

—El Códice de Dresde no tiene nada que ver con el fin del mundo. Hasta la última página. Luego no habla de otra cosa. Símbolos y símbolos en los que el agua rebosa de diversos objetos y se derrama por todas partes. Se trata de una riada monumental.

Ana enarcó las cejas.

—¿Eso lo sabe Scott?

—Puede que no. Es una interpretación reciente. Y nadie habla mucho de ello porque sigue siendo una hipótesis. Además, el resto del códice no tiene nada que ver con ese asunto.

—¿Pero…?

—Pero, si nos fijamos únicamente en ese códice, parece evidente que los mayas creían que el fin del mundo se produciría mediante una especie de inundación, lo cual, teniendo en cuenta el calentamiento global, parece cada vez más probable.

—¿Y qué tiene eso que ver con el Quinto Códice?

—Se especula con la idea de que el Quinto Códice sea una especie de continuación del Códice de Dresde. El final del Códice de Dresde sería solamente el tráiler. Un adelanto para poner los dientes largos al espectador; y, supuestamente, el Quinto Códice relataría con todo detalle el día del Juicio Final. Por eso se le atribuye tanto valor. Si podemos entender el cataclismo, tal vez haya un modo de impedirlo antes de que se desencadene.

—¿Sabe? —dijo Ana—, sí que tiene usted corazón.

Dorfman sacudió la cabeza enérgicamente.

—Qué va. Para mí, esto no es más que un trabajo. En casa tengo una camiseta que pone: «Puede que para ti esto sea un sueño, pero para mí no es más que otra excavación».

—Qué encantador.

—Sincero, nada más.

Ana se inclinó hacia las fotografías.

—Pero no lo entiendo. ¿Qué relación hay entre estos símbolos? ¿Y dónde encaja Ah Muken Cab?

—Ahí es donde me he quedado atascado.

—¿Y qué tiene que ver la inundación con la ubicación del Quinto Códice?

Peter Dorfman se encogió de hombros.

—Ni idea.

—A no ser que signifique que está cerca del agua, en Tulum o en algún sitio parecido —sugirió Ana.

—Podría ser —repuso Dorfman, aunque su tono daba a entender que no estaba nada convencido. Hizo una pausa y miró a su alrededor. Hurgó distraídamente en la arena con el dedo índice—. A menos que… —De pronto se quedó callado.

—¿Sí? —preguntó Ana.

Peter Dorfman no dijo nada. Recogió las dos fotografías, se levantó del suelo y se encaminó hacia la excavación. Ana no tuvo más remedio que seguirle.

# Capítulo 56

Las paredes interiores de la Biblioteca de Libros Raros, pintadas de blanco, reflejaban los pálidos rayos de luz de la luna que se colaban por las persianas bajadas. Aunque apenas había luz para que viera lo que hacía, Daggart llevaba todavía su pequeña linterna en el bolsillo. La última vez que la había usado había sido en la habitación de hotel de Lyman Tingley.

Se detuvo primero en la fila de ordenadores que albergaban el catálogo de la colección. Encendió el ordenador del rincón y esperó con impaciencia a que cobrara vida. Cuando el resplandor azulado de la pantalla cayó sobre su cara manchada de sangre, Daggart bajó el brillo del monitor y se inclinó para evitar el reflejo. Pasó por el lector el carné de Peter y el ordenador se abrió automáticamente por el portal de la biblioteca. No se pedía contraseña.

Escribió primero «códice» y esperó resultados. Nada. Escribió «maya» y obtuvo la misma respuesta. Puso luego «códice maya», «quinto códice», «códice mexicano», «códice yucateco» y una docena de combinaciones más, cada una de ellas más improbable que la anterior. Incluso tecleó «Tingley», consciente de que, aunque Lyman Tingley no era el autor, siendo el descubridor del manuscrito y enseñando además en la Universidad Americana, el códice muy bien podía figurar bajo su nombre.

Pero no. La respuesta era siempre la misma. Ninguna concordancia. Ningún documento que se ajustara a la búsqueda.

El Quinto Códice no figuraba.

Pero estaba allí, en algún lugar de la biblioteca. Aunque no apareciera en el catálogo, estaba en el edificio. Daggart lo sabía.

Se lo había dicho la señora de la limpieza y, por motivos que no se explicaba del todo, se fiaba de ella más que de nadie. Tal vez porque aquella mujer no tenía nada que ganar mintiéndole.

Así pues, estaba en la Biblioteca de Libros Raros. Pero ¿dónde? Si Tingley lo consultaba con frecuencia, ¿dónde podía estar?

Apagó el ordenador y se quedó mirando la oscuridad, acordándose de los pormenores de la habitación cuando la había visto iluminada. Visualizó las estanterías, los lustrosos suelos de madera, los asépticos despachos de administración, las escaleras de caracol...

Avanzó hasta un rincón de la sala y subió por la escalera circular agarrándose con todas sus fuerzas a la fresca barandilla metálica. Notaba la presión del tobillo contra la férula improvisada. Apuntó la linterna hacia la vasta oscuridad y no le sorprendió comprobar que había muchos más libros arriba que abajo. No sólo estaban las paredes repletas de colecciones encuadernadas en piel y vitela, sino que el interior de la sala se hallaba dividido por una serie de recios cajones dispuestos en hilera, como columnas. No había estancias separadas en aquella planta, sino sólo libros colocados en toda clase de estantes y cajones.

La única pega era que estaba todo demasiado a la vista, demasiado expuesto, demasiado accesible. Era imposible que el Quinto Códice se guardara allí.

Daggart volvió a bajar por la escalera de caracol. Caminó precavidamente hasta uno de los despachos de administración y probó la puerta. Estaba cerrada con llave. Pegó la cara a la luna y miró adentro. Nada sugería que allí pudiera haber un objeto tan valioso como el Quinto Códice. Daggart se acercó cojeando al siguiente despacho, intentó abrir la puerta y obtuvo idéntico resultado. Lo mismo sucedió con los otros tres. Estaban todos cerrados. En ninguno parecía haber cajas fuertes, baúles o arcones para guardar tesoros; no había, desde luego, ningún indicio que proclamara «el Quinto Códice se guarda aquí». Nada tan obvio. Eran simples despachos con mesas, sillas y ordenadores, una o dos plantas colgantes y fotografías de amigos y familiares colocadas sobre las cajoneras de color beis, en la esquina del fondo.

Daggart se apoyó en la luna del último despacho. Había algo que le inquietaba.

Aquélla no era una biblioteca corriente. Era la Biblioteca de Libros Raros y Colecciones Especiales de la Universidad Americana de El Cairo. Y aquéllos no eran libros normales, sino volúmenes célebres, entre los que figuraban algunas de las antologías más notables de arquitectura y arte islámicos jamás escritas. Allí se hallaban las litografías originales de David Roberts. Era imposible que esos libros se conservaran en baldas corrientes, o incluso en cajones cerrados como los de la planta de arriba. Eran demasiado valiosos. Tenían que estar guardados en otro sitio. En algún lugar seguro. En una sala vedada al público. Y provista de un sistema de control atmosférico.

Pero ¿dónde demonios estaba esa sala?

Daggart escudriñó la oscuridad, horadando las sombras infinitas con el rayo finísimo de la linterna. Una puerta delante y otra detrás. Cinco despachos de administración. Ningún almacén. Dos aseos. Planta baja y primera planta. ¿Qué se le estaba escapando? ¿Dónde estaban las colecciones especiales?

Volvió a mirar el rincón, clavando los ojos en el ascensor. Un borroso reflejo rebotaba en las puertas cromadas. ¿Era posible que bajara, además de subir? No había ninguna escalera que condujera a un piso inferior, pero ¿habría un sótano bajo la planta baja?

Avanzó entre el laberinto de mesas y sillas y al llegar al ascensor descubrió dos botones en el terso borde metálico. Pulsó uno y se encendió una flecha verde que apuntaba hacia abajo. Un momento después, las puertas se abrieron con un suave susurro.

Daggart penetró en el luminoso y aséptico interior. Cuando las puertas se cerraron a su espalda y vio un botón que decía «sótano», tuvo que hacer un esfuerzo para no dejarse llevar por el entusiasmo. Así pues, había una planta inferior. Apretó el botón, ansioso por llegar al sótano y ver el códice con sus propios ojos.

Pero el ascensor no se movió.

Pulsó de nuevo el botón, ordenando al ascensor que bajara. Nada. Volvió a apretarlo una docena de veces más, rápidamente, una tras otra, con el mismo resultado. El ascensor se negaba a moverse. Tan tercamente como la ventana. Pulsó, por probar, el 2, y el ascensor se puso en marcha con un traqueteo y le llevó a la planta de arriba. Se abrieron las puertas, se cerraron, y Daggart pulsó el botón del sótano. Nada. Al apretar el 1, volvió a la planta baja.

Se inclinó hacia el panel del ascensor y vio junto al botón del sótano una ranura estrecha y horizontal del tamaño de un carné o una tarjeta.

Así pues, el sótano tenía el acceso restringido. Sacó la tarjeta azul de Peter Thornsdale-White y la insertó en la ranura. El ascensor no hizo caso. Presionó repetidas veces el botón del sótano, pero no sirvió de nada.

Se desanimó al comprender que, sin la tarjeta adecuada, el ascensor no bajaría.

Y si no bajaba, no había modo de examinar el Quinto Códice.

## Capítulo 57

$\mathcal{D}$aggart salió del ascensor y se acercó a la mesa del guardia. No se veían cajones, ni compartimentos cerrados.

Miró hacia los despachos acristalados y se dio cuenta de que, si las llaves estaban en el edificio (si no viajaban a casa cada noche con sus moradores) tenían que estar en una de las cinco oficinas. Si no… en fin, no tenía ni idea.

Probó los pomos para comprobar que las puertas estaban cerradas con llave. Lo estaban. Retrocedió y miró hacia arriba. Fue entonces cuando vio su oportunidad.

Cuando se construyó el palacete, a principios del siglo XX, aquellos despachos no existían. Al transformarse en biblioteca, los constructores destriparon el interior dejando únicamente las vigas maestras. La instalación de los cinco despachos parecía casi una rectificación posterior, como si, muchos años después de la reforma original, algún gerente se hubiera dado cuenta de la importancia de tener despachos en la propia sala. Eso explicaba por qué su apariencia respondía más a criterios funcionales que estéticos.

Y por qué, pensó Daggart, las paredes de los despachos no llegaban hasta el techo. Posiblemente por motivos de ventilación, se había juzgado conveniente no tabicarlos por completo. Aunque el techo tenía una altura de cuatro metros o cuatro metros y medio, las paredes de los despachos quedaban interrumpidas a los tres metros, de modo que por encima de ellas se abría un hueco de entre metro y metro veinte de alto.

En las dos horas anteriores, Daggart había demostrado su habilidad para colarse por huecos más estrechos que aquél.

Arrastró la mesa del guardia hasta la pared de un despacho

y puso sobre ella una silla. Se subió a la mesa apoyando todo el peso del cuerpo en la pierna izquierda y a continuación se encaramó a la silla. Procuró mantenerse erguido mientras la silla se mecía bajo sus pies, pero se sentía más como un equilibrista del Cirque du Soleil que como un reputado antropólogo. El remate de la pared del despacho quedaba al nivel de su pecho; se encaramó a la luna y descansó allí un momento, sentado a horcajadas sobre el estrecho borde, como si estuviera en lo alto de un tobogán. La pared oscilaba bajo su peso. Bajó la mirada hacia el despacho. El suelo quedaba tres metros por debajo de él.

Se descolgó del borde de la pared, dejándose caer hacia el interior abarrotado del despacho. Amortiguó la caída con la pierna buena y se tendió en el suelo. Al levantarse llevó a cabo un rápido chequeo. El tobillo bueno seguía bien y el malo, mal. No podía pedir más.

Se acercó a trompicones a la mesa, se sentó en la silla de cuero negro y comenzó a abrir cajones, hurgando entre papeles y material de oficina. Incluso miró debajo del cartapacio. Ni tarjetas ni carnés.

Pero en el tercer cajón encontró una pequeña anilla con varias llaves. La cogió.

Salió del despacho, se acercó a la puerta de al lado y empezó a probar las llaves hasta que encontró la que encajaba. Abrió la puerta y registró la mesa con la misma rapidez que la primera. Cuando acabó, entró en el despacho contiguo. Y así sucesivamente.

En el cuarto despacho, en el cajón del medio del lado derecho, encontró una tarjeta. La cogió, se acercó tambaleándose al ascensor y penetró en él cuando las puertas se abrieron siseando. Al hallarse en la silenciosa atmósfera del ascensor sacó la tarjeta y la pasó por la ranura. En el botón del sótano una luz verde sustituyó a la roja, y el aparato cobró vida con un zumbido cuando pulsó el botón. Comenzó a descender.

Bingo.

Cuando las puertas del ascensor se abrieron, una completa oscuridad asaltó a Daggart. Palpó la pared en busca del interruptor y encendió la luz. Se encendió parpadeando una hilera de suaves luces azuladas cuyo resplandor iluminó una habitación que no se parecía a ninguna otra que Scott Daggart hubiera visto antes.

Peter Dorfman dejó sobre la mesa de picnic un ejemplar de *Dioses y símbolos de la antigüedad maya* y comenzó a hojearlo con ahínco. Sus ojos se movían sin cesar entre el libro y las fotografías.

—¿Y bien? —preguntó Ana.

—Estoy seguro de que lo leí aquí. No sé qué acerca de la yuxtaposición de imágenes. Tenemos estas tres figuras: el dios descendente, un símbolo que representa el diluvio y el de una carretera. Y tienen que significar algo concreto. —La miró a los ojos—. Me gustaría quedarme un día o dos con esta foto de la estela. Creo que quizá pueda descifrarla.

—Hace unos minutos no quería ni oír hablar del asunto —le recordó ella.

—Eso fue hace unos minutos, caray. Esto es demasiado bueno para dejarlo pasar. —Al ver cómo le miraba ella, añadió—: Ya sabe lo que decía Ralph Waldo Emerson.

—Recuérdemelo.

—«Di lo que pienses hoy con palabras duras como cañonazos y mañana lo que pienses mañana, aunque contradiga todo lo que dijiste hoy.»

—Menudo credo.

—Yo que usted no me quejaría —dijo Dorfman con una amplia sonrisa—. Gracias a él estoy de su parte.

Ana le pasó la fotografía.

—Está bien. Scott volverá dentro de un día o dos. Podrán hablar entonces.

Dorfman fingió un mohín.

—Preferiría hablar con usted. —Alargó la mano para retirarle el pelo de la frente.

Ana le apartó de un manotazo como si fuera un mosquito.

—Le diré a Scott que le llame cuando llegue.

Abandonó la sombra del toldo azul y salió al sol ardiente. La temperatura superaba aún los treinta y siete grados.

—Dígale a su novio que más le vale reconocer mi mérito —gritó Dorfman tras ella.

Ana Gabriela no se molestó en responder.

La planta inferior de la Biblioteca de Libros Raros no era un sótano húmedo con rezumantes paredes de piedra rústica, sino una sala absolutamente moderna, construida desde cero bajo la casa e imbuida de una especie de aséptica aridez. Las luces del techo despedían un resplandor mortecino y zumbaban como abejas en un jardín en pleno verano. Las paredes estaban pintadas de un gris neutro y las negras estanterías eran de metal grueso y pesado. Las cajas que contenían los diversos legajos eran también metálicas, y la sala parecía, más que el sótano de una biblioteca, la caja de caudales de un banco. Aquí y allá había pequeños puestos de lectura con pupitres de madera clara y sillas a juego. Los flexos revestidos de cromo se inclinaban sobre las mesas como estudiosos encorvados.

No sólo la atmósfera estaba controlada; también lo estaba la luz. Las lámparas azules, que protegían los documentos de los estragos de una mala iluminación, conferían a la sala un aspecto un tanto fantasmal. En un extremo brillaba un panel provisto de minúsculas bombillas rojas y verdes que controlaba la temperatura, la humedad, el intercambio de aire, etcétera. Tal vez incluso la seguridad de la sala.

No había escalera. Ni ventanas. El único modo de entrar o salir era el ascensor en el que había llegado Daggart.

Daggart comprobó con un rápido paseo por los pasillos que el sistema de catalogación era el de la Biblioteca del Congreso. Había pasado muchas horas en las salas de la Biblioteca de la Universidad del Noroeste y sabía exactamente en qué zona tenía que encontrarse el códice si estaba bien catalogado. F1435. Localizó el pasillo adecuado y comenzó a recorrerlo.

Con el pulso acelerado, sus ojos fueron barriendo los tejuelos de las cajas metálicas. Casi se le paró el corazón cuando, en la segunda balda empezando desde abajo, prácticamente contra la pared, vio una caja con el rótulo «El Quinto Códice: códice maya descubierto por Lyman Tingley».

Se agachó para examinar el recipiente metálico, de tamaño parecido al de una caja de zapatos. Parecía diferir muy poco de las cajas contiguas. No había, desde luego, nada que delatara lo extraordinario de su contenido, y no le extrañó. Pero Daggart sabía que aquélla contenía uno de los cinco únicos códices mayas que se habían descubierto. Y el único que trataba por extenso del apocalipsis según los mayas.

Había, sin embargo, una diferencia notable entre aquella caja en concreto y las que la rodeaban: estaba cerrada con llave. No sólo estaba sellada con un grueso candado que aseguraba su tapa, sino que la caja misma estaba sujeta a la balda metálica. Una advertencia de Lyman Tingley y de los conservadores de la Biblioteca de Libros Raros de la Universidad Americana: su contenido estaba vedado. Y punto.

Daggart sacó el llavero que había encontrado arriba. Fue metiendo las llaves en el hueco de la cerradura, una tras otra. Ninguna encajaba. Se levantó y, al apartarse, tuvo que admitirlo a su pesar. La caja se abría con una llave especial que no estaba, desde luego, entre las del llavero. Posiblemente ni siquiera la tenía el personal de la biblioteca.

Daggart se inclinó para examinar la caja. Imposible abrirla sin herramientas. No era un recipiente endeble hecho con una lámina de metal fina y flexible. Y la cerradura tampoco era de poca monta. Sus abrazaderas de metal gris eran gruesas y pesadas. La idea de pasar el día siguiente buscando el equivalente egipcio a un almacén de material de bricolaje, comprar su cuchilla más recia y volver luego a la biblioteca armado con las herramientas estaba descartada.

Con los brazos en jarras, miró con reproche la caja y se disponía a…

De pronto se acordó del pañuelo guardado en el hueco del libro, en el despacho de Tingley. En sus prisas por ocultarle el pañuelo arrugado al profesor Utley, se lo había guardado en un bolsillo del pantalón y aún no había tenido ocasión de examinarlo. Cabía la posibilidad, claro está, de que el pañuelo arrugado no fuera más que eso: un pañuelo arrugado y metido en un libro clásico sobre los mayas por motivos que se le escapaban.

Era posible, pero no probable.

Hurgó en su bolsillo y sacó el lío de algodón. Era un bulto de tela blanca, como si quien lo había metido en el libro lo hubiera hecho a toda prisa. No había en él ni una pizca de esmero. Daggart apartó los pliegues y empezó a hurgar hacia el centro. Lo fue desdoblando poco a poco, con cuidado, como si dentro hubiera escondido algo muy frágil, un niño recién nacido. Por fin, al retirar la última esquina arrugada, dejó al descubierto una llave plateada y reluciente.

Sacó la llave del blanco lecho en el que descansaba y la introdujo en el candado de la caja. Encajaba. Giró la llave, consciente de que, una vez abierta la cerradura, se contaría entre las pocas personas del mundo moderno que habían visto aquel antiguo manuscrito. El cierre del candado se abrió con un gratificante chasquido. Moviéndose con tanta cautela como si estuviera manejando nitroglicerina y cualquier paso en falso pudiera hacerle saltar por los aires, Daggart quitó el candado y lo dejó sobre el estante. Cogió el borde superior de la tapa de la caja. Como un niño que se dispusiera a espiar el interior de una casa de muñecas, abrió la caja y miró dentro. Le latía tan fuerte el corazón que parecía tenerlo fuera del pecho.

Lo primero que vio fueron unos guantes de algodón blanco. El procedimiento habitual. Metió la mano dentro y se los puso. Después fijó su atención en el contenido de la caja.

Allí, resguardado en la semioscuridad de la caja, estaba el Quinto Códice. Uno de los manuscritos más valiosos de todos los tiempos. A salvo de Right América. A salvo de los cruzoob. Daggart reconoció su forma, semejante a la de un acordeón, su imaginería maya, sus colores azules y rojos. Como si levantara a un bebé de una cuna (al Niño Jesús del pesebre), metió las manos dentro de la caja metálica y sacó delicadamente el manuscrito. Lo sostuvo delante de sí, avanzó despacio por el pasillo y lo colocó con todo cuidado sobre una de las mesas limpias de polvo. Se deslizó en una silla, encendió el flexo y abrió el códice, ansioso por ver con sus propios ojos uno de los primeros (y más importantes) descubrimientos del siglo XXI.

Pero al pasar las páginas del códice deslizando los ojos sobre la maraña de jeroglíficos comenzó a experimentar algo muy distinto de lo que había imaginado. Muy distinto, de hecho, a lo que posiblemente podía soñar. Se levantó de la mesa, regresó apresuradamente a la caja y miró su oscuro interior. Allí, en el fondo, había un ajado manojo de papeles marrones. Los cogió, volvió a la mesa, los extendió y fue comparando su contenido con el del códice con mirada rápida y penetrante.

Sólo tardó un momento en darse cuenta. Aquel manuscrito no era el Quinto Códice. Era una falsificación. Una estafa.

Aunque no era especialista en el tema, lo supo por una razón muy sencilla y evidente: estaba todavía a medio escribir.

Un momento después oyó que el ascensor se ponía en marcha. Alguien lo había llamado desde la planta baja.

## Capítulo 58

$P$or segunda vez en otras tantas horas, Scott Daggart se hallaba atrapado sin escapatoria en una habitación. Aparte del propio ascensor, no había salida. Y daba la casualidad de que el ascensor se había puesto en marcha.

Oyó su tintineo al llegar a la planta de arriba.

Se levantó de la mesa, cogió el manuscrito y el manojo de papeles y lo metió todo en la cinturilla de su pantalón.

Los cables zumbaron cuando el ascensor comenzó su corto descenso de una sola planta. Daggart avanzó todo lo deprisa que le dejó su tobillo herido por el largo pasillo, en dirección a la puerta del ascensor. No tenía armas. No había salida. Lo único que podía hacer (lo único) era igualar el marcador. Llegó al interruptor de la luz y clavó las uñas en su panel rectangular. El ascensor sonaba cada vez más fuerte. Incapaz de meter las uñas bajo el borde del panel, rebuscó en su bolsillo hasta encontrar la moneda que había afilado. Usándola como un destornillador, atacó los dos tornillos que sujetaban el panel.

El ascensor se acercaba poco a poco a la planta del sótano.

Acabó de sacar el primer tornillo y éste cayó al suelo con un tintineo. Se puso manos a la obra con el segundo, pero el borde de la moneda se salió de la ranura del tornillo y resbaló por el metal pulido. El ascensor aminoró la marcha al acercarse a su destino.

«Relájate. Respira.»

Cogió la moneda con el pulgar y el índice, la introdujo en la ranura y comenzó de nuevo. El ascensor se detuvo. Comprendiendo que no había tiempo, arrojó la moneda al suelo y arañó el panel, agarrándolo por el borde de arriba. De un tirón lo arrancó de la pared. Metió la mano en el hueco y cogió los cables multicolores. Mientras las puertas del ascensor se abrían, arrancó los cables. Las luces del sótano se apagaron de pronto y una suave lluvia de chispas regó el suelo. Daggart se ocultó tras una estantería cercana.

La única luz de la sala procedía ahora del interior del ascensor, que proyectaba un blanco y yerto rectángulo sobre el suelo y alumbraba a una sola persona: el pistolero recio y bigotudo al que Daggart había dado esquinazo apenas una hora antes. El hombre entró en el sótano blandiendo su pistola de calibre de 35 milímetros. Estiró el brazo y palpó en busca del interruptor de la luz. Encontró el hueco vacío justo en el momento en que las puertas del ascensor se cerraban. Una oscuridad tan completa como la de la más negra caverna cayó sobre la habitación. Sólo se oía el suave zumbido de los ionizadores y el aliento entrecortado de dos hombres que se escondían el uno del otro.

—Tengo malas noticias para usted —dijo el del bigote—. Aquí no hay ventana por la que saltar.

Daggart no respondió. Aflojó el ritmo de su respiración y procuró aquietar el latido de su corazón.

—Además —prosiguió el tipo—, no quiero matarle. Sólo quiero hablar con usted. Hacerle unas preguntas. Eso es todo.

Daggart se quitó los guantes de algodón blanco tirando de cada uno de los dedos y formó con ellos una bola bien prieta. Los arrojó por un pasillo. Emitieron un ruido suavísimo al chocar contra una estantería, pero aquel sonido bastó para que la semiautomática del pistolero soltara media docena de disparos. Sus fogonazos iluminaron como relámpagos el sótano a oscuras. Los casquillos metálicos rodaron por el suelo de cemento como otras tantas monedas.

Fin de la conversación.

Pegado a la pared, Daggart avanzó a lo largo de la sala, fiándose de su memoria y su tacto.

—Alárguelo tanto como quiera —dijo el del bigote—, pero es imposible que salga de aquí. Yo puedo esperar. Dispongo de toda la noche. Y da la casualidad de que tengo amigos arriba.

Daggart sabía que no estaba bromeando. Mientras avanzaba hacia el rincón del fondo de la sala, se dio cuenta de que carecía de todas las ventajas necesarias en una batalla: ni armas, ni plan, ni posición ventajosa, ni factor sorpresa. Lo único que tenía era paciencia.

Pero, bien usada, la paciencia podía ser un arma por derecho propio.

Era lo que siempre le decía Maceo Abbott. «Paciencia y perseverancia. Las dos tácticas más importantes al alcance de un soldado.»

Llegó al rincón del fondo y se agazapó detrás de la última estantería, escondiéndose bajo una hilera de libros con olor a moho. Volúmenes antiguos. A pesar de la distancia oía aún la rítmica respiración del pistolero. Luego, un momento después, oyó también sus pasos decididos. Sus duras suelas arañaban el suelo de cemento. El ruido se acercaba poco a poco.

Daggart repasó de memoria el contenido de sus bolsillos. Una pequeña linterna y un puñado de monedas sueltas. La tarjeta de su habitación de hotel y la del ascensor. La llave metálica que había usado para abrir la caja. Nada letal. El arma más contundente a su disposición era su cinturón. Podía servir, pero sólo si encontraba un modo de acercarse a su oponente lo suficiente para utilizarla. Y dudaba de que el tipo del bigote le dejara acercarse a él esgrimiendo una tira de cuero de noventa centímetros.

Estaba decidido: dejaría que fuera el del bigote quien se acercara a él.

«Paciencia y perseverancia.»

Acercó la mano a uno de los libros antiguos, lo sacó de la estantería y lo puso en el suelo con un ruido tan leve como el de un suspiro. Cogió otro volumen e hizo lo mismo. Después colocó un tercer libro. Y un cuarto. Al ir a agarrar el quinto, sus dedos chocaron con el fondo de la estantería y sus uñas emitieron un débil chirrido.

Se agachó y escondió la cabeza mientras el pistolero disparaba a ciegas en aquella dirección. Las balas rebotaban en las cajas metálicas y hacían saltar chispas al chocar de objeto en objeto.

El eco de los disparos se aposentó como polvo. Durante un rato, ninguno de los dos dijo nada. Daggart intentaba silenciar su respiración. El olor de la pólvora llenaba la sala. Los ioniza-dores funcionaban a tope, su zumbido era una especie de coro.

—¿Sigue ahí? —preguntó el del bigote desde las sombras. Daggart le oyó insertar otro cargador—. Puedo llamar a un médico, ¿sabe? Si está herido.

Daggart oyó sus pasos sobre el suelo de cemento. Un arras-trar y un arañar, un arrastrar y un arañar. El sonido se oía cada vez más cerca.

«Relájate. Respira. Paciencia y perseverancia.»

Daggart concluyó su tarea, se levantó y salió al pasillo con las manos y los brazos extendidos.

—No dispare —dijo—. Estoy desarmado…

El pistolero no esperó a que acabara. Disparó cinco veces en rápida sucesión. El pecho de Daggart estalló. Salió despedido hacia atrás como si hilos invisibles tiraran de él. Por un instan-te se despegó completamente del suelo. Luego aterrizó sobre el suelo de cemento con un golpe seco y estremecedor.

Se quedó allí, inmóvil, y un silencio turbio y pesado, tan palpable como el humo, cayó sobre la habitación.


Peter Dorfman sonreía. Además de haberse solicitado su ayuda para resolver el misterio de la desaparición del Quinto Códice, había podido coquetear desvergonzadamente con la mexicana más guapa que había visto nunca. Ana Gabriela era preciosa. Quizá un poco más lista de lo conveniente. Era una lástima que estuviera liada con Scott Daggart. Pero aun así había sido un buen día. Y todavía podía mejorar.

Mientras el sol se deslizaba tras las copas de los árboles que marcaban por el oeste la linde de Chichén Itzá, no dejaba de pensar en los jeroglíficos. El Diluvio. El dios descendente. El Camino. Todo aquello estaba relacionado de un modo oscuro y enigmático. El quid de la cuestión era descubrir cómo. Y aun-que no sentía verdadera inclinación por los mayas, disfrutaba de un buen rompecabezas. El hecho de que Scott Daggart tu-viera que agradecérselo era, por otro lado, un aliciente añadido.

Sus ayudantes recogieron las cosas y Dorfman y uno de sus doctorandos se quedaron a cerrar el yacimiento. Dorfman habría deseado que fuera una estudiante la que se quedara (las gemelas, especialmente), pero después de ver cómo había babeado con Ana Gabriela, las chicas habían sido de las primeras en marcharse. Daba igual. Estarían enfurruñadas uno o dos días, pero al final acabaría por atraerlas de nuevo a su harén. Siempre lo hacía.

Su alumno acabó de recoger un juego de brochas.

—Me marcho, Peter —dijo.

—De acuerdo.

—¿Necesitas algo más?

—Esta noche, no. Hasta mañana, Mike.

Mike se puso una camiseta y echó a andar por el camino desierto, en dirección al aparcamiento. Sus chanclas golpeaban el polvo, pero aparte de eso sólo se oía cantar a un pájaro. A aquellas alturas del día no había ya autobuses de turistas; tenían por costumbre marcharse horas antes.

Dorfman tapó las cajas y guardó bajo llave los fragmentos de cerámica. Casi había acabado cuando decidió echar un último vistazo a las fotografías. Las puso sobre la mesa y las comparó con las ilustraciones de *Dioses y símbolos de la antigüedad maya*.

El símbolo del hombre con la raya era el más relevante. Estaba seguro de ello. Y no había duda de que estaba relacionado con el Quinto Códice. El truco era descubrir en qué sentido lo estaba.

Cuando se disponía a meter las fotografías dentro del libro, levantó la vista por casualidad y vio a un hombre de pelo negro al otro lado de la mesa. No le había oído acercarse. Se preguntó cuánto tiempo llevaba allí. El hombre tenía la cara plagada de horrendas cicatrices y medio labio amputado. Peter Dorfman intentó disimular su repulsión.

—Las ruinas están por allí —dijo con brusquedad—. Aquí no hay nada que ver. —No era la primera vez que decía aquello ese día. Guardó las fotos en el libro y lo cerró.

—No he venido por las ruinas —dijo el otro sin inflexión en la voz.

—Entonces, ¿por qué ha venido?

—Por usted.

Dorfman levantó los ojos. Notó que se le encogía el estómago.

—¿Nos conocemos?

—Todavía no. Pero nos conoceremos muy pronto.

La franqueza con la que hablaba aquel hombre desfigurado resultaba inquietante. Dorfman entrevió las cachas de una pistola en su cinturilla.

—Hoy ha estado hablando con Ana Gabriela —dijo su interlocutor.

—Sí, pero tiene novio. Se llama Scott Daggart. No me interesa lo más mínimo. Créame. —Dorfman sintió que su boca se volvía pastosa—. Es muy guapa y todo eso, pero ya tengo novia. Pero en fin… Es a Scott Daggart a quien debería ver.

—No me interesa con quién salga Ana Gabriela.

—¿No?

El hombre sacudió la cabeza.

—¿No es su hermano mayor o algo así?

El otro volvió a sacudir la cabeza.

—Entonces ¿qué quiere? —preguntó Dorfman.

—Información.

—¿Qué clase de información?

—¿Dónde está el Quinto Códice?

Dorfman dudó sólo un instante.

—No sé de qué me está hablando —dijo.

—¿No ha hablado con Ana Gabriela del paradero del Quinto Códice?

Dorfman negó con la cabeza.

—No. Bueno… Estuvimos mirando unas fotografías y esas cosas, pero no tengo ni idea de dónde está escondido.

—Entonces ¿hablaron de ello?

Dorfman sintió que dos hilillos de sudor bajaban por sus costados.

—Bueno, sí, pero no sé dónde está.

—¿De veras?

—De veras.

El hombre escuchó su respuesta, dio media vuelta y con la misma rapidez se volvió de nuevo y acercó la mano a la tripa de Dorfman. Dorfman se sorprendió al sentir un cálido cosquilleo en el abdomen, como si alguien hubiera puesto un fardo caliente sobre su cuerpo, justo por debajo de las costillas. Miró hacia abajo y vio asomar un cuchillo en mitad de su estómago. La mano del hombre lo giraba como si estuviera vaciando una calabaza de Halloween.

Dorfman abrió la boca para hablar, para gritar, para gemir, pero de ella no salió nada. Sus labios formaron una O silenciosa.

El Cocodrilo se inclinó hacia él y le susurró al oído:

—Puede que ahora me ayude, ¿sí?

Dorfman asintió involuntariamente con la cabeza.

Sin molestarse en sacar el cuchillo, el Cocodrilo lo agarró por debajo de los brazos y lo arrastró hasta los matorrales. Cuando volvió a aparecer, unos minutos después, con las manos manchadas de rojo y el cuchillo chorreando sangre, se acercó a una de las cajas y levantó la tapa. Metió dentro el corazón de Peter Dorfman. Así, pensó, los arqueólogos tendrían algo interesante que descubrir al día siguiente.

Se acercó a la mesa de picnic y se limpió la sangre de las manos. Cogió el libro y lo examinó.

Un rato después, el Cocodrilo salió del aparcamiento de Chichén Itzá sonriendo, sin siquiera molestarse en limpiar la baba que colgaba de su labio medio abierto. El motivo de su regocijo era obvio: Scott Daggart era el siguiente.

# Capítulo 59

$L$os pasos del hombre del bigote resonaban en el techo bajo; sólo se detuvieron al llegar junto al cuerpo tendido de Scott Daggart. El pistolero se agachó estirando el brazo con el que sujetaba el arma, acercó la otra mano y buscó a tientas el cuello de Daggart. Si había pulso, no lo encontró.

Pero había algo. No era sangre exactamente, sino otra cosa. Algo fino y ligero. Demasiado grueso para ser piel. Demasiado firme. Y estaba hecho trizas. Levantó un trozo y se lo acercó a la nariz. Olía a moho, con ese mismo olor de los libros viejos.

Daggart aprovechó ese instante para levantar el brazo izquierdo, lanzando un golpe a la pistola del calibre 35 del pistolero. El del bigote logró hacer un disparo en un acto reflejo antes de que el arma cayera estrepitosamente al suelo. El destello del cañón bastó para que Daggart viera dónde estaba arrodillado su oponente. Cerró el puño derecho y le golpeó en la nuez con todas sus fuerzas. El del bigote gruñó y cayó hacia atrás. Daggart se levantó y se abalanzó sobre él mientras los libros acribillados y hechos jirones caían desde debajo de su camisa. Sentándose a horcajadas sobre su agresor, en el suelo de cemento, le echó las manos al cuello.

El otro le agarró de las muñecas y empezaron a forcejear en el suelo, en un chapucero tira y afloja. El corpulento pistolero era más fuerte de lo que esperaba Daggart, y los disparos que éste había recibido en el pecho (pese a su chaleco antibalas hecho de libros) le habían dejado falto de aliento. Aún tenía la impresión de que un gorila de ciento treinta kilos se había sentado sobre su esternón. Respiraba trabajosamente, le ardían los pulmones. Le costaba un gran esfuerzo mantener las manos sobre el cuello del pistolero.

El del bigote aflojó las suyas. Daggart se inclinó hacia él. El otro levantó las rodillas y Daggart salió despedido hacia delante. Aterrizó de espaldas, golpeándose contra el canto redondeado de una estantería metálica. El del bigote se alejó como pudo, a gatas.

Daggart le oyó palmotear el suelo de cemento en busca de la pistola. Sin apenas aliento y con un tobillo que no le permitía correr, Daggart sólo podía hacer una cosa. Echó mano de su cinturón y se lo quitó. Su extremo restalló en el aire como un látigo. Siguiendo el ruido que hacían las manos del pistolero sobre el cemento, saltó a ciegas hacia la oscuridad. Enrolló por completo el cinto alrededor del cuello del hombre y tiró con todas sus fuerzas.

El del bigote acercó las manos al cinturón y, metiendo los gruesos pulgares entre la correa y su cuello, consiguió apartarlo lo justo para poder respirar. Se inclinó bruscamente hacia delante, demostrando ser mucho más fuerte de lo que Daggart habría deseado, y lo lanzó por encima de sí. Se puso en pie, intentando desasirse. Pero Daggart aguantó.

Como un campeón de monta de novillos encaramado a su silla, Daggart arqueó la espalda y tiró de los dos extremos de la correa. El hombre boqueó, intentando respirar, se enderezó rápidamente y con la misma rapidez corrió hacia atrás con todas sus fuerzas, empotrando a Daggart contra una pared de cemento a toda velocidad.

Daggart oyó un chasquido en su espalda y sintió que el aire abandonaba su cuerpo de golpe. Un entumecimiento punzante recorrió su espina dorsal. El pistolero dio tres pasos adelante y retrocedió de nuevo velozmente, aplastando contra la pared a Daggart, cuyo cráneo rebotó contra el cemento. Dentro de su cabeza titilaron estrellas. Minúsculas luciérnagas encendidas baileteaban por los márgenes de su visión. Tiró más fuerte del cinto.

Cuando iba a verse incrustado en la pared por tercera vez, se abrieron las puertas del ascensor y un deslumbrante haz de luz cayó sobre el suelo. Salió un hombre de espaldas anchas, perilla y pistola. Se hizo pantalla con la mano sobre los ojos, intentando distinguir el alboroto del fondo del sótano.

—Ben, ¿estás bien?

—Su amigo está muerto —gritó Daggart casi sin aliento. Ben, alias el Bigotes, intentó hablar. Daggart apretó el cinturón—. Lo he matado yo. Baje el arma y hablaremos.

Las puertas del ascensor se cerraron. La oscuridad los envolvió de nuevo. El hombre de la perilla vaciló antes de hablar.

—¿Es eso cierto, Ben? ¿Me oyes?

Ben boqueaba, intentando tomar el más mínimo aliento. Daggart se lio ambos extremos del cinturón alrededor de las manos para hacer fuerza con todo el peso del cuerpo, impidiendo que entrara aire en la tráquea del pistolero. Ben el bigotudo se echó hacia atrás en un último intento de aplastar a Daggart contra la pared. Daggart desvió el envite.

—Créame —dijo Daggart—, está muerto. Deje el arma y hablaremos.

—¿De qué hay que hablar?

—¿Quiere el códice? ¿Es eso?

El hombre respondió con una ráfaga de balazos. Daggart se acurrucó tras la espalda de Ben, y las balas que impactaron en el Bigotes hicieron el ruido de un cuchillo romo al cortar un melón. El cuerpo de Ben se aflojó y cayó al suelo con la ligereza de un saco de patatas arrojado desde la ventana de un segundo piso. Daggart cayó con él. Soltó el cinturón, rodó de lado y se deslizó detrás de una estantería alejada a tiempo de esquivar una nueva andanada de balazos.

Cuando cesaron los disparos, estiró una mano hacia el pasillo hasta encontrar la pistola. La tocó un momento para acostumbrarse de nuevo a aquel peso que tan bien conocía. La asomó por el recodo de la estantería y apretó el gatillo. Oyó que el pistolero de anchas espaldas se lanzaba torpemente de cabeza buscando refugio. Cuando el eco se fue disipando poco a poco, el hombre dijo:

—¿Qué le ha hecho a mi amigo?

—Yo no le he hecho nada. Estaba vivo hasta que tú le has acribillado.

—Eso es mentira.

—Ven a verlo tú mismo.

El otro no respondió, ni parecía interesado en aceptar la oferta de Daggart.

—Si lo que queréis es el códice —dijo Daggart—, no lo tengo.

—¿Y qué hace aquí, si no ha encontrado el códice?

—He descubierto que el códice no existe, eso es lo que he descubierto. O por lo menos no está aquí.

—Está mintiendo.

—Ojalá. —Y luego—: ¿Quién os ha mandado a por mí? ¿Fue el Cocodrilo? ¿Los cruzoob? ¿Right América?

—No sé de qué me habla. —Pero se demoró lo suficiente para que Daggart sospechara que sabía perfectamente de qué le estaba hablando.

—¿Eres miembro de RA? —preguntó—. ¿Es eso? Lo sé todo sobre ellos, si eso es lo que te preocupa. Sé lo de Frank Boddick. Sé que mataron al hermano de Ana Gabriela y también a Lyman Tingley porque sabían demasiado. Y que Tingley estaba escribiendo el Quinto Códice de su puño y letra porque aún no había encontrado el original. Sé lo de la concentración. Sé…

—¿Sabe lo de la concentración en Tulum?

Bingo.

—Pues sí. Imagino que vas a ir.

Daggart le oía respirar. Prácticamente oía girar los engranajes de su cabeza. El de la perilla carecía del arrojo del Bigotes. Daggart supuso que, si pulsaba las teclas adecuadas, tal vez consiguiera hacerle hablar.

—Mira —prosiguió—, no tengo nada contra Right América, si eso es lo que crees. De hecho, estoy dolido porque nadie me haya pedido que me apunte. Pero sólo quiero saber por qué me perseguís. —No hubo respuesta—. Porque, en fin, yo no le he hecho daño a nadie. No soy más que un antropólogo que intenta hacer su trabajo. Y si creéis que conozco algún oscuro secreto sobre los mayas o el Quinto Códice, puedes ir enterándote: no es verdad. —Seguía sin haber respuesta—. Así que ¿qué me dices? Échame un cable. ¿Quién está detrás de todo esto y por qué quieren matarme?

Las puertas del ascensor se abrieron de pronto y Daggart vio entrar precipitadamente al hombre de la perilla. Se levantó de un salto y corrió por el pasillo a oscuras, pasando la mano izquierda por las estanterías para no desviarse mientras empuñaba el arma con la derecha. No podía dejarle escapar. Tenía que saber qué estaba tramando Right América, cuándo era la concentración y qué iba a pasar en ella.

La pistola asomó por la esquina de las puertas del ascensor y disparó una ráfaga en su dirección. Daggart se lanzó hacia un lado, sintiendo el zumbido de una bala junto a su oído. Cuando levantó la cabeza, el rectángulo de luz había desaparecido. Las puertas del ascensor se habían cerrado. El suave zumbido de los cables indicaba que el ascensor estaba llevando a su ocupante a la planta baja.

—¡Maldita sea! —gritó Daggart, dando una palmada en el suelo.

Corrió al ascensor y apretó el botón. La flecha se iluminó, pero sólo podría tomarlo después de que depositara a su pasajero en la planta baja y volviera al sótano.

Disponía de un minuto. Tal vez menos. Sacó la linterna, corrió por el pasillo y se acercó gateando al cuerpo sin vida del Bigotes. Le dio la vuelta. El suelo estaba pegajoso de sangre. Rebuscó en sus bolsillos en busca de una cartera, un pasaporte, un carné. No encontró nada parecido, pero se guardó un juego de llaves.

Las puertas del ascensor se abrieron con un tintineo. Daggart se levantó y volvió corriendo por el pasillo.

# Capítulo 60

Cuando Scott Daggart salió del ascensor en la planta baja, le recibieron una salva de luces rojas y el aullido de una sirena. La alarma de seguridad.

Miró de un extremo a otro de la sala, siguiendo el cañón de la pistola del calibre 35, y tardó sólo un momento en darse cuenta de que la puerta de la calle estaba entornada. Eso era lo que había disparado la alarma.

Se deslizó por la pared hasta llegar a la entrada. Empujó la puerta hacia fuera con la pierna buena. Al abrirse de par en par, la puerta dejó ver la noche clara y estrellada y a un hombre montando en una motocicleta al otro lado de la verja. El hombre se volvió, levantó su pistola y disparó tres veces, rápidamente, en dirección a Daggart. Revolucionó el motor y un momento después salió pitando calle abajo.

Daggart avanzó cojeando por la acera (cada paso una aguda punzada de dolor) y saltó la valla de hierro. Montó en la otra moto y hurgó en su bolsillo en busca del juego de llaves que acababa de quitarle al muerto. Insertó en el contacto la llave adecuada, pegajosa de sangre, y arrancó la moto. Una sinuosa hilera de coches policiales se aproximaba a la Biblioteca de Libros Raros; el estrepitoso chillido de sus sirenas tajaba el zumbido de la noche. Daggart no esperó a que llegaran. Irrumpió en la calle como un caballo de carreras cruza la línea de salida, con los ojos fijos en el lejano punto rojo que identificaba a la otra motocicleta.

La moto de delante viró hacia el este en Sharia el Tahrir y Daggart se preguntó adónde se dirigía el de la perilla. ¿A la Ciudadela? ¿Al barrio islámico? ¿Al aeropuerto? Daggart hacía lo que podía para no perderlo de vista zigzagueando entre el tráfico.

Un semáforo los paró a todos (a coches y ciclomotores, a motos y camionetas) y Daggart rodeó poco a poco un taxi por la derecha, utilizando el vehículo como escudo. Un camión pitó de pronto y el hombre de la perilla se giró. Sus ojos se agrandaron cuando reconoció a su perseguidor. Sin esperar a que cambiara el semáforo, enfiló el cruce a toda velocidad. Una docena de coches frenó de golpe, prorrumpiendo en un guirigay de cláxones y chirridos. Un momento después, Daggart cruzó también la intersección y arrancó a los coches otra tanda de bocinazos.

Las dos motocicletas avanzaron por el bulevar con el acelerador a tope. El aire cálido de la noche azotaba la cara de Daggart. Se colocó en paralelo a la otra moto. El de la perilla sacó su pistola y le disparó dos veces a la cabeza. Daggart frenó de golpe y la moto estuvo a punto de volcar. Agarrando al manillar, intentó mantenerla derecha. Del pavimento todavía caliente subía un olor acre a goma quemada. El Perilla giró en el cruce y desapareció calle abajo. Daggart logró arrancar de nuevo la moto y salió tras él.

Circulaban a más de ciento cuarenta kilómetros por hora, pasando por delante de renqueantes hormigoneras y volando en torno a lentos carros tirados por burros. Arqueaban el cuerpo. Los pedales hacían saltar chispas al rozar el cemento. Las motos se deslizaban de un carril a otro sin la más leve vacilación, con el vaivén de los esquiadores en un eslalon pendiente abajo.

Al pasar de una bocacalle a una avenida les salió al paso un mar de luces rojas. Un accidente había detenido el tráfico.

El de la perilla no vaciló. Se dirigió hacia el bordillo, subió a la acera y enfiló rugiendo el estrecho camino de cemento. Las parejas se separaban saltando a ambos lados para ponerse a salvo. Daggart le siguió. Oía los exabruptos indignados de los transeúntes al pasar por su lado.

Las motocicletas saltaban bordillos, sorteaban señales, atravesaban el gentío abriéndose paso entre él. Las hojas bajas de las palmeras golpeaban la cara de Daggart, casi cegado por ellas.

Levantó la vista y reconoció el minarete de la mezquita de Al-Azhar. Estaban entrando en Khan el-Khalili, el bazar más famoso de El Cairo. Tenía más de seiscientos años de antigüedad y albergaba literalmente miles de pequeñas tiendas y restaurantes dentro de un laberinto de viejos edificios tambaleantes, ennegrecidos por el humo de los tubos de escape. Daggart vio a una manzana de distancia que sus aceras enmarañadas estaban repletas de vendedores y clientes. De día o de noche, Khan el-Khalili era el lugar más populoso de El Cairo. Un auténtico tapón humano.

Un lugar magnífico para perderse.

Daggart supuso que el de la perilla dejaría su moto y huiría a pie. Supuso mal.

El pistolero irrumpió entre la multitud con la despreocupación de un loco, tirando transeúntes al suelo y volcando carros y carretas. Daggart, en cambio, aminoró la marcha y saltó de la motocicleta. Un dardo de dolor atravesó su tobillo. En un esfuerzo por ignorarlo, comenzó a mover rítmicamente brazos y piernas. La moto de delante apenas se veía, pero la vereda que iba abriendo entre la gente, tan clara como la estela de un barco, hacía fácil seguirla.

Khan el-Khalili era una inmensa panoplia de zocos ordenada por oficios y gremios. Por todas partes, a uno y otro lado de los callejones, se alineaban bares en los que, apiñados en torno a mesitas redondas, los hombres fumaban en narguile un tabaco de sabor afrutado, como llevaban haciendo cientos de años. El olor del humo, dulzón como sirope de manzana, de melocotón o mango, era casi mareante cuando Daggart pasó corriendo.

Le sorprendió que la motocicleta frenara y virara hacia una madriguera de callejones. Los ruinosos edificios de dos y tres plantas se combaban pesadamente hacia dentro, como si, tras varios siglos en pie, se acercara el día de su derrumbe. Los bocinazos de la motocicleta resonaban, insistentes, en sus paredes oscurecidas por el hollín.

Daggart se descubrió en el zoco de las especias, y al tiempo que una sofocante mezcla de aromas asaltaba sus sentidos (sándalo y azafrán, menta y mirra, clavo, cilantro y comino), una estampa de pellejos de pitón y hediondos despojos colgados de los techos le dio la bienvenida. Un mundo surrealista de imágenes y olores.

El callejón se estrechaba claustrofóbicamente. Apenas había espacio para una persona, mucho más para una motocicleta. Daggart dobló una esquina y vio la moto encajada entre dos paredes. La rueda trasera giraba aún. Del motorista no había ni rastro.

Daggart avanzó hacia la moto por el pasadizo en forma de embudo, gruñendo de dolor. Le ardía el pecho por la carrera y tenía la garganta seca y rasposa; aquella mezcla de contaminación y olores exóticos había agravado su deshidratación.

El gentío fue disminuyendo mientras corría por callejones cada vez más remotos, hacia el centro mismo del laberinto. Como piloto, siempre se había preciado de su fino sentido de la orientación, pero en ese momento no habría podido decir en qué dirección iba ni aunque le hubieran pagado por ello un millón de dólares. Sólo sabía que iba media manzana por detrás del hombre que había intentado matarle.

Al doblar una esquina, una bala pasó silbando junto a su cabeza y arrancó un trozo de cemento. Agachó la cabeza y se pegó a la pared. Respiraba agitadamente, intentando recuperar el aliento.

Se puso de rodillas, con el tobillo derecho agarrotado e inmóvil, y miró por la esquina. El de la perilla había llegado a un callejón sin salida. Daggart retiró la cabeza antes de que otra bala pasara zumbando por su lado.

—No quiero hacerte daño —gritó, y su voz retumbó en la maraña de callejones—. Sólo quiero que hablemos.

—¡Hablar! —dijo el otro con voz cargada de ansiedad—. ¿Como en la biblioteca? ¿Así?

—No fui yo quien mató a tu amigo. Fuiste tú.

—¡Pero usted me hizo creer que le había matado! ¡Fue un truco! ¡Me tendió una trampa!

Daggart comprendió que, para poder negociar, primero tendría que conseguir que se calmara.

—Te pido disculpas. Sólo intentaba salvar la vida.

—Pues le funcionó. Me hizo matar a Ben.

—Lo siento. Si hubiera podido escapar de otra manera, lo habría hecho. Estaba arrinconado.

—Como yo ahora, ¿eh?

—Hay una diferencia. Yo te estoy ofreciendo una salida.

—¿Cuál? —preguntó el otro, beligerante.

—No quiero matarte —dijo Daggart—. Sólo quiero respuestas.

El otro no respondió, y Daggart no pudo hacer otra cosa que esperar, confiando en salirse con la suya. Una breve eternidad llenó aquellos instantes de silencio. Desde los callejones cercanos llegaba el eco de las conversaciones, de los regateos, de los gritos de reclamo de los comerciantes.

Daggart pensó que había dado al de la perilla tiempo de sobra para sopesar su oferta. Era hora de cerrar el trato. Sacó la pistola del calibre 35 y se atrevió a mirar por la esquina.

El hombre seguía al fondo del callejón (eso no había cambiado), pero sujetaba delante de sí a una niña egipcia. Le apuntaba a la cabeza con la pistola.

Daggart calculó que la niña no tendría más de doce o trece años. Había abierto los ojos de par en par y le corrían lágrimas por las mejillas morenas.

—Mira —dijo Daggart al doblar la esquina. Arrojó la pistola delante de sí y el arma resbaló por los adoquines—, no voy armado. No quiero hacerte daño. Así que ¿por qué no dejas que la niña se vaya para que podamos hablar?

—¡No! —gritó el otro, histérico—. Es una trampa. Igual que la otra vez.

—No es una trampa. No puedo hacer nada —dijo Daggart. Intentaba ser persuasivo sin apabullarle—. Estoy solo. Y no soy yo el que tiene un arma. Eres tú. Tú ganas. Así que ¿por qué no dejas que se vaya?

Daggart extendió los brazos a ambos lados. Cuarenta metros le separaban del otro hombre. Podía darse por muerto, si al de la perilla se le antojaba y no era del todo malo disparando.

—¡No se acerque! —gritó el hombre. Apretó la pistola contra la sien de la muchacha, que sollozaba suavemente.

—Está bien —dijo Daggart—. Me quedo aquí.

—¿De qué quiere hablar? —preguntó el hombre de la perilla.

—¿Trabajas para Right América?

—Eso no puedo decírselo.

Daggart detectó una grieta en la armadura.

—Venga, hombre. Algo podrás decirme.

—Pero usted es el enemigo.

—Yo no soy el enemigo. Mírame. —Sonrió y extendió los brazos y las piernas, como el *Hombre vitruviano* de Da Vinci—. ¿Por qué no dejas que la chica se vaya y hablamos?

—¡No! —El hombre miraba frenético de un lado a otro.

—De acuerdo, está bien. Quédate con la chica. Pero no le hagas daño. Y recuerda que no quiero hacerte nada.

El de la perilla asintió en silencio.

—No soy ningún peligro. Sólo soy un profesor —dijo Daggart—. Lyman Tingley era amigo mío. —No era del todo cierto, pero casi.

—Lyman Tingley era un enemigo de Right América. Un traidor a nuestra causa.

—¿Por qué lo dices?

—Porque prometió entregar el manuscrito y luego se lo quedó.

Así que ésa era la patraña que habían contado a los militantes de a pie.

—Puede que nunca lo encontrara. ¿Se te había ocurrido?

—Sí que lo encontró. Salió en todas las revistas. Él mismo lo dijo.

Eso Daggart no podía negarlo.

—¿Y si era una falsificación? ¿Y si Right América le estaba pagando para que confeccionara el Quinto Códice como ellos querían que estuviera escrito?

—¿Qué está diciendo?

Daggart bajó los brazos despacio y sacó las páginas que se había metido en la cinturilla del pantalón. Las levantó como un vendedor de periódicos anunciando un extra.

—¿Qué es eso? —preguntó el de la perilla. Daggart detectó por primera vez auténtica curiosidad en su voz. Tal vez incluso miedo.

—Son las páginas en las que estaba trabajando Lyman Tingley antes de que le mataran —explicó—. Se supone que son el Quinto Códice, pero Tingley las estaba falsificando. Son de su invención.

El otro sacudió la cabeza violentamente.

—Eso es mentira. Lyman Tingley descubrió el Quinto Códice. Vio que anunciaba la llegada del mesías. No tenía por qué inventarse nada. —El miedo de su voz había dejado paso a una convicción sin fisuras—. Está escrito: «Y será cuando pueble la tierra una nación y sólo una».

Daggart no sabía si había oído bien.

—¿De dónde es esa cita?

—De las Escrituras.

—¿De qué escrituras?

—Del Quinto Códice.

Daggart estaba confuso.

—¿Cómo puedes citar un manuscrito que no se ha publicado aún?

—Se han publicado partes —contestó el otro con aire de satisfacción—. Y como todos los verdaderos creyentes, yo las he memorizado.

—¿Puedes citarme alguna más?

—Usted no es miembro de Right América.

—¿Y si te dijera que quería serlo?

—«Habrá infieles entre vosotros, como lobos disfrazados de corderos.»

—Entiendo. —Daggart bajó las páginas falsificadas. El otro no parecía tener el menor interés en examinarlas. Ni en oír la verdad.

—Háblame de esa concentración en Tulum —dijo Daggart.

—Ese día se aclarará todo.

—¿Quién irá?

—Todo el mundo.

—¿Hablará Frank Boddick?

—El reverendo Boddick —puntualizó el de la perilla—. Por supuesto.

A Daggart le costaba imaginarse en el papel de clérigo a la estrella de *Caza mortal II*.

—¿Va a presentar el Quinto Códice?

—Sí.

—Y apuesto a que ya sabes lo que va a decir.

—En parte sí.

—Pero algo me dice que no vas a contármelo.

—Lo descubrirá muy pronto. —Una sonrisa sagaz iluminó su cara—. Falta menos de una semana para que lo sepa el mundo entero.

—Entonces, ¿qué puedo hacer para que sueltes a la chica? —preguntó Daggart.

—Nada —contestó el otro, desafiante.

—Vamos. Ella no ha hecho nada.

—Puede que no, pero si la suelto vendrá a por mí, igual que me ha seguido hasta aquí. Y mis órdenes están muy claras. No hay marcha atrás. A ésta sólo le queda la salvación eterna.

Daggart vio en la cara de la niña la vulnerabilidad de Susan. Se preguntó si ella había sentido el mismo terror que aquella muchacha de ojos enormes.

—Pero no ha hecho nada —dijo alzando la voz sin pretenderlo—. Es inocente.

El de la perilla no respondió. Apretó con más fuerza los frágiles hombros de la niña.

—Por favor —continuó Daggart—. Suéltala. Dámela y te dejo en paz. Volveré a Estados Unidos. Hasta podemos fingir que me has matado, si te sirve de algo.

—¿Lo dice en serio?

—Absolutamente.

El otro asintió en silencio. Pareció sopesar sus opciones, pareció a punto de decir algo. Pero se distrajo momentáneamente y agarró con menos fuerza a la muchacha. Ella aprovechó la ocasión para desasirse bruscamente de sus garras. Metió la cabeza bajo su brazo, apartó sus manos y echó a correr por el callejón con el terror de un animal perseguido, de un zorro que huyera a la desesperada de algún perro.

—¡No! —gritó Daggart, haciéndole señas de que se detuviera.

Pero era demasiado tarde. El hombre efectuó un solo disparo. Había vuelto la pistola hacia sí y la bala penetró en su cerebro matándole en el acto.

## Capítulo 61

—*T*ingley no tenía el Quinto Códice —dijo Daggart—. Lo estaba escribiendo.

—No entiendo.

La voz de Ana sonaba lejana y débil, y Daggart se pegó el teléfono a la oreja. Se había detenido junto a su puerta de embarque, en el Aeropuerto Internacional de El Cairo, y el trasiego de los pasajeros y el ruido amortiguado de la megafonía le impedían oír bien. Ya le había dicho que, después de que el pistolero se matara en Khan el-Khalili, él se había perdido entre el gentío y había cogido un taxi hasta el aeropuerto, sin molestarse siquiera en volver a su hotel. En el último momento había conseguido pasaje en un vuelo a Cancún que hacía escala en Roma. Mientras hablaba, un sol brillante y anaranjado se alzaba sobre la pista de despegue.

—Imagino que los de Right América decidieron que, si el propio Tingley escribía el Quinto Códice, podrían poner en él lo que quisieran —dijo—. En lugar de buscar el original, contrataron a Lyman Tingley para que les hiciera uno nuevo.

—¿Estás seguro?

—Tengo los papeles que estaba usando como modelo. —El pequeño fajo había sobrevivido al tiroteo en la Biblioteca de Libros Raros y a la persecución por el bazar de El Cairo—. Tingley no iba a la biblioteca a estudiar el manuscrito. Iba a falsificarlo.

—Pero ¿por qué se prestó a eso? Yo creía que en su campo era muy respetado.

—Y lo era, pero hay una respuesta muy sencilla. —Daggart recordó la última hoja de papel que había encontrado en la caja de Tingley, en el fondo mismo de aquella fortificación metálica. Era una fotocopia del recibo de una transacción con el Banco Nacional de las Islas Gran Caimán. Un cheque por cinco millones de dólares—. Right América descubrió cuál era el precio de Tingley. Y era más dinero del que habría ganado en toda una vida dedicado a la enseñanza. —Le habló a Ana de su descubrimiento.

—¿Dónde está la fotocopia? —preguntó ella.

—La he mandado por mensajero a mi casa de Chicago, junto con todo lo que encontré en la caja de Tingley: los papeles, el falso códice, todo. Hay una oficina de correos aquí, en el aeropuerto. He sido su cliente más madrugador.

—¿Tingley tuvo alguna vez el Quinto Códice?

—Creo que no.

—Entonces ¿por qué no acabó la falsificación? —quiso saber Ana.

—Imagino que en algún momento, después de aceptar trabajar para Right América, descubrió dónde estaba escondido el códice auténtico. Y posiblemente al descubrirlo perdió interés por la falsificación.

—¿Para qué molestarse con una falsificación si podía hacerse famoso con el mayor descubrimiento del siglo?

—Exacto.

—¿Aunque hubiera ganado más dinero con Right América?

—Recuerda que, a pesar de su talento, Lyman Tingley era uno de los hombres más vanidosos que he conocido nunca. Descubrir el Quinto Códice habría puesto su nombre en los libros de historia para siempre jamás. Y esa clase de fama no se compra ni con cinco millones de pavos.

—Si descubrió dónde estaba el Quinto Códice, ¿por qué no lo recuperó?

—Puede que fuera demasiado difícil. Determinar su ubicación es una cosa. Y abrirse paso en la selva, otra muy distinta.

—¿Y por qué regresó a El Cairo la semana pasada?

—En mi opinión, quería dejar pistas para que alguien encontrara la falsificación. Quería desentenderse del asunto, pero Right América no lo dejó. A pesar de todos sus defectos, Tingley dejó una serie de pistas para que yo, u otra persona, descubriera que su códice era falso.

—Y encontrara el auténtico.

—Y encontrara el auténtico —repitió Daggart.

—Tenía que estar muy seguro de dónde se hallaba el verdadero códice.

Daggart había llegado a la misma conclusión. Pero pese a todas las pistas dejadas por Tingley, seguía sin poder señalar la ubicación precisa del Quinto Códice. Si tuviera sólo una pieza más del rompecabezas, tal vez el cuadro tomara forma definitiva.

—Sigue habiendo una cosa que no entiendo —dijo Ana—. Dices que Tingley era muy listo. ¿Cómo pudo pensar que iba a hacer pasar por auténtica una falsificación?

—Eso es lo asombroso. Cuando abrí la caja y tuve el manuscrito en mis manos, pensé que era un original. El papel, la encuadernación, las ilustraciones, las esquinas carcomidas por el moho, todo. Quiero decir que tenía pinta de ser auténtico.

—¿Cómo lo hizo?

—Supongo que encontró papel de ese periodo y empezó por ahí. Si se databa con carbono, parecería del siglo XII o XIII. Y como los jeroglíficos parecían absolutamente auténticos, dudo que algún científico se tomara la molestia de analizar la tinta. Una vez verificado el papel, lo darían por auténtico y lo meterían en una vitrina herméticamente cerrada para que todos lo vieran. El nuevo gran hallazgo para los expertos de todo el mundo.

—¿Y su contenido?

—El que quisiera Right América. En cuanto Uzair reciba el paquete tendremos una traducción aproximada.

—¿Y qué hacemos ahora?

Daggart miró su billete. Faltaban diez minutos para que embarcara.

—Aterrizo en Miami esta noche y llego a Cancún mañana. Ponte en contacto con Héctor Muchado. Quiero que nos reunamos con él lo antes posible.

—¿Y luego qué?

—Luego haremos lo que Lyman Tingley me pidió que hiciera desde el principio.

—¿El qué?

—Encontrar el Quinto Códice.

# Capítulo 62

*E*mpezó a llover tan pronto salieron de Cancún. Scott Daggart y Ana Gabriela tomaron la carretera federal 180 en dirección oeste, y gruesas y densas gotas de lluvia comenzaron a estrellarse contra el parabrisas. Poco después, el cielo desató toda su furia. Los limpiaparabrisas del coche de Ana se esforzaban por dar abasto. Los neumáticos siseaban sobre el pavimento húmedo como una serpiente enroscada a punto de atacar.

Daggart había llegado una hora antes. Nada más pasar la aduana la vio allí de pie, algo apartada, vestida con una falda negra y una blusa blanca, las joyas de plata impecables sobre su piel de color café. A Daggart le sorprendió lo grato que era (lo reconfortante que era) verla allí.

La abrazó. Fue un gesto impulsivo al que ella pareció corresponder. Era como si, durante su separación, Daggart hubiera comprendido cuánto la echaba de menos. A una persona a la que, en apariencia, apenas conocía. Aquello fue una sorpresa. Creía que tales sentimientos habían muerto para él dieciocho meses antes.

Desde entonces no habían parado de hablar, relatándose mutuamente sus experiencias de los tres días anteriores. Las palabras manaban con la misma facilidad, con tan poco esfuerzo como si fueran una pareja casada contándose qué tal les había ido el día. Daggart le contó sus aventuras en El Cairo. Ana le habló de su encuentro con Peter Dorfman y de la hipótesis de éste acerca del símbolo de la gran inundación.

—¿Has sabido algo de él desde que os visteis? —preguntó Daggart.

Ella negó con la cabeza y le ofreció su teléfono móvil. Daggart marcó el número de Dorfman. No hubo respuesta y dejó un breve mensaje.

—Entonces, ¿cuál crees que es el vínculo? —preguntó Ana—. La carretera, el dios descendente, la inundación…

—No tengo ni la menor idea. Confío en que Héctor Muchado pueda echarnos una mano con eso.

Se quedaron callados de pronto. La lluvia apedreaba el techo del coche.

—¿Puedo preguntarte algo? —dijo Daggart por fin—. Sobre tu hermano.

Ana mantuvo los ojos fijos en la carretera.

—Claro —contestó.

—Si no quieres…

—No, no pasa nada.

—Si tu hermano no le dijo al Cocodrilo lo que quería saber, ¿por qué crees que le mataron?

Ella no respondió al principio. Sólo se oía el ruido de la lluvia en el techo del coche y las salpicaduras que levantaban los neumáticos sobre la carretera mojada.

—Puede que fuera una advertencia —dijo Ana.

—¿Para quién?

—Para Lyman Tingley. A fin de cuentas, era él quien tenía la información. Quizá confiaban en asustarle, matando a uno de sus ayudantes.

—¿De veras crees que tu hermano no les dijo nada?

Ella esbozó una sonrisa triste.

—Mi hermano era más terco que yo. No les habría dicho nada que no debieran oír.

Daggart la creyó.

—Entonces, si mataron a tu hermano para escarmentar a Lyman Tingley, ¿por qué mataron también a Tingley?

Ella se encogió de hombros.

—Puede que supieran todo lo que necesitaban saber.

—Es posible —dijo Daggart, no muy convencido.

—O puede que crean que hay otra persona que lo sabe.

—¿Quién?

Ana apartó la mirada de la carretera y miró a Daggart.

—¿Quién crees tú?

—Pero yo no sé nada. Al menos, no lo que ellos quieren.

—Eso dices tú, pero yo creo que sabes más de lo que piensas. Descubriste que faltaba un símbolo en la estela. Descubriste el vínculo con Casiopea. Y que Tingley estaba haciendo una falsificación. ¿Por qué no pensar también que darías con la solución?

—Puede ser.

—Asúmelo: eres más listo de lo que pareces.

Daggart se volvió hacia ella para ver si estaba bromeando, pero ella no sonrió. Al principio. Luego se echó a reír.

—Casi te lo crees.

A Uzair Bilail le despertó una llamada a la puerta. Salió a trompicones del cuarto de invitados de la casa de Scott Daggart en Evanston. Mientras se ponía un albornoz y cruzaba descalzo el cuarto de estar, se preguntó quién llamaría a la puerta a una hora tan intempestiva: las diez de la mañana. Se suponía que los alumnos de doctorado dormían hasta tarde. Era lo normal. ¿Cómo, si no, iban a descansar si se quedaban estudiando hasta las cuatro de la madrugada?

En cuanto pegó el ojo a la mirilla y vio al hombre con el uniforme de Federal Express, se acordó de su conversación de la víspera con Scott. Abrió la puerta y firmó para hacerse cargo del paquete.

Se vistió a toda prisa y puso una cafetera. Abrió la caja y desparramó su contenido sobre la mesa de la cocina como si fuera un jugador arrojando los dados. «A ver qué tenemos aquí.»

Estaban las hojas en blanco de las que le había hablado Scott. La fotocopia del cheque por valor de cinco millones de dólares. El manojo de papeles que estaba copiando Tingley. Y allí, tan auténtico en apariencia como cualquiera que Uzair hubiera visto en un museo, estaba el códice. El falso códice. Sabía que era una falsificación, pero se le aceleró el pulso de todos modos.

Lo apartó todo a un lado. Rodeado por su reconfortante montón de libros de consulta, empezó a examinar el códice, anotando una primera traducción en un cuaderno de rayas amarillo. Sería muy largo revisar todas las páginas que había escrito Tingley, pero Scott había dicho que necesitaba la traducción lo antes posible. Y Uzair Bilail no quería decepcionarle.

# Capítulo 63

*L*a nostalgia se apoderó de Daggart mientras Ana conducía por las calles de Mérida, empapadas y atestadas de tráfico. Había pasado allí semanas gloriosas encerrado en el Museo Regional de Antropología de Yucatán y conocía bien la ciudad. Los edificios coloniales, cenicientos e incoloros que dominaban su arquitectura hacían fácil comprender por qué la apodaban «la ciudad blanca».

La catedral de dos chapiteles de su izquierda era una excepción, claro está. Considerada por muchos la primera catedral jamás construida en Norteamérica, presentaba una ampulosa fachada renacentista. La sola imagen del edificio le trajo un aluvión de recuerdos. Casi parecía un sueño que Susan y él hubieran pasado toda una tarde recorriendo la iglesia. Un domingo de junio. Un calor sofocante. Sus ropas empapadas de sudor.

«¿Ocurrió de verdad? ¿De verdad estuvimos aquí?»

Los recuerdos se hacían cada vez más difusos con el paso del tiempo. Como las viejas cintas de VHS, sus imágenes se difuminaban a medida que los días y las semanas derivaban en meses y años.

—¿Estás pensando en tu mujer? —La voz de Ana. A Daggart le sorprendió su intuición. En eso era como Susan (o como todas las mujeres, quizá, qué diablos): podía leerle el pensamiento.

—Sí. Lo siento. Ya estoy aquí otra vez.

—No hace falta que te disculpes. —El Volkswagen se paraba, arrancaba, avanzaba lentamente entre los coches pegados unos a otros—. ¿Estuviste con ella en Mérida?

—Pasamos una temporada aquí mientras yo estudiaba en el museo.

—Una ciudad bonita, ¿verdad?

—Una de nuestras favoritas. No tan turística como Cancún.

—Y la gente está orgullosa de su herencia maya. Aquí se ven muchas más mujeres con huipiles. La gente de Mérida se considera primero peninsular y luego mexicana.

—¿Y tú? ¿Qué te consideras?

—Yo soy mexicana —contestó ella sin vacilar—. O sea, *mestiza*.

Los mexicanos eran de ascendencia española, india o mestiza. De sangre mezclada. Daggart sabía que casi dos tercios de los mexicanos eran mestizos.

—Yo no soy de aquí —añadió Ana—. Así que no puedo decir que sea peninsular.

—Viniste a Yucatán a ayudar a tu hermano, ¿verdad?

—Sí.

—¿Y cómo es que tu apellido es distinto?

—Me extrañaba que no me lo hubieras preguntado aún. —Una oleada de rubor le subió por el cuello—. Es el apellido de mi marido. El mío de soltera es Benítez.

—¿Estás casada?

—Lo estuve. Estuvimos muy poco tiempo juntos. Éramos jóvenes. No sabíamos lo que hacíamos. Le culpo a él tan poco como me culpo a mí misma.

—¿Fue antes de que te mudaras a Yucatán?

—Sí, antes. De hecho, en parte fue por eso por lo que me mudé. Necesitaba huir, empezar de nuevo. Irme lo más lejos posible.

Daggart lo entendía. Eso era lo que había hecho casi toda su vida, hasta que conoció a Susan.

—¿Por qué te detuviste en la frontera? —preguntó, sólo a medias en broma—. ¿Por qué no te fuiste a España?

Ella sonrió.

—Ésa es una relación muy complicada. La de México con España.

—¿Qué quieres decir?

—Compartimos cierto legado, y hay rasgos culturales comunes, claro. Pero los españoles fueron nuestros dominadores. Cruzaron el océano para someternos. A fin de cuentas, el primer mestizo fue más o menos fruto de una violación. Te aseguro que la mayoría de las mujeres aztecas y las mayas no se sometieron voluntariamente a las atenciones de los conquistadores. Y ésa no es forma de fundar un país.

—No.

—Como te decía, es muy complicado.

—¿Y vuestra relación con los mayas?

Ana se quedó pensando un momento. Los limpiaparabrisas se movían con el ritmo de un metrónomo.

—Más complicada aún —dijo ella por fin—. Estamos orgullosos de nuestra herencia indígena. Nos diferencia de los conquistadores, al fin y al cabo. Los indios estaban aquí primero, así que en muchos aspectos representan al verdadero México. Sin embargo, por irónico que parezca, no hay un grupo al que la gente mire más por encima del hombro que a los indígenas. Hay un refrán que dice que, cuanto más pobre eres, más indio. Y viceversa, por supuesto. Se han convertido en objeto de escarnio, y de prejuicios, evidentemente.

—Son los indios del pasado a los que se emula, no a los indios del presente.

—Eso es muy cierto.

Daggart pensó en lo que le había dicho Ana, sopesando en silencio las semejanzas entre México y Estados Unidos. Demasiadas historias compartidas de conquistadores que sometían a pueblos nativos y borraban de la faz de la tierra culturas indígenas.

—¿Te molesta lo que ha pasado con Playa del Carmen?

Ana frunció el ceño y se lo pensó un momento. Tamborileó sobre el volante con los pulgares.

—Es una espada de doble filo, ¿no es así? A Quintana Roo le va mejor que nunca. Ahora tenemos más turistas que cualquier otro estado de México, así que hay más trabajo que nunca. Pero me preocupa que estemos asumiendo el papel de anfitriones complacientes. Siempre risueños y serviciales. En cierto modo, no es más que una forma aguada de esclavitud.

—¿Y cómo se rompe el círculo?

—Haciéndonos valer. Tenemos que empezar a creer otra vez en nosotros mismos.

—¿Consideras que es posible? —preguntó Daggart mientras observaba su rostro.

—Sí —contestó ella, entre convencida e indecisa—. Yo no viviré para verlo, pero es posible.

Daggart asintió con la cabeza. Odiaba ver la Riviera Maya convertida en poco más que un Disneylandia mexicano. Su historia era más auténtica, y sus pobladores mucho más dignos que todo eso.

Los limpiaparabrisas chirriaban y gemían mientras luchaban por mantenerse al ritmo del redoble de la lluvia. El humo de un autobús parado invadió el coche.

—Vamos —dijo Ana—. Salgamos de esta calle.

Tomó un desvío y avanzaron en zigzag por las calles de Mérida, cruzando una zona residencial al noroeste de la Universidad de Yucatán. Era allí donde Héctor Muchado había enseñado durante casi cuarenta años y donde se había afianzado como uno de los principales expertos mundiales en antropología maya. Al acercarse a su destino, Daggart sintió los primeros efectos de la adrenalina. No sólo iba a tener ocasión de conocer a unos de los grandes estudiosos del mundo maya de todos los tiempos, sino que, con un poco de suerte, hallarían las piezas perdidas del rompecabezas.

Buscaron la dirección de Muchado escudriñando la calle a través del parabrisas empañado y cubierto de lluvia. Era una sencilla casa de dos plantas con las paredes enjalbegadas y postigos verdes, como casi todas las del vecindario. Dos ventanales idénticos miraban el cuidado y diminuto prado de césped como un par de ojos curiosos. La calle estaba flanqueada de altísimas palmeras que se inclinaban al azote de la lluvia.

Daggart y Ana salieron del coche y corrieron hacia la casa esquivando charcos y gotas de lluvia y riendo como colegiales.

No repararon en el coche parado a media manzana de allí. Ni se fijaron tampoco en el hombre de cara escamosa y medio labio amputado que acercó el coche al bordillo y se deslizó en el asiento hasta que sólo sus ojos y su frente sobresalieron por encima del borde de la ventanilla, como un cocodrilo al acecho.

# Capítulo 64

*H*éctor Muchado era un hombre delgado, de cara pálida y enjuta, ojos marcados por patas de gallo y frente abrumada. Llevaba sobre la espalda levemente encorvada una chaqueta de punto azul claro, sin abrochar, y arrastraba los pies al andar. Aunque no había nada extraordinario en su apariencia física (parecía un modelo de revista de la Asociación Americana de Pensionistas, en su rama mexicana), Daggart tuvo la impresión de que era un hombre sabio y generoso de espíritu. Había en su modo de mirar a la gente, incluso a un desconocido como Daggart, algo de penetrante, inquisitivo y afectuoso.

Mientras ellos permanecían sentados a la mesa de la cocina, Héctor se afanaba en el fogón, preparando té caliente con limón. La lluvia repicaba en las ventanas.

—Entendía a los mayas como muy pocos alumnos míos —dijo, refiriéndose al hermano de Ana—. No sólo su lengua y sus costumbres: entendía a la gente. Lo cual no es poco.

Apartó del fuego la tetera sibilante y vertió el agua hirviendo en tres tazas de porcelana.

—No saben cuánto lo sentí cuando me enteré de que había fallecido. A veces tengo la impresión de que soy un hombre sitiado por la muerte. Casi todas las personas que conocía han desaparecido: mis padres, mi esposa, mis dos hermanos, hasta uno de mis hijos. Y ahora, Javier.

Las tazas y los platillos tintinearon en sus manos al llevárselos a Ana y Daggart. El temblor de un anciano.

—Resulta irónico. Me he pasado toda una vida estudiando a los mayas, una civilización brillante, pero también sanguinaria. Y aun así no me he acostumbrado a la muerte. Cuando sucede, me duele todavía más. Cualquiera pensaría que tendría que haberme acostumbrado a su fatalidad, pero lo cierto es que cada vez me afecta más.

Hablaba con total sencillez y tristeza. Daggart dudaba de que un par de años antes hubiera podido conectar con él. Ahora que había perdido trágicamente a un ser querido, le entendía demasiado bien.

«Ay, Susan…»

Héctor se sentó entre sus invitados, ante la mesita, y fijó su atención en Scott Daggart.

—Y usted tampoco se queda corto, como suele decirse. —Daggart y Ana contuvieron una sonrisa al oírle—. He leído muchos de sus artículos. También usted parece entender el cuadro general. —Puso una mano temblorosa sobre la de Daggart y le miró a la cara—. Siempre doy gracias por que haya personas entregadas al estudio.

Daggart se sintió más honrado de lo que podía expresar.

—Eso significa mucho para mí, viniendo de usted.

Héctor desdeñó el cumplido con un ademán.

—Yo soy un viejo. Pronto estaré muerto. Ahora les toca a sus colegas y a usted llevar el conocimiento sobre la cultura maya a un nuevo nivel. Y no me cabe ninguna duda de que lo lograrán.

—Por eso precisamente estamos aquí. Tenemos algunas dudas que creemos que usted podría despejar.

Héctor se encogió de hombros afablemente.

—Sé muchas cosas, pero son más aún las que no sé. —Se volvió hacia Ana y guiñó un ojo. Un abuelo confesándose a una nieta predilecta—. También se me olvidan muchas cosas. A veces no salgo de casa sencillamente porque no encuentro las llaves del coche. Así que ¿qué puedo decirles?

—Empecemos por Lyman Tingley, si no le importa. ¿Lo conocía usted?

—Habla de él en pasado. ¿Le ha ocurrido algo?

—Fue asesinado la semana pasada.

Héctor Muchado soltó un suave resoplido. Agarró su taza con manos trémulas y se la llevó a los labios. Devolvió la taza a su platillo con un leve ruido de loza.

—Otra muerte. ¿Lo ven? A eso me refería.

—¿Tuvo alguna vez contacto con él?

Héctor negó con la cabeza.

—Sabía quién era, claro, como sé quién es usted. Pero nunca estuvimos en contacto. Leí que había encontrado el Quinto Códice, como todo el mundo, y, como todo el mundo, estoy esperando a que lo publique. —Daggart y Ana cambiaron una mirada. Héctor se dio cuenta—. ¿Me estoy perdiendo algo?

—Lo lamento —dijo Daggart—. Somos unos maleducados. Creemos que Lyman Tingley no encontró el códice. Lo estaba falsificando.

—¿Y el comunicado de prensa?

—Se lo inventó. Es una larga historia, pero creemos que un grupo terrorista le estaba pagando para que creara un falso Quinto Códice. Aún no sabemos por qué, pero sospechamos que Tingley descubrió dónde estaba el códice auténtico justo antes de morir.

Héctor asintió pesaroso: un juez imparcial ante el que se habían expuesto pruebas insólitas y horrendas.

Daggart prosiguió.

—La última vez que vi a Tingley, me pidió que lo buscara. Dijo que era nuestra única esperanza.

—¿Y dónde cree que se encuentra?

—Aún no lo sabemos. Por eso estamos aquí.

Héctor miró a uno y a otro para ver si hablaban en serio. Y así era.

—¿Qué pistas tienen? —preguntó.

Daggart le habló de la estela, de los jeroglíficos manipulados, del vínculo con Casiopea.

Héctor Muchado se rascó ligeramente la barbilla con sus dedos temblorosos. Scott Daggart no sabía si aquel temblor se debía a que era viejo o a que estaba preocupado.

—¿Qué creen ustedes que significa? —preguntó Héctor.

—Ojalá lo supiéramos.

Héctor se quedó pensando un momento; luego se inclinó hacia delante y empujó distraídamente su taza de té. Apoyó los codos sobre la mesa y juntó las manos como si rezara.

—Háblenme de la excavación de Tingley, si no les importa.

Daggart le hizo una rápida descripción del yacimiento tal y como lo recordaba de cuando Alberto y él estuvieron allí.

—¿Y era allí donde estaba la estela? —preguntó Héctor.

—Sí.

Al ver que Héctor no decía nada, Daggart empezó a pensar que habían perdido el tiempo yendo allí. Había sido un honor conocer cara a cara a Héctor Muchado, pero estaban pidiendo un imposible si esperaban que el anciano resolviera el misterio con pruebas tan someras. La lluvia seguía arañando las ventanas.

Héctor Muchado empujó su silla haciéndola chirriar sobre el linóleo del suelo y se levantó lentamente. Se acercó a un despacho pequeño y oscuro contiguo a la cocina. Daggart y Ana le siguieron con los ojos.

Pasado un rato, Héctor volvió arrastrando los pies; llevaba en la mano una fina carpeta de papel de estraza. La puso sobre la mesa y se sentó en su silla. Deslizando un dedo bajo el borde de la carpeta, abrió ésta y dejó al descubierto un tosco mapa hecho a mano de la península de Yucatán, marcado aquí y allá con una serie de líneas discontinuas dibujadas con lápices de colores. A primera vista, Daggart pensó que las líneas representaban las principales carreteras que podían verse en cualquier mapa de la zona, pero al estudiar más atentamente el mapa improvisado, vio que su colocación no se correspondía con las carreteras de Yucatán. Eran otra cosa muy distinta. Algo que Daggart no reconoció.

—¿Qué saben de las carreteras blancas? —preguntó Héctor Muchado.

# Capítulo 65

$\mathcal{H}$éctor Muchado pasó el dedo por algunas de las líneas del mapa hecho a mano.

—Las *sacbeob* son uno de los temas que más me han interesado estos últimos años. A menudo se las llama calzadas, pero en realidad eran carreteras. Carreteras de piedra caliza, de ahí que se haya dado en llamarlas «carreteras blancas». ¿Saben algo de ellas?

—Algo. No mucho —respondió Daggart. Había visto sus restos en Chichén Itzá, claro, y había oído hablar de ellas en diversas conferencias, pero nunca las había estudiado en profundidad.

—Ya saben que las ciudades-estado no sólo guerreaban entre sí, también dependían unas de otras. Era una relación muy compleja, parecida a la de los hermanos, pensándolo bien, aunque en este caso lo más normal era que la cosa acabara en una matanza. ¿Y de qué vivían estas civilizaciones?

—Del comercio —contestó Daggart, y Héctor asintió con la cabeza, complacido. Daggart era de pronto el alumno que estudiaba bajo la férula de Héctor Muchado. No le importó lo más mínimo.

—Exactamente.

—Esperen un momento —dijo Ana—. No sé si les sigo. Si guerreaban tanto con esas otras tribus, ¿por qué también comerciaban con ellas?

Héctor dejó que fuera Daggart quien contestara.

El más joven de los dos le complació.

—Por necesidad. Recuerda que estas tierras son difíciles de cultivar. Sólo hay unos pocos centímetros de suelo fértil sobre el inmenso zócalo de caliza que forma Yucatán, y los mayas sólo conseguían extraer cosechas dos años seguidos de cualquier campo que cultivaban. Luego empezaban otra vez, despejaban otro terreno y quemaban las rozas para plantar su maíz. Pero los campos que rodeaban las ciudades eran limitados, así que, a no ser que cambiaran de asentamiento cada pocos años, tenían que confiar en el comercio para conseguir los productos que necesitaban.

—Además —añadió Héctor—, la península de Yucatán no es muy hospitalaria, para empezar. La estación seca y la húmeda están muy marcadas, el calor es insoportable y no hay ríos. En superficie, al menos.

—¿Cómo se las arreglaban para sobrevivir? —preguntó Ana—. ¿Por qué no se fueron a otro sitio?

—Porque tenían cosas que los mayas del sur no tenían. Es decir, sal. Sin neveras, no había mejor modo de conservar la carne, así que la sal era un bien muy apreciado. Y aquí, en el norte, no escaseaba. Los mayas tenían, además, el mar. Tulum no está situado en esos acantilados sólo por su belleza. Fíjese en dónde se levanta: exactamente en el sitio en el que el arrecife se abre y los barcos pueden llegar a tierra sanos y salvos. Un puerto perfecto para el comercio. Así que no les hacía falta irse a otra parte.

—¿Y las *sacbeob*? —preguntó Daggart.

—Las *sacbeob* eran las carreteras de caliza que construyeron para conectar unas ciudades con otras. Era evidente que se alzaban ligeramente por encima del suelo de la selva. ¿Saben por qué?

—Para que no las cubriera la maleza —respondió Daggart.

—Exacto. Y solían tener unos dos metros de ancho.

—Lo bastante anchas para transportar mercancías de una ciudad a otra.

—Así es, sí.

—¿Cuándo se construyeron? —preguntó Daggart.

—Según las hipótesis más plausibles, los mayas empezaron las obras de las primeras *sacbeob* entre el siglo VIII y el siglo IX. Parece ser que hay algunas que son posteriores, pero creemos que ésas fueron las primeras.

—¿Cómo las construyeron?

Una amplia sonrisa iluminó la cara de Héctor. Mientras hablaba volvió a aflorar cierta lozanía juvenil.

—De forma casi perfecta. Recuerde que eran carreteras de decenas de kilómetros que atravesaban la jungla entre una ciudad y otra. Cruzaban pantanos, atravesaban cerros, penetraban en la selva. Y eso es lo más curioso del caso. Que están perfectamente niveladas. De momento, lo que han descubierto los arqueólogos es que entre un extremo y otro no hay más que unos centímetros de desnivel. Así de bien las construyeron. De hecho, los estudiosos afirman ahora que cada *sacbé* suponía una obra de ingeniería de mayor precisión que la de las pirámides.

Le tocó a Ana el turno de hacer preguntas.

—¿Cómo las hacían?

—Primero construían una base utilizando las rocas más grandes. La colmataban con guijarros y piedras más pequeñas y lo cubrían todo con *sascab* machacado. Y tapaban los lados con más caliza que pegaban con una especie de argamasa. No descuidaban ningún detalle.

—¿Cuántas de esas carreteras blancas hay?

—La respuesta corta es que aún no lo sabemos.

—¿Y la larga?

Héctor suspiró.

—Solamente en Cobá se han descubierto casi cuarenta *sacbeob* que parten de la ciudad, como si fuera el centro de una rueda y las carreteras sus radios.

—¿Cuarenta carreteras que entraban y salían de Cobá?

—En efecto.

Daggart estaba atónito. Sabía que se habían descubierto tramos de carreteras en diversos lugares, pero ignoraba que fueran tantas como sugería Héctor Muchado.

—¿Cuándo fue la primera vez que oyó hablar de ellas? —preguntó Daggart.

—Sé de su existencia desde hace algún tiempo, pero hasta principios de la década de los noventa no empecé a darme cuenta de lo amplia que era la red de calzadas.

—Espere un momento —dijo Daggart—. ¿Insinúa que son

ésas las carreteras a las que aludían los mayas con esos jeroglíficos del final?

—No se me ocurre a qué otras podrían referirse.

—Pero ¿cómo es posible? La selva se las tragó hace siglos.
¿Cómo pueden detectarse las carreteras, o sus restos, incluso?

—Eso hay que agradecérselo al programa espacial de la
NASA.

—No le sigo.

Héctor introdujo la mano en la carpeta y sacó cinco fotografías en blanco y negro.

—Primero fotografiaron la región de El Mirado, en Guate-
mala. Desconozco el motivo. Casi me da miedo saber por qué
un organismo estatal, sea el que sea, toma fotografías aéreas.
El caso es que, cuando los científicos examinaron las fotografías, distinguieron una serie de líneas rectas que no se corres-
pondían con caminos y carreteras actuales. Estaban perplejos.
Esas líneas no se habían fotografiado nunca. Pero al examinarlas más atentamente descubrieron que eran restos de *sacbeob*.
Carreteras blancas.

—Sigo sin entender una cosa —dijo Daggart—. Esas calzadas tienen siglos de antigüedad. Llevan mucho tiempo cubiertas por la selva. Es imposible verlas. Y sé con toda certeza que
nunca habían aparecido en fotografías anteriores tomadas por
satélite.

—Entonces, ¿cómo es que las *sacbeob* se dejaron ver de
pronto en estas fotografías en particular? —preguntó Héctor,
concluyendo la pregunta de Daggart.

—Exacto.

—Por infrarrojos. Por razones que sólo conoce la NASA,
esta vez hicieron las fotografías con infrarrojos, y la ventaja de
ese método fotográfico es que puede distinguir entre distintos
tipos de vegetación. Y eso fue precisamente lo que notaron al
examinar las fotografías. En medio de la selva, muy lejos de
cualquier civilización conocida, había ciertos tipos de vegetación que formaban líneas rectas. Era absurdo, desde luego. Una
cosa es que haya variedades de flora mezcladas en desorden, o
aisladas formando macizos, pero ¿en línea recta? Estaban pas-
mados, por decir algo. —Los ojos de Héctor brillaron malévo-

lamente—. Habría dado cualquier cosa por estar presente en esas reuniones, la primera vez que intentaron explicar esas fotografías.

—Sigo sin entender —dijo Daggart—. ¿Esas líneas no eran las propias carreteras?

—Sí y no. Las calzadas estaban hechas de piedra caliza. Igual que la tierra sobre la que están construidas. Así que una fotografía de infrarrojos no las habría detectado. Pero sí detecta la vegetación, y los científicos se dieron cuenta enseguida de que había cierto tipo de flora que crecía salvaje en la selva y otro tipo que crecía encima y a lo largo de las *sacbeob*.

—Pero eso no tiene sentido —dijo Ana.

—Sí que lo tiene. Cada vez que el ser humano altera el entorno natural, y cualquier forma de edificación supone una alteración, la naturaleza tarda años en recuperarse del todo. Así que, aunque han pasado mil trescientos años desde que se construyeron las primeras carreteras, el crecimiento de la vegetación sigue influido por su edificación. Porque las plantas y flores autóctonas crecen de forma distinta sobre las calzadas elevadas de las *sacbeob* que en su medio natural.

—¿Incluso pasados mil trescientos años?

—Pues sí, incluso pasados mil trescientos años. Naturalmente, si hace quinientos años hubiera existido la fotografía con infrarrojos, las carreteras se habrían visto mejor. Pero lo asombroso es que, aunque evidentemente cada vez es más difícil localizarlas, cierto número de ellas sigue apareciendo. —Héctor tocó una de las fotografías con el dedo índice—. Estas fotografías proceden de la NASA. Basándome en ellas hice mis propias estimaciones.

Al mirar las fotos en blanco y negro de Yucatán, a Daggart le sorprendió ver una serie de líneas claras que cruzaban la península. Héctor le pasó su mapa hecho a mano.

—Según mis cálculos más ajustados, éstas son las *sacbeob* que existían en época maya posclásica.

La maraña de líneas que cruzaba la península de un lado a otro formaba un espirógrafo laberíntico. Era como el mapa de rutas de vuelo de la contraportada de una revista de línea aérea.

Daggart había oído decir que aún había *sacbeob* enterradas

en la selva, pero siempre había supuesto que serían diez o veinte, no cientos de ellas. Lo que estaba viendo le pilló completamente desprevenido. Desde el punto de vista de un antropólogo, era un descubrimiento revolucionario. Aún no sabía cómo podían ayudarle a encontrar el Quinto Códice aquellas «carreteras». A fin de cuentas, los jeroglíficos decían: «Sigue el camino». Pero ¿cuál? ¿Y hacia dónde?

—Si todavía quedan tantas carreteras por ahí —dijo Ana—, ¿por qué no se hace más por desenterrarlas?

Héctor lanzó una mirada a Daggart.

—¿Quiere contestar usted?

—Sólo es una suposición —dijo Daggart—. ¿Por dinero?

Héctor asintió tristemente con la cabeza.

—Ya cuesta bastante trabajo reunir fondos para excavar ruinas mayas. Financiar una exploración de los *sacbeob* sería aún más difícil. Después de todo, sólo son carreteras. Para los turistas es mucho más emocionante visitar unas ruinas restauradas que una calzada restaurada. Y para los arqueólogos las ruinas tienen la ventaja de que no sólo ofrecen más información sobre los mayas, sino que albergan verdaderos documentos arqueológicos, lo cual es un aliciente añadido. Cerámica, armas, herramientas, de todo. Las carreteras tendrán que esperar, es así de sencillo. Al menos, por ahora.

—Pero está usted dando a entender que fueron las carreteras las que llevaron a Tingley a su yacimiento —dijo Daggart.

—Eso parece, desde luego, ¿no cree? —Héctor señaló uno de sus mapas—. Cuando le pregunté dónde estaba el yacimiento del doctor Tingley, señaló usted un lugar no muy lejos de aquí, creo. —Puso su tembloroso índice sobre un punto. Un punto que quedaba exactamente en línea con una de las *sacbeob*.

—¿Hay alguna posibilidad de que el Quinto Códice esté escondido en el yacimiento de Tingley? —preguntó Daggart.

—Es poco probable. Un códice que versaba sobre el fin del mundo era demasiado valioso para esconderlo en una parada de la cuneta de una carretera. Los mayas se habrían tomado grandes molestias para esconderlo en un lugar más inaccesible.

—No se dejan los collares de diamantes encima del mostrador —dijo Ana—. Se guardan en la caja fuerte, detrás de un cuadro.

—Habla usted como una auténtica joyera —dijo Héctor con una sonrisa.

—¿Y la estela que hay allí? —preguntó Daggart.

—Es difícil decirlo. Cabe dentro de lo posible, desde luego, que se llevaran algunas estelas cuando abandonaron Tulum, pero serían muy difíciles de transportar. Así que eso es más problemático.

—¿Es posible que los mayas estuvieran dejando pistas? Ya sabe, como una búsqueda del tesoro, en versión maya.

—Es posible —reconoció Héctor—, pero parecen muchas molestias para un juego de salón.

—Pero ése es el quid de la cuestión. Que es más que un juego de salón. Es el secreto del fin del mundo. ¿Qué otra cosa merecería mayores esfuerzos?

Aquella idea quedó suspendida en el aire como el vaho que emanaba de sus tazas, y los tres fijaron la mirada en el mapa dibujado por Héctor. El retumbar lejano de un trueno estremeció las ventanas.

—Al menos es lógico pensar que Tingley no excavó en ese lugar, en medio de la selva, por puro azar —comentó Daggart.

—Exacto. De hecho, en esos caminos no se dejaba nada al azar.

—Se refiere a cómo conectaban una ciudad con otra.

—A más que eso, en realidad.

Daggart le miró extrañado.

—Verá, esos caminos blancos no se construían en cualquier parte —explicó Héctor—. Actualmente, los arqueólogos creen que las *sacbeob* se construían siguiendo alineamientos celestiales.

—¿Es decir? —preguntó Ana.

—Es decir, que los ingenieros mayas trazaban los caminos según el alineamiento de los planetas. Chichén Itzá, por ejemplo. Todo el mundo sabe que está alineada astronómicamente de modo que, en el equinoccio de primavera y en el de otoño, el sol crea una ilusión óptica en forma de serpiente descendente. Pero lo que la gente no sabe es que el Caracol, el principal observatorio de Chichén Itzá, se diseñó de tal modo que, cuando llegara el año mil, Venus estuviera perfectamente alineado en el cielo. ¿No es eso precisión? Los mayas planearon todo eso con cientos de años de antelación. Naturalmente, no fueron los únicos en hacerlo. Las grandes pirámides egipcias están colocadas siguiendo el cinturón de Orión. Y Nôtre Dame se encuentra bajo la influencia de Virgo. Aunque sabemos muy poco sobre las *sacbeob*, casi no me cabe duda de que también estaban alineadas con los planetas.

—¿Cómo?

—Eso está aún por determinar, y es a lo que me he dedicado estos últimos años. Pero de una cosa estoy seguro. —Se inclinó hacia Daggart y Ana como si fuera a contarles un secreto—. En cuanto entendamos la pauta que seguían esas carreteras, en cuanto descubramos su Casiopea en esas calzadas, sabremos dónde están escondidos los grandes tesoros mayas.

—¿Incluido el Quinto Códice? —preguntó Daggart.

Héctor respondió sin perder un instante.

—Sobre todo el Quinto Códice.

# Capítulo 66

*P*asaron otras dos horas estudiando los mapas detenidamente. A la hora de la cena, sin que la conversación se interrumpiera, Héctor preparó cebiche, sopa de aguacates, tamales y pollo cubierto con salsa de tomatitos y almendras. Cuando por fin se pusieron a comer, Daggart se alegró de tomarse un respiro. Tenía la cabeza embotada. La comida estaba tan especiada que consiguió despejarle (Héctor lo sazonaba todo con *epazote*) y las hierbas frescas estallaban en el interior de su boca.

Los mapas y las fotografías seguían esparcidos en medio del tablero, como un centro de mesa que exigiera su atención. Intentar encontrar las cinco ciudades que formaban la M de Casiopea era un trabajo como para quedarse ciego. Había ruinas dispersas a lo largo y ancho de Yucatán, y todas ellas estaban conectadas por *sacbeob*. Con sólo echar un vistazo a los mapas aparecía una docena de emes. Y la cifra se doblaba con un examen más atento.

El cansancio se apoderó por fin de Daggart a medida que la velada se prolongaba. Aquella semana (que había empezado con la visita en plena noche del inspector Rosales y había seguido con un viaje de ida y vuelta a Egipto) no había sido muy propicia para el sueño.

Héctor les mostró un cuarto de invitados en la planta de arriba.

—Lamento tener sólo una habitación, pero aquí hay una cama y un sofá. Confío en que puedan apañarse.

Ana y Daggart se miraron azorados. Daggart no pudo evitar ver una mirada traviesa en los ojos de Héctor.

—Está bien —dijo Ana—. La verdad es que no hace falta que nos aloje, ¿sabe? Podemos buscar un motel.

—Tonterías. Son ustedes mis invitados. No voy a permitir que se vayan con la que está cayendo. —Señaló la tormenta por la ventana—. Además, quiero que vuelvan a visitarme. Tal vez juntos podamos resolver algunos misterios mayas.

—Nada me gustaría más —dijo Daggart.

—Formaríamos un buen equipo, los tres, ¿verdad?

—Ya lo creo.

Héctor y Ana se dieron un largo abrazo, y Daggart pensó que Ana estaba dándole las gracias por todo lo que había hecho por su hermano. Cuando se separaron, ella se limpió una lágrima.

—Él le tenía en un pedestal, ¿sabe? —dijo.

—Entonces el sentimiento era mutuo —respondió Héctor.

Salió de la habitación cerrando la puerta a su espalda. El súbito silencio cayó sobre Daggart y Ana como una niebla pesada y húmeda.

Daggart fue el primero en hablar.

—Yo me quedo con el sofá —dijo—. Tú quédate con la cama.

—¿Estás seguro?

—Sí, claro. Creo que, si ahora mismo me echara en una cama, dormiría cinco días seguidos.

—Está bien, pero la próxima vez tú te quedas con la cama y yo con el sofá.

—¿Te refieres a la próxima vez que recorramos todo Yucatán intentando resolver un enigma maya?

—Exacto.

Ana se durmió enseguida, con la fina colcha de felpilla bien ceñida alrededor del cuerpo. Fuera el viento azotaba la casa. La lluvia tamborileaba con las yemas de los dedos sobre el tejado. Daggart levantó la cabeza en la almohada y miró a Ana. Le sorprendía lo extrañamente agradable que era compartir aquella intimidad con ella.

—La querías mucho, ¿verdad? —La voz de Ana desde la oscuridad. No estaba dormida, en absoluto.

Daggart se preguntó si había notado que la miraba fijamente. Confiaba en que no.

—¿A mi mujer?

—Sí.

—Como si no hubiera mañana. Si de verdad lo único que deseamos en esta vida es amar y ser amados, yo lo tuve. Fui un hombre afortunado.

—Ella también tuvo suerte por casarse con alguien que estaba tan loco por ella.

—Ojalá se lo hubiera demostrado mejor. Todavía pienso en las muchas veces en que no le expresé mi amor y podría haberlo hecho. Debería haberlo hecho.

—¿Puedo preguntar cómo murió?

—La asesinaron —contestó Daggart; aún le costaba formular las palabras.

—¿Cómo?

Él le habló de aquel horrible día de primavera en que le llamaron a casa y vio su cuerpo sin vida tendido en el suelo y la sangre de las puñaladas remansándose en charcos.

—Todavía la echas mucho de menos. Te lo noto. Por cómo hablas de ella. No sólo por tus palabras, que podría decirlas cualquiera, sino también por el tono. Y por tu cara.

—No puedes verme la cara.

—No me refiero a ahora, sino a antes. Cuando llegamos a Mérida. Tu cara era un mapa de carreteras.

—¿Un mapa de carreteras?

—Sí.

—No sé si me gusta que mi cara sea un mapa de carreteras —dijo Daggart fingiéndose indignado.

—Es algo bueno, créeme. Hay tanta gente que lleva máscaras… Nunca sabe una qué están pensando. Pueden hacer o decir una cosa, y en el fondo sienten otra completamente distinta. Para mí, eso es una negación de la vida. Contigo veo las penas y alegrías de tu vida de golpe, todas al mismo tiempo. ¿Conoces la expresión «*hay que sufrir para merecer*»?

—¿Hay que sufrir para merecer?

—Sí, eso es. Es un dicho popular mexicano. Una persona sabia sabe que el sufrimiento es parte de la vida. Así es como aprendemos. Y aceptar tu dolor demuestra que todavía estás dispuesto a vivir y a permitirte experimentar tanto la felicidad como la tristeza. Es una cualidad muy hermosa.

—¿*Hay que sufrir para merecer?*

—*Sí.*

La lluvia golpeaba la casa, el viento silbaba entre los árboles.

—Gracias, *señorita* Ana —dijo él.

—*De nada, señor* Scott.

El último recuerdo de Daggart antes de dormirse fueron los ojos de una mujer sonriéndole. Pero no estaba del todo seguro de si esos ojos eran los de Susan o los de Ana.

## Capítulo 67

Ana rozó el hombro de Daggart con la mano y él se despertó sobresaltado. Echó un vistazo al reloj. Eran pasadas las doce. La lluvia seguía aporreando el lateral de la casa. Miró a Ana y ella señaló la puerta.

Daggart se levantó en camiseta y calzoncillos y se sacudió las telarañas de la cabeza. Se arrodilló y sacó la caja de zapatos del pequeño bolso de viaje de Ana. La abrió. Dentro, el revólver de su hermano, el del calibre 38 con las cachas de nogal, reposaba entre las hojas de un periódico enrollado. Daggart abrió el tambor para comprobar que estaba cargado. Lo estaba. Se acercó a la puerta y pegó el oído a su fresca superficie. No oyó nada, sólo el silencio amortiguado de una casa en reposo, el zumbido lejano de un frigorífico y la lluvia fuera.

Y pasos.

En la planta baja, al parecer.

Le indicó a Ana con una seña que le esperara allí y salió antes de que ella tuviera tiempo de protestar.

El dormitorio de Héctor estaba justo al otro lado del pasillo, con la puerta entornada. La habitación estaba envuelta en oscuridad. Daggart se acercó a ella pegándose a la pared, con la pistola en alto. La tarima crujió bajo sus pies. Aquel ruido, aunque pequeño, pareció resonar violentamente en la quietud de la medianoche. Dejó pasar un momento y siguió avanzando de puntillas. Se asomó lentamente por el marco de la puerta y miró dentro del cuarto como una tortuga que sacara la cabeza del caparazón.

La cama estaba deshecha, las mantas echadas hacia atrás. Daggart tuvo que escudriñar las negras sombras para ver si

Héctor estaba o no en la habitación. No estaba. Daggart supuso que estaba abajo. Seguramente le costaba dormir y estaba trasteando en la cocina, preparándose un vaso de leche caliente.

Daggart bajó las escaleras. La luz de la cocina se derramaba sobre el suelo del cuarto de estar.

—¿Héctor? —dijo desde la base de la escalera. Su voz rebotó en las paredes del cuarto—. ¿No podías dormir?

Héctor no respondió y Daggart titubeó. Desde donde estaba veía el fogón, un trozo de encimera, una pequeña geometría de baldosas.

—¿Héctor? —preguntó de nuevo alzando la voz.

No hubo respuesta. El frigorífico zumbaba insistentemente. Un reloj de pared marcaba los segundos. Daggart pensó en darse la vuelta. En subir corriendo las escaleras y avisar a Ana de que algo iba mal. Pero le detuvo la imagen de un fino reguero de sangre. Rojo fuerte sobre el linóleo blanco. Avanzó hasta que vio el cuerpo de Héctor Muchado tendido de espadas, con los brazos en cruz y los ojos abiertos de par en par y llenos de asombro. Un tajo en su cuello bombeaba cintas de sangre carmesí; el líquido manaba fresco de su cuerpo y se vertía sobre el suelo de la cocina, donde formaba un arroyo sinuoso.

Daggart volvió la cabeza y gritó hacia la planta de arriba:

—¡Ana, sal de la casa!

—Demasiado tarde —dijo con calma una voz de hombre, y Daggart reconoció la voz antes de ver la cara. De la cocina salió Goliat, el gigante al que había dado esquinazo en el ferry. Un cuchillo de carnicero colgaba de su mano. La sangre goteaba de su hoja reluciente, manchando el suelo.

Daggart levantó el revólver de forma que el cilindro plateado de su cañón quedara al nivel de un punto intermedio entre los ojos del gigante. A Goliat pareció no importarle.

—Era un anciano —dijo Daggart—. No te habría hecho daño.

El gigante se encogió de hombros con indiferencia, y Daggart deseó más que nada en el mundo borrarle de un sopapo la sonrisa satisfecha de la cara.

—Imagino que sabía cosas que no debía saber —dijo el gigante.

—Y por eso le has matado.

—Eso parece, ¿no? —Sonrió con una mueca torcida y bobalicona. Daggart tuvo que hacer un esfuerzo para no apretar el gatillo.

—¿Para quién trabajas? —preguntó.

—Para alguien a quien no conoce.

—¿Los cruzoob? ¿Right América?

—Lo siento —dijo el gigante—. No me suenan de nada.

—Estás mintiendo.

—De acuerdo. Piense lo que quiera.

Había algo tan auténticamente estúpido en su reacción que Daggart se sintió tentado de creerle.

—¿Y el Cocodrilo? —preguntó—. ¿Por qué quiere matarme?

—Porque sabe cosas.

—¿Qué cosas? —Daggart amartilló el revólver y estalló de rabia. Ver a Héctor Muchado le había devuelto la imagen de Susan y un tropel de emociones. Sentimientos de ira y sed de venganza, de odio total—. ¿Qué es lo que sé?

—Eso tendrá que preguntárselo al Cocodrilo —respondió el hombre con sencillez.

—¿Y si no quiero hablar con él?

El otro mostró su sonrisa dentuda.

—No le quedará más remedio. El Cocodrilo puede ser muy persuasivo.

Daggart no entendía su audacia. Aunque el gigante empuñaba un cuchillo de proporciones considerables, era él quien tenía el revólver. Él quien podía acabar con su vida en una milésima de segundo, si quería. Y sin embargo aquel necio se comportaba como si tuviera la sartén por el mango.

Un escalofrío recorrió la columna vertebral de Daggart cuando de pronto comprendió el porqué.

Se volvió para subir corriendo las escaleras y se quedó helado. Otro hombre (uno al que no había visto nunca) estaba obligando a Ana, envuelta en un fino camisón blanco, a bajar las escaleras. Le rodeaba el cuello con el brazo y apretaba una pistola contra su sien. Daggart vio un miedo descarnado en los ojos de Ana.

—Suéltala —ordenó. Apuntaba alternativamente con la

pistola al gigante y al hombre que sujetaba a Ana—. Ella no sabe nada. —Mientras hablaba se dio cuenta de la trampa en la que había caído. El otro hombre sin duda se había escondido en el cuarto de baño de arriba, esperando a que Daggart bajara. Cuando él se quitó de en medio y Ana estuvo desarmada, apoderarse de ella fue pan comido.

—Muy conmovedor —dijo Goliat—, pero no.

—Ella no sabe nada.

—Eso dice usted, pero las órdenes son las órdenes. Nosotros hacemos lo que nos dicen. Y si no, el Cocodrilo se enfada. —El gigante se acercó tajando el aire con su cuchillo como si estuviera calentando para una competición olímpica. Daggart retrocedió para apartarse del avance de Goliat y sus estocadas—. El otro día me hizo quedar muy mal, profesor. Muy mal. El Cocodrilo se enfadó conmigo y por eso yo estoy enfadado con usted. Pero puede que esta vez no intente ninguna tontería. A no ser que quiera ver a su bella *señorita* sin media cara. —El gigante se rio de su sugerencia y el de la pistola también sonrió.

—Está bien —dijo Daggart, y alargó la mano libre como para detener el avance del gigante. Arrojó la pistola al sofá, donde aterrizó con un golpe suave. Abrió las manos en un gesto de rendición. El gigante siguió acercándose; cada uno de sus pasos retumbaba en la quietud de la casa. Con el cuchillo extendido, avanzó hacia Daggart hasta que estuvo a medio metro de él. Presionó el cuello de Daggart con la punta del cuchillo. La punta afilada hizo brotar una pizca de sangre.

—Dejad que Ana se vaya, ¿de acuerdo?

—Así que Ana, ¿eh? Usted y la *señorita* se conocen muy bien, ¿verdad? Viajan juntos por México. Incluso comparten habitación…

—Basta ya.

Goliat no hizo caso.

—¿También se la está tirando? ¿Eh? Y dígame, ¿no le da miedo lo que pueda pegarle ese coñito mexicano? No sabe dónde habrá estado, aunque me juego algo a que puedo adivinarlo.

El gigante sonrió, burlón. El otro soltó una risilla.

La ira nubló la visión de Daggart.

«Relájate. Respira.»

—Scott... —murmuró Ana, intentando calmarle.

Daggart miró el cuchillo que pinchaba su cuello. Cuando volvió a hablar, su voz sonó baja como un siseo.

—Yo no lo haría, si fuera tú.

—No me digas —dijo Goliat. Clavó un poco más el cuchillo en la piel de Daggart. Un hilillo de sangre corrió por su cuello.

Decir únicamente que el brigada Scott Daggart era un antiguo piloto del ejército habría sido engañoso. Daggart era mucho más que eso. Y durante sus primeros tiempos en el ejército había aprendido que el mejor modo de mantenerse con vida era adquirir tantas habilidades como fuera posible. No podría haber pasado seis meses en Somalia, en un cuartel atestado de miembros de los grupos Delta, sin aprender algún que otro truco. Los chicos Delta se mantenían apartados del resto de las fuerzas especiales. A fin de cuentas, eran la elite de la elite. No tenían tiempo para los Rangers, y menos aún para los soldados del montón. A los pilotos casi ni los miraban.

Pero Scott Daggart era otra cosa. En él sí confiaban. Uno de ellos en particular, Maceo Abbott, vio en Daggart a alguien que asumía voluntariamente los mismos riesgos calculados que ellos y que poseía habilidades parecidas. Maceo, un afroamericano grandullón, con músculos más imponentes aún que su voz de James Earl Jones,* le acogió encantado bajo su ala y le enseñó algunos trucos. Daggart le devolvió el favor metiéndoles y sacándoles con regularidad de los puntos más calientes de Mogadiscio, entre las granadas autopropulsadas y el tableteo de los AK-47 que el enemigo disparaba desde las azoteas.

Maceo siempre hacía hincapié en la concentración. Relajarse. Respirar. Ver con claridad el mundo que te rodea. Eliminar las cosas innecesarias; ver sólo lo que era preciso ver. Desentenderse de lo superfluo, concentrarse en lo esencial. Con el tiempo y la práctica, Daggart llegó a perfeccionar esa capacidad. De ahí que tuviera tanto éxito como piloto de helicópteros. Era capaz de esquivar el fuego enemigo porque podía ubicar su procedencia exacta. En el entorno arenoso y urbano de la capital de

* Actor afroamericano que dio voz al personaje de Darth Vader en *La guerra de las galaxias. (N. de la T.)*

Somalia, vaciaba su mente de imágenes irrelevantes como si borrara fotografías digitales. Se centraba en lo fundamental.

Allí parado, en medio de la sencilla casa de dos plantas que Héctor Muchado tenía en Mérida, Daggart vio de pronto el mundo que lo rodeaba con claridad, nítidamente, sin nimiedad alguna. Se concentró en lo pertinente; desdeñó el resto. El cuerpo despatarrado de Héctor. El reguero de sangre sobre el linóleo blanco. La sonrisa burlona del gigante y su mal aliento. La punta afilada del cuchillo clavada en su cuello. El leve olor del metal. La expresión confiada y al mismo tiempo vacilante del hombre que agarraba a Ana. Los ojos de Ana abiertos de par en par.

Veía otra cosa, además: una cosa que ni siquiera estaba en la habitación. Aquellos dos hombres no eran los únicos de los que tenía que preocuparse. Había otra persona cerca: el Cocodrilo. De pronto comprendió que el cometido de aquellos dos hombres consistía en atraparlos a Ana y a él y llevárselos al Cocodrilo. O convocado a él.

«Relájate. Respira.»

«Paciencia. Perseverancia.»

Levantó las manos como un rayo, agarró la muñeca y el codo del gigante y de un tirón los golpeó contra su rodilla, rompiéndole el brazo como una rama. Pareció oírse el chasquido de una vara al quebrarse. El cuchillo giró en el aire una, dos veces, y antes de que el gigante tuviera tiempo de gritar de dolor y caer retorciéndose al suelo, antes de que el tipo que agarraba a Ana pudiera asimilar lo que estaba viendo, Daggart cogió el cuchillo al vuelo, se volvió y lo lanzó hacia el otro lado de la habitación como un artista circense. El cuchillo reluciente y plateado se clavó con un horrendo golpe seco en el cuello del otro. El hombre soltó la pistola y ésta cayó al suelo con estrépito. Acercó las manos al mango del cuchillo para intentar sacárselo, como una especie de aspaventoso Arturo y su *Excalibur*. Cayó hacia atrás, la sangre chorreándole por las manos, las muñecas y los brazos, y al golpear contra la tarima su cabeza produjo un tremendo crujido.

Daggart corrió a atrapar el arma, que seguía girando en el suelo como una botella loca. Comprobó que el cargador estaba lleno.

—¿Estás bien? —le preguntó a Ana.

Ella asintió con la cabeza, aturdida, y se dejó caer en su hombro. Daggart la rodeó con el brazo y la estrechó contra sí.

Al otro lado de la habitación, el gigante gemía y se retorcía en el suelo, sujetándose el brazo roto como si pudiera curárselo sólo con ejercer presión. Una pequeña astilla de hueso asomaba por la piel. Daggart dejó a Ana y se acercó al gigante caído. Le cacheó y encontró una pistola sujeta a su pierna. La lanzó por el suelo, hacia Ana.

Ella la recogió.

—¿Qué hacemos?

Daggart recogió del sofá el revólver de Javier, se lo guardó en el bolsillo y desapareció en la cocina; regresó un momento después, con un rollo de cinta de embalar. Ató las muñecas y los tobillos de Goliat con la velocidad y la maña de un campeón de rodeo y le puso de propina una tira sobre la boca.

Miró a Ana. Ella temblaba de miedo. Se acercó a ella y le frotó los brazos desnudos.

—Vamos a vestirnos y a salir de aquí —dijo—. Ya se nos ocurrirá qué hacer cuando estemos de camino.

# Capítulo 68

*E*l Cocodrilo esperaba impaciente. «¿Por qué tardan tanto?»

Sentado en el coche mientras la lluvia tamborileaba sobre el techo metálico, mantenía los ojos fijos en la puerta de la casa de Héctor Muchado, esperando a ver la señal que indicara que Ana y el estadounidense estaban en sus manos. Echó un vistazo a su reloj. Llevaban casi media hora allí dentro. Demasiado tiempo.

Palpó la semiautomática que llevaba remetida en el cinturón y alargó luego la mano hacia el asiento del acompañante para coger un arma considerablemente más grande. Su peso le hizo sonreír. Abrió la puerta del coche y salió al aguacero. Mientras caminaba con paso decidido hacia la casa, bajo la lluvia, no sabía qué esperar, pero sabía en cambio que, fuera lo que fuese, iba preparado.


Ana estaba aún vistiéndose en el dormitorio cuando Daggart volvió abajo. Se arrodilló junto al matón muerto, que tenía aún el cuchillo firmemente alojado en el cuello. Le sacó la cartera del bolsillo del pantalón. Se acercó al gigante y también buscó su cartera. Si lograba averiguar quién era aquella gente, tal vez pudiera combatirlos mejor. Eso esperaba, al menos. Pero los permisos de conducir no le dijeron nada.

Estaba echando una ojeada a los últimos carnés cuando Ana se reunió con él. Ella se disponía a abrir la puerta de la calle cuando la detuvo.

—No —dijo—. Por ahí no.

—Pero mi coche está ahí fuera.

—No podemos arriesgarnos. Es posible que hayan puesto una bomba, como hicieron con el de Del Weaver. Y todavía no sabemos si el Cocodrilo está aquí o no.

Obtuvieron la respuesta a esa pregunta un instante después. Una ráfaga de balazos barrió los dos ventanales y desgarró las cortinas. Los cristales estallaron y cayeron al suelo. Daggart llevó a Ana detrás del sofá mientras las balas silbaban sobre sus cabezas, incrustándose en la pared del cuarto de estar. Daggart adivinó de qué arma se trataba. Un M-16. Mucho más potente que las suyas.

—¿Estás bien? —preguntó cuando remitió la descarga. Ana asintió con un gesto.

Otra lluvia de balas barrió la habitación. Sobre ellos caían trozos de escayola. Daggart comprendió que quien disparaba no sabía dónde estaban. Hasta donde podía deducir, ésa era su única ventaja. Por eso no devolvió los balazos.

Miró hacia la cocina y el cuerpo sin vida de su anfitrión.

—¿Héctor tenía coche?

—Creo que sí. En la cena dijo algo sobre que no encontraba las llaves.

—Ya. Pues nosotros vamos a tener que dar con ellas. —Calculó la distancia entre el sofá y la cocina. Tres metros largos al descubierto, frente a la ventana—. Tú cúbreme y yo busco las llaves.

Ana sacudió la cabeza.

—¿Por qué no voy yo? Tú disparas mejor.

Daggart odiaba ponerla en la línea de fuego, pero Ana tenía razón: seguramente él era más capaz de mantener a raya al pistolero.

—Está bien, pero mantente agachada.

Se puso de rodillas y disparó seis veces a través de los grandes rectángulos abiertos que antes eran las ventanas.

Ana avanzó a gatas hacia la cocina. Cuando el pistolero invisible comenzó a disparar de nuevo, ella estaba ya a salvo en la otra habitación e intentaba recobrar el aliento apoyada de espaldas en el frigorífico. Daggart la vio alargar los brazos hacia el cuerpo tendido de Héctor y darse cuenta de pronto de que iba en pijama.

—La llave debe de estar arriba —dijo, frenética.

—Mira en los cajones de la cocina. Puede que guarde una allí.

Ella se perdió de vista y Daggart la oyó revolver entre lo que por el ruido parecían bandejas de cubiertos. Un estrépito metálico resonaba en las paredes de la cocina.

—¿Nada? —preguntó Daggart, pero si Ana contestó, su voz quedó ahogada por el estallido de los disparos fuera de la casa.

Cuando cesaron los balazos, Ana asomó la cabeza por la esquina de la pared de la cocina y dijo que no.

Daggart se quedó pensando un momento. Miró al gigante atado. Dejándose llevar por un impulso, agarró una esquina de la cinta adhesiva que le había puesto sobre la boca y se la arrancó.

—¿Dónde tienes las llaves del coche?

—Las tiene él —contestó el gigante, señalando con la cabeza al que había agarrado a Ana—. Sírvase usted mismo.

Daggart miró hacia el muerto con el cuchillo asomando en el cuello. Estaba apoyado contra la base de la escalera, en un lugar más expuesto que la cocina. No podría llegar hasta él sin que las balas le acribillaran. La escalera que subía a la planta de arriba también estaba descartada.

Una rápida andanada de disparos cruzó la habitación y Daggart agachó la cabeza y se pegó al suelo. Por los destellos del fusil dedujo que quien disparaba se estaba acercando.

—¿Es el Cocodrilo? —preguntó.

—Muy pronto lo sabrá —dijo el gigante con una mueca burlona.

Daggart le agarró del cuello y apretó.

—¿Por qué no nos ahorras tiempo a los dos y me lo dices tú mismo?

La cara del gigante enrojeció lentamente, pasando por diversos tonos de carmesí y escarlata antes de adquirir un púrpura enfermizo. El gigante asintió por fin, y Daggart le soltó. El otro comenzó a boquear como un pez sacado del agua.

—¿Qué hacemos? —preguntó Ana. Un mechón de pelo mojado se pegaba a su frente.

Daggart señaló la puerta de atrás.

—Olvídate del coche. Saldremos por detrás.

Mientras se preparaba para reunirse con ella en la cocina, el gigante comenzó a gritar al pistolero de fuera.

—¡Van a salir por detrás! ¡Van a intentar…!

Daggart no le dejó acabar. Le asestó un revés con la mano en la que sujetaba el arma, dejándole inconsciente. Esperó a ver cómo reaccionaba el Cocodrilo. ¿Se oirían pisadas cuando cambiara de sitio? ¿Más disparos? Pero Daggart sólo captó el viento y la lluvia.

Avanzó arrastrándose hacia la cocina. Cuando llegó, vio la cara de Ana horrorizada. Se había manchado las manos con la sangre del linóleo y, aunque luchaba por mantener la compostura, estaba perdiendo la batalla. No sólo había tenido que afrontar la muerte de Héctor Muchado: se la habían arrojado a la cara. Daggart intuyó que estaba reviviendo también la muerte de su hermano. Era lo que pasaba siempre con las experiencias traumáticas. Desencadenaban traumas pasados, hasta que todos se fundían en uno solo.

Daggart lo sabía de buena tinta.

—Mírame —dijo, poniéndole las manos sobre los hombros—. Mírame, Ana.

Ella levantó lentamente los ojos hasta posarlos sobre la cara de Daggart.

—No bajes los ojos —insistió él—. Quédate conmigo, ¿de acuerdo?

Ella asintió con la cabeza.

—¿Me lo prometes?

—Sí —contestó con voz débil.

—Todo va a salir bien. Quédate conmigo y no mires hacia abajo.

Ella asintió de nuevo, pero su gesto carecía de convicción. Daggart no podía reprocharle su falta de fe. Sin coche, dependían únicamente de sus pies y de la pantalla que les ofrecía la oscuridad. Daggart ignoraba adónde podrían llegar. Hacía más de un minuto que el Cocodrilo no disparaba. Daggart temía que estuviera preparando el asalto final.

—¿Lista?

Ana dijo que sí con la cabeza. Estaban a punto de avanzar hacia la puerta trasera cuando Daggart se detuvo. De pronto reparó en que Héctor Muchado tenía la mano izquierda cerrada, con las puntas de los dedos apoyadas levemente sobre el linóleo. Su mano derecha estaba abierta, como cabía esperar de alguien que caía al suelo; la izquierda, en cambio, estaba fuertemente apretada, como si se preparara para lanzar un puñetazo.

O como si escondiera una llave.

Daggart se estiró hacia el brazo frío e inerme de Héctor y deslizó las manos hasta sus dedos prietamente enroscados. Los separó con esfuerzo y encontró un único objeto. Por la base redonda y circular dedujo que era la llave de un coche. La levantó para que Ana la viera y ambos se dieron cuenta de que, cara a cara con la muerte, Héctor Muchado les había hecho un último favor. Daggart puso la llave sobre la palma húmeda de la mano de Ana.

—¿Sabes dónde guarda el coche Héctor? —preguntó. Esa tarde, al llegar, no había visto entrada para coches.

—Hay un callejón ahí atrás —dijo Ana.

—Vamos, entonces. —Daggart la cogió del brazo y tiró de ella rápidamente hacia la puerta trasera.

Cuando se disponían a salir, Daggart se preguntó si el Cocodrilo habría dado la vuelta y estaría tumbado, acechándoles, preparado para tenderles una emboscada en cuanto cruzaran la puerta de atrás.

—Espera un segundo —dijo. Hizo que Ana se pusiera a un lado y él se puso al otro antes de abrir la puerta de golpe, pegándose a la pared para esconderse. Nada. Ningún disparo. Sólo el azote de la lluvia. Escudriñó el negro cobalto intentando discernir una forma humana. La lluvia y la noche emborronaban las siluetas, salvo las de los árboles más cercanos. No había farolas.

Cruzó la puerta apuntando con la pistola a un lado y a otro. El aguacero le empapó enseguida, y tuvo que quitarse el agua de los ojos para ver dos pasos por delante de él.

Hizo una seña a Ana y ella salió deprisa. Daggart le dio la mano mientras avanzaban chapoteando entre los charcos del jardín trasero. Cuando llegaron al estrecho callejón de grava, vieron una fila de coches y Daggart cayó en la cuenta de que en la llave no había nada que indicara qué clase de vehículo era.

Ana se apartó de él y empezó a correr de coche en coche, intentando encontrar aquel en el que encajaba la llave.

Daggart se agachó detrás de la pared de bloques de cemento de un metro de alto que delimitaba la finca de Héctor por la parte de atrás. Con la mirada fija en la casa, intentaba apartar la lluvia con los ojos como si abriera una cortina de cuentas colgada ante una puerta.

Interrogó a Ana con la mirada.

Ella negó con la cabeza y pasó al siguiente coche.

Un momento después, Daggart vio la silueta de un hombre en la ventana de la cocina de Héctor Muchado. Era de complexión corpulenta y llevaba en los brazos un M-16. Como un fantasma surgido de la nada, su silueta se había materializado en un abrir y cerrar de ojos y desapareció con idéntica velocidad. Con la misma rapidez se apagaron las luces de la casa.

Daggart miró a Ana, que corría frenéticamente de un coche a otro intentando abrir alguno. De haber estado en Chicago, ya habrían sonado una docena de alarmas. Y eso era de agradecer.

Volvió a concentrarse en la casa y esperó a que reapareciera aquella sombra. Al no verla comenzó a preocuparse. Se había asustado al descubrir la oscura silueta del hombre merodeando en la cocina, pero no verla era aún más inquietante.

Permaneció agazapado detrás del muro, tan empapado por la lluvia como si se hubiera tirado a una piscina. Como si hubiera saltado al Atlántico desde un ferry.

—¡Lo tengo! —gritó Ana. Estaba sentada en un pequeño Peugeot blanco, al otro lado del callejón, tres coches más allá. El motor diésel arrancó con un rugido.

Daggart echó un último vistazo a la casa, esforzándose por divisar al Cocodrilo. No vio nada. Seguía escondido. Daggart se levantó detrás del muro y se volvió para correr hacia Ana. Por el rabillo del ojo vio los destellos del cañón en una ventana de la primera planta, la ventana de la misma habitación en la que Ana y él habían pasado las últimas horas. Había dado un paso para echar a correr cuando una fuerza tan potente y repentina como el golpe de una barra de hierro chocó contra su espalda y le hizo perder el equilibrio. El impacto de la bala del M-16 le arrojó al suelo, lanzándole al barro con un torpe chapoteo.

Mientras yacía en un charco de agua manchada de sangre, intentando recobrar el aliento, sintió un dolor agudo que le atravesó el cuerpo y se preguntó si tendría fuerzas para llegar al coche.

Se preguntó si tendría fuerzas para levantarse.

# Capítulo 69

Al sentir que le tiraban del brazo, su primer impulso fue defenderse. Echó el brazo hacia atrás e intentó apartarse, pero al hacerlo descubrió que la mano de la otra persona le apretaba con más fuerza, ejercía mayor resistencia. Forcejeó mientras combatía el aturdimiento que, cada vez más intenso, recorría su cuerpo como una sierpe; cerró las manos y las levantó delante de la cara. Vio, entre los párpados legañosos, que Ana Gabriela se esforzaba por pasar su brazo por el hombro.

—Vamos, Scott. Tenemos que llegar al coche.

El Peugeot de Héctor estaba al ralentí, a unos seis metros de distancia, con las puertas abiertas como en sendos bostezos.

Un ráfaga de disparos surgió de la ventana de arriba y las balas se incrustaron en la tierra formando una diagonal en torno a ellos. Ana se arrojó al suelo. Daggart se alegró de que fuera de noche y no hubiera farolas. Era lo único que los protegía.

—¿Puedes llegar al coche? —preguntó ella.

Daggart evaluó su dolor. Volviéndose, vio lo que antes era su hombro izquierdo. Ahora parecía más bien una hamburguesa cruda. Su manga izquierda estaba empapada de sangre aguada. No encontró orificio de salida y supuso que la bala seguía alojada allí, en alguna parte. Tendría que sacársela luego.

—Estoy bien —dijo—. Salgamos de aquí.

Ella le ayudó a levantarse y, mientras corrían hacia el coche, a Daggart le sorprendió que el Cocodrilo los dejara marchar. Tal vez no podía verles, aunque Daggart sospechaba que era algo más. Y eso le preocupaba, por razones que no lograba definir en ese momento de confusión.

Ana le arrojó al asiento del acompañante (el lado más próximo a la casa de Héctor) y cerró la puerta con fuerza. Daggart se arrugó en el asiento como un pelele. Ella corrió al lado del conductor y entró de cabeza, metió la marcha y pisó el acelerador. El coche arrancó con una sacudida y Daggart cayó hacia atrás contra el reposacabezas. Cuando se volvió para mirar por la ventanilla, comprendió qué era lo que le inquietaba un momento antes.

El Cocodrilo no había vuelto a dispararles desde la ventana de arriba porque ya no estaba allí. El hombre de la cara marcada había salido corriendo de la casa con el M-16 en brazos. El Cocodrilo. A pesar de la cortina de lluvia y sombras, Daggart distinguió el rostro picado de viruelas, el labio amputado, la mueca feroz. Había maldad en aquella sonrisa cuando levantó el arma y apuntó a la cara de Daggart.

Si Ana vio al Cocodrilo, no dio muestras de ello. Pisó a fondo el acelerador y el coche se alejó a toda prisa, arrojando tras de sí una pequeña granizada de piedras y grava. El Cocodrilo disparó, acribillando un lado del coche; la ventanilla trasera del lado del acompañante se rompió en un millón de cubos minúsculos. Ana dio un respingo y siguió maniobrando a toda velocidad por el callejón de grava. Giró en el primer cruce. Enfilaron un bulevar desierto. La lluvia nublaba su vista.

—¿Hasta dónde crees que podrás llegar? —preguntó Ana.

Daggart se agarraba el hombro con la mano derecha.

—Hasta donde haga falta con tal de salir de aquí.

Se volvió para mirar atrás. Nadie parecía seguirles. No se veía a nadie. Sólo cortinas de lluvia aporreando las calles a oscuras.

—Deberíamos ir a un hospital —dijo Ana.

—Aquí no. El Cocodrilo podría encontrarme. Y la policía también.

—¿Adónde, entonces?

—A la autopista.

—¿Y luego?

—A cualquier parte. —Ella le miró con desconcierto—. Por lo que nos contó Héctor, creo que todo lo que necesitamos está en los mapas de las *sacbeob*.

—Los hemos dejado allí. Están arriba, en mi bolso.

—Sabemos lo suficiente como para deducir qué indican.

—¿Crees que Casiopea está en esas viejas carreteras?

—Sí, en alguna parte. El truco está en descubrir qué puntos forman la M. Si lo averiguamos… —Dejó la frase inacabada, las palabras emborronadas por el cansancio.

El coche corría por las calles de Mérida desiertas y azotadas por la lluvia.

El Cocodrilo volvió a la casa deprisa. Pasó por encima del cadáver de Héctor Muchado y se arrodilló junto al gigante, que se retorcía y saltaba sobre el suelo del cuarto de estar como un pez asustado. De su antebrazo sobresalía un hueso en ángulo recto.

—¿Qué le has dicho? —preguntó el Cocodrilo.

El gigante le indicó con un gesto indeciso que le desatara, pero el Cocodrilo pareció no notarlo. O al menos eso fingió.

—¿Qué le has dicho? —preguntó de nuevo.

—Nada. —Levantó la mirada hacia unos ojos de cocodrilo, fríos y amarillos—. Preguntó quién le estaba disparando.

—¿Y se lo dijiste?

—¡No! Lo adivinó, pero yo no se lo dije. Yo no haría eso. Desátame y podré hablar mejor.

El Cocodrilo ignoró su petición.

—¿Sabe quién soy?

—Eso parece. Quiero decir que dijo tu nombre y eso. Yo no le he dicho nada.

El Cocodrilo asintió solemnemente con la cabeza y clavó la barbilla en el pecho como si meditara. El aire silbaba al pasar por su labio partido.

—¿Y no averiguaste nada?

—No. Iba a entregártelo para que lo averiguaras tú. Creía que habíamos quedado en eso.

—Sí, sí. —El tono del Cocodrilo era compasivo, tranquilizador.

El gigante se relajó, la tensión abandonó sus hombros.

—¿Puedes desatarme, entonces? —suplicó. Su voz sonaba fina y tensa, ajena a la fortaleza imponente de su cuerpo.

—Claro —contestó el Cocodrilo afablemente.

Dejó el M-16 en el suelo y se sacó la Sig Sauer del cinto. Disparó una sola vez al cráneo del gigante. El cañón aún humeaba cuando volvió a guardarse el arma en la cinturilla del pantalón.

—*Estúpido* —masculló en voz baja.

Le había dado dos oportunidades de capturar a Scott Daggart y él había fallado las dos veces.

*Bye-bye. Adiós.*

Antes de salir de la casa subió a la planta de arriba y vio en el suelo el cuerpo ensangrentado de Dietrich. Un cuchillo le salía de la garganta como una varilla de medir el aceite. El Cocodrilo maldijo dos veces: una a los dos hombres por su incompetencia y otra a sí mismo por no haberse encargado personalmente. Si hubiera tomado cartas en el asunto, todo estaría arreglado. Habrían encontrado la información que buscaban. Se habrían librado de Ana y del estadounidense. Fin de la misión. Pero había pensado (erróneamente, por lo visto) que hasta un idiota podía hacer lo que les había pedido. Sin embargo, ni dos idiotas trabajando mano a mano habían estado a la altura del desafío. Y Scott Daggart había escapado de nuevo.

Encontró un bolso de viaje en el cuarto de invitados, lo vació sobre la cama y rebuscó entre su contenido. Ropa de Ana. Cosas de aseo. El único objeto de interés era una carpetilla marrón con un mapa de Yucatán hecho a mano y salpicado de puntos y líneas. No sabía qué significaba o qué podía indicar, pero sabía que era una de esas cosas que *el Jefe* valoraría. Cogió la carpeta y bajó a toda prisa por la escalera.


Daggart intentaba no dormirse.

No deseaba otra cosa que hundirse en el asiento delantero, en un estado de perfecto sopor, pero temía no volver a despertarse si lo hacía.

—¿Cómo estás? —preguntó Ana. Fijó los ojos en el hombro ensangrentado de Daggart.

—Tengo sueño. —En cuanto al dolor, había llegado un punto en que ya ni siquiera sabía si le dolía o no.

—Déjame verte el brazo. —Daggart apartó la mano derecha de la herida y Ana palideció—. Tenemos que llevarte a un médico.

—Primero hay que alejarse de Mérida.

—Pero es necesario parar la hemorragia.

—Cualquier médico avisará a la policía.

—Si no te ve alguien, puedes morir.

Daggart sacudió la cabeza y apoyó la mano limpia sobre el muslo de Ana. Su piel cálida y desnuda sostuvo su palma y sus dedos.

Siguieron circulando en silencio; los neumáticos siseaban y el viento revolvía su pelo.

—Siento lo de Héctor —dijo él.

—Era un hombre maravilloso. No puedo evitar pensar que, si no le hubiera propuesto que nos viéramos, todavía estaría vivo.

—No lo pienses. No podías sospechar que le estabas poniendo en peligro.

Pareció que Ana iba a decir algo cuando un suave haz de luz cayó sobre la parte de atrás de sus cabezas. El halo de un ángel. La luz se intensificó y, al darse la vuelta, Daggart se encontró mirando el resplandor de los faros de un coche.

—Es él —se oyó decir. Un instante después, una bala convirtió en telaraña la luna trasera y el parabrisas. Ana se esforzó por ver entre la maraña de grietas y fisuras.

Daggart empuñó su arma y disparó dos veces contra su propio parabrisas. Levantó las piernas y golpeó el cristal. Los cubos minúsculos cayeron sobre ellos, cubriendo su regazo. Ana pisó el acelerador; el coche resbalaba como un hidroavión sobre el pavimento empapado, a casi ciento cincuenta kilómetros por hora. El Cocodrilo les seguía de cerca; sus faros alumbraban el interior del coche como si fuera de día.

—¿Qué hago? —preguntó Ana en tono de pánico.

—No dejes que apunte con claridad.

Ella levantó el pie del acelerador y empezó a dar bandazos de un lado a otro de la carretera describiendo amplias parábolas. Dejaban las huellas de un esquiador de eslalon.

Daggart levantó la pistola con la mano buena y apuntó por

la luna de atrás. Los disparos obligaron al Cocodrilo a rezagarse dejando entre ellos el largo de un coche. Daggart sabía que sólo estaban ganando tiempo.

—Busca una salida —dijo—. Aquí no tenemos nada que hacer.

Otros dos disparos se incrustaron en el coche. Estaba vez era distinto. El Cocodrilo ya no apuntaba a sus cabezas.

—Está tirando a las ruedas.

—¿Qué significa eso?

Daggart no podía decírselo. Sabía que, si el Cocodrilo conseguía pincharles las ruedas, estaban acabados. Si no los mataba el impacto del coche, el Cocodrilo lo haría. Un M-16 contra un revólver y un par de pequeñas semiautomáticas. Ni siquiera podían competir.

Más disparos.

—¿Qué hago? —preguntó Ana.

—Sigue dando bandazos.

No tuvo oportunidad.

Antes de que pudiera girar de nuevo el volante, dos faros deslumbrantes se echaron sobre ellos. El coche del Cocodrilo catapultó el suyo hacia delante, sintieron un golpe y una fuerte sacudida, y durante unos segundos se hallaron en el aire. Respiraron cuando sus ruedas volvieron a tocar el suelo. Ana estrujaba el volante, los dedos morenos blancos de tanto apretar.

Daggart disparó dos veces más al Cocodrilo, pero al reptil no pareció importarle. Volvió a golpearlos con más fuerza que antes, y esta vez casi dieron una vuelta de campana. Ana giró el volante y consiguió enderezar el coche en el último momento. La lluvia que entraba por el hueco del parabrisas los empapaba. El viento tiraba de su ropa mojada.

La tercera vez que el Cocodrilo los embistió por detrás, incrustó la parte delantera derecha de su parachoques contra el lado izquierdo del parachoques trasero del coche de Ana y Daggart. Ana no pudo hacer nada: la fuerza del golpe les hizo virar, el coche derrapó, se salió de la carretera y cayó por el empinado terraplén. Ella frenó a fondo, pero los frenos sólo funcionan cuando los neumáticos están en contacto con el suelo. Daggart y Ana volaban.

Botaron por la cuneta antes de aterrizar sobre la maleza empapada y resbaladiza, y dieron una, dos vueltas de campana; luego, el coche se estrelló contra un baniano, al fondo del terraplén, y se anudó a su tronco con un brutal estampido.

Entonces se hizo el silencio. No se oyó a Scott Daggart, ni a Ana Gabriela.

Un momento después el coche estalló en llamas.

# Capítulo 70

*E*l Cocodrilo frenó y se apartó de la autopista. Puso marcha atrás y retrocedió por la cuneta hasta quedar a la altura del coche que ardía en la zanja, allá abajo. Supuso que nadie podría sobrevivir a aquel choque. Nadie. Pero por si acaso…

Dejó el M-16 en el asiento de al lado, cogió su Sig Sauer y echó un vistazo al cargador de quince balas antes de salir del coche. Tenía que darse prisa. Abrió la puerta, se deslizó por el talud y casi había llegado al coche cuando divisó los faros de un vehículo a los lejos, en la autopista. Luego apareció otro. Mientras los coches se detenían, atraídos por el resplandor anaranjado del incendio en la cuneta, el Cocodrilo enfundó su pistola y se asomó al automóvil en llamas de Héctor Muchado, protegiéndose los ojos de la lluvia y el calor de las llamas. No vio nada que indicara el menor rastro de vida.

Aunque Ana y Scott Daggart hubieran logrado sobrevivir al impacto, cosa improbable, el fuego habría acabado con ellos. Lo cual era una suerte. Habían parado ya media docena de coches, y no tenía modo de liquidar a Daggart y Ana con sus propias manos. Imposible meterles una bala en el cráneo a modo de satisfactorio punto final. El Cocodrilo se veía reducido al papel de espectador.

Pero daba igual. Había cumplido lo que le había pedido el Jefe. El profesor Scott Daggart estaba muerto. Ana Gabriela, también. Y, con ellos, sus secretos. El Cocodrilo había cumplido su cometido. Estaba listo para recoger su merecida recompensa.

Regresó al coche, arrojó la pistola al asiento de al lado y volvió a incorporarse a la autopista.

Sabía que el Jefe estaría contento.

Υ

Scott Daggart sólo recordaba haber surcado el aire.

El coche despegó del suelo y volaron; pareció pasar una eternidad, y luego la selva se acercó más y más y el viento silbaba entre el chasis de su coche y él buscó la mano de Ana y ella cogió la suya y pareció que pasaban siglos antes de que tocaran por fin la tierra con un negro estruendo que sacudió huesos y dientes. El coche rodó sobre sí mismo a tal velocidad que la fuerza de la gravedad pegó a Daggart a su asiento. Cuando el Peugeot inició su segunda, su tercera vuelta de campana, Daggart salió despedido del vehículo como si fuera expulsado de la cabina de un caza y su cuerpo levantó el vuelo en la oscuridad como un superhéroe de dibujos animados. Cayó con un ruido sordo en los frondosos brazos de la selva. Se quedó sin respiración. Intentó amortiguar el golpe, y una fina brecha se abrió en su sien. La sangre chorreó por su cara.

Quería levantarse; quería encontrar a Ana, quería gritar su nombre, pero le fallaban las fuerzas y el ruido rabioso y atronador del incendio y el golpeteo de la lluvia le hicieron enmudecer. Se sentó e intentó levantarse, tambaleándose, pero su equilibrio no estaba dentro de él, sino por ahí, en alguna parte. Se afirmó sobre la hierba mojada. Al enderezarse despacio notó un nudo de dolor en el brazo. Su cabeza palpitaba, latía entre la negrura y una difusa visión en túnel de cuanto le rodeaba. Sintió el olor acre de la gasolina quemada. Oyó las llamas lamer la noche.

—Ana —dijo como un autómata, sin saber si había pronunciado su nombre en voz alta.

Y como un boxeador acabado en los últimos asaltos, dio un paso brusco y vacilante y cayó a plomo hacia atrás. Le recibió la selva. Un instante después perdió el conocimiento.

Le despertaron las sirenas.

Abrió los ojos parpadeando y no supo cuánto tiempo llevaba inconsciente. ¿Minutos? ¿Horas? Había dejado de llover, eso sí lo notó. Una lasca de luna cortaba las nubes pasajeras. Al volverse de lado y mirar entre el follaje, vio que el Peugeot blanco de Héctor Muchado no era más que un cascarón humeante y renegrido. Una ambulancia acababa de regresar a la carretera y se alejaba con las luces rojas brillando y la sirena puesta. Quiso levantarse y gritar que se detuvieran. Quiso ponerse en pie, pero no supo cómo. Era como si alguien hubiera desconectado los plomos de su cuerpo; le faltaban fuerzas, le faltaban medios para enderezarse. Cuando los faros traseros de la ambulancia se convirtieron en los ojos de un animal y desaparecieron por la autopista, en medio de la noche, comprendió que no tenía modo de saber si Ana había sobrevivido al golpe.

No sabía si aún estaba viva.

Divisó tres coches patrulla aparcados a lo largo de la cuneta. Media docena de policías fumaban y reían apoyados en ellos. Si estaban llevando a cabo una investigación, no tenían prisa, eso saltaba a la vista. Cuando estaba a punto de pedir ayuda a gritos, otro vehículo se apartó de la carretera y se detuvo no muy lejos de los coches patrulla. Salió el conductor y Daggart lo reconoció enseguida.

Al salir del coche, el hombre se puso una americana marrón y se tiró insistentemente del bigote. Era el inspector Alejandro Rosales.

Daggart tomó una decisión inmediata. Mejor quedarse escondido, se dijo. Mejor adentrarse sigilosamente en la selva. Cuando Rosales y sus hombres se fueran, podría volver a la autopista y parar a algún coche para que le llevara a Playa del Carmen.

Pegó los brazos a los costados y ordenó a su cuerpo que rodara, imaginándose a un niño rodando por una colina. Esta vez, su cuerpo obedeció. Lenta y premeditadamente giró sobre sí mismo y se adentró rodando en las sombras más densas del bosque. Una vuelta. Y otra. Antes de que completara la tercera, una rama se quebró bajo él.

Rosales estaba hablando con un policía. De pronto se volvió, volvió la cabeza hacia aquel sonido. Escudriñó la selva, la oscuridad, la maleza inescrutable. Pidió una linterna a uno de los agentes. El hombre se acercó cansinamente a su coche y abrió la puerta del conductor.

Daggart comprendió que no tenía elección. Debía huir. Debía alejarse. Debía obligar a su cuerpo a ponerse en pie y encaminarse hacia el corazón de la selva.

Se incorporó apoyado en una rodilla y las náuseas estuvieron a punto de apoderarse de él. Aturdido, casi incapaz de sostener erguida la cabeza, volvió a mirar hacia la autopista. El policía le estaba dando la linterna a Rosales. El inspector pulsó el interruptor y un círculo amarillo cayó sobre la hierba mojada.

No había tiempo que perder. Usando un tronco como cayado, Daggart se incorporó por completo, dio media vuelta y corrió hacia el interior del bosque. Delante de sus ojos inquietos, los árboles y los matorrales se arremolinaban como un enjambre. Mientras la maleza tironeaba de sus ropas, sintió a su espalda el rayo insidioso de la linterna. Ignoraba si se había posado o no en él, pero no se atrevió a mirar atrás.

Apretó el paso, adentrándose en la espesura.

# Capítulo 71

*C*orría tambaleándose por la selva. El bosque era denso, sofocante, opresivo en su cercanía. Los olores, acres, húmedos, empalagosos. Unas veces, el sirope dulzón de las flores; otras, el hedor a podrido de la carroña. Incluso a plena luz del día era imposible ver a más de tres metros de distancia en cualquier dirección. A oscuras, no se veía a más de veinte centímetros. Con las manos extendidas como un ciego, Daggart palpaba delante de él, apartando hojas de palma y lianas de chayotera que laceraban su cara y tiraban de su ropa. Las ramas se empalaban en su hombro ensangrentado.

Odiaba la idea de internarse en la selva sin brújula ni coordenadas. Pero más aún odiaba no estar con Ana. Odiaba sobre todo no saber si estaba viva.

«No es momento de pensar en eso —se decía—. Sigue adelante. Mañana encontrarás el camino de vuelta.»

«Relájate. Respira.»

Se detuvo a recobrar el aliento; le dolía el hombro izquierdo y seguía teniendo hinchado el tobillo derecho. Palpó la herida, intentando sacar la bala con los dedos. Aunque sentía el pedazo de metal incrustado en el hueso, la bala no salió. La carne se había cerrado en torno al intruso, no lo dejaba escapar. Al menos, de momento. La hemorragia había remitido, pero aún bombeaba un chorro constante que se deslizaba por su brazo izquierdo. La única buena noticia era la herida de su frente. La sangre había dejado de manar, se había secado, se notaba pegajosa al tacto. Una pequeña victoria.

Oyó pasos tras él y siguió adelante, abriéndose paso frenético entre la maraña de los árboles. Convencido de que Rosales no podía andar muy lejos, rebasó su propia marca de resistencia.

«Sigue avanzando. No te pares ahora.»

Más de una vez tropezó, cayó de bruces al suelo de la selva, y estuvo a punto de gritar de dolor cuando su hombro chocó contra la tierra. Cada vez tardaba más en levantarse y seguir adelante.

«Vamos. Levántate. No te detengas ahora.»

Temía pararse, temía que Rosales le cogiera y le metiera en el asiento trasero de un coche patrulla. Que le impidiera ver a Ana. Y encontrar el códice. No necesitaba más motivación que ésa para levantarse a duras penas y echar de nuevo a correr zigzagueando a trompicones.

Su mente fue nublándose. Sus piernas se volvieron de goma. Veía estrellas, pero sabía que no estaban en el cielo: eran obra de su cerebro. Su visión periférica se cerraba como las pupilas en el cine. Un círculo ennegrecido que se hacía más y más pequeño, reduciendo el alcance y la nitidez de su visión. Luchaba contra la debilidad. Y por mantenerse lúcido. Y por conservar las fuerzas.

Los monos aulladores chillaban mientras avanzaba a tientas. Sus gritos insistentes traspasaban la quietud de la noche.

Apenas podía pensar con claridad. No tenía ni idea de adónde iba, sólo sabía que estaba moviéndose. Y que tenía que seguir adelante. Debía hacerlo. Aunque fuera un esfuerzo levantar un pie y luego el otro, era consciente de que no podía detenerse. Ignoraba hacia dónde se dirigía, pero se decía que era preferible seguir avanzando a quedarse quieto. Cualquier cosa era mejor que detenerse. Cualquier cosa.

Siguió adelante cayéndose más a menudo, levantándose más lentamente. Los bordes afilados de la vegetación marcaron su cara con cien nuevas cicatrices. Trozos de hojas secas y podridas se adherían a su frente pegajosa. Pensó en los jaguares que aún merodeaban por aquellos bosques; procuró imaginarse a sí mismo como uno de ellos y recrear su visión nocturna, que les permitía moverse a salvo de noche y abrirse paso por el profundo dédalo de la selva.

«Sigue moviéndote. No te detengas. Ana, ¿estás bien?»

Tocó el tronco espinoso de una ceiba, sus manos se ensartaron en los pinchos puntiagudos. En las palmas de sus manos brotaron hilillos de sangre, una docena de estigmas, y se limpió en los pantalones el líquido denso y cálido.

Su campo de visión se estrechó, las estrellas rodearon los bordes de su vista; ya no podía caminar en línea recta. Empezó a sentir un embotamiento que no había experimentado nunca antes. Ya no sabía dónde estaba la izquierda y dónde la derecha. De pronto le costaba mantenerse erguido. Avanzar en línea recta era imposible. La pérdida de sangre le había debilitado. Se sentía como si alguien le hubiera drogado, o emborrachado, o golpeado en la cabeza, o las tres cosas juntas.

«No te pares ahora. Puedes hacerlo.»

«Relájate. Respira.»

Levantó los pies. Primero uno, luego el otro. Respiraba con un jadeo constante. Exhalaba profundamente, hacía una pausa, inhalaba más profundamente aún. Se limpió la sangre de las manos en los pantalones. Parpadeó e intentó despejar su vista. Se inclinó, confiando en que el cambio de postura le diera impulso, le empujara hacia delante. Exhalaba, se detenía, respiraba hondo.

Al caer al suelo una última vez, Scott Daggart se dio cuenta de que la distancia que había interpuesto entre Rosales y él tal vez no le convenía. Si de veras se había perdido en la selva, nadie le encontraría. Nadie descubriría el despojo de su cuerpo moribundo. Pronto sería pasto de serpientes y zopilotes, de jaguares y pumas. O peor aún, de *chupacabras*.

Cuando intentó levantarse, le fallaron las fuerzas. Mientras yacía en los brazos acogedores de la maleza, sus últimos pensamientos fueron para Ana Gabriela.


Ana Gabriela abrió los ojos con un parpadeo y todo lo que vio fue blancura. «Así que esto es estar muerta», se dijo, y aunque aquella idea iba acompañada de cierto sosiego, empezó a experimentar también una tristeza asfixiante. «Si estoy muerta, ¿cómo es que siento algo tan real como la pena? Seguro que no nos llevamos esos sentimientos al otro mundo. Era haber perdido a Scott Daggart lo que la entristecía. La idea de que hubiera muerto la hizo llorar de pronto.

«Hay que sufrir para merecer.»

Pero ella no quería ser merecedora de nada. No quería sufrir. Así no, al menos.

—¿Por qué llora, *señorita*? —preguntó una voz—. Está viva.

Una cara redonda se cernía súbitamente sobre ella.

—¿Estoy viva? —preguntó.

—Ya lo creo que sí —contestó el hombre en un español fácil y reconfortante.

Llevaba uniforme médico y empujó suavemente a Ana hacia la camilla cuando ella intentó incorporarse. Con la cabeza apoyada en la almohada, Ana miró el blanco interior de la ambulancia. Una serie de tubos unía su brazo a varias bolsas de suero que se mecían. Notaba el brazo como un alfiletero, pero eso no era nada comparado con el saco de boxeo en el que se había convertido su cuerpo. Le dolían las costillas. Punzadas de dolor le atravesaban el vientre. Tenía que esforzarse por respirar.

—Ahora descanse —dijo el enfermero, intentando tranquilizarla—. Primero hay que llevarla al hospital.

—Pero necesito saber si Scott está bien.

—¿Scott?

—El hombre que iba conmigo en el coche.

El semblante del enfermero se ensombreció, y quitó de la tripa desnuda de Ana una tira de gasa manchada de sangre. Cortó una tira nueva y la colocó sobre su abdomen, apretando suavemente.

—No había nadie más, *señorita*, sólo usted.

—Pero Scott estaba conmigo.

—Lo siento, *señorita*, pero no había ningún Scott.

—Estaba conmigo. Íbamos juntos. Estábamos en el coche y salimos volando. Yo conducía y él iba en el asiento de al lado, y bajamos juntos por el terraplén… —Se interrumpió y confió en que su mente diera con las piezas que faltaban.

—No lo encontramos, *señorita*. Pero la avisaré si me entero de algo. Ahora, ¿por qué no se tumba y descansa?

El rostro de Ana se arrugó como un abanico mientras grandes lágrimas maduras brotaban de sus ojos.

El enfermero le dio la espalda, sacó una jeringa de un estuche rojo e insertó la aguja en su vía intravenosa. Ana se durmió casi en el acto.

# Capítulo 72

*S*cott Daggart deliraba. La fiebre quebrantaba su cuerpo. Estaba bañado en sudor. Tenía la impresión de que volaba. Se creía en una alfombra mágica suspendida sobre la tierra; sus ojos vislumbraban estrellas titilantes mientras surcaba el aire.

Deshidratado y débil por la hemorragia, parpadeó para aclararse la vista y dar sentido al mundo que le rodeaba. Sólo poco a poco consiguió enfocarlo. Allá arriba había un mundo de estrellas flotantes, un millón de alfilerazos blancos como copos de nieve, visibles entre el denso e intrincado tapiz de las hojas, que parecía agitarse y abrirse.

Concentrándose en lo más inmediato, vio a media docena de hombres descamisados que caminaban a ambos lados de él. Intentó moverse, pero enseguida comprendió que tenía las muñecas y los tobillos atados y sujetos a un palo largo cuyos extremos sostenían dos hombres. No estaba volando. Lo llevaban en volandas. Aquellos hombres se movían por la selva sin conversar, y cuando Daggart intentó decir algo (profiriendo únicamente un gorjeo estrangulado), no le prestaron la menor atención. Avanzaban de puntillas por el bosque empapado de lluvia, escogiendo el camino entre senderos aparentemente inexistentes, mientras acarreaban a un hombre de ochenta y seis kilos como si fuera un conejo o un cervatillo.

En su leve estado alucinatorio, Daggart se acordó de pronto de esos viejos dibujos de Bugs Bunny en los que el conejo devorador de zanahorias era llevado a un caldero de agua hirviendo, a punto de servir de cena a los caníbales del África más negra.

«¿Qué hay de nuevo, viejo?», quiso decir Daggart, pero hasta para eso le faltaban fuerzas.

Por encima de su cabeza, los árboles se abrían lo justo para que vislumbrara las constelaciones. Y allí estaba Casiopea. La mujer sentada. La M de Tingley.

Todo tenía sentido. Las estrellas, las *sacbeob*, la estela en el yacimiento de Tingley. Faltaba una pieza crucial, desde luego, pero el rompecabezas encajaba limpiamente, formando en su imaginación nada menos que un mapa que indicaba el paradero exacto del Quinto Códice. Del verdadero Quinto Códice. El libro escrito siglos y siglos antes. Lo único que tenía que hacer era descubrir cuáles eran los cinco puntos que formaban la letra M. Una vez hecho esto, podría seguir el camino.

Suponiendo, claro está, que saliera con vida de aquella situación.


El huracán *Kevin* fue cobrando fuerza sin prisa pero sin pausa, alimentándose de las cálidas aguas del Atlántico a tragos fáciles y medidos. Crecía sin apresuramiento y no había nada en él que permitiera adivinar siquiera su potencial. Pero cuanto más se desplazaba hacia el oeste más fuerte se volvía, alentado al parecer por su propia capacidad de intensificarse. Como un crío emocionado con el crecimiento de sus bíceps, así parecía disfrutar *Kevin* transformándose de sistema de bajas presiones en tormenta tropical y de ésta en huracán de categoría uno, con vientos sostenidos de 128 kilómetros por hora. Parecía enorgullecerse de su rápida ascensión por la escala de Saffir-Simpson.

Reforzado por las altas temperaturas de la corriente del Golfo, *Kevin* descendió por debajo del paralelo quince, lamió las cálidas aguas de aquella zona y partió de nuevo, prosiguiendo su sinuoso camino hacia las Américas a un ritmo constante de treinta y dos kilómetros por hora.

Cuando los periodistas le preguntaron si el *Kevin* podía recalar en Norteamérica, el meteorólogo James Bach contestó concisamente y sin rodeos:

—Por supuesto que sí.

Luego siguió diciendo que, aunque todavía era solamente un huracán de fuerza uno, tenía potencial para convertirse en «un tres al menos, si no en un cuatro».

Mientras el resto del mundo se concentraba en la economía, en los precios de los carburantes y la última crisis de Oriente Medio, el Centro Nacional para los Huracanes vigilaba el errático deambular del *Kevin* con inquietud y recelo. Sabían que el huracán *Kevin* podía convertirse en una tormenta monstruosa.

Ana se encontró arropada en una cama estrecha con barandilla de metal a un lado. Le dolía todo el cuerpo. Un dolor agudo le atravesaba el estómago. Movió el cuello de un lado a otro. La cabeza le estallaba. Diminutas estrellas blancas danzaban delante de sus pupilas. Cerró los ojos. Cuando volvió a abrirlos y miró a su alrededor, se dio cuenta de que estaba en un hospital. Una habitación individual con las paredes pintadas de un verde enfermizo. Qué apropiado, pensó al sentarse, y enseguida sintió una náusea. Se dejó caer de nuevo sobre las sábanas ásperas de la cama y esperó a que pasara el mareo.

Estaba conectada a una maraña de cables, todos los cuales conducían a diversas máquinas situadas tras ella, donde no podía verlas. La puerta que daba al pasillo estaba cerrada. Había una ventana, pero las persianas tapaban la vista. La luz pálida de la luna se colaba por sus rendijas. Una enfermera entró arrastrando los pies en la habitación.

—Está despierta —dijo. Era de complexión recia, con la cara colorada y la voz alegre. No le faltaba energía, a pesar de que estaban en plena noche.

—¿Dónde estoy?

—En la clínica Mérida —contestó la enfermera mientras deslizaba el ceñidor de un tensiómetro alrededor de su brazo.

—¿En qué ciudad?

La enfermera se rio.

—En Mérida, claro. —Un momento después cayó en la cuenta de que Ana no estaba bromeando—. No se preocupe, es uno de los mejores hospitales de Yucatán. Aquí estará bien atendida.

Ana no lo ponía en duda, aunque no tenía intención de quedarse para cerciorarse de ello. Tenía que encontrar a Scott. Aquél no era momento para quedarse tumbada en la cama de un hospital.

—¿Estoy bien?

La máquina pitó y la enfermera anotó algunos números.

—Tiene las costillas contusionadas. Conmoción cerebral leve. Un desgarro en la zona del vientre. Algunas quemaduras de poca importancia. Podría haber sido mucho peor. —Arrancó el velcro del brazo de Ana.

—Entonces, ¿puedo irme? —Ana empezó a levantarse. La enfermera le puso la gruesa mano sobre el hombro y la empujó hacia la cama.

—No. Los médicos no saben aún si tiene lesiones internas. —Miró a Ana—. ¿Cómo se siente?

—Estoy molida.

—Me lo imagino.

Mientras la enfermera colocaba la ropa de cama, Ana fue recordando fragmentos de las horas anteriores. El cadáver de Héctor. El viento y la lluvia a través del hueco del parabrisas. Su vuelo por el aire. El estruendo del impacto. El lengüetazo de las llamas.

—¿Cómo está Scott?

—¿Quién?

—Scott Daggart. Iba conmigo en el coche.

La enfermera acabó de enderezar la cama y se volvió.

—No lo sé. La ambulancia sólo la trajo a usted. —Hablaba muy seria.

—Pero estaba conmigo en el coche. Íbamos juntos. ¿No lo trasladaron en la ambulancia?

—Tendrá que preguntárselo al inspector.

—¿A qué inspector?

—Está en la sala de espera. Rosales, dice que ya se conocen. ¿Es cierto?

Ana asintió con la cabeza, desconcertada.

—He intentado que no se acercara a usted —dijo la enfermera—, pero parece muy terco. ¿Quiere que le diga que pase?

Ana cerró los ojos e intentó imaginarse a Scott surcando el aire justo antes de que el coche girara sobre sí mismo y se estampara contra el árbol. No lo veía allí. Era como si su mente fuera una película y alguien hubiera borrado los momentos clave, dejándola con una serie de escenas aisladas, fugaces y desarticuladas.

—¿Y bien? —preguntó la enfermera.

—Mejor más tarde.

—Se lo diré, aunque no creo que espere mucho tiempo. Parece de los persistentes. Si supiera que está despierta, sería él quien estaría aquí, no yo.

La enfermera salió de la habitación, y sus zuecos chirriaron sobre el suelo recién encerado. Ana esperó a que la puerta se cerrara por completo. Se cerró con sigilo.

Pasó las piernas por el borde de la cama y al incorporarse intentó contener la náusea que recorrió su cuerpo. «No es momento de marearse», se dijo. Se arrancó los tubos y las ventosas que controlaban sus constantes vitales con la esperanza de que en la sala de enfermeras no saltaran una docena de alarmas. No oyó nada, sólo las conversaciones amortiguadas al otro lado de la puerta. Se puso de pie, descalza, y se acercó al armario sin hacer ruido, apoyándose en todo lo que encontró. Aliviada al ver su ropa, se quitó el camisón del hospital y volvió a ponerse su falda y su blusa. Estaban hechas un guiñapo, mojadas y manchadas de barro y de sangre. Pero aun así llamaban menos la atención que el camisón azul claro del hospital, que le dejaba el trasero al aire.

Sobre todo porque no tenía intención de quedarse ni un segundo más en el hospital.

Al salir de la habitación vio fugazmente al inspector Rosales hablando con la recia, colorada y alegre enfermera. Estaba de espaldas a ella, y Ana pudo escabullirse por los pasillos casi desiertos del hospital, evitando las miradas curiosas de los pocos empleados que vio y manteniéndose muy erguida cada vez que divisaba a una enfermera o a un doctor. Sabía que no estaba en condiciones de dejar el hospital, pero sabía también que, si algo le ocurría a Scott, jamás se lo perdonaría. Además, se les estaba agotando el tiempo. Si querían detener a los hombres que habían matado a su hermano, disponían de muy pocos días.

Paró un taxi delante del hospital mientras un pedacito de sol asomaba por el este. Era el comienzo de un nuevo día, un día que esperaba fuera menos peligroso que el anterior. Se acomodó cuidadosamente en el asiento y dio indicaciones al conductor.

Υ

Alguien tiraba de él. Scott Daggart se sentía como un perro que tensara una correa, y como si el dueño de esa correa le refrenara constantemente. Incapaz de reaccionar, lo más que podía hacer era dar un pequeño tirón que no servía de nada. Cuando por fin logró abrir los ojos, comprendió que lo habían drogado. Todo le daba vueltas, le pesaban los párpados y en medio de la noche negra sólo distinguía una serie de rostros oscuros y adustos, cuyos semblantes lacerados y en sombras iluminaba el resplandor de las brasas de un fuego.

Se volvió y vio a un hombre bajo, con el pecho descubierto, el cabello plateado y una expresión intensa. Si notó que Daggart le observaba, no dio muestras de ello. Sostenía en la mano una vara fina cuyo extremo clavó en una hoguera cercana hasta que la punta afilada se puso al rojo vivo. Satisfecho, sacó de las llamas la vara tersa y reluciente y la sostuvo en alto. Antes de que Daggart pudiera reaccionar, el hombre cogió la vara al rojo y la hundió en la hamburguesa de su hombro. Daggart oyó el chisporroteo de la carne al asarse y sintió el olor acre de la piel quemada. Su carne. Su piel.

Aturdido por las sustancias que le habían dado, cayó en una mágica y mullida alfombra de sueño.

# Capítulo 73

*E*l taxi la llevó al vecindario de Héctor Muchado. Ana pidió que la dejara al final de la manzana. Pagó al conductor y bajó por las calles bordeadas de palmeras, sorprendida al ver el barrio atestado de policías. Su coche estaba exactamente donde lo había dejado el día anterior. Una buena noticia. Lo malo era que sería difícil salir de allí sin llamar la atención.

En cuanto a la posibilidad de que el coche estuviera cargado de explosivos, en fin, ni siquiera quería pensarlo.

Luchando aún por desprenderse de cierta inestabilidad, caminó por la acera con toda la calma de que fue capaz. Mientras avanzaba se fijó en los grupos de vecinos que, parados en los jardines, observaban el ir y venir de la policía en torno a la casa de Héctor. Donde antes estaban sus grandes ventanales había ahora dos agujeros abiertos, como las cuencas vacías de los ojos de un cráneo. Su fachada encalada de blanco estaba picada por cientos de balazos.

En medio de la calle había un policía de aspecto cansado.

—¿Qué ha pasado? —le preguntó Ana, cruzando los brazos para ocultar la sangre seca que manchaba su blusa.

El policía se volvió, listo para dar la respuesta de rutina. Pero su cara se iluminó al ver quién formulaba la pregunta. Se irguió y metió los pulgares en el cinturón. Un Barney Fife* mexicano.

—Anoche hubo un tiroteo. Murieron tres hombres. —Hablaba como si hubiera estado allí.

---

\* Personaje del programa de televisión *The Andy Griffith Show*, riguroso agente de policía en un tranquilo pueblecito de Carolina del Norte. *(N. de la T.)*

—Ay, Dios mío —dijo ella—. ¿Saben quién fue?

—Todavía no. Pero salta a la vista que fue un asunto de drogas que se torció.

Ana asintió con la cabeza, aunque le dolía oír que se arrojaban tales falacias contra Héctor. La única razón por la que había muerto era que Scott y ella habían ido a visitarle buscando su sabio consejo. Se le llenaron los ojos de lágrimas al pensarlo. Escondió la cara en el bolso mientras buscaba las llaves.

—¿Vive usted por aquí? —preguntó el policía.

Ana señaló vagamente hacia atrás.

—Allí.

—¿Y no oyó nada anoche?

—¿Yo? Sólo la tormenta.

—Fue una suerte que esos vecinos lo oyeran y llamaran a la policía.

—¿Cuáles?

El policía señaló por encima del hombro a una pareja mayor que estaba hablando con un inspector de paisano en el jardín delantero de Héctor. El inspector tomaba notas cumplidamente.

—Esos de ahí. Y dicen que vieron bien a los que dispararon.

A Ana le dio un vuelco el corazón.

—¿Ah, sí? Bueno, espero que atrapen a quien lo hizo.

Tenía las llaves en la mano y estaba a punto de acercarse al coche cuando el policía la detuvo.

—¿Eso es sangre? —Señaló su blusa. De pronto pareció fijarse en los arañazos de su cara y sus brazos, en los hematomas que empezaban a amoratarse.

—Ah, esto —dijo Ana, fingiendo una risilla—. Qué torpe soy. Es lo que pasa por pasarme la noche de juerga. Tengo tal resaca que es una suerte que me acuerde de mi nombre.

—¿Cómo se llama? —preguntó el policía.

Ana no vaciló.

—Teresa. Teresa Callostera.

El policía refunfuñó algo.

—¿Y vive por aquí?

—Ahí abajo, ya se lo he dicho. —De nuevo el mismo gesto vago hacia una casa situada a su espalda.

—¿En qué casa?

Ana sonrió, coqueta, y se inclinó hacia el agente.

—¿Por qué no me llama y lo averigua usted mismo?

No esperó a ver su reacción. Se acercó al coche tranquilamente, abrió la puerta y se deslizó en el asiento. Contuvo el aliento al meter la llave y dio gracias cuando el motor arrancó sin saltar por los aires en una gigantesca bola de fuego. Arrancó y avanzó calle abajo. Cuando miró por el retrovisor, vio que el policía la observaba. Sólo confiaba en que la mirara por interés personal y no profesional.

Al llegar a la carretera pisó el acelerador y miró hacia el sol naciente entornando los ojos. No sabía dónde estaba Scott Daggart, ni si había sobrevivido, pero conocía a la única persona que podía ayudarla a encontrarle.

El Cocodrilo esperaba impaciente en medio de un calor sofocante, a la entrada del aeropuerto de Cancún. Un apresurado enjambre de pasajeros pasó rozándole, camino de las furgonetas que los depositarían en sus hoteles con todo incluido. El Cocodrilo los examinó, intentando descubrir a su jefe. Nunca se habían visto en persona.

Se alegraba de tener por fin alguna buena noticia que darle; o sea, que Scott Daggart había muerto. Había cumplido sus órdenes. Tal vez hubiera alguna bonificación para él. Dado el carácter del Jefe, parecía improbable. Pero aun así uno podía hacerse ilusiones.

Otra riada de gente salió de la aduana y cruzó las puertas deslizantes para caer en manos de los operadores turísticos. Aunque no le gustaban los turistas, el Cocodrilo se compadecía de ellos. Daba risa ver cómo los abordaban, cómo tiraban de ellos, los llamaban, los presionaban, los embaucaban y les mentían. Y eso en el curso de su primera hora en México. Tal vez les estaba bien empleado, pensó. Eso les pasaba por ir a países ajenos.

El Cocodrilo mantenía los ojos bien abiertos, por si alguien le miraba fijamente. Pero nadie lo hacía. Ni uno solo miró en su dirección. De pronto empezó a preocuparle haber anotado mal los datos. Tal vez había llegado tarde. O temprano. A fin de cuentas, la noche había sido muy larga.

Hurgó en su bolsillo en busca del trozo de papel en el que figuraban los datos del vuelo. Estaba mirando los números cuando una maleta cayó a sus pies, sobresaltándole.

—Es usted más bajo de lo que esperaba —dijo una voz.

El Cocodrilo levantó los ojos y vio a un hombre de tez pálida y no más de metro setenta y siete de estatura, con entradas y algo rechoncho. Era blanco, claro, como parecía por su voz, y sus pantalones chinos y su polo no dejaban duda de que era estadounidense. No había nada en su aspecto general que pareciera remotamente peligroso. Así pues, ¿aquél era el Jefe, el hombre que le daba órdenes?

El Cocodrilo extendió la mano.

—Vamos —dijo el otro con desdén, ignorando su gesto.

—Scott Daggart ha muerto —balbució el Cocodrilo.

El Jefe entornó los ojos.

—¿Y cómo es que no me he enterado aún?

—Ha sido hace un par de horas. Seguramente todavía estarán intentando identificar el cuerpo.

—¿Esta vez está seguro?

—Segurísimo.

—¿Lo hizo usted mismo?

—No fue necesario. Fue un accidente de circulación.

—Pero ¿vio el cuerpo?

El Cocodrilo vaciló.

—Lo que quedaba de él. —No era del todo mentira.

El Jefe gruñó y empezó a alejarse. El Cocodrilo le tendió una carpetilla marrón.

—¿Qué es eso? —preguntó el Jefe.

—Lo encontré anoche entre sus cosas.

El Jefe agarró la carpeta y empezó a examinar los mapas de Yucatán y las fotografías de infrarrojos con las *sacbeob* marcadas. Sonrió por primera vez, dio media vuelta y echó a andar con energía hacia el aparcamiento sin dejar de mirar los mapas que acababa de recibir. El Cocodrilo recogió la maleta y se esforzó por alcanzarle. Ya faltaba poco, se dijo; después ya no tendría que volver a aceptar órdenes de aquel sujeto.

# Capítulo 74

Un rayo de sol caía sobre la cara de Scott Daggart. Tenía la impresión de estar suspendido sobre la tierra, flotando en el aire. Sólo que esta vez no se movía hacia delante. Su viaje en alfombra mágica había tocado a su fin. Se dio cuenta de que estaba tumbado en una hamaca, con el cuerpo combado en un suave paréntesis.

Miró a su alrededor. Le rodeaba una tosca choza con el tejado hecho de hojas de palma secas. El sol de la mañana se colaba entre las ramas que formaban las paredes y caía sobre el suelo de tierra. En las diagonales de luz danzaban motas de polvo. A través de una puerta abierta vio despertar la aldea maya. Grupos de hombres se internaban en la selva con las hachas terciadas al hombro. Las mujeres se sentaban en corro alrededor de los cuencos de madera en los que molían el maíz, o palmoteaban cadenciosamente la harina para hacer tortillas. Sus golpes resonaban en los árboles cercanos, emitiendo un sonido hueco. El canto de los pájaros flotaba como humo en el aire.

Daggart notó de pronto que no estaba solo. Tres mujeres mayas se apiñaban en torno a un caldero humeante. Tenían el cabello largo y negro y la cara ancha y morena, y sus huipiles blancos estaban bordados en blanco y rojo vivo. Al ver que estaba despierto se acercaron a él; una de ellas llevaba un grueso cuenco de madera.

Embotado todavía por la droga que le habían administrado y demasiado débil para pensar con claridad, Daggart logró articular la frase más simple que se le ocurrió.

—¿Dónde estoy? —preguntó en dialecto yucateco. Sus caras de sorpresa le convencieron de que no esperaban que un blanco conociera su lengua.

Contestaron vertiginosamente.

—Más despacio, por favor —dijo en su idioma. Tenía la boca seca y la lengua pastosa—. Mi yucateco no es tan bueno. Lo siento. —Había aprendido hacía tiempo que, en cualquier país extranjero, convenía intentar hablar el idioma y disculparse luego por hablarlo mal. En la mayoría de los casos, la gente estaba encantada de lucir lo bueno que era su inglés.

En este caso, sin embargo, Daggart estaba seguro de que aquellas mujeres no sabían ni una palabra de inglés. Ni tampoco de español. Los mayas vivían a menudo aislados del resto del país, y así lo preferían. Tenían su propia cultura, aunque Daggart identificó a simple vista influencias occidentales en la aldea. La tapa metálica de un cubo de basura hacía las veces de parrilla para cocinar. Un chico llevaba un jersey de la NBA a modo de camiseta, con la palabra «James» estampada en la espalda. La gorra de béisbol de uno de los hombres estaba adornada con la pincelada de Nike. Para bien o para mal, no había forma de escapar a la influencia de la cultura estadounidense.

La más mayor de las tres mujeres le acercó un vaso de madera a los labios.

—Ande, beba —dijo.

Daggart se resistió. Ya estaba suficientemente drogado.

—¿Qué es?

—Balché —dijo la mujer con una sonrisa.

Daggart había oído hablar del balché (una bebida alcohólica maya con cierta mala fama, hecha de miel y corteza de árbol), pero nunca lo había probado. ¿Se atrevería a beberla? Miró a la mujer. Tenía pocos dientes, pero de pronto su sonrisa le pareció irremediablemente contagiosa. A pesar de su aturdimiento, o quizá por él, Daggart se dejó engatusar.

—Al coleto —dijo.

Bebió un trago y estuvo a punto de vomitar. Las tres mujeres contuvieron la risa y la más joven dijo algo. Daggart entendía suficiente yucateco para saber que había dicho algo parecido a «Le sentará bien».

—¿Por qué será que las cosas buenas para la salud siempre saben a rayos? —murmuró en inglés.

Las mujeres esperaron a que apurara el líquido amargo. Cuando logró beberse todo el vaso parecieron satisfechas.

De pronto fijaron su atención en una extraña mezcla de hojas puestas a remojo en una poción humeante. Se inclinaron sobre ella como las tres brujas de *Macbecth*. A una señal de la más vieja metieron unos palos en la poción y empezaron a sacar hojas marchitas, chorreantes y viscosas y a colocar aquella masa pegajosa sobre el hombro de Daggart. Pusieron capa tras capa, como si estuvieran haciendo una escultura de papel maché para un trabajo de clase. La mezcla ardía, y Daggart se encogió. Poco después, sin embargo, apenas sentía una punzada de dolor; tenía el hombro entumecido.

—¿Qué es eso? —preguntó, señalando el engrudo, del que se desprendía un olor acre.

Respondió la mujer desdentada, y Daggart captó las palabras «zapotillo» y «chechén negro», ambos árboles de Yucatán. Del primero se extraía el chicle, un ingrediente básico de la goma de mascar. Eso explicaba la textura gomosa de las hojas. El segundo era un árbol muy alto, de madera dura, cuya sabia quemaba al tacto. Normalmente convenía evitarlo. La anciana pareció leerle el pensamiento.

—Cierra las heridas —dijo.

Él asintió, embotado por la fatiga.

—Ahora duerma —dijo la mujer cuando acabaron de aplicarle el emplasto—. Cierre los ojos y respire.

—Pero tengo que marcharme —dijo Daggart, intentando bajarse de la hamaca—. Tengo que encontrar a Ana.

—Cierre los ojos y respire —repitió la mujer con insistencia.

Daggart quería resistirse, pero dormir parecía, en efecto, una idea excelente. La mezcla pegajosa de las hojas le quitó el dolor del hombro, y el balché le había dado sueño de repente. Cuando miró a su alrededor, el mundo pareció desdoblarse y volverse brumoso y ondulante. Se recostó en la hamaca e hizo lo que le decían. Cerró los ojos y respiró.

Segundos después se quedó dormido.

# Capítulo 75

*E*l sol se estaba poniendo y los hombres volvían de los campos cuando Daggart volvió a despertarse. Se le hizo la boca agua al notar el olor a tortillas recién hechas y a pimientos asados. Suspendido en la hamaca, le pareció que nunca había olido nada tan delicioso. Cuando las mismas tres mujeres que le habían curado el hombro le llevaron la comida, insistió en bajar de la hamaca y sentarse en el suelo a comer. Notó con sorpresa que se sentía mucho mejor. Aunque tenía el cuerpo molido a golpes y le dolían cien partes distintas, la fiebre había desaparecido y se sentía con fuerzas para incorporarse. Nada que ver con la noche anterior. El dolor del hombro había remitido hasta convertirse en una molestia sorda y palpitante. Al mirar el emplasto gomoso que se adhería a su hombro como una sanguijuela, casi podía visualizar cómo extraía las toxinas de su cuerpo, igual que en uno de esos anuncios de dibujos animados que muestran cómo se eliminan los hongos de debajo de las uñas o las malas hierbas de un prado, y en los que los malos son siempre seres de aspecto extraño y vocecilla risible.

Cuando acabó de comer intentó comunicarse con las mujeres en su titubeante yucateco. Casi sin que se diera cuenta, la pequeña choza se llenó de hombres, mujeres y niños de la aldea hasta que no cupo ni uno más. No todos los días se veía a un hombre blanco, y menos aún a uno que hablara su lengua nativa.

Le dijeron que tenía suerte de estar vivo, no por el accidente de coche (del que no sabían nada), sino porque ellos mismos habían estado a punto de matarle. Al oír ruido en la selva pensaron que era un jaguar que rondaba cerca del campamento. Un jaguar muy torpe y ruidoso, sin duda, pero un jaguar al fin y al cabo. Armados con lanzas y cuchillos salieron de cacería nocturna. Y al encontrar el origen del ruido, cuando ya se disponían a atacar desde un docena de sitios distintos, se dieron cuenta de que su presa era una persona y no un animal.

Daggart les dio las gracias por haberle llevado al campamento. Los hombres aceptaron su agradecimiento con indiferencia, sin darle importancia. Claro que lo habían llevado al campamento, parecía sugerir su actitud despreocupada. ¿Qué iban a hacer, si no?

Alguien le preguntó adónde iba. Daggart se sintió tentado de hablarles del Quinto Códice, pero se paró en seco, temiendo pasarse de la raya. Tal vez más adelante, cuando llegara a conocerles mejor, si se daba el caso.

Naturalmente, cuanto más lo pensaba, más se convencía de que aquella gente podía no saber nada de los códices. Eran mayas; su historia era de carácter oral. Lo que importaba, lo que de verdad necesitaban saber, se transmitía de generación en generación. A pesar de sus gorras Nike y sus jerséis de la NBA, sus conocimientos se fundaban en la palabra hablada, no podían encontrarse en libros, revistas o periódicos. Ni en códices. Aunque hubieran tropezado por casualidad con el Quinto Códice, no habrían podido leer sus jeroglíficos. Esa destreza se había perdido siglos antes, con los sacerdotes y los escribas, los dos únicos grupos que aprendían a leer y escribir.

—¿Adónde irá cuando se marche de aquí?

La pregunta sobresaltó a Daggart. No por su contenido, sino porque había sido formulada en inglés. Procedía de un hombre de mediana edad, bajo y canoso, situado al fondo de la choza, al que Daggart reconoció de la noche anterior. Tenía la cara cubierta de cicatrices y Daggart había notado que sus compañeros le trataban con respeto. Se preguntaba si era el jefe de la aldea.

—Usted es el que me pinchó con el palo al rojo vivo —dijo Daggart.

—Tenía que sacar la bala.

Daggart se sintió estúpido por no haberse dado cuenta de que era eso lo que estaba haciendo: practicar una operación quirúrgica.

—Gracias —dijo.

El jefe de la tribu quitó importancia a su agradecimiento con un ademán.

—¿Adónde piensa ir ahora?

—Tengo que encontrar a una persona, pero no sé dónde está. Puede que en Mérida. Puede que en Playa del Carmen. O en Tulum, quizá. No sé.

Al oír la palabra «Tulum», muchos de los presentes comenzaron a murmurar como si la reconocieran. El jefe de la tribu asintió con gravedad.

—Tulum —dijo— es lugar sagrado para nosotros.

—Estoy seguro de que todas las ciudades lo son.

El jefe no dijo nada más. Daggart se preguntó por qué.

—¿Por qué es tan sagrado Tulum? —dijo.

El hombre bajo lanzó una mirada a sus compañeros. Cuando volvió a hablar, lo hizo con mucho cuidado, como si atravesara un campo de minas hecho de palabras.

—Los mayas consideramos sagradas algunas ciudades antiguas. Por eso… cuidamos… de esos lugares. Tulum es la ciudad que cuidamos nosotros.

—¿Qué quiere decir con que la cuidan?

—Velamos por ella. Es nuestro deber. —El hombre bajo y canoso hablaba como si fuera evidente.

Aquello era nuevo para Daggart, a pesar de que había pasado mucho tiempo entre los mayas. Nunca había oído hablar de ellos como guardianes.

—Pero ¿por qué? Están la Junta de Turismo de México y el INAH, y hay organismos estatales que deberían encargarse de eso.

—Deberían, sí. Y no quiero hablar mal del gobierno de México, pero ha de comprender usted que la historia demuestra que no todo el mundo respeta a los mayas.

Daggart no podía discrepar. Bastaba con conocer de oídas a Cortés y a los demás conquistadores españoles para saber que los mayas habían sufrido tanto como cualquier otro pueblo de las Américas. Lo cual no era poco.

—No sé si entiendo lo que quiere decir con eso de «velar» por Tulum.

—Asegurarnos de que no corre peligro. Ni por parte de los visitantes ni por parte del gobierno.

—¿Por qué Tulum?

El jefe estiró los brazos tensos y enjutos para abarcar a todos los que se apiñaban dentro de la choza.

—Todos nosotros somos hijos de los muertos. Nuestros padres. Los padres de nuestros padres. Y sus padres antes que ellos. Llevamos en la sangre el cuidar de los lugares que nos unen a nuestros antepasados.

Daggart recorrió con la mirada las caras de los hombres y mujeres mayas que le observaban. Se preguntó cuántos de ellos podían seguir la conversación. Sospechaba que muy pocos entendían inglés. Quizá ninguno. Aun así, escuchaban atentamente mientras hablaba su jefe. Y cuando éste los abarcó con sus cálidos ojos y sus brazos abiertos, asintieron respetuosamente con la cabeza. Había entre ellos una confianza tan palpable como el humo de leña que caracoleaba a través del hueco del tejado de palmas.

—Tiene que entender —prosiguió el jefe— que es nuestro deber. Para eso estamos en este mundo. Para adorar a los dioses y honrar a nuestras madres y padres.

—¿Aunque eso suponga arriesgar la vida? —Daggart pensó en la guerra de Castas del siglo XIX. Pensó en las batallas que tenían que afrontar en el siglo XXI.

—La muerte no es de temer. Alcanzar el Mundo Superior es el más alto honor.

—Pero no todo el mundo llega al Mundo Superior, ¿no?

—No. Primero hay que pasar por los nueve niveles del Mundo Inferior. Es un lugar espantoso. Oscuro. De un calor asfixiante. Con ríos turbulentos que hay que cruzar. Los dioses lo ponen a uno a prueba constantemente. Un viaje muy difícil.

El término con que los mayas designaban el Mundo Inferior era Xibalbá. Se traducía literalmente como «lugar del miedo». Daggart entendió de pronto el porqué.

El jefe se volvió hacia sus compañeros y habló rápidamente en yucateco. Daggart conocía el dialecto lo suficiente como para saber que les estaba traduciendo lo que acababa de decirle. Ellos asintieron con la cabeza. Todos parecían conocer el relato y aceptarlo sin vacilar.

—Entonces, ¿siempre que alguien muere tiene que hacer ese viaje tan duro? —preguntó Daggart.

—Casi todo el mundo. Los que mueren violentamente no tienen que padecer el Mundo Inferior. Ya han sufrido bastante. Se les permite entrar automáticamente en la otra vida.

Daggart pensó enseguida en Susan. Desde el punto de vista de los mayas, su esposa se había ahorrado la espantosa travesía por el Mundo Inferior. Aquella idea le proporcionó cierto consuelo.

—¿Cómo se entra en el Mundo Inferior?

—A través de una cueva o de un estanque. Ése es el camino para llegar a los ríos del Mundo Inferior. Por eso a menudo dibujamos la cabeza de una serpiente para representar la entrada de una cueva, porque cruzar el Mundo Inferior es como cruzar las entrañas de una serpiente.

Scott Daggart entendió algo de pronto y comenzó a ordenar mentalmente las piezas de aquel rompecabezas.

—Entonces ¿las cuevas son lugares sagrados?

—Sí —contestó el jefe.

—Y los cenotes también, imagino.

—Sí, mucho.

—¿Ése es el vínculo común con los lugares sagrados de los que hablaba antes? ¿Todos ellos giran en torno a cenotes o cuevas ceremoniales?

El jefe mostró por primera vez una amplia sonrisa que dejó al descubierto sus escasos dientes y sus encías sonrosadas. Su cara cubierta de cicatrices, tan amenazadora antes, brillaba ahora más que el fuego mortecino.

—Ahora lo entiende —dijo—. Pero basta de charla por hoy. Tiene que descansar, si quiere ponerse bien.

Los otros parecieron comprender sólo por su tono. Se levantaron sin hacer ruido y empezaron a salir en fila de la choza de madera, agachando la cabeza al pasar por la puerta baja. Mientras salían, Daggart dibujo distraídamente una M en el suelo de tierra.

El jefe de la tribu se detuvo y dejó pasar a los otros. Daggart y él se quedaron solos.

—No se preocupe —dijo el hombre—. Lo encontrará. Y es usted lo bastante sabio como para saber que algunas cosas hay que dejarlas estar.

## Capítulo 76

$\mathcal{U}$zair Bilail estudiaba detenidamente las páginas. Desde que, cuarenta y ocho horas antes, había recibido el paquete enviado desde El Cairo, no había dejado de repasar los jeroglíficos intentando encontrarles algún sentido. Aunque se consideraba muy veloz descifrando la escritura maya, aquellas páginas se habían convertido en un reto.

Había dormido tres horas y se había levantado temprano para volver a revisarlas. Encerrado en casa de Daggart, ni siquiera se molestó en cerrar las persianas. Desplegó las hojas sobre la mesa de pino irlandés del comedor de Daggart y se rodeó de una docena de libros, diccionarios y guías de los dioses mayas. Ya avanzada la mañana, mientras se bebía la tercera taza de café, canceló sus clases de ese día poniendo su mejor voz de laringítico con pitidos y taponamiento de nariz. Si algo había aprendido de los universitarios estadounidenses era a fingirse enfermo.

A la hora de la comida calentó una porción de pizza de *pepperoni* en el microondas. El contenido de la nevera había menguado hasta quedar reducido prácticamente a los condimentos. Aunque se moría de ganas de salir a comer algo de verdad, sabía que, si seguía, encontraría la clave que descifraría los jeroglíficos. Estaba cerca. Lo presentía. A pesar de las dificultades, estaba a punto de descifrar el código.

El sudor brotaba del rostro de Daggart. Caía a chorros por su frente y sus sienes, le corría por las mejillas y la mandíbula y confluía en el delta de su cuello. La camisa se le pegaba al cuerpo como un bañador mojado. A pesar de las protestas de las tres mujeres que le cuidaban, Daggart había insistido en marcharse. Tenía que encontrar a Ana. Tenía que encontrar el Quinto Códice. Tenía que llegar a la concentración de Tulum. Después de que el jefe de la tribu diera su consentimiento, no hubo más remedio que cumplir los deseos de Daggart.

Dio las gracias a cada uno de los miembros de la tribu, y especialmente a las tres mujeres que lo habían cuidado hasta devolverle la salud. Se ruborizaron de vergüenza y enseñaron sus sonrisas desdentadas cuando las besó en la mejilla. Ellas, a cambio, volvieron a cubrirle el hombro con el emplasto de zapotillo, fresco y pegajoso, improvisaron un cabestrillo y le dieron corteza de sauce aplastada para que, al masticarla, menguara el dolor. Le obsequiaron además con un buen montón de tortillas envueltas en hojas de banano para que se las comiera en el viaje de regreso a casa.

Ocho hombres conducidos por el jefe de la tribu le acompañaron de vuelta a la autopista. El sendero que seguían era invisible a ojos de Daggart, pero a ellos no parecía costarles esfuerzo alguno deslizarse sin ruido por entre el denso follaje de la selva. El sol de la tarde permaneció casi escondido durante la mayor parte del camino; sólo aquí y allá se filtraban vagas filigranas entre el opaco entramado de las hojas. Del suelo empapado se alzaban hilachas de vapor blanco.

Daggart se sorprendió cuando los hombres se detuvieron de pronto, aparentemente en medio del bosque. El jefe señaló hacia delante por entre la maraña de enredaderas.

—La carretera está ahí delante.

Daggart la oyó antes de verla: el siseo lejano de la autopista, el susurro de los coches al deslizarse velozmente sobre el asfalto. Dio un paso en aquella dirección y le extrañó que los hombres no le siguieran, que parecieran dispuestos a dejar que se adelantara. Se volvió y les interrogó con la mirada.

—¿No vienen?

Contestó el jefe.

—Es mejor que nos quedemos aquí —dijo, velado por el follaje de la jungla. No se molestó en explicarse.

Daggart lo comprendía. Para una tribu era arriesgado

atraerse atenciones poco deseables. Daggart se acercó a los hombres y les dio las gracias uno a uno, especialmente al jefe de la tribu. Cuando se ofreció a pagarle con el poco dinero que llevaba encima, el jefe se negó.

—No, páguenos de otro modo.

—¿Cómo?

El jefe alargó la mano y la puso sobre su pecho.

—Haga lo que sea mejor, cuando lo encuentre.

Un eco de lo que había dicho la noche anterior.

—El corazón le indicará lo que debe hacer.

El jefe sonrió enigmáticamente. Retiró el brazo y le lanzó algo con disimulo. Daggart levantó instintivamente la mano para coger el objeto que le lanzaba. Cuando abrió los dedos, vio en la palma de su mano un pequeño proyectil. Una bala aplastada.

—De su hombro —dijo el jefe—. Un recuerdo, ¿sí?

—Sí, desde luego.

Daggart sonrió y examinó la bala. Costaba creer que aquel pedacito de metal deformado hubiera estado a punto de causar su muerte.

Cuando levantó la vista para darle las gracias por aquel recuerdo, el jefe y todos sus hombres ya no estaban. Habían desaparecido en la selva, dejando tras ellos únicamente el vacío de su presencia, un súbito hueco en blanco, como si nunca hubieran estado allí. Daggart se quedó solo y tuvo que recordarse que no estaba soñando. Aquellos hombres existían. Un momento antes estaban ahí.

Guardó la bala y se abrió paso entre las lianas y las ramas bajas; poco después se encontró en el lindero de la selva. Miró por entre las frondas de las palmeras el fluir vertiginoso del tráfico. La civilización en todo su esplendor.

Respiró hondo, salió de la selva y se acercó al borde de la carretera.

Unos minutos después se hallaba en la trasera abierta de una camioneta, con cuatro niños mexicanos, dos perros y media docena de pollos, circulando a toda velocidad por la autopista. Compartió sus tortillas con los niños, que aceptaron encantados la comida gratis. Mientras el viento revolvía su pelo y secaba el sudor de su piel, pensaba en Ana. Rezaba por que estuviera viva y confiaba en que tuvieran tiempo de encontrar el códice y detener a Right América.

Uzair dio con la solución justo después de la cena.

Como en el cálculo a la hora de demostrar un teorema, sólo necesitó una fórmula, una oscura ley que aplicar para que todas las demás fórmulas cobraran sentido. Los papeles volaban mientras traducía rellenando hoja tras hoja; hizo primero una conversión literal y volvió luego sobre sus pasos para componer una versión más precisa (y accesible) de lo que se decía. No contento con el resultado, lo repasó de nuevo para asegurarse de que cada símbolo, cada jeroglífico, estaba bien traducido. Súbitamente, como si quitara una capa de pintura de un mueble viejo, apareció una imagen donde antes no había nada. Comprendió de pronto lo que intentaba decir el texto.

Y tuvo miedo.

Apartó la silla de la mesa y se acercó con paso vacilante a su teléfono móvil. Le temblaban los dedos cuando marcó el número de Daggart. Dejó un mensaje apresurado diciendo que lo había descubierto. Que le llamara en cuanto pudiera.

Temiendo que su director de tesis corriera más peligro del que había imaginado, intentó contactar con Jonathan Yost, el amigo de Daggart, para que le ayudara a localizarle. Pero era muy tarde y el decano ya no estaba en su despacho. Dejó otro mensaje atropellado pidiendo al profesor Yost que le llamara al día siguiente a casa de Daggart. En lo que a él respectaba, tenían que sacar a Daggart de allí. Inmediatamente.

A pesar de que estaba agotado y de que se moría de ganas de dar una vuelta en coche para despejarse, sabía que tenía que mandarle la traducción a Scott. El problema era hacérsela llegar de forma segura. Sonrió débilmente al ocurrírsele una posible solución.

Mientras comenzaba a teclear, una furgoneta blanca paró al otro lado de la calle. Aparcó, apagó las luces y permaneció inmóvil. Nadie se molestó en salir de ella.

ϒ

El huracán *Kevin* remoloneaba de nuevo, esta vez en el mar Caribe, a medio camino entre Jamaica y Belice. Aunque los observadores del Centro Nacional para los Huracanes sabían que era una posibilidad remota, confiaron en que aquella pausa equivaliera a su fin. Tal vez, se decían esperanzados, el *Kevin* perdería fuerza y se consumiría en su torbellino, o se fragmentaría y acabaría por disiparse en el océano tan paulatinamente como había empezado.

Sabían que era improbable.

Aunque no se movía (ni daba muestras de qué dirección pensaba tomar cuando por fin volviera a moverse), los meteorólogos tenían claro que el *Kevin* aún daría mucho que hablar. Y teniendo en cuenta que su velocidad sostenida se estimaba en unos 150 kilómetros por hora, no estaban dispuestos a correr ningún riesgo.

Sirviéndose de los equipos informáticos más potentes y novedosos y del mejor software disponible, dos equipos especializados recrearon por separado una serie de posibles trayectorias para el huracán. Cuando acabaron, compararon resultados. Tras mucho discutir y analizar los datos, acordaron los tres rumbos más probables que podía seguir el *Kevin*: la costa este de Florida, justo por encima de Miami; el litoral de los cayos de Florida, desde donde se adentraría en el golfo y tocaría tierra casi con toda probabilidad en la región de Luisiana-Misisipi; o la península de Yucatán, que abordaría con un ataque directo.

De momento, lo único que podían hacer los científicos era esperar y ver qué pasaba.

# Capítulo 77

$\mathcal{H}$abía oscurecido cuando la camioneta llegó a los suburbios del norte de Playa del Carmen. Scott Daggart saltó de la parte de atrás con el brazo aún en cabestrillo y se acercó a la ventanilla del conductor. El hombre se negó a aceptar dinero. Daggart fingió estar de acuerdo, pero logró deslizar dos billetes de veinte en el bolsillo de su camisa. No creía que al hombre le importara. Y un taxi le habría costado mucho más.

Cuando la camioneta se perdió de vista, Daggart echó a andar por las calles a oscuras. Al pasar por una máquina expendedora de periódicos, vio un aparatoso titular acerca del brutal asesinato de tres personas en Mérida. Se acercó a mirarlo más de cerca. Junto al artículo a tres columnas había una pequeña fotografía suya. El pie de foto le identificaba como «el presunto asesino, Scott Daggart». Bajó la cara y se apresuró a alejarse de allí, pegándose a los edificios mientras avanzaba por las aceras desniveladas y ruinosas. Ya no se escondía solamente del inspector Rosales y el Cocodrilo, sino de la policía del estado de Quintana Roo, de la policía municipal de Mérida y Playa del Carmen, de los *federales* y de cualquier persona que hubiera visto el periódico de ese día.

Sin apartarse de las sombras, escudriñaba las calles vacías. Se acercó apresuradamente al edificio de apartamentos y subió a la segunda planta. Llamó suavemente a la puerta, tocando apenas la madera con los nudillos.

Se disponía a llamar otra vez cuando Olivia Dijero abrió limpiándose aún las manos en el delantal. Olivia, una mujer baja y devota que creía firmemente en los milagros y en los santos patronos (había puesto hacía tiempo una fotografía de

Daggart junto a una estampita de Jesús: dos velas para Jesús, una para Daggart), sofocó una exclamación de sorpresa al verle.

—*Jesucristo* —murmuró en voz baja. Se tapó la boca y ahogó un grito.

—Hola, Olivia.

—Pasa —dijo ella rápidamente, y tiró de él. Cerró la puerta, echó la llave y dio a Daggart un abrazo que casi le dejó sin respiración—. Voy a decírselo a Alberto.

Se alejó por el estrecho pasillo y Daggart paseó la mirada por el apartamento de dos habitaciones en el que Olivia y Alberto vivían con sus tres hijos de corta edad. Aunque era pequeño, el piso estaba muy limpio y tenía encanto.

Su buen amigo apareció un momento después.

—*Amigo* —dijo Alberto.

—*Amigo* —contestó Daggart.

Alberto le rodeó con el brazo.

—Estábamos preocupados. Oímos lo de tu *cabaña* y luego lo del accidente de coche…

—Han pasado muchas cosas, amigo mío, pero estoy bien.

—¿No eres una aparición?

Daggart sonrió.

—No soy una aparición.

—¿Y esto? —Miró la cataplasma de hojas que cubría el hombro de Daggart.

—Un rasguño que me curaron unas mujeres mayas. Me rescató una tribu en la selva, ya te lo contaré en otro momento. Pero primero tengo que encontrar a Ana. Si me ayudaras a llegar a la joyería Eterno, te lo agradecería.

Alberto asintió con la cabeza y dijo:

—Llegar allí podría ser un problema.

—Por eso he acudido a ti.

—Pero hay otros modos de verla.

—¿Qué quieres decir? —preguntó Daggart.

—Te están buscando, ¿sabes?

—Sí, lo sé. Acabo de ver los periódicos.

—No me refería a eso.

Daggart le miró inquisitivamente y en ese momento Ana Gabriela dobló la esquina del pasillo. Iba descalza y llevaba pan-

EL QUINTO CÓDICE MAYA

talones cortos azules y una camisa blanca. Al ver a Daggart se le saltaron las lágrimas y cayeron el uno en brazos del otro con la facilidad con que uno cae en la cama tras un arduo día de trabajo.

Pasado un momento, Daggart se apartó y agarró a Ana por los hombros.

—¿Estás bien? —preguntó. Miró los hematomas y los arañazos que tenía en la cara, en los brazos, en las piernas.

Ella asintió con un gesto mientras dos lágrimas gemelas resbalaban por sus mejillas y le contó cómo había escapado del hospital de Mérida.

—Pero ¿cómo se te ocurrió venir aquí? —preguntó Daggart.

—Siempre decías que eran tus mejores amigos. Y ahora sé por qué. —Siguió explicándole cómo durante el día y medio anterior Olivia había curado sus heridas, le había prestado ropa limpia y le había dado de comer *sopa de tortilla* recién hecha a la menor ocasión.

Olivia se sonrojó, levantó un pico del delantal y se limpió las manos como si aún hubiera mucho que hacer.

—Vamos —dijo, cambiando de tema—, tienes que comer un poco. —Ya iba hacia la cocina cuando Alberto la detuvo.

—Es mejor que os marchéis —dijo Alberto. Los otros tres le miraron—. Antes vi gente fuera. Gente a la que no había visto antes. Temo que puedan estar buscándoos.

—Pero tiene que comer —dijo Olivia.

—Alberto tiene razón —dijo Daggart—. Ya habéis corrido bastante peligro por nuestra culpa. Lo mejor que podemos hacer es salir de aquí mientras podamos. Por el bien de todos.

—Prométeme una cosa —dijo Alberto.

—Tú dirás.

—Prométeme que me llamarás la próxima vez que necesites ayuda.

Daggart le dio una palmada en el hombro.

—La verdad es que ya tengo algo pensado.


Olivia les preparó un paquete con *bizcochos* y *tortillas* de maíz y, tras una serie de adioses apresurados y llorosos, Daggart y Ana se marcharon. Alberto les prestó su desvencijada camioneta: imaginaban que la *policía* andaba buscando el Volkswagen de Ana. No se apartaron de las carreteras secundarias hasta que estuvieron muy al sur de Playa del Carmen. Tomaron entonces la 307, mezclándose con los cientos de vehículos que circulaban hacia el sur por la autopista.

Se alojaron en una casita no muy lejos de Tulum. Había una docena más de casitas como aquélla: pequeñas edificaciones blancas con la pintura desconchada y escaso atractivo. Uno de esos sitios que al cabo de un año, poco más o menos, sería derribado sin que nadie reparara en ello. Tal vez ni siquiera el propietario, que apenas apartó los ojos del partido de fútbol que estaba viendo en su pequeño televisor en blanco y negro cuando Daggart entró en la oficina y pidió una habitación para esa noche. Pagó en metálico y, con los ojos aún pegados a la tele, el encargado cogió el dinero y sin contarlo deslizó una llave por el mostrador.

Al entrar en su casita, Daggart y Ana vieron por sí mismos por qué en el aparcamiento no había más coches que el suyo. El interior de la habitación olía a moho y a humo de tabaco rancio. El techo estaba salpicado de manchas marrones de humedad. Había marcas de quemaduras en la pequeña mesa de comedor. Aquel sitio era una pocilga. Pero a Daggart y Ana no les importó lo más mínimo. Sería un buen refugio para pasar la noche. Y eso era lo único que importaba.

Mientras Ana se duchaba, Daggart salió a llamar a una cabina que se alzaba bajo una farola amarilla. Además del ruido sofocado del televisor de la oficina, oía el coro constante de los insectos y el zumbido lejano de los coches en la autopista. Fuera de eso, sólo se escuchaba el batir de las olas a lo lejos. En la brisa ligera se adivinaba el cosquilleo del olor a salitre. Daggart abrió la puerta plegable de la cabina, espantó un escuadrón de polillas y descolgó el teléfono. Sujetó el aparato entre la cabeza y el cuello mientras marcaba los números de su tarjeta telefónica. Nunca había echado tanto de menos su teléfono móvil como esos dos últimos días.

Saltó su contestador en Chicago. Al acabar el mensaje, Daggart dijo:

—Uzair, ¿estás ahí? Cógelo, si estás. Soy Scott. —Esperó un momento. Sólo oía el zumbido de la llamada, el eco de un ruido blanco—. Está bien, escucha, tengo que pedirte un favor más. Hace un par de días vi unas fotos de la NASA. Fotos de Yucatán hechas con infrarrojos. Mostraban las *sacbeob*. Necesito copias de esas fotos. Llama a la NASA. Si no quieren ayudarte, ponte en contacto con el profesor Holt, del Departamento de Astronomía. Necesito de verdad ver esas fotos. Gracias, Uzair. Te debo una.

Colgó y las polillas comenzaron a posarse de nuevo antes de que tuviera tiempo a alejarse. Rodeó toda la fila de casitas. Hasta donde pudo ver, su destartalado bungalow era el único ocupado. Lo cual no era de extrañar.

Cuando entró en la habitación Ana estaba en la cama, tapada con la sábana hasta el cuello.

—¿Te encuentras mejor? —preguntó Daggart, sentándose al borde de su cama para quitarse los zapatos.

—Mucho mejor. —Ana miró su hombro—. ¿Qué tal va eso?

—Sobreviviré.

—Deberías limpiártelo.

—Debería lavarme, ya que estoy. No quiero que pienses que suelo dejar pasar tantos días entre ducha y ducha.

Ana sonrió: dientes blancos sobre un fondo de piel canela.

—Conozco a los estadounidenses. Lo sé todo sobre el *grunge*.

—Siento decírtelo, pero el *grunge* es cosa del pasado.

—Puede que tú lo pongas de moda otra vez.

—Esperemos que no. —Miró su cara—. ¿Seguro que estás bien?

Ella asintió en silencio.

—Puedo seguir yo solo, ¿sabes? No hay razón para que te impliques en esto. Deberías no hacerte notar. Puedo encontrar el Quinto Códice solo.

—Lo sé —dijo ella con ojos inquietos—. Pero también pienso en Javier. En sus últimos momentos. No soy una persona vengativa. Requiere demasiada energía y además me arruinaría la vida. Pero al mismo tiempo esa gente es de una maldad que no consigo entender. —Sus ojos se posaron en la cara de Daggart—. Me gustaría continuar, mientras crea que puedo ayudarte y no ser un estorbo.

Daggart se inclinó hacia el hueco que separaba las camas y cogió su mano.

—Si crees que es lo mejor.

—Sí.

—Entonces no tengo nada que objetar —dijo él. Pero en cuanto lo dijo se dio cuenta de que no estaba siendo sincero. No del todo. Bastante terrible era ya que hubiera muerto tanta gente. No podría soportar que le sucediera algo a Ana Gabriela.

Aquel sentimiento le sorprendió.

Sus ojos se encontraron y Daggart comprendió que ella sabía lo que estaba pensando en ese preciso instante. Aquella intimidad le asustaba. A pesar de todo lo que habían pasado juntos, permitirse sentir era lo que más le atemorizaba. Tras el calvario de la muerte de Susan, temía permitirse de nuevo sentimientos tan hondos. Bajó los ojos y apartó la mano lentamente.

—Voy a asearme.

Ana asintió con la cabeza, comprensiva.

El cuarto de baño era pequeño, pero estaba limpio. Era incluso alegre, con su alicatado amarillo. Daggart sacó el brazo del cabestrillo, se desvistió y apartó cuidadosamente el emplasto pegajoso. Las mujeres habían cubierto su hombro como se cubre de hielo un pescado. La herida era un boceto en negro y morado sujeto por un tosco zigzag de puntos. En plan Frankenstein. Curiosamente, no parecía infectada y apenas le dolía, seguramente por la corteza de sauce que había estado mascando. Mientras se duchaba, rezó una pequeña plegaria por la tribu maya. Era extraño saber que le habían salvado la vida y que posiblemente, y pese a ello, no volvería a verlos.

Se secó con la toalla; hacía semanas que no se sentía tan limpio. Cuando salió del baño, Ana ya había apagado la lámpara. Sólo la fina rendija de la luz del baño caía sobre el suelo y alumbraba mínimamente la habitación. Daggart entró, levantó la vista y vio a Ana tumbada desnuda sobre la cama. Tenía los brazos cruzados sobre el pecho. Había apartado la sábana para dejar al descubierto la acogedora isla de su cuerpo moreno sobre el blanco mar de la cama. Bajó despacio los brazos y no hizo intento de taparse.

Se miraron el uno al otro.

—Sí —dijo ella como si Daggart le hubiera hecho una pregunta. Su voz era suave, insistente. Terciopelo y acero a un tiempo.

Daggart se acostó con ella en la cama y sus cuerpos se encontraron. Había urgencia en sus actos, como si su unión sólo fuera posible en ese momento y ese lugar. En la sordidez de aquel cuarto de casa de muñecas, entre los olores mezclados del aire oceánico, el jabón de motel y el pelo recién lavado, se abrazaron con ansia inmensa.

Saciados al fin, se quedaron tumbados, las sábanas húmedas por el sudor. Ana apoyó la cabeza en el brazo bueno de Daggart y se acurrucó en el hueco acogedor de su hombro. Los insectos guardaban al fin silencio y el fragor del océano rozaba la noche como una suave caricia.

Enseguida se durmieron.

# Capítulo 78

$C$uando Scott Daggart despertó, la cama estaba vacía. Ana Gabriela no estaba acurrucada a su lado. Se puso la ropa, pero no se molestó en colocarse el cabestrillo. Presentía que ese día iba a necesitar los dos brazos.

El sol le cegó al abrir la puerta. Se cubrió los ojos con las manos, cruzó la carretera y caminó hacia el borde del mar. Había subido la marea. Una fuerte marejada batía la costa recortada de acantilados. Encontró a Ana sentada en una roca, la barbilla apoyada en las rodillas levantadas.

—*Buenos días*, Ana —dijo. Se sentó a su lado.

Ella pasó una mano bajo su brazo y se arrimó a él.

—*Buenos días*, Scott. ¿Cómo estás?

—Bien —dijo él, y era cierto—. ¿Y tú?

—Mejor que nunca. —Frotó con la mano su brazo desnudo—. ¿Y tu hombro?

—Como nuevo.

—Entonces hemos encontrado una cura para hombros lesionados.

—Un gran avance en la medicina. —Sonrieron y se apoyaron el uno en el otro. La espuma salobre del mar rociaba su pelo. Daggart fijó la mirada en el horizonte.

—¿Por dónde empezamos? —preguntó Ana. Intuía que Daggart estaba listo para marcharse.

—He estado pensando en la aldea en la que me acogieron. —Había algo en aquella experiencia que no lograba quitarse de la cabeza. Algo que había dicho el jefe. Después de haber dormido toda la noche (después de respirar y relajarse de veras), todo le parecía más nítido.

—El jefe parecía saber lo que andaba buscando. Sin que yo se lo dijera siquiera. Y, si no me equivoco, me reveló dónde está el Quinto Códice.

—Pero ¿qué dices?

—Primero, tenemos que hacer lo que indicaba la estela: seguir el camino. Luego debemos conjugar eso con lo que descubrió Héctor. Que Casiopea está en los caminos blancos.

—Pero ya no tenemos los mapas de Héctor. ¿Cómo vamos a seguir la ruta sin los mapas?

—No necesitamos esos mapas. Tenemos la constelación.

Una expresión de perplejidad cubrió el rostro de Ana. El viento le echó el pelo sobre la cara, y se lo sujetó detrás de la oreja.

—Creo que me he perdido.

—Sabemos que los lugares sagrados son los puntos de las diversas constelaciones —dijo Daggart—. Ésa era la hipótesis de Héctor, y creo que tenía razón. Esas ciudades no estaban dispersas al azar por la selva. Se construyeron allí siguiendo criterios astronómicos. Según las constelaciones. Así que, ¿dónde está el Quinto Códice?

—En uno de los cinco puntos de Casiopea.

—Exacto.

—Pero aún no sabemos dónde están.

—No. Aún no. —El entusiasmo coloreaba su voz—. Pero, por lo que me dijo el jefe de la tribu, creo que conocemos al menos uno.

Ana le miró expectante.

—Tulum —dijo él al fin—. La casa de Ah Muken Cab.

—Pero sólo es uno. ¿Cómo vamos a encontrar los otros cuatro?

—Si sabemos dónde está uno, será fácil deducir dónde se hallan los demás. Lo único que necesitamos es un mapa, una regla y un GPS.

Se levantaron y volvieron apresuradamente a la casita. Daggart sabía que no había tiempo que perder.


Mientras Ana volvía a la habitación para recoger sus escasas pertenencias, Daggart se acercó a la cabina telefónica. El suelo y la repisa metálica estaban cubiertos de cadáveres de polillas semejantes a minúsculos triángulos marrones. Daggart los apartó y marcó el teléfono de su casa; le sorprendió que saltara de nuevo el contestador. Seguía sin tener noticias de Uzair. Llevado por un impulso, llamó a su despacho. La secretaria del departamento contestó al primer timbrazo.

—Ah, Scott, me alegro de que hayas llamado —dijo Margaret O'Hearn, muy seria. Daggart se imaginó a la gruesa y pelirroja secretaria inclinada hacia el teléfono—. Uzair está en el hospital. Tuvo un accidente de tráfico anoche, en Lakeshore Drive.

Daggart sintió que se le aceleraba el corazón.

—¿Se encuentra bien?

—Todavía es pronto para saberlo. Está en la UCI, en el hospital del Noroeste, tiene una conmoción cerebral severa, una pierna rota y posiblemente también lesiones internas. Samantha está allí ahora.

—¿Cómo fue?

—No sabemos nada, sólo que iba demasiado rápido y que chocó de frente con un poste de teléfono. La policía dice que seguramente había bebido. Por lo visto había una botella abierta en el coche y le apestaba el aliento.

Scott no respondió. Margaret siguió hablando.

—Puedo darte el número del hospital, pero sigue inconsciente. Está así desde que le encontraron. La única buena noticia —añadió— es que le han hecho una resonancia magnética cerebral y no hay lesiones.

—¿La policía ha dicho algo más?

—A nosotros, no. Pero están haciendo preguntas. Como que si bebe. ¿Qué les digo?

—La verdad.

—¿Y cuál es?

—Que no bebe. Uzair es musulmán. No ha tomado ni una gota de alcohol en toda su vida.

La voz de Margaret se empañó, llena de sospecha.

—Tal vez deberías hablar tú con ellos.

—Diles que hablaremos mañana. Hoy voy a estar todo el día en la selva, pero les llamaré en cuanto salga. ¿De acuerdo?

La oyó anotar algo: la administrativa siempre eficiente.

—¿Algo más?

—¿Puedes pasarme con el despacho de Jonathan Yost? Necesito hablar con él.

—Sigue de viaje. ¿Quieres dejarle un mensaje en el buzón de voz?

—No, no importa. ¿Cuándo vuelve?

—No creo que tarde mucho. Lleva bastante tiempo en Francia.

Daggart notó que se le paraba la respiración. No se habría sorprendido más si alguien hubiera entrado en la pequeña cabina infestada de polillas y le hubiera dado una patada en la tripa.

—¿Qué es eso de que está en Francia? ¿De qué me estás hablando?

—Lleva allí unos diez días. ¿No lo sabías?

Daggart no respondió. Margaret siguió hablando.

—Como con Darlene todos los días. No te ofendas, ya sé que Jonathan es amigo tuyo y todo eso, pero Darlene está encantada con que no esté en el despacho. Cuando no está él, todo se queda mucho más tranquilo.

—Pero hablé con él hace poco.

—Puede que fuera por el móvil. No por el teléfono de la universidad.

Daggart no entendía nada. Todas esas conversaciones que había tenido con Jonathan unos días antes. Jonathan no le había dicho que estuviera en París. Era extraño que no lo hubiera mencionado.

—Entonces ¿te paso con su buzón de voz?

—Eh…, no, gracias.

Colgó. Su mente funcionaba a toda prisa. Estaba seguro de que el accidente de Uzair no había sido tal. La presencia de alcohol lo confirmaba, pese a lo que creyera la policía. Y en cuanto al hecho de que Jonathan estuviera en Europa, Daggart no sabía a qué atribuirlo.

Salió de la cabina en el mismo momento en que Ana doblaba la esquina de la casita. Ella le notó en la cara que algo iba mal.

—Todo se complica —dijo él—. Creo que Right América

sabe que hemos descubierto lo del códice falso. Puede que incluso lo tengan en su poder.

—Pensaba que lo tenía tu alumno de doctorado.

—Lo tenía. Pero ahora ya no estoy tan seguro.

—Entonces ¿qué hacemos?

—Lo único que podemos hacer. Conectarnos a Internet y rezar.

# Capítulo 79

$E$l número de tiendas aumentaba exponencialmente a medida que se acercaban a la entrada de Tulum. Todavía era temprano y las tiendas empezaban a abrir en su mayoría, a tiempo de ver llegar los primeros autobuses con su carga de turistas ávidos de gangas. Daggart y Ana circulaban rápidamente, con los ojos muy abiertos, mientras Daggart le contaba su conversación con la secretaria del departamento. Su voz se ensombrecía cuando hablaba de Uzair. Ana le puso una mano sobre el brazo.

Encontraron un cibercafé casi oculto detrás de una tienda de cerámica y escogieron una mesa apartada. Daggart se conectó y fue derecho a su correo electrónico. De fondo, el televisor mostraba imágenes del último huracán y su estela de destrucción. Daggart no prestaba atención. No por falta de interés, sino de tiempo.

Miró el remitente y el asunto de los cientos de mensajes que había recibido desde la última vez que se había conectado, la mayoría de ellos *spam* o, peor aún, quejas de compañeros amargados que aireaban su resentimiento con el mundo académico en general. Bajó hasta el final de la lista buscando frenéticamente el nombre de su alumno. Aunque sabía que era improbable, rezaba por que Uzair le hubiera enviado su traducción del falso códice antes del accidente. Si no, suponiendo que la gente que había provocado el accidente hubiera entrado en su casa y encontrado el paquete enviado por mensajería, le faltarían pruebas para demostrar que Tingley había inventado el falso códice.

Leyó los nombres.

El de Uzair no aparecía por ninguna parte.

—¿Nada? —preguntó Ana.

Daggart sacudió la cabeza y miró de nuevo, moviendo el cursor hacia lo alto de la página. Tal vez el mensaje estaba mal clasificado. Tal vez lo había pasado por alto la primera vez. Pero tampoco ahora lo encontró. Tecleó el nombre de Uzair en el recuadro de búsqueda. El resultado fue el mismo. No había ningún correo de Uzair Bilail. Ni mensajes, ni archivos adjuntos, ni traducción del falso códice.

—Maldita sea —masculló.

—Puede que te lo haya mandado por mensajero y que lo recibas dentro de un par de días.

—Es posible —dijo Daggart, aunque lo dudaba. En México era muy fácil que se perdiera si lo había enviado en papel. Daggart tamborileó con los dedos sobre la mesita de madera; empezaba a resignarse a la idea de que su única esperanza estaba en encontrar el auténtico Quinto Códice.

Miró su reloj. El día avanzaba; por el este, el sol empezaba a convertirse en una bola de fuego en el cielo. Los huracanes parecían muy lejanos. Estaba a punto de desconectarse cuando se detuvo de pronto. Sus dedos bailaron sobre las teclas. La página le pidió un nombre de usuario y una contraseña. Escribió ambas cosas rápidamente.

—¿Qué haces? —preguntó Ana.

—Hay un programa que uso con mis alumnos de doctorado; se llama *web crossing*. Es muy sencillo, pero nos permite colgar mensajes y entablar debates *on-line*. Los únicos que tienen acceso son mis alumnos.

—¿Y crees que quizás Uzair haya colgado ahí la traducción?

—Es poco probable, pero merece la pena probar.

—¿No sería más fácil mandártelo por correo electrónico?

—Claro. Y más seguro, también. Pero aparte de mis alumnos de doctorado, nadie sabe lo del *web crossing*. Es tan simple que no aparece en ningún radar.

El ordenador hipaba y chirriaba mientras Daggart esperaba con impaciencia. El programa se abrió y Daggart pinchó en la última conversación. Cuando por fin apareció la página, sus ojos se posaron en el nombre de Uzair. La fecha y la hora situaban el mensaje en la noche del día anterior. El tema llevaba por título «Johnny Depp».

Daggart se desanimó. No podía ser aquello. ¿Qué demonios tenía que ver Johnny Depp con el Quinto Códice? Seguramente era un envío de alguna página web de cotilleos sobre la próxima película del actor.

«Gracias, Uzair», pensó sarcásticamente.

Y entonces lo comprendió y sonrió. Uno de los papeles más memorables de Johnny Depp era el de Jack Sparrow. El pirata. Y «pirata» era otro término para designar una falsificación. «Johnny Depp» era un asunto mucho menos llamativo que «Traducción del Quinto Códice».

«Bien hecho, Uzair.»

Daggart abrió el mensaje. En el encabezamiento de la página, Uzair había escrito: «Aquí lo tienes, Scott. Es tosco, pero está lo bastante pulido como para que se entienda el meollo. Espero que estés sentado. Hablamos mañana. Uzair».

Había una posdata que decía: «Más vale que me pongas un sobresaliente por esto».

—Eso está hecho —dijo Daggart en voz alta.

Bajo el escueto mensaje de Uzair había una larga traducción del falso códice que Lyman Tingley había compuesto en el sótano esterilizado de la Biblioteca de Libros Raros de El Cairo. Daggart empezó a hojearlo. No podía creer lo que estaba leyendo.

Tingley había elaborado el códice de modo que el estilo pareciera el de un manuscrito compuesto siglos antes y los no iniciados creyeran erróneamente que era auténtico. Saltaba a la vista que Right América pretendía hacerlo pasar por una especie de evangelio maya. Una biblia tan aleccionadora y poderosa como el Viejo y el Nuevo Testamentos juntos.

Y su mensaje era claro: predecía un levantamiento. Una gran batalla con mucha sangre. Un sinfín de muertos. Gobiernos derrocados. Un nuevo orden mundial.

Profetizaba, además, el advenimiento de un nuevo gobernante. Un mesías.

Un «hombre de máscaras» con la piel blanca, considerado superior por cuantos le rodeaban. Sus discípulos y él serían honrados, obedecidos, incluso idolatrados. Sólo él podía salvar el mundo. Si no, seguiría una matanza mayor aún. Las iniciales del mesías eran FB.

Las flechas indicadoras no podían estar más claras. ¿Un hombre de máscaras con la piel blanca y las iniciales FB? «Hmmm —pensó Daggart con ironía—, no sería Frank Boddick, el actor, ¿no?»

Aquel líder estaba tocado por los dioses, era el elegido, el único que podía salvar al mundo de un Apocalipsis inminente. Sólo él estaba capacitado para emprender la tarea de preservar la vida tal y como se conocía, y si para ello había que sacrificar a otros, que así fuera. Según el códice, sería FB quien acabaría con las guerras, con el hambre, con las epidemias. Escuchadle, proclamaba el códice, y él pondrá fin a los conflictos que sacudían el mundo. Tened fe en él y todo irá bien. Si no, las consecuencias estaban claras. En una última página tan tétrica como el Libro de la Revelación, el códice predecía que el mundo acabaría el 21 de diciembre de 2012. Confiad en FB, o si no…

Por repugnante que fuera todo aquello, Daggart tenía que admirar lo maquiavélico de la obra. Aunque lleno de mentiras y vitriolo, el manuscrito, tomado en su conjunto, estaba estructurado de tal modo que ofrecía un argumento convincente a los no informados. Quienes desearan creer en el advenimiento de un salvador, adoptarían entusiasmados a FB como tal mesías. Y aunque presuntamente estaba escrito por los mayas y para los mayas, era en realidad poco menos que una llamada a las armas, una invitación a la violencia y el caos con el fin de derrocar a los gobiernos. A medida que se avanzaba en su lectura, aquel nuevo Quinto Códice daba a Right América y a los cruzoob licencia para matar.

Naturalmente, para impedir genocidios masivos en todo el globo, Right América llevaría a cabo los suyos propios. «Para salvar el mundo, hay que segarse de cuando en cuando ciertos pueblos —afirmaba el códice—, como cuando se poda un árbol: para salvar el árbol, han de sacrificarse algunas ramas. Esta difícil decisión debe tomarla un único labrador. Si fueran muchos los labradores, ello daría como resultado la muerte de todo el árbol. Esto lo entenderán sin lugar a dudas los seguidores de la cruz.»

Una referencia apenas velada al Cruzoob.

El códice proseguía diciendo que los verdaderos creyentes no cuestionarían sus mandamientos. Ningún verdadero patriota osaría poner en entredicho los actos de sus líderes. Y todos los seguidores debían confiar en las acciones que emprendiera FB, especialmente el día del fin del mundo: el 21 de diciembre de 2012.

Uzair no exageraba al sugerir que Daggart se sentara para leer la traducción. Aquel documento (que consentía la aniquilación de millones de personas inocentes) era quizás el más aterrador con el que se había cruzado Scott Daggart. A su lado, *Mein Kampf* parecía un cuento de hadas.

Y con aquel presunto Quinto Códice en la mano, Right América podía convencer a sus seguidores de que sobre ellos recaía el imperativo moral de salvar el mundo. No sólo tenían derecho a matar a «los otros», sino que era su deber. Era justamente lo que Del Weaver le había explicado, pero redoblado. Y si las cosas no salían como estaba previsto, Right América siempre podía culpar a los cruzoob y lavarse las manos.

Daggart dejó su asiento a Ana para que leyera lo que había traducido Uzair. Fue poniéndose pálida a medida que leía el texto y cuando acabó miró a Daggart con incertidumbre.

—¿Cómo vamos a detenerlos?

—Tenemos que encontrar el verdadero Quinto Códice. Si podemos demostrar que el suyo es falso, no podrán afirmar que se trata de una especie de mandato especial profetizado hace siglos.

—Pero si la concentración es hoy o mañana, tenemos que encontrarlo enseguida.

—Exacto.

—¿Y si no lo encontramos?

—Entonces tiemblo por nuestro mundo.

Imprimió el documento y sacó también copias de otras páginas.

Salieron del café y corrieron a la camioneta blanca de Alberto. Daggart le tiró las llaves a Ana.

—Conduce tú —dijo.

Cinco minutos después se dirigían hacia el interior de Yucatán. Hacia el corazón de la selva. Ana agarraba con fuerza el volante. Daggart sostenía un mapa de México sobre el regazo. Lo dobló de modo que mostrara el pulgar saliente de la península. Con la otra mano cogió las páginas que acababa de imprimir. En ellas figuraba la relación geométrica exacta de los distintos puntos de Casiopea entre sí, en ángulos y proporciones. Situando en Tulum la estrella más alejada, comenzó a trazar con el lápiz una serie de líneas en dirección oeste. Poco después había descubierto tres de los otros cuatro lugares sagrados.

—Cobá, Chichén Itzá y Ek Balam.

—¿Y el que falta?

—Eso es lo que intento averiguar. —Usando como borrador la parte de atrás del manual del coche, hizo una serie de sencillas operaciones aritméticas con el cabo de un lápiz. Calculaba, borraba y volvía a calcular. Volvía a consultar las coordenadas de Casiopea y regresaba luego al mapa. Sus ojos se movían adelante y atrás. Era como jugar a unir los puntos, pero a vida o muerte.

Acabó por fin: dibujó la última línea de la M y la midió con la regla. Extendió el brazo para mirar el mapa. Durante un rato no dijo nada. Se quedó mirando su obra con el ceño fruncido.

—¿Y bien? —preguntó Ana—. ¿Cuál es el yacimiento que falta? —Zigzagueaba entre el tráfico como si condujeran una motocicleta.

—No es un yacimiento, a no ser que me haya equivocado.

—¿Qué quieres decir?

—Allí no hay ruinas.

—No lo entiendo —dijo ella—. Creía que se suponía que cada una de las estrellas se correspondía con un grupo de ruinas.

—Eso pensaba yo también.

Daggart recostó la cabeza en el asiento, desanimado de pronto. Había cinco lugares en los que buscar el Quinto Códice: Tulum, Cobá, Chichén Itzá, Ek Balam y un punto que era una perfecta incógnita. Si había ruinas en aquel emplazamiento (y era mucho suponer), no habían sido descubiertas. Según sus cálculos, allí no había nada en muchos kilómetros a la redonda.

—Entonces ¿adónde vamos? —preguntó Ana.

—¿Adónde va a ser? Al yacimiento que no existe.


—Es una tormenta importante —declaró el meteorólogo James Bach al equipo de la CNN—. Tiene potencial para causar daños catastróficos, así que recomendamos encarecidamente a la gente que se lo tome en serio y procure no cruzarse en su camino.

La CNN emitió la entrevista en directo, acompañada por imágenes de la estela de destrucción dejada por el huracán *Kevin* a su paso por media docena de islas caribeñas. Naturalmente, en lo que respectaba a la mayoría de los estadounidenses, el *Kevin* era una nimiedad. En cuanto quedó claro que no golpearía Florida, dejaron de prestarle atención.

Los científicos, en cambio, sí se la prestaban. Igual que la gente de México. El *Kevin* había ido cobrando fuerza hasta convertirse en un huracán de categoría tres, con vientos sostenidos de doscientos kilómetros por hora. Los científicos sabían que no iba a disiparse. Nada de eso.

Después de que el equipo de la CNN apagara sus cámaras, mientras James Bach se quitaba el micrófono, un productor de la cadena le formuló una pregunta.

—En confianza —dijo el productor—, ¿qué probabilidades hay de que esa cosa se haga más grande?

—¿Le gusta apostar? —preguntó James Bach.

El productor sonrió ampliamente.

—Claro.

—Pues puede apostar la vida a que así será. El *Kevin* va a hacerse más grande.

—¿Alcanzará la categoría cuatro?

—No hay duda. Ya casi la tiene.

—¿Y la cinco?

James Bach titubeó.

—Sí —dijo. Casi estaba en la puerta cuando se detuvo y miró hacia atrás—. La verdadera cuestión es qué fuerza alcanzará cuando sea de categoría cinco.

# Capítulo 80

$\mathcal{D}$ejaron la autopista justo antes de mediodía y las carreteras se estrecharon considerablemente. Daggart encontró el GPS de Alberto en la guantera y, siguiendo sus toscos cálculos, movía el aparato delante de sí como un zahorí buscando agua. Avanzaban serpeando por una serie de carreteras angostas y cubiertas de baches, y a menudo tuvieron que dar la vuelta al convertirse la carretera en poco más que un sendero de tierra roja del ancho de la espalda de una persona. Entonces Ana daba media vuelta y regresaba a la carretera anterior mientras Daggart seguía con los ojos fijos en la pantallita del GPS. Sabía que su única esperanza era encontrar aquel posible quinto yacimiento.

Como ratas que intentaran alcanzar el queso del centro de un laberinto, describían círculos, avanzaban, retrocedían, volvían sobre sus pasos, probaban con otra entrada, avanzaban de nuevo, volvían a retirarse. Mientras tanto, Daggart mantenía los ojos clavados en el GPS. La una dio paso a las dos. Las dos, a las tres. El tiempo corría. Sabían que aquélla era su única oportunidad. Encontrar el Quinto Códice, encontrarlo inmediatamente, o contemplar impotentes cómo daba comienzo un nuevo genocidio mundial.

A Daggart le preocupaba que nadie se hubiera topado ya con aquel misterioso quinto yacimiento. Los otros cuatro eran importantes centros ceremoniales, famosas ruinas que diariamente recibían la visita de miles de turistas. Así que, si aquel quinto yacimiento existía de veras, ¿por qué estaba tan escondido? ¿Por qué nadie lo había descubierto?

Ana frenó de golpe. Había un árbol cruzado en mitad de la carretera, con las ramas desplegadas. Otro callejón sin salida.

Era tan grande que ni siquiera cabía la posibilidad de apartarlo. Ana puso marcha atrás.

—No, espera —dijo Daggart. Ella le miró extrañada.

Daggart observó un momento el GPS. Luego miró el árbol. Y después de nuevo el GPS.

—¿Qué pasa?

—Esas hojas —dijo él en voz alta, más para sí mismo que para Ana—. Todavía están verdes en algunas partes.

—Puede que lo tumbara la tormenta de la otra noche.

—Puede.

Cogió un machete del asiento de atrás y se bajó de la camioneta. Corrió hacia el interior del bosque. Dio machetazos a las enredaderas como si le estuvieran asfixiando, como si su vida dependiera de ello. Se abrió paso entre la densa maleza hasta alcanzar el enorme tronco del árbol. Se arrodilló jadeando y examinó la base del árbol. Ana tenía razón en una cosa: el árbol había caído hacía poco. Pero no por causas naturales; lo habían talado. Una serie de toscos hachazos tatuaban el tocón como un grafito. Daggart reconoció allí la mano de Lyman Tingley.

Se levantó y volvió a toda prisa a la camioneta para sacar el GPS.

—Vamos —dijo—, a partir de aquí tendremos que ir a pie. Lo bueno es que estamos cerca.

No había camino que seguir, ni el más leve indicio de una senda, y Daggart avanzó con el GPS en una mano y el machete en la otra, dando tajos. Zigzagueando y pasando agachados entre la espesura, fueron abriendo un túnel en la vegetación, un túnel que la selva (Daggart lo sabía muy bien) se habría tragado un día o dos después.

—¿Crees que Tingley estuvo aquí? —preguntó Ana.

—Sí.

—¿Y por qué no se llevó el códice?

—Puede que se le acabara el tiempo. Quizá pensó que le estaban siguiendo.

Las ramas arañaban sus caras y una V de sudor se dibujaba en sus camisetas. Mientras avanzaba por el bosque a machetazos, Daggart esperaba que de pronto apareciera ante ellos una ciudad antigua. Confiaba en que, con un último golpe del machete, con un último tajo entre las ramas, se materializaran ante ellos, como por arte de magia, las ruinas de una ciudad desconocida. Los templos de caliza desmoronada, cubiertos de enredaderas, de una antigua urbe maya.

Pero a medida que Ana y él excavaban un túnel a través del bosque, algo le corroía con la misma insistencia que los mosquitos que volaban en enjambre alrededor de su cara. Si había allí una ciudad, y si de veras Lyman Tingley la había descubierto, ¿por qué se lo había callado? Una cosa era mantener en secreto una excavación y otra bien distinta intentar ocultar el descubrimiento de una ciudad perdida.

Las sombras que proyectaba el atardecer eran cada vez más intensas. Cuando apartó los ojos del GPS para echar un vistazo a su reloj, Daggart vio que eran ya más de las cuatro. «Maldita sea.» Acometió con más ímpetu las enredaderas; la hoja curva del machete tajaba con un ruido sordo las lianas de un dedo de grosor.

Bajo sus pies, el suelo parecía curiosamente distinto. Más firme. Incluso más suave, si ello era posible. Daggart se detuvo, miró hacia abajo y golpeó con los pies los matorrales bajos hasta levantar con la puntera de los zapatos sus frágiles raíces. Se agachó y apartó la tierra y la arenilla que quedaban aún.

Era una *sacbé*: uno de los caminos blancos de los que les había hablado Héctor Muchado.

«Seguid el camino.»

Se levantó y siguió cortando las enredaderas con renovado entusiasmo.

Cuando al fin los dígitos del GPS coincidieron con sus cálculos, asestó unos últimos golpes al follaje y al apartar las ramas apareció un claro bañado de sol. De pronto comprendió el significado de los últimos símbolos de la estela y por qué Lyman Tingley creía saber dónde estaba el Quinto Códice.

## Capítulo 81

$E$l claro era un gran óvalo de cerca de una hectárea de extensión. Estaba erizado de tocones de árboles, como si tuviera la piel de gallina. Los árboles talados, con las hojas marrones y secas, habían sido amontonados sin orden ni concierto en el ápice del óvalo: una hoguera esperando a que alguien la encendiera. Junto al montón putrefacto de leña había un toldo verde extendido sobre cuatro postes de aluminio. Bajo él se veían una mesa improvisada y varias sillas, una pila de cajas y un montón de herramientas. Daggart comprendió enseguida por qué la excavación original de Lyman Tingley, la de la estela, parecía abandonada. Tingley había pasado allí sus últimos días, despejando el claro de árboles y maleza antes de acometer su siguiente empresa.

Había una especie de inexorable desolación en la estampa que ofrecían todos esos tocones sobre el suelo arenoso, cada uno de ellos testimonio del árbol que había sostenido antaño. Había algo de fantasmal en aquella escena, incluso al calor del atardecer. Como si la aniquilación de todos esos árboles hubiera turbado a los espíritus del bosque.

Pero aunque los árboles talados y la destartalada tienda abarcaban gran parte del claro, fue lo que ocupaba la mitad inferior del óvalo lo que captó la atención de Daggart. Un cenote de unos seis metros de diámetro. El agua verde oscura se hallaba a unos nueve metros de profundidad, y su superficie reflejaba como un espejo las nubes rosas y anaranjadas del atardecer. Al acercarse al borde y mirar hacia el interior del pozo vieron su propio reflejo ondulante: una versión grotesca, de caseta de feria, de sí mismos.

Así pues, allí era donde se hallaba el códice: en el fondo de aquel pozo. Aquél era el estanque al que había aludido el jefe de la tribu, el sitio sagrado con su correspondiente cenote. Los jeroglíficos narraban el resto de la historia: el camino, el hombre con el cántaro de agua, el Dios Descendente en la pose permanente de lanzarse de cabeza, no saltando del cielo a la tierra, sino de la tierra al Mundo Inferior, zambulléndose en las quietas aguas del cenote para llegar allí.

Era la pieza perdida del rompecabezas. El cuadro estaba completo.

Pero ¿por qué no había recuperado el códice Lyman Tingley? ¿Acaso no estaba allí? ¿Se le había adelantado alguien? ¿O había sido incapaz de encontrar el manuscrito en el fondo cenagoso del agua?

Ana pareció adivinar lo que estaba pensando.

—¿Aquí? —Hablaba dirigiéndose al reflejo de Daggart en el agua, allá abajo.

—Tiene que ser aquí. Los cenote eran los lugares más sagrados. Las puertas del Mundo Inferior.

—Pero ¿no se habría estropeado con el agua?

—Puede que los mayas encontraran un modo de preservarlo.

—¿Una bolsa hermética de hace ocho siglos?

—Algo parecido.

—¿Y Tingley cortó todos esos árboles?

—Eso parece.

—¿Para qué? Si lo que quería estaba en el cenote, ¿para qué molestarse en abrir un claro?

—Buena pregunta. Puede que quisiera montar un campamento más permanente.

El viento cambió de pronto, agitando los árboles circundantes. Daggart notó en la brisa un leve aroma a humo de leña. Aquel olor le sorprendió: a fin de cuentas, estaban en plena selva. Se dio la vuelta y se sobresaltó al ver un fuego casi apagado al otro lado del cenote. Se acercó deprisa a las brasas, seguido de Ana. Se arrodilló, cogió un palo y revolvió las ascuas descoloridas. Un fino hililло de humo, semejante a la cola de una cometa, se elevó hacia el cielo reptando como una serpiente.

—Es reciente —dijo.

—¿Crees que saben lo del Quinto Códice?

—Tienen que saberlo.

Una voz de hombre surgió del lindero del bosque.

—Acertó usted, profesor.

El hombre salió de entre los árboles. Tenía el pelo negro, la cara escamosa y le faltaba medio labio. Daggart supo enseguida que era el Cocodrilo. Levantó su machete.

—He estado buscándole —dijo el Cocodrilo tranquilamente, como si Daggart y Ana sólo fueran mascotas que se habían escapado un rato de casa. Se acercó a ellos sin prisas, con un AK-47 colgado flojamente del hombro. Sin hacer caso del reluciente cuchillo de Daggart, se detuvo a tres metros de ellos—. *Buenas noches, señorita* —dijo—. Veo que se ha pasado al otro bando.

—Váyase al diablo.

—Hoy la veo muy peleona. Pero no importa, porque ¿sabe una cosa, señorita? Me gustan peleonas. Y antes de que acabemos hoy, voy a demostrarle lo peleón que soy yo también. Como en los viejos tiempos, ¿sí?

Ana le escupió. El Cocodrilo respondió levantando el arma; luego se refrenó. Se limpió el escupitajo de la cara con un pañuelo arrugado y apartó los ojos de Ana para clavarlos en Daggart.

—Así que usted es el estadounidense al que llevo persiguiendo todo este tiempo. Me ha costado mucho tiempo y mucho dinero.

—Pues páseme la factura.

—Lo haré. Pero no se imagina cómo. —Esbozó una sonrisa pegajosa. A pesar de que la luz del día tocaba a su fin, el sol se reflejaba en su cara picada de viruelas y manchada de sudor. A Daggart le dio la impresión de que era un reptil sin el menor respeto por la vida humana—. Pero no nos han presentado como es debido.

—Sé quién es —contestó Daggart, cortante—. Lo que no sé es para quién trabaja. —No estaba de humor para perder el tiempo intimando con su presunto verdugo.

—No trabajo para nadie. Soy un cruzoob.

—¿Ah, sí? Pues yo diría que los están utilizando. Detrás de todo esto se esconde Right América. Ellos compraron a Lyman

Tingley. Están comprando a los cruzoob. Y obviamente también le han comprado a usted.

Al Cocodrilo se le agrió el semblante. Su voz se volvió ronca por la emoción.

—Nadie compra al Cocodrilo.

Daggart cerró los dedos en torno al mango resudado del machete. Tres metros era un tiro fácil para un arma como aquélla, especialmente para una tan bien equilibrada como un machete. Y teniendo en cuenta la despreocupación con la que el Cocodrilo sujetaba su automática, Daggart supuso que tenía una oportunidad más que decente de salirse con la suya. Cerró con fuerza la mano, preparándose para arrojar el arma al corazón del Cocodrilo.

Un zumbido ensordecedor captó su atención. Al mirar al cielo vio salir de detrás de los árboles un helicóptero azul y plata, reluciente y aerodinámico. Su parabrisas inclinado y oscuro y los haces de luz amarilla de sus faros le daban el aspecto de un ser prehistórico, de algún ancestro primitivo de la avispa y el pterodáctilo. Descendió rápidamente, se inclinó con brusquedad hacia la izquierda y giró sobre sí mismo, levantando el polvo arenoso y seco del suelo en un torbellino de minúsculos tornados. Quedó suspendido sobre el extremo del claro en forma de óvalo. Planeaba sobre el suelo como una rapaz buscando su próxima presa, y su hélice aplastaba la hierba y aguijoneaba a Daggart y a Ana con polvo y arena que entumecían su cara y sus brazos.

El helicóptero (un gigante de la firma Bell) se posó lentamente en el suelo, apoyando los patines de aterrizaje en dos franjas de terreno paralelas despejadas de tocones. Daggart comprendió por qué Tingley (o quien fuera) se había tomado la molestia de desbrozar el terreno. No estaban buscando edificios antiguos, sino construyendo una pista de aterrizaje. Las aspas del helicóptero fustigaban el aire con un zumbido denso y sibilante, tan profundo que hacía vibrar el estómago de Daggart. Hacía mucho tiempo que no veía tan de cerca un aparato como aquél. La memoria sensorial le retrotrajo a sus tiempos en el ejército.

Mientras el giro del rotor perdía velocidad poco a poco, se

abrió la portezuela de la cabina y salieron dos corpulentos guardaespaldas armados con fusiles y cargados con sendos bolsos de viaje cuyo peso les hacía inclinarse hacia un lado. Ocultaban sus ojos tras gafas de sol con cristal de espejo. El último en salir del aparato fue un hombre de mediana estatura y pelo escaso, vestido con un traje de Armani gris claro.

Cuando llegó junto a Daggart y Ana, el Cocodrilo le enseñó a sus presas.

—Los tengo, *Jefe* —dijo con jactancia.

—Ya lo veo —contestó el otro, dándole una palmada en el hombro.

Fijó la mirada en Daggart y Ana. No dijo nada; se limitó a observarlos de arriba abajo como si calibrara el valor de dos reses antes de matarlas.

Fue Daggart quien rompió el silencio.

—Hola, Jonathan —dijo al fin.

—Hola, Scott —contestó Jonathan Yost.

Daggart se quedó contemplando fijamente a su mejor amigo.

# Capítulo 82

—*E*n primer lugar —dijo Jonathan—, yo que tú dejaría ese machete.

Scott Daggart miró a los cuatro hombres que le rodeaban. Tres le apuntaban al corazón. Arrojó el machete al suelo. El arma resonó al caer sobre un trozo de roca caliza.

—No pareces muy sorprendido de verme —dijo Jonathan.

—No lo estoy. —La falta de un arma no había menguado su deseo de estrangular a Jonathan con sus propias manos.

—¿Cuándo empezaste a sospechar?

—¿Para qué quieres saberlo?

—Por simple curiosidad. Ya sabes cuánto me gustan los rompecabezas.

Daggart le miró con una mueca burlona y desdeñosa.

—Ha sido hoy mismo, si esto te sirve de consuelo. Margaret me dijo que estabas en París y me extrañó. A fin de cuentas habíamos hablado varias veces esta semana y no te habías molestado en mencionar ese pequeño detalle.

—Vaya. ¿Olvidé decírtelo? Cuánto lo siento —se burló Jonathan—. Supongo que me imaginabas en mi despacho, enterrado entre papeles, contemplando el lago Michigan mientras resolvía los problemas de nuestra ilustre universidad.

—Algo parecido.

—Como estampa no está mal. Y casi diste en el clavo, excepto porque en ese momento estaba en París.

—Eres un cabrón.

—No sabes cuánto. —Jonathan sonrió enigmáticamente. El chirrido y el zumbido de los insectos de la selva resonaba de fondo. La noche caía deprisa.

—¿Conoces a este hombre? —preguntó Ana. Había escuchado la conversación como uno mira un deporte que desconoce: perpleja por sus normas.

—Es mi jefe. Y hasta hace cinco minutos mi mejor amigo.

—Vamos, vamos —dijo Jonathan—, no nos precipitemos. Todavía podemos ser amigos.

—Me parece poco probable. —Daggart tensó la mandíbula—. ¿Y todo ese rollo la primavera pasada para que volviera aquí? Me conseguiste becas para que pudiera pasar otro verano en México. Pero no lo hiciste por mí. Lo hiciste porque querías que encontrara el códice.

—Pero Scott, yo quería que vinieras por tu tranquilidad. De veras. Aunque seamos sinceros: necesitaba un relevo, por si las cosas se torcían con Lyman Tingley. Alguien en quien pudiera confiar plenamente para que encontrara el Quinto Códice.

—Y ahora que sabes dónde está, ¿vas a matarnos?

Jonathan sonrió afablemente.

—¿Acaso tengo elección?

—¿Cómo convenciste a Lyman Tingley para que creara un falso códice? Sé lo de los cinco millones de dólares, pero no creo que se dejara persuadir únicamente por el dinero.

—Tienes razón. No bastó con eso. Tuve que ofrecerle mucho más.

—¿Qué, por ejemplo?

—El Quinto Códice original, cuando lo encontrara. Lo único que le pedimos fue que fabricara uno falso y que verificara públicamente su autenticidad. Luego podía hacer lo que quisiera con el original, siempre y cuando mantuviera en secreto su contenido, desde luego. En cualquier caso, el mérito del descubrimiento sería suyo.

Daggart asintió con la cabeza. Aquél había sido siempre el talón de Aquiles de Tingley: su afán de protagonismo.

—Y si encontraba el Quinto Códice —dijo Daggart—, ¿habrías cumplido tu parte del trato?

Jonathan se rio.

—Claro que no. Habríamos matado a ese hijo de puta en cuanto tocara el original. Pero Lyman Tingley no lo sabía.

—¿Qué pasó, entonces? ¿Por qué le matasteis antes de que os entregara el manuscrito?

Jonathan se quitó las gafas de sol y se las guardó en el bolsillo de la chaqueta. Daggart vio por primera vez la frialdad de los ojos de su amigo.

—Mis fuentes me informaron de que el profesor Tingley empezaba a tener dudas. De que ya no quería tomar parte en nuestros planes.

—¿Así que le mataste?

—Yo no. Eso se lo dejo a los cruzoob. —Se volvió hacia el Cocodrilo como un padre orgulloso después de que su hijo marcara el tanto ganador. El Cocodrilo sonrió tontamente. Un momento Kodak convertido en esperpento.

—¿Qué piensas hacer con el Quinto Códice cuando lo encuentres? —preguntó Daggart.

—Las instrucciones que les he dado aquí a mis dos amigos son muy claras. —Jonathan señaló distraídamente a los dos guardaespaldas, que estaban sacando sendos equipos de submarinismo de sus bolsos de viaje: bombonas de oxígeno, aletas, gafas, lastres... Esparcían aquellas cosas sobre la tierra pelada preparándose para una inmersión.

—Cuando bajen hasta el fondo de este pequeño sumidero y encuentren el Quinto Códice, lo sacarán y nos ocuparemos de él como es debido.

—¿Es decir?

—¿Eso no lo has adivinado? —preguntó Jonathan—. Me sorprendes, Scott. Pensaba que siempre ibas un paso por delante de tus colegas.

—¿Qué vas a hacer con él, Jonathan? —preguntó Daggart de nuevo.

—Soy como ese tipo del que me hablaste una vez —dijo Jonathan en tono horriblemente feliz. Echó a andar hacia su derecha sin dejar de hablar con Daggart y Ana por encima del hombro—. El español. Ese cura, o fraile, o lo que fuese. ¿Cómo se llamaba?

—Diego de Landa.

—Eso es. Diego de Landa. No quería saber nada de todos esos libros mayas, así que los quemó. Cientos de ellos. Miles, quizá. Me imagino esas enormes fogatas en las playas. Los conquistadores arrancando las páginas y echándolas al fuego, y bailando alrededor de las llamas. Es una imagen muy bella. Recuerdo que me dijiste, claro, que Landa cambió de idea. Salvó un puñado de códices y se los llevó al otro lado del Atlántico para regalarlos, ¿no es así?

Daggart no respondió. Sentía una súbita opresión en el pecho.

Al llegar junto al fuego apagado, Jonathan cogió una rama y hurgó con ella entre las brasas. Una llamita naranja surgió de las ascuas.

—Conviene que sepas, no obstante, que yo no tendré tantos escrúpulos. Por eso le dije aquí a mi socio —dijo señalando al Cocodrilo— que fuera encendiendo el fuego; quiero que esté bien grande cuando saquemos ese manuscrito del agua. Quiero ver cómo se quema pedazo a pedazo cuando lo arrojemos a las llamas. No quiero que quede nada. Ni un trocito de página. Ni un asomo de jeroglífico.

Jonathan removió el fuego y un puñado de chispas se elevó hacia el cielo oscurecido.

Fue como si de pronto un elefante pisara el pecho de Daggart. Destruir uno de los grandes documentos mayas (un documento que poseía el raro don de arrojar luz sobre el pasado y el futuro) era un acto de violencia tan extrema que apenas podía respirar.

Jonathan Yost pareció leerle el pensamiento.

—No creo que haya otro remedio —dijo tranquilamente, como si hablara del asunto más fútil—. Y si tienes razón respecto a lo delicado que es, no creo que tengamos problemas para quemarlo. Aunque, naturalmente, le ayudaremos un poco.

Cogió una lata roja de gasolina que había escondida entre la hierba y arrojó al fuego parte de su contenido. Las llamas saltaron al cielo en un estallido.

—No pongas esa cara de pasmo —continuó Jonathan. Tiró la lata al suelo y sacó un pañuelo limpio y doblado para limpiarse las manos—. Sabes muy bien que no puedo permitir que haya dos códices dando vueltas por ahí. No daría buena impresión, ¿no crees?

—Pero estás a punto de hacer uno de los mayores descubrimientos de los últimos dos siglos. ¿No te parece gloria suficiente?

—¿Acaso el descubrimiento de los otros cuatro códices hizo famosos a sus descubridores? —preguntó Jonathan con sarcasmo—. Yo creo que no.

—Así que vas a quemarlo.

—Desde luego que sí.

—No tienes derecho…

—No tengo derecho a un montón de cosas —le interrumpió Jonathan, tajante. Obsequió a su prisionero con una fina sonrisa y Daggart captó en él un destello de impaciencia. Había visto antes aquella mirada: la del administrador harto de las exigencias del profesorado—. Pero las hago de todos modos. Y tú también las harías, si tuvieras dos dedos de frente. Si te importara mínimamente el futuro de nuestro país.

—¿Esperabas desde el principio que te condujera al códice?

—Por supuesto. —Jonathan volvió hacia ellos; sus zapatos de suela dura aplastaban la hierba ocre y marchita. Los saltamontes se apartaban saltando—. Hubo que animarte un poco, claro. Pero ¿por qué crees que arrasamos tu excavación? ¿O que te liamos con ésta? —Señaló vagamente a Ana Gabriela—. Queríamos que encontraras el códice. Necesitábamos que lo encontraras, de hecho. Y cuando nos condujiste a casa de Héctor Muchado y el Cocodrilo consiguió esa carpeta, en fin, el resto fue muy sencillo.

Miró a los dos hombres que se estaban poniendo el equipo de buceo. Se habían quedado en bañador y en ese momento se estaban poniendo las bombonas de oxígeno y abrochándose los cinturones con el lastre. El tintineo del metal resonaba en los árboles cercanos. Jonathan siguió hablando.

—En mi opinión, eso demuestra mucha confianza por mi parte. No hay muchos decanos que crean tanto en sus profesores. Me parece que eso me deja en muy buen lugar, ¿no crees? ¿No es eso lo que haces tú con tus queridos alumnos? ¿Suscitar con ellos un vínculo de pertenencia? ¿Conseguir que resuelvan problemas por sí mismos? —Su voz rebosaba desprecio—. Y en cuanto a Uzair… —dijo su nombre con desdén, como si fuera ofensivo—, es una pena lo de ese pequeño accidente que tuvo anoche. No debería beber cuando conduce. Pero, en fin, ya conoces a los estudiantes de hoy en día.

—¿Fuiste tú?

—Yo personalmente, no, pero has captado la idea.

La luz roja del ocaso ocultaba sólo en parte la ira que Scott Daggart sentía hacia su antiguo amigo. Ya no le importaba la AK-47 del Cocodrilo, que el pistolero levantó al verle acercarse. Estaba a punto de abalanzarse sobre Jonathan Yost cuando Ana le tocó el brazo con un dedo. Un suave recordatorio de que no debía hacer ninguna tontería.

—Gracias, por cierto, por recuperar el códice que estaba haciendo Tingley —prosiguió Jonathan. Si notó que Ana refrenaba a Daggart, no dio muestras de ello—. Teníamos la impresión de que estaba en El Cairo, pero no lográbamos encontrarlo. Nos ahorraste un montón de problemas recuperándolo.

Daggart apartó los ojos de Jonathan. Era demasiado doloroso mirarle a la cara.

Jonathan continuó, impertérrito.

—Después del accidente de Uzair no tuvimos más remedio que entrar en tu casa para verlo por nosotros mismos. Y, *voilà*, allí estaba, encima de la mesa de la cocina.

—Lo hemos leído. Uzair me mandó una copia.

—Ah. Entonces ya sabes lo que dice.

—Sí, lo sé. Pero no veo cómo diablos esperáis que la gente se crea que Frank Boddick es el nuevo mesías.

—Porque cuando nos ataquen, la gente se creerá casi cualquier cosa.

—¿Cuando nos ataquen? ¿Quién va a atacarnos?

Jonathan sonrió.

—Pues nosotros, claro. Sólo que la gente no lo sabrá.

# Capítulo 83

$D$aggart entornó los ojos como si intentara escudriñar la mente de Jonathan Yost. Sin embargo, la máscara implacable de su amigo impedía detectar el más leve indicio de lo que bullía dentro de ella.

—Mira —dijo Jonathan, desgranando pacientemente su plan, como si estuviera hablando con un niño—, ¿qué es lo que más enciende a los estadounidenses? Que alguien nos ataque, ¿no? Pearl Harbour. El 11 de Septiembre. Grupos que se cobran la vida de ciudadanos estadounidenses inocentes. Nada nos hacer hervir la sangre como eso.

—¿Estáis planeando un ataque simulado?

—De simulado, nada. Los cruzoob van a atacar diversos objetivos en Estados Unidos y a crear un estado de caos nunca visto en nuestro país. Piensa en el atentado de Oklahoma, pero multiplicado por veinte. O por cincuenta. A partir de ahí, sólo será cuestión de tiempo que el gobierno acceda a nuestras demandas y reconozca el advenimiento del mesías.

—Olvidas que nuestro gobierno no negocia con terroristas.

—Puede que no lo hiciera antes. Pero nuestro país nunca ha sufrido ataques nucleares dentro de sus fronteras. El día del Juicio Final, ¿no?

Scott Daggart sintió de pronto que la cabeza le daba vueltas.

—¿Dónde vais a atacar?

—Me encantaría decírtelo, de veras, pero creo que será mejor que lo guarde en secreto hasta que llegue el momento oportuno. Por el factor sorpresa, ya sabes. —Miró su reloj como si de pronto recordara que tenía una cita urgente. Se volvió hacia los buceadores—. ¿Cuánto les falta?

—Cinco minutos —respondió uno de ellos.

Jonathan asintió, se quitó la chaqueta del traje y se la echó sobre el brazo como si quemara al tacto.

—¿Queréis hacer una América mejor y estáis dispuestos a matar a la misma gente a la que pretendéis salvar? —preguntó Daggart.

—Oye, «en tiempos de revolución, de vez en cuando hay que derramar algo de sangre». Lo dijo Jefferson.

—Matar gente es asesinato. Lo dice la ley.

Jonathan esbozó una delgada sonrisa.

—Buen intento, Scott. Pero yo no soy un estudiante crédulo al que puedas embaucar con argumentos cargados de moralina. Lo que vamos a hacer es, a largo plazo, lo mejor para el país. Seguro que lo entiendes. ¿Que habrá víctimas por el camino? Desde luego que sí. Pero ¿estaremos mucho mejor después? Indudablemente.

Daggart clavó la mirada en su antiguo amigo. Le parecía estar mirando a alguien que no había visto nunca. Un perfecto extraño.

—¿Qué ganas tú con todo esto?

—Te doy tres opciones y las dos primeras no cuentan.

—No me digas que lo haces por poder.

—Claro que lo hago por poder, Scott. —Al ver la mirada de desconcierto de Daggart, Jonathan explicó—: Vamos, ¿qué creías? ¿Que iba a contentarme con ser un gerente de tres al cuarto toda mi vida? ¿Crees que quiero quedarme estancado en la absurda burocracia académica? ¿Sobre todo habiendo una oportunidad de darle por fin la vuelta al país? ¿De mejorar verdaderamente la nación? Puedo llegar a ser una de las personas más poderosas sobre la faz de la tierra. No está mal para un ex profesor de inglés convertido en gerente universitario.

—Pero ¿cómo pensáis convencer al país de vuestros planes?

—Muy sencillo: creando una marea de apoyo popular. Después de los ataques y de la publicación del Quinto Códice, será pan comido. Nosotros los americanos somos muy supersticiosos. Puede que no nos guste admitirlo, pero nos tomamos muy a pecho las predicciones. ¿Recuerdas esos años en los que Nostradamus fue el no va más? La gente no se cansaba de oír hablar de él. Y luego estuvo el efecto 2000, el error del milenio. Afrontémoslo: puede que seamos el país más poderoso del mundo, pero somos también el más crédulo. Todo eso no será nada comparado con la reacción que levantará el Quinto Códice. Cuando la gente se entere de que los antiguos mayas predijeron un fin del mundo en potencia y lo vean suceder ante sus ojos, te garantizo que toda América reconocerá al nuevo mesías. Y este país por fin podrá cambiar para mejor. Podremos recuperar nuestro pasado glorioso.

—No os saldréis con la vuestra.

La comisura de la boca de Jonathan se alzó en una mueca burlona.

—¿Ah, no? ¿Y si te dijera que ya lo hemos hecho?

—¿De qué estás hablando?

—¿Recuerdas el pequeño desplome bursátil de 2008? Cundió el pánico por los mercados de todo el mundo. Se batieron récords de pérdidas. ¿Crees que esas cosas pasan por accidente?

Daggart sintió un pequeño vacío en el estómago.

—Vamos, no estarás insinuando que Right América tuvo algo que ver con eso.

Jonathan sacudió la cabeza y sonrió con suficiencia.

—No. Algo no. Right América fue quien lo provocó. Lo hicimos nosotros.

—¿Estás diciendo que tu organización fue la responsable del desplome de todos esos bancos? —preguntó Daggart sarcásticamente.

—Pues sí. Algunos de nuestros miembros más destacados estaban en las juntas directivas de Merrill Lynch, de Shearson Lehman, de todas las que se te ocurran. Fueron ellos quienes aconsejaron sabiamente que se confiara en las hipotecas de alto riesgo, a pesar de que sabían de buena tinta que ello sólo conduciría al desastre. Y tenían razón. Fue todo un montaje.

Daggart sintió que la sangre abandonaba su cara.

—¿Con qué fin?

—Considéralo un ensayo general. Un avance de futuras atracciones.

—No creo que fuerais vosotros —dijo Daggart, sacudiendo la cabeza con desafío.

—Que tú lo creas o no no cambia nada. Verás, Scott, Right América es una de las organizaciones que más rápidamente está creciendo en Estados Unidos. Tenemos un presupuesto que podría borrar de un plumazo el déficit nacional, y una nómina de socios que incluye a gente de todas clases, desde premios Nobel a personas que viven en caravanas. Probablemente ahora mismo somos el grupo más heterogéneo de todo el país. Somos el sueño húmedo de cualquier partido político. Y lo mejor de todo es que lo único que queremos es hacer del mundo un sitio mejor.

—Eso decía Hitler.

—¿Y quién puede afirmar que no tenía razón? Si los aliados no le hubieran parado los pies cuando lo hicieron, tal vez ahora viviríamos en un mundo utópico.

La cólera oprimía el pecho de Daggart.

—Lamento romper tu burbuja, pero Hitler llevó a cabo sus planes. En Alemania, en los años treinta. La Solución Final. Murieron veinte millones de personas.

—¿Sabes cómo llamo yo a eso? Un buen comienzo. Mira, nuestro país fue en otro tiempo la mayor potencia mundial. La superpotencia por antonomasia. Pero ya no lo es. Puedes echarle la culpa a la deuda, o a la inmigración, o a los defectos de nuestros líderes, pero ahora no somos más que un país de segunda. ¡Los Estados Unidos de América! ¡Tener que luchar a brazo partido para ponernos a la altura de los chinos! —Sacudió la cabeza, incrédulo—. Así que, si hay que sacrificar vidas por el bien común, que así sea.

—No hablarás en serio.

Jonathan se encogió de hombros tranquilamente.

—Somos patriotas, Scott. Qué le voy a hacer si no crees que lo primero es tu país.

Daggart apretó los dientes. Tuvo que hacer un esfuerzo para no agredir a su antiguo amigo.

—Ya sabes lo que se dice, Jonathan. El patriotismo es el huevo en el que se empollan todas las guerras.

Jonathan sonrió, satisfecho.

—Vuelves a las andadas, Scott. Citando a escritores antiguos que no tienen nada que ver con este gran país nuestro, que probablemente pensaban que podría hacerse una revolución sin derramamiento de sangre.

Daggart se quedó sin habla. Abrió la boca, pero no pronunció palabra alguna. Ni siquiera un sonido. Era como hablar con una pared. No, peor aún: las paredes no respondían. Las paredes no eran terroristas. No eran peligrosas. Daggart no se habría quedado más estupefacto si Jonathan se hubiera transformado en ese mismo instante en un animal rabioso, colérico y medio loco. En el mismísimo chupacabras.

El súbito estruendo de una aeronave le dio un destello de esperanza. Reconoció el ruido del rotor de un helicóptero. Tal vez fuera el teniente Rosales, que acudía en su rescate como la caballería en una película de vaqueros de serie B. Pero al amplificarse el sonido, le sorprendió comprobar que Jonathan no intentaba escapar. Por el contrario, se cubrió los ojos para protegerlos del sol poniente y hasta saludó con la mano al aproximarse el aparato.

El helicóptero pasó rozando el dosel de los árboles, se inclinó al virar, dio una rápida vuelta sobre sí mismo y desapareció a continuación con idéntica velocidad. A Daggart le sorprendió ver que no era un helicóptero cualquiera, sino un AH-1 Cobra. El helicóptero de ataque preferido por el ejército hasta los años noventa.

—¡Actores! —dijo Jonathan, levantando los ojos al cielo—. Siempre tan teatrales. En fin, me temo que ésa es la señal para que haga mutis por el foro, si quiero llegar a tiempo a la concentración. —Miró su helicóptero y le dirigió una seña al piloto describiendo un círculo con la mano. Daggart se fijó en que el piloto cogía un portafolios y empezaba a repasar el protocolo de despegue.

El tiempo se agotaba.

—No quiero hacer esto, Scott. Créeme. Pero verás, no tengo elección. Así son los negocios, ¿no? Eso hasta tú lo entiendes.

—Entonces ¿vas a matarnos?

—¿Yo? No. Pero aquí mi amigo, sí. Le prometí hace tiempo que podría hacer contigo lo que quisiera, y, como tú y yo sabemos, soy un hombre de palabra.

El Cocodrilo acercó la mano libre al cuchillo que llevaba

sujeto al cinto con una funda. Sus dedos se posaron sobre el mango labrado. Tras él, los buzos se habían acercado al borde del cenote. Uno de ellos clavó en el suelo una escalerilla de cuerda. Cuando acabó, el otro la arrojó hacia el estanque, donde cayó con un chapoteo hueco. Los buzos se sentaron al borde del cenote y empezaron a ponerse las aletas.

—Me ha gustado ser tu amigo —dijo Jonathan—. Lo digo en serio. Y estoy en deuda contigo. A fin de cuentas, fuiste tú quien primero me habló de los cruzoob. Los seguidores de la cruz. Aquello me gustó. Tanto que decidí resucitarlo. Pero naturalmente a ti no podía contártelo. Sabía que no nos seguirías la corriente.

—¿Y qué son dos muertos más? —preguntó Daggart con sarcasmo.

Jonathan se encogió de hombros.

—Pues sí, en efecto. Además, Scott, no esperarás en serio que os deje marchar, con todo lo que sabéis. Porque, ¿qué harías tú si estuvieras en mi lugar?

Daggart conocía a Jonathan lo suficiente como para reconocer ese tono de voz. Era la voz del gerente, del que había tomado una decisión y seguiría adelante con su plan de acción costara lo que costase, sin importarle las consecuencias ni lo que pensaran los demás. Preguntándose si aquéllos serían sus últimos instantes, Daggart sintió un súbito deseo de fijarse en los detalles sensoriales de su entorno: los últimos y cálidos rayos del sol poniente, el sonido del viento sacudiendo las hojas, el trino de los pájaros persiguiéndose unos a otros, el olor fecundo de la tierra mojada, el contacto de la palma húmeda de Ana.

Esto último, en particular, suscitó en él un ímpetu repentino de vivir. La pureza del gesto le dio una serena determinación. De pie junto al borde del cenote, nueve metros por encima del pequeño estanque de superficie oscura e impenetrable, Daggart cobró conciencia de lo mucho que ansiaba vivir. Y comprendió también que sólo podía hacer una cosa.

—¿Y bien? —preguntó Jonathan—. ¿Tienes algo más que decir?

—Sólo una cosa.

—¿Sí?

Daggart le sostuvo la mirada, escudriñando sus ojos como si buscara algo lejano, algo que había conocido una vez y que ahora no encontraba.

—¿Cómo soportas mirarte al espejo? —preguntó. Las palabras salieron de su boca con sencilla y clara franqueza: no pretendían ser un reproche, sino indagar en busca de la verdad.

Jonathan abrió la boca para hablar, pero Daggart no esperó su respuesta. Saltó hacia Ana, asustándola, y se abalanzó sobre ella para agarrarla por la cintura. Antes de que el Cocodrilo tuviera la menor oportunidad de apretar el gatillo, la inercia del salto los lanzó a ambos por encima del borde del cenote, y sus cuerpos cayeron a plomo, volando como paracaidistas en caída libre. Al caer en el estanque, el espejo del agua se hizo añicos con el estruendo ensordecedor de un cañonazo.

Un instante después el cenote se los tragó como sacrificios a los dioses mayas.

# Capítulo 84

*E*l impacto dejó a Daggart sin respiración, como si hubiera saltado desde una ventana muy alta y aterrizado de espaldas sobre una acera de cemento. El instinto le empujaba a nadar hacia la superficie, pero no lo hizo. Como un pez asustado que mordiera un anzuelo, cogió la mano de Ana y tiró de ella hacia abajo. Alejándose de la superficie. Del Cocodrilo y de su arma.

Y también del aire.

Ella se resistía, intentando salir, pero Daggart no la dejó. Sabía que su única esperanza de salvación se hallaba muy por debajo de la superficie del agua.

Tanteó las paredes del cenote entre el agua turbia, pasando frenéticamente la mano libre por las rocas fosilizadas mientras sus piernas cortaban el agua como tijeras, hundiendo cada vez más a Ana. Se estaba jugando la vida de ambos por una corazonada: que el cenote se abría en otras direcciones. Tenía que haber una entrada a otro estanque. Estaba seguro. Por eso era sagrado aquel cenote; no era una simple poza caliza, sino parte de una red de ríos subterráneos. Por eso Tingley no había podido recuperar el códice. No sabía bucear.

Mientras seguían descendiendo y palpaba las paredes, Daggart sintió que sus pulmones se constreñían y se cerraban como si alguien los estuviera retorciendo con las manos. Miró a Ana entre la penumbra del agua. Ella luchaba por respirar. Sabiendo que iba a saltar, él al menos había tenido oportunidad de tomar una última bocanada de aire. Ana se había visto literalmente arrancada del suelo, lanzada hacia el estanque de roca caliza y arrastrada luego hacia el fondo como una mujer mortal a la que hubiera raptado Poseidón.

Daggart sabía que tenía que darse prisa. Nadaba todos los días, y si sus pulmones se habían contraído, podía imaginar el dolor que tenía que estar sintiendo Ana. Pensó en volver a la superficie para tomar una rápida bocanada de aire, pero le disuadió una ráfaga que pasó velozmente junto a su cara con un ruido amortiguado. El Cocodrilo no estaba esperando a que emergieran. Estaba disparando al agua: las balas se deslizaban en torno a ellos entre silbidos y siseos, trazando una serie de diagonales paralelas que cruzaban el agua como rayos láser. No había tiempo de arrepentirse de su decisión. Tenía que encontrar la salida. Y tenía que encontrarla enseguida.

Su mano libre trepaba por los lados del estanque tanteando la roca áspera en busca de un túnel, de un agujero, de un modo de salir de allí. La roca afilada como una cuchilla hería sus dedos, cortando la piel en distintos sitios. Palpaba los bordes desesperado, con los pulmones apretados mientras las balas susurraban a su alrededor y tiraba de Ana, que seguía forcejeando. Tenía que estar ahí, en alguna parte. Si no, aquéllos serían sus últimos minutos de vida.

Un ruido sordo y retumbante atrajo su atención: un suave estruendo. Fue seguido inmediatamente después por otro chapoteo igual de fuerte. Daggart miró hacia la superficie entre la penumbra del agua y vio que los dos buzos se habían sumergido en el estanque. Uno de ellos encendió un potente reflector cuyo rayo ondulante atravesó el agua. El otro sujetaba en la mano un cuchillo que parecía guiarle mientras nadaba. Emprendieron el descenso moviendo el rayo del foco adelante y atrás.

Daggart tiró hacia abajo de la mano inerme de Ana. Ella apenas se resistió. Daggart temió por su vida.

El foco se posó sobre Daggart, el redondo rayo amarillo le deslumbró. Con una mano sujetaba a Ana y con la otra se agarraba a la pared para mantenerse sumergido; no se atrevió a soltar ni una cosa ni otra para cubrirse los ojos. Ciego, tocó la hoja fina y fresca del cuchillo antes de verla. Abrió un tajo en su brazo. Un instante después sintió el dolor: una quemazón acompañada de una nube difusa de sangre ondulante.

Se puso delante de Ana. Miró más allá del rayo de luz, hacia la oscuridad acuosa, y sólo en el último instante vislumbró el fulgor del cuchillo atravesando el agua turbia. La punta le rozó el abdomen, le rasgó la camisa y le tatuó el estómago. Un hilillo de sangre flotó delante de él como una medusa.

Daggart retrocedió pataleando hasta que Ana chocó contra la pared y él quedó con la espalda pegada a ella. Le soltó la mano, confiando en sujetarla sólo con la presión. Agitó los brazos para mantenerse en el sitio, y empezó a cubrirse los ojos de cuando en cuando para defenderse del resplandor del foco, fijo en él como si fuera una estrella del espectáculo.

Esta vez vio el cuchillo enfilado hacia él. Bajó una mano y levantó la otra, atrapando la mano del buzo de un tijeretazo. Cuando el buzo intentó apartar el brazo y retirar el cuchillo, Daggart pudo agarrarle del puño con ambas manos. Antes de que el buzo pudiera reaccionar, dio la vuelta al cuchillo y se lo hundió en el cuello. La sangre que brotó a chorros de su arteria carótida nubló la cara perpleja del submarinista, que soltó el cuchillo y se llevó la mano a la garganta. Daggart le arrancó el cuchillo del cuerpo como se saca un hacha de un leño y apartó al buzo moribundo de un empujón. El hombre quedó suspendido en el agua, su peso en perfecto equilibrio.

Daggart le arrancó la boquilla al submarinista y se giró en el agua. Del tubo de aire escaparon redondeles de oxígeno que ascendieron rápidamente hacia la superficie. Acercó la boquilla a Ana y se la puso en la boca. Ella aspiró ansiosamente. Hizo una seña a Daggart levantando el pulgar, se quitó la boquilla y se la pasó. Él se la acercó a los labios y estaba a punto de respirar cuando notó un ligero eco en las paredes del cenote. El foco caía hacia el fondo del estanque: su rayo de luz se sacudía violentamente, como una manguera sin control. Daggart comprendió por qué cuando sintió que unos brazos le rodeaban el cuello. El otro buzo había sacrificado el foco para agarrar mejor su presa.

Clavó las rodillas en la espalda de Daggart y los antebrazos en su garganta y tiró de ellos hacia el fondo del cenote. Daggart luchó por desasirse. Su mundo se hizo cada vez más tenue, y una oscuridad tan negra como la antracita cubrió su vista. No sabía si era por falta de oxígeno o porque caían a plomo hacia el fondo de la poza. Lanzaba cuchilladas a su asaltante, pero no servía de nada. En aquella postura no podía tocarle. Lanzó el cuchillo justo por encima del hombro, confiando en hundirle la punta en la garganta. Pero chocó con plástico duro. Había golpeado la máscara del buzo.

Se sacudían en el agua, girando en violentas revoluciones como una lavadora fuera de control. Cada vez más débil, Daggart se agarró a los brazos del buzo e intentó liberarse. No pudo. Le faltaban fuerzas y un sitio donde apoyarse. Se hundieron ambos más y más en el negro abismo del cenote.

Daggart empezó a sentirse mareado. Minúsculas estrellas blancas bailaban en la periferia de su visión, y notaba una relajación general de los músculos. Se desorientó. El cenote le parecía cada vez más negro. Se sentía como un astronauta vagando a la deriva por el espacio.

Soltó los brazos del buzo y buscó a tientas su cara. Palpó las gafas, la boquilla del respirador y, luego, los suaves contornos de plástico. Casi delirante, tan débil que el cuchillo parecía pesar el doble, levantó el arma y la clavó en el tubo. Salió un chorro de aire que envolvió la cara del hombre en un enjambre de pequeñas burbujas. El buzo le soltó y empezó a ascender hacia la superficie.

Daggart le agarró del brazo, tiró de él y con las fuerzas que le quedaban clavó el cuchillo en su abdomen. Una difusa fuente de rojo se mezcló con la espuma blanca del agua. Daggart cogió el tubo y tomó una larga y gratificante bocanada de aire.

Empujó al submarinista y nadó hacia Ana, palpando las paredes a ciegas; estaba mucho más abajo de lo que deseaba. Como un cómico que se diera un batacazo, su mano se coló de pronto por un hueco. Con razón Tingley no había encontrado la abertura: estaba casi en el fondo mismo del estanque.

Ascendió, cogió a Ana de la mano y tiró de ella hacia abajo. Hizo que le agarrara el tobillo con la mano, cerrándole los dedos alrededor del hueso. Al penetrar en el agujero, comenzó a nadar horizontalmente y, usando las paredes afiladas y ásperas para impulsarse, se deslizó por el túnel como una anguila. Movía la pierna libre mientras Ana nadaba tras él, agarrada a su otro pie. Necesitaba oxígeno. Había probado el aire y de pronto quería más. Necesitaba más. Tenía que conseguirlo.

Su cuerpo chocaba con los lados del túnel y el roce dejó en carne viva la herida de su hombro, deshaciendo todo el bien que habían hecho las tres mujeres mayas. La sangre se mezclaba con el agua y dejaba una fina y vaporosa estela de rojo a su paso. Pero el dolor del hombro no era nada comparado con la tensión de su pecho, con la presión de su cabeza. De pronto sintió un fuerte latido en las sienes, como si todo empezara a girar vertiginosamente a su alrededor. Ana ya apenas parecía agarrarse a él. Si no encontraban pronto una salida, morirían. Era así de sencillo. Sus cerebros privados de oxígenos les engañarían impulsándoles a respirar. Abrirían la boca y tragarían montones de agua; sus pulmones se llenarían instantáneamente. Lucharían por encontrar una salida, pero naturalmente no habría ninguna.

Era un modo horrible de morir.

Daggart siguió tirando de ambos por el túnel cada vez más angosto; avanzaba con brazadas furiosas por aquel laberinto subterráneo cuyas paredes fueron cerrándose lentamente sobre ellos hasta que le costó deslizar los hombros a través del estrecho conducto. El dolor que florecía en su pecho se extendió por todo su cuerpo.

Intentó agarrar las paredes del túnel para impulsarse y salió con las manos vacías. No había nada a lo que agarrarse, porque de pronto estaban fuera del túnel. Se hallaban de nuevo en aguas abiertas. El aire parecía estar allí mismo. Aunque no se veía luz hacia la que ascender y casi había perdido la noción de lo que era arriba y lo que era abajo, tenían la supervivencia al alcance de la mano. Era sólo cuestión de llegar a la superficie y llenarse los pulmones de oxígeno.

Al empezar a ascender se dio cuenta de que Ana ya no estaba agarrada a su pie. La buscó, pero en medio del agua turbia ni siquiera veía su propia mano delante de la cara. Luchó por recordar cuándo la había sentido por última vez. ¿Había sido hacía un momento, o quizás antes? ¿Cinco segundos o cincuenta? ¿Se había dejado ella llevar por el pánico y había intentado volver nadando por donde habían llegado? ¿Estaba atascada en el túnel o había vuelto al cenote? En cualquiera de los dos casos, Daggart sabía que tenía escasas probabilidades de sobrevivir. En el primer caso, moriría por falta de oxígeno; en el segundo, el Cocodrilo se encargaría de ella.

Daggart volvió hacia la entrada del túnel, tocando los lados de aquella nueva caverna como si leyera en Braille. Mientras avanzaba a ciegas, pensó en Susan. Muerta en el suelo del cuarto de estar. Su cabello rubio hundido en un charco de sangre.

«No, por favor. Otra vez, no.»

Mientras avanzaba a sacudidas sus manos entraron en contacto con la mano de Ana Gabriela, que flotaba quieta en el agua. Tiró de su cuerpo inerme y la arrastró por el túnel. Luego, como un corredor que de algún modo logra hacer un último esfuerzo al final de un maratón de cuarenta y dos kilómetros, pataleó con rabia, como si el agua tuviera la culpa de todo. Como si fuera ella quien les había metido en aquel lío.

Salieron a la superficie quieta del agua negra, dos cabezas surgidas simultáneamente de la nada. Comenzaron a aspirar el aire rancio y turbio en ansiosas bocanadas mientras braceaban lo justo para mantener la boca fuera del agua. Ninguno de los dos habló; se contentaban con llenarse de aire y aliviar poco a poco la opresión de sus pechos y el latido doloroso de sus cabezas, con el esfuerzo de quien abre lentamente a empujones una puerta muy pesada. Su respiración era pesada, trabajosa, entrecortada por los arranques de tos para arrojar el agua que habían tragado. Ninguno de ellos pareció notar que el aire estaba enrarecido y mohoso. En ese momento era el aire más dulce que jamás habían probado.

Daggart intentó ver lo que los rodeaba. Fue completamente imposible. Estaban envueltos en la negrura más densa que había visto nunca. Supo por el aire quieto y aletargado y por el leve eco de su respiración que estaban en una cueva. En cuanto a su altura y dimensiones, no tenía ni la más remota idea.

—¿Estás bien? —preguntó. Alargó el brazo y tocó la mano de Ana. Estaba fría al tacto, casi helada.

—Creo que sí. —Su voz temblaba. Daggart oía el castañeteo de sus dientes.

—Tenemos que llegar a la orilla.

—Ahora, dentro de un segundo. Deja que recupere el aliento.

Nadaron en silencio, escuchando cómo retumbaba el último eco de sus palabras en las paredes invisibles. En alguna parte, muy cerca, se oía un goteo rítmico, como un metrónomo hueco.

—¿Cómo sabías que esto estaba aquí? —preguntó Ana.

—No lo sabía.

—Pero sabías lo del túnel.

—No.

—¿Quieres decir que me has arrastrado hasta el fondo y has estado a punto de ahogarme para buscar un túnel que no sabías si existía?

—Sí, algo así.

Ana se quedó callada un momento.

—Gracias.

—No, ha sido una estupidez. Lo siento. —La cogió de la mano—. Vamos. Veamos si podemos salir de aquí. Todavía tenemos que impedir que Jonathan difunda ese falso códice.

Avanzaron hasta tocar un lecho rocoso. Salieron del agua como focas que volvieran de cazar, arrastrándose por la tierra apelmazada, cuya superficie parecía de arcilla. La ropa se les pegaba al cuerpo como una segunda piel.

Daggart se sacó del bolsillo de atrás una cajita de cerillas impermeables, enterrada bajo sus guantes de látex. Nunca había tenido ocasión de usarlas. Pero mientras la oscuridad se apretaba contra él haciendo indiscernibles hasta las sombras más vagas, se dio cuenta de que ahora sí iba a necesitarlas.

# Capítulo 85

$\mathcal{D}$aggart sacó una sola cerilla (había quizás una docena en total) y cerró la caja. Había algo extrañamente gratificante en el hecho de encajar limpiamente los bordes mojados de la caja. Ciego en medio de la oscuridad más negra que había experimentado nunca, recorrió con los dedos la cerilla hasta encontrar el extremo. Lo acercó al lado rasposo de la caja y la deslizó por el corto filo como si fuera un avión despegando de una pista minúscula. Se encendió una pequeña llama y una onda de azufre se coló por la nariz de Daggart.

La luz perforó un agujerito en la oscuridad. Daggart vio la figura temblorosa de Ana, con el pelo pegado a la frente. Se sostenía a sí misma con los brazos cruzados.

—Eres todo un *boy scout*, ¿no? —dijo.

—Ventajas de ser un arqueólogo de salón.

—Supongo que elegí al mejor candidato para hundirme con él en el cenote.

—Sí, y no lo olvides nunca.

Daggart dio media vuelta, moviendo la llama de modo que el círculo de luz se ensanchara.

—Quédate aquí —dijo—. Voy a ver si encuentro algo que quemar.

—¿Aquí? Estamos en una cueva a diez metros de profundidad.

—Exacto.

Se arrastró por la lengua de tierra, sujetando la cerilla delante de sí como si fuera una linterna. El lecho al que se habían encaramado era sólo eso: un pequeño saliente de tierra unido a una pared de caliza redondeada y cubierto de grietas y agujeros.

Daggart se preguntó si había más cueva de la que veía. Y lo que era más urgente aún: ¿existía otra salida? Aunque pudiera encontrar el túnel subterráneo que los había llevado hasta allí (lo cual no era tarea fácil, puesto que había perdido el sentido de la orientación después de emerger), no sentía deseos de volver al cenote y encontrarse al Cocodrilo esperándoles.

Avanzó despacio, con la pared a la izquierda y el agua opaca a la derecha. Sintió, antes de verlo, que un objeto rozaba su frente. Se echó hacia atrás y al acercar la llamita de la cerilla vio una roca húmeda y de bordes desiguales. Tenía forma cónica y su extremo, afilado como una cuchilla, apuntaba hacia abajo. Una estalactita. Colgaba del techo y el agua goteaba por su punta filosa y cortante.

La llama mordió su dedo y arrojó la cerilla a un lado. Chisporroteó al caer al agua. La oscuridad los envolvió como un manto.

—¿Estás bien? —preguntó Ana. Daggart ya había doblado un recodo de la cueva y no habrían podido verse el uno al otro aunque hubiera habido luz.

—Estaré mejor cuando vea.

Mientras hurgaba en su bolsillo en busca de otra cerilla, no pudo evitar pensar en lo que le había dicho el jefe de la aldea sobre el inframundo de los mayas. Xibalbá, el lugar del miedo. Se suponía que el aire enrarecido era el aliento fétido de los moradores del mundo subterráneo.

«Estupendo.»

Daggart encendió otra cerilla y avanzó agazapado, agitando la esfera de luz amarilla delante de sí. A su izquierda, la pared se desconchaba y el eco lejano de sus zapatos al rozar el suelo le convenció de que la cueva se había ensanchado. Las paredes se hallaban ahora más lejos: ya no las alcanzaba la llamita vacilante que perforaba la vasta oscuridad como una estrella solitaria intentando alumbrar el firmamento.

Daggart esquivó una estalactita y vio a su derecha una hendidura en las rocas: una suave pendiente que bajaba hacia el agua. El camino estaba flanqueado por pequeñas rocas que formaban una tosca escalera. Era evidente que era obra del hombre. A Daggart se le aceleró el corazón. Se acercó rápidamente a los peldaños mientras el minúsculo fuego de su mano consumía el palito de la cerilla.

La cerilla chisporroteó y se apagó. De pronto se hizo la oscuridad. Daggart se quedó inmóvil, temiendo acabar en el agua o chocar con la punta de una estalactita si se movía demasiado rápido.

Se puso a gatas y avanzó lentamente.

—¿Sigues ahí? —preguntó Ana. Su voz retumbó en las paredes de la cueva hasta posarse finalmente en el suelo como polvo.

—Intento ahorrar cerillas.

Avanzó palmo a palmo; su mano extendida se movía de un lado a otro como el bastón de un ciego. Llegó al talud de los peldaños y se tumbó al nivel del estanque. El agua borboteó en su mano. Se la sacudió y se estiró primero hacia un lado de la escalera y luego hacia el otro, palpando con los dedos las rocas húmedas y cenagosas.

Se detuvo. Había una piedra que parecía distinta a las otras. Su parte superior era suave al tacto. Pasó un dedo por el borde y se dio cuenta de que era el filo de un cuenco. Hundió la mano en aquella especie de lavabo y se paró cuando con la punta de los dedos tocó algo húmedo, como ropa mojada. Se llevó los dedos a la nariz y, al olfatear, notó un olor acre y se apartó.

Queroseno.

Sacó una cerilla y raspó la cabeza en el borde de lija hasta que prendió la llama. Echó la cerilla en el cuenco de piedra con la misma tranquilidad que si estuviera encendiendo el carbón de una barbacoa familiar.

Nada. Sólo la pequeña llama azul de la cerilla desamparada entre lo que parecía un húmedo montón de trapos. Daggart se desanimó. Empezaba a quedarse sin cerillas. De pronto, la cerilla siseó y chisporroteó. Una llamita azulada se elevó sobre los trapos (Daggart veía ahora que eran posiblemente pellejos de ciervo empapados en alguna clase de aceite) y antes de que se diera cuenta el cuenco entero echó a arder.

El equivalente maya al interruptor de la luz. Daggart se preguntó cuántos siglos habían pasado desde que alguien lo había pulsado por última vez.

Se inclinó y, con el calor del fuego lamiéndole los brazos, levantó el cuenco de piedra para iluminar la cueva en la que se hallaban Ana y él.

Y se quedó anonadado.

Estaban en una enorme caverna subterránea de unos cincuenta metros de diámetro, cuyas paredes rezumaban, viscosas, sometidas a siglos de humedad. Del techo, situado a unos siete metros de altura, colgaban estalactitas cónicas con la punta mojada por el peso de las gotas que confluían en ellas. Colgaban también del techo una docena de lianas retorcidas, tentáculos arbóreos que parecían buscar algo sólido a lo que agarrarse. El estanque tenía forma ovalada y medía posiblemente nueve metros de ancho. Su superficie brillaba, negra y misteriosa. Una cornisa de tierra y caliza circundaba el agua, formando una pasarela que permitía bordearlo. Más allá de aquella cornisa, la caverna se fragmentaba en una serie de cámaras más pequeñas, tapadas por rocas y estalactitas que parecían guardar como centinelas sus recovecos íntimos.

Ana siguió la luz de la antorcha improvisada y se acercó de puntillas a Daggart.

—¿Cómo sabes estas cosas? —preguntó, con los ojos fijos en el fuego.

—Pura suerte.

—No, en serio.

—Quienes usaban esta cueva necesitaban luz tanto como nosotros. Ven, vamos a ver qué hay aquí abajo.

Sosteniendo el cuenco en alto como si fuera una ofrenda a los dioses, Daggart condujo a Ana a través de la cueva.

Los rodeaba una calma espectral. Sólo se oía el goteo acompasado del agua, el eco de sus pisadas, el siseo y el chisporroteo de las llamas. Al avanzar con el fuego, las sombras comenzaron a bailar y a agitarse sobre las paredes, por las que serpeaba el agua en capas finas y grasientas.

El suelo era desigual y resbaladizo. Cuando doblaron un recodo para entrar en una cámara escondida, Ana perdió pie y cayó al suelo. Aterrizó de golpe sobre la roca implacable.

Daggart se agachó y dejó el fuego en el suelo.

—¿Te has hecho daño?

Ana se agarraba el codo. La caliza había abierto en su carne un surco de unos cinco centímetros. Pequeñas gotas de sangre afloraban a la superficie.

—Sólo en mi orgullo.

—Eso no tiene remedio. Pero habría que limpiar ese corte.

—No es nada. Ya habrá tiempo para eso después.

—¿Necesitas descansar?

—Luego. Vamos a seguir…

Estaba a punto de decir algo más cuando de pronto se quedó boquiabierta. Levantó involuntariamente el brazo para señalar. En parte como un zombi, en parte como si fuera el Espíritu de las Navidades Futuras.

Daggart deslizó la mirada por el suelo hasta que encontró lo que señalaba Ana. A un lado de una roca que le llegaría al pecho se veían los huesos extendidos de un esqueleto, parcialmente cubiertos por jirones de tela. Yacía sobre el suelo como si la muerte le hubiera llegado estando agazapado (o agazapada). Daggart se acercó. Ana fue tras él.

—¿Quién crees que era? —preguntó ella.

Daggart se inclinó para examinar el montón de huesos. Cogió la tela deshilachada de la ropa del esqueleto, levantando nubecillas de polvo. Pasó la mano por el cadáver carcomido. Los huesos eran marrones y parecían manchados. Estaban muy lejos de los huesos blanqueados del cadáver de ciervo que había visto días antes.

—No parece reciente, eso seguro.

—Qué alivio.

Daggart pasó el dedo índice por el cráneo redondeado y se detuvo a tocar con la punta una grieta irregular.

—Mira.

Ana avanzó para mirar por encima de su hombro el cráneo de boca abierta y ojos chillones. Miró a Daggart inquisitivamente.

—Es una fractura —explicó él—. Me apostaría algo a que no fue por causas naturales.

—¿Y eso qué quiere decir?

—Traumatismo craneal.

—¿Alguien le golpeó en la parte de atrás de la cabeza? —preguntó ella.

—Con un objeto romo y contundente. Si hubiera estado más afilado, el cráneo se habría partido. De este modo sólo se fracturó. Posiblemente este tipo sufrió una larga y dolorosa hemorragia cerebral. Un modo horrible de morir.

Ana pareció quedarse pensando.

—Parece que has visto muchos casos parecidos.

—Demasiados, en realidad. Gajes del oficio.

—¿Por qué crees que lo mataron?

Daggart se encogió de hombros.

—Seguramente por las mismas razones por las que intentan matarnos a nosotros. Por el Quinto Códice.

—Pero ¿quién pudo ser? ¿Quién conoce este sitio?

—Quizá los antepasados de mis amigos de la aldea maya. Tengo la sensación de que ellos lo saben desde siempre.

Levantó un borde harapiento de la ropa del esqueleto. La tela se deshizo en sus manos y se aposentó sobre el suelo formando una pequeña capa de polvo. Las partículas que levantó despedían un olor agrio y mohoso. Ana esbozó una mueca y se tapó la cara con la mano.

—Qué interesante —dijo Daggart.

—¿Qué?

—Esta ropa no es maya, no hay duda.

—Entonces ¿quién era? ¿Un arqueólogo?

—Lleva una ropa demasiado estrafalaria para eso.

—¿Un conquistador?

Él negó con la cabeza.

—No, a no ser que los conquistadores llevaran pendientes y fulares. Yo diría que era un pirata.

Ella lo miró con incredulidad.

—¿Un pirata?

—Solían esconder sus tesoros en las cuevas de Yucatán. Cozumel en particular era famosa por sus piratas.

Ana seguía sin creerle.

—¿En plan Long John Silver?

Daggart asintió con la cabeza.

—Ron, ron, ron, la botella de ron.

—Pero ¿cómo iba a descubrir un pirata un sitio como éste? Acabamos de ver lo difícil que es llegar aquí.

—A no ser que haya otra entrada.

Se volvieron y miraron a su alrededor, sondeando las sombras con los ojos en busca de una abertura que hubieran pasado por alto. ¿Cuál de aquellas grietas y rincones ocultaba un túnel secreto que llevaba a la superficie?

Daggart fijó la mirada en el esqueleto. Al examinarlo, se dio cuenta de que tenía el brazo derecho extendido y los dedos estirados como si el premio que buscaba le hubiera sido negado en el último momento. Daggart levantó la cabeza y siguió la dirección del brazo, la mano, los dedos. Alzó el cuenco de luz y avanzaron de puntillas. Sortearon una serie de pequeñas rocas con andar rígido y desigual, como si ellos también fueran cadáveres que, surgidos de entre los muertos, daban sus primeros pasos tambaleantes. Sus sombras se agitaban sobre las paredes de la caverna como gigantes bailando. Al llegar al fondo de una cámara, se detuvieron. Daggart se arrodilló; su ropa mojada goteaba sobre el suelo, formando un charco a su alrededor.

Frente a él, en el rincón más apartado de la cámara subterránea hacia la que señalaba el esqueleto, se elevaba sobre la tierra mojada una pirámide perfecta. Parecía una réplica exacta del *castillo* de Chichén Itzá. Su tamaño no superaba el de un televisor antiguo. Estaba todo allí: los noventa y un peldaños en cada uno de los cuatro lados, las cabezas de serpiente al pie de las escaleras, el templo rectangular en la cúspide. De no haber sabido que era imposible, Daggart habría pensado que era la maqueta con la que un arquitecto exhibía el edificio más moderno y espectacular de Yucatán.

Pero Daggart sabía que eso era imposible.

Sabía que una edificación como aquélla (una réplica exacta) sólo podía albergar algo de la mayor importancia.

Inclinándose hacia delante, sopló el polvo de la parte superior de la pirámide. En el techo del templo en miniatura, entre la capa de polvo y arena suspendida en el aire como una nube, aparecieron de pronto una serie de imágenes. Eran jeroglíficos, y a Daggart le dio un vuelco el corazón al verlos.

Sin dejarse llevar por el entusiasmo, colocó la llama en el suelo, delante de la pequeña construcción, como si estuviera encendiendo velas votivas ante un altar. Apoyó una mano en el suelo y se inclinó hasta que sus ojos quedaron justo por encima de la pirámide, como si mirara la casa de muñecas de un niño. Recorrió los jeroglíficos con los dedos de la otra mano. No tuvo que examinarlos mucho tiempo para saber lo que decían. Le bastó con palparlos. Era una fecha, escrita al estilo de los mayas, con barras y puntos.

21 de diciembre de 2012.

El día del Juicio Final. El fin del mundo.

En algún lugar dentro de aquella pirámide en miniatura se hallaba el Quinto Códice.

# Capítulo 86

Ana se arrodilló a su lado y Daggart sintió su aliento a un lado de la cara. Su presencia le reconfortaba.

—¿Está ahí dentro? —preguntó ella.

—Tiene que estar. —De pronto comprendió lo que habían sentido los grandes exploradores en el momento álgido del descubrimiento. Lewis y Clark al alcanzar el Pacífico. Colón al avistar tierra. Heinrich Schliemann al desenterrar Troya. Tantas emociones juntas, fundidas inexplicablemente en una compleja oleada que inundó su cuerpo como adrenalina, o como un trago del más potente café negro. Alivio, asombro, satisfacción, una inefable alegría, incluso cierta tristeza porque aquello fuera a hacerse realidad, después de tanto tiempo de ser sólo una ilusión. Comprendió que el viaje había tocado a su fin. Al menos, aquella fase. El Quinto Códice, aquel objeto de deseo, estaba ahora a su alcance.

Puso la mano sobre la piedra de la cúspide. No era mayor que un ladrillo y estaba fría al tacto. Pero cuando se disponía a apartarla, confiando en poder desmantelar la tumba piedra a piedra, se detuvo de pronto.

Observó la pirámide, imaginando el cuidado que se había puesto en su construcción; pensó incluso en las ceremonias que habrían rodeado el ocultamiento del códice. Habría sido todo un acontecimiento, un rito que prometía preservar la leyenda de los mayas para todo la eternidad. La caverna estaría iluminada con antorchas cuyas llamas erizadas lamerían los húmedos techos de roca. Habría habido un festín de venado. Tal vez se habrían hecho sacrificios, quizás incluso en el mismo cenote del que acababan de escapar. Mientras pensaba todo esto, Daggart se sintió de pronto indigno de extraer el códice de su lugar de descanso. Llevaba ochocientos años allí escondido. Tal vez más. ¿Quién era él para sacarlo de su refugio, de aquella cripta sagrada?

Ana pareció adivinar lo que estaba pensando.

—Tienes que hacerlo, Scott.

Él la miró. Los ojos marrones de Ana brillaban a la luz del fuego.

—¿Por qué? —Parecía una traición. Su trabajo no consistía en cambiar culturas o influir en ellas, sino en vivir entre pueblos, en tomar notas, en informar al resto del mundo de cómo funcionaban y sobrevivían aquellas culturas. Al extraer el Quinto Códice de su sepulcro, cruzaría la raya que separaba al observador del activista. Ya no estaría relatando acontecimientos como un simple cronista, sino influyendo en ellos.

—Recuerda lo que te dijo el jefe de la tribu. Dijo que encontrarías el Quinto Códice y que harías con él lo correcto. Te dio su bendición.

—Puede que sólo fueran imaginaciones mías.

Recorrió la cueva con la mirada como si buscara una respuesta. El agua seguía goteando. Su ruido hueco resonaba en las paredes oscurecidas.

—No lo creo, y aunque lo fueran, no te olvides de los de ahí arriba. —La voz de Ana era baja, pero insistente—. Ellos saben que está aquí. Van a encontrar esta cámara. Y luego encontrarán la pirámide y el Quinto Códice. Y tú sabes mejor que nadie lo que piensan hacer con él.

Daggart asintió. Ana tenía razón. No estaba haciendo aquello sólo por sí mismo. Era por el hermano de Ana. Y por Lyman Tingley. Y por Héctor Muchado. Y por los aldeanos mayas que confiaban en él. Y por los millones de personas a las que Right América pensaba asesinar como parte del mayor genocidio masivo del siglo XXI.

Daggart se enjugó la frente con el dorso de la mano. Sentía la húmeda angostura de la caverna. Las gotas de sudor ocuparon el lugar de las gotas de agua del estanque. Acercó las manos temblorosas al ladrillo de arriba y lo apartó lentamente. Estaba dispuesto a desmantelar aquella caja fuerte de un metro de alto, pero quería tratarla con la dignidad y el respeto que merecía. Cogió el ladrillo y lo dejó suavemente a un lado.

Era un trabajo tedioso. Los mayas habían creado un cubo de Rubik hecho de piedras encajadas, y aunque podría haber apartado hileras enteras de un solo manotazo, no se atrevía a hacer nada que pudiera dañar el códice. Ochocientos años envuelto en aquel aire fétido y húmedo habrían bastado para estropearlo. No quería agravar el deterioro del frágil manuscrito arrojándole encima de pronto un montón de piedras.

Ana levantó el cuenco del fuego para que Daggart viera mejor lo que hacía. El montón de piedras desmanteladas era ya más alto que la propia pirámide. Pero la cavidad interna de la edificación seguía escondida tras otra capa de roca. Con tanta cautela como si estuviera manejando explosivos, Daggart siguió levantando los ladrillos uno por uno y colocándolos con todo cuidado junto a él.

Por fin se abrió ante él un negro abismo. Un espacio oscuro. La cámara interior. El agujero despedía un olor a moho y a humedad. Como el olor de los libros viejos. Era la fragancia más dulce que Daggart había olido jamás.

Intentó refrenar su euforia. Aunque se le aceleró el pulso, siguió trabajando al mismo ritmo pausado. Finos regueros de sudor caían por su barbilla. Su respiración era firme y constante.

Extrajo por fin la última piedra que cubría el interior hueco de la pirámide. Le hizo una seña a Ana para que levantara aún más el fuego. El filo de luz se deslizó despacio sobre la cámara interior, como un amanecer chisporroteante sobre un valle montañoso.

Allí, alojado en el negro interior de la pirámide en miniatura, yacía el códice. No más grande que un libro de bolsillo, descansaba sobre un lecho de pedacitos de jade. Daggart reconoció a simple vista el pergamino hecho de piel de gamo, la forma de acordeón, la huella peculiar de los pinceles de cerdas. No le cabía ninguna duda de que era auténtico. Aquello no podía falsificarse, y le dieron ganas de reír al pensar en el intento de Lyman Tingley. Tal vez había usado auténtico papel maya, pero su falsificación era el dibujo a cera de un niño comparado con aquello.

Pasó la mirada por la primera página en la que aparecían jeroglíficos y, sin pararse a traducirlos, supo de qué trataba: del día del Fin del Mundo de los mayas. Había un pasaje que hablaba de la transición del Mundo del Cuarto Sol al Mundo del Quinto Sol. Sin tocar el códice, Daggart comprendió que sus páginas describían el cataclismo. Supo también que su contenido era muy distinto de lo que imaginaba Right América.

Siguió contemplando fijamente el manuscrito. Nunca un adolescente había mirado tan absorto a una chica de portada como miraba Scott Daggart el Quinto Códice. Observó tan atentamente cada centímetro de la primera página (sus símbolos, sus bordes, su encuadernación) que podría haberla recreado de memoria.

Los colores le habían dejado pasmado. El contorno de los jeroglíficos era negro, claro, pero las ilustraciones estaban pintadas de azules tan intensos como el zafiro, de rojos tan llamativos como las cerezas, de amarillos tan vibrantes como la yema de huevo. A pesar de los años y de la humedad constante, el códice había conservado hasta cierto punto su esplendor original. En todos sus años de estudio de la cultura maya, Daggart nunca había visto un objeto de colores tan vivos; ni murales, ni vasijas, ni edificios. Nunca había visto un objeto inanimado tan bello como aquél.

—¿No vas a sacarlo? —preguntó Ana. Daggart apartó los ojos del códice para mirarla.

—No puedo.

Ella le miró desconcertada.

—Lo destruiría —explicó él—. Aunque mis guantes de látex estuvieran secos, tengo la sensación de que, si intentara levantarlo, se desmoronaría en mis manos. Mira. —Señaló el interior de la pirámide. Ana, que seguía sujetando el cuenco chispeante, se asomó—. Tres de sus cuatro esquinas están claramente deterioradas. Y se ve moho a lo largo del borde de abajo. Parece bastante bien conservado para haber pasado ochocientos años en una cueva llena de humedad, pero creo que si lo levanto dañaré las costuras y perderemos parte del texto.

—¿Qué hacemos, entonces? —preguntó Ana.

—Volver a por él.

—Pero ¿y tu amigo? Ahora que sabe dónde está, ¿no volverá también?

—No, si nos ve primero. En cuanto nos vea con vida, supondrá que tenemos el códice y dirá a sus buzos que se marchen. Podemos jugar con esa ventaja.

—¿Estará seguro aquí abajo?

—No. Pero ¿qué otra cosa podemos hacer?

Ella asintió con la cabeza. Daggart miró su reloj, se puso en cuclillas y se sacudió las piedrecillas que tenía en las manos.

—Es hora de salir de aquí —dijo.

—¿Cómo?

Daggart notó miedo en su voz. No podía reprochárselo. Alargó el brazo para tomarla de la mano. Seguía teniéndola fría y húmeda. Daggart envolvió en sus grandes manos los delicados dedos de Ana y se los frotó.

—No te preocupes. No vamos a salir por donde hemos entrado —dijo, confiando en parecer más seguro de lo que se sentía.

En realidad, no sabía cómo iban a salir de allí. No lo había pensado aún. Escapar del Cocodrilo había sido triunfo suficiente. Y luego encontrar el Quinto Códice.

Soltó la mano de Ana, se levantó y se sacudió la arena de los pantalones húmedos. Pequeños guijarros cayeron sobre el áspero suelo.

—Voy a echar un vistazo por ahí. —Echó mano del fuego. Su intensidad había disminuido: la llama no era ya mayor que una pelota de béisbol—. No te da miedo la oscuridad, ¿verdad?

—No, hasta hoy.

Cambiaron una sonrisa. Daggart levantó el cuenco de fuego y salió de la cámara por donde habían entrado, penetrando en la enorme caverna de estalactitas rezumantes y paredes musgosas. Volvió sobre sus pasos y fue zigzagueando entre estalagmitas que apuntaban hacia arriba como cucuruchos de helado invertidos mientras buscaba en los rincones de la cueva alguna abertura por la que salir de allí. Rodeó el estanque y volvió a rodearlo, siguiendo esta vez las cuevas minúsculas que partían en todas direcciones, como afluentes de un río mayor. Eran todas ellas callejones sin salida, túneles que no llevaban a ninguna parte y que acababan conduciéndole de nuevo a la caverna central.

Tenía que haber otro camino. Estaba convencido de ello. ¿Cómo, si no, había llegado allí aquel pirata?

Se disponía a circundar el estanque por tercera vez cuando oyó un grito. Era Ana. Su chillido retumbó, ensordecedor, en las paredes de la cueva.

Luego se oyó un fuerte chapoteo.

—¡Ana! —gritó Daggart.

Sosteniendo a un lado el fuego mortecino, corrió hacia la cámara del fondo. Sus zapatos resbalaban sobre el suelo húmedo. Se detuvo al llegar a la pirámide desmantelada. Seguía allí, igual que el Quinto Códice. Pero no había ni rastro de Ana.

—¡Ana! —gritó de nuevo. Su voz le rebotó como una bofetada. No se oyó nada más.

Se aproximó al borde del agua y acercó la bola de fuego naranja a la superficie oscura e impenetrable del río subterráneo. El agua se rizaba en círculos concéntricos, ondulándose al acercarse a la orilla.

Ana Gabriela había desaparecido.

# Capítulo 87

Daggart miraba el agua negra forzando los ojos para ver a Ana a través de las turbias olas que lamían el borde circular. Dejó la llama en la orilla y se dispuso a entrar de nuevo en el estanque. Mientras se preparaba para la zambullida, mil preguntas desfilaban por su mente. ¿Por qué había saltado ella al agua? ¿Por qué había gritado? ¿Había visto un alacrán, el famoso escorpión de Yucatán? ¿Había resbalado y se había caído? Y si era así, ¿por qué se había movido de donde estaba?

Daggart comprendió el porqué cuando de pronto aparecieron dos cabezas en la superficie del estanque. Una pertenecía a Ana Gabriela. La otra era la del Cocodrilo, que sujetaba a Ana con el brazo acercándole un reluciente cuchillo a la garganta.

—*Buenas tardes* —gritó alegremente mientras la arrastraba hacia un lado del estanque—. Me ha parecido una lástima que nos despidiéramos tan bruscamente, así que los he seguido hasta aquí.

—Suéltela —dijo Daggart. No se molestó en ocultar su repugnancia.

El Cocodrilo apretó aún más el cuchillo contra el cuello de Ana, abultando la piel a ambos lados de la hoja.

—No creo que esté en situación de decirme lo que tengo que hacer. Ahora, ¿por qué no retrocede hasta esa pared?

Daggart no tenía elección. Se levantó e hizo lo que le pedía el Cocodrilo: retrocedió hasta llegar a un lado de la cueva. Se movía lenta y premeditadamente, como si intentara no espantar a un animal acorralado.

—¿Qué quiere? —preguntó.

—¿No es evidente? —El Cocodrilo había llevado a Ana hasta la orilla, pero no parecía tener prisa por salir del agua, donde Daggart no podía alcanzarle.

—Si es el Quinto Códice, no lo conseguirá.

—Verá, no se trata sólo del códice. También quiero venganza. No me gusta que me hagan pasar por tonto.

—De eso sólo usted tiene la culpa. Intente buscarse mejores ayudantes la próxima vez.

—Usted no lo entiende. No habrá próxima vez. Ni para usted, ni para la chica. —Sonrió, y el agua chorreó por su barbilla. Clavó un poco más el cuchillo en el cuello de Ana.

A pesar de que la luz anaranjada era muy tenue, Daggart vio que ella tenía la piel de gallina. Deseó más que nada en el mundo abalanzarse contra el Cocodrilo, arrancarle el cuchillo de las manos y hundírselo en el corazón. Pero sabía que era muy probable que Ana saliera herida (o algo peor) si intentaba hacerse el héroe. Era mejor esperar el momento propicio.

Suponiendo que ese momento se presentara.

—Déjenos fuera de la ecuación —dijo, suavizando el tono—. Hablemos del códice. ¿Por qué quiere destruir una pieza de valor incalculable? ¿Por qué no se la queda e intenta venderla en el mercado?

—¿Quiere que engañe a mi jefe?

—Exacto.

—Hay algo que se le escapa. Yo soy un hombre de palabra. Le prometí al Jefe que destruiría el manuscrito y les mataría, y eso es lo que voy a hacer.

—No conseguirá sacarlo de aquí de una pieza.

—Permítame corregirle —dijo el Cocodrilo, curvando su medio labio en una sonrisa—. Son ustedes los que no saldrán de aquí de una pieza. Sobre todo ahora que saben tanto.

—¿Y si no decimos nada del códice? —preguntó Ana. Sus primeras palabras desde que estaba en manos del Cocodrilo. Daggart oyó el leve castañeteo de sus dientes al hablar.

—Puede que usted sí lo hiciera, *señorita*, pero no estoy convencido de que su novio sea capaz de mantener la boca cerrada. No me parece muy discreto. ¿No está de acuerdo, *señor*?

Daggart no dijo nada.

—¿Lo ve? —le preguntó el Cocodrilo a Ana—. Ni siquiera

se molesta en intentar persuadirme. Y la verdad es que se lo agradezco. —Fijó su atención en Daggart—. Es usted muy distinto de su amigo, el *señor* Tingley. Al final se comprometió a toda clase de cosas. Prometió cerrar el pico. Prometió devolver el dinero. Hasta me ofreció su reloj. Y yo, claro, me lo llevé de todos modos cuando acabé. —Lanzó una sonrisa amarillenta, satisfecho de su propia astucia.

Volvió a fijar su atención en Ana.

—Puede salir del agua —dijo, soltándola.

Cuando ella salió del estanque, temblaba y le castañeteaban los dientes. Daggart dio un paso adelante para ayudarla, pero el Cocodrilo levantó el cuchillo.

—No necesita su ayuda.

Daggart retrocedió y vio que Ana se erguía lentamente sobre el lecho seco. Ella se sentó en el suelo, con la blusa pegada al pecho. El agua chorreaba por su largo cabello negro, por sus dedos, por el bajo de sus pantalones cortos. Junto a sus pies y sus nalgas se formaron pequeños charcos.

—Ahora no se mueva de ahí —ordenó el Cocodrilo, y se puso el largo y bruñido cuchillo entre los dientes, como un pirata. Manteniéndose a flote en el agua, metió la mano en un bolsillo cerrado con cremallera y sacó una jeringa. Le quitó la capucha con la destreza de quien lleva haciéndolo toda la vida, presionó el émbolo hasta que salieron unas pocas gotas, examinó un momento la jeringa, la golpeó suavemente con la uña del dedo índice y con la velocidad de una serpiente atacando a su presa clavó la aguja en el muslo de Ana, por debajo de los pantalones.

Ella dejó escapar un suave grito.

—No ha sido para tanto, ¿verdad? —dijo el Cocodrilo, sujetando la jeringa junto a su cara como si hablara a una cámara—. Me encanta la ametocaína. Es la anestesia perfecta. Actúa rápidamente y es muy duradera. Y no tiene efectos secundarios desagradables. Aunque usted no tendrá que preocuparse por eso. —Se rio de su propia broma, se quitó el cuchillo de entre los dientes y lo cogió con la mano—. No va a matarla, si eso es lo que le preocupa. De eso ya me ocupo yo. Le entumecerá las piernas para que no pueda andar, nada más. Odio tener que perseguir a mis víctimas sacrificiales. Es tan cansado... Y así estará completamente consciente cuando le abra el pecho y extraiga su corazón palpitante.

La expresión aterrorizada de Ana le dijo a Daggart todo lo que necesitaba saber. Ya empezaba a perder la sensibilidad de las piernas. Se tocaba los muslos como si intentara desentumecerlas.

El Cocodrilo salió reptando del agua y se encaramó a la cornisa de caliza. Aunque al levantarse se sacudió como un perro mojado, las profundas picaduras de su cara siguieron llenas de agua, como la superficie de una ropa cuando retiene la lluvia. Se pasó una mano por la cabeza, abriendo surcos del ancho de un dedo entre su pelo.

—Bueno, ¿dónde está ese manuscrito que llevamos tanto tiempo buscando? —preguntó.

—Encuéntrelo usted mismo —dijo Daggart.

—Vaya. Y yo que creía que éramos socios. A fin de cuentas, es usted quien nos ha conducido hasta aquí. Así que, ¿por qué no acaba el trabajo y me dice dónde está? De esta manera todos ahorraremos tiempo.

—No. Será usted quien se lo ahorre. Está claro lo que piensa hacer con nosotros.

El Cocodrilo sonrió, dejando al descubierto una hilera de dientes amarillos y podridos.

—¿Tanto se me nota, *señor*?

Daggart no respondió.

—Está bien. Lo encontraré yo mismo —dijo el Cocodrilo—. Dudo de que sea muy difícil localizarlo. Mientras tanto, ¿quién quiere ser el primero? —preguntó con espantosa satisfacción. El agua que caía de su ropa tamborileaba sobre el suelo de caliza.

—Yo —contestó Daggart.

—No, Scott —protestó Ana. Levantó los ojos de sus piernas paralizadas y le tendió la mano. Aunque estaban demasiado lejos para tocarse, Daggart sintió el pulso de la yema de sus dedos, el calor reconfortante de su palma.

—No pasa nada, Ana. —Inclinó sutilmente la cabeza, diciéndole que no se preocupara.

—Avísenme cuando se hayan decidido, tortolitos —dijo el Cocodrilo. Sus palabras rebosaban sarcasmo.

—Permítame hacerle una pregunta —dijo Daggart—. Va a matarme a mí primero, ¿verdad?

Miró a Daggart con recelo y levantó el cuchillo lentamente.

—Ése es el plan, sí.

—¿Y cómo va a impedir que huya? A fin de cuentas, yo aún puedo moverme.

—Sí, puede —reconoció el Cocodrilo.

—Explíqueme entonces cómo va a arreglárselas.

El Cocodrilo sacudió la cabeza con pesar.

—Ustedes, los profesores, siempre tan desprevenidos.

Deslizó la mano en la parte de atrás de su cinturilla y sacó una pequeña bolsa de plástico de buceo. Desdobló el cierre doble y extrajo una pequeña pistola. Daggart vio que era una Sig Sauer. El arma predilecta de los Seals de la Armada. El Cocodrilo la tocó como si admirara una obra de arte preciosa.

De pronto levantó la pistola y disparó a Daggart a la cabeza; la bala pasó silbando junto a su oído antes de rebotar en las paredes. Daggart no se movió, pero los tres se quedaron paralizados al oír el estruendo de la explosión y su eco. Su reverberación siguió oyéndose mucho después de que el Cocodrilo bajara el arma.

—¿Qué me decía de cómo voy a impedirle escapar?

Daggart miró a Ana y vio que el anestésico ya había hecho efecto. Se clavaba los dedos en las piernas en un vano intento de resucitarlas.

—El *señor* quiere ser el primero, ¿no es así?

Scott Daggart asintió con la cabeza. Ana tenía lágrimas en las mejillas.

—Vamos, vamos —dijo el Cocodrilo—. Nada de llantos. Al fin y al cabo, esto sólo son negocios. Nada personal.

—Escúcheme —dijo Daggart—. Supongo que quiere sacarme el corazón.

La cara del Cocodrilo se contrajo en una sonrisa satisfecha y pegajosa al oírle.

—¿Cómo lo ha adivinado?

—Entonces, se lo pondré fácil. —Se agachó hasta quedar

tumbado boca arriba en el suelo de la cueva. Sintió el frío de la roca bajo la espalda, la cabeza, las piernas—. No tiene sentido prolongar esto. Le doy mi palabra de que no me resistiré.

—Le creo. A fin de cuentas, soy yo quien tiene la pistola y el cuchillo.

—Exacto. Y cuanto antes acabe esto… En fin, antes habrá acabado.

—Ahora empieza a entrar en razón. Pero debo advertirle de que, si trata de hacer algún truco, si se mueve lo más mínimo, le pegaré un tiro en la cabeza y morirá en el acto.

—Entendido.

—Al más mínimo movimiento.

—De acuerdo. —Hablaba con resignación.

Estiró los brazos como si fueran a crucificarle.

El Cocodrilo se acercó a él con recelo, amenazándole con la pistola y el cuchillo: la pistola apuntaba a la cabeza y el cuchillo al corazón.

Para las tres personas presentes en la cueva, aquéllos eran los últimos instantes de vida de Scott Daggart.

## Capítulo 88

*E*l Cocodrilo se detuvo a medio metro de Daggart. Se puso el cuchillo entre los dientes, metió la mano en el bolsillo de cremallera y sacó otra jeringa.

—Me va a perdonar —masculló con el puñal en la boca—, si no le creo del todo.

Daggart pensaba a marchas forzadas. A pesar de la pistola que le apuntaba, a pesar de que estaban a punto de inyectarle una droga paralizante, a pesar de que el Cocodrilo tenía todas las armas, había allí algún punto débil. Estaba seguro de ello. Lo único que tenía que hacer era encontrarlo.

«Relájate. Respira.»

El Cocodrilo quitó la capucha de plástico con el pulgar y la tiró a un lado. Rebotó haciendo ruido sobre el suelo rocoso. Empujó el extremo de la jeringa hasta que brotaron unas gotas de ametocaína que describieron un arco en el aire antes de caer inofensivamente al suelo. Logró entre tanto mantener el cañón de la Sig Sauer fijo en un punto situado directamente entre los ojos de Daggart. Éste no tuvo ni la más leve ocasión de sorprender a su torturador.

Pero había algo que le reconcomía insidiosamente. Había allí una oportunidad. Una fisura. Se agitaba en los oscuros recovecos de su mente, esquivando la luz como los animales nocturnos esquivan los faros de los coches. Daggart sólo consiguió vislumbrar sus ojos brillantes, que desaparecieron tan velozmente como habían aparecido. Se esfumó antes de que tuviera oportunidad de identificarla.

«¿Qué es? ¿Cuál es la grieta?»

«Relájate. Respira.»

Recordó de pronto cómo había pinchado el Cocodrilo a Ana, con qué facilidad lo había hecho, como si practicara aquellos movimientos todos los días. Quitar la capucha de plástico. Soltar el aire. Extraer las primeras gotas. Inspeccionar rápidamente la jeringa, golpearla después con el dedo para asegurarse de que no entraba oxígeno en la corriente sanguínea.

Daggart lo comprendió de pronto. Allí estaba la fisura.

El Cocodrilo apartó el dedo índice del gatillo de la pistola para golpear un lado de la jeringa. Por primera vez, el cañón dejó de apuntar a la cara de Daggart.

Era el momento que Daggart estaba esperando.

Concentró todas sus fuerzas y las canalizó para asestar un golpe decisivo; levantó la pierna bruscamente y golpeó la pistola con el pie, empujándola hacia arriba. El Cocodrilo estaba acercando el dedo al gatillo cuando Daggart le golpeó con el pie, y la pistola se disparó con un estruendo ensordecedor antes de salir despedida. La nueve milímetros negra giró en el aire varias veces hasta alcanzar el punto más alto de su ascenso. Pareció pasar una eternidad antes de que cayera de nuevo a tierra. Tres pares de ojos se clavaron en ella y la vieron girar y caer por la caverna en penumbra, flotando como a cámara lenta. Quien tuviera el arma tendría el poder. Era así de sencillo.

Cuando la pistola cayó con un chapoteo en el centro del estanque, hundiéndose bajo la superficie del agua, Daggart supo que se había perdido para siempre. Supo también que ahora sólo tenía que enfrentarse a un hombre con un cuchillo.

Se levantó de un salto y se arrojó sobre el mexicano, más bajo y fuerte que él. Cayeron ambos al suelo. El Cocodrilo mordió la hoja reluciente y plateada del cuchillo, que no había podido sacarse de entre los dientes, y de las comisuras de su boca brotaron chorros de sangre. Daggart le agarró de los brazos, pero el Cocodrilo pudo levantarlos para sacarse el cuchillo de la boca. Daggart le cogió de los antebrazos, resbaladizos por el sudor. La hoja temblaba entre las caras de ambos.

Daggart vio con el rabillo del ojo que Ana se alejaba arrastrándose por el duro suelo de la caverna. ¿Dónde podía esconderse?

Cuanto más luchaban, más se imponía el Cocodrilo. Las manos de Daggart resbalaron por los brazos sudorosos del Cocodrilo hasta pararse en sus muñecas, dejando sus gruesos antebrazos libres para moverse. El mexicano fue venciendo su presión poco a poco, inexorablemente. Acercó la hoja a la cara de Daggart hasta que su punta brillante le rozó el párpado derecho. El antropólogo echó la cabeza hacia atrás todo lo que pudo. La hoja le siguió. Por más que inclinaba la cabeza, la punta afilada y reluciente del cuchillo seguía rozando sus pestañas.

Daggart se dio cuenta de que la inclinación de su espalda había descompensado sus pesos. Aprovechando aquel súbito cambio en su situación física, se inclinó un poco más, arrastrando a su atacante consigo hasta caer con fuerza de espaldas, bajo el Cocodrilo. Se sirvió del impulso y del cambio de postura del su oponente para girar hacia atrás. El Cocodrilo salió despedido tras él. El cuchillo chocó con estrépito contra una pared y cayó al suelo. Se levantaron ambos de un salto y miraron el arma como dos fieras salvajes habrían mirado una presa recién muerta.

Daggart estaba ahora entre Ana y el Cocodrilo, y aunque a ella no la veía, oía sus esfuerzos por apartarse. Sentía cómo se clavaban sus dedos en la tierra dura al impulsarse hacia delante. Arañaba con ahínco la caliza implacable, intentando escapar. Si Daggart no hacía algo para detener al Cocodrilo, Ana no podría huir y el Quinto Códice jamás sería recobrado.

Daggart no tenía elección: debía abalanzarse hacia el cuchillo. Pagaría por ello. Lo sabía. Pero tenía que intentarlo.

Como un jugador de fútbol americano lanzándose hacia la línea de meta, Daggart saltó adelante estirándose todo lo que pudo con la esperanza de caer sobre el cuchillo. El Cocodrilo le asestó una fuerte patada en las costillas, y al chocar su bota con los huesos se oyó un horrible crujido. Daggart nunca había sentido un dolor igual. Ni siquiera el disparo del hombro le había golpeado con tanta fuerza como aquel impacto a las costillas. Se quedó sin respiración. El dolor le atravesó el pecho. Estaba paralizado. Cruzó los brazos sobre el estómago y luchó por respirar.

El Cocodrilo seguía moviéndose. Tras asestarle el golpe, corrió hacia el cuchillo y lo recogió. Se volvió hacia Daggart estirando el brazo, dispuesto a acabar con el profesor americano.

Daggart le miró con la vista nublada. Vio la cara picada de viruela, la mueca de su medio labio, la perilla de sangre chorreándole por la barbilla. Era malvado. Era el diablo, que iba a robarle el alma. Y el diablo sonreía.

Daggart sacudió la cabeza para enfocar la mirada. Intentó recuperar las fuerzas, aunque fuera sólo un poco. Sujetándose las costillas, respiraba con inhalaciones cortas y someras, introduciendo aire en sus pulmones. El Cocodrilo avanzaba con el afilado cuchillo apuntando hacia el corazón de Daggart como atraído por un imán. Daggart se puso de rodillas haciendo un esfuerzo y, al clavársele las costillas fracturadas en los pulmones, el dolor le cortó la respiración. El Cocodrilo seguía acercándose, y Daggart se incorporó tambaleándose. Se sentía como un boxeador al que acababan de machacar durante nueve asaltos. La cuestión era si aguantaría el décimo.

Tenía que hacerlo, por Ana.

El Cocodrilo le lanzó una cuchillada. Daggart saltó hacia atrás con los brazos estirados hacia arriba y esquivó por poco el aguijón afilado del puñal. El Cocodrilo atacó de nuevo, apuntando hacia el pecho de su víctima, y falló por muy poco. Al tercer intento consiguió tocar el grueso bíceps de Daggart. Apareció una fina línea roja y un hilillo de sangre comenzó a correr por su brazo. El corte le dolía, su hombro palpitaba y sus costillas chillaban de dolor. Se preguntaba cuánto tiempo más podría aguantar.

Se rondaron el uno al otro. Daggart intentaba mantener cierta distancia, pero sabía que no podía hacer gran cosa. Respiraba con esfuerzo, entrecortadamente. Sus piernas parecían de gelatina. Temblaban bajo su peso. Intentaba ganar tiempo, aprovechar cada segundo de vida.

Miró por encima del hombro del Cocodrilo. Ana estaba trepando por una de las lianas que colgaban del techo. Se movía a paso de caracol, impulsándose únicamente con la fuerza de sus brazos mientras sus piernas colgaban inermes. Daggart se preguntó qué pretendía. ¿Había visto algún modo de salir de allí? ¿Había algún agujero, alguna abertura por la que pudiera meterse para salir a la superficie? Esperaba que sí. En cualquier caso, aquello era razón suficiente para prolongar aquella danza mortífera. Cuanto más tiempo consiguiera entretener al Cocodrilo, más posibilidades tendría Ana de escapar.

Y merecía la pena luchar por ello.

Seguía describiendo círculos alrededor del Cocodrilo. Le esquivaba. Retrocedía. El Cocodrilo atacaba, acercando la hoja brillante a escasos centímetros de su cuerpo. De vez en cuando la punta del cuchillo entraba en contacto con la carne y sajaba el torso de Daggart. Marcado con aquellas diagonales rojas, parecía un hombre al que hubieran azotado sin piedad.

El Cocodrilo, al que le salía sangre de las comisuras de la boca, parecía conformarse con esperar hasta que llegara el momento oportuno. Tenía el poder. Era absurdo arriesgarse. Lo mejor era cansar a Daggart, consciente de que alguna de sus cuchilladas acabaría por dar en el blanco y remataría a su presa. Parecía hallar cierto placer jugando al gato y el ratón con Daggart.

Se pasaba vertiginosamente el cuchillo de una mano a otra, regodeándose en el perfecto dominio de su presa herida. Era un gato salvaje jugueteando con un cervatillo. Con el cuchillo en la mano, se inclinaba bruscamente hacia delante, lanzaba una estocada, amagaba hacia un lado y golpeaba hacia otro.

Fue entonces cuando Daggart cometió un error. Malinterpretó una de las fintas del Cocodrilo y se movió hacia la izquierda, cuando debería haberse movido a la derecha. Se descubrió de pronto junto al borde del agua, de espaldas al estanque en sombras. Si intentaba moverse a derecha o izquierda, el Cocodrilo atacaría. Si caía de espaldas al agua, se abalanzaría sobre él en un instante. No podía moverse hacia los lados. Ni hacia atrás. Estaba atrapado.

El Cocodrilo se dio cuenta y sonrió con una mueca chulesca y sanguinaria que torció su cara.

Enfurecido, Daggart se lanzó hacia él con los brazos extendidos; el Cocodrilo bajó el cuchillo para quitarlo de su alcance y le hundió la hoja en el estómago, justo por encima de la cintura. Produjo un ruido acuoso y repugnante al perforar la piel y abrirse paso como un gusano bajo la superficie. Cayeron ambos al suelo, tambaleándose, Scott Daggart con un cuchillo en las entrañas cuya hoja sobresalía de su abdomen como una especie de truco de Halloween.

Forcejearon sobre el suelo de roca de la caverna. Daggart apretaba con sus manos el cuello del Cocodrilo, pero cuanto más luchaban más sentía menguar sus fuerzas. Era como si la hoja afilada hubiera perforado no sólo su caparazón externo, sino también el interno. La vida se le escapaba como el aire de una rueda pinchada. Sabía que el Cocodrilo sólo tardaría unos segundos en apartarle las manos de su cuello y hundir más el cuchillo, moviendo la hoja en todas direcciones hasta que pudiera deslizar sus sucias manos dentro y sacar un puñado de tripas.

Era un modo espantoso de morir, pensó Daggart. Y antes de quedar inconsciente pensó en Ana Gabriela, elevándose por encima de él como un ángel.

# Capítulo 89

Ana lo presenció todo desde lo alto de la cueva.

Cuando Daggart atacó al Cocodrilo, comprendió que tenía que hacer algo. Vio una liana retorcida y sarmentosa que colgaba del techo hacia el negro abismo de la cueva. Sabía que era un intento desesperado, pero ¿qué otra cosa podía hacer? Si Daggart no lograba vencer al Cocodrilo, ella sería la siguiente. Y tal vez se le presentara alguna oportunidad, si lograba trepar por la liana resbaladiza. No tenía nada que perder. Se arrastró hasta la liana y luchó luego por trepar hasta el techo de la cueva, levantando el peso muerto de la parte inferior de su cuerpo con la sola fuerza de sus brazos. Lo que habría sido difícil pudiendo usar las piernas era casi imposible sin ellas. Era su fuerza de voluntad lo que la impulsaba a subir: el deseo de salvarse no sólo a sí misma, sino también a Scott Daggart.

Había también otra cosa que la impelía a seguir subiendo: el recuerdo de Javier. La certeza de que había muerto a manos de aquel mismo animal. Se resistía a permitir que aquella bestia segara otra vida.

No lo permitiría sin luchar.

El ascenso era difícil. La liana leñosa arañó sus manos hasta hacerle sangre. Apenas se movía. Imperturbable, se escupió en las manos como una figura del deporte y siguió intentándolo. Cogió el ritmo: se aferraba a la liana con ambas manos, soltaba la de abajo y la deslizaba hasta arriba, impulsándose con músculos temblorosos mientras se sujetaba sirviéndose de la escasa sensibilidad que le quedaba en los pies y las piernas. Luego empezaba de nuevo el proceso, sin avanzar nunca más de quince centímetros. Había más de seis metros hasta el techo. Con un sencillo cálculo supo que tendría que ejecutar aquel movimiento cuarenta veces para llegar arriba. Eso sin contar todas las veces en que aflojaba las manos y resbalaba hacia abajo. Su cuerpo temblaba y se sacudía. Sus brazos se convulsionaban. Pensó muchas veces que no podría seguir adelante. Momentos en que estuvo a punto de ceder a la tentación de soltarse y caer hacia el suelo acogedor dejándose resbalar por la liana.

Pero el recuerdo de su hermano la mantenía en marcha. Y el rostro de Scott Daggart luchando por su vida. Luchando por la vida de los dos.

La sangre corría por sus dedos. El flequillo se le pegaba a la frente. Su corazón bombeaba con violencia contra su pecho. Dudó si podría recuperar el aliento y sintió que resbalaba por la liana. Tenía los brazos cada vez más cansados. Sentía cada vez menos las piernas. Y no la sostenían.

«Aguanta —se dijo—. Por Javier. Por Scott.»

Cuando Daggart se abalanzó hacia el Cocodrilo por última vez, vio y oyó que el cuchillo perforaba la dura superficie de su vientre. Con un ruido tan inofensivo y espeluznante como si se rasgara un papel, la hoja abrió un tajo en su abdomen. Ana sofocó un grito y se aferró a la liana con más fuerza, haciendo caso omiso de la sangre que se deslizaba por sus muñecas y sus brazos.

Tardó sólo un momento en dar con un plan. Era descabellado y exigiría una precisión de décimas de segundo. Era ridículo pensar que tenía la más remota posibilidad de salirse con la suya, pero ¿qué podía perder?

Como una niña en el patio del recreo (como el Tarzán de los cómics), comenzó de pronto a mecerse colgada de la liana, impulsándose adelante y atrás en medio del aire enrarecido de la caverna.

Adelante. Y atrás. Adelante. Y atrás.


El Cocodrilo no se arriesgó.

Aunque Daggart no se movía y apenas respiraba, siguió sentado encima de él. «La presa es más peligrosa cuando está herida», se dijo. Era un buen consejo, y no estaba dispuesto a permitir que Daggart escapara. Esa vez no. No, después de las muchas ocasiones en que había logrado eludir su captura.

Cogió con ambas manos el cuchillo que salía de su tripa y lo sacó de un tirón. El estómago de Daggart se levantó ligeramente, arrastrado por el impulso. Aquello bastó para despertar al herido, que parpadeó soñoliento al retornar al mundo de los vivos, aunque fuera fugazmente. Al verse libre del cuchillo, le pareció que una ráfaga de aire caliente y fétido recorría su cuerpo.

El Cocodrilo sonrió.

—Bien —dijo—. Me gusta que mis víctimas estén conscientes. Así es mucho más placentero.

—¿Para quién? —logró preguntar Daggart en tono desafiante.

—Para los dos, *señor*. —El Cocodrilo se rio y cambió de postura, colocándose junto a Daggart. Empuñó el cuchillo y con insidiosa premeditación fue arrancando los botones de su camisa (*pop, pop, pop*), uno tras otro. Se tomó su tiempo: no tenía prisa por acabar la faena. Los botones caían flojamente al suelo. El Cocodrilo le abrió la camisa. Tenía tan bien ensayados sus gestos como una enfermera veterana que preparara a un paciente para el quirófano.

No presintió el peligro: a Daggart le faltaban fuerzas para vencerle; ni siquiera podía sentarse. Ana Gabriela estaba por ahí, en alguna parte, pero iba desarmada y tenía las piernas abotargadas como maderos, así que no le preocupaba. La alcanzaría enseguida. Y entonces (entonces) introduciría la mano en su pecho, cogería su corazón palpitante y lo deslizaría a través del sedoso cieno de sus entrañas para sostenerlo en alto, como si blandiera un valioso trofeo. Sería todo tan perfecto...

En muchos sentidos, pensó el Cocodrilo, las cosas habían salido mejor de lo que podía haber soñado. Tendría oportunidad de sacar el corazón a sus víctimas mientras todavía estaban vivas. Qué ideal. Y luego se apoderaría en su presencia del Quinto Códice, el objeto que todos perseguían, y lo exhibiría ante sus rostros agonizantes. Cuando pasaran de esta vida a la siguiente, parpadeando por última vez, lo último que verían sería a él, el Cocodrilo, en poder del tan ansiado documento.

Sal en la herida.

Daggart sintió que el fin estaba cerca y levantó débilmente las manos para defenderse. El Cocodrilo se las apartó con tanta facilidad como si espantara moscas. Clavó una rodilla sobre uno de sus brazos y sujetó el otro con la mano libre. Respiró hondo, preparándose para hundir el cuchillo en el pecho del americano y abrir en él un agujero lo bastante grande para sacar de cuajo el corazón. Miró el cuchillo y decidió limpiarlo en sus pantalones. Le gustaba que el cuchillo estuviera limpio y reluciente cuando lo clavaba en sus víctimas, como si una hoja manchada pudiera empañar la santidad del hecho mismo.

Se echó hacia atrás. Levantó el cuchillo por encima de su cabeza. Estaba listo para clavarlo en el torso de Daggart cuando notó algo extraño. Daggart tenía los ojos abiertos de par en par; pero no mostraban una expresión de horror o sufrimiento, sino de otra cosa que el Cocodrilo no supo identificar. Una extraña mezcla de sorpresa y, si no se equivocaba, también de éxtasis. Qué raro. Claro que cada persona afrontaba la muerte de forma distinta. Si así era como Scott Daggart prefería darle la bienvenida, allá él.

Otra cosa igual de rara era que, brillando en la córnea de su víctima, se viera el reflejo de un objeto en movimiento: algo que volaba por el aire a gran velocidad. Fuera lo que fuese, el Cocodrilo no pudo distinguir de qué se trataba, ni hacia dónde se dirigía.

No fue fácil para Ana conseguir impulso para mecerse, y al principio le pareció un esfuerzo completamente inútil. Pero poco a poco, mientras movía la parte inferior de su cuerpo impulsando sus piernas entumecidas en la misma dirección que marcaba el contoneo de sus caderas, notó que, en efecto, empezaba a oscilar en el aire. Su balanceo fue mínimo al principio: apenas cuestión de centímetros. Pero siguió meciendo el cuerpo adelante y atrás, adelante y atrás, hasta que, como una niña en un columpio, descubrió que se movía quince centímetros a cada lado. Y luego treinta. Y luego sesenta. No tardó mucho en hallarse casi en horizontal al suelo cuando alcanzaba el ápice de su balanceo.

Cuando se balanceaba hacia delante, sus pies inermes se acercaban cada vez más no sólo al techo de la cueva, sino también a la base de una estalactita que colgaba de él. No era una de las más grandes, pero medía lo suficiente: unos tres metros de la base a la punta. Con eso bastaría. Aunque no sentía las piernas, se daba cuenta de cuándo tocaban sus pies la estalactita, y cada vez que se balanceaba hacia delante la golpeaba con más fuerza. Igual que había encontrado un ritmo para trepar por la liana, encontró ahora una cadencia para golpear la estalactita. Se mecía hacia delante, la golpeaba con los pies, se mecía hacia atrás y otra vez hacia delante, la golpeaba y volvía a retroceder. Así una y otra vez, balanceándose y golpeándola, balanceándose y golpeándola, con las manos desolladas, ensangrentadas y casi tan entumecidas como las piernas.

Justo cuando estaba a punto de darse por vencida, cuando le parecía que no podría seguir agarrándose, miró hacia abajo y vio que el Cocodrilo levantaba el cuchillo, listo para asestar el golpe. Vio en la cara de Daggart una expresión retadora, mezclada con una pizca de resignación. Era así como imaginaba que había afrontado su hermano sus últimos momentos. Aquella imagen la impelió a seguir.

Con la poca sensibilidad que le quedaba en los pies y las piernas, se impulsó apoyándose en la estalactita y se echó hacia atrás con fuerza. Su cuerpo voló por el aire como el de una trapecista, y su cabello negro le seguía como la cola de un cometa. Se empujó con tal fuerza que estuvo a punto de chocar con el techo al retroceder, y cuando se deslizó hacia delante por última vez su balanceo llevaba más impulso que nunca.

Y entonces, haciendo coincidir la patada con el momento álgido del impulso, golpeó con todas sus fuerzas la base de la roca colgante, de modo que, aunque no podía sentir el contacto, logró lo que se proponía: arrancó la estalactita, que se desgajó del techo y cayó a plomo hacia el suelo. Su punta afilada se precipitó hacia tierra, letal como una bomba guiada por láser.

El Cocodrilo no se dio cuenta, y aunque detectó una mirada extraña en los ojos de Scott Daggart y una sombra que se movía en la periferia de su campo de visión, no llegó a comprender que el ruido que oía era el de una estalactita que atravesaba silbando el aire a medida que se acercaba a su objetivo. Sólo supo que algo atravesaba la oscura caverna. Pero no tenía ni idea de qué era.

Ni de que iba derecho hacia él.

La punta filosa de la estalactita le atravesó la espalda y un instante después afloró por su pecho, empalándole y causándole la muerte en el acto. Como un tornillo que atravesara un trozo de contrachapado, la estalactita ensartó el recio cuerpo del Cocodrilo y lo clavó en la tierra. Un río de sangre comenzó a chorrear por ella en espiral, inundando el suelo.

El Cocodrilo había muerto, y la expresión sorprendida y horrorizada de su rostro se parecía extrañamente a la de sus víctimas.

# Capítulo 90

Con las piernas dormidas, Ana se deslizó por la longitud retorcida de la liana, a medias descolgándose, a medias gateando, y se arrastró hasta donde estaba Daggart. Cuando llegó a su lado tenía los ojos cerrados y su respiración era apenas un siseo.

—Scott, ¿puedes oírme? —Se inclinó sobre él, tiró de sus hombros y le abofeteó suavemente, intentando hacerle volver en sí—. Por favor, Scott, despierta.

Los párpados de Daggart eran una mariposa que aprendía a volar. Se abrieron lentamente, temblando. Con la embotada lengua y los abotargados labios, masculló soñoliento:

—Hay que sufrir para merecer.

A Ana se le quebró la voz.

—Creo que ya hemos sufrido bastante, gracias.

Daggart la vio inclinada sobre él, y no fue el delirio del dolor lo que le hizo pensar que parecía un ángel que le sonreía: sólo le faltaban las alas.

—*Gracias, señorita* Ana. Otra vez.

Ella le acarició el pelo y le secó el sudor de la frente. Cuando miró su abdomen y trazó con los dedos el borde de la cuchillada, su sonrisa se evaporó.

—Tiene que verte un médico.

Daggart la cogió de la mano.

—Tienes que salir de aquí. Tienes que contactar con el inspector Rosales y detener la concentración.

Ella iba a protestar, pero Daggart la atajó.

—Me apretaré la herida. La hemorragia se detendrá y, si me quedo aquí tumbado, no me pasará nada. Podéis venir a buscarme por la mañana.

Se puso las manos sobre la tripa y presionó ligeramente la pequeña incisión que marcaba el lugar por el que había penetrado el cuchillo. Miró a Ana a los ojos.

—No te preocupes. Nuestro amigo no ha hecho un trabajo muy fino. No ha tocado mis órganos vitales.

—Siendo así, ¿para qué voy a molestarme en venir a buscarte mañana? Volveré la semana que viene.

Daggart sonrió.

—Así se habla.

Se incorporó con esfuerzo y le dio un beso suave en la frente.

—No te enfrentes a Jonathan. Es demasiado peligroso. Llama a Alberto. Y busca a Rosales. Que él se ocupe de esto. ¿De acuerdo?

Ella dijo que sí con la cabeza.

—¿Me lo prometes?

—Te lo prometo. —Seguía acariciando su cara—. Pero ¿cómo salgo de aquí?

Daggart volvió a tumbarse y miró hacia el techo de la cueva. Ana siguió su mirada.

—Lianas de baniano —murmuró—. Lo que significa que hay un árbol al otro lado.

—¿Crees que puedo salir por ahí? —preguntó ella.

—Si la liana ha penetrado, es que el suelo es muy fino. Quizá puedas ensanchar algún agujero. La cuestión es si tienes fuerzas para trepar otra vez hasta allí.

Ella miró la liana sin decir nada.

—O podrías intentar salir por donde hemos entrado —dijo Daggart, esbozando una sonrisa.

—Probaré con la liana —dijo Ana sin vacilar.

—Sólo era una idea.

Ana agarró su blusa y tiró de ella para arrancar la manga por la costura del hombro. Arrancó la otra con la misma rapidez. Daggart la miraba con curiosidad. Con las mangas en la mano, Ana se acercó al estanque y las hundió en el agua. Las escurrió antes de volver. Una la dobló y la puso sobre la frente de Daggart. La otra la colocó sobre la herida, apoyando las manos sobre la tela para hacer presión.

—Así sangrará menos. Ahora lo único que te pido es que estés aquí cuando vuelva.

—Sí, señora.

—No es broma. Nosotras las mexicanas podemos ser muy fieras.

—Eso tengo entendido.

—No nos gusta que falten nuestros hombres.

—Dudo que pueda ir muy lejos.

Ella pareció a punto de añadir algo, pero se detuvo. Inclinándose, le dio un largo y apasionado beso. Luego se incorporó y empezó a alejarse a rastras.

—Espera —dijo Daggart.

Ella se volvió. Daggart levantó el cuchillo del Cocodrilo.

—Puede que necesites esto. Para salir.

Ella lo cogió, se lo guardó en el bolsillo de atrás y se acercó a la liana.

—¡Espera! —gritó Daggart tras ella—. Cuando salgas de aquí y llegues al coche, ¿cómo vas a conducir? No puedes usar los pedales.

—Ya me preocuparé por eso luego —dijo Ana—. Primero tengo que salir de aquí.

Se agarró a la liana y empezó a trepar.

No fue fácil la segunda vez. Fue, de hecho, mucho más difícil. Ana temblaba al ascender lentamente por la soga pálida y resbaladiza de la liana. Más de una vez resbaló y tuvo que emplear todas sus fuerzas en hincar los talones. Cuando pensaba que no podía más, cuando parecían faltarle fuerzas para seguir adelante, miraba a Daggart allá abajo, con el trozo de tela ensangrentado sobre la tripa y la llama de la antorcha chisporroteando a su lado, cada vez más pequeña. Entonces una efusión de adrenalina recorría su cuerpo, y volvía a atacar la liana con vigor renovado. Trepaba un poco más e iba acercándose al techo oscuro de la cueva, que ambos esperaban fuera también el suelo del bosque mexicano.

Pronto lo averiguarían.

Tardó veinte agónicos minutos en llegar a lo alto de la caverna. Cuando llegó, con los brazos temblándole como gelatina, buscó el cuchillo en su bolsillo de atrás.

—¿Qué pinta tiene? —gritó Daggart. Su voz sonaba débil y lejana.

—Aún no lo sé. —Hurgó en el techo con el cuchillo y empezaron a caer trozos de caliza sobre ella.

Siguió escarbando en el poroso techo de caliza y el ruido metálico del cuchillo al arañar la roca llenó la cueva. Las limaduras de caliza caían sobre ella pegándose al sudor de su cara. Continuó golpeando el techo con el cuchillo mientras con la otra mano se agarraba a la liana con poco menos que desesperación. Cada pocos minutos resbalaba. Se detenía entonces y volvía a impulsarse hacia arriba con brazos temblorosos. Tenía el cuerpo empapado y sentía cómo le corrían los regueros de sudor por las sienes, por el cuello y los riñones. Cincelaba la roca como una escultora frenética. A veces la caliza se desprendía a pedazos; otras, sólo se desmigajaba. Siguió golpeándola, impelida por lo desesperado de su situación. Cada vez que se desanimaba, pensaba en la concentración inminente. En Daggart. En Héctor Muchado. En su hermano Javier.

Tan concentrada estaba que no notó que del techo no se desprendían ya trozos de caliza dura, sino terrones de arena suave y esponjosa. Sólo comprendió lo que había ocurrido cuando el cuchillo atravesó el suelo y vio una estrella brillar en lo alto. Aspiró una fina corriente de aire fresco. Y gritó de alegría.

—¡Veo lo de fuera! —dijo, eufórica.

—Bien hecho —dijo Daggart con voz débil—. ¿Podrás hacer un agujero lo bastante grande para pasar por él?

—Dentro de un segundo te lo digo.

Escarbó con ahínco, arrancando pedazos de techo que se estrellaban en el suelo de la cueva. Poco después había hecho un pequeño orificio en el techo, y en la cueva entró un rayo de luna cuya luz tersa y azulada, fresca y reconfortante, iluminó un óvalo de agua. Ana se guardó el cuchillo en el bolsillo de atrás y, agarrándose a la liana, se impulsó a través del agujero; se retorció y se sacudió hasta que la mitad superior de su cuerpo estuvo en medio de la selva mexicana y la inferior en la húmeda y oscura caverna. Se aferró a una raíz que había a un lado, cerca de allí, y acabó de salir. Rodó y se tumbó de espaldas, en una especie de feliz agotamiento. Sobre ella se cernía un gigantesco baniano del que pendían como serpentinas de fiesta decenas de lianas, algunas de las cuales habían atravesado el suelo y se habían abierto paso hasta la cueva. Aquellas lianas les habían salvado la vida.

Ver el árbol y las estrellas, sentir el denso zumbido de los insectos y el roce de la brisa ligera sobre sus brazos desnudos, respirar el aire fresco y puro, todo ello le recordó gratamente que estaba de nuevo en un mundo conocido. Se hallaba otra vez entre los vivos.

Ahora, tenía que sacar a Scott.

Lo primero era averiguar dónde estaba. Sobre ella veía la noche estrellada, más clara y cristalina que nunca. Pero cuando miró a su alrededor no vio nada a más de tres metros de distancia en todas direcciones. Estaba rodeada por el denso follaje de Yucatán. Comprendió que podía pasar horas allí, intentando volver a la camioneta blanca de Alberto. Sus piernas seguían embotadas y tendría que arrastrarse entre la maleza como un animal herido.

Se asomó al tosco agujero y llamó a Daggart.

—Volveré lo antes que pueda.

Daggart no respondió. O ella no le oyó.

Sacó la cabeza y se volvió hacia las estrellas. Allí estaba la Osa Mayor. Y la Osa Menor. Y Orión, el cazador. Y la constelación que se hallaba en buena medida tras aquel viaje: Casiopea. Al verlas colgadas en el cielo como hebras de luz blanca, Ana especuló sobre dónde estaban el este y el oeste y dónde el norte y el sur. Empezó a arrastrarse en la dirección en la que confiaba que estuviera la camioneta.

No llegó muy lejos.

El haz de una linterna la cegó. Una mano le tapó la boca, cortando el grito que ansiaba soltar. Los dos hombres (el de la linterna y el que la sujetaba con su mano húmeda) la levantaron hasta ponerla en pie. La luz brilló en los ojos de Ana.

—Suéltenme —siseó bajo la mano que la asfixiaba. Los dedos del hombre apestaban a tierra y tabaco.

—Lo haríamos —dijo él—, pero somos amigos del Cocodrilo. Y les queremos a usted y a su amigo.

—¿Qué amigo? No sé de qué me habla. —Los pies apenas la sostenían, y se tambaleaba.

—Entonces ¿con quién estaba hablando?

—¿Quién dice que estaba hablando con alguien?

El de la linterna se inclinó hacia ella. El aliento le olía a rancio y a agrio: una horrible combinación de café amargo, ajo seco y cebollas, como si su boca fuera un montón de humus podrido.

—No se pase de lista con nosotros, *señorita*. Nos han dicho que escaparon los dos por el cenote.

—Entonces ¿por qué no saltan y echan un vistazo ustedes mismos?

El de la linterna ignoró su comentario.

—¿Y cómo ha salido de ahí? El pozo está a cien metros de aquí.

—Puede que no haya estado en ningún pozo.

Él le cruzó la cara. Ana sintió que la sangre afluía a su mejilla y que una roncha en forma de mano se formaba en su cara.

—Conviene que le diga que también sabemos lo que le pasó a su hermano —dijo el de la linterna—, y que nada nos impide hacerle lo mismo a usted.

El de los dedos con olor a tabaco señaló el suelo.

—Mira —dijo, y el otro movió la linterna hasta que su luz cayó sobre el agujero por el que había salido Ana.

Se puso de rodillas y se asomó al interior mohoso de la caverna. Dejó que el haz de la linterna sondeara los rincones cenagosos de la cámara subterránea. Pero la linterna no era muy potente y sólo distinguió difusas estalactitas que chorreaban, un estanque negro e inmóvil y una estrecha cornisa de tierra que rodeaba el agua. No vio rastro de ninguna otra persona. Sacudió la liana que se adentraba en la cueva como una soga de rescate. Pero en su extremo no había nadie.

Volvió a salir al aire fresco y húmedo del bosque mexicano, se levantó y miró a Ana.

—¿Dónde está su novio?

—No tengo ni idea de a quién se refiere.

—¿No?

Ella negó con la cabeza.

El hombre asintió en silencio, pareció sopesar la respuesta y se inclinó luego hacia la abertura de la cueva. Desenfundó un cuchillo de caza cuyo filo aserrado lanzó destellos de luz de luna.

—Si no hay nadie ahí abajo, esto no hace falta.

Agarró la liana que había sido la salvación de Ana y la serró metódicamente, hundiendo poco a poco el cuchillo en su pulpa verde y prieta. Ana volvió la cara y procuró contener las lágrimas.

Cuando acabó de cortar en dos la liana, el hombre levantó su extremo como si quisiera demostrar algo.

—Última oportunidad —dijo.

Ella evitó mirarle a los ojos.

—Está bien —dijo él, tan tranquilamente como si estuvieran decidiendo dónde comer. Abrió los dedos enfáticamente y la liana resbaló por su mano y desapareció en el negro agujero. La oyeron sisear y volar por el aire antes de caer al suelo con un ruido sordo y serpenteante.

El hombre dedicó a Ana una sonrisa satisfecha y envainó el cuchillo.

—Llévatela —ordenó a su compañero.

Ella luchó por desasirse dándole codazos en el estómago, pero el hombre la llevó a rastras hasta un coche que esperaba no muy lejos de la camioneta de Alberto. Sus pies entumecidos dejaron dos surcos paralelos. Los hombres le ataron las manos y los pies y le pusieron un trozo de cinta aislante sobre la boca. Así atada, la metieron sin contemplaciones en el asiento trasero del coche. Subieron delante, cambiaron de sentido y regresaron por el estrecho sendero que serpenteaba por la jungla.

Un rato después tomaron la autopista en dirección sureste y se unieron a la escasa corriente del tráfico. Atada y amordazada en el asiento de atrás, Ana se preguntaba si volvería a ver a Scott.

Fuera, la velocidad emborronaba la noche encendida de estrellas.

# Capítulo 91

*S*cott Daggart oyó voces. Aguzó el oído, intentando deducir si eran conocidas (si alguna de ellas era la de Rosales, quizá), pero la conversación sonaba muy lejana y las palabras y sus entonaciones se difuminaban. Si eran amigos, bien. Un pequeño milagro. Si eran enemigos... Bueno, tendría que actuar deprisa.

Se puso de lado y en su cuerpo se iluminaron diversos dolores como en un tablero de mandos. Estaban la patada en las costillas, la bala en el hombro, los varios cortes del cuchillo y, por último, el puñal que había penetrado en su vientre. Cada respiración era un calvario; cada movimiento ponía a prueba su umbral del dolor.

«El dolor es la debilidad que abandona el cuerpo», decía siempre Maceo Abbott. Si así era, Daggart no había sentido nunca una fuga de debilidad tan arrolladora.

Cuando estuvo de costado, se puso a gatas y se acercó renqueando como un perro herido al fuego chisporroteante. Se dejó caer a su lado y sopló. La llama parpadeó, pero no se apagó. Las voces de arriba se hicieron más fuertes. Daggart respiró hondo y una punzada de dolor atravesó sus costillas, sus pulmones, su corazón. Su exhalación, una débil brisilla, apenas acarició las lenguas del fuego. Tomó aire por tercera vez, aspirando despacio, hasta que sus pulmones no dieron más de sí. Exhaló con todas sus fuerzas. Las llamas se inclinaron antes de perderse con una vaharada en el olvido. Rodó hacia una estalagmita que sobresalía del suelo y encogió las piernas hasta quedar bien escondido tras la base de su cono invertido.

Un momento después, un rayo de luz amarilla perforó el

oscuro interior de la cueva. Su halo tenue era el ojo de un alienígena escudriñando la tenebrosa caverna en busca de algún indicio de vida. Daggart contuvo el aliento cuando la luz subió por la estalagmita y volvió a bajar con la misma rapidez.

Esperó indefenso su oportunidad, hasta que la luz acechante acabó de examinar a placer la cámara subterránea. El tiempo pasaba despacio. Lo único bueno era que el templo en miniatura que albergaba el Quinto Códice se hallaba en un recoveco escondido, invisible desde lo alto de la cueva. Y eso era un consuelo.

La luz de la linterna desapareció. Daggart se quedó escuchando; aún no se atrevía a moverse. Detectó un ruido difuso. Al principio no supo qué era, pero cuando oyó el siseo de algo que caía y a continuación el suave choque de un objeto contra el suelo, comprendió de qué se trataba. Habían cortado la liana. Una posible salida eliminada.

Todos los ruidos se apagaron, excepto el de su propia respiración y el goteo constante del agua en el estanque cavernoso. Pulsó un botón de su reloj. La esfera se iluminó, verde. Se estaba haciendo tarde. Temía que Ana no consiguiera localizar a Rosales a tiempo. Tal vez ni siquiera pudiera contactar con él.

A pesar de lo que le había prometido, se dio cuenta de que tendría que tomar cartas en el asunto. No podía permitirse esperar a un médico. Ello supondría dejar atrás el Quinto Códice, y aunque en el plano de la razón sabía que podría hacer más por salvarlo si primero no se salvaba a sí mismo, seguía sin hacerse a la idea de abandonar el objeto que tan incansablemente había buscado.

Se incorporó con esfuerzo, apoyándose en los codos, y escudriñó la penumbra abrumadora. Trepar por la liana estaba descartado. Así que sólo le quedaba una opción. Si quería salir de la cueva, tendría que hacerlo por el mismo lugar por el que habían entrado.

Se palpó la herida del vientre. Cuando apartó los dedos, vio que estaban manchados de sangre. Tenía que encontrar un modo de detener la hemorragia. Una vez empezara a nadar, no podría permitirse el lujo de aplicar presión. Se quitó el cinturón, cogió las mangas de la blusa de Ana, hizo una bola con ellas y la colocó sobre la herida, haciendo una mueca de dolor. Sujetó la tela con una mano y, como si le hiciera un lazo a un regalo de Navidad, se rodeó el cuerpo con el cinturón y lo ató con fuerza. Su presión mantuvo en su sitio las mangas arrebujadas.

Al levantarse, se dobló de dolor. Volvió a sentarse, respiró hondo varias veces y sintió que su cuerpo se enfriaba y se volvía húmedo y pegajoso. Una oleada de náuseas se apoderó de él, y agachó la cabeza entre las piernas.

«Relájate. Respira.»

Cuando pasó lo peor del mareo, se deslizó sentado hasta la orilla. Al meterse en el agua, una suave estela agitó un lado del estanque. Agarrado a la cornisa comenzó a bracear, intentando decidir si tenía fuerzas suficientes. Pasados unos minutos comenzó a nadar como un perro. En ambos casos, su estómago se vio más afectado de lo que esperaba. Cada vez que hacía un movimiento, por ligero que fuera, una ardiente punzada de dolor le atravesaba el vientre, como si hubieran vuelto a apuñalarle. Tuvo que hacer un ímprobo esfuerzo para no desmayarse. La frescura del agua agolpándose contra su piel era el único bálsamo que le aliviaba. El frío bastaba para mantenerle consciente y alerta.

Sabía que lo que se proponía era absurdo. Por no decir peligroso. Si apenas podía respirar en tierra firme, intentar cruzar un laberinto de túneles subacuáticos era un perfecto disparate.

Daba igual. Mejor no pensar en ello.

Respiró todo lo hondo que se atrevió y se zambulló en el agua negra. Su objetivo era encontrar el túnel que los había llevado hasta allí; comenzó a buscarlo a tientas, palpando las paredes filosas del estanque.

No pudo encontrarlo.

Emergió boqueando, ansioso por respirar, sujetándose el estómago. Aspiró el aire rancio mientras braceaba. Era inútil intentar orientarse. La cueva estaba oscura como boca de lobo, y había perdido la noción de dónde estaba. Se sentía como un astronauta flotando en el cosmos oscuro y solitario, en un mundo en el que la derecha y la izquierda eran simples impresiones anímicas.

Recuperó el aliento y cuando volvió a zambullirse recorrió a tientas las paredes desiguales, en busca de la abertura que conducía al otro cenote. Salió a la superficie un momento después, engullendo aire como un perro lame el agua de un cuenco.

Tuvo que intentarlo tres veces más antes de encontrar por fin el estrecho agujero abierto en la roca; emergió entonces directamente en vertical para marcar aquel punto.

Aquietó su ritmo cardíaco y recuperó el control sobre su respiración. Por último, inspiró hondo varias veces seguidas, aumentando paulatinamente la intensidad de la inhalación. Quería expandir los pulmones todo lo posible sin llegar a hiperventilar, para aspirar hasta la última gota de oxígeno cuando tomara la bocanada de aire definitiva. El problema era, claro, que cuanto más hondo respiraba, más le dolía. Notaba el tajo en el estómago. Y se acordaba del crujido de sus costillas al haber sido golpeadas por la bota del Cocodrilo. Si tenía un hueso roto, corría el riesgo de perforarse un pulmón.

Se quitó aquella idea de la cabeza. Aquél no era momento para dudas.

Se concentró en respirar. Unos minutos después encontró por fin el tope de inhalación que le permitían sus pulmones. Contó hasta tres en silencio, respiró hondo llenándose el pecho con aquel aire mohoso y acre, y se deslizó bajo la superficie negra del agua. Descendió hasta el estrecho agujero que le serviría de salida. Lo encontró, se agarró a sus bordes de caliza y se introdujo por él. Pataleaba furiosamente, dejando a su paso una turbulenta estela de burbujas.

Casi enseguida se le formó un nudo en el pecho.

Al principio no era mayor que una nuez, pero cuanto más tiempo pasaba en el túnel, más grande se hacía el nudo. Pronto le pareció que tenía un balón de fútbol metido en los pulmones. Ansiaba respirar, consciente de que sus heridas más recientes habían agotado las fuerzas que tenía apenas una hora antes. Se sentía como una pobre sombra de sí mismo mientras se deslizaba entre los salientes aserrados de aquella angosta madriguera subacuática.

Le palpitaban las sienes, se le nubló la vista. Ya no distinguía entre la negrura del agua y la de su propia visión. Le dolía todo el pecho (parecía a punto de implosionar) y justo cuando pensaba que había llegado al final y que podía iniciar el ascenso descubrió que el túnel se prolongaba aún. Tenía por delante más vueltas y recovecos. Sus manos perdieron fuerza. Sus dedos resbalaban en las rocas. Incluso cuando lograba agarrarse carecía de fuerzas para impulsarse hacia delante con un poco de ímpetu.

Sin energías, con los pulmones a punto de estallar y la cabeza inundada de dolor, se descubrió de pronto atascado entre dos salientes. Como un nadador que se quitara un bañador mojado, bajó las manos, empujó las rocas que constreñían sus caderas, y empezó a retorcerse y a girarse con la esperanza de salir de allí. Pero cuanto más forcejeaba, más parecía atascarse.

Sus pulmones estaban a punto de estallar. De pronto comprendió por qué las personas que morían ahogadas llegaban a convencerse de que podían respirar bajo el agua. Cualquier cosa era preferible a aquel dolor espantoso y aplastante que se extendía por su pecho. Era como si un monstruo de enormes pies hubiera plantado la pata delantera sobre su torso y la hubiera dejado allí.

Su forcejeo se volvió frenético. Pataleaba. Golpeaba las rocas con las manos. Movía la cabeza violentamente de un lado a otro, soltando un pequeño chorro de burbujas que, como el propio Daggart, buscaban la superficie. Pero cuanto más golpeaba las rocas que le atrapaban, más firmemente parecían sujetarle ellas. En uno de sus últimos instantes de lucidez, le pareció extraño que Ana y él hubieran esquivado aquel saliente al entrar en la cueva. Era posiblemente cuestión de suerte. Sus cuerpos se habían alineado de determinada forma al penetrar en la cueva, y en su viaje de retorno a él no le había sonreído la suerte.

Comenzó a delirar. Su mente le devolvió la imagen de Susan como un fogonazo y recordó cosas olvidadas hacía mucho tiempo. No fue el mundo lo que vio desfilar ante sus ojos, sino más bien gratos recuerdos de su vida juntos: la noche en que hicieron el amor bajo las estrellas en la playa de Maine; el sonido de su risa; su cara de pura felicidad cuando la sorprendió con unos billetes de avión a París; el aroma dulce y persistente de su perfume; el tacto de su pelo; el sabor de sus labios; los suaves contornos de su vientre; la sensación de su cuerpo apretado contra el de él al dormirse cada noche; el rítmico vaivén de su pecho cada vez que respiraba.

Mientras forcejeaba, vio y oyó, olió, escuchó, sintió y saboreó todo esto. Atenazado por la oscuridad, que le seducía con la promesa de poner fin a su dolor, se acordó de pronto de la mujer de la aldea maya.

—Cierre los ojos y respire —le había dicho mientras se recuperaba de la herida de bala—. Cierre los ojos y respire.

Como un eco de las palabras de Maceo Abbott: «Relájate. Respira».

«Pero no puedo respirar», pensó Daggart como si estuviera manteniendo una conversación con los dos en ese mismo momento.

Susan apareció de pronto delante de él. Su cabello rubio ondulaba y se agitaba a cámara lenta en el agua como si ella también estuviera sumergida, y su presencia era tan real que Daggart tuvo la sensación de que, si extendía las manos, tocaría su cara.

Se quedó aún más sorprendido cuando ella habló.

—Cierra los ojos y respira —dijo, ¡y él la entendió! Aunque estaban debajo del agua, no le costó entender lo que decía.

«Pero no puedo respirar. Me he quedado sin aire.»

—Puedes respirar. Pero no te dejas.

«Y si cierro los ojos ya no te veré.»

Una sonrisa jugueteaba en los labios de Susan.

—Cierra los ojos y respira, Scott —dijo de nuevo—. Tienes que rescatar a Ana. Necesita tu ayuda.

Aquello le sorprendió.

«¿Sabes lo de Ana?»

Ella asintió con la cabeza.

—Ahora relájate, cierra los ojos y respira.

Daggart empezó a protestar, pero sintió de pronto los suaves dedos de Susan: sintió de veras sus dedos cerrándole los ojos. Obligado por ella, respiró, o al menos imaginó que respiraba, intentando evocar grandes y deliciosas bocanadas de aire. A pesar del dolor y el aturdimiento, casi podía verlo, casi podía experimentar aquella gratísima sensación. Respirar... Cuando abrió los ojos para compartirla con Susan, le sorprendió no verla.

Tanto como le sorprendió descubrir que ya no estaba atascado entre las rocas. Había logrado liberarse de algún modo.

Recorrió el resto del túnel, llegó al cenote y, al emerger unos segundos después, llenó sus pulmones con el aire claro y chispeante de la noche mexicana. Nunca le había sabido tan bien.

# Capítulo 92

*E*ntraron en un aparcamiento de Tulum repleto de coches. Los secuestradores de Ana la dejaron en el asiento de atrás mientras pedían instrucciones. Regresaron unos minutos después y la sacaron a rastras del aparcamiento, sosteniéndola en pie a pesar de que sus piernas sólo empezaban a recobrar su funcionamiento.

Ana se sorprendió cuando pasaron de largo junto a la entrada principal de Tulum. La arrastraron hacia el océano, en cuya playa blanca batían olas de cuatro metros. Olas levantadas por la vanguardia de un gran huracán. Luego la hicieron subir a empujones, tirando de ella, el acantilado de doce metros de altura, hasta que llegaron al Castillo, el edificio más alto y prominente de Tulum.

Cuando llegaron arriba, Ana se quedó boquiabierta. En pie sobre los peldaños superiores de la pirámide estaba nada menos que Frank Boddick, bañado por el áspero círculo de luz blanca de un foco lejano. A su lado, hablando, estaba Jonathan Yost. Ante ellos se extendía un asombroso enjambre de gente: miles y miles de personas, hombres en su mayoría, se apiñaban en la explanada, sobre las ruinas, a lo largo de los muros desmoronados y en cada palmo de espacio disponible. Incluso había algunos encaramados a los árboles, indiferentes a lo precario de su posición. Grandes calderos de llamas chisporroteantes flanqueaban el recinto, y el fuerte viento mecía y doblaba sus lenguas amarillas y anaranjadas. Banderas enormes, rojas y negras, se agitaban en medio de la tormenta que precedía al huracán. Banderas con la insignia de Right América estampada en atractiva caligrafía y su eslogan de rigor: «América primero».

Era Núremberg 1933 revivido. Sólo faltaban las esvásticas.

—¡Es el momento de la acción! —gritaba Yost encima de un pedestal, hablando a un montón de micrófonos. Los altavoces amplificaban sus palabras con un chisporroteo eléctrico—. El tiempo de la revolución. Cualquiera que cuestione nuestras intenciones es un enemigo de la patria y de Right América. —Su voz flotaba en el cielo de la noche, arrastrada por vientos cada vez más fuertes (vientos que olían a lluvia) y acompañada por el destello de los relámpagos y el eco creciente de los truenos. El huracán *Kevin*.

Yost siguió hablando; vociferaba algo acerca del fin del mundo y de una siega necesaria, pero Ana había dejado de escucharle.

Sus secuestradores la hicieron entrar en una de las dos estancias abovedadas del templo y la sentaron en un banco de madera. La llama de una antorcha lamía la oscuridad. Mientras estaba allí sentada, atada y amordazada aún, recorrió con la mirada las imágenes de la pared contigua. La pintura se había descolorido, claro, pero los dibujos (el maíz, la fruta, las flores y el Dios Descendente) eran aún claramente visibles.

Se preguntaba qué significaba todo aquello, pero le preocupaba mucho más cómo salir de allí. Y no lo veía posible.


Daggart recuperó el aliento y localizó la escalerilla de cuerda. Tuvo que esforzarse por salir. Cada tirón hacia arriba parecía abrirle un nuevo agujero en el estómago. Cada paso era un calvario. Su frente se cubrió de gotas de sudor. Sus brazos temblaban con furia incontrolable.

Llegó arriba exhausto, con las piernas y los brazos temblorosos como gelatina. Al examinar el rebujo de tela que cubría la herida del cuchillo, vio que se había vuelto de un rojo rosado. El agua había diluido la sangre, y ahora era el color de un clavel pálido.

Se incorporó con cuidado. De pie en el mismo lugar desde el que Ana y él habían saltado al cenote, usó la tenue luz azulada de la luna para mirar alrededor y orientarse.

No había gente. Ni helicópteros. Ninguna sorpresa.

Pasó la mano por el suelo rocoso, intentando descifrar sus volutas y filigranas como un vidente lee las hojas del té. Había demasiadas huellas para sacar algo en claro, y el fuerte viento había alisado la arena, pero una de las marcas captó su atención. Dos surcos idénticos. Como si alguien hubiera sido arrastrado contra su voluntad. La marca conducía hacia la carretera.

Daggart recorrió el camino que él mismo había abierto a través de la selva. Los zarcillos húmedos de las lianas tiraban de sus brazos amenazando con envolverle en su abrazo pegajoso y opresivo y apoderarse de él si se detenía un solo instante. Se paró únicamente al llegar al aparcamiento improvisado. Allí estaba la camioneta de Alberto, la que Ana debía llevarse. Había ocurrido algo. Al darse cuenta, se le aceleró el corazón.

Abrió la puerta y se metió dentro, buscando las llaves en el bolsillo. De pronto recordó que era Ana quien había llevado la camioneta. Él sólo había hecho de guía.

«¡Maldita sea!»

Se inclinó, abrió la guantera y hurgó entre un montón de mapas, manuales, lápices, bolígrafos y envoltorios de comida rápida.

—Vamos, Alberto —dijo en voz alta—. Por favor, que haya una de repuesto.

Sus dedos se posaron sobre el pequeño objeto metálico de bordes suaves y redondeados. Una llave. La metió en el contacto y al oír un chasquido dio gracias por que Alberto fuera tan previsor. Un momento después la camioneta arrancó.

Daggart retrocedió velozmente por el angosto corredor de selva que pasaba por ser una carretera. Cuando llegó a una especie de cruce, dio media vuelta y aceleró. Las hojas frondosas de las palmas golpeaban implacablemente la camioneta.

«Aguanta, Ana —se dijo—. Aguanta.»

# Capítulo 93

*L*a voz de Jonathan Yost llegaba hasta la cúpula en la que habían encerrado a Ana. Cuanto más la escuchaba, más le costaba creer lo que estaba oyendo.

—Durante muchos años —vociferaba Yost, cuya voz competía con el anillo exterior del huracán *Kevin*—, hemos visto cómo nuestros países se deslizaban en la mediocridad, gobernados por incompetentes que valoran más las normas que los resultados. Que temen el uso último de las armas nucleares. Que se inclinan ante el juicio arbitrario de la Corte Suprema. Y que no comprenden que podar el árbol de la humanidad de sus ramas más débiles es lo que permite que los demás prosperemos.

En cualquier otra ocasión, Ana habría desdeñado aquellas ideas por la ignorancia que demostraban: eran cosa de locos. Pero oír aquellas palabras ante una muchedumbre que parecía tragárselas la dejó asombrada. Una cosa era leer acerca de grupos terroristas en los periódicos y otra muy distinta escuchar en persona el vitriolo que vertía Yost por la boca.

El orador seguía hablando: proclamó la autenticidad del Quinto Códice y de su relato del advenimiento del mesías. Un hombre de piel blanca con las iniciales FB, que les conduciría más allá del día del Juicio Final. La muchedumbre profirió un rugido que llenó la noche, un clamor tan ensordecedor que amenazó con sofocar la tormenta inminente. Aquel ruido aterró a Ana.

Se miró las piernas. Por fin había recuperado la sensibilidad de la parte inferior del cuerpo, pero tenía los tobillos atados con una gruesa cuerda que se le clavaba en la piel. Tenía las piernas tan juntas que no podía mover una sin mover la otra. Levantó los tobillos y empezó a frotar la cuerda contra el borde del banco. Era una pérdida de tiempo. El borde era redondeado; tardaría siglos en cortar la soga.

Se concentró en la cuerda que le ataba las manos a la espalda. Palpó a ciegas la pared de caliza de detrás, buscando algún saliente afilado con el que pudiera partir la cuerda en dos. No encontró ninguno. Se reclinó en el banco y se echó hacia atrás hasta que pudo tocar con los dedos la parte de abajo del asiento.

Su corazonada dio fruto. Encontró la punta de un clavo casi indiscernible. Se asomó debajo del asiento y vio que no sobresalía más de seis milímetros. Confiaba en que fuera suficiente.

Con precisión de cirujana, colocó la cuerda de modo que rozara la punta del clavo. Lentamente, con cuidado de no apresurarse para no perder la punta afilada y tener que empezar de nuevo, comenzó a restregar la cuerda contra el clavo. Adelante y atrás, adelante y atrás. Serrando un trozo de cuerda con un minúsculo instrumento metálico. Ignoraba si tardaría minutos, horas o días.

Y aunque lograra desatarse las manos, aún estaban los dos guardias armados apostados en la puerta. Y la muchedumbre encrespada de allá abajo.

Se sacudió aquella idea. Cada cosa a su tiempo, se dijo.

—*Poco a poco.*

Poco a poco.

Cuando entró en el aparcamiento de Tulum, Scott Daggart no daba crédito. Estaba atestado de coches: había cientos y cientos de ellos. En plena noche, nada menos. Y pululando por la explanada había literalmente miles de hombres que no se molestaban en ocultar las armas que llevaban. Aquello era una fiesta privada. Si se le ocurría salir del vehículo de Alberto, se encontraría con el cañón de un arma, ¿y quién sabía qué pasaría luego? Nada bueno, eso seguro.

Puso marcha atrás y había empezado a retroceder cuando oyó un fuerte golpe en la ventanilla. Se detuvo y al volverse vio una cara pegada al cristal. Bajó la ventanilla. El aire arrastraba la voz estentórea de Jonathan Yost.

—¿Buscaba algo? —preguntó el hombre. Era alto y pálido, tenía unos veinticinco años, los labios gruesos y la cabeza afeitada.

—¿Esto es El Dorado? —preguntó Daggart, simulando un acento sureño. Se inclinó hacia la puerta para ocultar la herida y la sangre que manchaba sus ropas.

—¿Qué?

—Busco el hotel El Dorado. Creo que está por aquí, en alguna parte. Me alojo allí con mi hermana y sus hijos y necesitaba salir un rato, usted ya me entiende. Porque la familia es la familia, pero hombre, por favor… El caso es que me he ido a Playa del Carmen a pasar la tarde, pero creo que si vuelvo a ver un cóctel margarita vomito. Y los hijos de mi hermana, que es auxiliar de dentista en Atlanta…

El guardia no le dejó acabar.

—Fuera de aquí. Esto es un evento privado.

—¿Hay barra libre?

—¡Lárguese! —El hombre dio un golpe en el techo del coche. La violencia del gesto bastó para que Daggart dedujera todo lo que necesitaba saber.

Subió la ventanilla. Al arrancar vio que el guardia hablaba con un par de amigos, señalando hacia él. Evitó encontrarse con sus miradas y salió del aparcamiento. Al tomar la carretera federal 307, se dio cuenta de que estaba temblando. Acababa de meterse en un nido de avispas y había vivido para contarlo.

Se dirigió hacia el sur por la carretera a oscuras. La vanguardia del huracán *Kevin* había llegado por fin, tapando la luna y las estrellas. El viento sacudía su coche y lo zarandeaba de un lado a otro como si fuera un juguete. Daggart sujetó con una mano el volante, alargó la otra hacia el asiento del copiloto y cogió el mapa de Yucatán. Dividiendo su atención entre la carretera y el mapa que tenía en el regazo, siguió la línea de la autopista desde Tulum hasta la población de Boca Paila. Según el mapa, allí había un pequeño puerto. Era cuanto necesitaba saber.

Y

El sudor corría por la frente de Ana. Cuando se detenía para palpar la cuerda, no notaba ninguna diferencia. El problema era, en parte, que el clavo sólo tenía una punta: no era el borde afilado de un cuchillo, ni el filo de un cúter. Empezaba a perder la esperanza de acabar la tarea.

Sentía, fuera, el bullir creciente del gentío. Jonathan Yost había causado furor.

—¿De qué ha llegado la hora? —gritó al micrófono.

—¡De la revolución! —respondió la muchedumbre.

—¿De qué ha llegado la hora? —repitió.

—¡De la revolución!

—¡No os oigo!

—¡De la revolución! —vociferaron, y comenzaron a repetir aquel grito una y otra vez, en una cantinela sedienta de sangre, tan ansiosos de muerte y destrucción como una turba en un linchamiento.

Ana atacó la cuerda con renovado vigor. Mientras frotaba el grueso cordel contra la punta del clavo, se acordó de Daggart tumbado en el suelo de la cueva. Aquella imagen bastó para que volcara todas sus fuerzas en la tarea.

«Poco a poco —se decía—. Poco a poco.»

Daggart llegó al puerto de Boca Paila en tiempo récord. Era un pueblecito soñoliento, cerrado a cal y canto esa noche. Las ventanas de madera y los postigos metálicos anunciaban la tormenta inminente. Los faros del coche de Daggart brillaban en las paredes encaladas cuando cruzó el centro del pueblo. Un perro flaco se levantó del centro de la calle, donde estaba durmiendo, y se escabulló por un callejón oscuro. El viento erizaba su pelo sarnoso. Al acercarse a la playa, Daggart apagó las luces y se detuvo. Salió y se acercó cojeando a la orilla. El viento tiraba de su ropa. En la playa, grandes olas turbulentas se estrellaban con furiosa resignación.

Más abajo, por la orilla, vio un pantalán de madera que se adentraba en el mar Caribe; sus postes podridos amortiguaban el embate de la marejada. Atadas a aquellos mismos postes había varias barcas que cabeceaban al vaivén del oleaje. Barcas como las que se ven en las calles de las ciudades tras el paso de un huracán.

Llegó a trompicones al embarcadero. El simple hecho de caminar reabrió su herida, y un óvalo de sangre fresca le manchó la camisa. A un lado del pantalán, un par de barquitas se mecían sobre el mar ondulante. No podría llegar a Tulum con ellas en plena tormenta. No con aquel oleaje. Cruzó al otro lado del embarcadero. Su mirada se posó, para su deleite, en una lancha desvencijada: un bote neumático de combate amarrado al muelle. Daggart había pasado más de un día frente a las costas de Somalia en embarcaciones como aquélla, aprendiendo las complejidades de su funcionamiento mientras Maceo Abbott y los otros chicos de la Fuerza Delta dibujaban ochos de espuma en el océano Índico. Sabía que aquellas Zodiacs eran rápidas y resistentes, y que podían soportar la embestida de un gran temporal. Estaba por ver, sin embargo, si aguantaban un huracán de fuerza cinco.

Bajó por la escalerilla de madera, desató la Zodiac y arrancó el motor de cuarenta caballos. Un instante después iba surcando el fuerte oleaje en dirección norte. Cada vez que tomaba una ola, la lancha caía con un estruendo ensordecedor. Al mirar hacia atrás una última vez, vio movimiento a lo lejos: dos hombres parecían correr por la arena de la playa. Si pertenecían a Right América, mala suerte. Alertarían a sus compañeros de Tulum y tendría escasas o nulas probabilidades de llegar a tierra sin que detectaran su presencia.

Pero no podía hacer nada al respecto. Sólo podía guiar la pequeña embarcación entre el grueso oleaje y confiar en llegar a Tulum antes de que Ana sufriera algún daño. Lo demás no estaba en sus manos.

## Capítulo 94

Ana sintió que el trozo de cuerda se partía en sus manos. Sus muñecas se separaron y el grueso cordel cayó al suelo. Extendió los brazos y se frotó rápidamente las muñecas magulladas para desentumecerlas. Cuando la multitud estalló en otro de sus gritos atronadores, se quitó la cinta aislante de la boca. Estiró los labios, se inclinó y desató la cuerda que le ataba los tobillos. Un momento después estaba libre.

Pero ¿y ahora qué?

No tenía dónde ir. No había ninguna entrada lateral, ni trasera. Sólo podía salir por delante, donde no sólo estaban los dos guardias, sino también los oradores que hablaban ante la muchedumbre congregada. Tal vez pudiera esquivar a los guardias, pero enseguida se encontraría envuelta por el resplandor del foco. Sería imposible escapar de la multitud histérica si la veían huir del Castillo.

Mientras buscaba una solución a marchas forzadas, oyó que el discurso de Frank Boddick alcanzaba un clímax frenético y que el gentío respondía como se esperaba de él. Fue entonces cuando comprendió lo que estaba ocurriendo. No iba a mantener un encuentro privado con Frank Boddick cuando todo aquello acabara. Iba a ser la atracción principal. La víctima sacrificial que Right América iba a consagrar a los dioses.

Se agachó, recogió la cinta aislante y le quitó la arena y el polvo que se habían pegado a ella. Volvió a ponérsela en la boca. Un instante después recogió los trozos de cuerda y empezó a atarse de nuevo los tobillos y las muñecas.

Y

Daggart vio el suave resplandor de Tulum a lo lejos. El rojo de las antorchas y la luz de los focos emanaban por detrás de los muros de la antigua ciudad envolviéndola en una luz fantasmal que le servía de fondo. Vista desde el mar, únicamente con las siluetas difusas de los templos y las pirámides, no era de extrañar que los españoles hubieran pensado que la ciudad era mucho más grande de lo que era en realidad. Las luces parpadeantes y el halo que envolvía los contornos de los edificios creaban la ilusión óptica de que Tulum ocupaba mucho más terreno.

Aunque el viento, por sí mismo, era casi ensordecedor, Daggart aminoró la velocidad para reducir el ruido del motor. Oyó, satisfecho, el clamor de la muchedumbre. Era ese mismo retumbar lejano que se oye los sábados por la tarde en un campus universitario, cuando el público de un partido de fútbol grita y vitorea al unísono y el aire otoñal arrastra perezosamente su alboroto. Sólo que en este caso, redoblado.

Acercándose por el sur, llegó primero al templo del Mar, el pequeño edificio de una sola habitación, situado al borde del acantilado, donde el inspector Careche le había abordado apenas una semana antes. Era el lugar lógico para desembarcar, pero después de ver el aparcamiento Daggart estaba seguro de que habría centinelas armados con ametralladoras montando guardia en el templo. Igual que en todas las torres vigías.

Siguió adelante. Pasó junto al Castillo y llegó al corredor que, abierto entre corales y escollos, hacía de Tulum un puerto natural. Allí, en siglos pasados, las embarcaciones se colaban por la única abertura del arrecife y atracaban en la playa de arena para desembarcar su cargamento de sal y jade, de maíz y obsidiana. Era el mejor sitio para arribar, pero también el más peligroso. Estaba seguro de que en cuanto acercara la lancha a la orilla se encontraría con un tropel de guardias armados.

Se dirigió hacia el norte hasta alcanzar un punto en el océano perpendicular al risco sobre el que se levantaba el Templo del Viento (al que el nombre le venía como anillo al dedo). Aunque no era la edificación más septentrional de Tulum, era lógico pensar que albergara un centinela de Right América. El neopreno negro de la Zodiac, que no reflejaba la luz, y el pequeño tamaño de la embarcación en medio de la vasta extensión del mar jugaban a favor de Daggart. Tampoco venía mal que las nubes hubieran ennegrecido más aún la ya de por sí negra noche. Daggart confiaba, además, en que el guardia estuviera mirando hacia el interior del recinto. A fin de cuentas, ¿quién en su sano juicio saldría al mar en una noche como aquélla?

Con el motor al ralentí, guio la lancha por entre los corales de bordes afilados, sintiendo cómo mordían y arañaban la embarcación. Aunque las Zodiac se fabricaban con planchas de aluminio en el fondo, posiblemente convenía no poner a prueba su eficacia (o su falta de ella) en la recortada costa de Yucatán. Las puntas filosas de los corales arañaban el casco, hundiéndose en el fondo de la lancha como dedos en un globo a medio inflar.

Pero la Zodiac no se rompió.

Cuando hubo atravesado lo peor del arrecife, apagó el motor y dejó que las olas hicieran el resto. El fuerte empuje de la marea le arrastró hasta la orilla. La adrenalina inundó su organismo al saltar de la lancha, y una punzada de dolor atravesó su estómago. Luchando contra olas que le embestían como automóviles, amarró la lancha, consciente de que Ana y él la necesitarían para salir de allí. Un puente que tendrían que cruzar después.

Avanzó por el acantilado en dirección al Castillo, entre los peñascos de la orilla, teniendo cuidado de dónde pisaba. Las heridas de su hombro, de su estómago, de sus costillas, chillaban de dolor como alarmas. Procuró ignorarlas. Ya se ocuparía de ellas más tarde. Ahora su meta era sencilla: encontrar a Ana. Y sacarla de allí.

Al llegar al lugar donde el acantilado se abría, divisó a un pequeño grupo de hombres que fumaban junto a la orilla, con los AK-47 colgados del hombro. Se interponían entre el Castillo y él.

«¡Maldita sea!»

Se pegó al acantilado. Las olas se hinchaban y rompían en espumoso crescendo. Su fragor se desvanecía con la misma rapidez, evaporándose en el cielo nocturno para dar paso a otro golpe de mar que seguía el mismo camino. Entre el romper de las olas, Daggart oía a la multitud. Su rugido fluía y refluía como las olas. De pronto prorrumpió en un grito de euforia que pareció resonar en el cielo estrellado. Un momento después se sumió en un silencio extático. Daggart dedujo que las cosas estaban alcanzando su punto álgido. No había tiempo para volver a la lancha, hacerse otra vez al mar y buscar otro lugar donde desembarcar. Si quería salvar a Ana, tenía que actuar deprisa.

Retrocedió hasta que los salientes retorcidos de las rocas le taparon por completo. Se acercó sigilosamente a la orilla, se metió en el agua y se entregó al mar turbulento dejándose llevar por el reflujo de una ola. El agua salada enconó su herida, y el dolor casi le cortó la respiración. Dejó que la resaca le arrastrara hacia el interior del mar, en perpendicular a la orilla, y rezó por que los hombres, si miraban, no vieran su pálida cabeza meciéndose a la luz de la luna.

A quince metros de la playa viró hacia el sur. Mientras nadaba a braza, hendiendo el agua con las manos extendidas y pataleando como una rana en el turbulento mar Caribe, sentía una punzada de dolor cada vez que se impulsaba. «Puedes hacerlo —se dijo—. Nadas aquí todos los días.» Como si sintieran su debilidad, las olas le zarandeaban y le sacudían, llevándole a empujones hacia la orilla. El agua salada se le metía en la boca y le quemaba la garganta. Tragaba enormes bocanadas de mar cálido y amargo, salado y nauseabundo, y seguía nadando en paralelo a la playa.

Dejó atrás el corredor arenoso. Ya no luchaba contra las olas: dejaba que le llevaran hacia la orilla. Le arrojaron sin esfuerzo sobre el talud rocoso como si fuera un detrito del océano. Se incorporó, y un instante después se vio arrojado de nuevo al mar. Era casi imposible asirse a las rocas fangosas, cortadas a pico, y sólo al tercer intento logró escapar de las garras de las olas.

Contuvo el aliento y miró alrededor. Una negra línea de nubes colgaba sobre el océano. En el este restallaban relámpagos. Los truenos retumbaban sobre el agua. El huracán *Kevin* se acercaba lentamente.

Un rayo cayó en el mar y Daggart levantó la mirada. La parte de atrás del Castillo se alzaba doce metros por encima de él. Mientras miraba hacia arriba y se disponía a trepar por la pared de roca, notó algo extraño. Como una libélula posada en una barandilla, un helicóptero descansaba en lo alto del Castillo, asomando la cola sobre el acantilado. Desde aquel ángulo, parecía un Bell: el mismo en el que había llegado Jonathan.

Al empezar a escalar el abrupto acantilado, no tuvo más remedio que preguntarse qué le esperaba. Y cómo reaccionaría.

Los gritos de la multitud se convirtieron en un solo cántico. Al principio, Ana no comprendió lo que decían. Luego lo entendió por fin.

—¡Sacrificio! —clamaban, cada vez más fuerte—. ¡Sacrificio! ¡Sacrificio! —Decenas de miles de voces gritando a pleno pulmón la misma palabra. Los músculos del cuello tensos y abultados. Las voces forzadas. La saliva lanzada al aire.

Los dos guardias entraron en la pequeña habitación. Agarraron a Ana Gabriela por los brazos y la pusieron en pie. Ella se resistió sólo un poco cuando la sacaron a rastras a lo alto de la pirámide. Sus ojos se agrandaron. Bajo ella se extendía una muchedumbre de fanáticos que gritaban enfebrecidos y que al ver a la víctima sacrificial prorrumpieron en salvajes alaridos de júbilo. Levantaron los puños hacia el cielo. El frenesí se apoderó de ellos cuando brilló un relámpago y se oyó retumbar un trueno.

Un hombre se adelantó y Ana reconoció en él a Frank Boddick. Su sonrisa era un poco demasiado amable y su pelo en exceso perfecto, a pesar del viento huracanado. Llevaba en una mano un cuchillo de carnicero y en la otra un pequeño fajo de papeles plegados: el falso códice. Hizo señas a la multitud como si le pidiera permiso para matar a aquella mujer. El gentío asintió rugiendo. Boddick se volvió e inclinó la cabeza mirando a los dos guardias. Acercaron a Ana. Ella comprendió que había llegado el momento. Un instante después la agarrarían por las extremidades y la tenderían en cruz sobre el altar. Acto seguido, uno de ellos, posiblemente el propio Boddick, abriría un agujero en su pecho y extraería su corazón palpitante.

Como habían hecho con Javier.

Aterrorizada, soltó las cuerdas, se desasió de los guardias y corrió hacia la cúspide del Castillo. Si podía llegar a la parte de atrás y saltar el acantilado, tal vez pudiera alcanzar el agua. Era lo único que pedía. Una vez en el mar, quizá tuviera alguna oportunidad de sobrevivir pese al fuerte oleaje que precedía al huracán. La multitud bramó, entusiasmada, como si estuviera presenciando un montaje. Ana resbaló sobre las rocas húmedas, se levantó y siguió trepando. «Ya casi estoy. ¡Ya casi estoy!»

Un momento después sintió que una mano la agarraba del tobillo. Pataleó, pero la mano no la soltó. Los dos guardias la alcanzaron y la llevaron a rastras mientras chillaba y se retorcía. El gentío rugió más aún. Aquello era lo que querían ver: no sólo el sacrificio, sino el drama precedente. La persecución, acompañada de rayos y truenos, superaba en espectacularidad al propio Hollywood. Al propio Boddick. La muchedumbre dejó escapar un bramido feroz e inhumano.

Otros dos guardias la cogieron de los pies. Un instante después estaba en posición horizontal, levantada por los cuatro hombres que sujetaban sus miembros. La pusieron encima de un ara de piedra. Frank Boddick se acercó. Levantó el cuchillo de carnicero. El gentío volvió a vociferar, tempestuoso, cuando la hoja reluciente reflejó el fulgor de un rayo.

Ana sentía el golpeteo de su corazón contra el pecho. Jadeaba compulsivamente. El miedo la consumía. Buscaba con los ojos, frenéticamente, algo que le permitiera escapar. Pero lo único que veía ante ella era un mar de caras desconocidas. Incluso allí, en el nivel superior de la pirámide, eran seis contra una. Además de los cuatro guardias que la sujetaban, estaban Jonathan Yost y Frank Boddick. No tenía escapatoria.

# Capítulo 95

Scott Daggart saltó desde el tejado del Castillo y de un golpe arrancó el puñal de la mano de Frank Boddick. Le rodeó el cuello con el brazo y pegó la pistola automática a su sien. Los cuatro guardias de la plataforma corrieron hacia Daggart, pero retrocedieron al ver el arma apretada contra la cabeza de su jefe. Creyendo que aquello era un nuevo espectáculo, la muchedumbre bramó entusiasmada. Luego lo comprendieron: su líder (su Mesías) estaba extrañamente callado. Tenía una expresión de puro pánico. No estaban acostumbrados a ver aquella mirada en el protagonista de *Caza mortal II* y *Tren asesino*. Se fueron callando mientras empezaban a caer gruesas gotas de lluvia. Se levantó el viento. Los rayos se superponían unos a otros.

—No hagas ninguna tontería, Scott —dijo Jonathan, siempre en su papel de gerente impertérrito. Miró el helicóptero posado por encima de ellos.

—Si buscas a tu piloto, no te molestes —dijo Daggart—. Está temporalmente fuera de servicio. Y en cuanto a este tío... —Apretó el cañón metálico de la pistola hasta hacer una marca en la piel de Boddick—, le soltaré si me entregas a Ana y nos dejas salir de aquí.

—Está bien. Puedes llevártela, ¿verdad, Frank?

Frank Boddick levantó el labio como si oliera algo podrido. No estaba acostumbrado a perder. Ni siquiera estaba acostumbrado a transigir.

—Puede llevársela —repitió Jonathan—, ¿verdad, Frank?

El actor asintió con la cabeza y los cuatro hombres se apartaron de Ana. Ella se bajó del altar y corrió junto a Daggart.

—¿De veras cree que va a salir de aquí? —preguntó Boddick, siempre en su papel de actor—. Por si no lo ha notado, hay miles de personas aquí. ¿De veras cree que van a dejarle escapar?

La muchedumbre no oía lo que decía Boddick, pero intuía lo que estaba ocurriendo. Iba acercándose poco a poco a la base de la pirámide. La lluvia empezaba a arreciar. Brillaban los truenos.

—Puede que nos llevemos el helicóptero —dijo Daggart—. Con eso bastará.

—¿Y cómo va a manejarlo? Si se ha cargado al piloto, no creo que pueda llegar muy lejos. —Boddick se rio suavemente, con una risa liviana y rasposa.

—Lo cierto es que sabe volar —dijo Jonathan—. Estuvo en el ejército. —Había una nota de agria resignación en su tono de voz.

Si Boddick le oyó, no se dio por enterado. La sonrisa de su cara se quebró sólo un poco.

—Entonces ¿van a volar con este tiempo? —Miró el cielo negro, los torrentes de lluvia, las lanzas aserradas de los relámpagos—. Buena suerte.

—No es más que una tormenta.

—Muy bien. Así que no teme a un pequeño huracán. ¿Qué me dice de los lanzagranadas?

—¿Eso es una amenaza? —preguntó Daggart.

—Es su funeral.

—El suyo también. Va a venir con nosotros.

Boddick palideció bruscamente.

—Llévame a mí en su lugar —dijo Jonathan.

—Un gesto que te honra, Jonathan —dijo Daggart—. Pero no creo que esa gente te aprecie tanto como aquí a tu amigo la estrella de cine. No te lo tomes a mal, pero dudo de que vacilen un segundo en dispararnos.

Daggart arrastró a Boddick hacia la entrada del Castillo y se dirigió a los guardias de la plataforma.

—Convendría que bajaran esos peldaños y se unieran a su muchedumbre de adoradores.

Jonathan y los cuatro hombres permanecieron inmóviles, sin moverse un centímetro.

Daggart disparó a la pierna de uno de los guardias. El hombre cayó al suelo retorciéndose de dolor y sujetándose la pierna herida. La sangre se colaba entre sus dedos.

—¡Deprisa! —gritó Daggart—. O la próxima se la meto en los sesos a vuestro mesías.

Jonathan y los tres guardias restantes bajaron por los peldaños resbaladizos.

—Vamos —dijo Daggart, indicando a Boddick que ascendiera por la escalerilla que llevaba al helicóptero. Dejó que subiera Ana primero, y luego Boddick. Luego subió él, sin dejar de apuntar a Boddick con el arma. Tendido en el techo, en medio de un charco de agua, estaba el piloto del helicóptero, inconsciente todavía por el golpe que Daggart le había asestado con la pistola.

Daggart indicó a Ana y a Boddick que entraran en el helicóptero. Se sentaron atrás, aliviados por escapar del aguacero. Boddick seguía aferrando los papeles del falso códice. Daggart cerró las puertas. Indicó a Boddick que se sentara en el asiento más alejado de la puerta y le dio la pistola a Ana.

—Al primer movimiento, dispara —le ordenó.

—Con mucho gusto —dijo ella.

Daggart se sentó en el sitio del piloto, se sacudió el agua de las manos y los brazos y echó un vistazo a los controles para familiarizarse con ellos. Era un helicóptero convencional, uno de los más recientes de la compañía Bell, con más chismes y aparatos que el Blackhawk que había pilotado en Mogadiscio. Aun así, se parecían lo suficiente como para que pudiera despegar. Habría estado bien poder practicar un poco, o hacer alguna simulación de vuelo. O incluso hojear un manual. Pero cuando miró por la ventanilla y vio a la multitud acercarse poco a poco, comprendió que no podría permitirse aquel lujo.

—Scott —dijo Ana, con la vista fija en la turba iracunda que empezaba a subir por la escalera del Castillo.

—Sí, ya.

Pulsó tres interruptores y los motores cobraron vida; las aspas empezaron a girar lentamente, batiendo el aire lluvioso en grandes torbellinos. El gentío no tuvo más remedio que retroceder.

El fuerte zumbido de las turbinas y el rotor en movimiento hacía imposible comunicarse dentro del helicóptero. Daggart se puso un par de auriculares e hizo señas a Ana de que hiciera lo mismo. Boddick se los puso también sin que le dijeran nada.

—Agarraos —dijo Daggart—. Ha pasado mucho tiempo. —Agarró la palanca y, pisando los pedales, hizo que el helicóptero se elevara lentamente. El morro del aparato se inclinaba y cabeceaba mientras Daggart intentaba encontrar el equilibrio entre los mandos y el fuerte viento. El helicóptero se elevó tres metros, quedó suspendido y volvió a descender de golpe.

—¡Santo cielo! —gritó Frank Boddick.

—Ya le he dicho que hacía mucho tiempo.

Años y años, en realidad. Y aunque confiaba en que su memoria muscular le dijera qué hacer, aquello era algo más complicado que montar en bicicleta.

—No se saldrá con la suya —dijo Boddick. Una frase de sus películas, imaginó Daggart. Y no de las mejores.

—Que yo sepa, no soy yo quien intenta salirse con la suya.

El helicóptero despegó de nuevo, elevándose precariamente sobre el Castillo. El morro se levantaba y caía como si campeara un temporal en el mar. Daggart aceleró. El viento les zarandeaba tanto que parecían ir en un coche que patinaba sobre hielo, no en una aeronave. La vanguardia del huracán había caído sobre ellos con vientos de ciento sesenta kilómetros por hora. Daggart tensó los brazos, intentando enderezar el aparato.

Por fin comenzaron a volar en dirección norte, a lo largo de la costa, y al mirar por el parabrisas salpicado por la lluvia Daggart se relajó un poco. Las olas refulgían, fosforescentes, al romper en la penumbra. Aunque volaban en la dirección que quería, le irritaba no dominar los mandos. Cuando dejó el ejército sabía pilotar un Blackhawk. Conocía sus complejidades y su idiosincrasia, sus vicios y sus manías. Podía meterlo en un cruce de calles con las hélices a pocos centímetros de las paredes y posarlo tan suavemente como si apoyara los pies en el suelo al levantarse de la cama. Se alegraba de que su destino, el aeropuerto de Cancún, no estuviera muy lejos. Allí podría entregar a Boddick a los *federales* y olvidarse de todo aquello. Al día siguiente contactaría con el INAH para ayudarles a recuperar el Quinto Códice.

—Bonita vista —comentó Frank Boddick.

Daggart miró por encima del hombro, hacia el resplandor mortecino de Tulum. Pero no era eso de lo que hablaba Boddick. A través de la lluvia negra, iluminada de fondo por los relámpagos, Daggart divisó un par de luces parpadeantes. Otro aparato. Un helicóptero se dirigía velozmente hacia ellos a las nueve en punto. Como un halcón con las garras extendidas, parecía dispuesto a arrancar el Bell del cielo.

—Se lo advertí —dijo Boddick.

Daggart observó acercarse al helicóptero. Tronaba por el cielo, derecho hacia ellos. Jugaba a ver quién se rendía primero, y si Daggart no hacía algo, chocarían en el aire.

Sin dudarlo un instante, lanzó el helicóptero hacia el océano.

## Capítulo 96

$\mathcal{L}$e dio un vuelco el estómago mientras caían en picado hacia las cálidas aguas del mar Caribe. El helicóptero enemigo zumbaba por encima de ellos y su estela sacudía el aparato de Daggart. Asiendo la palanca con todas sus fuerzas, logró enderezar el aparato a escasos centímetros del mar. Sus patines rozaron la superficie y dejaron sendos surcos en el agua. Elevó el morro por encima de las grandes olas, intentando ascender. Cuando el otro helicóptero pasó de largo y empezó a describir un amplio círculo, Daggart reconoció su silueta. Era un AH-1 Cobra. El mismo que habían visto en el cenote.

—Creía que ése era el suyo —gritó Daggart al micrófono mientras forzaba al helicóptero a subir.

—Lo es —contestó Boddick—. Pero su amigo parece ir en él, igual que nosotros vamos en el suyo.

Daggart viró bruscamente y se dirigió hacia el interior. Lejos del mar. Si el Cobra buscaba una confrontación directa, prefería que fuera sobre tierra firme. Tal vez en la selva encontrara un sitio donde aterrizar. Lo de entregar a Frank Boddick a los *federales* tendría que esperar.

Agarraba los mandos con febril intensidad y los músculos de los brazos se le tensaban mientras intentaba mantenerse a escasa distancia de las copas de los árboles. En cierto modo, por extraño que fuera, la tensión le ayudó a relajarse. Viró bruscamente para esquivar las garras airadas de una enorme mimosa cuyas flores rosadas se mecían y brillaban en medio de la tormenta. Un momento después se enderezó.

Unas luces verdes y rojas que aparecieron en la periferia de su campo de visión captaron su atención. Era el Cobra. Descendió de las nubes turbias como una maligna ave de presa, dispuesto a embestirlos. En el último momento, Daggart tiró de la palanca hacia atrás y ascendieron violentamente, como en una montaña rusa. La aceleración los pegó a los asientos. Sintieron un vuelco en el estómago. El helicóptero militar pasó de largo, y Daggart hizo descender de nuevo el Bell hasta que volvieron a rozar las copas de los árboles. El viento los sacudía de un lado a otro.

—¿Qué velocidad alcanza este cacharro? —preguntó Daggart.

—No tanta como mi Cobra, eso seguro. El mío puede alcanzar fácilmente los cuatrocientos ochenta kilómetros por hora.

Eso se figuraba también Daggart. Aunque el Bell era uno de los helicópteros comerciales más modernos, no podía competir en velocidad y potencia con los aparatos militares. Suponía que como mucho llegaba a los cuatrocientos kilómetros por hora. Cuatrocientos cuarenta, quizá, con viento de cola. Tendría que escabullirse por otros medios. No sería la primera vez.

—Vamos a apagar las luces —gritó.

—No lo dirá en serio —dijo Boddick, alarmado de pronto.

—Mire —dijo Daggart, y apagó las luces exteriores.

Pisó los pedales y deslizó la palanca hacia delante, haciendo descender el aparato hasta que tocaron el dosel de los árboles sacudidos por el viento. Si quería dar esquinazo al Cobra, su única esperanza era perderse entre la penumbra de la selva. Naturalmente, corrían el riesgo de chocar con las copas de los árboles. O con los cables de la luz. O con alguna ruina maya.

«Relájate. Respira.»

«Vuela por delante del aparato —le habían enseñado sus instructores de vuelo—. Concéntrate en el morro del helicóptero. Anticípate a todo.»

Pasaban rozando el techo del bosque, cuyos árboles doblaba el viento. La lluvia acribillaba el helicóptero. Nadie habló durante un rato. Apenas respiraban. Volar a oscuras era un suicidio. Sobre todo, tan cerca de los árboles. Una ráfaga repentina de viento y estarían muertos. Se hallaban entre las fauces del huracán. El viento zarandeaba ferozmente el pequeño aparato. Daggart agarraba la palanca como si estuviera colgado de un precipicio y sólo tuviera una rama a la que aferrarse.

Oyó un eructo y al volverse vio que Frank Boddick había vomitado contra la pared de la cabina. Hilillos de vómito colgaban de sus labios. En la oscuridad, su cara pálida y sudorosa brillaba tanto como la luna. Y parecía igual de inerme. Ana rezaba en silencio, con las manos juntas y apretadas y los ojos cerrados.

Daggart levantó la vista hacia los negros nubarrones. Los relámpagos saltaban de uno a otro. La lluvia que golpeaba el parabrisas, aporreando el cristal con sus puños, reducía la visibilidad. Pero no había rastro del Cobra. Eso era lo bueno. Daggart se preguntó a qué distancia estaría el aeropuerto más cercano. Sobrevolaban una selva negra en lo más oscuro de la noche y en medio de la más negra tormenta. Confiaba en que pudieran llegar a Mérida o a algún otro sitio antes de que Jonathan pudiera volver a atacar.

Cuando miró por la ventanilla, se dio cuenta de que no iba a ver cumplido su deseo.

El Cobra descendió disparando del cielo tormentoso. Una docena de balas se estrelló contra el fuselaje del helicóptero y el estruendo del metal al chocar contra el metal sacudió sus tímpanos. El aparato se sacudió. Se inclinó bruscamente primero hacia un lado y luego hacia el otro. Daggart cogió con fuerza la palanca para mantener la altitud. Las luces de alarma se encendieron. El helicóptero zigzagueaba en el cielo como la cola de una cometa. Scott Daggart no tenía que luchar únicamente con el viento, sino también con los mandos.

Sabía, además, que Jonathan Yost no se detendría ante nada para derribarle. Aunque ello significara matar a Frank Boddick.

El actor palideció.

—¿Qué pasa, Frank? —preguntó Daggart—. Quería ser el mesías. Ahora tendrá la oportunidad de demostrar que puede resucitar de entre los muertos.

Boddick no respondió.

El helicóptero se tambaleaba de un lado a otro como un borracho. La densa lluvia era una cortina negra que reducía la visibilidad al máximo. Agarrados a las asas, Frank y Ana se pegaban a las paredes de la cabina. Daggart sujetaba la palanca con todas sus fuerzas para mantenerla quieta. Le mordía la mano y le empujaba. Con los músculos tensos y la mandíbula apretada, se inclinaba sobre los controles como sobre un objeto muy pesado. La tensión había vuelto a abrir la herida de su estómago, y la sangre brotaba libremente de su abdomen. No se atrevió a hacer nada al respecto. Le costaba un esfuerzo inmenso mantener el aparato por encima de los árboles. Y no desmayarse.

Barría el suelo con los ojos en busca de un claro. No tenía que ser muy grande, lo justo para aterrizar y para desaparecer entre los brazos abiertos de la jungla sofocante. El problema era que estaban en medio de Yucatán. Y allí escaseaban los espacios abiertos.

Pero Daggart se acordó de uno.

Se inclinó hacia delante y miró por el cristal salpicado de lluvia. Distinguía a lo lejos lo que parecía ser una carretera que discurría serpenteando hacia el norte. La carretera federal 295. En algún punto (no recordaba dónde), se cruzaba con la 180: la carretera que llevaba a Chichén Itzá. Además de sus altísimas pirámides, las famosas ruinas mayas estaban provistas de un enorme campo de pelota: un sitio lo bastante grande como para que aterrizara toda una flota de helicópteros.

Suponiendo, claro, que pudieran llegar tan lejos.

El helicóptero de Jonathan bajó del cielo, iluminando fugazmente con su foco el interior del Bell, y escupió medio centenar de balas contra la cabina. Los proyectiles silbaron y explotaron contra el metal. A pesar de su opulencia, el helicóptero no ofrecía más protección que una lata de enormes proporciones.

—¿Todo bien por ahí? —gritó Daggart por el micrófono.

—Sí —logró decir Ana. Frank Boddick estaba demasiado aterrorizado para hablar.

Las luces de advertencia se encendieron; las alarmas comenzaron a chillar. El helicóptero se sacudía salvajemente, cabeceando y dando tumbos por el cielo nocturno como un cometa borracho. El viento los empujaba hacia abajo como la mano de un gigante, presionando contra la tierra. Daggart luchaba por mantener el rumbo, pero empezaba a perder el control de la horizontalidad del aparato. El helicóptero se ladeaba mientras sobrevolaba los árboles, y a veces se acercaba tanto a las ramas que sus patines arrancaban puñados de hojas. Temblaba y se estremecía, siguiendo su errático camino.

Daggart aceleraba cuanto se atrevía. Era arriesgado pensar que podría seguir controlando el aparato mucho más tiempo, pero más arriesgado aún era creer que podría eludir a Jonathan. Una o dos pasadas más del Cobra, y sabía que estarían perdidos. Ya volaban por los pelos.

«Adelántate al aparato. Relájate. Respira.»

Sobrevolaban la carretera federal 295. Era ya sólo cuestión de tiempo. Si encontraba la 180, tendrían alguna oportunidad. Si la encontraba.

Oía el chirrido de las balas golpeando la cola: sonaban como guijarros estrellándose por centenares contra una señal de tráfico. Jonathan parecía conformarse con seguirles y acribillarles a balazos. Con conducirles a la muerte a picotazos. Sabía que eran un pájaro herido. Daggart sólo contaba con una ventaja: el comportamiento azaroso de su helicóptero. Su rumbo impredecible lo convertía en un blanco difícil incluso para el mejor de los pilotos.

El Cobra descendió de nuevo disparando.

—¡Agachaos! —gritó Daggart, y viró bruscamente a las tres en punto. Mientras se inclinaban de un lado a otro, las balas rompieron las ventanillas de atrás y acribillaron las paredes interiores, rebotando en la cabina como palomitas de maíz. Daggart tiró de la palanca con la fuerza de un levantador de pesas. El sudor le chorreaba por la cara mientras luchaba a brazo partido con los controles. Dividiendo su atención entre el altímetro y las aterciopeladas ondulaciones de la selva, escudriñaba la turbia oscuridad.

«Vamos, ¿dónde está? Tiene que estar ahí abajo, en alguna parte.»

Sus ojos distinguieron por fin un fino surco excavado entre los árboles.

¡Allí!

La carretera federal 180. Aunque era estrecha y escurridiza y estaba envuelta en sombras, Daggart no tenía duda de que era la que buscaba. Aquí y allá, lámparas de vapor de sodio vertían remansos amarillos sobre los tejados de chapa y las cabañas cerradas con tablones de minúsculas aldeas mayas.

Empujó la palanca de forma que el helicóptero comenzó a dar bandazos adelante y atrás como una avispa amodorrada por el otoño. A su modo, seguía la cinta de la carretera, allá abajo. No tardarían en llegar a Chichén Itzá.

El Cobra apareció de nuevo, salido de la nada. Esta vez no se molestó en usar las ametralladoras: disparó un misil. Una explosión ensordecedora sacudió el Bell y una bola de fuego naranja surgió de debajo de la cabina. Daggart agachó la cabeza en el instante en que una oleada de calor pasaba a su lado, chamuscándole el pelo. Al incorporarse y mirar hacia atrás, vio que las llamas asaltaban la cabina y la llenaban por completo de un humo de olor acre.

—El extintor está detrás de ti —le gritó a Ana, y tosió cuando aquel hedor agrio se coló en su garganta.

Ella se desabrochó el cinturón y se acercó tambaleante a la bombona roja. Un momento después estaba rociando las llamas con un chorro de espuma blanca. Cuando acabó, se dejó caer en su asiento.

—¿Estás bien?

Ella dijo que sí con la cabeza, pero a través del humo asfixiante de la cabina Daggart vio que estaba muy pálida. Junto a ella, Frank Boddick parecía paralizado por el miedo. Una gran mancha de orina marcaba sus pantalones.

El helicóptero se escoró hacia la izquierda como un barco que hacía agua, y el viento lo empujó hacia abajo. Daggart consiguió a duras penas mantenerlo en vuelo. Apoyó todo el peso del cuerpo en la palanca, pero era un animal herido que agonizaba rápidamente. Si no encontraban enseguida un lugar donde aterrizar, la siguiente andanada de disparos sería su fin.

El helicóptero se sacudió violentamente, bamboleándose en el aire. Empezaron a descender sin que Daggart lo pretendiera.

—No puedo controlarlo —dijo en voz alta. Hablaba con calma, casi con descuido. Era como si vistiera de nuevo el uniforme de militar y abordara el problema con objetividad, desapasionadamente. Apretó la palanca y tiró de ella con todas sus fuerzas, intentando que el aparato se mantuviera en el aire. Pero luchaba contra la gravedad y las dos toneladas y media del Bell. Era imposible que ganara la batalla.

—Chichén Itzá —dijo Ana como en trance, señalando con el dedo la pirámide de nueve pisos que se alzaba a lo lejos, delante de ellos. Los reflectores pintaban los lados húmedos de los enormes monumentos de caliza desmoronada dándoles una apariencia fantasmal. Sin turistas pululando por las explanadas, parecía que los templos mismos habían cobrado vida.

La mirada de Daggart cayó sobre la verde extensión del Campo del Gran Juego de Pelota. Intentó virar hacia allí, pero el aparato se estremeció y cayó bruscamente, precipitándose desde el cielo como un pájaro moribundo.

—¡Agarraos! —gritó, comprendiendo que no iban a llegar a su destino. Su meta era mantener el helicóptero en vuelo hasta que salieran del bosque. Después se preocuparía por el aterrizaje.

Chichén Itzá se veía ya claramente cuando los patines se engancharon en una maraña de ramas, al borde de la jungla. El helicóptero giró, se escoró y describió un círculo mientras seguía avanzando. Giraba y giraba, cada vez más deprisa, como una violentísima atracción de feria. La fuerza centrífuga lanzó a Daggart a un lado, levantándole del asiento. Sólo sus manos, que seguían aferradas a la palanca, le conectaban con el aparato. La nave se desplomó desde el cielo cargado de lluvia y rozó el suelo rocoso. Rebotó sobre sus patines, volvió a levantar el vuelo, giró ciento ochenta grados, tocó de nuevo el suelo, salió despedido otra vez, giró nuevamente y golpeó el suelo una última vez. Después se deslizó velozmente, como un esquiador que, lanzado cuesta abajo, hubiera olvidado cómo detenerse.

Un instante después volcó y se estrelló contra los peldaños inferiores del *Castillo*, la altísima pirámide. Estalló en llamas casi inmediatamente.

Los relámpagos brillaban y bramaban los truenos, y la escena parecía sacada directamente del *Infierno* de Dante.

# Capítulo 97

El calor del fuego hizo volver en sí a Daggart. Se sacudió las telarañas de la cabeza y se arrastró hasta Ana, que tenía sangre en la frente. Las llamas saltaban desde la cola de la cabina. Daggart miró a un lado y vio a Frank Boddick. Lo que quedaba de Frank Boddick. El borde dentado de un aspa había partido su cuerpo en dos. Le faltaba la mitad de la cara y no quedaba ni rastro de su sonrisa ganadora. La única mano que le quedaba aferraba aún el falso códice.

Daggart extrajo las páginas chamuscadas y quebradizas de sus dedos cerrados. Buscó una salida. Una puerta estaba justo debajo de ellos; la otra, justo encima. Se apoyó en el brazo de un asiento y de un empujón abrió la de arriba. El humo pasó por la abertura como por una chimenea. El oxígeno avivó el fuego y las llamas lamieron la estrecha salida. No había tiempo que perder.

Ignorando el dolor que le punzaba el estómago, Daggart levantó a Ana y la sacó por la puerta abierta. Luego se impulsó hacia arriba. De pie sobre el costado del helicóptero en llamas, cogió a Ana en brazos y saltó al suelo cubierto de grava. Al caer, sintió como si alguien le desgarrara el estómago. Su herida sangraba abundantemente, y no podía hacer nada por detener el flujo de sangre.

Arrastró a Ana lejos del aparato en llamas y se inclinó sobre ella, acunándola en sus brazos como la *Pietà*. Le palmeó las mejillas.

—Ana, ¿me oyes?

Sus ojos se abrieron parpadeando y escudriñaron la cara de Daggart intentando comprender lo que ocurría.

—¿Estamos vivos? —preguntó.

—Por los pelos.

—Entonces es que merecemos mucho.

—Hemos sufrido mucho, desde luego.

Ella consiguió sonreír.

—¿Dónde está el *señor* Boddick?

—Muerto.

—¿Y tu amigo?

El rápido descenso del Cobra interrumpió la respuesta de Daggart. El helicóptero se detuvo sobre la tierra empapada por la lluvia, a cincuenta metros de allí, como una abeja posándose en el capullo de una flor. El giro del rotor arrojaba ráfagas de lluvia y guijarros. Daggart y Ana volvieron la cabeza. El polvo les aguijoneaba las mejillas, los brazos, la nuca.

Las aspas del helicóptero comenzaron a perder velocidad. Daggart y Ana cambiaron una mirada.

—La pistola —dijo ella, mirándose las manos vacías.

—¿Estaba dentro? —preguntó Daggart. Señaló el cascarón en llamas que había sido su helicóptero.

Ella asintió. Miraron el Cobra. Su estruendo había menguado hasta convertirse en un gemido.

—¿Qué hacemos ahora? —preguntó ella.

—Salir de aquí. —Daggart recorrió con la mirada la antigua ciudad que los rodeaba.

—¿Por dónde?

—Por el único sitio posible —contestó él—. Allá arriba.

Miró la cúspide de la pirámide, apenas visible en medio de la tormenta sofocante. Cogió de la mano a Ana y la ayudó a levantarse. Mientras comenzaban a subir los abruptos y desmoronados peldaños del monumento milenario, la puerta del copiloto del Cobra se abrió de golpe. Jonathan Yost apareció como un fantasma.

Con sus diez plantas de altura, *el Castillo* era el edificio más prominente de Chichén Itzá. Mientras Ana y él empezaban su ascenso por los empinados y estrechos escalones, levantando bien las piernas a cada paso, Daggart recordó que había noventa y un peldaños que conquistar, cada uno de ellos de casi treinta centímetros de alto. Noventa y uno porque, si se sumaba el número de peldaños de las cuatro escaleras y se añadía la plataforma de la cúspide, salían 365 en total: el número de los días del año.

A Daggart comenzaron a dolerle los pulmones cuando sólo habían subido una docena de escalones, y notó que le faltaba el aire. Un pequeño fuego ardía en su pecho. Al volverse hacia Ana vio que estaba tan mal como él. Aunque intentaba impulsarse usando la barandilla de cuerda que cortaba la escalera en dos, Daggart vio que jadeaba y que lanzaba miradas aturdidas a su alrededor. La lluvia les laceraba la cara. El viento les empujaba hacia atrás.

Daggart la cogió de la mano.

—Podemos hacerlo —dijo.

Ella asintió vagamente, y Daggart la ayudó a seguir subiendo los escarpados y resbaladizos escalones.

A medio camino, Daggart miró hacia abajo. Jonathan Yost avanzaba con paso decidido junto al Templo del Jaguar. Indiferente a la tormenta. Derecho hacia ellos. Como un dios resurrecto, como un fénix alzándose de sus cenizas, atravesó el humo y las llamas del helicóptero incendiado hasta alcanzar la base de la pirámide.

Daggart y Ana siguieron subiendo. Cada vez les costaba más respirar. Daggart sujetaba en una mano el falso códice y en la otra la mano floja de Ana. Los escalones parecían cada vez más empinados. Poco después tuvieron que trepar usando pies y manos, como arañas que avanzaran por la cara vertical de la pirámide. A su paso salían despedidos pequeños trozos de caliza desmoronada. La ropa se les pegaba a la piel, tan mojada como cuando cayeron al cenote.

Daggart miró a Jonathan. Trepaba por la pirámide a menos de treinta pasos de ellos, abordando los escalones con un aplomo que rozaba la arrogancia. En la mano derecha llevaba un largo y reluciente cuchillo.

Cuando habían recorrido dos tercios del camino, Daggart se volvió hacia Ana.

—Ya no queda mucho —dijo.

Ella logró asentir con la cabeza. No pudo hacer más.

Pero a Daggart también le costaba seguir. Aturdido por el cansancio, debilitado por la pérdida de sangre y con la garganta reseca por el humo, el dolor que se extendía por su pecho no aflojaba. La lluvia les golpeaba; el viento intentaba tumbarles. Sus muslos eran gruesos mazacotes de cemento que pesaban más con cada paso.

Los últimos escalones fueron los peores. Le costaba tanto respirar que tenía la sensación de que aspiraba el aire a través del tajo de su estómago. Cuando llegaron arriba y pisaron por fin la plataforma de la cúspide, se dejaron caer al suelo y se tendieron sobre su tersa y resbaladiza superficie. El sudor, la sangre y la lluvia que chorreaban por sus cuerpos formaron un charco sobre la caliza. Respiraban con ansia. Daggart soltó el falso códice. Quedó a su lado, empapándose en el agua manchada de sangre.

—¿Y ahora qué? —preguntó Ana.

Daggart miró hacia abajo. Jonathan seguía subiendo, aparentemente ajeno a la empinada pendiente. Daggart fijó su atención en el templo de cuatro caras que descansaba en la cúspide de la pirámide. Señaló la entrada más cercana.

—Entra ahí.

Ana se incorporó y se levantó con esfuerzo. Miró a Daggart y vio que un lago de sangre roja se remansaba bajo su estómago. Se agachó a su lado.

—Scott…

—Estoy bien —dijo él—. Vete.

—Pero no puedo dejarte…

—Entra —repitió él.

Ana desapareció en el interior del templo. Daggart intentó orientarse. Cogió el códice y se levantó tambaleándose, con la otra mano sobre el estómago. El viento y la lluvia fustigaban sus ojos. El aturdimiento le envolvía como un enjambre de abejas.

Sintió un calor penetrante en la parte de atrás de la pierna derecha (como si le hubiera golpeado un rayo) y se desplomó como un pelele. Soltó el códice, se agarró la pierna con ambas manos, y mientras intentaba detener aquel súbito dolor le sorprendió ver una raja grande y diagonal en sus pantalones y una línea roja por la que empezaba a fluir la sangre. Miró aturdido la herida, intentando comprender qué había ocurrido. Cuando levantó los ojos, vio a su amigo Jonathan Yost. La lluvia chorreaba por su cara, por sus brazos, por el cuchillo de carnicero que llevaba en la mano.

Jonathan sonrió y se llevó un dedo a los labios, tan candorosamente como si estuviera regañando a Daggart por hablar demasiado alto en la biblioteca. Entró en el templo.

—¡Ana! —gritó Daggart. Intentó levantarse, pero le falló la pierna derecha. Cayó al suelo y resbaló por la caliza mojada. Lo intentó de nuevo y consiguió incorporarse poco a poco, precariamente. Se volvió hacia el templo en el instante en que Ana salía con los brazos levantados. Jonathan apareció detrás de ella; llevaba el brazo extendido y apuntaba con el cuchillo el centro de su espalda.

—Se acabó, amigos míos —dijo gritando para hacerse oír por encima del ulular del viento y las cortinas inclinadas de la lluvia. Empujó a Ana hacia Daggart hasta que estuvieron los dos en lo alto mismo de la escalera, a escasos centímetros de la traicionera y abrupta pendiente. Ana se aferró a Daggart. Jonathan retrocedió un par de pasos, hasta quedar con la espada pegada al templo. Recogió el códice, pesado como una esponja empapada, y lo arrojó con cuidado al interior seco del templo. Se desabrochó el cinturón, lo sacó de las presillas del pantalón y se lo lanzó a Daggart. Cayó a sus pies, como una serpiente cautelosa.

—¿Para qué es eso? —preguntó Daggart.

—Vamos —dijo Jonathan—, no me digas que no lo sabes. Fuiste tú quien me lo dijo.

Daggart le miraba inquisitivamente.

—Me decepcionas, Scott. Creía que eras un gran estudioso de los mayas. —Al ver que Daggart no respondía, añadió—: El juego de pelota, el sacrificio después…

»Fuiste tú quien me habló de ello —prosiguió—. Yo no sabía nada de eso. No sabía que a los jugadores del equipo perdedor se los ataba juntos, formando una enorme bola, y se los arrojaba por estos mismos escalones para que rodaran por ellos hasta morir. Bueno, pues ¿sabes qué? —Sonrió ampliamente—. Habéis perdido el partido. —Lo dijo tan alegremente como si acabaran de ganar un coche en *El precio justo*.

Indicó a Daggart con el cuchillo que recogiera el cinturón.

—Lamento que sólo seáis dos. No será una bola muy espectacular, pero por otro lado habrá menos para amortiguar el golpe. —Viendo que Daggart no recogía el cinturón, dio un paso adelante y acercó el cuchillo a la garganta de Ana—. Si no empiezas a atároslo a las manos dentro de unos segundos —dijo con la voz enturbiada por la ira—, le corto la cabeza delante de tus ojos.

Daggart se inclinó hacia el cinturón y comenzó a envolver con él las muñecas de Ana.

—Apriétalo bien —ordenó Jonathan—. No quiero que se deshaga la bola.

Daggart miró escaleras abajo, hacia el suelo situado a veinticinco metros de distancia. Desde aquella altura, el ángulo de cuarenta y cinco grados de los escalones parecía casi una caída en vertical.

—¿Y qué pasará si sobrevivimos? —preguntó.

—Que repetiremos la operación.

—¿Qué nos impedirá escapar?

Jonathan ladeó la cabeza y soltó una carcajada.

—Ésa sí que es buena. En caso de que aún podáis caminar cuando lleguéis abajo, lo cual es muy improbable, no olvides que mi piloto sigue allí. Y le he dicho claramente lo que tiene que hacer si se os ocurre escapar.

Daggart miró el Cobra, pero el parabrisas oscuro y salpicado de lluvia no permitía ver el interior. El piloto no había salido aún.

—Ah, casi lo olvidaba —añadió Jonathan mientras tocaba tranquilamente el mango de madera del cuchillo—. Para hacer las cosas más interesantes, se me ha ocurrido cortaros uno o dos tendones de las piernas. Ya sabes, para asegurarme de que rodáis como es debido.

—¿Y crees que vas a salir impune de todo esto?

Jonathan estiró los brazos y miró a su alrededor. La lluvia caía de sus manos y sus brazos extendidos como si fuera la estatua de Cristo Redentor.

—¿Ves a alguien más aquí? —gritó—. ¿De veras crees que alguien va a detenerme?

—No me refiero a nosotros. A nosotros puedes matarnos, pero ¿de qué va a servirte? ¿Y qué hay de tus planes de convencer a Right América del fin del mundo? La comunidad científica descubrirá que el códice es falso y perderás tu «mandato», por no hablar de tu credibilidad, en un abrir y cerrar de ojos.

—No lo creo —dijo Jonathan en tono confiado—. En primer lugar, Lyman Tingley le dio su bendición, lo que lo convierte automáticamente en una pieza auténtica de la arqueología maya. El papel es auténtico, tú mismo lo has visto. Los científicos pueden hacerle todas las pruebas que quieran; todos ellos concluirán que es auténtico. Así que dudo mucho que nadie vaya a tomarse la molestia de hacer pruebas a la tinta. Y en cuanto a la gente de Right América, harán lo que yo les diga. Ahora que Frank está muerto, necesitan un líder más que nunca. Y su muerte me lo pone todo mucho más fácil. Es como si Frank hubiera estado combatiendo a las fuerzas del mal, a la comunidad académica y a los liberales, que no quieren que la verdad sobre el códice se haga pública. ¿Quién va a atreverse a cuestionar su autenticidad? Además, aunque Frank haya caído, su muerte no ha sido en vano. Right América sigue adelante. Y Frank Boddick será un mártir de nuestra causa. El mesías asesinado por quienes temían su mensaje. Así que en realidad debería darte las gracias por lo que has hecho.

Daggart acabó de atar las muñecas de Ana y Jonathan le indicó que retrocediera. Daggart obedeció, y Jonathan tiró del cinturón para comprobar que estaba bien atado. Satisfecho, señaló la cintura de Daggart con el cuchillo.

—Ahora el tuyo —dijo.

Daggart se quitó el cinturón y empezó a atarse con él las muñecas, entrelazándolo con el de Ana. La lluvia, que caía ahora con más fuerza, los azotaba de costado y apenas le permitía ver lo que hacía. Las ráfagas de viento le empujaban de un lado a otro, y tuvo que cambiar de postura para no caerse. Cuando acabó, Jonathan se acercó y acabó de hacer el nudo, apretándolo hasta que se clavó en las muñecas de Daggart. Estaban ya bien atados, con las muñecas unidas, los brazos doblados a la altura del codo y el cuerpo de uno pegado al del otro. La lluvia les pegaba el pelo a la piel.

Jonathan examinó el reluciente cuchillo pasando el pulgar por su filo.

—No puedo evitar preguntarme qué habría dicho Susan. Su marido acostándose con una *señorita* mexicana. —Sacudió la cabeza de un lado a otro con aire de recriminación.

—No mezcles a Susan en esto —dijo Daggart, y el vello de su nuca se erizó.

—No seas tan suspicaz. Es sólo que me pregunto qué habría sentido, eso es todo.

Una ira descarnada recorrió a Daggart.

—No tienes derecho a…

—¿A qué? ¿A hablar de Susan? ¿O a hablar de esta puta mexicana? —Jonathan le miró a los ojos—. ¿Sabes?, Susan te quería de verdad. De hecho, si no me equivoco, murió con tu nombre en los labios.

A Daggart se le paró el corazón.

—¿De qué estás hablando? —preguntó con un susurro que atravesó la intensa lluvia y el viento de fuerza huracanada.

—Sí, ya imaginaba que no lo sospechabas.

# Capítulo 98

—*N*o fue a propósito —dijo Jonathan mientras los truenos retumbaban a su alrededor—. Bien lo sabe Dios. De hecho, siempre le tuve mucho cariño a Susan. Mucho más que a ti, si te soy sincero. ¿Por qué crees que siempre íbamos los cuatro a todas partes? Me encantaba estar con tu mujer. Era tan enérgica y tan guapa, estaba tan llena de vida… Podía iluminar una habitación, literalmente. Pero apareció allí. Y cuando me vio registrando tu despacho, no se me ocurrió ninguna excusa para salir del paso. Así que… —Jonathan hizo un ruido que simulaba el del corte de un cuchillo—. Y si no recuerdo mal, cuando cayó al suelo dijo tu nombre. Por lo menos, eso me pareció. Claro que con tanta sangre y tantas burbujas de aire, costaba entenderla. Y, francamente, no me apetecía tomar el recado.

—¿Fuiste tú? —preguntó Daggart, pero le pareció que era otro el que hacía la pregunta. Una voz ajena que salía de él. No era Scott Daggart quien hablaba. Era una réplica suya, con sus características físicas y vocales.

Jonathan asintió con la cabeza.

—No es que me enorgullezca de ello, pero sabía perfectamente que Susan te habría contado que estaba hurgando en tus papeles. Y entonces me habrías hecho preguntas y no habría habido forma de echar tierra sobre el asunto. Pero te alegrará saber que Susan se lo tomó muy bien. No es que estuviera dispuesta a morir. Nada de eso. De hecho, se resistió hasta el último momento. Recuerdo que pensé, «Caramba, tiene que ser una tigresa en la cama. No para». Pero en cuanto le corté el cuello y se dio cuenta de que no había nada que hacer, se tranquilizó.

Un enorme nudo taponaba la garganta de Daggart. No soportaba la idea de que los últimos instantes de Susan hubieran sido así.

—¿Qué hacías en mi despacho? —logró preguntar.

—Eso es lo más curioso de todo. ¿Recuerdas que un día, después del partido de *squash*, fuimos a comer a Panera? Yo, como siempre, te pregunté por tu trabajo, no porque en realidad me importara, claro, sino porque confiaba en que encontraras el códice, y me dijiste que por fin creías saber dónde estaba. Nunca lo olvidaré. Pensé, «¡Ajá! ¡Por fin lo ha descubierto!». Verás, llevaba algún tiempo pensando en usar el Quinto Códice en beneficio de nuestra misión, así que estaba esperando que o Tingley o tú dierais con él.

—Pero yo hablaba de forma general. Sólo creía saber dónde podía estar. Era evidente que no lo sabía con exactitud. Ni mucho menos. Entonces, no.

—De eso me di cuenta después. Y ése fue mi error. Qué mala pata. —Jonathan hablaba con tanta despreocupación como si hubiera dado un mal pase en la cancha de baloncesto y se estuviera disculpando con sus compañeros de equipo—. Pero en aquel momento pensé que podía haber alguna pista en el despacho de tu casa; algo que no me hubieras contado. Ya sabes lo reservados que podéis ser los antropólogos.

—¿Por qué no registraste mi despacho de la facultad?

—Lo registré. —Jonathan hablaba de nuevo con ligereza—. Pero no encontré nada. Hasta copié tu disco duro y revisé casi todo lo que había en tu ordenador. Y tampoco encontré nada. Así que pensé que tenía que estar en tu casa. —Hizo una breve pausa y levantó los ojos, como si acabara de reparar en la lluvia—. No quería matar a Susan. Pero tuve que hacerlo. Supongo que puedes entenderlo.

Daggart se sentía mareado. No sólo por la pérdida de sangre, el cansancio y las heridas, sino por lo que estaba oyendo. El mundo se había vuelto bruscamente del revés. Por su mente desfilaban diversas imágenes (Susan en un charco de sangre, la compasión de Jonathan durante los días posteriores al funeral, Lyman Tingley hablándole con nerviosismo de la Cruz Parlante en el bar, su primer encuentro con Ana, el cadáver de Héctor

Muchado y el río de sangre sobre el linóleo blanco), hasta que el paso vertiginoso y feroz de todos aquellos recuerdos le dejó aturdido. Ana le sostuvo para que no cayera al suelo.

—Scott —susurró, frotándole los dedos—, no pasa nada.

Daggart asintió con la cabeza, sin saber por qué asentía.

—¿Qué más quieres de mí? —le preguntó a Jonathan. Su voz sonaba plana y desprovista de emoción.

—Tengo todo lo que quiero, muchas gracias. —Señaló el códice resguardado en el templo—. Y mañana encontraremos el Quinto Códice y lo destruiremos.

—¿Eso es todo? Después de tantos años de amistad, vas a matarme a sangre fría.

—Por favor, no nos pongamos sentimentales. Tú sabes que no tengo elección. —Se limpió la lluvia de la cara—. Bueno, no sé cómo lo hacían en tiempos de los mayas, pero imagino que podemos improvisar nuestras propias normas. En fin… ¿Podéis lanzaros solos o necesitáis que os empuje? A mí lo mismo me da.

—Si quieres matarnos, Jonathan, vas a tener que hacerlo tú mismo. Después de cortarnos un tendón o dos.

—Tienes mucha razón. Casi lo olvidaba. —Levantó el cuchillo. El agua corría por su hoja.

Daggart agarró las manos de Ana y pegó su frente a la de ella.

Jonathan se acercó despacio con el cuchillo tendido. Se detuvo cuando los tuvo a su alcance.

—Adiós, Scott. Siento mucho que las cosas hayan terminado así —dijo con un asomo de pesar.

—Yo también —respondió Daggart, y de pronto levantó el codo como un ala de pollo, formando un pequeño hueco entre el tríceps y el torso. Se abalanzó hacia la mano con la que Jonathan empuñaba el cuchillo, atrapó la muñeca con la axila y apretó la mano y el cuchillo. Jonathan luchó por desasirse y le clavó la hoja en el costado, pero Daggart se negó a soltarle. A pesar del dolor abrasador, siguió apretando la mano y el cuchillo contra su pecho.

—¿Qué crees que estás haciendo? —preguntó Jonathan.

Daggart no respondió. Se volvió hacia Ana y ella pareció

comprender qué se proponía exactamente. Giraron ambos, arrastrando consigo a su prisionero, y describieron un semicírculo hasta que el templo quedó detrás de ellos y Jonathan se encontró de espaldas a los escalones. Abrió los ojos de par en par al darse cuenta. Antes de que pudiera abrir la boca para protestar, Daggart y Ana se inclinaron hacia delante.

Cayeron encima de Jonathan como si éste fuera un tobogán (Jonathan el trineo y Daggart y Ana los pasajeros), y por un instante el contrapeso hizo que parecieran caer y no caer, moverse y al mismo tiempo permanecer inmóviles. Durante una fracción de segundo parecieron colgar en el aire, suspendidos y atrapados allí como una hoja que acabara de desprenderse de un árbol, lista para caer, pero falta aún del impulso necesario. Luego, como un trineo que por fin supera un repecho y comienza su descenso en vertical bamboleándose violentamente por una pendiente cubierta de nieve, cayeron con un golpe sordo sobre los escalones y empezaron a deslizarse rápidamente hacia abajo sobre el cuerpo de Jonathan, ganando velocidad a medida que descendían (diez escalones, veinte, treinta) por la abrupta y escarpada ladera de la pirámide. Recorrieron entre sacudidas cuarenta escalones y luego cincuenta, más y más deprisa, hasta que todo pareció darles vueltas. Con la cabeza de uno apoyada en el pecho del otro y las manos juntas, Daggart y Ana sujetaban firmemente a Jonathan bajo ellos mientras se precipitaban por la pirámide resbaladiza. La cabeza de Jonathan absorbía lo peor del impacto y, al rebasar los sesenta escalones y luego los setenta, empezó a dejar una estela de salpicaduras de cerebro.

Daggart miró el pasamanos de cuerda del centro de la escalera. Mientras volaban por los escalones, la cuerda parecía una serpiente que avanzaba retorciéndose. Kukulkán, que regresaba para rescatar a su gente. Y Daggart, Ana y Jonathan unidos y cayendo a tierra de cabeza como Ah Muken Cab. Ochenta escalones, luego noventa.

Tras noventa y un peldaños, se detuvieron de golpe, clavándose como una jabalina en el suelo empapado de lluvia de la base de la pirámide, a poca distancia del helicóptero humeante. Bajo Daggart y Ana, el cuerpo quebrantado y deshecho de Jonathan Yost yacía inmóvil, la cabeza hecha pedazos, el cuello roto y la columna doblada y retorcida como las páginas plegadas en acordeón del Quinto Códice.

Daggart miró a Ana. Ella seguía teniendo en la frente el mismo hilillo de sangre del choque del helicóptero, que la fuerte lluvia lavaba rápidamente.

—¿Estás bien? —logró preguntar él.

Ella asintió en silencio, aturdida.

Se volvieron ambos hacia el Cobra. Esperaban ver salir al piloto en cualquier momento, con un arma automática en la mano. Pero no salió nadie. Las aspas de la aeronave empezaron a girar lentamente, cortando el viento y la lluvia. Un minuto después alcanzaron la velocidad necesaria y, entre el denso torbellino que creaba el motor, el helicóptero militar se elevó velozmente y se alejó por donde había llegado.

Daggart comprendió por qué. Una serie de luces rojas brillaban y parpadeaban entre los árboles cercanos, acompañadas del agudo chillido de las sirenas. Un pequeño convoy de vehículos policiales dobló un recodo del camino con las luces encendidas y se detuvo bruscamente no lejos del Castillo, levantando a su paso la grava y el agua de los charcos.

Del primer coche salió el inspector Rosales. Junto a él iba Alberto Dijero. Un momento después, Daggart y Ana se desmayaron.

# Epílogo

Con la cabeza apoyada en la ventanilla del avión, Scott Daggart miraba afuera mientras despegaban. La pista quedó allá abajo y un instante después ocuparon su lugar las aguas esmeraldas y turquesas. El sol iluminaba los arrecifes y devolvía al cielo ondulantes reflejos. El agua se fue oscureciendo a medida que se alejaban de tierra firme, y Daggart se llevó instintivamente la mano al estómago. Después de un mes de recuperación, la herida seguía sin curar del todo. Pero no era de extrañar. Sabía que las heridas tardaban tiempo en curar.

Las heridas de todas clases.

Se recostó en el asiento y se permitió recordar vagamente lo sucedido esas últimas semanas. Tras perder el conocimiento al pie de la pirámide, se había despertado en el hospital con el inspector Rosales sentado a su lado. El inspector y varios agentes del FBI le interrogaron en profundidad, pidiéndole toda clase de detalles sobre Jonathan Yost, Frank Boddick, Right América y los cruzoob. Daggart les dijo todo lo que sabía, sin dejarse esta vez nada en el tintero. Convencido de que Rosales estaba de su parte, le contó con pelos y señales su odisea de diez días, desde su conversación con Lyman Tingley a aquellos momentos angustiosos en la escalera de Chichén Itzá, pasando por su viaje a Egipto. Rosales tomaba notas en su libretita negra, pero no tantas como los hombres del FBI. Éstos querían saber hasta el último dato, implacablemente. A Daggart no le importó. Estaba dispuesto a hacer todo lo que pudiera para ayudar a detener a los líderes de Right América. En cuanto a sus filas (los miles de miembros que habían asistido a la concentración), se habían escabullido en la oscuridad y habían logrado volver a su vida normal. Sería imposible identificarlos o dar con su paradero.

Scott Daggart pasó su convalecencia fuera del hospital tras recibir el alta, y estaba convencido de que curaba tan deprisa gracias a la compañía constante de Ana Gabriela. Pasaban horas paseando ociosos por la playa, recogiendo conchas, flotando en el océano, tumbados el uno junto al otro con el ruido del oleaje de fondo. Pasaban juntos casi cada segundo del día.

Aun así, cuando Ana le llevó al aeropuerto de Cancún, se resistieron a hacer promesas.

—¿Nieva en Chicago? —preguntó Ana.

Daggart sonrió.

—Sí, de vez en cuando.

—¿Y se hiela el agua?

—Sólo en invierno.

Ella frunció el ceño al oírle. Charlaron de cosas insignificantes, esquivando las grandes cuestiones. No querían arruinar su paraíso. Se dieron un beso de despedida (un abrazo largo y apasionado que ninguno de ellos quería interrumpir) y Ana se marchó. Daggart contuvo las lágrimas mientras se dirigía al mostrador de facturación.

El avión se enderezó y Daggart inclinó su asiento. Apenas empezaba a entender lo que había ocurrido. Sí, habían detenido a Jonathan Yost y a Frank Boddick. Habían desvelado la verdadera naturaleza de Right América. Habían demostrado que Lyman Tingley había creado un Quinto Códice falso.

En cuanto al verdadero códice, Daggart no volvió al cenote a buscarlo, ni informó a nadie de su ubicación. Aunque deseaba ardientemente saber qué decía en realidad, se acordó de las palabras de cierto jefe tribal y decidió que convenía dejar las cosas como estaban. Y dado que sólo Ana y él sabían dónde se encontraba, no temía su descubrimiento inminente.

Todo eso había pasado.

Pero durante aquellos diez días de lucha con los cruzoob y Right América, había ocurrido algo más. Scott Daggart había dicho adiós. Aunque Jonathan le había engañado para que fuera a Yucatán, por motivos egoístas, el argumento que le había dado seguía siendo cierto:

«Te ayudará a despedirte de Susan», le había dicho muchos meses antes, en el frío Chicago.

Y tenía razón.

El avión viró bruscamente hacia el norte; Daggart ya no veía el océano allá abajo, sino el cielo sobre él.

Cerró los ojos. Estaba deseando volver a ver a Ana.

## Tom Isbell

Tom Isbell se graduó en la Yale School of Drama y trabajó en el mundo del cine y del teatro con actores de la talla de Robert de Niro o Anne Bancroft.

Es autor de diversas producciones teatrales, así como catedrático de artes escénicas en la Universidad de Minnesota.

*El quinto códice maya* es su primera incursión en el mundo de la ficción.